**BERNHARD WUCHERER**

Glühweinmord
im Hexenhof

**UNGLAUBLICH GEMEIN** Der »Hexenhof« mit seiner berühmten »Kulthütte« ist ein ganz besonders beliebter Teil des Aachener Weihnachtsmarktes. Und da hier Alwin Fiebus und Ralph Cleef die alleinige Verantwortung tragen, haben sie auch viele Neider. Dies zeigt sich insbesondere, wenn dubiose auswärtige Anbieter an ihre Glühweinrezeptur kommen möchten. So ist es kein Wunder, dass es hier den ersten »Glühweinmord« der Geschichte gibt. Ausgerechnet Frederic Le Maire, der schrullige Commissaire de la criminelle aus dem ostbelgischen Eupen und seine Partnerin, die taffe und stets todschicke Rechtsmedizinerin Dr. Angelika Laefers aus Aachen sind rein zufällig als Erste am Tatort, wo ihnen ein sterbender Student etwas ins Ohr flüstert, das erst viel später einen Sinn ergeben wird. Ihre meist verdeckten Ermittlungen führen sie auch nach Belgien und Holland, wo es zu weiteren »Glühweinmorden« kommt.

© Tobias Heimplätzer
Werbefotografie

*Bernhard Wucherer war 25 Jahre lang Leiter einer Werbe-, Marketing- und Eventagentur in Oberstaufen im Allgäu. Außerdem hat er sich bei Tätigkeiten als Burgmanager und Museumskurator auf alten Herrschaftssitzen im In- und Ausland das Rüstzeug zum Schreiben authentischer historischer Romane aneignen können. Er ist Autor etlicher Aufsätze, die auch Eingang in die geschichtswissenschaftliche Literatur gefunden haben. »Der Geheimbund der 45« ist nach der erfolgreichen »Pesttrilogie« und der bisher zweibändigen »Syld-Marokko-Saga« sein sechster historischer Roman beim Gmeiner-Verlag.*

# BERNHARD WUCHERER

## Glühweinmord im Hexenhof

*Weihnachtskrimi*

GMEINER

Immer informiert

Spannung pur – mit unserem Newsletter informieren wir Sie
regelmäßig über Wissenswertes aus unserer Bücherwelt.

Gefällt mir!

Facebook: @Gmeiner.Verlag
Instagram: @gmeinerverlag
Twitter: @GmeinerVerlag

Besuchen Sie uns im Internet:
www.gmeiner-verlag.de

© 2019 – Gmeiner-Verlag GmbH
Im Ehnried 5, 88605 Meßkirch
Telefon 0 75 75 / 20 95 - 0
info@gmeiner-verlag.de
Alle Rechte vorbehalten
5. Auflage 2020

Lektorat: Claudia Senghaas, Kirchardt
Herstellung: Mirjam Hecht
Umschlaggestaltung: U.O.R.G. Lutz Eberle, Stuttgart
unter Verwendung eines Fotos von: © Tobias Heimplätzer
Werbefotografie
Druck: CPI books GmbH, Leck
Printed in Germany
ISBN 978-3-8392-2541-7

# LE MAIRES ZWEITER FALL

# AUF EIN (VOR)WORT

Nach mehreren historischen Romanen habe ich mit
»Glühweinmord im Hexenhof« meinen zweiten Kriminalroman für den Gmeiner-Verlag geschrieben. Und wir
werden diese bei unserer hochgeschätzten Leserschaft
auf Anhieb äußerst beliebte Serie wegen ihres grandiosen Starterfolges mit »Goldmadonna« fortsetzen. Mein
belgischer Kriminalhauptkommissar Frederic Le Maire
wird also mit seiner Partnerin, der Aachener Rechtsmedizinerin Dr. Angelika Laefers, auch künftig so unkonventionell weiter ermitteln wie bisher. Auch der Plot ist
wieder in Belgien, aber auch in den anderen Ländern der
Benelux und in verschiedenen Teilen Deutschlands, vor-
nehmlich in Aachen, angesiedelt, … auch wenn meine
liebe alte Allgäuer Heimat Oberstaufen eine gewisse Rolle
spielt, die meinen beiden total unterschiedlichen Mord-
ermittlern ausnehmend gut gefällt.

Aufgrund der unglaublich vielen Likes und positiven
Rezensionen, manchmal aber auch durchwegs konstruk-
tiv kritischen Bewertungen des Vorgängerbandes, meines Debütkrimis »Frittenmafia« beim Gmeiner-Verlag,
möchte ich dem Leserwillen folgen und ein paar marginale
Änderungen vornehmen. So erfülle ich gerne den Wunsch
eines Teils meiner hochgeschätzten Leserschaft aus dem
Bereich der »Deutschsprachigen Gemeinschaft Belgiens«
und verwende ab hier und in den weiteren Krimis dieser

Serie weniger französische Bezeichnungen. Na, ist das ein Wort?

Dementsprechend werde ich künftig für belgische Städte und Orte wie zum Beispiel »Liège« die deutsche Bezeichnung »Lüttich« oder für »La Calamine« »Kelmis« verwenden. Allerdings belasse ich französische Bezeichnungen, wenn sie das belgische Flair besser widerspiegeln als deutsche Wörter. So wird aus einer belgischen »Friture« oder »Friterie« keine »Pommesbude« werden, denn die gibt es zwar in Deutschland, nicht aber in Belgien, wo Fritten einen ganz besonders hohen Stellenwert einnehmen. Und mein verschrobener Commissaire de criminelle – Entschuldigung: Kriminalhauptkommissar – Frederic Le Maire wird nach wie vor auf französisch fluchen: »Merde!«, was wesentlich charmanter klingt als auf Deutsch.

Nun wünsche ich Ihnen viel Freude und Spannung mit »Le Maires zweitem Fall«.

Ihr Bernhard Wucherer

# KAPITEL 1

»Merde!«, fluchte Kriminalhauptkommissar Frederic Le Maire, als er mit der Rechtsmedizinerin Dr. Angelika Laefers direkt auf den »Hexenhof«, einem der schönsten Teile des Aachener Weihnachtsmarktes, zusteuerte und die gewaltige Menschenmenge vor sich sah.

»Schau mal, Frederic!« Um die Laune des Eupener Kommissariatsleiters gleich wieder zu verbessern, tippte Angelika ihren Begleiter an und zeigte mit der anderen Hand zu einer kleinen Frau in einem Verkaufsstand mit blonder wuscheliger Frisur. »*Jetzt* weiß ich, warum das hier ›Hexenhof‹ heißt!«

Aber angesichts der vielen Menschen konnte Frederic – obwohl er Angelikas Scherz verstanden hatte – nicht lachen.

Denjenigen Bereich des Weihnachtsmarktes, durch den sich die extravagante Aachenerin mit dem leicht korpulenten Belgier nun würde drücken müssen, bezeichnete man weithin zu Recht als »Hexenhof«. Denn hier ging es – wie an den meisten Adventstagen – auch an diesem zweiten Advent im wahrsten Sinne wie in der Hölle zu, was so viel hieß, dass hier der Teufel los war. Nicht nur, dass auffallend viele Japaner und Amerikaner die rustikalen Ausschankhütten belagerten, buhlten auch noch Bustouristen aus allen Ecken Deutschlands, Österreichs, der Schweiz und sogar aus England, Italien und Frankreich mit Belgiern, Holländern und Luxemburgern darum, möglichst schnell an einen der begehrten Glühweine zu gelangen, der hier ganz besonders gut sein soll. Jedenfalls überlagerte dessen verführerischer Duft sogar den der Pommes- und Würstchenbuden.

Weil der »Belgier aus Leidenschaft« Bratwürste fast so wie Fritten liebte, war ihm zuallererst *dieser* Duft in die Nase gestiegen. Deswegen schob er seine Partnerin gleich wieder aus dem Inneren dieser zauberhaften Budenanlage zu einem nach außen hin gerichteten Essensstand, der augenscheinlich zu dieser perfekt durchdachten Verkaufsmaschinerie gehörte. Denn als solche hatte der pfiffige Mordermittler diesen Teil des weitläufigen Aachener Weihnachtsmarktes auf den ersten Blick identifiziert.

Und schon wieder fluchte der hungrige Mann, als er vor der von Menschenmassen belagerten Pommesbude stand und irgendwann sehen konnte, wie einer der hinter dem Tresen stehenden Männer aus einem Plastikkanister gewöhnliches Rapsöl in die Fritteuse schüttete. Zudem fiel ihm auf den ersten Blick auf, dass die Kartoffelstäbchen hier nur ein Mal – anstatt wie in Belgien zwei Mal – frittiert wurden. Und schon war ihm der Hunger nach deutschen Pommes frites endgültig vergangen.

»Rapsöl, kein Blanc de boeuf!« Frederic schüttelte ungläubig den Kopf. »Dann esse ich in Gottes Namen eben *nur* eine Bratwurst … ohne Fritten! Bratwürste können die Deutschen ja fast so gut zubereiten wie wir Belgier«, zeigte sich der Frittenkenner dann doch noch der allgemeinen adventlichen Stimmung geschuldet gnädig. Allerdings erst, nachdem er während des Wartens seiner Partnerin gegenüber einmal mehr über die hochgelobte belgische Frittenkultur doziert hatte, die seiner Meinung nach durch kein anderes Land der Welt getoppt werden konnte. »… und schon gar nicht von den Deutschen!«

»Die hier!«, knurrte er, nachdem er endlich an die Reihe kam. Dabei deutete er durch die fettverspritzte Glasscheibe zum Bratrost, auf dem eine aus seiner Sicht besonders lecker aussehende Wurst lag, die er noch am ehesten für würdig hielt, von ihm verzehrt zu werden, »… aber mit viel Ketchup *und* Mayonnaise!«, wies er den gestresst wirkenden Verkäufer mit streng hochgezogener Stirn an. Der aber klopfte mit seiner Würstchenzange nur auf das Schutzglas, vor dem Plastikflaschen in drei Farben standen, bevor er zu Frederics Verdruss eine der anderen Würste in das vorbereitete Brötchen quetschte.

»Merde!«, fluchte Frederic schon wieder, als er dies sah und ihm auch noch der Senf, für den er sich kurzentschlossen dazuentschieden hatte, auf den sündhaft teuren Mantel spritzte.

»Ja ja, schon klar«, schmunzelte Angelika und ergänzte in akzentfreiem Französisch: »Das hätte dir in deinem geliebten ›Village de Noël de Liège‹ nicht passieren können! Weißt du was? Lass uns doch da rübergehen!«, empfahl sie und zeigte mit ihrer Bratwurst in der Hand auf die andere Straßenseite. »Von dort aus haben wir einen guten Überblick und können uns orientieren, bevor wir uns ins Getümmel stürzen. Hier rempelt uns wenigstens niemand an, während wir essen«, begründete die taffe und stets umsichtige Akademikerin ihren Vorschlag.

»Gut! Aber danach möchte ich ein kühles Bier!«, verkündete Frederic auf seine Art, dass er im Grunde genommen keine Lust dazu hatte, sich wie die Wurst vom Brötchen von den Menschenmassen einquetschen zu lassen.

*

Sie standen auf der obersten Stufe der Portaltreppe von Sankt Foillan, einer alten Kirche, die sich direkt schräg gegenüber des Aachener Doms und diesem Teil des weitläufigen Weihnachtsmarktes befand, der sich vom Münsterplatz, dem südlichen Teil des weltberühmten Krönungsgebäudes, über den Katschhof bis zum Marktplatz, dem oberen Teil des gotischen Rathauses hochzog.

Dass die beiden völlig unterschiedlichen Menschen nicht nur beruflich, sondern auch privat verbunden waren, konnte niemand glauben, der sie nicht näher kannte. Denn Dr. Angelika Laefers war eine extrem gut aussehende Frau mit einer atemberaubenden Figur, die sich stets adrett kleidete und nicht nur gerne den schönen Künsten frönte, sondern auch feines Essen in schicken Restaurants liebte.

Wegen seiner meist schlampigen Kleidung wirkte der zwar nicht schlecht aussehende, mit seinen 165 Zentimetern aber kleinere und etwas beleibte Mann neben ihr meist wie ein französischer Clochard, zumindest aber wie einer der verhuschten Künstler vom Montmartre, die sich noch selbst finden mussten, obwohl sie ihre beste Zeit längst hinter sich hatten. Im Gegensatz zu seiner Aachener Partnerin legte der Belgier ebenso wenig Wert auf ein gepflegtes Äußeres wie auf Sternerestaurants und die von Angelika geliebten Marken-Modegeschäfte, in denen *sie* all das fand, was *ihn* dann wie einen Lackaffen aussehen ließ. Und an diesem Adventssonntag fühlte er sich auch so. Denn Angelika hatte ihn extra für den Besuch des weithin beliebten »Hexenhof«-Weihnachtsmarktes unweit der Grenze seiner belgischen Heimat neu ausstaffiert. Während sie durch einen toll geschnittenen roten Mantel mit künstlichem Pelzbesatz und bis über die Knie gehende Stiefel auf den silbernen Hosenbeinen vor der Kälte geschützt wurde, trug er einen zwar nicht mehr ganz neuen, dennoch aber passablen Kaschmirmantel mit modernen Lederstiefeln zum Schnüren. Um den Hals hatte ihm Angelika einen todschicken Weihnachtsschal gewickelt. Auch wenn das Silbergrau nicht mit der Farbe des Mantels korrespondierte, sah er ausnahmsweise einmal wie ein gut betuchter Geschäftsmann aus, der wusste, wie man sich kleidete, wenn man unter die Leute ging. Wichtig war dabei, dass das Silber *seines* Schals zur Farbe *ihrer* Hose und zum Sternchenmuster ihrer Bommelmütze passte. Um für diesen adventlichen Ausflug perfekt auszusehen, hatte er sich zu allem hin auch noch rasieren müssen. Schließlich wollte sich die allseits bekannte und respektierte Rechtsmedizinerin in ihrer Heimatstadt nicht mit ihm blamieren. »Außerdem ruinierst du mit deinen harten Bartstoppeln den Schal!«, hatte sie zu ihm gesagt und ihm ein Küsschen auf die Nasenspitze gegeben, bevor sie ihn aus der seit Kurzem gemeinsamen Wohnung am leicht mondänen Ronheider Berg geschoben hatte.

*

Weil der himmlische Duft des Glühweins direkt vom »Hexenhof« zu Sankt Foillan hinüberzog, gelüstete es die ansonsten gerne Champagner trinkende Frau auf dieses blutrote Heißgetränk. Nachdem sie sich ihren Mund abgewischt und die Serviette zusammengeknüllt hatte, gab sie Frederic ein Wangenküsschen und nahm ihn an die Hand, um mit ihm der verlockenden Duftspur zu folgen.

»Warte, bleib mal stehen!«, sagte Angelika, kaum, dass sie ihre Füße auf den Holzboden des »Hexenhofes« gesetzt hatten, unter dem Kabelkanäle und Schläuche verlegt waren, die sämtliche Verkaufsstände mit Wasser, Strom und stets frischem Glühwein versorgten. »Schau dir mal den an! Der scheint nicht gerade in adventlicher Stimmung zu sein!« Während sie dies sagte, zeigte sie rechterhand zu einer Bude, hinter der ein missmutig dreinschauender Mann stand.

Aber Frederic interessierte sich weniger für den offensichtlich schlecht gelaunten Typen, sondern vielmehr für das, was er hinter dem Mann mit dem auffallend gezwirbelten Schnauzbart und den mit Gel glatt geklatschten Locken sah. Also ging er neugierig auf ihn zu und fragte ihn, was das für Edelstahlbehälter hinter ihm seien, an denen verschiedene Messuhren und diverse Drehschalter angebracht waren. Zudem versprühten dort etliche Lämpchen ein ampelartiges Licht, das weniger auf Weihnachten als auf Profit hinwies.

Weil der neugierig gewordene Ermittler nur mit einem abschätzigen Blick des kleinen und spindeldünnen Fatzkes gewürdigt wurde, anstatt eine Antwort zu erhalten, hakte er nach, bekam aber nur eine schroff klingende Gegenfrage zurück: »Was möchten Sie trinken?«

Ganz schön ruppig, dachte Frederic und wandte sich fast etwas hilflos Angelika zu.

»Haben Sie Glühwein?«, fragte sie unnötigerweise und bekam mit arrogant einseitig hochgezogenem Mundwinkel zur Antwort, dass er »quasi« hier sogar produziert werde.

Als wenn er Gedanken lesen könnte, hatte der belgische Ermittler sofort gemerkt, was dieser Angeber eigentlich hatte antworten wollen, zu dessen Glück aber gerade noch hinuntergeschluckt hatte.

Weil Frederic sich für die Technik hinter dem »Glühweinveredler« zu interessieren schien, taute der bis dahin unfreundlich wirkende Mann ein wenig auf und füllte zwei der aus Frederics Sicht kitschigen Stiefelbecher mit köstlich duftendem Glühwein. »Mit Amaretto oder mit Aachener Domlikör?«

Beide schüttelten ihre Köpfe. »Heißt das nicht ›Öcher Domlikör‹?«, mochte Angelika dennoch von dem arroganten Typen wissen, bekam aber wieder nur ein überhebliches Grinsen zur Antwort. Weil ihr aber die Becher gut gefielen, zog sie sogar in Erwägung, die Pfandtasse zu behalten. »Kann ich die auch in Grau haben?«

Der Mann zog eine Augenbraue nach oben und nickte, wandte sich aber gleich wieder Frederic zu und verkündete mit unverhohlenem Stolz in der Stimme, dass er all diese Verkaufsstände auf diesem Areal mit »seinem« Glühwein versorgen würde. Als wenn dies nicht reichen würde, zeigte er nach rechts und ergänzte: »auch ›Aachens Kulthütte‹ dort hinten.«

Der aufgeweckte Polizeibeamte drehte zwar seinen Kopf in diese Richtung, gab sich aber nicht gleich damit zufrieden. Er wollte es schon etwas genauer wissen. Also erfuhr er, dass der Glühwein ganz in der Nähe »an einem geheimen Ort« in Tausend-Liter-Behältern bereitstehen und dann hier mit geheimen Ingredienzien *so* veredelt würde, dass er aus seiner Sicht zu Recht als bester Glühwein Aachens bezeichnet werden konnte.

»Frischer geht's wirklich nicht!«, sagte der nunmehr etwas leutselig gewordene Mann, verriet aber trotz Nachfragens nichts über seine Rezeptur, die offensichtlich über Gewürznelken, Zimt und braunen Zucker hinausging. Stattdessen schenkte er unaufgefordert zwei weitere Becher voll, von denen er Angelika provozierend einen grünen hinstellte.

*

»Jetzt hör endlich mit deiner ewigen Flucherei auf!«, schimpfte Angelika ihren »Lemmi«, wie sie Frederic immer nannte, wenn sie ihn necken wollte oder unzufrieden mit ihm war.

Nachdem sie beim selbsternannten Meister des »Hexenhof«-Glühweins auch noch erfahren hatten, dass sein Glühwein bei genau 77 Grad Celsius zubereitet wird, weil der darin enthaltene Alkohol ab 78 Grad verdampfen würde und dabei die Gewürze – insbesondere auch seine geheimen Zutaten – ihren Geschmack nachteilig verändern würden, begann er auch noch mit erhobenem Zeigefinger zu dozieren: »Mein Glühwein hat *mehr* Alkohol als die gesetzlich vorgegebenen sieben Prozent!«

»Was für ein arrogantes Arschloch!«, flüsterte Frederic seiner Partnerin ins Ohr. Und weil ihn die Angeberei des kleinen Mannes mittlerweile nervte, lehnte er den dritten Becher dankend ab, der ihm wieder unaufgefordert hingestellt worden war. »Den hätten Sie vom Haus bekommen! Dann trink ich ihn eben selber!«, verkündete der Unsympath mit der roten Trinkernase und dem Matschgesicht. Dann drehte er sich wie ein beleidigtes Kind um.

Aber dies kümmerte Frederic und Angelika herzlich wenig. Sie waren mit den Olbrichs, einem unversehens hinzugekommenen befreundeten Paar, zum sogenannten »Tower« und zum »Baum« – beides rustikal gestaltete Verkaufsstände – gegangen und hatten es sich dort gut gehen lassen, ohne von einer Schießbudenfigur dumm zugeschwafelt zu werden. Und weil Angelika auch am nächsten Stand alte Bekannte gesichtet hatte, waren sie danach auch noch zum zentral gelegenen »Turm« auf ein Tässchen dieses göttlichen Getränks gegangen. Dadurch hatte sich ihr Glühweinkonsum schneller erhöht, als sie gewollt hatten, – aber Hauptsache, sie hatten es gut bei diesem Weihnachtsmarktbesuch. Und ihre Autos standen schließlich beide weit weg vom Alkohol in der heimischen Garage am Ronheider Berg.

Insgesamt hatten sie sich eine gute Stunde lang kreuz und quer über den »Hexenhof« schieben lassen. Und es war trotz des Gedränges wirklich sehr nett gewesen.

Weil Angelika immer wieder mit anderen Leuten, die sie lange nicht mehr gesehen hatte und von denen Frederic nur die wenigsten kannte, geplaudert hatte, war es ihm irgendwann zu dumm geworden und weil er bisher kein frisch gezapftes Bier bekommen hatte, wollte er mit Angelika endlich in eine Bierkneipe, »… vielleicht ins ›Aachener Brauhaus‹ hinunter«, gehen.

»Nichts da: Wir bleiben hier auf dem Weihnachtsmarkt!«, hatte sie entschieden, ohne eine Widerrede zuzulassen. Weil der Belgier erst vor etwa einem Vierteljahr die neue Dienststelle in Eupen übernommen hatte und deswegen bei ihr im nahen Aachen eingezogen war, hatte sie hier sozusagen immer noch das Hausrecht.

Weil es aber ohnehin kalt geworden war, hatten sie sich am Spätnachmittag dann doch noch gemeinsam dazu entschieden, die am nächsten erreichbare Wärme aufzusuchen.

»Von mir aus! Aber wir gehen weder in eine Kneipe, noch nach Hause! Hier herrscht doch mindestens eine gleich schöne Atmosphäre wie in allen anderen Bereichen des Öcher Weihnachtsmarktes«, beharrte Angelika und zeigte zu »Aachens Kulthütte«, wie die »Hexenhof«-Weinlounge insbesondere von wissenden Einheimischen liebevoll genannt wurde. »Die gibt es nur einmal! Und zwar hier auf dem ›Hexenhof‹!« Ohne auf Frederics demonstrierendes Grummeln einzugehen, schlug sie vor, noch auf ein Stündchen dort hinein und dann nach Hause zu gehen. »Ich habe auf einer Anschlagtafel gelesen, dass es dort eine große Auswahl an leckeren Speisen geben soll!«

»Aber sicher keine belgischen Fritten«, knurrte Frederic in sich hinein.

»Was hast du gesagt, mein Schatz?«

»Ach, nichts!«, log er. Da ihm klar war, dass es in dieser Lounge – immerhin befand er sich auf deutschem Boden – keine Fritten geben würde, die seinen Ansprüchen gerecht werden konnten, interessierte ihn nur noch, ob er dort wenigstens ein frisch gezapftes Bier bekommen würde.

Also waren sie in die »Kulthütte« gegangen, die vom Interieur her einer bayerischen oder tirolerischen Almhütte ähnelte. In diesem urgemütlichen Ambiente wollten sie sich aufwärmen und etwas essen.

»Schon wieder so ein geschniegelter Lackaffe!«, bemerkte Frederic, nachdem ihnen von einem blonden hageren Burschen ein Tisch zugewiesen worden war, an den sie sich auch nur setzen durften, weil die reservierten Tische – und dies waren Tag für Tag *alle* – erst in eineinhalb Stunden für andere Gäste frei gemacht werden mussten.

»In zwei Stunden steppt hier der Bär!«, orakelte Angelika, die wusste, dass hier abends ohne Reservierung überhaupt nichts ging.

Obwohl Frederic diese, jedes Jahr extra für den Weihnachtsmarkt neu errichtete, Räumlichkeit von seinen vorhergegangenen Besuchen mit Angelika und einigen gemeinsamen Freunden her kannte und wusste, dass er hier bestens bedient werden würde, grummelte er immer noch missmutig vor sich hin. Erst nachdem ihm ein überaus freundlicher

Ober in mehr oder weniger original alpenländischem Outfit das heiß ersehnte kalte Bier hingestellt hatte, hellte sich seine Miene auf. Auch wenn der Gerstensaft nicht vom Fass kam, war er von bester Qualität und so gut gekühlt, dass der Genießer zufrieden war. »Diese gemütliche Atmosphäre erinnert mich jetzt an das Allgäu, als ich im vergangenen Sommer mit meinem Freund ›Fritten-Ralf‹ nach Oberstaufen gefahren bin und wir zur Almütte …«

»Alphütte, mein Schatz! Im Allgäu heißt es nicht ›Almhütte‹, sondern ›Alphütte‹ mit ›p‹ und nicht mit ›m‹!«, unterbrach Angelika, weil sie diesen pulsierenden und fast schon mondänen Kurort am südlichsten Punkt Deutschlands von ihren Kurzurlauben mit ein paar Freundinnen her ebenfalls kannte und lieb gewonnen hatte.

»Ja, ich weiß!«, pflichtete Frederic seiner Geliebten ausnahmsweise einmal ohne vorhergehende Diskussion bei. »Jedenfalls waren wir dort in einem wunderschönen Bergdorf namens Steibis, wo sich Ralf seinerzeit in einer *Alp*hütte vor dem ›Frittenmörder‹ versteckt gehalten hatte! Und bei dieser Gelegenheit sind wir dann in Oberstaufen im ›Parkhotel‹ gelandet, wo wir eine Woche lang logiert haben!« Frederic seufzte versonnen, bevor er ergänzte, dass es dort zwar schön gewesen war, er aber viel lieber bei seinem Freund Gustl im Hotel »Tyrol« logiert hätte, … wenn dort ein Zimmer frei gewesen wäre. »Sollte ich wieder einmal nach Oberstaufen kommen, werde ich Gustl besuchen. Er ist ein verrückter, aber durch und durch netter Kerl, ein Tiroler eben!«

Während Frederic seiner Partnerin vom Allgäu, vom Bodensee, von Oberschwaben und vom dort grenznahen österreichischen Vorarlberg und der Schweiz vorschwärmte, obwohl dies Angelika selbst alles kannte, hatte sie ihr erstes Glas Chardonnay de la Chevalière halb leer getrunken, was ihre Wangen noch mehr glühen ließ, als dies sowieso schon der Fall war.

»Jetzt verstehe ich, warum der Glühwein *Glüh*wein heißt«, witzelte ihr inzwischen ebenfalls angesäuselter Partner und kam erneut aufs Allgäu zu sprechen: »Unseren nächsten Urlaub verbringen wir gemeinsam bei Gustl in Oberstaufen!«

Weil Angelika dieses Angebot gefiel, hob sie ihr Glas und rief ihm ein lautes »Prost, mein Schatz! Auf uns!« zu. Und weil sie nicht verstanden hatte, was Frederic mit seinem Wortspiel zum Thema »Glühwein« gemeint haben könnte, griff sie den Spruch ihres Freundes nach dem Anstoßen dann doch noch auf. »Und? Zu was für einer Erkenntnis bist du nun schon wieder gekommen, mein über alles geliebter belgischer Herr Polizeipräsident?«

»Na ja, deine Wangen glühen weinrot!«

Tatsächlich spürten inzwischen beide die Wirkung des Alkohols mehr, als ihnen lieb war. Aber dies machte nichts, weil sie schließlich Urlaub, also dienstfrei, hatten und privat hier waren. Und für den Nachhauseweg zum etwas vom Stadtkern entfernt liegenden Ronheider Berg würden sich die beiden Polizeibeamten am Holzgraben unten ein Taxi nehmen.

Vorerst aber saßen sie noch in einer der gemütlichen Nischen mit bisher fremden Menschen zusammen, mit denen sie im Laufe des Gesprächs so richtig Spaß bekommen hatten. Zwischendurch war einer der beiden aufmerksamen Wirte an den Tisch gekommen, um sich mit ihnen zu unterhalten. Angelika kannte Alwin Fiebus schon seit vielen Jahren. Sie bewunderte das Engagement des umtriebigen Gastronomen und seines Partners Ralph Cleef, die ihre steile gemeinsame Karriere vor knapp 25 Jahren damit begonnen hatten, als sie diese Hütte erworben hatten. Dadurch war der Grundstein dafür gelegt worden, was es heute ist: »Aachens Kulthütte« eben! Allerdings war damals nicht zu erahnen gewesen, welches Imperium Alwin und sein Freund Ralph, der Inhaber einer großen Gartenbaufirma in Heinsberg, daraus machen würden. Kein Wunder, dass die beiden viele Neider haben, dachte Angelika kurz, lenkte ihre Konzentration aber gleich wieder auf das, was Alwin gerade erzählte.

Und weil Frederic zwischendurch eine seiner Selbstgedrehten geraucht hatte, war er nicht nur mit Aachens Kulthütte, sondern auch mit sich und der Welt zufrieden. Zudem hatten beide hervorragend gespeist – und viel dazu getrunken, inklusive Aperitif und Digestif. Sie hatten fortwährend gescherzt, herzlich gelacht und sich ganz einfach in illustrer Gesellschaft der vorweihnachtlichen Atmosphäre hingegeben, die von diesem urigen Hütteninterieur ausging. Dabei waren sie *so* lange auf den weißen Schaffellen sitzen geblieben, bis sie der für sie zuständige Ober freundlich, aber bestimmt gebeten hatte, ihre Plätze freizugeben, »... weil ab 18 Uhr alles bis auf den letzten Platz ausreserviert ist!«

»An allen Tagen?«, fragte einer der anderen mit am Tisch sitzenden Gäste den Ober, der milde lächelnd nickte und empfahl, rechtzeitig, am besten schon ein Jahr voraus, zu reservieren.

Wegen dieser aus Frederics Sicht naiven Frage des Gastes musste er grinsen. Um dem wegen seiner extrem spitzen Aussprache offensichtlich von Friesland kommenden Mann zu zeigen, dass er die Gepflogenheiten innerhalb dieser Räumlichkeit kannte, stand Frederic zu Angelikas

Verwunderung ohne zu murren und sofort auf, ja er sprang förmlich von seinem Sitz hoch. Angelika hingegen fiel es sichtlich schwer, sich von der gemütlichen Bank zu trennen und den Tisch zu verlassen. Aber es nützte nichts: Sie mussten gehen, ob sie wollten oder nicht.

Weil sie die Abmachung getroffen hatten, dass Frederic bezahlen würde, wenn sie in seiner neuen Wirkungsstätte Eupen oder in seiner ehemaligen Wirkungsstätte Lüttich ausgingen, und Angelika dran war, wenn sie sich in Aachen oder in anderen Teilen Nordrhein-Westfalens aufhielten, musste sie die Geldbörse zücken, obwohl sie nicht mehr getrennt voneinander wohnten. Sie hatte das exklusive Teil von Gucci gerade wieder in ihre vom selben Designerlabel stammende Clutch zurückgesteckt, als sich durch den roten Windfang ein heftig schnaufender junger Mann in Lederhose kämpfte und aufgeregt nach den Chefs Ausschau hielt.

»Wo werden sie wohl sein? Natürlich bei ihren Gästen! Warte hier, ich hole einen von ihnen«, wurde er von dem eingebildet wirkenden Schnösel von vorhin angeraunzt«, dem offensichtlich die Tischzuweisungen oblagen, weswegen er am Eingang auf die Gäste wartete, die Plätze reserviert hatten, und andere brüsk zurückwies, die nicht reserviert hatten.

»Chef! Chef!«, rief er, nachdem er Ralph Cleef gesichtet hatte.

»Was ist los?«

Der junge Mann winkte seinen Chef zu sich, um ihm ins Ohr flüstern zu können, dass in Gilberts Stand jemand liegen würde.

*

Nachdem auch die Rechtsmedizinerin der Aachener Kriminalpolizei und der belgische Mordermittler dies gehört hatten, waren sie hinter dem Wirt und einigen seiner ebenfalls erschrockenen Mitarbeiter die Treppe hinunter nach draußen geeilt, um nachzusehen, was dort los war.

»Gehen Sie alle auf Abstand! Dies hier ist ein Tatort! Keiner fasst etwas an!«, rief Dr. Laefers alkoholbedingt etwas zu übereifrig, kaum, dass sie einen auf dem Boden liegenden Mann gesehen hatte. Dabei breitete sie ihre Arme aus, um den Zugang zum – wie sie es rein vorsorglich schon mal deklariert hatte – »Tatort« zu sichern.

Gleichzeitig zog Le Maire mit einer Hand den Wirt aus der engen Verkaufsbude, auf dessen Tresen ein gefüllter Glühweinbecher stand, neben dem ein umgestürztes Trinkgefäß lag, aus dem der Inhalt ausgelaufen war. Der Wirt hatte sich bereits über einen jungen Mann gebeugt, um ihn mit Wangentätscheln zum Antworten zu bewegen. »Hubertus! Nun komm schon, was ist mit dir? Sag etwas!«

Aber Hubertus gab keine Antwort.

Inzwischen war auch der andere »Hexenhof«-Chef informiert worden und am bewussten Glühweinstand angekommen, wo er aufgeregt wissen mochte, was passiert war.

Davon unbeeindruckt gebot der erfahrene Polizist der Medizinerin, sich um den inzwischen vermeintlich Toten zu kümmern, was sie auch ohne seine Aufforderung getan hätte. Aber kaum, dass sie sich zu ihm hinunterbeugte, riss er schlagartig die Augen auf und zog sie mit beiden Händen zu sich. Angelika bemerkte, dass sich seine Gesichtszüge verkrampft hatten und die Lähmung nun auch noch auf andere Muskelgruppen überzugehen schien. Dann begann der Jüngling zu röcheln und heftig nach Luft zu schnappen.

»Ja?«, fragte die Frau und hielt ein Ohr nahe an seinen Mund. Sie glaubte, dass ihr der Sterbende etwas mitteilen wollte. Aber außer ein »Monsieur Ru... Botu...« brachte er nichts mehr heraus, bevor er überhaupt keine Luft mehr bekam und elend erstickte. Weil die Ärztin nichts bei sich hatte, mit dem sie ihm auf die Schnelle hätte helfen können, musste sie hilflos mitansehen, wie er in ihren Armen verstarb. Weil sie zu diesem Zeitpunkt bereits gewusst hatte, was der Auslöser für seinen Tod gewesen war, hätte auch ein Luftröhrenschnitt nichts mehr geholfen.

Von dieser menschlichen Tragödie – der soeben Verstorbene war erst 23 Jahre alt gewesen – bekam Le Maire schon nichts mehr mit, weil er immer noch damit beschäftigt war, für Ruhe und Ordnung zu sorgen. »Kriminalpolizei! Treten Sie zurück! Alle!«, rief er der Menschenmenge zu, bevor er leise fluchend seine Dienstmarke suchte, um sie gleich darauf mehr oder weniger erkennbar in die Höhe zu halten. »Hat schon jemand den Notarzt und die Polizei informiert?«, wollte er von den herumstehenden Gaffern wissen, während er auch noch versuchte, die beiden total aufgelösten »Hexenhof«-Wirte auf Abstand zu halten und gleichzeitig die neugierige Menschenmenge zurückzudrängen. Weil dies aufgrund seiner alkoholbedingt ungelenken Gestikulation und das Verhalten der anderen Weihnachtsmarktbesucher, das er analytisch auf den gleichen Grund zurückführte, nicht gleich so klappen mochte wie er wollte, zückte er nun seinen Dienstausweis und schrie lauter als zuvor: »Kriminalpolizei! Bitte treten Sie etwas zurück!« Und – er konnte es kaum glauben – dies half auch, ohne dass die Leute etwas darauf erkennen, geschweige denn lesen konnten. Dass er den Gästen dieses Teils des Aachener Weihnachtsmarktes ein belgisches, also ein hier nicht unbedingt gültiges Dokument, entgegenstreckte, tat seiner Autorität keinen Abbruch, die Menschen wichen fast schon ehrfürchtig zurück.

»Das ist kein ›Hexenhof‹ mehr, sondern ein Hexenkessel!«, bemerkte der Kriminalpolizist – ganz in seinem beruflichen Element – seiner Partnerin gegenüber, während die Rechtsmedizinerin mehr oder weniger offiziell den Tod des Mannes feststellte, der ausgerechnet auf dem Boden jenes Glühweinstandes lag, in dem das blutrote Heißgetränk veredelt wurde.

»Wo ist dieser schräge Vogel, mit dem wir uns hier vor einer Stunde unterhalten haben?«, mochte Frederic von Angelika wissen, die aber nur antwortete: »Woher soll ich das wissen!«

Im Grunde genommen durften sich beide nicht mit dem Toten befassen; nicht nur, weil sie alkoholisiert waren, sondern, weil sie sich zudem in Urlaub befanden und der belgische Beamte hier sowieso keine Befugnisse hatte.

Weil es erfahrungsgemäß über die Feiertage hinweg sowohl für die Kripo, als auch für die Rechtsmedizin genug zu tun geben würde, wollten sie sich vorab noch ein paar gemeinsame Urlaubstage gegönnt haben. Aber dies dürfte sich zumindest für Angelika nun ja erledigt haben, – denn die Ärztin war trotz des doch beträchtlichen Alkoholkonsums offensichtlich noch so fit gewesen, dass sie die Todesursache jetzt schon hatte feststellen können, obwohl sie noch keine ordentliche Leichenbeschau vorgenommen hatte.

»Was ist? Hat endlich jemand die Polizei verständigt? Und wo bleibt der Notarzt?«, schrie indes Le Maire die Schaulustigen erneut an, weil er wusste, dass er schon wieder vergessen hatte, sein eigenes Handy zu laden. »Merde!«

*

Schon kurz darauf waren mit Peter Dohmen und Matthias Lehnen zwei Öcher Mordermittler mit ähnlich klingenden Nachnamen im »Hexenhof« angekommen, die vor allen Dingen auszeichnete, das sie – im Gegensatz zu ihrem belgischen Kollegen – zuständig und nüchtern waren. Dennoch war es ihnen nur mit Hilfe einiger uniformierter Kollegen gelungen, mühsam eine Schneise durch die immer noch neugierige Menschenmenge bis zum bewussten Glühweinstand hin zu schlagen und das Areal vor der Bude so mit einem Flatterband zu sichern, dass der jeden Moment eintreffende Notarzt und seine Sanitäter freie Bahn haben werden. »Wo bleiben die denn?«, schimpfte nun auch Dohmen, der Leiter der Aachener Mordkommission, ohne auch nur einen Fetzen davon gesehen zu haben, um was es hier überhaupt ging. Dafür entdeckte er im Gewirr der Menschen seinen Kollegen aus dem etwa 20 Kilometer entfernten Eupen. Leicht verwirrt, an einem deutschen Leichenfundort einen belgischen Kriminalbeamten zu sehen, der zudem auch noch vor ihm da gewesen war, entfuhr ihm nur ein abweisend klingendes »Frederic! Was machst *du* denn hier?«

»Ich wünsche dir auch einen schönen Tag, Herr Kollege!«, antwortete der in fast jeder Situation coole Belgier, der kurz die Luft anhielt, um nicht alkoholisiert aufzufallen, während er seinem Kollegen die Hand zum Gruß hinstreckte.

»Entschuldige! Die vielen Menschen hier machen einen

ganz verrückt! Sag mal, was ist hier eigentlich los und was tust du …?«

»Wieso?«, konterte Le Maire verschmitzt, noch bevor Dohmen seinen Satz beenden konnte. »Weißt du das etwa noch nicht?«

»Na ja!«, antwortete dessen sichtlich nervöser Amtskollege. »Auf einen Schlag gingen wohl an die zehn Anrufe in meinem Kommissariat rein, in denen unisono behauptet wurde, dass hier auf dem ›Hexenhof‹ ein Mord geschehen sei.« Der deutsche Mordermittler drehte sich um die eigene Achse, sah aber immer noch nichts, was ihn beruflich interessieren könnte. Da tauchte hinter dem Tresen der »Glühwein-Veredelungsbude« der Bommel einer mit Glitzerfäden durchwirkten und mit Sternen besetzten Strickkappe auf. »Hierher, Peter!«

»Angelika! Du auch hier? Ich dachte, du hast frei!« Jetzt verstand der verhältnismäßig junge Chefermittler der Aachener Kripo überhaupt nichts mehr. »Na endlich!«, rief er, als er den Notarzt und zwei Sanitäter mit Rucksäcken und einer Trage auf sich zueilen sah.

»Um was geht es?«, wollte kurz darauf der diensthabende Notfallmediziner als Erstes wissen und bekam von seiner Kollegin Dr. Laefers, die sich nun ganz erhoben hatte, die Antwort, indem sie zuerst nach unten zeigte, »Exitus« sagte, dann resigniert die Lippen zusammenpresste und die Augenbrauen nach oben zog.

Jetzt erst checkten auch die beiden deutschen Ermittler, dass sich die telefonisch angekündigte Leiche hinter dem Verkaufstresen befinden musste. Also traten sie näher, um darüber hinwegschauen zu können. »Warte, Angelika! Ich komme zu dir!«, sagte der Leiter der Aachener Mordkommission und drückte sich auch schon an Le Maire – der wieder die Luft anhielt – vorbei ins Innere der Bude. Nachdem Peter Dohmen sich zur Rechtsmedizinerin und zum Toten hinuntergebeugt hatte, rümpfte er die Nase. »Na, der hat ja ganz schön was intus!«, stellte er fast schon angewidert fest, anstatt etwas Pietät wegen des jugendlichen Alters der Leiche an den Tag zu legen.

Weil Angelika wusste, dass es nicht der Tote war, der stark nach Alkohol roch, drehte sie ihren Kopf weg und trat etwas beiseite. Von den anderen unbemerkt blies sie ihre Wangen auf und ließ mehrmals stoßartig Luft aus ihren Lungen entweichen. Dann kramte sie nach einem Pfefferminzbonbon, das sie allein schon wegen ihres Berufes immer beutelweise in irgendeiner Tasche hatte. Sie wollte nicht, dass ihr Kollege merkte, dass *sie* es war, von der dieser Geruch ausging. Bevor sie Stellung zur Erstuntersuchung der Leiche bezog, drückte sie sich ganz aus der Verkaufsbude heraus, um einen Sicherheitsabstand zu Peter Dohmen zu bekommen. Aber noch bevor sie dem Ermittlungsleiter etwas sagen konnte, wandte der sich an seinen Assistenten, um ihm aufzutragen, schleunigst die SpuSi hierher zu beordern. Weil Sonntag war und die Alarmfolge wohl deswegen nicht ordentlich geklappt hatte, wollte er es den Spurensicherern im Moment nachsehen, nicht als Erste am Tatort gewesen zu sein. Dennoch würde dies ein Nachspiel haben, je nach Wichtigkeit dieses Falles, von dem er noch nicht wusste, ob es überhaupt ein Fall war. Aber dies würde ihm die Frau Doktor ja gleich sagen.

*

Auf ein Zeichen seiner Partnerin hin hatte Frederic sich unbemerkt davongeschlichen. Nun wartete er schon über eine halbe Stunde im »Elisenbrunnen-Café« auf Angelika. Um sich zu sammeln und etwas herunterzukommen, hatte er sich vor Betreten des beliebten Cafés eine Zigarette gedreht und hektisch so lange daran gezogen, bis es ihn in die Wärme gedrängt hatte, weil dort sicherlich ein kühles Bier auf ihn warten würde. Nicht, dass er und Angelika notorische Trinker wären, – immerhin hatten sie frei und zudem war es Sonntag. Und da konnte es schon mal vorkommen, dass die beiden den Herrgott einen guten Mann sein und es sich gut gehen ließen. Dass es an diesem zweiten Advent allerdings etwas *zu viel* der vorweihnachtlichen Stimmung geworden war, mochte er ja selbstkritisch einräumen, – aber es war einfach zu schön auf dem »Hexenhof« und dann auch noch *so* gemütlich in der »Kulthütte« gewesen, dass sie einfach nicht hatten gehen wollen. Dennoch oder gerade deswegen hatte er von seinem deutschen Kollegen keine hämische Bemerkungen hören wollen. Da war es nur gut gewesen, dass Angelika so schnell reagiert hat, dachte er sich versonnen, während er den ersten Schluck des zweiten herrlich kühlen Bieres genoss, obwohl es kein belgisches Gebräu war.

*

»Gift! Zweifellos ein Giftmord!« Weil der Alkohol jetzt erst richtig zu wirken begann, wollte sich Dr. Angelika Laefers zur selben Zeit vor dem Ermittlungsleiter ebenfalls nicht die Blöße geben, als Trinkerin dazustehen. Deswegen hatte sie sich eine Mimik zurechtgelegt, die deutlich machen sollte, dass sie es eilig hatte. »Tut mir leid, aber ich muss leider fort!«

»Hast du alles …«

»Ja!«, unterbrach die Ärztin Peter Dohmen in gewohnt selbstbewusst klingendem Ton. »Ich habe *alles* festgestellt, was es ad hoc am Sterbeort eines Menschen und an einer Leiche festzustellen gibt: Exitus durch Toxin! Der Rest ist Sache der SpuSi!«

»Gift?« Peter Dohmen und dessen Stellvertreter schauten sich an, als wenn sie nicht glauben konnten, was sie soeben gehört hatten.

»Ja! Und auf den ersten Blick konnte ich keine andere Gewalteinwirkung erkennen! Mehr dazu …«

»… wenn du ihn auf deinem Tisch hast!«, ergänzte Dohmen aus Erfahrung heraus. Vor ihm und Lehnen lag ein junger Mann, den die Aachener Rechtsmedizinerin soeben als ermordet deklariert hatte. Dabei hatte sie dies in einem solch festen Ton gesagt, als wenn für sie keinerlei Zweifel bestünden, dass er vergiftet worden war.

»Habt ihr einen Plastikbeutel für mich?«, fragte sie und tütete gleich darauf den Glühweinbecher ein, der auf dem Tresen gelegen hatte.

»Ist das der Becher, in dem …«

»Vermutlich!«, antwortete Angelika knapp und empfahl, auch das noch volle Trinkgefäß und die Tischdecke mitzunehmen. Dann stand sie auf, um gehen zu können. »Wenn die SpuSi fertig ist, könnt ihr ihn in die Gerichtsmedizin bringen und von meinem diensthabenden Kollegen in ein Kühlfach schieben lassen! Ich kümmere mich dann morgen um ihn! Tschü-üss!«

»Was für ein Weib!«, murmelte Dohmen zur weiteren Verwirrung seines engsten Mitarbeiters. »Na gut, dann …«

*

»Entschuldige, Schatz, aber du weißt ja selbst ...« Angelika wirkte abgehetzt.

Anstatt seine Partnerin nett zu begrüßen und sie zu fragen, was sie trinken mochte, kam Frederic lediglich ein »Und?« über die Lippen. Während er ungeduldig auf eine Antwort wartete, drehte er sich eine Zigarette.

»Lass mich erst zur Toilette, um mir etwas Wasser ins Gesicht klatschen zu können«, gab seine soeben eingetroffene Partnerin zur Antwort, anstatt auf das ungemütlich drängende »Und« einzugehen. »Bestellst du mir bitte schon mal einen Kaffee und ein Mineralwasser?« Dann war sie auch schon wieder verschwunden.

Als sie kurz darauf ihrem beruflichen und privaten Partner gegenüber saß, ließ sie sich darüber aus, was wäre, wenn Peter Dohmen gemerkt hätte, dass sie am Sterbeort eines Mordopfers alkoholisiert gewesen war. »Wie peinlich wäre das denn gewesen! Aber er hat – glaube ich – nichts bemerkt.«

»Und?«, kam es wieder von Frederic, der ihr zwar aufmerksam zugehört, sich aber auf diese Marginalie nicht eingelassen hatte. Inzwischen hatte er seine dritte Zigarette gedreht, wovon er zwei im Tabakbeutel deponiert hatte und sich nun eine hinters Ohr steckte.

Nachdem Angelika das aus Frederics Sicht viel zu teure Sprudelwasser fast auf einen Zug in sich hineingeschüttet hatte, begann sie erst, ihren Kaffee trinkfertig zu machen, bevor sie über ihren neuen Fall zu berichten begann: »Also gleich nachdem du weg warst, ist die SpuSi eingetroffen. Nach dem ersten Infoaustausch haben Peter und Matthias damit begonnen, in einer Art Separee in der Kulthütte die beiden Wirte, deren Mitarbeiter und diejenigen der neugierigen Gaffer zu vernehmen, die ihnen allzu vorlaut vorgekommen waren. Ich denke, dass meine beiden Kollegen morgen damit im Kommissariat weitermachen werden und die Protokolle spätestens am Dienstag fertig sind.«

»Und?« Frederics Ton hatte sich ein wenig verschärft.

»Schon gut: Ich komme ja gleich auf den Punkt!«, blaffte Angelika in ähnlichem Ton zurück.

Na also, geht doch, dachte sich Frederic, dessen Schmunzeln Angelika nicht bemerkte, weswegen sie nun loslegte: »Ich kann eindeutig eine Toxinvergiftung voraussetzen, weil der junge Mann noch gelebt hat, als ich mich um ihn gekümmert habe. Denn kurz bevor er gestorben ist, habe ich absteigende Lähmungen seiner Gesichtsmuskulatur bemerkt, die dann auch auf andere Muskelgruppen übergegriffen haben. Dies hat zu einer Lähmung der Atemmuskulatur und letztlich zum Ersticken geführt! Zudem haben seine übergroßen Pupillen auf eine Lähmung des dritten Hirnnervs hingewiesen und …«

»Kann dies nicht auch andere Ursachen haben? – Medikamente oder Drogen zum Beispiel in Verbindung mit Alkohol!«, unterbrach Frederic nicht gerade höflich.

»Ja, schon! Aber …«

»War's das?«, unterbrach Frederic schon wieder, weil er in seinem jetzigen Zustand keinen medizinischen Fachvortrag hören mochte.

Angelika schüttelte gleichsam verärgert wie nachdenklich den Kopf und bestellte sich bei der vorbeilaufenden Bedienung ein weiteres Mineralwasser. »Nein! Er wollte mir noch etwas sagen!«

Nun wurde Frederic neugierig und wollte wissen, was der junge Mann kurz vor seinem Tod von sich gegeben hatte.

Angelika überlegte kurz, ob sie ihn wegen seines uncharmanten Verhaltens ärgern und ihre Antwort hinauszögern sollte, entschied sich dann aber doch, kein Spielchen mit ihm zu spielen. Also sagte sie knapp: »›Botu!‹ und ›Monsieur Ru‹!«

»*Was?*«

»Du hast richtig gehört! Er hat mir nur diese beiden Wortfetzen ins Ohr gehaucht, dann war Schluss.

»Botu Botu!«, presste Frederic heraus, während er seine Gehirnsynapsen auf Touren brachte. »Und was mag er mit ›Monsieur Ru‹ gemeint haben? Möglicherweise ausländisch.«

»Wirklich sehr gut erkannt, Monsieur le Commissaire!«, spöttelte Angelika.

Frederic ging nicht darauf ein. Aber er konnte nachdenken, wie er wollte: Das Rätsel war im Moment nicht zu lösen. Dies vereitelte allein schon der Alkohol, der es sich zwischenzeitlich ganz schön bequem in seinem Hirn gemacht hatte. Um sich besser konzentrieren zu können, ging er auf eine Fluppe nach draußen.

# KAPITEL 2

»Du Arschloch! Was hast du dir nur dabei gedacht? Selbst schuld!«, schallte es tags darauf keine zehn Kilometer von der wallonischen Provinzhauptstadt Lüttich entfernt durch eine aufgelassene Wellblechhalle der ehemaligen Schiffswerft bei Herstal an der Maas. Auf dem Boden kniete ein vor Angst zitternder Kleinganove mit auf dem Rücken zusammengebundenen Händen vor einem großen Kerl, der in aller Seelenruhe die Ärmel hochkrempelte. Dabei legte er seine tätowierten Unterarme frei, die vom Tageslicht getroffen wurden, das sich durch ein paar der Löcher im Dach quetschte.

Weil der auf dem Boden kniende 38-jährige Mann von einer lähmenden Todesangst gepackt worden war, starrte er mit weit aufgerissenen Augen auf die Tätowierungen, die auf beiden Armen des Hünen aus bunten Blumen bestanden, die mehrere Totenköpfe umrankten. »Gib es endlich zu!«, schrie der bullige Typ und versetzte seinem Opfer schon wieder eine schmerzhafte Backpfeife.

»Ich war's nicht!«, beteuerte der auf dem Boden Kniende zum wiederholten Mal und bekam dieselbe Rückfrage wie schon zuvor: »Wer dann?«

»Ich weiß es wirklich nicht!«

Schon wieder klatschte es. Der vor sich hin winselnde Mann wusste längst, was auf ihn zukommen würde.

Dieses Frage-Antwort-Spiel zog sich so lange hin, bis eine tiefe, aus einem dunklen Teil der großen Halle kommende Stimme drang: »Es reicht! Jetzt mach schon, Guido!«

Nun zeigte sich, dass das wehrlose Opfer mit der Einschätzung seiner Situation richtiggelegen hatte, denn ihm wurde eine Pistole direkt auf eines seiner Augen gedrückt. »Tut mit leid, Jupp! Aber du weißt ja, dass der Chef keine Fehler duldet! Adieu, mon ami!« Und schon krachte es.

*

Zur selben Zeit hatten sich die Protagonisten vom Vortag im Sezierraum der Aachener Gerichtsmedizin zusammengefunden, – inklusive des Toten und des belgischen Ermittlers waren alle anwesend. Neu in der Runde war lediglich Doktor Laefers' Assistenzarzt Jussuf Abdalleyah, ein klein gewachsener Jemenite, dessen viel zu große Brille ihn wie einen Frosch aussehen ließ.

Vorangegangen waren die restlichen Vernehmungen in der Kulthütte des »Hexenhofs« durch Hauptkommissar Dohmen und Kommissar Lehnen sowie ein darauf folgendes Gespräch der beiden deutschen Ermittler mit Aachens Oberstaatsanwalt Dr. Knopp in dessen Büro. Weil Dr. Laefers und ihr Assistent mit dem Toten ein berufliches Rendezvous gehabt hatten, war es für die Rechtsmedizinerin unmöglich gewesen, an diesen Gesprächen teilzunehmen. Dafür hatte der belgische Commissaire de criminelle Frederic Le Maire die Ehre gehabt, als Gast dabei sein zu dürfen, obwohl er einer der Zeugen und kein beteiligter Ermittler war. Und weil am Vortag bei der Glühweinbude niemand mitbekommen hatte, dass er dem Alkohol in zu hohem Maße zugetan gewesen war, wurde er genauso ernst genommen wie die Rechtsmedizinerin, die in ihrer weißen Arztkleidung trotz der hellblauen, mit Blut besudelten Plastikschürze hinreißend aussah, als sie das Wort ergriff: »Also, meine Herren! Wie wir inzwischen alle wissen, handelt es sich bei dem Toten um Hubertus von Syrgenstein, einen 23-jährigen Studenten der Ökotoxikologie im zweiten Semester an der RWTH Aachen.« Bevor die Ärztin zur Sache kam, nahm sie einen Schluck Wasser. »Was ich gestern schon feststellen konnte, hat sich bei der heutigen Autopsie eindeutig bestätigt: Er wurde vergiftet! In seinem Magen befanden sich neben halb verdauten Pommes fr...« Weil Angelika gerade noch gemerkt hatte, dass ihr zumindest aus belgischer Sicht fast etwas sachlich Unkorrektes herausgerutscht wäre, schaute sie Frederic entschuldigend an, bevor sie sich korrigierte: »Ich meine Fritten! In seinem Magen befanden sich Fritten, eine etwa ebenfalls eine Stunde zuvor verspeiste, weiße Currywurst, ein besonders gut zerkautes Brötchen, Mayo und Ketchup!«

»Aha, die Wurst war also vergiftet?«, griff Lehnen den Ausführungen der Ärztin vor und handelte sich dafür einen Rempler seines Chefs ein.

»Nein!«, dementierte Dr. Laefers streng. »Das Gift wurde ihm zusammen mit Glühwein zugeführt.« Sie ging kurz zu einem – wie alles in diesem Raum, verchromtem – Beistelltisch und hob fast ein wenig triumphierend darüber, dass sie trotz ihrer gestrigen Verfassung daran gedacht hatte, ihn mitzunehmen, den eingetüteten Becher in Stiefelform hoch, der in der Verkaufsbude auf dem Boden gelegen hatte. »Darin befand sich Glühwein mit Gift! Obwohl es eine solch kleine Menge Toxin war, dass sie kaum nachgewiesen werden konnte, hätte sie laut KTU-Labor einen Elefanten umgehauen! Deshalb wundert es mich, dass er erst eine Viertelstunde nach dessen Konsum verstorben ist! Wahrscheinlich hat er nur einen kleinen Schluck zu sich genommen. Zumindest würde der Mageninhalt darauf hinweisen«

»Und um welche Art Gift handelt es sich?«, wollte Peter Dohmen wissen.

Angelika lächelte wissend. »Das kann ich dir ganz genau sagen, weil es unser Labor zwischenzeitlich herausgefunden hat: Es handelt sich um BTX! – Botulinum Neurotoxin. Das Gift mit den tödlichsten aller bekannten Substanzen! Denn schon ein einziges Gramm kristallisiertes Toxin reicht aus, um mehr als eine Million Menschen zu töten. Paradoxerweise wird dieses Gift ausgerechnet in der Schönheitsbranche verwendet.«

Die Gerichtsmedizinerin schaute in durchwegs interessierte, aber auch ungläubige Gesichter.

Lediglich Frederic konnte sie ansehen, dass er sofort verstanden hatte, um was es ging: Botu… hat er kurz vor seinem Tod gesagt, dachte er sich. Botu…linum! Also kannte der Ermordete nicht nur dieses Gift, sondern hatte auch eine Beziehung dazu.« Bevor Angelika weiterreden konnte, legte er unauffällig einen Zeigefinger auf seine Lippen, was ihr deuten sollte, dies im Augenblick noch nicht zu sagen, – zu sehr genoss er es, von etwas Kenntnis zu haben, was seine deutschen Kollegen Peter Dohmen und Matthias Lehnen noch nicht wussten.

»Darf ich … Danke!«, nahm sich Dr. Laefers wieder das Wort und fuhr fort: »Wir Frauen kennen Botulinum unter der Bezeichnung ›Botox‹, meines Wissens nach das erste und einzige biologische Gift, das zur kosmetischen und medizinischen Behandlung am Menschen zugelassen ist.«

Der Aachener Chefermittler hob eine Hand um das Wort zu bekommen. »Todeszeitpunkt?«

»Auch das kann ich dir ziemlich genau sagen, mein lieber Peter: 17 Uhr plus/minus.«

»Keine weiteren Hinweise für irgend eine andere Fremdeinwirkung?«, mochte nun Le Maire wissen, obwohl er sich eigentlich nicht einmischen wollte.

Angelika schüttelte den Kopf. »In der Kürze der Zeit: Nein! Allerdings schaue ich mir ihn noch einmal genau an. Ich wollte euch nur schon vorab informieren.«

»Eine Frage beschäftigt mich noch. Darf ich?«

Über die Höflichkeit seines ansonsten doch wohl eher rüpelhaften belgischen Kollegen erstaunt, nickte Peter Dohmen gönnerhaft.

»Danke! Äh … etwa zwei Stunden vor dem Tod des Studenten war ich an diesem Glühweinstand und habe dort einen Glühwein getrunken. Und der war – wie ihr an mir seht –, *nicht* vergiftet!«

Als Frederic dies sagte, wurde Angelika erst so richtig bewusst, dass es möglicherweise auch ihn und sie hätte treffen können, ja vielleicht sogar sollen.

»Aber dies wollte ich nicht sagen«, fuhr Le Maire fort, obwohl er sich schon etwas dabei gedacht hatte. »Vielmehr wollte ich sagen, dass der Glühweinstand da noch durch einen anderen Mann besetzt war. Ich habe mich dort mit einem komischen Typen unterhalten, der wohl an diesem technisch hervorragend ausgestatteten Verkaufsstand für die ›Veredelung‹ des Glühweins und für die Glühweinversorgung auf dem gesamten Gelände des ›Hexenhofes‹ zuständig war! Ein unangenehmer und schräg auf mich wirkender Vogel, aber einer, der auf mich den Eindruck gemacht hat, dass er stolz auf seinen Job ist, wahrscheinlich weil er nichts Gescheites gelernt hat! Jedenfalls hat er mir gegenüber so getan, als wenn es *sein* Stand wäre, an dem nur er klarkommt und sonst niemand. Weshalb also – und das frage ich mich ernsthaft – stand plötzlich Hubertus von Syrgenstein hinter dem Verkaufstresen? Wo ist der andere abgeblieben? Gehörte ihm das zweite Trinkgefäß oder einem unbekannten dritten Mann? So wie es aussieht, kannte der Ermordete seinen Mörder und hat mit ihm zusammen seinen letzten Schluck Glühwein getrunken.«

Le Maire hatte mit seiner Andeutung erreicht, was er hatte erreichen wollen, denn sein deutscher Kollege warf nun die Frage in den Raum, ob der Giftanschlag möglicherweise dem anderen Typen gegolten haben könnte, den Le Maire offensichtlich nicht mochte. Obwohl er auch in Betracht zog, dass der Anschlag ihm oder Angelika gegolten haben könnte, sprach Frederic dies nicht laut aus.

»Du meinst, es könnte eine Verwechslung gewesen sein?«

Sehr gut, mein lieber Peter, dachte Le Maire und gab ihm und dessen Assistenten eine Denkaufgabe: »Der Tote war doch ein Student der Ökotoxikologie, oder?«

»Das heißt, dass er dieses Gift selbst hätte herstellen können«, schoss es nun aus Dohmens Stellvertreter heraus, der vorsichtig geworden war, weil er nichts Falsches sagen mochte, das seine Beförderung ausbremsen konnte.

Nachdem Angelika ihm dies bestätigt hatte, empfahl der Belgier seinen deutschen Kollegen, das Umfeld des Ermordeten abzuklopfen und sich gleichzeitig um diesen merkwürdigen »Glühweinveredler« zu kümmern, den noch keiner der anderen kannte. »Die Betreiber des ›Hexenhofes‹ werden euch sagen können, wie ihr Mitarbeiter heißt, wo er wohnt und so weiter. Solltet ihr kein Foto von ihm auftreiben können, stehe ich gerne für das Erstellen eines Phantombildes zur Verfügung.«

Allerdings wusste er nicht, ob beides interessante Spuren waren. Er konnte nur vermuten, dass das Studium des Toten in Zusammenhang mit Botulinumtoxin kein Zufall sein und mit dessen eigenem Tod in Verbindung gebracht werden konnte. Aber auch sonst würden sich noch Tausend Fragen ergeben.

Dass er Angelika in Bezug auf ihren gemeinsamen Besuch des »Hexenhofes« außen vor gelassen hatte, quittierte sie mit einem dankbaren Lächeln und mit für den Bruchteil einer Sekunde gespitzten Lippen.

*

Obwohl Angelika die Sache mit dem toten Studenten keine Ruhe ließ und es eigentlich ihre Aufgabe wäre, bei der weiteren Auflösung des mysteriösen Falls mitzuwirken, hatte sie von Dr. Knopp die Order bekommen, nach gänzlich beendeter Leichenbeschau ihren unterbrochenen Urlaub wieder aufzunehmen. Damit wollte der Oberstaatsanwalt noch zum Jahresende hin Überstunden abbauen. »Wenn es was Neues gibt, melden wir uns selbstverständlich sofort bei Ihnen.«

»Deine Beurlaubung galt nicht dir, sondern mir. Da steckt bestimmt Peter dahinter, der mich aus den Füßen haben möchte. Er hat Angst davor, dass ich mich schon wieder einmal allzu sehr einmischen und ihm die Schau stehlen könnte«, wetterte Frederic, der vermutete, dass sein deutscher Kollege auf diese Art und Weise dafür sorgen wollte, mit Angelika auch ihn aus dem Weg zu haben. Denn wenn Angelika nicht an dem Fall arbeiten durfte, wäre quasi automatisch auch er kaltgestellt. Da dies zu funktionieren schien, entschlossen sie sich dazu, die Sache so zu akzeptieren wie sie war. Also wollten sie die Zeit nutzen, um für ein paar Tage nach Lüttich in Frederics alte Wohnung zu fahren. Denn zwischen den beiden war sowieso schon ausgemacht worden, gelegentlich den dortigen Marché de Noël zu besuchen. Und jetzt schien die Gelegenheit dazu gekommen zu sein. Weil sie momentan aber von Weihnachtsmärkten genug hatten, war Frederic auf die Idee gekommen, stattdessen in seine dortige Stammkneipe »Å Pilori« zu gehen, um dort ein paar alte Kameraden des von ihm gegründeten Vereins »Die Königstreuen« zu treffen. Damit seine Freunde auch ihre Frauen mitbringen würden, musste er allerdings erst noch ein paar Telefonate führen. Als er dies tun wollte, fluchte er laut, denn er hatte den Akku seines Handys immer noch nicht aufgeladen.

*

Das »Å Pilori« lag direkt am Place du Marché, also direkt gegenüber der Straße und der Ecke Rue de Rex/Rue de la Violette, wo sich Frederics dortige Lieblingsfriterie »Du Perron« befand, die seinem alten Freund Fritten-Ralf gehörte. Und von dort aus waren es nur etwa 200 Meter eine Gasse hinunter zu seiner Lütticher Wohnung, die er zumindest noch so lange behalten wollte, bis sich auch im Alltagsleben herausgestellt hatte, dass er und Angelika unter »lebensechten Bedingungen« zusammenpassten. Und solange Frederic nicht hundertprozentig sicher war, dass er im ostbelgischen Eupen bleiben mochte, wollte er seine hiesige Wohnung in der Rue de la Violette 120 nicht aufgeben.

Außerdem war er irgendwie immer noch nicht ganz in seinem neuen Job angekommen, weswegen es ihn von

Zeit zu Zeit in seine alte Dienststelle, zur Mordkommission Lüttich, zog, wo er stets ein willkommener Gast war, obwohl im Grunde keiner seiner ehemaligen Kollegen und Vorgesetzten verstanden hatte, weshalb er es wegen seiner beruflichen Neuorientierung auf sich genommen hatte, ins wesentlich kleinere Eupen zu ziehen, finanziell stehen zu bleiben und zudem eine weitere Beförderung in weite Ferne rücken zu lassen. Gut: In Eupen gab es zwar außer einer »Lokalen Polizei« auch die »Föderale Kriminalpolizei«, also eine regionale und eine landesweit tätige Dienststelle der belgischen Polizei, aber – und dies war der Casus knacksus an der Sache – es gab in Eupen keine eigenständige Mordkommission! Unter seiner Regie mussten sich seine ihm dort untergestellte Kollegin und die beiden Kollegen also mit allem befassen, was anfiel, – irgendwann vielleicht sogar auch wieder einmal mit einem Mord. Aber der letzte – sogenannte »Frittenmord« – in Eupen war auch schon wieder ein Jahr her. Seither hatte es Le Maire in seinem neuen Weser-Göhler Wirkungskreis meist mit kleinen, höchstselten aber mit wirklich schweren Jungs zu tun gehabt.

Trotz alledem hatte der eigenbrötlerische und kauzige »Superbulle« gewusst, weshalb er sich darauf eingelassen hatte: Er wollte einfach nur mit Angelika zusammen sein, der eine Penthousewohnung in einer der schicksten Aachener Gegenden gehörte, die für eine Person im Grunde genommen viel zu groß war. Und die Lage war in jeder Hinsicht ideal: Ins Zentrum der pulsierenden Studentenstadt hinein mussten sie mit dem Auto nur 15 Minuten in Kauf nehmen. Und bis zu seiner Eupener Dienststelle waren es auch nur schlappe 18 Kilometer, für die er sogar mit der »Göttin«, wie sein genau 40 Jahre alter mintfarbener Citroën DS von ihm und anderen Kennern dieses Liebhaberstücks liebevoll genannt wurde, trotz der vielen Geschwindigkeitsbeschränkungen keine halbe Stunde benötigte. Dazu kam noch, dass ein über 30 Jahre altes Fahrzeug in Deutschland von Staatsseite aus offiziell als »Oldtimer« galt und dafür keine KFZ-Steuer bezahlt werden musste. Und in Belgien war alles, was mit Autos zu tun hatte, sowieso viel teurer als in Deutschland. Dementsprechend hatte er Angelika gegenüber kein Argument mehr gehabt, um sich vor einem Umzug von Lüttich nach Aachen drücken zu können. Also hatte er sich – wohlgemerkt in bierseliger Laune, wie er stets betonte – von seiner Geliebten zu dieser grundlegenden Lebensumstellung überreden lassen. Dies hatte er aber auch nur getan, weil es von Angelikas Wohnung bis zum belgischen Grenzort Kelmis nur sechs Kilometer bei acht Minuten Fahrzeit waren. Also musste er sich längstens eine Viertelstunde gedulden, wenn ihn der Durst nach einem leckeren Jupiler quälte. Und dies gab es in Kelmis bei Georgette im Café »Les Artistes« oder bei Sabine im »Sportzentrum«, zwei seiner dortigen Lieblingslokale, wo er das perfekt gezapfte und bestens temperierte Bier zusammen mit netten Leuten trinken konnte. Und bis zu seinem Freund Leo, dem seit Kurzem die weit über die Grenzen von Kelmis hinaus bekannte »Friterie Central« gehörte, war es auch nicht weiter. Nur zur schräg gegenüber liegenden Kneipe »D'r Lange Ruwe« ging er nicht gerne. Wenn die Lust auf Fritten so stark drückte, dass es kaum noch zu ertragen war, fuhr er allerdings in den »Touring-Grill«, ein gut besuchtes Lokal gleich hinter der Grenze, das noch vor allen anderen belgischen Frittenbuden und Getränkeläden Position bezogen hatte. Aus belgischer – besser gesagt: aus Frederics –

überkritischer Sicht waren die Fritten dort zwar nicht alleroberste Spitzenklasse, aber immer noch wesentlich besser als sämtliche Pommes frites, die er je in Deutschland hatte essen »müssen«. Hauptsache, er hatte das Gefühl, jederzeit *belgische* Fritten genießen zu können.

✳

Es war noch keine halbe Stunde her, dass sie Lüttich erreicht und in Frederics Wohnung angekommen waren. Und schon drang ein lautes »Merde!« aus einem geschlossenen Fenster im ersten Stock des grau getünchten Hauses in der Rue de la Violette 120 bis zur Straße hinunter.

»Wenn wir schon mal in Lüttich ausgehen, dann möchte ich, dass du gut aussiehst, Lemmi! Außerdem ist es draußen eiskalt!«, hatte Angelika ihrem eigenwilligen Partner kurz zuvor zugesäuselt und ihm eine total hippe Steppjacke mit Kunstfellkragen vor die Brust gehalten. »Passt!«

Nachdem Frederic sich das sündhaft teure Designerstück mit dem glitzernden Roberto Geissini-Motiv auf dem Rücken notgedrungen übergestreift hatte, war er sich vorgekommen wie ein läufiger Polarfuchs. »Das bin doch nicht ich!«, hatte er noch einmal aufbegehrt, dies aber gleich wieder gelassen, nachdem er Angelikas stechenden Blick gesehen hatte.

✳

Eine Stunde später saßen sie im »À Pilori« in gemütlicher Runde mit einigen von Frederics Vereinskameraden und deren Frauen oder Freundinnen zusammen. Weil er die Gelegenheit nutzen wollte, um seinen ehemaligen Stellvertreter zu treffen, war auch Pat Miller – inzwischen Kriminalhauptkommissar und an seiner Stelle Chef der Mordkommission Lüttich – mit seiner Frau Cloé dazugestoßen. Angelika hatte Cloé über dieses Treffen informiert. Hätte Frederic etwas von Angelikas gelungener Überraschung gewusst, wäre ihm in den Sinn gekommen, auch seine anderen ehemaligen Kollegen Bribanté, Lassarde und Soquett dazuzubitten. So aber war ihm nur ein leicht enttäuschtes »Schade!« geblieben.

Als Le Maires Nachfolger bei der Mordkommission Lüttich von seinen Mordfällen berichtete, wurde es dem »Exil-Aachener« wegen seines bisher eher bescheidenen »Geschäftsgangs« in Eupen so richtig wehmütig ums Herz. Dennoch hörte er dem jungen Kollegen gerne zu und gab ihm sogar ein paar wertvolle Tipps. Während die Belgierinnen von Angelika wissen mochten, was »Frau« in Aachen so trägt und wo sie am besten einkaufen konnte, besprachen die Männer vorab schon mal den nächsten Vereinsausflug, der dieses Mal bis nach Antwerpen hoch gehen sollte, nachdem sie der letzte Ausflug »nur« bis nach Brüssel geführt hatte. Weil Frederic aus beruflichen Gründen nicht daran hatte teilnehmen können, war schon wieder Wehmut über ihn gekommen, die er aber sofort abstreifte, indem er sie im Bier ertränkte.

Weil sie an diesem Abend viel schwatzten, scherzten und lachten, verging er wie im Flug. Während Frederic es sich bei etlichen Gläsern Leffe – einer *der* belgischen Bierspezialitäten schlechthin – hatte gutgehen lassen, war Pat den ganzen Abend über bei Mineralwasser geblieben, weil er Bereitschaft hatte. Und man wusste ja nie! Lediglich den Verdauungspastis nach dem köstlichen Essen hatte auch er nicht ausgeschlagen.

Nachdem so nach und nach die meisten anderen gegangen waren, schlug die gut gestimmte Cloé vor, noch auf einen Absacker in den Musiker- und Künstlertreff, das Café chantant »Aux Olivettes« in der Rue Pied-du-Pontes-Arches zu gehen. »Ist ja nicht weit von hier!«

Gerade erst hatten sie ihre Getränke bekommen, da klingelte auch schon Pat Millers Handy. Als wenn Frederic Le Maire ahnen würde, um was es ging, orakelte der Eupener »Allgemeinermittler« zynisch: »Sicher ein Mord!«

*

Und schon wieder sah sich der einstige »Superbulle« von Lüttich als Statist, der auch nur deswegen zum Fundort einer Wasserleiche an die Maas hinunter hatte mitgehen dürfen, weil der Ermittlungsleiter sein ehemaliger Stellvertreter gewesen war und sie auch heute noch ein gutes Verhältnis verband, – zudem war es vom »Aux Olivettes« nicht weit gewesen, weswegen sie zu Fuß hatten gehen können.

»Ich verbitte mir aber jegliche Einmischung«, hatte Miller mit erhobenem Zeigefinger gesagt, weil er seinen Exchef nur allzu gut kannte.

Weil Le Maire sowieso keine Lust dazu hatte, seinem ehemaligen Adjutanten von der zweiten Reihe aus zu helfen, hatte er sich vorgenommen, die Sache zwar zu betrachten, aber nicht einzugreifen. Missgestimmt kramte er noch beim Gehen seinen Tabakbeutel heraus, um sich gleich eine Zigarette drehen zu können, wenn sie am Fundort der Leiche angekommen waren und er sich in der Rolle eines gewöhnlichen Gaffers wiederfinden würde.

Als sie an der bewussten Stelle am Ufer der Maas ankamen, eilte ihnen auch schon ein uniformierter Polizist entgegen, um hastig sein bisheriges bescheidenes Wissen an den Leiter der hiesigen Mordkommission weiterzugeben.

»Ist das alles?«, mochte Miller von seinem Mitarbeiter wissen und somit zum ersten Mal bei einem Leichenfund nicht Le Maire, den ein ungewohntes Gefühl des »Nichtgebrauchtwerdens« ergriffen hatte.

»Ja, er hat keine Ausweispapiere bei sich. Übrigens: Dr. Dutileux und die Spurensicherung sind informiert«, antwortete der Streifenpolizist eilfertig.

»Gut! Und was ist mit Bribanté, Lassarde oder Soquett? Immerhin haben wir hier eine Leiche«, forderte der junge Chefermittler streng eine Antwort über den Verbleib wenigstens eines seiner drei Mitarbeiter ein.

»Soquett ist unterwegs hierher! Bribanté und Lassarde konnte ich noch nicht erreichen«, kam es nun etwas kleinlaut zurück.

»Schon gut, Kollege!« Miller hatte seinen schroffen Ton zurückgenommen, weil er sich darüber freute, dass angesichts seines ehemaligen Chefs alles gut zu laufen schien und die anderen Streifenpolizisten bereits damit begonnen hatten, das Areal um den Leichenfundort herum großräumig mit Flatterbändern abzusichern.

Weil sie selbst wegen der räumlichen Nähe schneller vor Ort gewesen waren als der örtliche Rechtsmediziner, hatte Pat Miller der deutschen Ärztin gestattet, sich den Mann schon mal anzusehen, den zwei Nachtangler vor knapp einer halben Stunde aus dem Fluss gefischt hatten. Es dauerte nicht lange und Dr. Laefers bestätigte nicht nur dessen Tod, sondern lieferte auch den Grund dafür: »Er wurde exekutiert!«

»Was?«, entfuhr es Miller wegen Le Maires Anwesenheit fast eine Spur zu erschrocken.

»Ein aufgesetzter Schuss, direkt ins rechte Auge. Sicher ein Durchschuss!«

»Wie kamen Sie denn so schnell darauf?«, wunderte sich Miller über die Annahme, dass es ein Durchschuss war.

Die erfahrene Medizinerin leuchtete mit der Stablampe, die ihr einer der Polizisten gegeben hatte, auf das Einschussloch, das sich akkurat mitten im rechten Auge des Toten befand. »Sehen Sie die ›Stanzmarke‹? Der Mörder hat ihm die Schusswaffe fest aufs Auge gedrückt.«

Dann sagte sie: »Darf ich?« und drehte den Kopf des Toten so zur Seite, dass beide dessen Rückseite sehen konnten.

Dr. Laefers musste nun nichts mehr zum Thema »Durchschuss« sagen. Stattdessen ergänzte sie: »Ich denke, es war ein Neun-Millimeter-Vollmantelgeschoss«

»Und wann?«

»Moment!« Dr. Laefers ließ sich von einer Polizistin ein neues paar Latexhandschuhe geben, dann hantierte sie so lange am Leichnam herum, bis sie die Antwort hatte: »Vor etwa sechs Stunden …«

»Ja, ja, ich weiß schon: plus/minus«, ergänzte Miller die Feststellung der Ärztin, während er im Stillen zurückrechnete: »Exitus also etwa um 16 Uhr.«

Dr. Laefers nickte. »In etwa.«

Als dann ihr junger örtlicher Kollege Dr. Dutileux und die Spurensicherer eintrafen, streifte sie die Handschuhe wieder ab und trat zurück, um den zuständigen Ermittlern Platz zu machen.

Auf das knappe »bonne soirée« des jungen Mediziners antwortete Dr. Laefers: »Ihnen auch einen guten Abend, Monsieur Docteur Dutileux.«

Die beiden kannten sich noch nicht persönlich. Deswegen stutzte der Arzt, als er von der hübschen Frau mit Namen begrüßt wurde.

Weil es um dieses Jahreszeit normal war, dass es abends um diese Zeit kalt wurde und Le Maire keine Verbindung zum Mordfall in Aachen sah, machte er – trotz seiner wärmenden Steppjacke – den Vorschlag, ins »Aux Olivettes« zurückzukehren, um nachzusehen, ob Cloé noch dort war. »Die Nacht ist noch jung! Und hier haben wir nichts zu melden, oder? Wir haben Urlaub und können morgen ausschlafen.«

Obwohl es Angelika kaum fassen konnte, dass Frederic sich nicht in Millers weitere Ermittlungen einmischen mochte und sich dennoch entspannt gab, freute sie sich über den Vorschlag.

»Wir sehen uns? Lass von dir hören!«, riefen sie Miller zu, bevor Angelika sich bei Frederic einhakte. Obwohl der »arbeitslose« Ermittler aus Eupen Kreide gefressen zu haben schien, nahm sie ihm die nach außen gezeigte Lockerheit nicht ganz ab.

✳

Der »Superbulle« war es früher von Lüttich aus in der gesamten Wallonie und heute von Eupen aus im dortigen Gebiet der deutschsprachigen Gemeinschaft her gewohnt, stets die unangefochtene Nummer Eins der Ermittler zu sein, auch wenn es während seiner Dienstzeit in Eupen noch keinen einzigen Mord gegeben hatte. Deswegen war er tatsächlich noch Tage später innerlich verärgert darüber, bei zwei offensichtlichen Mordfällen in seinem direkten Umfeld nichts zu melden gehabt zu haben. Es hatte ihn gekränkt, bei Polizeieinsätzen einfach so links liegen gelassen zu werden. Deswegen nörgelte er trotz Angelikas guter Urlaubslaune an allem herum. Und dass sie ihn gestern ins gut 50 Kilometer entfernte Maasmechelen geschleppt hatte, half auch nicht gerade, seine Stimmung zu verbessern, im Gegenteil: Mit Schrecken dachte er an den mehr als dreistündigen Rundgang durch »Maasmechelen-Village«, einem groß angelegten Outlet-Center, »auf das die Welt gewartet hat«, wie er immer zu sagen pflegte, wenn er Angelika durch einen dieser riesigen »Konsumtempel« begleiten musste. Aber wenn es nur das gewesen wäre. Nein! Heute musste er mit ihr auch noch schick essen gehen. Dies war auch der Grund dafür gewesen, weshalb sie ihn in Maasmechelen schon wieder neu eingekleidet hatte. Ohne dies zuvor mit ihm abgesprochen zu haben, hatte Angelika im »Arabelle Meirlaen«, einem der besten »Fresstempel« in der Umgebung von Lüttich, einen Tisch bestellt. »Hier gibt es die innovativste Gourmetküche der Gegend!«, hatte sie geschwärmt, nachdem sie zwei Plätze klargemacht hatte.

Weil sie schon einmal dort gewesen waren, konnte Frederic sich nur allzu gut daran erinnern. »Nur wegen eines guten Essens möchtest du heute noch bis nach Marchin fahren? Das sind satte 40 Kilometer! Muss das denn sein?«

»Ach was!«, winkte Angelika ab. »In einer Dreiviertelstunde sind wir dort. Ich fahre, dann kannst du etwas trinken.«

»Merde! Wie komme ich nur aus dieser Nummer raus?«, grummelte er vor sich hin. Weil Frederic wusste, dass in spätestens zwei Stunden unweigerlich glitschige Austern, ekelhaft riechende Scampis und in Algenblätter gerollter Reis mit kaltem Fisch auf ihn warten würden, wollte er sich davor drücken. Aber Angelika ließ ihm nicht die geringste Chance. Also schlüpfte er murrend in sein neues Hemd, das einen solch hohen Kragen hatte, dass Angelika sicher sein konnte, dass er erhobenen Hauptes mit ihr ausgehen würde. Da war es nur gut, dass der extrem dicke – hellviolette – Krawattenknoten das Kunstwerk des offensichtlich farbenblinden Hemdendesigners zusammenhielt. Das alles ginge ja noch, wenn nur nicht dieser dunkelviolettstichige Anzug wäre, zu dem Angelika auch noch die farblich passenden Schuhe gefunden hatte. Sowohl auf dem Anzug, als auch auf den Schuhen war ein Ton-in-Ton gehaltenes Paisleymuster zu erkennen, das – je nachdem, wie das Licht darauf fiel – changierte. Also konnte Frederic nur noch hoffen, dass sich ihr Tisch in einer dunklen Ecke des Lokals befinden und er dort auf keine Bekannten treffen würde. Um dies alles durchstehen zu können, bündelte er all seine Gedanken und lenkte sie auf den Weihnachtsmarkt in Eupen, wo goldgelb gebackene Fritten und ein leckeres Bier auf ihn warten würden. Glühwein – und dies hatte er sich fest vorgenommen – würde er auf keinen Fall mehr trinken.

»Hast du dich schon rasiert, Lemmi?«

»Merde! Das auch noch!«

*

Es war Samstag, also zwei Tage nach dem Dinner im »Arabella Meirlaen«, und Frederic lebte noch! Dies lag allerdings weniger daran, dass der Belgier so robust und widerstandsfähig war wie ein wallonisches Hochlandrind und zudem einen unbezwingbaren Lebenswillen hatte. Vielmehr war es die Tatsache, dass das Essen göttlich gewesen war, keine glitschigen Austern, sondern Miesmuscheln in einem interessanten Weißweinsud! Keine ekelhaft riechenden Scampis, sondern Garnelen à la bonne heure! Und kein Sushi, sondern blütenweiße Medaillons eines solch zarten Lotte de Mers auf schwarzer Tintenfischpasta mit einer Knoblauch-Kräutersauce, wie sie die Welt noch nie gesehen hatte. Dennoch freute Frederic sich jetzt auf die von ihm heiß geliebten Fritten bei seinem nächsten Besuch auf einem belgischen Weihnachtsmarkt.

»Also gut: Morgen ist Sonntag, da ist zwar sicher extrem viel los, aber von mir aus können wir gerne den Weihnachtsmarkt in Lüttich besuchen, hatte Angelika auf Frederics Drängen hin klein beigegeben und dabei darauf bestanden, dass sie dort beide auf dem extra für diesen Weihnachtsmarkt angelegten Eisplatz Schlittschuhlaufen werden. »Es wird ja sicher nicht gleich wieder eine Leiche auf einem Weihnachtsmarkt geben, oder?«

# KAPITEL 3

In der nach außen hin abgedunkelten Schiffshalle bei Herstal flogen an diesem verschneiten Spätnachmittag die Fetzen. »Ich habe gleich gewusst, dass dieser Student irgendwann Scheiße baut!«, wetterte Cedric Rothieu, der umsatzstärkste Weinhändler Belgiens, der sich anschickte, auch noch der größte Glühweinproduzent in den Benelux zu werden. Zornig warf er mit einem Kaffeebecher nach seinem Mitarbeiter Guido Nieuwkerke.

Der »Mann fürs Grobe« konnte sich gerade noch rechtzeitig ducken. »Aber, Chef ...«

»Halt's Maul, du Versager! Unseren ›Giftmischer‹ als Glühweinverkäufer beim ›Hexenhof‹ einzuschleusen, damit er für mich ausspionieren kann, wie es dort läuft und wo die Glühweincontainer gelagert sind, war ursprünglich eine gute Idee von dir, aber ...«

»Ich konnte ja nicht wissen, dass der Bursche dahinterkommt, was wir mit dem Gift vorhaben, das er für Sie hergestellt hat!«, verteidigte sich der grobschlächtige Niederländer, während er seine Ärmel nach unten krempelte.

»Das ist schon klar, du Idiot! Aber ihn deswegen gleich zu vergiften? Und dann ausgerechnet mit *dem* Gift umzubringen, das wir noch für die Umsetzung unserer Pläne benötigen werden, war ... war ...« Weil ihm in seiner Erregung nichts einfiel, begann Cedric Rothieu lauthals zu fluchen.

»Aber da kann *ich* doch nichts dafür, Chef!«, empörte

sich Guido. »Sie haben von Jupp kurz vor seinem Tod doch selbst gehört, dass er es nicht war, der Hubertus von Syrgenstein vergiftet hat! Und offen gesagt; als er vor mir kniete, bevor ich ihn erschossen habe, war ich geneigt, ihm zu glauben. Ich habe Jupp lediglich damit beauftragt, sich den Studenten zur Brust zu nehmen. Sonst nichts!«

»Wer soll es dann gewesen sein? Jetzt weiß ich immer noch nicht, wo sich diese verdammten Glühweincontainer befinden! Wie soll ich jetzt ohne den Studenten dahinterkommen? Wenn die Betreiber des ›Hexenhofes‹ nicht kooperieren, muss ich deren Glühwein vergiften, um sie gefügig zu machen, ohne Rücksicht auf Verluste!«, schimpfte der schwergewichtige Weinhändler aus Lüttich noch einmal, bevor er etwas leiser wurde: »Schon gut, Guido! Es ist nur schade um den Jungen! Wir hätten ihn vielleicht noch einmal brauchen können«, beruhigte Rothieu mehr sich selbst, als dass er den brutalen Kerl mit dessen kantigen Gesichtszügen und den vor Mordlust flackernden Augen beruhigen wollte, der ihm nun fast etwas eingeschüchtert gegenüberstand, als er sagte: »Ich werde auch ohne den Studenten einen Weg finden, um herauszubekommen, wo die Glühweincontainer des ›Hexenhofes‹ versteckt sind!«

Als wenn er dies nicht gehört hätte, blieb Belgiens skrupellosester Weinhändler bei seinem Thema: »Das Schlimmste daran ist, dass die ganze Scheiße ausgerechnet auf dem ›Hexenhof‹ passiert ist! Jetzt schnüffeln die Bullen dort herum«, kritisierte er in nunmehr gemäßigter Lautstärke und resümierte weiter: »Außerdem haben die Jupps Leiche etwa neun Kilometer von hier – direkt bei Lüttich – bereits aus der Maas gefischt.«

»Woher …«

»Das habe ich auf der Internetseite der Tageszeitung ›L'avenir‹ gelesen! Außerdem sollen sie es im Radio auch schon verkündet haben.«

»Na und?«, trumpfte Guido Nieuwkerke auf. »Den Österreicher kannte hier und in Aachen keine Sau! Ich habe ihm die Papiere abgenommen, bevor ich ihn in die Maas geschmissen habe«, ergänzte der brutale Kerl noch und kam sich dabei superschlau vor.

»Und die Klamotten hast du ihm angelassen?« Über so viel Dummheit schüttelte Cedric Rothieu den Kopf, bevor er seinen nicht gerade mit Intelligenz gesegneten, dafür aber umso brutaleren Mitarbeiter mit zynischem Unterton in seiner Stimme fragte, ob er denn noch nie etwas davon gehört habe, dass durch den Strömungsverlauf in Zusammenhang mit dem Zustand einer Leiche die Entfernung berechnet werden könne. »Also werden sie auch schnell herausbekommen, wo in etwa die Leiche ins Wasser geworfen wurde.«

Nachdem er dies gehört hatte, hellte sich Guidos Miene auf. »Ja, glauben Sie denn wirklich, dass ich so blöd bin und Jupp direkt unterhalb der Halle, also quasi vor unserer Haustür, entsorgt habe? Ich habe sie ein Stückchen flussabwärts getragen und mir dort eine ideale Stelle gesucht!«

»Na, wenigstens das«, gab sich Guidos Chef mit dieser Antwort momentan zufrieden und wechselte das Thema: »Wie sieht es in den umliegenden Städten aus, in denen es größere Weihnachtsmärkte gibt, die ich noch auf meiner Agenda habe?«

Guido kramte einen Notizblock aus seiner speckig glänzenden Lederjacke und las der Reihe nach diejenigen Städte vor, in denen die größeren Glühweinbudenbetreiber umgestellt hatten und bereits Rothieus Glühwein bezogen oder dies einem von Rothieus Außendienstmitarbeitern vertraglich für das kommende Jahr zugesichert hatten. »Sankt Vith, Kerkrade, Vaalsbruck und …«

»Das ist nicht viel«, unterbrach Rothieu wütend, nachdem er schon nach drei genannten Orten das »und« gehört hatte.

»Aber da kann *ich* doch nichts dafür«, wehrte sich Nieuwkerke.

»Bleib dran und mach Druck! Nimm die Sache aber erst selbst in die Hände, wenn meine Vertreter nicht weiterkommen! Wir verstehen uns, oder? Und wie sieht es sonst mit denjenigen aus, die ich mir noch für dieses Jahr vorgenommen hatte?«

Nun druckste der Mann fürs Grobe herum. Er wusste nicht, wie er dem Chef sagen sollte, dass sich die Glühweinanbieter der Weihnachtsmärkte in Aachen, Eupen, Lüttich, Maastricht und Monschau hartnäckig dagegen wehrten, *seinen* Glühwein abzunehmen. »Die haben kategorisch abgelehnt, weil sie mit ihren bisherigen Lieferanten bestens zufrieden sind! Die Preise stimmen und die Qualität ist …«

»Verdammte Scheiße!«, schrie Rothieu. »Das geht *gar* nicht! Es darf nicht sein, dass ausgerechnet diese Vollidioten in Lüttich ihre Ware von woanders her beziehen! *Dort bin ich der Platzhirsch!* Du musst härter durchgreifen, Guido! Bisher nur ein paar gebrochene Nasen, Knochen und Rippen sind offensichtlich zu wenig Abschreckung und reichen noch nicht zur Gewinnung von genügend Neukunden! Und unsere beiden Toten waren keine ›Glühweinfritzen‹.« Der fettleibige Mann überlegte kurz, bevor er sagte: »Dann wird es wohl höchste Zeit dafür, dass ich ein Exempel statuiere! Monschau verschieben wir nach einem Schuss vor den Bug ebenso auf nächstes Jahr wie den Weihnachtsmarkt auf Schloss Merode. Dann können wir uns besser auf die Glühweinanbieter in Aachen, Eupen, Lüttich und Maastricht konzentrieren, die es noch zu ›bekehren‹ gilt!« Dann verzog er sein Gesicht zu einer Fratze. »Den oberen Teil des Weihnachtsmarktes in Aachen haben wir ja bereits ein bisschen im Griff. Nur die störrischen Inhaber der Glühweinhütten ›Siebter Himmel‹ und ›Öcher Spezialitäten‹ sind so stur wie die Betreiber dieses verdammten ›Hexenhofes‹, die sich hartnäckig weigern, meine Ware abzunehmen, weil sich diese Idioten einbilden, den besten Glühwein weit und breit anzubieten! Umso wichtiger ist es, dass ich deren Rezeptur in meinen Besitz bringe! Du weißt, was du zu tun hast, Guido! Nimm deine besten Leute und erledige das! Ach, noch was: Deckt das Labor mit den alten Reifen dort drüben so zu, dass es niemand mehr sehen kann und man glaubt, vor einem Altreifenlager zu stehen! Und verwisch alle Spuren!«

»Sollen wir es nicht gleich ganz ausräumen und alles vernichten, was sich dort befindet?«, hakte sein Mann fürs Grobe nach, der normalerweise nur dumme Sprüche von sich gab. »Wir haben die Maas direkt vor unserer Tür!«

»Ich habe das Botulinum zwar an einen sicheren Ort gebracht, aber wer weiß schon, ob wir das Labor nicht doch noch einmal benötigen«, antwortete der aus purer Machtgier heraus kriminell gewordene Glühweinproduzent. »Tu also, was ich dir gesagt habe!« Im Stillen dachte er sich, dass er Guido Nieuwkerke möglicherweise unterschätzte, weil der offensichtlich über mehr kriminelle Energie verfügte, als er gedacht hatte.

Währenddessen arbeiteten die Ermittler in Lüttich und in Aachen auf Hochtouren an den Lösungen ihrer Fälle.

In Deutschland klopften Peter Dohmen und seine Leute das Umfeld der »Hexenhof-Leiche« ab, während sich die Kriminaltechnik mit deren Kleidung befasste. Über die Geschäftsleitung seines Arbeitgebers, der »Alwin Fiebus GmbH«, hatten sie in Erfahrung gebracht, dass Hubertus von Syrgenstein ein aus dem Allgäu stammender und zumindest hier in Aachen unauffälliger Student der RWTH gewesen war, der in dieser Weihnachtsmarktsaison zum ersten Mal auf dem Weihnachtsmarkt gearbeitet hatte.

»Scheinbar ein ganz normaler junger Mann, vielleicht etwas verschlossen«, hatte der kaufmännische Leiter Uwe Brepols gesagt und ergänzt: »Mich hat lediglich gewundert, dass sich ein Student im zweiten Semester einen Porsche 911 Carrera S leisten kann und trotzdem bei uns gejobbt hat! Schließlich ist die Arbeit auf einem Weihnachtsmarkt kein Zuckerschlecken für ein verwöhntes Bürschchen aus adeligem Haus!«

Aufgrund dieser Information hatte sich Oberkommissar Matthias Lehnen mit einem seiner Männer so lange an der in weiten Teilen Aachens zersiedelten Uni durchgefragt, bis er den zuständigen Professor des Masterstudiengangs Ökotoxikologie gefunden hatte. Der aber war zunächst nicht besonders redselig gewesen. Dennoch hatte er zu berichten gewusst, dass dieser Studiengang nur an der Rheinisch-Westfälischen Technischen Hochschule Aachen angeboten wurde und in seiner Form als ein deutschlandweites Alleinstellungsmerkmal galt, was so viel hatte heißen sollen, dass dort nur Top-Abiturienten mit einem dementsprechenden Numerus clausus studieren durften. Dann hatte er noch erklärt, dass dies auch *nur* möglich sei, weil die RWTH Aachen zu den führenden Technischen Universitäten Europas gehörte.

»Ja, ja, schon gut!«, hatte Lehnen den doch noch aufgekommenen Redefluss des Dozenten ausgebremst und sich nach der Person Hubertus von Syrgenstein erkundigt. »Da gehen Sie besser ins Sekretariat«, hatte der eigenartige Universitätsprofessor daraufhin nur gesagt und die beiden Ermittler in der Mensa stehen gelassen. Von einer der Büromitarbeiterinnen der Uni hatten sie dann – wieder über etliche Umwege – die hiesige Wohnadresse im belgischen Grenzort Kelmis und die Adresse seiner Eltern in Süddeutschland erfahren.

»Wie sollen wir vorgehen?«, wollte Lehnen von seinem Chef wissen.

»Eine gute Frage«, antwortete Dohmen. »Von Aachen aus betrachtet, liegt das Allgäu schon ein bisschen abgelegen. Dies werden wir wohl nur telefonisch klären können.«

»Und was ist mit diesem …« Weil er sich im Moment nicht an den Namen erinnern konnte, musste Dohmens Assistent auf seine Notizen schauen. »Gilbert Primat?«

»Ja, was wohl?«, wurde Lehnen von Dohmen angeschnauzt. »Weitersuuuchen!«

Trotz des unverständlichen Ausrasters seines Chefs blieb der junge Kriminaler cool. »Wir haben bereits überall dort nach ihm gesucht, wo er stecken könnte!«, wehrte er sich, kam damit aber nicht durch, weil Dohmen offensichtlich richtig angespannt war: »Gilbert Primat hat sich seit dem Tod des Studenten nicht mehr auf dem ›Hexenhof‹ blicken lassen und den bisherigen Ermittlungen zufolge hat der offensichtlich allseits unbeliebte Mann weder Familie, noch einen Freundeskreis. Also *muss* er wohl woanders stecken! Verheiratet ist er ja nicht und eine Freundin scheint der fiese Typ ebenfalls nicht zu haben Aber es wird doch wohl ein paar Saufkumpane von ihm geben, oder?«

Sehr schlau, Herr Hauptkommissar, dachte sich dessen Stellvertreter, bevor er eine der ersten Vermutungen seines Chefs erneut auf den Tisch brachte: »Vielleicht ist Gilbert Primat der Boden in Aachen doch zu heiß geworden und er ist abgetaucht, weil er gemerkt hat, dass es anstatt Hubertus von Syrgenstein ihn hätte treffen sollen? Wer weiß, was er alles auf dem Kerbholz hat, von dem wir keine Ahnung haben. Er hat schlicht und ergreifend Angst.«

»Das könnte natürlich gut sein. So wie es derzeit aussieht, gab es keine besonders enge Beziehung zwischen den beiden, außer dass sie Arbeitskollegen waren und von Syrgenstein öfter mal in Primats Glühweinbude die Stellung halten musste, wenn der etwas anderes zu tun hatte, ... was immer das auch sein mochte.«

»Meiner Recherche zufolge war er wohl öfter an einem anderen Stand, um dort heimlich ein paar Jägermeister zu zwitschern«, verkündete Lehnen in einem Ton, als wenn dies wichtig wäre.

Aber sein Chef ging nicht darauf ein und blieb bei dessen Verschwinden: »Mir ist klar, dass wir in diesem Fall nicht den geringsten Anhaltspunkt haben, wo sich dieser Gilbert, der sich gerne Französisch klingend ›Schilbeer‹ nennt, verkrochen haben könnte«, wetterte Dohmen schon wieder zurück, anstatt auf Lehnens Aussage einzugehen. »Durchforstet also die Kneipen, in denen sich dieser ... dieser Schilbeer immer aufhalten soll! Irgendeiner seiner Thekenbekanntschaften muss doch etwas wissen, verdammt noch mal!«

»Und ...« Der junge Kriminalhauptkommissar traute sich kaum auszusprechen, was er sagen wollte.

»Was ist denn noch, Matthias?« Der Einsatzleiter war so angefressen, weil er starken Druck von Oberstaatsanwalt Dr. Knopp bekommen und Sorge wegen einer schlechten Presse hatte. Denn ein Mord mitten in Aachens Altstadt lag extrem im Fokus der Medien und der Öcher Bevölkerung. Also musste er schnellstens aufgeklärt werden.

»Na ja, was wäre …«, begann Lehnen zögerlich zu antworten, »wenn der Mörder des Studenten gemerkt hat, dass er zuerst den Falschen und zwischenzeitlich doch noch den Richtigen erwischt hat?«

»Du meinst, Gilbert Primat könnte inzwischen ebenfalls tot sein? Wie kommst du denn da drauf? Haben wir vielleicht eine zweite Leiche?«, bellte Dohmen zurück, obwohl er wusste, dass sein junger Assistent absolut recht haben könnte. Dann fuchtelte er so mit den Händen herum, als wenn er Schmeißfliegen vertreiben wollte, und schnauzte seine Leute mit gesenktem Kopf erneut an: »Sucht einfach weiter, ok? Also fahnden wir in Gottes Namen auch noch nach einem Toten, anstatt nur nach einem lebenden Glühweinverkäufer«, lästerte er noch, bevor er aus dem Besprechungszimmer stampfte und die Tür hinter sich zuknallte.

»Was ist denn mit dem los?«, wunderte sich ein bei der Mordkommission Aachen volontierender Kommissaranwärter über das seltsame Verhalten des Chefs, bekam aber nur einen zum oberen Stockwerk gestreckten Zeigefinger zur Antwort.

*

Zeitgleich mühten sich Pat Millers Leute in Belgien, die Identität des Mannes herauszubekommen, den zwei Einheimische und – was die Recherchen ergeben hatten, zweifellos unbescholtene – Nachtangler aus der Maas gefischt hatten. Obwohl sie das Gesicht des Toten mitsamt dessen Statur, Körpergröße und Gewicht durch den Computer hatten laufen lassen, war nichts dabei herausgekommen. Und unter »Besonderheiten« war lediglich zu bemerken gewesen, dass er weder eine Brieftasche bei sich, noch eine Uhr oder Schmuck an sich gehabt hatte, was auf einen Raubmord schließen lassen könnte. Was allerdings auffiel, war ein etwa zwei mal drei Zentimeter großer Sticker auf seiner Jacke, auf dem drei Hexen und der Schriftzug »Hexenhof« erkennbar waren. Und auf dem linken Unterarm hatte er ein verblichenes, vermutlich selbst gestochenes Ankertattoo gehabt, was auf einen Seemann, also auf einen Menschen der nördlichen Hemisphäre hindeuten könnte. Dass er ein Südländer gewesen war, mochten sie aus diesem Grund zwar ebenfalls nicht ausschließen, stuften dies aber wegen dessen äußeren Erscheinungsbildes nicht so ein, – eine genaue Untersuchung seiner stark plombierten Zähne würde möglicherweise die Antwort darauf geben. Die nördliche Variante könnte dadurch gestützt werden, dass es sich bei der Mordwaffe um keine Südländische, sondern um eine FN Browning HP gehandelt hatte, also um eine Neun-Millimeter-Parabellum-Waffe, die hier in Belgien hergestellt worden war.

»Haben wir die Waffe, haben wir den Mörder!« Mit dieser Binsenweisheit wollte der Lütticher Chefermittler seine Leute motivieren.

Momentan war die Spurensicherung damit beschäftigt herauszufinden, wo der Tote in die Maas geschmissen wurde. Bisher war nur klar, dass der Fundort nicht der Tatort gewesen war. Zudem hatten die Spezialisten eine Schleifspur gefunden, die in Fließrichtung der Maas von oben gekommen war. Allerdings hatte sie sich im Matsch des feuchten Flussufers schnell wieder verloren, insbesondere weil sich in der Fundnacht auch noch frischer Schnee darüber gelegt hatte. Aber dies machte nichts; denn eine Wasserleiche konnte wohl kaum entgegen der Fließrichtung angespült worden sein. Dementsprechend war eigentlich ›nur noch‹ zu klären, von wo der Torso gekommen war: »Morgen soll sich die Hundestaffel auf die Suche machen«, ordnete Miller an, bevor er das Licht in seinem Büro ausknipste.

# KAPITEL 4

Eine Leiche hatte es auf dem Weihnachtsmarkt in Lüttich gestern zwar nicht gegeben, dafür aber so etwas Ähnliches wie einen Verletzten. Demzufolge hatte Angelikas spaßig gemeinte Vorahnung nichts Gutes hervorgebracht, weswegen sie und Frederic schon am frühen Abend in ihre Aachener Wohnung zurückgekehrt waren. Die Genießerin hätte sich auf dem wunderschönen Markt gerne noch ein Gläschen Champagner mit Austern an einem der edel dekorierten Verkaufsstände, die rund um den Eisplatz herum drapiert gewesen waren, gegönnt. Aber dies hatte Frederics Zustand kaum noch zugelassen. Nicht dass er betrunken gewesen wäre, ganz im Gegenteil: Frederic war nicht nur die Lust auf Fritten, sondern auch auf Bier vergangen, nachdem es ihn beim Schlittschuhlaufen zum »wer weiß wievielten Male« so hart auf die Eisplatte geschlagen hatte, dass sein Hinterteil weh getan hatte wie noch nie.

Weil Frederics Po und Rücken am nächsten Morgen immer noch schmerzten, saß er nun beim Frühstück in Angelikas Aachener Wohnung auf einem dicken Kissen und nörgelte ständig vor sich hin. Klar, dass er dabei seinen Lieblingsfluch über Gebühr strapazierte: »Merde! Merde! Merde! Musste das denn unbedingt sein?«, fluchte er in bester Manier eines belgischen Bierkutschers aus der Mitte des 19. Jahrhunderts. Damit meinte er Angelika, die ihn dazu genötigt hatte, sich Schlittschuhe anzuziehen, damit sie ihn aufs Glatteis führen konnte, was ihr ja auch bestens gelungen war. Letztlich hatte sie ihm auch noch ein paar Pirouetten vorgemacht und ihn damit motiviert, ebenfalls eine Drehung zu versuchen, was ihm absolut *nicht* gelungen war!

»Sieh es doch mal so, Schatz«, rief sie aus ihrem Umkleidezimmer heraus, »Du bist der Einzige, der mit mir Schlittschuhlaufen darf.«

Während Frederic über diesen witzig gemeinten Sinnspruch überhaupt nicht lachen konnte und weiter vor sich hin grummelte, machte Angelika sich für ihren ersten Arbeitstag nach dem Urlaub zurecht. Da es auch in Aachen heftig geschneit hatte und kälter geworden war, hatte sie sich anstatt für eines ihrer leichten Kostümchen für ihren dunkelblauen Hosenanzug entschieden, den sie farblich aufwertete, indem sie darüber ihren roten Wintermantel tragen würde. Weil sie darin sowieso etwas strenger aussah, konnte sie ja auch noch die Haare zusammenbinden. Um sich vom ersten Arbeitstag an gleich wieder den Respekt ihrer männlichen Kollegen, vor allen Dingen aber ihrer teils missgünstigen Kolleginnen zu sichern, konnte dies ja nicht schaden, auch wenn sie es weiß Gott nicht nötig hatte, sich zu profilieren. Aber Angelika ging – wie in allem, was sie tat – gerne auf Nummer Sicher und überließ nichts dem Zufall.

»Du weißt schon, dass Pelz nicht mehr modern ist und du gegen sämtliche Ideale der Tierschutzorganisation, der du selbst angehörst, verstößt! Die armen Tiere«, lästerte Frederic, weil er momentan nichts anderes hatte, an dem er sich festbeißen konnte.

»Aber Lemmi, du weißt doch, dass dies nur ein Kunstpelz ist«, wehrte sich Angelika, »und der *ist* modern! Oder glaubst du allen Ernstes, dass ich einen künstlichen Pelz tragen würde, wenn dies nicht en vogue wäre? Dann lieber überhaupt keinen! Tschü-üss! Bis heute Abend!«

Nun saß Frederic – zwar frisch geduscht, aber unrasiert und schon gar nicht ordentlich angezogen – allein am Frühstückstisch und hörte Radio. Er wusste nicht, was er mit sich selbst anfangen sollte. Dummerweise hatte *er* noch eine ganze Woche Urlaub, die er nun ohne Angelika überstehen musste. So war er eben; wenn er beruflich nicht eingespannt, er allein und dann auch noch mieses Wetter war, konnte der allseits hoch geachtete und respektierte belgische Monsieur Commissaire de criminelle zu einem kleinen Ekel werden, um das man besser einen großen Bogen machte. Nun stand er schon eine ganze Weile am Fenster und schaute missmutig dem munteren Schneetreiben zu. Dabei konnte er es kaum erwarten, bis Angelika anrufen und ihn über den neuesten Stand von Dohmens Mordermittlungen informieren würde, ganz diskret, sozusagen unter vier Augen, verstand sich!

*

Zwischenzeitlich war es Mittag geworden und Angelika hatte sich immer noch nicht bei ihm gemeldet. Frederic hatte sowohl die »Aachener Nachrichten«, als auch das »Grenz-Echo«, die einzige deutschsprachige Tageszeitung Belgiens, ein zweites Mal durchgeblättert und auch dabei keine einzige Zeile über einen der beiden Morde in Aachen oder Lüttich entdeckt. Er fluchte still in sich hinein.

Obwohl es ihm stinklangweilig war und er Angelika normalerweise gerne im Haushalt unterstützte, wäre er an diesem Vormittag nicht im Entferntesten auf die Idee

gekommen, etwas zu tun: zum Beispiel das Frühstücks-
geschirr zu spülen oder wenigstens in die Spülmaschine
zu räumen. Er hatte es nicht einmal fertiggebracht, das
benutzte Geschirr vom Tisch zu räumen, geschweige denn
die Butter in den Kühlschrank zurückzulegen. Und als er
zufällig den Staubsauger sah, tat er so, als wenn er ein solches Gerät noch nie gesehen hätte, und nicht wusste, was
man damit anfangen konnte.

»Na endlich!«, rutschte es ihm heraus, obwohl ihn nie-
mand hören konnte. Es war tatsächlich der heiß ersehnte
Anruf. »Bonjour, mein Schatz! Was gibt es Neues in
Aachen?«, säuselte er in die Muschel.

»Hallo, Lemmi! Hör mal, es gibt tatsächlich Neuigkeiten und …«

»Einen Moment bitte, Angelika! Warte, gleich! So, jetzt
kannst du weiterreden«, sagte Frederic etliche Augenblicke
später, nachdem er sich Schreibutensilien bereitgelegt und es
sich auf dem weichen Sofa gemütlich gemacht hatte. Irgendwie kam es ihm vor wie an Heiligabend kurz vor der Besche-
rung. Jedenfalls freute er sich wie ein kleines Kind auf das, was
Angelika ihm zu berichten haben würde. Und das wollte er
genießen, so gut es wegen seiner Schmerzen nur ging.

»Sag mal, spinnst du? Ich rufe von der Arbeit aus an und
habe keine Zeit dafür, mich von dir in die Schleife legen zu
lassen«, schimpfte Angelika, die sich aber sofort beruhigte,
nachdem Lemmi sich ganz lieb entschuldigt und dies auf
seine Po- und Rückenschmerzen geschoben hatte. »Nun
erzähl schon, was es Neues bei dir gibt!«

»Also: Dein Nachfolger in Lüttich hat seinen Öcher Kollegen um Amtshilfe gebeten und …«

»*Was?*«, schnarrte es ungläubig aus Angelikas Telefonhörer. »Miller hat Dohmen …«

Weil Angelika die dauernden Unterbrechungen nervte, verständigte sie sich mit ihm dahingehend, dass sie reden und er so lange still zuhören würde, bis sie zu Ende erzählt hatte. »Kann ich?«

»Ja! Selbstverständlich«, kam es kleinlaut zurück.

»Gut, pass auf: Der Tote aus der Maas hatte den gleichen ›Hexenhof‹-Sticker an seiner Jacke, wie mir Alwin Fiebus einen am Tag des Mordes auf dem ›Hexenhof‹ in seiner ›Kulthütte‹ ans Revers meines Mantels gesteckt hat.«

Ohne Angelika zu unterbrechen, jubelte Frederic innerlich. Er freute sich darüber, dass – wie er schon für sich allein vermutet hatte – die beiden Fälle zusammenhängen konnten. Allerdings hatte er nur bedingt Grund zur Freude; denn solange in *seinem* belgischen Hoheitsgebiet – also im Gebiet der Deutschsprachigen Gemeinschaft Belgiens – nichts geschah, das mit einem der beiden Fälle in Aachen und Lüttich auch nur im Entferntesten in Zusammenhang gebracht werden konnte, musste er die Füße stillhalten. Also hörte er Angelika mit nunmehr noch größerem Interesse zu, als sie ihm mitteilte, dass Miller seinen Aachener Kollegen gebeten hatte, ihr zu sagen, dass sie recht mit ihrer ersten Einschätzung gehabt hatte. »Es hat sich tatsächlich um ein 9-mm-Geschoss gehandelt, mit dem ›der Mann aus der Maas‹ exekutiert wurde«, verkündete sie stolz. Dann hielt Angelika kurz inne und ergänzte: »Ich weiß, dass du dich in Lüttich darüber gewundert hast. Und du hattest nicht ganz unrecht; denn der Schuss konnte hinten auch nur ausgetreten sein, weil es sich um ein Vollmantelgeschoss mit einer Projektilmasse von circa 7,5 Gramm und einer Mündungsgeschwindigkeit von ungefähr 450 Metern pro Sekunde sowie einer Mündungsenergie von 550 Joule gehandelt hat.«

»Ja, ja, schon gut!«, unterbrach Frederic den fachlichen Exkurs seiner Freundin in die Waffenkunde.

»Mehr Neuigkeiten gibt es noch nicht aus Lüttich!«, beendete die denn auch gleich ihre Ausführungen.

»Zumindest wissen wir jetzt, dass die beiden Fälle etwas miteinander zu tun haben könnten, auch wenn es nur ein Zufall wäre, dass der Tote in Lüttich ausgerechnet einen Sticker vom ›Hexenhof‹ an seiner Jacke gehabt hatte. Was anderes: Welche Neuigkeiten gibt es aus Aachen? Angelika? Hallo! Bist du noch dran?«

Nachdem es für einen Moment still gewesen war, hörte Frederic die Frau am anderen Ende der Leitung lachen, was ihn zu der Frage drängte, was los sei.

»Stell dir vor: Peter Dohmen steckt mit seinen Ermittlungen fest. Er konnte telefonisch weder die Eltern des toten Studenten in deren süddeutschem Schloss erreichen, noch etwas Verwertbares in dessen ostbelgischer Wohnung finden. Der junge Mann war wohl äußerst vorsichtig gewesen und hatte zu Hause nicht die geringste Spur auf sein mutmaßliches Doppelleben hinterlassen. Außerdem hat Peter immer noch keinen Anhaltspunkt, wo sich dieser ominöse Gilbert Primat aufhalten könnte, den schien der Erdboden verschluckt zu haben.«

Und schon wieder herrschte Ruhe. Dieses Mal wegen Frederic, der nicht glauben konnte, was er soeben gehört hatte. »Na, dann werde wohl doch *ich* die Sache in die Hände nehmen müssen«, antwortete er und legte, ganz in Gedanken versunken und zu Angelikas Verärgerung, auf. Und wenn sie eines mehr hasste als alles andere, dann war es das Beenden eines Telefonats auf diese prollige Art. Wenn ihr jemand den Hörer draufknallte, fühlte sie sich immer irgendwie wehrlos, ja fast sogar hilflos. Und dies wusste Frederic. Dennoch hat er es getan, dachte sie verärgert, war aber zu stolz, um gleich zurückzurufen. Also blieb ihr nichts anderes übrig, als ihren Dienstschluss abzuwarten, um Frederic den Marsch blasen zu können. Sie war stinksauer auf ihn.

Drei Stunden später kam es zu Hause zu einem lautstarken Krach, den die temperamentvolle Frau beendete, indem sie ihm einen ihrer hochwertigen Markenkoffer aus dem kleinen Abstellräumchen ihrer hypermodern eingerichteten Penthousewohnung holte und schrie: »Wenn das so ist, helfe ich dir gerne beim Packen.«

*

Tags darauf – Frederic hatte auf dem Sofa geschlafen und Angelika war früher als sonst zur Arbeit gefahren – kramte er seine Sachen aus dem Schrank und stopfte sie in *den* Koffer, den sie ihm gestern geholt hatte. Kurz zuvor hatte sie die Tür hinter sich zugeknallt und ihm den Koffer wutentbrannt mit den Worten: »Dann geh doch!« aufs Bett geschmissen. Eine Stunde später trug er Angelikas handlichen Kabinenkoffer von Gucci in die Garage und legte ihn behutsam in den Kofferraum seiner »Göttin«. Aber anstatt nach Lüttich oder sonst wohin zu fahren, steuerte er seinen alten Citroën direkt zu seinem neuen Kommissariat in Richtung Eupen.

Kaum, dass er vom Lascheterweg aus auf den Parkplatz der Ermittlungsbehörde eingebogen war, sah er auch schon die Nase seiner stets aufmerksamen und treuen Sekretärin an der Fensterscheibe kleben, die ihm von der Mordkommission Lüttich hierher, zur neuen Dienststelle nach

Eupen, gefolgt war. Und kaum, dass er aus dem Auto seines heiß geliebten Oldtimers gestiegen war, eilte sie ihm auch schon entgegen. Fabienne Loquie, die gute Seele des Kommissariats, freute sich riesig, ihren Chef wiederzusehen. »Bonjour, Monsieur le Commissaire! Was tun *Sie* denn hier? Sie haben diese Woche doch noch Urlaub, oder etwa nicht?«, mochte das völlig überraschte und verunsicherte Pummelchen wissen.

Anstatt auf das zwar lieb gemeinte, für Le Maire an diesem Tag aber eher unangebrachte Säuseln seiner Sekretärin zu antworten, fragte er nur mürrisch nach seiner Mannschaft: »Sind Devaux, Pierre und Herbert hier?«

»Madame Devaux ist hier und Monsieur Vonderbank ist mit dem Streifenpolizisten bei einem Einsatz«, kam es knapp zurück, weil Mademoiselle Loquie gemerkt hatte, dass ihr Chef nicht besonders gut drauf war.

Le Maire duzte von Haus aus so ziemlich alle Menschen, also auch die 32-jährige Oberkommissarin Agnès Devaux. Allerdings sprach er sie seit seiner Übernahme des Eupener Kommissariats stets despektierlich per Du mit deren Nachnamen an, während sie ihn von Anfang an korrekt siezte. Vom nur ein paar Jahre jüngeren Pierre Vonderbank, der niederländische Wurzeln und denselben Dienstgrad hatte wie seine Kollegin, wurde er ebenfalls vom ersten Tag an so gesiezt wie vom uniformierten Kollegen Herbert Demonty, obwohl er auch diese beiden wie selbstverständlich duzte. Nur die etwas klein geratene »Locki«, die ihren Spitznamen schon vor langer Zeit in Lüttich wegen ihrer kurz geschnittenen Lockenfrisur verpasst bekommen hatte, siezte alle diensttuenden Polizisten dieses Kommissariats, obwohl *sie* allseits geduzt wurde.

Während der stets gut gelaunte Kriminaloberkommissar Pierre Vonderbank aus ähnlichem Holz geschnitzt war wie sein neuer Chef und sich deswegen auf Anhieb bestens mit ihm verstanden hatte, tat Le Maire sich mit der spröden Ermittlerin nach einem halben Jahr der Zusammenarbeit immer noch schwer. Denn Devaux versuchte tagtäglich, ihren Chef spüren zu lassen, dass eigentlich *sie* zur Leiterin der Eupener Ermittlungsbehörde hätte befördert werden müssen. Allerdings tangierte dieses läppische Gehabe den selbstbewussten Dienststellenleiter nicht im Geringsten. Irgendwann wird sie es schon noch kapieren, dachte er sich, nachdem sie ihm ein kühles »Guten Morgen!« entgegengeschickt, ihm aber nicht die Hand gereicht hatte.

»Und wo ist Harry?«, mochte Le Maire von Locki noch wissen und bekam von ihr zur Antwort, dass der Kollege von der Streife – wie bereits gesagt – mit Oberkommissar Vonderbank dabei sei, im Töpferdorf Raeren einen LKW-Diebstahl aufzunehmen. Der 44-jährige Herbert Demonty, den alle nur »Harry« nannten, war ein sympathischer und umtriebiger Polizeiobermeister, der Le Maires Ermittlerteam zugeteilt worden war, weil es in Eupen für einen weiteren Kriminalpolizisten keine Planstelle gegeben hatte. Mit Harry hatte Le Maire sich ebenfalls vom ersten Tag an so blendend verstanden wie mit Pierre.

Nachdem der Chef seine anwesenden Mitarbeiter über die Vorgänge in Lüttich und in Aachen informiert hatte und sich seinerseits über das, was während seiner Abwesenheit vorgefallen war, hatte informieren lassen, saß er an seinem wie leer gefegten Schreibtisch und genoss die Croissants, die ihm Locki auf die Schnelle aus der nächstgelegenen Boulangerie geholt hatte. Nachdem er damit fertig und sein

Schreibtisch nicht mehr wie leer gefegt aussah, stand er auf und sagte: »So, und jetzt fahre ich in Urlaub. Au revoir!«

»Wohin?« Aber Locki bekam keine Antwort.

# KAPITEL 5

Während Frederic in seinem Oldtimer saß und in Richtung Süden fuhr, genoss er den Kaffee aus dem Becher der Thermoskanne, die ihm seine fürsorgliche Sekretärin zur Wegzehrung mitgegeben hatte, obwohl er nicht gerade sanft mit ihr umgegangen war. In der anderen Hand das Lenkrad und ein Croissant zwischen dem kleinen und dem ringlosen Ringfinger, fühlte er sich trotz des Streits mit Angelika so lange wohl, bis ihm einfiel, dass er ausnahmsweise sogar daran gedacht hatte, den Akku seines Handys zu laden, dafür aber vergessen hatte, es wieder vom Strom zu nehmen. »Merde!«, rutschte es ihm heraus, obwohl er gerade auf einem Stück der leckeren Blätterteighörnchen herumkaute, die ihm Locki eingepackt hatte. Weil er sich aber schon auf der A1 Richtung Koblenz befand, mochte er nur wegen seines Handys – dessen Akku sowieso die meiste Zeit über leer war – nicht mehr zurückfahren.

Obwohl er beim Autobahndreieck Hockenheim anlässlich der halben Strecke, die er bereits hinter sich gebracht hatte, eine längere Pause eingelegt hatte, war er etwa dreieinhalb Stunden später an seinem Ziel angelangt. Während der Rast hatte er nicht nur etliche Zigaretten geraucht, sondern auch ausgiebig Lockis Ausdrucke des Streckenverlaufs sowie eine Landkarte studiert und dabei festgestellt, dass das zum Landkreis Lindau gehörende Syrgenstein nur etwa 20 Autominuten vom allgäuischen Schrothheilbad Oberstaufen entfernt lag. Also hatte sich der »Spontanurlauber« dazu entschlossen, sich zuallererst in Oberstaufen ein Zimmer zu nehmen und tags darauf von dort aus zum Schloss Syrgenstein zu fahren. Dort wollte er dann Hubertus von Syrgensteins Eltern über den gewaltsamen Tod ihres Sohnes informieren und sie bei dieser Gelegenheit über ihren möglicherweise missratenen Sprößling aushorchen. Denn nach Angelikas Ausraster war ihm die Idee gekommen, seine restliche Urlaubszeit sinnvoll zu nutzen, indem er ins Allgäu fuhr, um dort seinen alten Freund Gustl in dessen Hotel »Tyrol« zu besuchen. Also hatte er gleich nach Angelikas Türknaller Peter Dohmen angerufen und dessen momentane Ratlosigkeit ausgenützt, indem er ihm den Vorschlag unterbreitet hatte, einen Teil seiner Arbeit abzunehmen und bei den von Syrgensteins vorbeizuschauen, um sie persönlich vom gewaltsamen Tod ihres Sohnes zu informieren.

»Bist du verrückt? Das Allgäu liegt nicht gleich um die Ecke!«, hatte der Leiter der Aachener Mordkommission gesagt, seinen Eupener Kollegen damit aber nicht davon abgehalten, die fast 700 Kilometer lange Strecke auf sich zu nehmen.

Weil Dohmen die Adeligen trotz vieler Anrufversuche nicht hatte erreichen können, wussten sie immer noch nichts vom gewaltsamen Tod ihres einzigen Sohnes. Und wenn der belgische Polizist schon diese schlechte Nachricht überbringen musste, konnte er bei dieser Gelegenheit ja gleich auch ein wenig recherchieren, um möglichst viel über den geheimnisvollen Adelssproß zu erfahren. Nachdem Frederic Le Maire dies seinem deutschen Kollegen vorgeschlagen hatte, war es einmal mehr still in der Telefonleitung zwischen Eupen und Aachen gewesen. Weil er sich im Moment aber nichts Besseres hatte vorstellen können, war Peter Dohmen schließlich nichts anderes übrig geblieben, als einzuwilligen. »Aber außer der Todesübermittlung bist du nicht in offizieller Mission unterwegs! Und bring mir deren Kontaktdaten mit, Telefonnummern und so …«, hatte er Le Maire noch beschworen, obwohl er eigentlich hätte wissen müssen, dass er den stets sofort Blut leckenden »Superbullen« sowieso nicht zügeln konnte.

*

Die Überraschung und die Freude waren zwar so groß gewesen wie das Hotel voll, dennoch war der Belgier bei seinem Freund Gustl im Hotel »Tyrol« untergekommen. Weil es schon zu spät und er zudem froh gewesen war, trotz des vielen Schnees mit seiner alten Benzinkutsche das tief verschneite Oberstaufen unbeschadet erreicht zu haben, hatte er es sich verkniffen, gleich am ersten Abend zu Petra in das von ihm geliebte »Apost'l«, ein uriges Speiserestaurant gegenüber des Oberstaufener Bahnhofs, zu gehen, um eine der dort besonders köstlichen Schweinshaxen mit hausgemachtem Kartoffelstampf und Sauerkraut zu genießen. Dort gab es aus Frederics Sicht auch Pommes frites, die er mit etwas Wohlwollen und ein paar Bierchen im Bauch würde essen können, obwohl sie den belgischen Fritten nicht sehr nahe kamen. Weil Gustls Küche ebenfalls weithin bekannt war, hatte er sich vom Chef höchstpersönlich ein Filetsteak vom Allgäuer Rind mit allem drum herum zubereiten lassen. »À la bonne heure, Gustl!«

Und danach war er – wie hätte es auch anders sein können – mit Gustl im »Ausrutscher« kleben geblieben. In der als solches bezeichneten urgemütlichen Hotelbar hatte sich der ansonsten spröde belgische Polizeibeamte mit dem Wirt bis spät in die Nacht hinein unterhalten und viel mit ihm gescherzt. »Das hiesige Pils schmeckt fast so gut wie unser belgisches Jupiler«, hatte Frederic nach dem sechsten Glas und einigen Bodenseeobstlern zu Gustl gesagt.

»Apropos Belgien: Wie geht es unserem Freund Ralf?«, wollte Gustl von Frederic wissen.

Nachdem sie noch auf eine »Pilslänge« gequatscht hatten, war Frederic selbstzufrieden auf sein Zimmer gegangen. Nur der Gedanke an Angelika hatte ihn dann doch noch etwas melancholisch werden lassen. Aber stur wie er nun einmal war, würde er sie nicht anrufen. Dass sie sich Sorgen machen könnte, kam ihm schon gar nicht erst in den Sinn.

Nachdem ihn am nächsten Morgen die flach stehende Sonne geweckt hatte, war der durch und durch zufriedene neue Gast aus Belgien auf den Balkon gegangen, um mit der frischen Bergluft seine malträtierten Lungenflügel zu verwöhnen und sich am bezaubernden Alpenpanorama zu erfreuen, dessen markantester Berg der Hochgrat war. Nachdem der »Urlaubsermittler« den traumhaften Blick in die Allgäuer Bergwelt hinein ausgiebig genossen und die Lunge voller frischer Winterluft hatte, war er kurz darauf mit dem Fahrstuhl das eine Stockwerk in den Frühstücksraum hinuntergefahren, um sich von Mimi, der Tochter des Hauses, mit einem grandiosen Frühstück so verwöhnen zu lassen, wie er es vom letzten Mal her gewohnt war, als er von Michaela, der Chefin des Hauses, bedient worden war. Dermaßen gestärkt hatte er sich auf den Weg nach Syrgenstein machen wollen, das ganz in der Nähe der alten Reichsstadt Isny lag, die gerade noch zum Allgäu gehörte. Dort würde er Hubertus von Syrgensteins Eltern über den

Tod ihres Sohnes informieren müssen. Aber er hatte sein Auto nicht mehr gefunden. Nachdem der »belgische Flachländer« zunächst geglaubt hatte, dass es gestohlen worden sei, war aber schon Gustls Schwiegersohn Michi zur Stelle gewesen, um den Oldtimer freizuschaufeln und mit einem Besen vom vielen Schnee zu befreien.

»Hier hat es ja *noch mehr* Schnee als auf dem Hohen Venn!«, schmunzelte Frederic, der damit die schildförmig gewölbte Hochfläche zwischen Deutschland und Belgien meinte, deren höchster Punkt knappe 700 Meter über dem Meeresspiegel lag, was gleichzeitig auch der höchstgelegene Punkt von ganz Belgien war. Wahnsinn!

Mit den gut gemeinten Worten »Kimm eini! – S is koid!«, hatte Gustl seinen Freund ins Haus zurückgelockt, wo Frederic dann mit ein paar Einheimischen beim Frühschoppen derart verhockt war, dass an diesem Tag an eine Fahrt nach Syrgenstein nicht mehr zu denken gewesen war. Anfangs hatte er zwar einen mehr oder weniger ernsthaften Versuch unternommen, doch noch dorthin zu fahren. Aber er wurde mit erneut verlockenden Worten wie »Du hosch doch Urlaub, od'r?« von seinen einheimischen Thekenbrüdern dazu verleitet, die Fahrt für diesen Tag zu cancen.

*

Nachdem Frederic sich letztlich wegen des traumhaft schönen Wetters kurzentschlossen umentschieden hatte und nicht nach Syrgenstein gefahren war, hatte er sich eingeredet, dass die Eltern des Ermordeten noch früh genug erfahren würden, was mit ihrem Sohn geschehen war, – immerhin hatten sie bisher nichts davon gewusst. Also hatte er sich vorgenommen, in aller Ruhe durch den quirligen Tourismusort zu schlendern, bevor er einen ausgiebigen Spaziergang zur sogenannten »Höll« machen wollte. Auf dieses beliebte Ausflugziel im Oberstaufener Ortsteil Weissach hatte ihn Gustl gebracht, nachdem Frederic ihm vom »Hexenhof« in Aachen erzählt hatte. »›Hexenhof‹ und ›Hölle‹, das passt ja gut zusammen! Da geh ich morgen hin!«, hatte Frederic sich beschwingt vorgenommen und dies tatsächlich in die Tat umgesetzt. Der Weg in die weithin bekannte Schnapsbrennerei mit dem dazugehörenden Ausflugslokal führte inmitten von meterhohen Schneewächten über einen perfekt geräumten Weg an einem tiefen Tobel mit einem vereisten Gebirgsbach entlang, teilweise mitten durch den winterlichen Wald. Man fühlt sich hier wirklich wie in einem mystischen Märchen, hatte Le Maire sich gedacht. Aber so schön der Spaziergang auch gewesen war; den Rückweg hatte er mit dem Taxi antreten müssen. Denn in dem Lokal war nicht nur eine tolle Stimmung gewesen, für die ein hervorragender Ziehharmonikaspieler gesorgt hatte, vielmehr war der direkt vor Ort gebrannte Obstler so sensationell gewesen, dass er den Herrgott auch an seinem zweiten Urlaubstag einen guten Mann hatte sein lassen. Dann eben morgen, hatte Le Maire sich nunmehr ganz fest vorgenommen, nach Syrgenstein zu fahren. Aber wie das so ging im Leben: »Manchmal kam es anders als man dachte.« Denn Heini, der Musikant, der in der »Höll« so schneidig aufgespielt hatte, war ein ehemaliger Polizist gewesen, der selbst ein Lokal mit der sinnigen Bezeichnung »Blaulicht« umtrieb. Da war natürlich klar gewesen, dass Frederic seinem Kollegen versprochen hatte, ihn »gleich morgen« dort zu besuchen.

*

Nun weilte der »Zwangsurlauber« schon den vierten Tag in Oberstaufen und hatte es immer noch nicht geschafft, nach Syrgenstein zu gelangen. »Merde!« Und da er in zwei Tagen schon wieder zurückfahren musste, sollte es nun so weit sein. Weil das Wetter immer noch traumhaft schön war und die Sonne mit zunehmender Tageszeit die Temperatur gewaltig erhöhte, konnte er bei der Fahrt über die kurvenreiche Landstraße das Fahrerfenster ja ein wenig heruntergedreht lassen und seinen Kopf so richtig durchlüften. Die Route dorthin führte ihn durch eine unbeschreiblich schöne Gegend bis fast an den Bodensee hinunter. Als er nach etwa 20 Kilometern von der Bundesstraße aus links abbiegen wollte, um ein paar Serpentinen bis zum Schloss Syrgenstein hochzufahren, merkte er schnell, dass er sich dies sparen konnte. Denn der Weg zum Schloss hoch war total zugeschneit, etwa zehn Meter weiter war die schmale Straße sogar ganz gesperrt, – und nicht nur das: Quer vor sich sah er ein etwa zwei Meter langes, schon ziemlich verwittertes Schild, auf dem in großen Lettern »ZU VER-KAUFEN« stand. Darunter war eine Telefonnummer kaum noch zu erkennen, kein Name und sonst auch kein Hinweis auf den oder die Verkäufer des Schlosses. Also blieb ihm nichts anderes übrig, als durch kniehohen Schnee bis zum Schild zu stapfen, um die nur teilweise sichtbaren Zahlen vom Schnee zu befreien, damit er dort anrufen und Peter Dohmen diese Telefonnummer mitbringen konnte.

»Merde!«, hallte es so laut durch den dahinterliegenden Wald, dass sogar das Wild aufgeschreckt und ein Jäger auf ihn aufmerksam wurde. Denn Frederic hatte in seine Hosentasche gefasst, um sein Handy herauszuholen. Und dabei war ihm nicht nur eingefallen, dass er dies in Belgien vergessen hatte, ihm war gleichzeitig auch noch Angelika in den Sinn gekommen, von der er seit ihrem großen »Auftritt« nichts mehr gehört hatte. Weil er sein Handy zurückgelassen hatte und in seiner Wohnung in Lüttich nicht anzutreffen war, musste sie sich vor Sorge um ihn verzehren, dachte er plötzlich und nahm sich vor, nun von seinem hohen Ross herunterzusteigen und sie gleich anzurufen, sowie er im Hotel zurück sein würde. Im Moment allerdings hatte er das Problem, keinen Stift bei sich zu haben, weswegen er zum Auto zurückstapfen musste. Aber im Handschuhfach seines Wagens befand sich ebenfalls keines dieser Schreibgeräte, auf denen er bei Besprechungen immer herumkaute, wenn er nicht rauchen durfte. Also blieb ihm nichts anderes übrig, als sich zur Hauptstraße zurückzumühen, um sich von dort aus zu orientieren. Gerade als er dies tun wollte, kam eine Deutsche Bracke auf ihn zu und beschnüffelte ihn neugierig. Starr vor Angst versuchte Le Maire, sich nicht zu bewegen, er traute sich kaum zu schnaufen. Zu seiner Erlösung hörte er aber auch schon einen Pfeifton, der den gutartigen Jagdhund zu seinem Herrchen zurückrennen ließ. »Was soll das Gefluche? Und was haben Sie hier zu suchen?«, wollte der Jäger wissen, als er direkt vor Le Maire stand. Nachdem sich der Kriminalpolizist ausgewiesen und dem stattlichen Mann den Grund seines Hierseins verklickert hatte, erfuhr er von ihm, dass die Besitzerfamilie seit etwa zwei Jahren in Spanien lebte und sich deren einziger Sohn Hubertus »irgendwo« im Rheinland herumtreiben würde. Mehr wusste er nicht.

»Wurde das Schloss denn schon verkauft?«, interessierte Frederic.

»Das müssen Sie schon den Makler fragen! Dort haben Sie seine Telefonnummer mitsamt der Vorwahl«, kam es schroff zur Antwort.

»Wenn ich schon einmal hier bin ...«, überlegte der gewiefte Ermittler betont laut, »... könnte ich mir das Schloss ja kurz von außen ansehen.«

»Von mir aus«, antwortete der Jäger. »Kommen Sie! Ich muss sowieso dort hoch. Und einen Kugelschreiber habe ich auch. Aber geraucht wird in meinem Wald nicht! Nur dass das klar ist!«

Also blieb Frederic nichts anderes übrig, als die soeben Selbstgedrehte hinter ein Ohr zu stecken und sie dort zu belassen, während er mit klammen Fingern und mit kalten Zehen in seinen alles andere als wintertauglichen Schuhen heftig schnaufend hinter dem Jäger her den steilen Stich hochstapfte.

*

Weil der belgische Mordermittler nach der äußeren Inaugenscheinnahme des Objekts und seiner Rückkehr zum Auto zwar nasse Strümpfe, aber noch genügend Zeit zur Verfügung gehabt hatte, war er gut gelaunt mit voller Heizleistung barfüßig über die alte Reichsstadt Isny bis an den Bodensee hinuntergefahren, um sich ein wenig die bayerische Inselstadt Lindau anzusehen, – ein fürwahr tolles Erlebnis, das er trotz seiner kalten Füße nicht missen mochte. Mit Angelika wäre es doppelt so schön, dachte er versonnen, während er am Hafen auf einem Bänkchen saß und einem eintreffenden Schiff zusah, wie es über die Vorspring eindampfte, damit die Passagiere längsseits von Bord gehen konnten.

»Während im Sommer über 30 Schiffe der ›Weißen Flotte‹ quer über den gesamten Bodensee unterwegs sind, gibt es im Winter nur ein einziges spezielles Schiff, das bei Notwendigkeit auch dem Eis trotzen kann«, erklärte ihm ein neben ihm sitzender alter Mann, der seelenruhig damit beschäftigt war, die Enten zu füttern. Nachdem Frederic zwei Zigaretten gedreht und eine davon dem Mann angeboten hatte, erfuhr er viel anderes Wissenswertes über das »Schwäbische Meer«, als was der Alte den Bodensee bezeichnete.

Während Le Maire an seiner Zigarette zog, genoss er die freie Sicht vor sich übers Wasser bis ins österreichische Bregenz und in die Schweiz hinüber ebenso wie die historische Häuservedute und die winterbedingte Ruhe der Hafenpromenade hinter sich.

*

Nun saß er frisch geduscht mit trockenen Füßen in seinem Hotelzimmer und versuchte krampfhaft, Angelika vom Zimmertelefon aus anzurufen. Aber zu Hause ging sie nicht ran und auf dem Handy plärrte ihn nur die Mailbox an. »Merde!«, schoss es aus ihm heraus, weil er im Moment nicht wusste, was er tun sollte. Nach kurzer Überlegung entschloss er sich, zuerst die Nummer, die er mit dem Kugelschreiber des Jägers auf eine Papierserviette der Brüsseler Fritenbude »Maison Antoine« geschrieben hatte, anzurufen, um sich dann bei Peter Dohmen zu melden, dem er nicht viel, aber immerhin *etwas* mitteilen, sich in jedem Fall aber unauffällig nach Angelika erkundigen konnte.

Nach den beiden Telefonaten war so viel klar, dass die Aachener Kripo Hubertus von Syrgensteins Eltern bislang immer noch nicht hatten erreichen können, weil sie in Spanien weilten, wo sie in der Nähe von Tarragona, direkt an der Costa Daurada, eine Finca hatten. Also war Frederic nichts anderes übrig geblieben, als seinem Aachener Kollegen die Telefonnummer des Ravensburger Schlössermaklers weiterzuleiten, die er auf die Serviette gekritzelt hatte, die schon wochenlang in seiner Jackentasche gewesen war. »Dann müsst ihr euch wohl doch selbst darum kümmern«, hatte Le Maire in dem guten Gewissen gesagt, zwar nicht viel erreicht, Peter Dohmen aber dennoch geholfen zu haben. Und was Angelika betraf, wusste er nun ganz gewiss, was ihn erwarten würde, wenn er übermorgen wieder zu Hause war. Aber er hatte von Peter Dohmen auch erfahren, dass es ihr gut ging und zu Hause wohl alles in Ordnung sei. Da er Angelika innig liebte, machte er sich nun doch noch stärkere Gedanken über seinen Starrsinn als bisher. Weil er aber im Moment sowieso nichts daran würde ändern können, wollte er sich an seinem vorletzten Abend in Oberstaufen nicht durch seine eigenen Gedanken durcheinanderbringen lassen und wie geplant mit Gustl in »Bubis Bar«, ins »Goissgässle«, in den »Weinbauer« und – wenn es die beiden nicht mehr so ganz knackfrischen Herren schaffen sollten – auch noch in ein paar andere Kneipen gehen.

Obwohl Gustls Hotel bis auf das letzte Bett ausgebucht war und er gesundheitlich angeschlagen war, wollte er es sich nicht nehmen lassen, seinen alten Freund Frederic bei dessen Kneipentour zu begleiten, – immerhin war es der letzte Abend, an dem Frederic etwas trinken konnte. Wegen der bevorstehenden langen Fahrt würde er morgen Abend – »Wer's glaubt wird seelig!« – höchstens zwei Bierchen zum Essen trinken.

»Wir müssen ja nicht gleich tanzen, wenn wir zu viel getrunken haben«, hatte Gustl gemeint und von einem zufrieden lächelnden Frederic zur Antwort bekommen: »Je suis d'accord avec.«

Hätte Gustl den stark mit dem für Ostbelgien typischen Slang durchzogenen französischen Satz verstanden, hätte er sicher geschmunzelt. Denn dass Frederic ihm geantwortet hatte, »damit einverstanden zu sein«, hatte sich so angehört, als wenn er üblicherweise gerne tanzen, an diesem Abend aber Gustl zuliebe ausnahmsweise einmal darauf verzichten würde. Die Wahrheit war aber, dass Frederic nur dann tanzte, wenn er unbedingt musste. Und dies war das letzte Mal bei einem festlichen Empfang des belgischen Polizeipräsidenten im Festsaal des Brüsseler Rathauses gewesen.

Dass sich die Kneipentour für den späten Gast durch einen reinen Zufall als Glücksfall in Bezug auf seine Ermittlungen erweisen würde, hatte sich der belgische Kriminalbeamte, der wegen einer klar von ihm selbst definierten Mission nach Oberstaufen gekommen war, im Leben nicht träumen lassen.

# KAPITEL 6

Nachdem Frederic in »Bubis Bar« eine – wenn nicht gerade heiße, dennoch hochbrisante – Spur bezüglich des toten Studenten und zugleich auch des verschwundenen Mitarbeiters des »Hexenhofes« im Gepäck hatte, konnte er nicht schnell genug nach Hause kommen. Deswegen hatte er sich an diesem Samstag von der Rezeption schon um 7 Uhr wecken lassen. Weil er die Gepflogenheiten im Hotel »Tyrol« – insbesondere die der Hotelbar – eingehend hatte kennenlernen dürfen, hatte er auschecken wollen, noch bevor Gustl an der Rezeption saß. Denn einen »Ausrutscher« hatte er sich keinen mehr erlauben wollen – und auch nicht dürfen.

Weil die beiden bei ihrem »Zug durch die Gemeinde« doch in mehr Kneipen gegangen waren, als es sich die alten Schwerenöter selbst zugetraut hatten, war Frederic davon ausgegangen, dass Gustl an diesem Morgen nicht so früh zum Dienst erscheinen würde. Aber kaum, dass er den erfrischend hellen Frühstücksraum betreten hatte, war auch schon ein fröhliches »Guten Morgen!« in dem ihm vertrauten tirolerischen Slang zu hören gewesen. Und schon hatte Frederic die Sorge gehabt, wieder nicht von hier wegzukommen. Als Gustl bemerkte, dass er von seinem Freund ungläubig angeschaut wurde, hatte er nur gesagt: »Was glabst'n, wer di g'weckt hot?« Aber Frederic hatte Glück; der herzliche Tiroler hatte Verständnis für seinen belgischen Freund gezeigt und ihn nicht *so lange* festgehalten, bis die ersten Einheimischen zum Samstagsfrühschoppen eingetrudelt waren.

»Kimmst eh wieder!«, hatte Gustl wie selbstverständlich gesagt, nachdem sich die beiden herzlich gedrückt und verabschiedet hatten. So war Frederic schon um 9 Uhr mit seinem Koffer, ein paar Wurstbrötchen, die ihm Mimi ebenso liebevoll zubereitet hatte, wie sie ihm die Thermoskanne mit Kaffee gefüllt hatte, nach draußen zu seinem schon wieder zugeschneiten Wagen gegangen. Aber wie bereits all die anderen Tage zuvor, war Michi wieder mit seiner Schneeschaufel zur Stelle gewesen, um das Mintgrün des auffälligen Citroëns mit dem belgischen Kennzeichen ans noch etwas düstere Tageslicht zu bringen.

Nachdem Frederic die Schnapsflaschen aus der »Höll«, etliche Stücke eingeschweißten Bergkäse von der »Sennalpe Kuhschwand« und andere Mitbringsel beiseitegeschoben hatte, war im Kofferraum auch noch Platz für Angelikas Designerkoffer gewesen, den er wie ein rohes Ei behandelt hatte, damit kein Kratzer drangekommen war. Mit etwas Wehmut, aber dennoch zufrieden vor sich hin pfeifend, war er aus dem weltbekannten Kurort heraus am Alpsee vorbei in Richtung der ehemaligen Residenzstadt Immenstadt gefahren, wo er zur Autobahn Richtung Norden auffahren würde.

*

»Gut«, dachte Frederic, als er schon gegen 17.30 Uhr erschöpft am Aachener Kreuz von der Autobahn abfuhr. »Dann kann ich in aller Ruhe auspacken und danach Angelika zum Essen einladen.« Um seinen guten Willen zu zeigen, wollte er sich an diesem Tag generös zeigen und nicht intervenieren, wenn sie eines der schicksten und teuersten Lokale auswählen würde. Zur Not würde er – zumindest hatte er sich dies fest vorgenommen – sogar auf seine geliebten Bierchen verzichten und Wein trinken. Während er sich in Gedanken ausmalte, wie er sich bei ihr entschuldigen sollte, fiel ihm ein, dass er vergessen hatte, Blumen zu besorgen. »Dann muss es in Gottes Namen eben so gehen.«

Aber mit dem »muss es eben so gehen« sollte er sich gewaltig in den Finger geschnitten haben. Denn als er sein Auto in die Garage fahren wollte, stellte er fest, dass Angelikas CLK nicht da war. Und nachdem er kurz darauf die Wohnungstür aufgesperrt hatte, bekam er keine Antwort auf sein schmalzig klingendes »Bonjour, mein Schatz! Ich bin wieder da!« Er konnte rufen, wie er wollte: Angelika war offensichtlich nicht zu Hause. Zudem hatte sie die Heizung heruntergestellt und auch alles andere wies darauf hin, dass hier heute noch niemand gewesen war. »Merde!«, entfuhr es ihm schon wieder, als er den Koffer so aufs Bett knallte, wie es Angelika eine Woche zuvor getan hatte. Mein Handy!«, schoss ihm in den Kopf, während er auch schon dorthin hastete, wo er es an den Strom gehängt hatte. Und tatsächlich; Angelika hatte es einfach dort gelassen, wo er es vergessen hatte. Frederic wusste, dass ihn diese Ignoranz treffen sollte. Und wie er Angelika kannte, hatte sie zwar nicht auf seine Mailbox gesprochen, ihm dafür aber eine SMS geschickt, obwohl er nicht da gewesen war. Nervös nahm er sein veraltetes iPhone vom Kabel und suchte hastig den grünen SMS-Button, um nachzusehen, ob er eine Botschaft bekommen hatte. Und tatsächlich! Er begann zu lesen. »Was?«, rief er ungläubig. »Das darf doch nicht wahr sein! Na, warte!«

Aus Frust über das, was ihm Angelika geschrieben hatte, war Frederic zu Hause geblieben, hatte die Heizung ganz aufgedreht und den Fernseher eingeschaltet, um sich bei einem Spiel der »Roten Teufel« zu beruhigen. Um Angelika zu gefallen, hatte er den Boden der gesamten Wohnung gesaugt, aufgeräumt und sogar die beiden Rotweingläser gespült, die in der Küche neben zwei leeren Flaschen Premier Rendezvous Merlot Cabernet, Jahrgang 2015, gestanden hatten. Warum *zwei* Gläser?, nagte es in ihm. Das »Rendezvous« auf dem bunten Flaschenetikett hatte ihn dann gänzlich daran glauben lassen, dass – so zumindest stufte er Angelikas Rendezvous wegen des eingetrockneten Rotweins in den Gläsern zeitlich ein – ein Mann hier gewesen war, mit dem sie möglicherweise sogar eine Affäre hatte. Wegen dieser Erkenntnis hatte Frederic die ganze Nacht über keinen Schlaf gefunden und konnte es nun kaum erwarten, bis Angelika zurück sein würde.

In knappen Worten hatte sie ihm mitgeteilt, dass sie am Freitag nach Dienstschluss nach Köln fahren und am Sonntagvormittag wieder zurückkommen würde – mehr nicht! Dies war am Donnerstag, um 20.32 Uhr gewesen, als er mit Gustl im »Kuhstall« an der Theke gesessen hatte, dem wohl am kreativsten eingerichteten Speiserestaurant im Herzen Oberstaufens, von wo aus sie in die »Altstaufner Einkehr« und von dort aus in den »Adlerhorst« weitergezogen waren, bevor sie auch noch die anderen drei Lokale besucht hatten. Der stets hellwache Ermittler hatte sich Gustl gegenüber über die Bezeichnungen der Oberstaufener Lokale mehr als einmal gewundert und dabei den »Ratskeller« in Kelmis oder in Eupen als Beispiel für eine aus seiner Sicht »normale« Bezeichnung eines Lokals benutzt.

Obwohl Frederic einerseits stinksauer war und sich am

liebsten auch so verhalten wollte, wenn Angelika zurück sein würde, entschloss er sich dazu, auch weiterhin ruhig zu bleiben und erst einmal abzuwarten, was sie ihm zu sagen hatte.

*

»Hallo, mein Schatz!«, rief Angelika ihrem Partner am Sonntagmittag – es war doch etwas später geworden – schon von der Wohnungstür aus zu, kaum, dass sie aufgeschlossen hatte. Als sie ihn sah, eilte sie strahlend und mit offenen Armen auf ihn zu, um ihn zu drücken. »Ach, ist das schön, dich wiederzusehen«, hauchte sie ihm ins Ohr und gab ihm ein Küsschen. Während sie ihr kleines Köfferchen ausräumte und Frederic wie gelähmt im Flur stehen geblieben war, fragte sie aus dem Schlafzimmer heraus: »Und? Wie war es bei dir?«

Derart angesprochen, wusste Frederic nicht, was er sagen sollte. »G… G… Gut!«

»Schön, mein Schatz! *Ich* hatte es auch gut«, kam es melodisch zurück.

Nun platzte Frederic doch der Kragen, er eilte zu Angelika ins Schlafzimmer und begann sie wegen der beiden benutzten Weingläser zur Rede zu stellen.

Aber anstatt eine Antwort zu bekommen, begann Angelika lauthals zu lachen. »Das geschieht dir recht«, sagte sie nur und gab Frederic damit noch mehr Freiraum für Spekulationen.

Bevor die Sache zu eskalieren drohte, unterbrach Angelika den einsetzenden Wortschwall ihres Gegenübers, das sich vor ihr aufgebaut hatte wie ein andalusischer Stier in der Kampfarena. Dann bat sie Frederic, sich zu beruhigen, um ihm etwas sagen zu können.

Oh je, jetzt kommt's, dachte Frederic, der die Hörner auf seinem Kopf längst spürte. Rein vorsichtshalber ließ er sich so fest aufs Sofa fallen, dass sein Hintern wieder schmerzte, den er in Oberstaufen und während der Fahrt kaum gespürt hatte.

»Das geschieht dir *wirklich* recht«, wiederholte sie, bevor sie Frederics eigenes Verhalten Revue passieren ließ, ohne es ihm an den Kopf zu werfen. Als sie am Schluss dieses Teils ihrer betont ruhigen und sachlichen Ausführungen sagte, dass sie schließlich nicht blöd sei und schnell herausbekommen hatte, dass er in Oberstaufen war, konnte Frederic nur noch den Kopf über sein eigenes Unvermögen und über Angelikas schlaue Schlüsse schütteln. Obwohl er mehrmals versuchte herauszubringen, *wer* ihr dies gesteckt haben könnte, gab Angelika ihre Quelle nicht preis. Stattdessen erzählte sie ihm, dass sie vorgestern Abend mit Eleonore Olbrich, einer preisgekrönten Innenarchitektin aus Aachen, die gleichzeitig auch ihre beste Freundin war, hier in der Wohnung zusammengesessen hatte und mit ihr die zwei verfänglichen Flaschen »Rendezvous« getrunken hatte. »Hätte der Herr Hauptkommissar besser recherchiert, hätte er bemerkt, dass auf *beiden* Gläserrändern Lippenstiftabdrücke sind«, lästerte sie, bevor sie freudestrahlend berichtete, was geschehen war: »Weil die stets reisefreudige Eleonore gleich zu Beginn ihres Gesprächs auf den Gedanken gekommen war, mit mir nach Köln zu fahren, um auf ein Konzert des Stargeigers David Garrett in die ›LangXess-Arena‹ zu gehen, haben wir beschlossen, dies zu tun und unseren Kurztrip nach Köln ein wenig begossen. Obwohl ausverkauft war, haben wir noch zwei Karten bekommen. Es war großartig!«, schwärmte sie von ihren Erlebnissen in Köln, bevor sie Frederic erzählte, dass *sie* dann ihrerseits – weil sie schließlich allein zu Hause gewesen war – der 41-jährigen Eleonore vorgeschlagen hatte, das günstige Angebot eines Hotelanbieters für zwei Nächte inklusive der Tickets zu je 195 Euro pro Person anzunehmen. »Ja, und dann bin ich ganz langsam wieder heruntergekommen und habe dir verziehen.« Allein schon, erfahren zu haben, dass Frederic nach Oberstaufen gefahren war, hatte ihr eine gute Laune beschert. Die Buschtrommeln funktionieren auch im Allgäu, hatte sie sich zufrieden gedacht. Aber dies musste sie ihm ja ebenso wenig auf die Nase binden wie Frederic ihr sagen musste, dass auch er wegen einer inneren Zufriedenheit »heruntergekommen« war, die darin begründet lag, dass er in Oberstaufen brisante Neuigkeiten in Zusammenhang mit dem Mordfall in Aachen erfahren hatte. Also legte er wieder sein gönnerhaftes Gesicht auf und sagte: »Na, dann ist ja alles in bester Ordnung.«

»Nicht ganz«, ergänzte Angelika in streng klingendem Ton, bevor sie ihn aufforderte, sie noch am Abend dieses Tages zum Essen auszuführen.

Wusste ich es doch, grinste Frederic unmerklich in sich hinein. »Sehr gerne, mein Schatz! Wenn du heute Nachmittag mit mir zum Eupener Weihnachtsmarkt gehst.«

»Deal!«, rief Angelika, gab ihm Five und kuschelte sich dann an Frederic, dem nun durch den Kopf ging, dass er zwar Neuigkeiten hatte, bei den beiden Mordfällen in Aachen und Lüttich aber nach wie vor nicht mitmischen durfte. Also überlegte er, wie er sein neu erworbenes Wissen am gewinnbringendsten anlegen konnte. Außerdem stank es ihm, dass er nicht selbst darauf gekommen war, die Ränder der beiden Weingläser zu untersuchen.

*

»Lass uns zum Parkplatz meines Kommissariats fahren und die kurze Strecke zum Weihnachtsmarkt zu Fuß gehen«, empfahl der ansonsten lauffaule Beamte, weil er froh darüber war, dass zwischen ihm und Angelika alles wieder seine beste Ordnung hatte. Frederic wusste, dass während des Weihnachtsmarktwochenendes in Eupen kein Parkplatz zu finden war, dafür aber allerorten Polizeikontrollen stattfanden.

»Schon klar«, antwortete Angelika mit einem süffisanten Grinsen auf den Lippen. Denn auch sie wusste, dass dies den Vorteil hatte, den Wagen nicht mitten aus der Stadt herausfahren zu müssen. »So sind wir gleich über den Rathausplatz auf der Aachener Straße.« Zufrieden darüber, dass Frederic sich trotz des Schneiens nicht davor drückte, zu Fuß zu gehen, und glücklich darüber, dass seine neue »Geissini«-Designerjacke nun gute Dienste leistete und zudem todschick an ihm aussah, schlugen sie den Weg zum Stadtzentrum, in Richtung des Weihnachtsmarktes in Eupens Oberstadt, ein.

»Jetzt kann ich meinen Urlaub genießen«, frohlockte Frederic kurz darauf, als er eine Tüte mit Fritten in Händen hielt und von Angelika ein Küsschen bekam.

»Aber nicht mehr lange«, bremste sie seinen Enthusiasmus. »Am Montag müssen wir beide wieder arbeiten. Ich bin gespannt, was es beim morgendlichen Meeting Neues in Sachen ›Glühweinmord‹ gibt.«

»Geht mich nichts an«, grummelte Frederic trotzig, weil er wusste, dass er in diesem Mordfall nicht involviert war und er es am Montag wahrscheinlich wieder mit Graffiti-Schmierereien, zerstochenen Reifen und – wenn es hochkam – mit häuslicher Gewalt zu tun haben würde. Na ja, den LKW-Diebstahl haben wir ja auch noch zu bearbeiten, seufzte er in sich hinein. Obwohl er immer noch ein paar Fritten in seiner Tüte hatte, entfuhr ihm bei dem Gedanken daran ein leiser Fluch, den Angelika allerdings nicht hörte. Denn dies war einer *der* Momente, in denen er ernsthaft darüber nachdachte, trotz seiner Liebe zu Angelika in sein altes Kommissariat nach Lüttich, in die dortige Mordkommission, zurückzukehren. Aber wie sollte dies funktionieren?

Um seine Laune gleich wieder dorthin zu bringen, wo Angelika sie haben mochte, ging er zielstrebig auf einen hübsch dekorierten Stand zu, von dem aus neben vielerlei anderen Getränken auch Bier ausgeschenkt wurde.

»Ich bin gleich wieder zurück«, sagte Angelika und verschwand ebenfalls in der Menge. Sie wollte sich selbst ein Gläschen Sekt oder einen Prosecco organisieren, obwohl Frederic dies – in Erinnerung daran, was er sich ihr gegenüber vorgenommen hatte – gerne für sie getan hätte.

Mit dem Bier vor sich und mit Angelika im Reinen stand er nun so richtig zufrieden mit ein paar fröhlichen jungen Leuten an einem der mit schwarzen Hussen bezogenen Bistrotische, auf denen mit Tannenästchen dekorierte Teelichter eine heimelige Stimmung verbreiteten. Überall leuchtete und glitzerte es, was der Schneefall zudem verstärkte. Selten, dass es in unseren Gefilden so stark schneit, dachte er sich in Erinnerung des meterhohen Schnees im Allgäu. Bei diesem Gedanken und an das, was er dort alles erlebt hatte, musste er schmunzeln. Dennoch reichte der aus Allgäuer Sicht betrachtet dürftige Schneefall aus, um hier in Eupen eine noch schönere adventliche Atmosphäre zu zaubern, als dies wegen der vielen weihnachtlich dekorierten Buden und des für Weihnachtsmärkte typischen Verkaufsangebotes sowieso schon der Fall war.

Völlig frei jeglichen Stresses beobachtete Frederic das muntere Treiben um sich herum und nahm einen Schluck Bier aus dem Pappbecher. Na ja, dachte er, während er einer gepflegt aussehenden älteren Dame zusah, wie sie sich mit einem kreischenden Kleinkind abmühte, das wohl etwas haben wollte, das ihm die Oma nicht kaufen mochte. Rechts vor ihm versuchte ein anderes, etwas größeres Kind, die Schneeflocken mit der Zunge aufzufangen, während gleich dahinter ein paar Schülerinnen und Schüler auf ihren Blockflöten »Stille Nacht, heilige Nacht« zu intonieren versuchten, was allerdings schrecklich klang. Aber das machte nichts, schließlich stand Weihnachten vor der Tür.

»Fifi, wo bist du? Komm endlich her, du dummes Tier!«, hörte er ein Herrchen rufen, dessen Hund den Weihnachtsmarkt wohl allein erkunden mochte und dem verlockenden Geruch gefolgt war, der einer Würstchenbude entströmte. Schräg gegenüber lümmelte eine Gruppe Frauen um einen Bistrotisch herum, die alle die gleich geschmacklosen Spangen im Haar trugen, auf denen blinkende Rentierköpfchen aus Plüsch jede einzelne ihrer Bewegungen mitmachen mussten, wenn die schon etwas in die Jahre gekommenen und angesäuselten Mädels auf diesen schönen Weihnachtsmarkt anstießen. Etwas entfernt von Frederic saß auf einem überdachten Podest der Weihnachtsmann, der sich am liebsten die Ohren zuhalten würde, weil ihm ein Kind nach dem anderen etwas vorsang oder mit Hilfe der Eltern mühsam versuchte, ein Gedicht aufzusagen. »Das hat der Kleine doch toll gemacht! Nicht wahr, lieber Weihnachtsmann!«, mochte der bärtige Geselle schon lange nicht mehr hören. Aber was konnte er – außer zwischendurch seinen Flachmann hervorzuholen – dagegen unternehmen? Wahrscheinlich war er zu diesem Job vom Arbeitsamt verpflichtet worden, vermutete Frederic, der all dies so lange auf sich wirken ließ, bis sich eine für ihn unerklärliche Unruhe auszubreiten begann, mit der er nichts anzufangen wusste.

Wo bleibt denn nur Angelika? Sie müsste doch längst einen Stand gefunden haben, an dem es dieses schreckliche Blubberwasser gibt, dachte er, nun selbst etwas unruhig geworden. Als dann ein Bursche auf ihn zugerannt kam und fragte, ob er der Herr Kriminalkommissar sei, nickte Frederic und murmelte ein »Nicht schon wieder!« in sich hinein, obwohl er innerlich hoffte, dass seine in diesem Moment des weihnachtlichen Friedens irrationalen Gedanken wahr würden.

»Kommen Sie! Schnell! Eine Frau hat mir aufgetragen, Sie zu holen!«

»Welche Frau?«

Der etwa neunjährige Junge zeigte auf ihn und antwortete rotzfrech: »*Ihre* Frau, obwohl sie nicht zu Ihnen passt!«

Am liebsten würde Le Maire dem Lausbuben eine scheuern, ließ dies aber sein und fragte stattdessen, was es denn gäbe.

Aber er bekam nur ein »Beeilen Sie sich!« zu hören, der die ungläubig klingende Frage folgte, ob er »wirklich« ein echter Kriminalpolizist sei.

Also ließ Le Maire notgedrungen den Rest seines Bieres stehen und eilte dem Burschen dorthin nach, wo sich die Menschenmenge verdichtete. Aus alter Gewohnheit heraus zog er seine Dienstmarke und hob sie in gewohnter Manier in die Höhe. »Lassen Sie mich durch! Kriminalpolizei! Verdammt noch mal: Geht auf die Seite!«

\*

Mühsam hatte Frederic sich bis zu Angelika durchgekämpft, die – auf den ersten Blick versteckt – auf dem Gehweg hinter einer Glühweinbude neben einer toten Frau stand und kaum merklich nickte.

»Also doch schon wieder«, durchfuhr es Frederic, der sich in diesem Moment für seine vorhergegangenen Gedanken schämte, obwohl vor ihm – auf dem Boden der Deutschsprachigen Gemeinschaft Belgiens, also unangefochten *in seinem Befugnisbereich* – dem ersten Anschein nach und unverkennbar ein Mordopfer lag.

Nun hatte er also, was er wollte: seine »eigene« Leiche! Und bei der stellte sich nicht einmal die Frage, ob sie etwas mit den Fällen in Aachen oder in Lüttich zu tun hatte. Denn noch bevor er sich zu ihr hinuntergebeugt hatte, war erkennbar gewesen, dass ihr der Mörder ins rechte Auge geschossen hatte, was wohl kaum ein Zufall sein konnte. Die Frage »Aufgesetzt?« erübrigte sich nach einer ersten Inaugenscheinnahme ebenfalls.

Dennoch bestätigte ihm dies Angelika, die sich wieder zur toten Frau hinunterbückte und deren Kopf beiseite drehte, dass es sich hier akkurat um die gleiche Schussausübung handeln würde wie beim Mordopfer in Lüttich. »Auch hier ist die ›Stanzmarke‹ gut zu erkennen! Pulver und Schmauch sind in die Haut ums Auge herum eingedrungen und breiten sich nicht nur sternförmig aus, sondern haben die Haut aufgerissen, zudem sind die Weichteile zerstört! Mehr dazu, wenn ich sie auf meinem Tisch habe.« Angelika brauchte den »Superbullen« nur anzusehen, um zu wissen, was nun in ihm vorging.

»Also ein Modus Operandi«, resümierte Le Maire.

»Sag ich doch: haargenau die gleiche Art der Durchführung wie in Lüttich.«

»Hat sie Fesselmale an den Armgelenken?«

Angelika zog der toten Frau die Ärmel ihres Arbeitskittels zurück und schüttelte den Kopf.

Nachdem die Sachlage zumindest in ihren Grundzügen eindeutig war, wandte Le Maire sich von Dr. Laefers und der Toten ab, um zu telefonieren. »Es tut mir leid, dass ich dich am Wochenende stören muss, Locki. Aber ich brauche meine Leute hier auf dem Weihnachtsmarkt.«

»Weshalb? Alle?«

»Ja«, bestand der Chef darauf, in zehn Minuten seine komplette Mannschaft hier zu haben.

»Ich auch?«, kam es mit merklich zitternder Stimme aus dem Handy.

»Nein, Locki! Äh!« Um seine Sekretärin nicht zu enttäuschen, erklärte er ihr in wenigen Worten, um was es ging, und sagte zu ihr, dass er sie »selbstverständlich« dringend im Büro benötigte und sie dort die Stellung halten solle.

»Ich mache Kaffee und besorge etwas zum Knabbern! Frische Croissants gibt es heute nicht, es ist …«

»Schon gut, Locki! Ich weiß, dass Sonntag ist. Und jetzt ruf *bitte* die anderen an! Au revoir!«

Er hätte sich wenigstens bei mir bedanken können, dachte sich Le Maires hyperaktive Sekretärin, die zwar etwas enttäuscht war, aber in ihrer Wohnung hinter der Bergstraße schon wieder am Telefon hing, um die Kollegin und die Kollegen aus dem Wochenende zu reißen und sie über den Mord auf dem Eupener Weihnachtsmarkt zu informieren.

*

»Der da hat sie gefunden, als er zwischen den beiden Buden dort hinter diese Glühweinhütte geschlüpft ist, um sich zu übergeben! Übernimm du das, Harry!«, gebot Le Maire seinem inzwischen eingetroffenen uniformierten Kollegen, während er zu einem Mann zeigte, der auf einem Steinpoller saß und trotz seines Rausches verstanden hatte, was mit seiner Entdeckung entfacht worden war. Dann deutete Le Maire zur Glühweinbude, bevor er mit dem Zeigefinger seiner rechten Hand zwischen zwei Verkaufsbuden hin und her fuchtelte. Weil er selbst keine Lust dazu hatte, den völlig betrunkenen Mann zu befragen, hatte Le Maire dies an Herbert Demonty, der als erster seiner Leute am Einsatzort eingetroffen war, delegiert.

Gute Arbeit, Locki, dachte Le Maire, als schon wenige Minuten später vier uniformierte Beamte der lokalen Polizei und die Spurensicherung eintrafen. Gleich darauf waren auch schon seine beiden Oberkommissare Agnès Devaux und Pierre Vonderbank zur Stelle, um ebenso ihre Arbeit zu tun wie die Sanitäter, die ohne Notarzt gekommen waren, weil Mademoiselle Loquie sie darüber informiert hatte, dass die Gerichtsmedizinerin bereits vor Ort und die Person, um die es ginge, tot sei.

Genau so hatte Kriminalhauptkommissar Frederic Le Maire sich die Sache vorgestellt, – alle wussten, was sie zu tun hatten: Harry nahm die Personalien des Betrunkenen und anderer mehr oder weniger brauchbarer Zeugen auf, die anderen uniformierten Kollegen sperrten diesen Teil der Straße großräumig ab, Devaux informierte sich bei der Rechtsmedizinerin über sämtliche Details, während Vonderbank seinem Chef die Papiere der toten Glühweinverkäuferin in die Hände drückte und damit begann, weitere Zeugen zu suchen und zu befragen. Und die Spurensicherer taten, was Spurensicherer an Tatorten eben taten: Spuren sichern!

Alles lief bestens. Deswegen konnte Le Maire sich ein

wenig zurücklehnen und sich darüber freuen, dass er nun seine eigene Leiche hatte, die weder Peter Dohmen noch Pat Miller etwas anginge.

Aha, die Tote heißt Marie-Kathrin Jilbour, ist 53 Jahre alt und wohnt hier in Eupen, stellte Le Maire fest, als er deren eingetüteten Ausweis in den Händen hielt. Weil ihm diese Erstinfo zur Person nicht genügte, bezog er diese auch gleich in seine weiteren Erkenntnisse mit ein. Und die besagten, dass die Frau vor einer Viertelstunde hinter ihrem Verkaufswagen erschossen wurde und der Mörder einen Schalldämpfer benutzt hatte. »Was gibt's?«, fragte er einen der Spurensicherer, der auf ihn zugekommen war, und bekam von ihm zur Antwort, dass der Mörder – den Schleifspuren nach – versucht hatte, die Frau durch ein schmales Gässchen vom Tatort wegzuziehen. »Offensichtlich ist er von dem Betrunkenen, den die Sanitäter gerade in ihren Wagen verfrachten, gestört worden.«

»Zu was Kotzen doch alles gut sein kann«, murmelte Le Maire.

»Wie bitte?«

»Schon gut? Sonst etwas?«

»Nein, aber wir sind ja noch nicht fertig.«

Während alle konzentriert weiter ihrer Arbeit nachgingen, störte ein plötzliches Geschrei die Ruhe innerhalb des abgesperrten Areals. Eine junge Frau versuchte gewaltsam unter dem Flatterband durchzuschlüpfen, konnte aber von einem der Polizisten davon abgehalten werden, obwohl sie dabei wild um sich schlug.

»Lass sie durch!«, rief Le Maire seinem uniformierten Kollegen der Streife zu, weil er sofort erkannt hatte, dass es sich um eine Angehörige der Toten handeln musste, – jedenfalls deutete ihr Verhalten darauf hin.

»Kommen Sie.« Le Maire zeigte nun eine ganz andere Seite an sich; er sprach mit an ihm ungewohnt beruhigend klingender Stimme, legte vorsichtig eine Hand auf den Rücken der jungen Frau und schob sie auf diese Art sanft zum Glühweinwagen der Toten, vor dem ein Biertisch stand, an dem er sie Platz nehmen ließ und sich zu ihr setzte. Dies hatte insofern geholfen, dass sich die Frau tatsächlich weitestgehend beruhigt zu haben schien. Somit konnte sie den Kriminalbeamten in abgeklärt klingendem Ton fragen: »Wo ist sie?«

Bevor der Mordermittler antwortete, mochte er von ihr wissen, wer sie war und wie sie auf »dies hier« aufmerksam geworden war. So erfuhr er, dass es sich um die 29-jährige Lucienne Margó, die Tochter der Verstorbenen handelte, die am Rotenberg die Friterie »F*M*K« betrieb und von einer Freundin angerufen worden war, die sich mit ihrem Mann und mit ihrem kleinen Sohn auf dem Weihnachtsmarkt befunden hatte.

»Sie kommen direkt aus Ihrer Friterie?«, stellte Le Maire mehr fest, als er fragte, weil die Frau nach Frittenfett roch und noch ihre Arbeitsschürze anhatte.

Während sie heftig in ein Taschentuch schnäuzte, nickte sie.

»Sind Sie bereit, Madame Margó?«, fragte Le Maire nach einem kurzen Gespräch.

Wieder nickte sie stumm.

»Gut, dann kommen Sie bitte!«

Wenige Momente später hatte die Tochter ihre Mutter identifiziert. Dabei hatte sie eine bewundernswerte Haltung bewiesen, obwohl Le Maire bemerkt hatte, dass ihr dieser Mord sehr nahe gehen musste.

*

»Und?«, fragte Frederic seine Partnerin, nachdem die Tote vom »Öcher Friede« abgeholt worden und auf dem Weg ins Rechtsmedizinische Institut Aachen war. »Was fangen wir nun mit dem angebrochenen Nachmittag an?«

Obwohl Angelika ihren Lemmi bestens kannte, wunderte sie sich über dessen Kaltschnäuzigkeit. »Ich werde jetzt mein Auto holen und dem Leichenbestatter in die Gerichtsmedizin folgen. Dort werde ich die Papiere fertig machen und alles für die morgige Obduktion vorbereiten. Und dann habe ich Feierabend!«

»Also kann ich dich – wie versprochen – heute noch zum Essen ausführen? Wohin möchtest du?«

Angelika überlegte kurz, dann sagte sie: »Ich überlege es mir während der Fahrt nach Aachen. Du kannst dich inzwischen ja schon mal seelisch und moralisch darauf einstellen«, scherzte sie anlässlich dieses Mordes recht cool.

Während Frederic nickte, bemühte er sich um ein verbindendes Lächeln. Auch wenn sein Streit mit Angelika allein schon durch deren erlebnisreiche Kölnreise und diesen Mord momentan weit in den Hintergrund gerückt war, wusste er, dass sie ihn noch lange nicht vergessen haben würde. Also blieb ihm nichts anderes übrig, als gute Miene zum bösen Spiel zu machen, indem er sich protestlos einverstanden zeigte.

»Gut«, freute sich Angelika. »Dann bis später!«

Le Maire wandte sich an die vier Streifenpolizisten und gebot ihnen, zu je zwei Mann auf beiden Seiten der Straßenabsperrung darauf zu achten, dass sich während des fortlaufenden Weihnachtsmarktes niemand hinter die Absperrung begeben konnte. »Um 21 Uhr schicke ich euch die Ablösung für die Nacht!«

Dann ging er zur Spurensicherung und fragte, ob sie

noch etwas von ihm bräuchten und ob es etwas Neues gäbe. Nachdem beides verneint worden war, pfiff er seine Leute zurück und verabschiedete sich von den Streifenpolizisten und von den Spurensicherern.

Ich darf nicht vergessen, Angelika zu bitten, in ihrer Dienststelle vorläufig noch nichts von ihrem »Neuzugang« zu erwähnen, dachte er sich, während er mit sich haderte, an irgendeinem Stand noch ein Bierchen zu trinken, bevor er ins Kommissariat zurückging, wo er Locki nach Hause schicken und auf Angelika warten wollte.

*

Angelika hatte sich für das »Versöhnungsessen« etwas Besonderes einfallen und sich von Frederic in die »Burtscheider Quelle« einladen lassen. Weil dieses weit über Aachens Stadtgrenzen hinaus beliebte und wegen seiner guten Küche fast schon berühmte Lokal im Aachener Stadtteil Burtscheid, also nicht allzu weit von ihrer Wohnung entfernt lag, zeigte sich der kulinarische Blindgänger zufrieden mit Angelikas Wahl. Dies mochte auch daran liegen, dass es dort nicht nur hervorragende Weine, sondern auch ein aus Frederics Sicht »trinkbares« deutsches Bier gab. Und weil Angelika ihm auch noch erzählt hatte, dass Shila, die überaus nette Wirtin, bei der Fernsehsendung »Mein Lokal, Dein Lokal« teilgenommen und dort sogar gewonnen hatte, war Frederic sowieso neugierig auf das geworden, was ihn in der »Quelle« erwarten würde.

Aber der Abend verlief alles andere als romantisch, denn Frederic war von seinem ersten Mordfall, den er von seinem neuen Kommissariat aus lösen musste, so angetan, dass er den ganzen Abend über von nichts anderem sprach. So war es ihm wichtig, dass die Rechtsmedizinerin in deren Aachener Dienststelle vorläufig noch nichts über ihren »Neuzugang« verlauten ließ.

Über diese absurde Bitte konnte Angelika allerdings nur den Kopf schütteln. »Wie stellst du dir das vor, Lemmi? Wir haben morgen früh als Erstes die Wochenbesprechung, da kann ich den Mord doch nicht einfach unter den Tisch fallen lassen, zumal unser Mord in Eupen zweifellos mit dem in Lüttich, ergo auch mit dem in Aachen, zusammenhängt. Ich habe dir doch bereits gesagt, dass es sich bei dem aufgesetzten Schuss ins rechte Auge ebenfalls um ein 9-mm-Geschoss handelt. Und dass es auch dieselbe Waffe wie in Lüttich war, werden die Ballistiker schnell herausbekommen, wenn sie die Kugel untersucht haben.«

»Unser – zumal unser Mord«, wie Angelika gesagt hatte, war das Stichwort für Frederic, um sie in ihrer Eigenschaft als Rechtsmedizinerin unter Druck zu setzen. Er wusste, dass »normalerweise« Docteur Dutileux, der junge Rechtsmediziner aus Lüttich, dafür zuständig wäre, weil es in Eupen keine Rechtsmedizin gab und Angelika eine Deutsche war. Außerdem gab es in Aachen schon seit vielen Jahren »offiziell« ebenfalls keine Rechtsmedizin mehr, sondern nur noch eine Pathologie. Und schon war es wieder da, dieses Platzhirschgehabe, das Angelika hasste wie die Pest.

Aber Frederic sollte mit seiner wohl durchdachten Gemeinheit ihr gegenüber nicht durchkommen, denn die Aachener Ärztin wusste sich zu wehren: »Sag mal, spinnst du?«, konterte sie und las ihm unter Einflechtung guter Gegenargumente die Leviten.

»Schon gut, Angelika! Beruhige dich wieder! Ist ja schon gut. Prost, auf uns!«

# KAPITEL 7

Der belgische Mordermittler war stinksauer. Kaum, dass er tags darauf etwas verspätet, nach dem Urlaub aber offiziell seinen Dienst angetreten hatte, stürmte auch schon die gute treue Locki ins Büro ihres Chefs. Sie musste ihm sofort mitteilen, dass Pat Miller aus Lüttich angerufen und nachgefragt hatte, was mit der toten Frau in Eupen sei.

*Deswegen* war Le Maire stinksauer. Da hatte es auch nichts genützt, dass Locki ihrem Chef Kaffee und Croissants gebracht hatte. »Kann hier eigentlich niemand etwas für sich behalten«, schimpfte er so laut, dass es auch seine Leute in deren Gemeinschaftsbüro hören konnten.

»Den ersten Tag hier, und schon hat der Alte eine miese Laune«, monierte Le Maires Oberkommissarin.

»Was hast du gesagt, Devaux? Ich habe dich nicht verstanden«, bellte Le Maire in den anderen Büroraum hinüber, bekam aber keine Antwort. Das leise »Arschloch« hörte er zwar, bemerkte aber nichts dazu. Stattdessen schmunzelte er. Der hartgesottene Kripochef konnte zwar austeilen, aber auch einstecken.

Trotz der momentan frostigen Stimmung im Kommissariat hatten Le Maires Leute eine gute Arbeit geleistet. Denn noch vor der Mittagspause hatten sie herausgefunden, dass die ermordete Friteriebetreiberin Marie-Kathrin Jilbour nicht nur einen fahrbaren Glühweinstand bei der Eupener Kirmes, bei Jahrmärkten, Mittelaltermärkten und anderen Festivitäten im Großraum Ostbelgiens betrieb, sondern auch noch die Inhaberin der fest installierten »Friterie F*M*K« in Eupen war, was nichts anderes hieß als: »Fritten*Mayo*Ketchup«.

Frederic Le Maire war beeindruckt, insbesondere über die Namenskonstellation der Firmierung. »Wie ich gehört habe, eine firmentechnische Bezeichnung, die sich schon vor 24 Jahren in Eupen positioniert hat und bis zum heutigen Tag für Qualität steht«, dozierte er seinen Leuten gegenüber, bevor er die Oberkommissarin provozierend fragte: »Sonst noch etwas, Devaux?« Dann kam er gleich wieder auf das Wesentliche: »Der Laden gehört also Madame Jilbour und *nicht* ihrer Tochter! Die arbeitet lediglich dort. Interessant!«

»Ja! Aber er ist bereits auf sie überschrieben ...«

»Lass mich raten«, unterbrach Le Maire. »Die Friterie gehört Lucienne Margó erst, wenn die Mutter tot ist.«

Agnès Devaux nickte, bevor sie weiter korrekt Bericht darüber erstattete, dass dies noch längst nicht alles gewesen sei, weil Madame Jilbour Witwe war und aus der Ehe mit ihrem Mann Francois drei Kinder hervorgegangen waren.

»Wissen wir schon etwas über sie?«

Nun konnte Devaux so richtig auftrumpfen: »Laut Gewerbeanmeldungen gehörte Madame Jilbour auch noch je eine Friterie in Malmedy und im deutschen Mittelalterstädtchen Monschau. Die Friterie in Eupen betreibt – wie wir bereits wissen – ihre 29-jährige Tochter Lucienne Margó. Die Friture in Malmedy betreibt ihre 26-jährige Tochter Adrienne Blüsett und die Pommesbude im deutschen Monschau ihr 32-jähriger Sohn Bernard. Und den fahrbaren Glühweinstand betrieb sie selbst. Das war's.«

Devaux hatte nicht nur aufgetrumpft, sondern auch bei ihrem Chef gepunktet: aber nicht wegen der von ihr recherchierten neuen Erkenntnisse bezüglich der familiären Verhältnisse der Ermordeten. Vielmehr wegen der jeweils korrekt von ihr ausgesprochenen Bezeichnungen von Frittenbuden in den verschiedenen Regionen. Denn während Frittenläden im Osten Belgiens als »Friterien« bezeichnet werden, sagt man im wallonischen Teil »Frituren«. Was Le Maire aber am besten gefallen hatte, war die aus seiner Sicht ebenfalls korrekte Bezeichnung »Pommesbude« für *deutsche* Anbieter der von ihm geliebten Kartoffelstäbchen.

Obwohl Le Maire tief beeindruckt war, ließ er sich dies nicht anmerken und schickte seine drei Leute in je eine dieser Frittenläden, um sich mit Madame Jilbours vermutlichen Erben eingehend zu unterhalten.

»Ach ja«, fiel Agnès Devaux noch ein: »Die Todesnachricht haben die anderen beiden Geschwister gestern schon von Lucienne Margó erhalten.«

»Merde«, knurrte Le Maire in sich hinein und schalt sich selbst einen unprofessionellen Dorfgendarmen, weil dies eigentlich gestern noch *seine* Aufgabe gewesen wäre. Aber in seinem ganzen Stress mit Angelika hatte er vergessen, Madame Margó nach Geschwistern zu fragen. Dies entschuldigte er für sich selbst damit, dass er schließlich noch in Urlaub gewesen war.

»Keine Sorge, Chef!«, fügte seine Oberkommissarin hinzu, die seine Gedanken zu lesen schien: »Das habe ich gestern noch erledigt. Ich habe persönlich mit allen drei Geschwistern gesprochen und sie auch noch befragt.« Kaum hatte sie dies ausgesprochen, warf sie ihm die Gesprächsprotokolle auf den Schreibtisch.

Aha! Deswegen war sie heute so schnell. Zwei zu Null für Devaux, dachte er und verließ den Raum, bevor er sich noch blamierte.

# KAPITEL 8

Der Montagmorgen hatte mit einer für diese winterliche Jahreszeit angenehm warmen Außentemperatur begonnen, die bis Mittag den Schnee hatte schmelzen lassen wie Speiseeis auf der Zunge. Für die Suchhundestaffel der Polizei Lüttich herrschten nun ideale Bedingungen aktiv zu werden. Die Spürhunde hatten die Witterung am Fundort der Leiche an der Maas zum ersten Mal bereits in der Fundnacht aufgenommen. Nun sollten sie dies noch einmal an Ort und Stelle tun, bevor sie von ihren Führern dorthin gebracht würden, wo sich die Stelle befand, an der laut Berechnungen der Kriminaltechnik-Spezialisten die Leiche ins Wasser geschmissen worden sein könnte. Aber dies sollte noch etwas dauern, denn die Kriminaltechniker hatten den vermuteten Ort noch nicht ganz herausfinden können, weil sie auf Informationen des Wasser- und des Wetteramtes hatten warten müssen. Weil aber klar war, dass dies spätestens bis 13 Uhr der Fall sein würde, hatten sich die Hundebetreuer mit ihren Schützlingen schon mal bereit gemacht und warteten jetzt nur noch auf ihren Einsatzbefehl von Kriminalhauptkommissar Patrick Miller.

*

Weil Cedric Rothieu wegen des neuerlichen Mordes in Eupen nun doch kalte Füße bekommen hatte, herrschte zur selben Zeit in der alten Schiffswerft bei Herstal hektische Betriebsamkeit. »Alles muss raus! Hört ihr?«, schrie er seine Männer aus einer dunklen Ecke der Wellblechhalle zu, wo ihn niemand sehen konnte. Denn dem durchtriebenen Weinhändler war wichtig, dass ihn nur derjenige seiner Leute kannte, der die anderen in seinem Auftrag ausgewählt und rekrutiert hatte. Und mit dem würde er gleich noch ein Hühnchen zu rupfen haben, wenn er damit fertig war, Anweisungen zu geben: »Zieht jeden einzelnen Nagel heraus! Vom Labor selbst darf nichts mehr übrig bleiben!« Der Chef dieser »Glühweinmafia« wollte, dass die extra für Hubertus von Syrgenstein und dessen Arbeit zusammengezimmerte Hütte gänzlich abgerissen wurde und auch die Arbeitsgeräte des toten Studenten mit allem, was dazu gehört hatte, in den mitgebrachten Kombi verladen wurde, den er sicherheitshalber von Guido Nieuwkerke bei einer Autovermietung im etwa 40 Kilometer entfernten niederländischen Maastricht hatte besorgen lassen, obwohl im Hof seiner Firma mehr als ein Dutzend Kleintransporter und sogar vier LKWs standen. Er selbst hatte sich ebenfalls einen Leihwagen besorgen lassen. Danach sollte der Hallenboden mit Flusswasser so sauber geschrubbt werden, dass keinerlei Chemikalienreste oder sonst etwas zurückblieb, das auf ein Labor und auf das, was Hubertus von Syrgenstein darin produziert hatte, hinweisen könnte. Wenn dies alles getan war, mussten seine Männer Schmutz mit Besen verteilen und dann die Altreifen darüber stapeln, die sie erst vor ein paar Tagen über der gesamten Laborhütte verteilt gehabt und nun wieder mühsam von der darunter versteckten Hütte abgetragen hatten. Am liebsten würde er die teilweise bereits zusammengefallene Industriehalle, die er vor einem halben Jahr einem bankrotten Kleinreeder zu einem Spottpreis abgekauft hatte, anzünden. Damit würde er zwei Fliegen mit einer Klappe schlagen; zum einen würde er sämtliche Beweise vernichten und zum anderen – wenn er es nur geschickt genug anging – die Brandversicherung hintergehen können. Im schlechtesten Fall hätte er die Abbruchkosten um ein Vielfaches verringert. Allerdings – und dies war der Haken daran – würde er dadurch die Polizei auf die alte Schiffswerft und somit auf sich als deren neuen Eigentümer aufmerksam machen. Also beschloss er, dies zumindest jetzt noch nicht zu veranlassen.

»Und nun zu uns«, schnarrte er Guido Nieuwkerke an. »Was hast du dir dabei gedacht, diese Glühweinverkäuferin in Eupen genau auf dieselbe Art zu beseitigen, wie du dies mit Jupp getan hast? Wegen dieser Dummheit können wir hier unsere Zelte abbrechen!«

»Was hätte ich denn für eine Wahl gehabt? Sie selbst hatten mir doch gesagt, dass man an ihr sehr gut ein Exempel statuieren kann, weil es uns egal sein kann, wenn sie tot ist und sie keine Kundin mehr wird. Sie betrieb ja nur ihren Glühweinwagen, ihre ehemaligen drei Frittenläden betreiben jetzt ja ihre Kinder. Und für *die* sollte es ja wohl eine Warnung sein, sich gegen unseren Glühwein zu stellen! Denn einer von ihnen wird schließlich Mutters gut gehenden Glühweinwagen übernehmen. Oder habe ich da etwas falsch verstanden?«

»Du Idiot! Das ist schon richtig, was du sagst. Das Problem ist nur, dass die Ballistiker der Kripo sicher jetzt schon wissen, dass es sich bei Jupp und dieser Glühweintante um ein und dieselbe Waffe gehandelt hat. Und dann auch noch ein Schuss ins Auge.«

Cedric Rothieus Mann fürs Grobe schaute seinen Chef wie ein geprügelter Hund an, bevor er einräumte, nicht darüber nachgedacht zu haben, weil wegen des Trubels auf dem Weihnachtsmarkt alles schnell hatte gehen müssen. »Ich habe einfach die Gelegenheit genutzt, als sie aus ihrem Verkaufswagen herauskam, um dahinter eine Zigarette zu rauchen. Das war *die* Gelegenheit, um keine Gewalt anwenden zu müssen.«

Cedric Rothieu lachte bitter auf. »Pah! ›keine Gewalt anwenden‹!«

»Ja! So musste ich ihr nur den Schalldämpfer aufs Auge drücken und ihr mit dem Zeigefinger der anderen Hand an meinen Lippen deuten, still zu sein. Ich wollte sie ja erst erschießen, wenn ich sie in die dahinterliegende Gasse gedrängt haben würde. Als sie dann aber direkt hinter ihrem Verkaufswagen doch noch begann, Zicken zu machen, musste ich handeln.«

»Alles recht und gut, Guido! Aber wie gesagt: ein Schuss *zwischen* die Augen mit einer anderen Waffe wäre unverfänglicher gewesen und wir müssten hier nicht alles wegräumen«, knurrte der Weinhändler und drängte die anderen auch schon wieder zur Eile. Er hatte einfach kein gutes Gefühl mehr.

Aber Nieuwkerke schien die Sorge seines Chefs nicht sonderlich ernst zu nehmen. »Ich geh erst mal auf eine Fluppe raus. Außerdem muss ich pissen«, sagte er in entspannt klingendem Ton, während er auch schon so laut davonschlurfte, dass seine Schritte in dem großen Gebäude von den Wänden hallten.

*

Inzwischen lag Miller das Ergebnis der Kriminaltechnik vor. »Bring bitte den Führer der Suchhundestaffel zu mir!«, gebot der Leiter der Mordkommission Lüttich seiner neuen Sekretärin und ergänzte: »Und meine drei Herren Kommissare sollen sich ebenfalls bereit machen. Es geht los.«

Zehn Minuten später trafen etwa zwei Kilometer flussaufwärts von Herstal vier Polizeiautos mit je einem Einsatzleiter, zwei Hundeführern und einem Spürhund ein. »Dort drüben«, deutete Miller dem Fahrer seines Einsatzfahrzeuges anzuhalten und zu parken. Weil er angeordnet hatte, dass die Fahrzeuge nicht dicht aufeinander folgen, sondern einen größeren Sicherheitsabstand halten sollten, dauerte es etwas, bis an der von ihm ausgewählten Stelle in einem versteckt liegenden Waldstück nahe der Maas ein Polizeikombi nach dem anderen ankam, während der Einsatzleiter auf der Motorhaube seines Fahrzeugs bereits eine Landkarte für die Lagebesprechung ausbreitete.

Seit sie etwa drei Kilometer oberhalb von Herstal mit ihrer Suche nach der Stelle begonnen hatten, an der die Leiche aller Wahrscheinlichkeit nach in die Maas geschmissen worden war, gaben zu Millers Bedauern nicht die Suchhunde, sondern die Hundeführer den Weg vor. So waren sie nun schon zwei Kilometer am Ufer des Flusses entlang gegangen, hatten sich durch Gestrüpp geschlagen oder sich auf offenem Gelände den Blicken Neugieriger preisgegeben. »Genau das wollte ich vermeiden«, hatte Miller gemault. Er hatte die Sorge, dass der 13-köpfige Suchtrupp den oder die Täter aufschrecken könnte. Es wäre nicht das erste Mal, dass Mörder ihre Opfer direkt an oder in der Nähe von Tatorten hatten verschwinden lassen, die in Form von Gebäuden räumlich greifbar waren. Millers Weitsicht entsprechend suchten die neun Männer und die vier Frauen akribisch das

Gelände entlang des träge vor sich hin fließenden Gewässers ab, auch wenn die Hunde keinerlei Anstalten machten, Witterung aufzunehmen.

»Nun müssen wir uns entscheiden.« Es klang fast ein wenig ratlos, als Miller dies sagte. Sie waren an einer Stelle angekommen, wo der Hauptfluss einen großen Bogen machte, während ein durch Menschenhand kultiviertes Flussbett mit zwei Seitenarmen in Richtung des natürlichen Flussverlaufes fast schnurgerade verlief. »Wir teilen uns auf«, gebot Miller und dividierte seine Leute in zwei Sechsergruppen, wobei er selbst bei denjenigen bleiben mochte, die er für den künstlichen Flussarm eingeteilt hatte. Denn laut Berechnung der kriminaltechnischen Experten war es am wahrscheinlichsten, dass die im Wasser treibende Leiche diesen Weg genommen hatte. Also sollten sie nach Millers Auffassung bei ihrer weiteren Suche getrennte Wege gehen: »Bribanté und Lassarde bleiben bei mir! Und du, Soquett, leitest den anderen Trupp! Auf geht's!«, gebot er seinen drei Kommissaren in derselben Art von Anrede, wie er sie von seinem ehemaligen Chef Frederic Le Maire übernommen hatte.

Schon nach etwa 100 Metern wurde Miller unruhig und funkte Soquett an: »Rührt sich bei euch etwas?«

Weil Soquett dies verneint hatte, benutzte der ansonsten feingeistige Miller zum ersten Mal *den* Fluch, den er geschworen hatte, niemals aus einer der unteren Schubladen herauszuziehen, weil er ihn jahrelang und ständig von seinem ehemaligen Chef hatte hören müssen.

Während sich beim zweiten Trupp etwa einen weiteren Kilometer lang überhaupt nichts rührte, wurden die beiden Suchhunde, die Miller in seinem Trupp hatte, zunehmend unruhig, sie hatten endlich Witterung aufgenommen.

Etwa auf Höhe von Herstal machte einer der Hunde Anstalten, in Richtung der alten Schiffswerft zu ziehen, während der andere eine deutlichere Witterung aufgenommen zu haben schien und nach vorne drängte. Endlich haben sie die Spur gefunden, die sie seit ihrer ersten Beschnupperung in Lüttich in ihre Nasen bekommen haben, freute sich der Führer der Suchhundestaffel.

Nachdem sich auch der andere Hund seinem Artgenossen angeschlossen hatte, wertete deren Führer die Richtung zur Werftruine als kalte Spur, war aufgrund seiner Erfahrung aber stutzig geworden. Er merkte sich zwar die Stelle, folgte aber dennoch den anderen weiter der Maas entlang.

Endlich! Nach einem zusätzlichen Kilometer hatten sie gefunden, was sie gesucht hatten: *Den* Ort, an dem der unbekannte Tote aller Wahrscheinlichkeit nach in die Maas geschmissen wurde. Während die Hunde ihre Führer unruhig von einem Platz zum anderen zogen und dabei den Kreis immer enger werden ließen, funkte Miller Soquett erneut an, um ihn mit seinen Leuten zu sich zu beordern. Während er auf die anderen wartete, ermittelte der Einsatzleiter auf seinem iPad mittels GPS die Entfernung zwischen ihrem Standpunkt und dem Fundort der Leiche. Schon wenige Sekunden später nickte der Computerfreak zufrieden. »Die Kriminaltechnik hatte recht, neun Kilometer. Wir brauchen hier die Spurensicherung!«

Weil an diesem Teil des Flussufers das Dickicht ganz besonders stark wucherte, war seit Guido Nieuwkerke und dem von ihm dorthin geschleiften toten Jupp Erklenz niemand hier gewesen. Deswegen waren keine Spuren verwischt worden. Da hatte auch der inzwischen geschmolzene Schnee kaum etwas daran geändert. So waren die Schleifspuren und – was Miller und seine drei Kommissare noch mehr freute – ein tief in den matschigen Boden gedrücktes Schuhprofil erkennbar. Aber noch bevor sie sich die verräterischen Abdrücke genauer betrachten und die im Kommissariat bereitstehenden Spurensicherer hinzurufen konnten, zogen die beiden Hunde ihre Führer in die Richtung, woher die Schleifspur gekommen war. Um keine Beweise zu kontaminieren, gab Miller die Anweisung, dass nur zwei seiner Kommissare mitkommen und Soquett mit dem Rest der Leute so lange hier warten solle, bis er einen anderen Befehl erhalten würde. »Und bestell endlich die Spurensicherung hierher!«, gebot er seinem Kollegen noch, bevor die Hundeführer die Leinen länger und somit ihren Tieren Freiraum zum Laufen ließen.

Aber schon nach wenigen Schritten war mit der hoffnungsvollen Schleifspur Schluss. Und weil das Gelände oberhalb der steil vom Fluss ansteigenden Uferböschung fest war, konnten sie auch keine Fußabdrücke mehr erkennen. Trotz seiner Verärgerung schluckte Miller einen zweiten Fluch hinunter. Im Moment blieb ihm nichts anderes übrig, als analytisch zu resümieren, dass die Leiche bis hierher getragen worden sein musste, bevor sie die Uferböschung hinuntergeschleift worden war.

»Wenn der Mörder sein Opfer bis zu diesem Bewuchs hier getragen hat, kann der Tatort nicht weit von hier sein«, resümierte Bribanté, dem Lassarde entgegensetzte, dass man den Leichnam möglicherweise mit einem Fahrzeug hierher transportiert hatte.

»Sehr gut, Lassarde!«, lobte Miller. »In diesem Fall müssten wir auch nach Reifenspuren Ausschau halten.«

»Und was ist mit der großen Halle dort drüben?«, warf einer der Hundeführer ein.

Während alle gegen die tief stehende und deshalb blendende Wintersonne in Richtung des verlotterten Gebäudes schauten, klärte Miller seine Kollegen darüber auf, dass dies früher einmal eine Schiffswerft war, die seit vielen Jahren außer Betrieb sei und deswegen mehr und mehr zerfallen würde.

»Arko hat vorhin in diese Richtung gezogen«, bemerkte der Hundeführer von vorhin.

»Auf was warten wir also noch? Dann soll uns dein Hund zeigen, weshalb er dies getan hat.«

*

Guido Nieuwkerkes Ton klang plötzlich überhaupt nicht mehr entspannt, nachdem er das Wasserlassen abrupt unterbrochen und die nur halb geraucht Zigarette auf den Boden gespickt hatte. Erschrocken rannte er zur Halle zurück und rief in deren hinterstes Dunkel: »Chef! Chef! Dort draußen sind Bullen mit Hunden!«

»Was? Wo sind sie?«, kam es erschrocken zurück.

»Etwa 500 Meter von hier, sie kommen vom Flussufer hoch.«

»Haben sie dich gesehen?«

Während der tätowierte Gorilla noch den Kopf schüttelte, klatschte Cedric Rothieu schon in die Hände und befahl seinen Männern schleunigst mit dem inzwischen fertig beladenen Transporter abzuhauen. »Wir treffen uns wie immer.« Kaum hatte er dies gesagt, gebot er

Guido Nieuwkerke, sich ebenfalls einen Benzinkanister zu schnappen und dessen Inhalt über den Reifenberg zu schütten. »Ich verteile den Brandbeschleuniger im Rest der Halle. Beeilung!«

# KAPITEL 9

Le Maire genoss es, nun den ersten Mordfall in seinem Wirkungsbereich zu haben. Nicht, dass er sich eine Leiche gewünscht hätte. Nein! Die ermordete Madame Jilbour tat ihm ebenso so leid, wie er in seinem bisherigen Berufsleben all »seine« Mordopfer bedauert hatte. Allerdings war sein diesbezügliches Mitgefühl noch nie so weit gegangen, sich von seiner Arbeit ablenken zu lassen und persönliche Gefühle zu entwickeln oder gar einzubringen. Er war stets professionell geblieben und mit Feuereifer an seine Arbeit gegangen. Und dieses Mal – er konnte es vor sich selbst nicht verhehlen – freute er sich sogar; natürlich nicht *darüber*, dass erst eine Frau hatte sterben müssen, bevor er sich in die Ermittlungen um ihn herum offiziell einmischen durfte. Er *musste* sich sogar einmischen, wenn er den Mörder der mehrfachen Frittenbuden- und Glühweinwagenbesitzerin Marie-Kathrin Jilbour fassen mochte. Also trommelte er seine Mannschaft zusammen, um mit ihr die weitere Vorgehensweise zu besprechen.

»Croissant?«, fragte Locki herzlich lächelnd in die Runde, nachdem sie eilfertig fünf Kaffeegedecke auf den Besprechungstisch und in dessen Mitte ein adventliches Gesteck mit brennender Kerze gezaubert hatte. Weil sich die zuweilen übereifrige Sekretärin aus ihrer Sicht viel zu wenig an den Gesprächen zwischen den Kommissaren beteiligen konnte, empfand sie diese Meetings wie Kaffeeklatsch unter Freunden. Nachdem sie allen die Tassen gefüllt hatte, setzte sich das liebenswerte Pummelchen mit einem solch selbstverständlichen Lächeln zu den Polizisten, als wenn sie eine Berufskollegin wäre, die an dieser Besprechung teilhaben *musste*. Dies durfte sie meistens auch, aber nur als Protokollführerin, und bei Notwendigkeit als Le Maires Rechercheassistentin. Und in beidem war sie verdammt gut. Um ihr Kaffeegedeck nicht beiseiteschieben und damit ihr Arrangement auf dem Tisch durcheinanderbringen zu müssen, drückte sie ihren Stuhl etwas nach hinten, legte den Notizblock auf ihr überschlagenes Bein und wartete ab, was der Chef zu sagen hatte. Obwohl Fabienne Loquie gerne bunte Rüschchenkleider trug und in ihrer Art, wie sie sich bewegte, wie sie sprach und sich verhielt, etwas old fashion wirkte, war sie alles andere als unmodisch. Man durfte sich also nicht von ihrem Äußeren täuschen lassen, das eigentlich nicht zu einer modernen jungen Frau passen mochte. Denn die gelernte Sekretärin war gewiefter als sie auf den ersten Blick wirkte: Sie beherrschte die Klaviatur ihres Jobs wie keine andere, surfte gekonnt in der medialen Welt herum, sprach neben Französisch und Niederländisch auch Englisch. Seit sie in Eupen wohnte und hier auch ihren Dienst verrichtete, lernte sie zudem eifrig Deutsch. Schon öfter – nicht wegen dieser Sprachen, die Le Maire selbst perfekt beherrschte – hatte sie ihrem in manchen Dingen unbeholfenen Chef aus der Patsche geholfen und Wogen geglättet, die der Brummbär in Bewegung gesetzt hatte. Sie hatte ihn auch schon in vielerlei Hinsicht »nach außen und nach oben hin« geschützt. Die gewiefte Sekretärin wusste stets, was er von ihr wollte, man konnte fast sagen, dass sie dies meist schon gerochen hatte, noch bevor er sie auf irgendetwas ansprach, das sie für ihn erledigen sollte. Sie wusste dann genau, was sie zu tun hatte. Aber auch unaufgefordert kam sie Notwendigkeiten nach, die im Sinne ihres Chefs, also im Sinne des gesamten Kommissariats lagen. So war eine der sich selbst auferlegten Aufgaben der stets aufmerksamen jungen Frau, nach Möglichkeit dafür zu sorgen, dass der Akku von Le Maires Handy geladen war, wenn er das Kommissariat verließ. Allerdings machte er ihr dies meist sehr schwer, weil er das Teil schon mal irgendwo liegen ließ oder in einer anderen Jackentasche hatte.

Als die beiden noch in der Mordkommission Lüttich gewesen waren, hatte Locki ihren Chef derart penetrant angehimmelt, dass es ihm irgendwann zu dumm geworden war und er erfolgreich ein ernstes Wort mit ihr gesprochen hatte. Und als Locki noch zu Lüttichs Zeiten während einer Reise nach Brüssel zudem Hennes, einen fröhlichen Busfahrer mit rheinischer Frohnatur, kennen- und lieben gelernt hatte, war das Verhältnis zwischen ihr und ihrem Chef ausgewogen und von einer eigenartig freundschaftlichen Kollegialität geprägt. Seither verehrte sie ihn nur noch, himmelte ihn aber nicht mehr an wie eine verliebte Pubertierende. Lediglich an ihrer ständig an den Tag gelegten Feinnervigkeit, die schon mal in einem Weinkrampf oder in Türenschlagen ausarten konnte, musste sie noch arbeiten.

Le Maire hüstelte sich noch schnell ein paar Krümel aus dem Mund, bevor er das Wort ergriff: »Ich mache keinen Hehl daraus, dass es mir gewaltig stinkt, mit den Kollegen in Lüttich und in Aachen auf Konkurrenzkurs gehen zu müssen. Es bleibt mir aber nichts anderes übrig«, begann er und hatte damit alle auf seiner Seite – auch Devaux, die deutsche Staatsbürger sowieso nicht mochte. Für sie war jeder Deutsche ein »Prüß«, also ein Preuße. So einfach war das für die belgische Kriminalbeamtin, deren Großvater ein US-amerikanischer Soldat gewesen war, der am 17. Dezember 1944 in jungen Jahren anlässlich der Ardennenoffensive in der Nähe von Malmedy zusammen mit über 80 anderen kriegsgefangenen amerikanischen Soldaten von Mitgliedern der Waffen-SS erschossen worden war. Von diesem Kriegsverbrechen der Deutschen hatte die Großmutter ihren Eltern alljährlich am Heiligen Abend erzählt. Denn da war sie nach ein paar Gläschen Rotwein stets in melancholische Stimmung gekommen und hatte sich an die einzige Liebesnacht mit dem Ami erinnert, deren Produkt dann ihre Mutter geworden war.

Wie es momentan aussah, waren sowohl Pat Millers, als auch Peter Dohmens stark besetzte Mannschaft mit ihren Ermittlungen ein ganzes Stück weiter als Le Maire mit seiner kleinen Truppe. Aber dem belgischen Ermittlungsleiter hatte man während seiner »Auszeit« in Oberstaufen unverhofft einen Trumpf in den Ärmel gesteckt, der ihn dazu ermutigte, es nicht allein darauf anzulegen, *seinen* Mordfall schneller zu lösen als die wallonischen und die deutschen Kollegen ihre Fälle. Aufgrund seines Wissensstandes, den er in Oberstaufen trotz etlicher Bierchen in »Bubis Bar« auf ein höheres Niveau hatte bringen können, zielte es der eigenwillige Kriminaler nun ganz unbescheiden darauf ab, alle drei Fälle im Alleingang zu lösen. Allerdings wusste er, dass dies schier unmöglich werden würde, weil sich nicht nur Patrick Miller, sondern auch Peter Dohmen dagegenstellen werden, – insbesondere der Aachener Chefermittler würde sich dies nicht gefallen lassen. Also würde Le Maire wohl oder übel das tun müssen, was er nur äußerst ungern tat: sich wenigstens einigermaßen an die Abmachungen der obersten Polizeichefs und der Politiker in Bezug auf die grenzüberschreitende Zusammenarbeit zwischen den Anrainerländern der Benelux halten. Das Schlimmste dabei würde aber sein, dass er diplomatisch vorgehen musste. Dennoch schmunzelte der Starermittler so zufrieden, als wenn er jetzt schon sicher sein könnte, Ermittlungssieger zu werden. In aller Ruhe biss er erneut in eines der köstlichen Gebäckstücke. »Haben wir nicht den schönsten Beruf der Welt?«, warf er zum Erstaunen der anderen aus dem Zusammenhang herausgerissen in die Runde.

Da meldete sich Harry zu Wort: »Ja, schon! Aber Sie wollten uns doch sicher etwas anderes mitteilen, Chef.«

Le Maire wischte sich den Mund ab, nahm einen Schluck aus seiner Tasse und erzählte den anderen als Erstes, was auf dem »Hexenhof« in Aachen los gewesen war und was er in Lüttich mitbekommen hatte. Dass es purer Zufall gewesen war, in beiden Fällen zusammen mit Angelika direkt vor Ort gewesen zu sein, verschwieg er geflissentlich. Dafür klopfte er gehörig auf den Busch, als er den anderen berichtete, die Mühsal auf sich genommen zu haben, einer Spur bis ins 700 Kilometer entfernte Allgäu gefolgt zu sein. Spätestens mit dieser Aussage konnte Le Maire sich des Respektes aller – auch von Agnès Devaux – sicher sein. Und Locki war innerlich megastolz auf ihren Chef, was sie ihm allerdings nicht allzu offensichtlich zeigte.

Na also, geht doch, dachte sich der Eupener Dienststellenleiter, nachdem er bemerkt hatte, dass auch die Oberkommissarin bewundernd genickt hatte. »Und nun zu den beiden wichtigsten Dingen, die mir auffielen: Die zurzeit immer noch nicht identifizierte Leiche von Lüttich hatte einen ›Hexenhof-Pin‹ an seinem Jackenrevers! Was sagt uns das, Devaux?«

Derart angesprochen, kam die Antwort etwas zögerlich zurück: »Dass eine Verbindung zum Mord an diesem Ökotoxikologie-Studenten aus Aachen bestehen könnte.«

»Gut, Devaux, sehr gut sogar! Lediglich das ›aus‹ stimmt nicht, weil Hubertus von Syrgenstein nicht aus Aachen stammt, sondern lediglich dort studiert hat.«

Ohne sich das letzte Croissant zu nehmen, auf das er es eigentlich noch abgesehen hatte, fuhr Le Maire fort: »Und schon sind wir bei meiner zweiten Erkenntnis, zu der ich«, er räusperte sich, »bei meinen Recherchen in ›Bubis Bar‹ in Oberstaufen gelangen konnte.«

Nachdem er dies gesagt hatte, war es im Besprechungszimmer so still geworden, dass man eine Stecknadel hätte fallen hören können. Unser Chef in einer Stripteasebar?, dürfte wohl allen durch den Kopf geschossen sein. Jedenfalls bestätigte dies Lockis entsetzte Miene.

Le Maire hatte sich hinreichend darüber amüsiert, dann erklärte er seinen Leuten, dass es sich dabei um kein Etablissement aus dem Rotlichtmilieu, sondern um ein hippes Nachtcafé handelte, in dem sich die Prominenz die Klinke in die Hand gab. Weil er sich dazu genötigt sah, klärte der Chef seine Leute erst einmal über den aus seiner Sicht mondänen Kurort am Rande der Alpen auf, der wegen seines besonderen Reizes zahlungskräftige Gäste aus dem In- und Ausland anlocken würde. »Oberstaufen liegt ungefähr zwischen dem Schloss Neuschwanstein und dem Bodensee, also in Bayern«, dozierte er wie ein Fachhochschul-Touristiker mit erhobenem Zeigefinger, bevor er auf den Punkt kam, indem er ein Foto hervorkramte und lässig in die Tischmitte warf. Er war gespannt, wen von seinen Leuten er damit als Erstes aus der Reserve locken konnte.

Le Maire zog die Augenbrauen hoch und rollte mit den Augen. Denn um das Geschirr davor zu schützen, durcheinandergebracht zu werden, mühte sich eine von Lockis kurzen Armen bis zur Tischmitte. Nach einem kurzen Blick darauf, der ihr bestätigte, nichts Anrüchiges zu sehen, gab sie das Foto sofort an Pierre weiter. Nachdem er das Foto an Devaux weitergereicht hatte, wollte der Oberkommissar von Le Maire wissen, wer die beiden feierfreudigen Typen seien, die auf dem Bild zu sehen waren, und weshalb er ihnen das Foto zeigte.

»In ›Bubis Bar‹ hängen die Wände voller Fotos von Stammgästen und mehr oder weniger prominenten Gästen. Und als ich mit Gustl, dem Wirt des Hotels, in dem ich logiert habe, in dieser Freizeiteinrichtung war, ist mir dieses Bild in die leicht getrübten Augen gestochen«, gab Le Maire zu, was ihn nun auch für Devaux fast etwas sympathisch werden ließ. »Das da,« Le Maire tippte auf den rechten der beiden, »ist Hubertus von Syrgenstein, der etwa 20 Kilometer von Oberstaufen entfernt auf dem alten Herrschaftssitz seiner Eltern aufgewachsen ist. Also habe ich das Foto von Gustl an Locki mailen lassen und sie gebeten herauszubringen, ob ...«, nun tippte er auf den linken der beiden, »... dieser schräge Vogel polizeibekannt sein könnte. Sie hat das Foto durch den Polizeicomputer jagen lassen und erfahren, dass der Typ wegen kleinerer Delikte – zu denen auch Diebstähle und Heiratsschwindelei gehört hatten – tatsächlich in der Kartei war.«

Nachdem Le Maire auffiel, dass Lockis Brust voller Stolz anschwoll, ergänzte er noch, dass er sie gebeten hatte, niemandem etwas davon zu sagen. »Auch euch nicht.«

»Ja, und? Wer ist der Dandy?«, drängte Harry, der einzig Uniformierte in dieser Runde.

»Das kann ich euch sagen«, trumpfte Le Maire auf und tippte schon wieder auf dem Kopf des Mannes auf dem Foto herum. »Den ›sauberen Herrn‹ haben Frau Dr. Laefers und ich justament an *dem* Tag kennengelernt, als Hubertus von Syrgenstein auf dem Aachener ›Hexenhof‹ ermordet wurde. Das hier ist niemand geringerer als Gilbert Primat, der seither verschollene ›Glühweinveredler‹ des ›Hexenhofes‹!«

Nun war es so still im Raum, dass man nur noch Le Maires Kauen hören konnte, weil er sich das letzte Croissant doch noch vom Teller geangelt hatte.

»Das heißt ... das heißt ja, dass sich die beiden kannten und Gilbert Primat möglicherweise der Mörder des Ökotoxikologie-Studenten sein könnte und deswegen untergetaucht ist«, schoss es aus Devaux heraus, was ihr Chef schon wieder, allerdings mit einem geschmälerten Lob, quittierte: »Nicht schlecht, Devaux!« Weil Le Maire sich jetzt an den Mordfällen gütlich halten konnte, hatte er keine Lust dazu, seine missliebige Mitarbeiterin unnötig zu ärgern. Alles zu seiner Zeit, dachte er sich.

»Also, Chef, ich muss schon sagen ...«, wollte Pierre Vonderbank seinem Vorgesetzten Respekt zollen, wurde aber gleich von ihm unterbrochen: »Wir haben noch eine Übereinstimmung! Und zwar zwischen Lüttich und Eupen«, frohlockte der sichtlich gut gelaunte Hauptredner dieser kleinen Truppe, die um ihn herum saß. »Die beiden aufgesetzten Schüsse in die rechten Augen der beiden Opfer«, klärte er nun selbst auf, anstatt einen seiner Leute danach zu fragen. Stattdessen warf er eine andere Frage auf: »Was also ist nun für uns als Erstes zu tun?«

Weil ihm seine Leute ein wenig ratlos vorkamen, musste auch dieses Mal der Chef vorgeben, wo es langgehen sollte: »Die Kollegen aus Aachen haben zwar schon die Fahndung nach Gilbert Primat herausgegeben, weil es aus seiner Sicht aber keinerlei nennenswerte Hinweise darauf gibt, dass er etwas mit Hubertus von Syrgensteins Tod zu tun haben könnte, hat Kollege Dohmen *keine internationale* Fahndung nach dem spurlos verschwundenen Mann bewilligt bekommen, und das Foto hier kennen sie ja noch nicht«, ergänzte er grinsend.

»Trotzdem …«, wollte Vonderbank etwas einwerfen, wurde aber von seinem Chef ausgebremst: »Aufgrund der vorliegenden Faktenlage ist sich Oberstaatsanwalt Knopp sicher, dass der Primat ebenfalls ermordet wurde.« Weil er sich einen Scherz hatte erlauben wollen, war Le Maire das Pronomen »der« vor dem Nachnamen des Gesuchten herausgerutscht, hatte aber keinen Erfolg damit. Um gleich wieder davon abzulenken, hüstelte er ein wenig verlegen, bevor er fortfuhr: »Also müssen wir in Belgien selbst nach ihm fahnden.« Ein Blick genügte, um seiner Sekretärin zu deuten, dass *sie* alles Nötige einleiten sollte.

»Geht in Ordnung, Chef!«

»Und *wir* werden uns heute einen Besuch des Aachener Weihnachtsmarktes gönnen«, sagte Le Maire zu den anderen und löste damit bei Locki Enttäuschung aus, während sich Devaux, Pierre und Harry wunderten. »Bevor ihr euch darüber freut, muss ich euch sagen, dass dies rein dienstlich ist. Weil es eine Verbindung zwischen Lüttich und Aachen sowie zusätzlich zwischen Lüttich und Eupen gibt, werden wir uns alle drei Weihnachtsmärkte vornehmen. Heute hören wir uns in Aachen um. Devaux und Vonderbank: Ihr kümmert euch um den ›Hexenhof‹ auf dem Münsterplatz und schaut euch dann auch noch bei den Buden am Holzgraben um. Weil man mich auf dem ›Hexenhof‹ wiedererkennen könnte, sehe ich mich mit Harry auf dem oberen Teil des Aachener Weihnachtsmarktes um, auf dem Marktplatz und im Katschhof.«

Nachdem sich niemand rührte, klatschte er in die Hände und wandte sich an den Streifenpolizisten Herbert Demonty: »Auf was wartest du noch, Harry? Zieh deine Uniform aus, heute ist Zivil angesagt. Und du, Locki, machst noch schnell ein paar Kopien des Fotos, bevor du dich um die Fahndung kümmerst.«

»Ja!«, kam es einsilbig zurück.

Weil er Verständnis für Lockis Enttäuschung hatte, obwohl sie keine Polizistin und es nicht ihre Aufgabe war, mit seinen Leuten auf einem Weihnachtsmarkt zu recherchieren, versprach er ihr, dass er die gesamte Mannschaft zu einer außerordentlichen Weihnachtsfeier auf einen der Weihnachtsmärkte einladen würde. »Selbstverständlich bist du dann auch dabei.«

Um Lockis dankbarem Dackelblick zu entgehen, wandte er sich sofort von ihr ab und drängte seine Leute zum Aufbruch.

*

Allein schon wegen des besser gewordenen Wetters konnten sich die Händler und die Gastwirte auf den Weihnachtsmärkten auch an diesem gewöhnlichen Wochentag über einen ordentlichen Geschäftsgang freuen. Wegen der islamistisch motivierten Terroranschläge auf einen Weihnachtsmarkt in Berlin vor wenigen Jahren, im französischen Straßburg im vergangenen Jahr und andernorts war auch die Bevölkerung Aachens sensibilisiert worden. Deswegen zog es der eine oder andere Öcher vor, größere Menschenansammlungen zu meiden. Ungeachtet dessen und der momentan wirtschaftlich etwas instabilen Zeit hatten sich auch an diesem Mittwoch die einladend illuminierten Plätze auf den meisten Weihnachtsmärkten bereits am späten Vormittag gefüllt. Man konnte förmlich spüren, dass sich die von überall her strömenden Menschen nach weltweitem Frieden sehnten und auch dem eigenen – meist selbst gemachten – Stress zu entkommen suchten. So herrschte von den Christkindlesmärkten in Deutschlands Süden, in Österreich und in der Schweiz bis zu den Kerstmärkten in den Niederlanden und den schwedischen Julmarknader allerorten eine christlich geprägte Adventsstimmung, die sich wie ein Bollwerk dem radikalen Islamismus und allem anderen Bösen dieser Welt entgegenzustellen suchte.

Weil dies auch in Aachen der Fall war, würde es für Peter Dohmen und seine Leute wohl nicht leicht werden, die Inhaber der von Menschenmassen belagerten Glühweinbuden auszufragen und sich dort ungestört umzusehen. Während sich die Aachener Kripobeamten schon seit Stunden dennoch darum bemühten, auf dem Weihnachtsmarkt rund um das historische Rathaus herum irgendetwas in Erfahrung bringen zu können, waren deren Eupener Kollegen noch auf dem Weg dorthin. Deswegen konnten beide Gruppierungen nicht mitbekommen, wie sich auf dem »Hexenhof« eine unheimlich wirkende Gestalt herumtrieb, die ihr Gesicht hinter einem dicken Vollbart, einer Sonnenbrille und unter einem Schlapphut versteckte. Obwohl der Mann dennoch niemandem auffiel, ließen sein schon in die Jahre gekommener Mantel und sein Wanderstiefeln ähnelndes Schuhwerk erahnen, dass es sich zwar nicht unbedingt um einen Penner, zumindest aber um einen mit wenig Reichtümern gesegneten Mann handeln könnte, – vielleicht war es aber auch nur ein Pilger, der vom Jakobsweg aus einen Abstecher in Aachens Innenstadt gemacht hatte, weil er sich ein wenig laben wollte, bevor er weiter nach Santiago de Compostella ziehen würde, – die Sonnenbrille und der Schlapphut könnten trotz des Winters darauf hinweisen. Allerdings würde dann die Jakobsmuschel am Hut fehlen. Weil an diesem Wintertag ausnahmsweise einmal die Sonne schien, fiel er nicht damit auf. So bemerkte auch niemand, dass das Interesse des Mannes weniger der eigenen Labung als *dem* Glühweinstand galt, an dem Hubertus von Syrgenstein vergiftet zusammengebrochen war. Von den Weihnachtsmarktbesuchern und den hier arbeitenden Menschen unbemerkt, schlich er auch immer wieder um die »Kulthütte« herum. Selbst eine halbe Stunde später, als Pierre Vonderbank ihn versehentlich anrempelte, während er mit seiner Kollegin auf dem »Hexenhof« nach etwas suchte, was sie weiterbringen könnte, fiel der Mann nicht auf, der kurz darauf das Areal dieses schnuckeligen Budendorfes verließ und zum oberen Teil des Weihnachtsmarktes ging, wo er sich ebenfalls nur für die Glühweinstände interessierte. Ganz besonders hatten es ihm »Der Siebte Himmel« und die »Öcher Delikatessenhütte« angetan.

Peter Dohmens Assistent Matthias Lehnen hatte sich mit ganzen acht männlichen und weiblichen Polizisten in Zivil auf dem Marktplatz und auf dem Katschhof verteilt, um die Inhaber und das Personal der Glühweinstände zu befragen und etwas herauszubringen, was ihnen bei der Auflösung im »Mordfall Hubertus von Syrgenstein« helfen könnte. Trotz dieser beachtlichen Polizeipräsenz fiel der Bärtige nicht auf. Selbst als sich auch noch Le Maire und Harry unters Volk mischten, um akkurat dasselbe zu tun wie ihre deutschen Kolleginnen und Kollegen, geschah nichts, was hier den vorweihnachtlichen Frieden hätte stören können, und dies, obwohl Le Maire und der Bärtige einmal sogar direkt aneinander vorbeigelaufen waren, worauf die merkwürdige Gestalt den Weihnachtsmarkt fluchtartig verlassen hatte.

# KAPITEL 10

Ohne dies mit seinem Aachener und Eupener Kollegen abgesprochen zu haben, hatte Miller sich ursprünglich vorgenommen, an diesem Tag zusammen mit dem 25-jährigen Lassarde, dem ruhigsten und besonnensten seiner drei Kommissare, nach Eupen zu fahren, um mit Le Maire über den »Glühweinmord« auf dem Eupener Weihnachtsmarkt zu sprechen. Und wegen des »Hexenhof«-Pins, der beim Toten aus der Maas gefunden worden war, hätten sich Bribanté und Soquett gleichzeitig mit jeweils etwa zehn Mann auf den beiden Weihnachtsmärkten in Aachen und Eupen umhören sollen. Dabei wären sie von Kolleginnen und Kollegen anderer Dezernate unterstützt worden, – so zumindest war es mit Millers direktem Vorgesetzten Dr. Etienne Baguette und dem leitenden Oberstaatsanwalt René Soivaire ausgemacht worden. Weil sich aber das Wetter für die Suche nach dem Ort, an dem der unbekannte Tote aus der Maas erschossen worden war, bestens geeignet hatte, waren die Ausflüge nach Aachen und Eupen kurzfristig auf einen anderen Tag verschoben worden. Und dies war auch gut gewesen. Kaum vorstellbar, wenn sich auf dem Öcher Weihnachtsmarkt auch noch Polizisten aus Lüttich getummelt hätten. Stattdessen sollte es bald darauf bei Herstal an der Maas vor Polizeibeamten nur noch so wimmeln.

*

»Monsieur le Commissaire, bitte kommen! Chef, melden Sie sich! Verdammt noch mal, melden Sie sich, es ist dringend!«, dröhnte es aufgeregt aus dem Funkgerät des Einsatzleiters.

»Verdammt! Ausgerechnet jetzt«, schimpfte Miller.

»Schläft der Chef, oder warum geht er nicht ran?«, maulte Soquett in Richtung der ihm zugeteilten Hundeführer, während er seinen Daumen versehentlich immer noch auf die Sprechtaste drückte. »Der nimmt langsam die Marotten unseres alten Chefs an.«

»Das habe ich gehört, Soquett!«, schnarrte es von Miller zurück, der etwas Zeit benötigt hatte, weil ihm das Funkgerät aus der Manteltasche gerutscht war. Dort hinein hatte er es nämlich gesteckt, weil er beide Hände dazu benötigt hatte, um sich an den Grasnarben festhalten zu können, während er sich einige Meter vom Wasser entfernt die steile Uferböschung hochgemüht hatte.

Oben angekommen, sah er auch schon, was Soquett ihm hatte mitteilen wollen. Während er und die Hundeführer vom tiefer liegenden Flussbett auf dem Weg nach oben gewesen waren, hatten Soquett und seine Leute wegen der größeren Entfernung einen besseren Blick zur alten Schiffswerft gehabt.

»Dort! Seht doch!«, rief nun Bribanté. Weil die anderen ihre Konzentration auf verräterische Spuren im matschig-moosigen Grund gerichtet hatten und immer noch mit sich selbst beschäftigt waren, hatte er als Erster aus Millers Trupp die pechschwarze Rauchsäule, die keine 300 Meter vor ihnen zum Himmel hochzog, gesehen.

»Das darf doch nicht wahr sein«, schrie der Einsatzleiter zornig, weil die Spürhunde ihre Führer genau in diese Richtung zogen. Da war es für den menschlichen Schnüffler nicht schwer gewesen, zwei mal zwei zusammenzuzählen und zu wissen, was die Stunde geschlagen hatte. Während die anderen nach vorne stürmten, ohne sich eine Verschnaufpause zu gönnen, nützte Miller die Zeit, um Soquett über Funk anzuweisen, die Feuerwehr mitsamt Rettungsdienst und sämtliche zur Verfügung stehenden polizeilichen Einsatzkräfte aus Lüttich hierher zu beordern, die das Areal großräumig absperren sollten. »Und die Spurensicherung können wir auch gleich dorthin schicken«, schrie er noch ins Funkgerät, bevor er es wieder in der Jackentasche verschwinden ließ, um mit beiden Händen auf den Knien etwas verschnaufen zu können. Die »Salonschleicher«, wie Millers alles andere als naturtauglichen Lackschuhe von seinem ehemaligen Chef immer bezeichnet worden waren, hatten dem eitlen Einsatzleiter nun einen Streich gespielt; mit deren glatten Sohlen war er immer wieder abgerutscht und hatte sich nur mühsam an der Uferböschung nach oben ziehen können. Und dies war ihm nun auch anzusehen.

⁎

Mittlerweile war es dunkel geworden. Die Löschkräfte hatten zuerst über drei Stunden benötigt, um das Feuer einzudämmen und dann nochmals zwei Stunden, um den Brand ganz abzulöschen. Obwohl der Brandabstand zu den umliegenden Gebäuden mehr als ausreichend war, weil die am nächsten gelegene Industriehalle über 50 Meter von der alten Schiffswerft entfernt lag, hatten die Feuerwehren aus Lüttich und Umgebung B-Schläuche rund um das Brandobjekt verlegt, an die sie jeweils einen Verteiler mit drei C-Schläuchen angeschlossen hatten, wo immer noch jeweils zwei Feuerwehrmänner auf weitere Einsatzbefehle warteten. An Löschwasser mangelte es ihnen nicht, denn das holten die Feuerwehrmaschinisten mit Hilfe ihrer kräftigen Saugpumpen aus dem Fluss. Wegen der extremen Rauchgasentwicklung hatte es dann noch zwei weitere Stunden gebraucht, bis es Miller und seinen Leuten vom Commandant des pompiers, dem hiesigen Feuerwehrkommandanten, gestattet wurde, die Brandruine ohne Atemschutzgeräte zu betreten, was ihnen dann aber zu allem hin auch noch von den Kollegen des Dezernates für Brandstiftung für eine weitere Stunde untersagt worden war. Und zu guter Letzt hatten auch noch die Hundeführer gestreikt, weil sie ihre wertvollen Tiere keiner unnötigen Gefahr hatten aussetzen wollen.

An diesem Nachmittag hatte es der ansonsten stets auf Contenance bedachte Einsatzleiter der Mordkommission Lüttich seinem ehemaligen Chef nachgemacht und nicht nur einmal geflucht. Aber anstatt den Beleidigten zu spielen, war er professionell geblieben und hatte die Zeit dafür genutzt, um mit seinen Leuten die Arbeiter der umliegenden Industriebetriebe zu befragen. Und siehe da, es hatte sich gelohnt: »Vom Gebäude war bereits kohlrabenschwarzer Rauch aufgestiegen, als ich gesehen habe, dass Polizisten mit Hunden von der Maasseite aus darauf zugehen und gleichzeitig ...« Der Lagerarbeiter einer naheliegenden Kartonagenfabrik zeigte zur entgegengesetzten Seite des Gebäudes, bevor er seine kurze, aber hochinteressante Aussage beendete: »... ein Lieferwagen und eine Limousine davonfuhren.«

Als Miller hinterfragte, wie die beiden Autos ausgesehen hatten und *wie* sie davongefahren waren, erfuhr er vom Beobachter, dass es die Autolenker wohl eilig gehabt haben mussten, zumindest hatte er diesen Eindruck gehabt. Allerdings erfuhr er viel zu wenig über die beiden Fahrzeugtypen, geschweige denn etwas über deren Kennzeichen oder Lenker. Der Zeuge wusste nur, dass sich auf dem kleinen Lieferwagen ein mittelhellblauer Streifen befand, auf dem ein Zeichen zu sehen war.

»Sie meinen ein Emblem? Vielleicht ein Firmenlogo auf einem hellblauen Grund?«, hinterfragte Miller in freudiger Erwartung, weil er wusste, dass diese Information unter Umständen wertvoller war als ein Autokennzeichen, das gestohlen sein könnte.

»Mittelhellblau«, korrigierte der Zeuge, der offensichtlich nichts verstanden hatte. Um den lästigen Bullen möglichst rasch loszuwerden, nickte er und beschrieb Miller hastig, was er gesehen hatte. Und dies besagte, dass auf dem »mittelhellblauen« Streifen links zwei Kreise erkennbar waren, in denen etwas Gelbes gewesen war und rechts eine weiße Schrift stand, deren Text irgendwie ausländisch ausgesehen hatte. Obwohl Miller alles versuchte, um dem Erinnerungsvermögen des nach Feierabend lechzenden Fabrikarbeiters auf die Sprünge zu helfen, konnte der sich nicht annähernd an den Text erinnern. Er wusste nicht einmal, ob das Gelbe das er gesehen hatte, im linken oder im rechten der beiden Kreise war. Ebenso wenig wusste er, ob die fremdländisch aussehenden Schriftzeichen arabischer Natur gewesen waren.

Weil es Miller zu dumm wurde, drückte er dem offensichtlich nicht gerade mit Intelligenz gesegneten Fabrikarbeiter seine Visitenkarte in die Hand und sagte knapp: »Morgen um zehn im Kommissariat!« Ohne eine Bestätigung abzuwarten, wandte er sich ab, um mit Bribanté zu sprechen: »Lass vom Büro aus nach einem hellen Sprinter und nach einer dunklen Limousine fahnden, die um circa 15.30 Uhr von der Halle aus in Richtung Lüttich wegge- rast sind«, delegierte er an Bribanté und bekam zur Ant- wort, dass die beiden Fahrzeuge sicherlich schnell gefun- den werden, »... bei so vielen tollen Details!«

»Tut mir leid, mehr wissen wir nicht«, schnarrte Miller zurück. »Aber du kannst den Zeugen gerne selbst befra- gen, wenn du glaubst, mehr aus ihm herausbringen zu kön- nen als ich. So oder so möchte ich ihn morgen in meinem Büro haben.«

»Schon gut, Chef!«, gab Bribanté klein bei und drückte auf die Taste seines Handys, mit der er Annabell De Fries erreichen konnte.

✳

Nachdem sie endlich das Innere der Halle betreten durf- ten, ließen sie sich von den Brandermittlern erklären, dass das Feuer mittels Brandbeschleuniger gelegt worden war.

»Also Brandstiftung.«

»Ja«, antwortete Millers Kollege aus dem dafür zustän- digen Dezernat. »Das dort drüben ...«, er zeigte in die betreffende Richtung, »... waren ursprünglich aufgehäufte LKW- und PKW-Reifen.«

Aha, deswegen also die giftige Rauchentwicklung, dachte sich Miller, bevor er nachhakte: »Alt- oder Neureifen?«

»Das müssen wir noch prüfen. Sie sehen ja, dass der Gummi zu einer matschigen Maße verschmolzen ist«, ant- wortete der freundliche Brandermittler und zeigte in die andere Richtung. »Während der Inhalt eines Benzinkanis- ters über die Reifen geschüttet wurde, hat man den Inhalt eines weiteren Kanisters im Rest der Halle verteilt.«

»Wo sind die Kanister?«, wollte Miller wissen, während er nebenbei Fotos mit der Kamera seines iPads machte.

»Darauf wird Ihre Spurensicherung wohl keine Fingerabdrücke finden«, mutmaßte der Brandermittler.

»Ich verstehe«, grummelte Miller. »Kunststoffkanister.«

»Ja, rote Zehn-Liter-Kanister mit gelben Schraubverschlüssen. Beide wurden auf den Reifenberg geschmissen und sind dort mit den Reifen verschmolzen. Wenn nichts weiteres ist, wir wären hier fertig. Können wir gehen?«

»Ja! Danke für das schnelle Ergebnis. Salut!« Miller schüttelte dem Chef der drei Brandermittler die Hand und ging zur Chefin der Spurensicherung, die gerade dabei war, den unteren Teil eines kaputten Reagenzglases einzutüten. »Das hier haben wir dort drüben direkt bei den verbrannten Reifen gefunden«, verkündete die Frau.

»Ist das alles?«

»Nein, nicht ganz«, ergänzte sie ihr Fundergebnis und hielt ihm ein weiteres Beutelchen unter die Nase. »Diese Zigarettenkippe lag draußen auf dem Boden. Sie wurde nicht einmal bis zur Hälfte geraucht und ist auf der Erde verglimmt. Mehr gibt es bisher nicht. Lass uns noch ein bisschen Zeit!«

»Das ist doch schon etwas«, freute sich Miller und drückte die beiden Tütchen Lassarde in die Hand. »Ab damit ins Labor!« Dann wandte er sich nochmals an die Chefin der Spurensicherung: »Wo genau habt ihr die Kippe gefunden?«

»Komm mit, ich zeige es dir!«

Nachdem sie ein paar Schritte gegangen waren, sah Miller schon das Schildchen in der Erde stecken, mit dem der Fundort gekennzeichnet worden war. »Danke, Therese! Das war's.« Nachdem die Leiterin der Spurensicherung wieder in der Brandruine verschwunden war, verweilte Miller grübelnd an der Stelle, an der sie die Zigarettenkippe gefunden hatte. Dabei stellte er fest, dass er von dort aus eine gute Sicht auf die Maas hatte, also auch dorthin, woher er und seine Kollegen gekommen waren.

Während die Feuerwehrleute ihre Gerätschaften abbauten und nach und nach abrückten, ging die Spurensicherung bereits ihrer Kleinarbeit nach. Gleichzeitig konnte trotz des Brandes durch die Spürhunde eindeutig geklärt werden, dass der Tote aus der Maas von dieser Halle aus zum Fluss gebracht worden war, wo man ihn etwa 50 Meter flussabwärts ins Wasser geschmissen hatte. Also konnte Miller die Hundestaffel zusammen mit den meisten uniformierten Kollegen mit einem dicken Dankeschön in den Feierabend entlassen. Weil keine Brandwache nötig war, benötigte er über die Nacht hinweg lediglich eine Handvoll Leute als Absperrmannschaft, die das Areal innerhalb des Flatterbandes vor ungebetenen Besuchern absicherte. Aber auch er selbst und seine drei Kommissare würden wohl noch längst keinen Feierabend haben.

*

»Dienstbesprechung!«, rief Miller am nächsten Morgen so laut, dass es von den Wänden im Flur der Mordkommission Lüttich widerhallte, während er noch auf dem Weg zu seinem Büro war. Kurz darauf saßen seine drei Kommissare vor ihm und warteten auf Kaffee, der nicht kam. Die vier Männer brauchten sich nur anzusehen, um zu wissen, dass sie alle dasselbe dachten: Ach, wenn doch nur Locki hier wäre! Sie vermissten es, bei Brainstormings, Briefings und anderen Meetings von Mademoiselle Loquie mit herrlich duftendem Kaffee und leckeren Croissants verwöhnt zu werden. Und es ärgerte sie, dass ihr ehemaliger Chef die Sekretärin in seine neue Eupener Dienststelle mitgenommen hatte. Na ja, dass *sie* ihm dorthin gefolgt war, würde es wohl besser treffen, aber auch nichts an der unleidigen Situation ändern.

Millers derzeitige Sekretärin Annabell De Vries war zwar am Computer gut, hatte ansonsten aber keinen einzigen weiteren der Vorzüge, wie sie Locki eigen waren. Belgische Kriminalbeamte konnten zwar auf Croissants verzichten, aber Kaffee musste bei Besprechungen *immer* auf dem Tisch stehen. Also rief Miller so laut »Kaffee!«, dass Mademoiselle De Vries verstehen musste, was sie zu tun hatte. Es war gut, dass der Chef sie so laut gerufen hatte, denn im Gegensatz zu ihrer Kollegin Fabienne Loquie gesellte sie sich bei Besprechungen nicht automatisch dazu, sondern nur, wenn sie von ihrem Chef ausdrücklich eine Aufforderung dazu erhalten hatte. Also ließ sich die aus dem Norden Flanderns stammende junge Frau stets auch dazu auffordern, Kaffee zu machen.

Mit den Worten »Wir hatten gestern verdammtes Pech und großes Glück in einem«, eröffnete Miller die Gesprächsrunde, nachdem er einen Schluck Kaffee zu sich genommen und das Gesicht verzogen hatte.

Weil Kriminalhauptkommissar Miller und seine Kommissare Bribanté, Lassarde und Soquett schon unter Le Maires Leitung dieser Mordkommission Kollegen gewesen waren, duzten sich die drei Kommissare, während Miller sich seit seinem Amtsantritt allgemein siezen ließ. Also wollte Soquett in höflicher Form wissen, wie sein Chef dies gemeint hatte und bekam von ihm auch gleich die Antwort: »Unser Pech ist es, dass der Brand sämtliche Spuren verwischt hat. Jedenfalls habe ich von der Spurensicherung nichts nennenswert Positives gehört, aber der Bericht kommt erst noch. Das Reagenzglas, das die Kollegin von der »SpuSi« – dabei benutzte er zur Verwunderung seiner Kollegen ein Kürzel für Spurensicherung, das zwar in Deutschland, nicht aber in Belgien üblich war – innerhalb der Halle gefunden hat, befindet sich ebenso noch im Labor wie die Zigarettenkippe, die hinter der Halle auf dem Boden gelegen hat!«

»Und was haben Sie mit ›Glück‹ gemeint?«, mochte Bribanté wissen.

»Dass wir mit diesem Reagenzglas und der Zigarettenkippe überhaupt etwas gefunden haben! Und die Kippe konnten die Kollegen teilweise schon identifizieren; es handelt sich um keine in Belgien handelsübliche Zigarettenmarke, deren Herkunft allerdings erst noch untersucht werden muss. Leider hat der Abgleich der sich darauf befindenden DNA mit den bei uns gespeicherten Daten nichts ergeben, das heißt, dass der Raucher möglicherweise nicht in Belgien gemeldet ist oder sich bisher zumindest hier nichts zuschulden kommen ließ.«

»Oder er ist von uns nur noch nie erwischt worden«, lästerte Bribanté, obwohl der nette Kerl alles andere als ein Sarkast war, im Gegenteil: Bribanté liebte nichts mehr als klare Worte und Harmonie. Obwohl er beruflich ein Draufgänger war, der mit seinen schulterlangen Haaren und der wüsten Narbe im Gesicht selbst aussah wie einer der bösen Buben, hinter denen er stets dienstbeflissen her war, musste man den herzlichen Familienvater einfach mögen.

Dies zumindest dachte sich Miller, bevor er wieder das Wort ergriff: »Unstrittig dürfte sein, dass jemand die alte Schiffswerft angezündet hat, um Spuren zu verwischen. Wahrscheinlich ist der Raucher dieser Zigarette einer der Fahrer der beiden Wagen gewesen, die unser Zeuge wegfahren sah. Das Pech dabei ist, dass er weder ein Kennzeichen noch die Wagentypen erkannt hat.« Miller zuckte mit den Schultern, wodurch er demonstrieren wollte, bei der Suche nach einer vermutlich schwarzen Limousine und einem vermutlich weißen Kleintransporter wohl kein Glück zu haben. »Wir können lediglich das vom Zeugen angedeutete Logo auf dem Lieferwagen durch den Computer jagen und versuchen, sämtliche Firmenembleme in Lüttich und Umgebung zu recherchieren, die aus zwei Kreisen und weißer Schrift auf ›mittelhellblauem‹ Grund bestehen.« Miller nahm einen weiteren Schluck des viel zu schwachen Kaffees und beauftragte Soquett damit, den Besitzer der alten Schiffswerft herauszubekommen, weil dies gestern niemand gewusst hatte. »Die Nachbarn wussten lediglich zu berichten, dass das Grundstück mit dem sanierungsbedürftigen Gebäude etwa seit einem halben Jahr einen neuen Besitzer haben musste. Um wen es sich dabei handelte und wann das völlig verwahrloste Grundstück verkauft worden war, wusste allerdings keiner von ihnen.« Dann stellte Miller fest, dass sie das Glück hatten, wenigstens sicher zu wissen, wo man die Leiche ins Wasser geworfen hatte. »Aus diesem Grund sucht ab heute Mittag eine Hundertschaft uniformierter Kolleginnen und Kollegen mit Spürhunden die ganze Gegend ab. Vielleicht finden die ja mehr als wir und die Spurensicherung.«

Dass Miller weitaus mehr Glück hatte, wie er auch nur im Entferntesten erahnen konnte, war auch seinen drei

Kollegen nicht klar geworden, als sie das Reagenzglas gefunden hatten.

*

In Aachen drehte sich indes alles um die Suche nach dem spurlos verschwundenen Gilbert Primat, dem ursprünglich einzigen Verdächtigen, ergo Hauptverdächtigen, obwohl ihm die Aachener Kripo kein Motiv zuschreiben konnte. Zudem hatte Peter Dohmen durch einen jungen Mitarbeiter der Glühweinhütte »Im Siebten Himmel« auf dem oberen Teil des Aachener Weihnachtsmarktes erfahren, dass »Schilbeer« zur Tatzeit dort mit ihm zusammengesessen habe. Und weil dies auch noch ein paar andere Leute bestätigt hatten, war Gilbert Primats Alibi wasserdicht geworden. Also war der Aachener Chefermittler wieder zu seiner ersten Vermutung zurückgekehrt, dass es anstatt des unscheinbaren Studenten Hubertus von Syrgenstein mit Gilbert Primat den Glühweinverantwortlichen des »Hexenhofes« hätte treffen sollen. »Möglicherweise steckt ein neidischer Konkurrent dahinter, der dem ›Hexenhof‹ schaden möchte, weil dort der beste Glühwein des Öcher Weihnachtsmarktes ausgeschenkt wird«, stellte Peter Dohmen eine gewagte These auf.

Weil der Leiter der Aachener Mordkommission seinem Oberstaatsanwalt Dr. Knopp gegenüber keinen anderen Verdächtigen präsentieren konnte, hatte er sich an Gilbert Primat festgebissen, über den er seit der Alibibefragung wusste, dass der schwul war. Also hatte er seine Fühler auch in der Aachener Homosexuellenszene ausgestreckt, obwohl ein paar seiner Leute tagtäglich auf dem Areal des »Hexenhofes« unterwegs waren, um dort den Grund dafür zu suchen, weshalb man den Ökotoxikologie-Studenten ausgerechnet dort vergiftet hatte und weshalb mit Gilbert Primat ein weiterer Weihnachtsmarkt-Mitarbeiter spurlos verschwunden war. Aber die Polizisten in Zivil konnten sich umsehen und umhören, wie sie wollten: Der »Hexenhof« war offensichtlich in jeder Hinsicht sauber, dies konnten zudem auch noch die Zuständigen des Gesundheitsamtes und des Finanzamtes bestätigen. Sowohl die Geschäftsleitung, als auch die hauptsächlich aus Studenten der RWTH Aachen bestehenden Mitarbeiterinnen und Mitarbeiter des »Hexenhofes« hatten nicht den geringsten Dreck am Stecken, alles schien mit rechten Dingen ganz nach den Buchstaben des Gesetzes zuzugehen. »Fast schon etwas zu clean, das Ganze«, stellte Peter Dohmen fest, weil er dem hier an den Tag gelegten vorweihnachtlichen Frieden nicht ganz trauen mochte. Ungeachtet dessen sammelten seine Leute in der »Mordsache Hubertus von Syrgenstein« auf dem »Hexenhof«, in den einschlägigen Unikneipen, an der Uni selbst und in seinem belgischen Wohnort Kelmis Informationen. Sie wollten alles darüber wissen, was auch nur im Entferntesten mit dem Botulinumtoxin und demjenigen, der dieses Gift vermutlich hergestellt und selbst daran gestorben war, in Zusammenhang gebracht werden konnte. Dabei stellte sich rasch heraus, dass der Student in Kelmis gänzlich unbekannt war; sein ehemaliger Vermieter lebte in Brüssel und hatte seinen Mieter nicht einmal persönlich gekannt. Und mit den Ex-Nachbarn des Toten verhielt es sich wie mit allen anderen Bewohnern des Ortes: Niemand hatte Hubertus von Syrgenstein gekannt, selbst die in diesem Ort ansonsten allwissenden Wirte und Wirtinnen nicht.

Selbst bei einer dort lebenden Friseuse, die dafür bekannt war, *alles* zu wissen und über alles zu tratschen, waren die Polizisten nicht fündig geworden.

Dass Dohmens Eupener Kollege ihm in diesem Punkt dennoch um etliche Schritte voraus war, konnten beide nicht ahnen. Wenn der Aachener Chefermittler dies wüsste, würde er sich wahrscheinlich vor Zorn die Haare raufen. Weil er inzwischen aber von Dr. Laefers vom Mord in Eupen und via Telefon von Le Maire zudem erfahren hatte, dass man die mit Fritten und Glühwein zu Reichtum gekommene Marie-Kathrin Jilbour auf die akkurat gleiche Art und Weise exekutiert hatte wie den immer noch unbekannten Mann mit dem »Hexenhof«-Pin in Lüttich, dachte er daran, genau das zu tun, was Le Maire hasste wie die Pest und mit aller Macht zu vermeiden suchte: ganz offiziell eine grenzüberschreitende Zusammenarbeit anregen und sich deswegen möglichst zeitnah mit seinen beiden belgischen Kollegen zu treffen. Und das Schlimme daran war, dass Miller in Dohmens Horn blasen würde.

*

Miller und Soquett hielten ein paar Männern ihre Dienstausweise vor die Gesichter. »Wo können wir Monsieur Rothieu finden?«, wollte der Leiter der Mordkommission Lüttich von den verdutzt dreinschauenden Lagerarbeitern wissen und bekam zur Antwort, dass der Chef in seinem Büro sein müsse, weil dessen Auto da war. »Das Verwaltungsgebäude ist dort vorne!«, sagte einer von ihnen, bevor er auf einen Gabelstapler stieg.

Kurz darauf warteten die beiden Kriminaler in einer salon-ähnlich anmutenden Halle auf Cedric Rothieu, den Chef der größten Weinhandlung der Wallonie, vielleicht sogar ganz Belgiens. Dass er dies zumindest sein wollte oder anstrebte, ließ dieser fast schon prachtvoll eingerichtete Saal erahnen, der Teil eines Weinmuseums sein könnte.

»Das hier wirkt alles sehr protzig, oder was meinen Sie?«, bemerkte Soquett Miller gegenüber. Die schon in die Jahre gekommene Chefsekretärin hatte ihnen von einer jungen Kollegin Kaffee mit Mineralwasser und eine Schale mit feinsten belgischen Pralinés auf den in der Mitte stehenden Rokokotisch stellen lassen. Als Rothieus Mitarbeiterin wieder aus dem Raum stelzte, hallte das Klacken ihrer Absätze auf dem glänzenden Parkettboden von den mit alten flandrischen Gobelins behangenen Wänden.

Die beiden Ermittler sahen sich mit gemischten Gefühlen um; einerseits konnten sie mit diesem zusammengewürfelten Pomp, dem ein riesiger Kristalllüster die Krone aufsetzte, nicht allzu viel anfangen, andererseits waren sie vom Interieur dieses Raumes doch irgendwie fasziniert. Geschmackvoll oder nicht, das ist hier die Frage, dachte sich Miller, als er mitten auf dem wohl an die 30 Leute fassenden Tisch auch noch eine vermutlich antike chinesische Vase entdeckte.

Auf sechs nebeneinander stehenden originalen Barockkommoden lagen diverse Prospekte der Firma, von denen Miller einer ins Auge stach, weswegen er ihn an sich nahm und durchblätterte, bevor er ihn seinem Mitarbeiter hinhielt. »Sieh mal, Soquett: Dieses Faltblatt gibt es in drei Sprachen. Es scheint an die Inhaber von Glühweinbuden in Belgien, Holland und Deutschland gerichtet zu sein.«

»Interessant«, bemerkte Soquett dazu und legte die drei

Flyer gelangweilt auf den Tisch zurück. Denn Cedric Rothieu ließ die beiden Polizisten so unverschämt lange warten, bis seine Sekretärin die Tür aufriss. Dabei zuckten die in Gedanken versunkenen Ermittler derart zusammen, als wenn sie selbst Dreck am Stecken haben würden. Dann walzte Monsieur Rothieu – gefolgt von seiner Sekretärin – in den Raum. Nachdem er den beiden Polizisten seine wulstige und schwitzende Hand gereicht hatte, ließ er sich auf einen am Kopfende des Tisches stehenden Drehstuhl fallen, der offensichtlich extra für den dicken Mann hergestellt worden war. »Um was geht es, meine Herren?«, fragte er, obwohl er ganz genau wusste, weshalb die Polizisten hier waren.

Weil dies Miller gleich auf Anhieb ebenso unsympathisch empfand wie er Rothieus Sekretärin und ihn selbst ablehnte, überging er einen Kommentar zu diesem Saal und kam ohne Umschweife zur Sache: »Wo waren Sie am vergangenen Mittwoch zwischen 15 und 16 Uhr?«

»Da befand sich Monsieur Rothieu hier im Büro«, schnarrte anstatt des Chefs die alte Schreckschraube wie aus der Pistole geschossen.

Die beiden Mordermittler hatten Cedric Rothieu etwa eine halbe Stunde lang ausgefragt und waren dabei neben vielen anderen Punkten auch auf das Ergebnis der Brandermittler und der Spürhunde gekommen. Klar, dass die Sekretärin, von der bisher die meisten Antworten gekommen waren, ebenso nichts dazu sagen wollte wie ihr Chef.

Als Miller auf das fluchtartige Verlassen des Geländes von zwei Fahrzeugen zu sprechen kam, antwortete die Sekretärin, die im Laufe des Gespräches mehr und mehr gezeigt hatte, dass sie ein widerliches Geschöpf Gottes war, das er an einem schlechten Tag geschaffen haben musste: »Ich sagte Ihnen doch schon, dass Monsieur Rothieu *hier* war und wir die vorläufige Bilanz des bald abgelaufenen Jahres durchgegangen sind.«

»Dann haben Sie sicher nichts dagegen, wenn ich unsere Spurensicherung hierher beordere, um die schwarze Limousine Ihres Chefs und die weißen Transporter ihrer Firma untersuchen zu lassen«, wollte Miller das nervtötende Gespräch beenden. Aber er bekam von der fast zwei Meter großen Frau mit der hässlichen Hakennase und dem bei jedem Wort schlabbernden Doppelkinn die trotzig klingende Frage zurück, ob er denn einen Durchsuchungsbeschluss dabei habe.

»Den braucht das Finanzamt auch nicht!«, drohte der verärgerte Lütticher Chefermittler nur so aus Spaß, weil es ihm in diesem Moment guttat.

»Aber …«

»Lassen Sie es gut sein, Madame Dubois«, schritt Monsieur Rothieu in einem Tonfall dazwischen, der keinen Zweifel daran lassen sollte, dass er offensichtlich nichts zu verbergen hatte. »Sie können meinen Mercedes und die Firmentransporter gerne untersuchen«, sagte er mit einem unergründlichen Grinsen in den Augen.

# KAPITEL 11

»Jetzt reicht es aber, werter Herr Kollege«, schnarrte es aus Le Maires Telefonhörer in einem Ton, den der Eupener Chefermittler von seinem ehemaligen Lütticher Assistenten nicht gewohnt war. Noch bevor Le Maire etwas sagen konnte, wurde er vom ansonsten ruhigen Miller so richtig angeschissen: »Seit Tagen bemühe ich mich unter Absprache mit Peter Dohmen um ein gemeinsames Gespräch mit Ihnen und dem Leiter der Aachener Mordkommission. Herr Dohmen hat mich angerufen und um einen gemeinsamen Gesprächstermin gebeten. Und weil Sie und ich Belgier sind, hat er *mich* darum gebeten, Ihnen vorzuschlagen, möglichst zeitnah einen gemeinsamen Gesprächstermin anzuberaumen. Er selbst würde sich jederzeit ganz nach uns beiden richten. Dies war – verdammt noch mal – vor drei Tagen! Aber Locki hat mich ja nicht an Sie herangelassen. Sie haben sich mit fadenscheinigen Ausreden davor gedrückt und sich ständig verleugnen lassen. Ich hatte Sie von meiner Sekretärin mindestens acht Mal anrufen lassen, Ihnen persönlich mehrere Mails geschickt und dann selbst noch ein paar Mal versucht, Sie telefonisch in Ihrem Büro zu erreichen. Ihr Handy haben Sie ja sowieso immer ausgeschaltet, das weiß ich ja noch von früher. Trotzdem habe ich Ihnen auch noch eine SMS geschickt! Ja glauben Sie denn, ich bin blöd und merke nicht, dass Sie Ihrer Sekretärin die Anweisung gegeben haben, Sie zu verleugnen? Sie haben wohl vergessen, dass ich Locki und Ihre Gepflogenheiten von unserer jahrelangen gemeinsamen Zusammenarbeit in Lüttich her kenne! … Hallo?« Nachdem Miller nichts hörte, forderte er seinen schweigsam zuhörenden Exchef auf, etwas dazu zu sagen. Als Le Maire jedoch das Wort ergreifen wollte, fuhr ihm Miller – der sich nur hatte vergewissern wollen, dass Le Maire noch am Telefon war – sofort ins Wort: »Nun haben wir den Salat! Herr Dohmen hat mir vor wenigen Minuten mitgeteilt, dass es auf dem Aachener Weihnachtsmarkt mehrere Vergiftungsanschläge gegeben hat.«

Weil Le Maires Interesse nun schlagartig von null auf hundert gestiegen war, wollte er Miller noch danach fragen, ob es Opfer gegeben habe. Aber der junge Leiter der Mordkommission Lüttich knallte nur noch den Hörer aufs Telefon.

»Merde! *Lockiii!*«

Le Maires Sekretärin eilte sofort – mit einem Notizblock bewaffnet – herbei: »Ja, Chef!«

»Ruf Dohmen an und frag ihn, wann es ihm recht sei und …«

»Heute Nachmittag«, unterbrach Fabienne Loquie ihren Chef.

»*Was?*«, kam es irritiert zurück.

»Wegen der Dringlichkeit steht der Termin bereits und findet heute Nachmittag um 14.30 Uhr, hier bei uns, statt«, antwortete die Sekretärin, als wenn dies das Selbstverständlichste der Welt wäre. Dann aber hüstelte sie etwas unsicher und ergänzte, dass ihr Chef »nur noch« Pat Miller Bescheid geben solle, falls es auch von seiner Seite aus ok wäre.

»Was? Ich habe mich wohl verhört.«

»Nein! Haben Sie nicht!«, antwortete Locki, ging ins Vorzimmer zurück und drückte unaufgefordert die Durchwahltaste zu Hauptkommissar Patrick Miller in Lüttich.

Le Maire wusste immer noch nicht, was hier ablief. Da hörte er Locki sagen: »Bonjour Monsieur Miller! – Gut! Ihnen auch? – Schön! – Der Chef möchte Sie sprechen! – Ja! Danke! – Au revoir! – Ich verbinde!«

Einen Augenaufschlag später klingelte das Telefon im Eupener Chefbüro. »Merde!«, fluchte Le Maire, während er überlegte, was er tun sollte. Er nahm gerade noch ab, bevor Pat Miller abermals den Hörer draufknallte. »Le Maire! ... Äh ... Miller?«

*

Schon wenige Stunden später saßen der Aachener Kriminalhauptkommissar Dohmen, dessen rechte Hand, Kriminalkommissar Lehnen, und zwei weitere Aachener Kriminalpolizisten mit den belgischen Kollegen im Besprechungszimmer des Eupener Kommissariats zusammen. Die Mordkommission Lüttich wurde von Hauptkommissar Miller und seinen drei Kommissaren Bribanté, Lassarde und Soquett vertreten. Und zwischen den vier Eupener Polizisten saß die bis über beide Ohren strahlende Fabienne Loquie, der es Le Maire zu verdanken hatte, dass diese Zusammenkunft in Eupen stattfand, weswegen sich ihr Chef nicht nach Lüttich oder nach Aachen hatte mühen müssen. Aber anstatt ihr einen dankbaren Blick zuzuwerfen, fragte er sie nur, ob noch jemand erwartet würde, weil ein Stuhl zu viel am Tisch stand. Weil Locki nur vielsagend lächelte, aber keine Antwort gab, eröffnete der Hausherr mürrisch das Gespräch, indem er den anderen anbot, gerne zugreifen zu dürfen, während er sich selbst schon dem Croissantteller entgegenstreckte.

»Das hast du wie immer gut gemacht, Locki!«, lobte

Miller, der ihr gegenüber auch noch bedauerte, sie nicht mehr bei sich in Lüttich zu haben. »Solltest du in Erwägung ziehen, wieder ...«

»Nichts da!«, fuhr Le Maire dazwischen. »Mademoiselle Loquie bleibt hier bei mir in Eupen. Also, was ist nun mit den Vergiftungsanschlägen in Aachen?«

Weil Miller ihn am Telefon lediglich darüber informiert, aber bewusst nichts Genaueres darüber gesagt hatte, wusste Le Maire noch nicht, was sein ehemaliger Mitarbeiter von Peter Dohmen erfahren hatte, und dass es deswegen höchste Zeit geworden war, die Informationen gegenseitig auszutauschen und endlich ohne unsinniges Platzhirschgehabe professionell zusammenzuarbeiten.

Also bündelten sie zu Lasten von Le Maires Nervenkostüm zuerst ihre Erkenntnisse in allen Details, die nochmals bestätigten, dass es zweifelsfrei einen Zusammenhang zwischen den »Glühweinmorden« in Aachen und Eupen, mit an Sicherheit grenzender Wahrscheinlichkeit aber auch mit dem Mord in Lüttich gab. Le Maire blieb nichts anderes übrig, als nun auch seine im Allgäu gewonnenen Erkenntnisse mit den Kollegen zu teilen. Dementsprechend erfuhren die anderen, dass sich der immer noch spurlos verschwundene »Glühweinveredler« Gilbert Primat und der Ökotoxikologie-Student Hubertus von Syrgenstein schon länger und nicht erst vom »Hexenhof« in Aachen her kannten. »Von Gilbert Primat wissen wir, dass er schwul ist ... oder war.«

Weil der Aachener Chefermittler nicht wusste, ob der Mann überhaupt noch lebte, hüstelte er etwas verlegen, bevor er ergänzte: »Ob dies bei dem Studenten ebenfalls der Fall war, können wir noch nicht mit Bestimmtheit sagen.«

»Falls nicht, muss sie etwas anderes eng verbunden haben«, orakelte Le Maire, der über den ermordeten Adeligen allerdings nur berichten konnte, dass der schon vor zwei Jahren vom baden-württembergischen Syrgenstein ins allgäuische Oberstaufen gezogen war, »wahrscheinlich, weil seine Eltern nach Spanien ausgewandert sind und das Schloss verkaufen möchten.« Nachdem er einen Schluck Kaffee zu sich genommen hatte, berichtete er den anderen, dass er dafür über Gilbert Primat mehr herausbekommen hatte: »Der Gigolo war immer klamm und hatte schon in Oberstaufen an mehreren Stellen Schulden. Wohl deswegen hat der schwule Frauenversteher dort reifen und reichen Urlauberinnen schöne Augen gemacht und sie dann – wenn sie darauf hereingefallen waren – ausgenommen wie Weihnachtsgänse.«

»Ich dachte, er ist oder war homosexuell?«, fuhr Agnès Devaux verunsichert und deswegen etwas zu unwirsch dazwischen.

»Na und?«, konterte Le Maire in gleichem Ton. »Man sagt den Schwulen doch nach, dass die ganz besonders charmant sein können. Jedenfalls hat ihn eine der Damen in ihrem Hotelzimmer beim Klauen ihres Schmucks erwischt und wollte ihn anzeigen. Aber er ist ihr zuvorgekommen und hat Oberstaufen klammheimlich verlassen. Über ein paar Umwege und Zwischenstationen hat es ihn dann wohl nach Aachen verschlagen.«

»Das heißt also, dass der nicht sauber ist und wir ihn – lebend oder tot – umso schneller finden müssen«, resümierte Miller, bevor er ausführlich über die Geschehnisse in Lüttich zu berichten begann, die mit dem Ergebnis der Reifenspuren endeten: »Unsere Spurensicherung hat vor der Werfthalle Gipsabdrücke und in den Reifenprofilen von Cedric Rothieus schwarzem Mercedes E 350, sowie bei dessen vier weißen Transportern der Marke Peugeot Boxer

Bodenproben genommen. Nichts, rein gar nichts! Keines der Fahrzeuge kann mit dem niedergebrannten Gebäude in Zusammenhang gebracht werden. Und was das vom Zeugen mehr oder weniger erkannte Logo auf dem weißen Transporter anbelangt, haben wir auch noch nichts. Denn das Logo von Monsieur Rothieus Firma ›IN VINO VERITAS‹ weist zwar die vom Zeugen genannten ›ausländisch wirkenden‹ Schriftzeichen – in diesem Fall lateinische – auf. Allerdings sind diese in Blutrot auf weißem Grund und nicht – wie vom Zeugen gesagt – in Weiß auf ›mittelhellblauem‹ Grund gehalten. Und zwei Kreise mit einem gelben Symbol sind in Rothieus Firmenlogo ebenfalls nicht enthalten. Außerdem hat der Weinhändler aus erkennungsdienstlicher Sicht eine weiße Weste und durch seine Sekretärin ein felsenfestes Alibi. Das heißt, dass wir bis auf das am Brandherd gefundene Reagenzglas nichts in der Hand haben.«

»Merde!«, grummelte Le Maire und wandte sich an seine Kollegen: »Ich glaube, wir haben uns nun hinreichend ausgetauscht und uns auf den jeweils gegenseitigen Stand der Dinge gebracht. Nun sagt mir endlich, was es mit den von Miller mir gegenüber angedeuteten Vergiftungsanschlägen auf sich hat.«

*

»Kaffee?« Weil Locki gemerkt hatte, dass das Gespräch nun eine Zäsur bekommen würde, wollte sie eine kleine Pause herbeiführen, von denen die Raucher unter den Beamten gerne Gebrauch machten.

»Du hast eine prima Sekretärin«, lobte Peter Dohmen, der zwar Nichtraucher war, mit Le Maire dennoch nach draußen gegangen war, um mit einem kleinen Small Talk die Kollegialität anzuschieben. Früher hatten sich die beiden nicht gemocht. Seit einem gemeinsamen Einsatz im englischen Dover vor einem Jahr, bei dem Peter Dohmen einem von Le Maires Männern das Leben gerettet hatte, duzten sie sich und verstanden sich auch recht gut, was aber nicht hieß, dass sie sich nicht mehr gegenseitig beweisen mochten, wer der Bessere von ihnen war. Dass Le Maire in sämtlichen Dienststellen des Dreiländerecks hinter vorgehaltener Hand als »Superbulle« bezeichnet wurde, stank Dohmen aber immer noch gewaltig. Deswegen versuchte er, den, besser gesagt: *die* aktuellen Fälle zum Aufpolieren seines Images zu nutzen. Aber er konnte Le Maire einlullen wie er wollte; sein Eupener Kollege fiel nicht darauf herein. Er bemerkte dies wohl, aber es machte ihm nichts aus; denn noch war *er* der »Superbulle«!

*

Als nach der Zigarettenpause alle wieder ihre Plätze eingenommen hatten, ergriff Peter Dohmen das Wort, obwohl er nicht der Hausherr war: »Meine Dame, meine Herren …«

Der eigentliche Hausherr musste zwar schmunzeln, bemerkte aber nichts zu Peters unhöflichem Vorpreschen, weil er neugierig darauf war, was der zu berichten hatte.

»Ich habe euch zusammenrufen lassen, weil es gestern in Aachen fast gleichzeitig zu mehreren Vergiftungsfällen gekommen war. Und da ausgerechnet gestern Nachmittag beide Inhaber der Glühweinstände ›Öcher Delikatessenhütte‹ und ›Im Siebten Himmel‹ nicht erreichbar gewesen waren, konnte ich deren Anhörungen leider erst auf heute festlegen. Damit ab jetzt *alle* Kolleginnen und

Kollegen aus Aachen, Lüttich und Eupen …«, als er dies sagte, schaute er Frederic streng in die Augen, »… auf den gleichen Informationsstand gebracht werden können, habe ich mir erlaubt …«, schon wieder schaute er Frederic an, »… die beiden Geschäftsleute heute um 17 Uhr hierher nach Eupen zu bestellen. Ich hoffe, dies ist in eurem Sinne?«

Das belobigende Klopfen auf den Tisch tat dem Redner sichtlich gut, weshalb er umso lieber berichtete, was genau vorgefallen war: »Nachdem es einem Gast der ›Öcher Delikatessenhütte‹ schlecht geworden war, folgten noch weitere sechs Kunden, denen es ebenso erging. Noch während das erste Rettungsfahrzeug kam, begann das gleiche Spiel ›Im Siebten Himmel‹. Insgesamt waren es dann 13 Kunden dieser beiden Gastronomiebetriebe, die in die Uniklinik gebracht werden mussten. Wie mir von dort mitgeteilt wurde, geht es den meisten von ihnen schon wieder so gut, dass sie nur noch zur Beobachtung dort sind. Und der Rest wird es laut Professor Hentschel auch schaffen.«

Das erleichterte Durchschnaufen seiner gespannt zuhörenden Kollegen zeigte Peter Dohmen, dass auch abgebrühte Kriminalpolizisten sensibel und mitfühlend sein konnten. Aber die Pause dauerte nicht lange und Le Maire interessierte, ob man denn schon wissen würde, um *was* für ein Gift es sich handelte und wie es die Geschädigten zu sich genommen hatten. Kaum, dass er ausgesprochen hatte, klingelte es an der Einlasspforte und Locki sprang auf, um nachzusehen, ob es die erwartete Person war, die geklingelt hatte.

»Wahrscheinlich bekommst du gleich deine Antwort, Frederic«, sagte Peter mit einem fast schon hämisch wirkenden Grinsen. Und er sollte recht behalten, denn wenige Sekunden später betrat die Aachener Rechtsmedizinerin Dr. Laefers das Besprechungszimmer.

»Angelika, du hier?«, wunderte sich Frederic, weil sie ihm gestern Abend oder am Morgen dieses Tages nicht gesagt hatte, dass sie über die Vergiftungsepidemie Bescheid gewusst hatte. Offensichtlich war auch Frederics Sekretärin über den zusätzlichen »Gast« informiert gewesen, denn sie deutete Dr. Laefers mit einer wie selbstverständlich wirkenden Handbewegung, sich auf den freien Platz zu setzen.

Während Frederic nicht wusste, ob er sich freuen oder ärgern sollte, begann die Ärztin, einen Stapel Papier aus ihrem Aktenkoffer herauszuholen und der Sekretärin in die Hände zu drücken, damit sie die Blätter verteilen konnte.

Die allseits beliebte und respektierte Frau kam ohne Umschweife zur Sache: »Vor Ihnen liegen die Berichte der Uniklinik Aachen in Bezug auf die gestrigen Giftanschläge auf Weihnachtsmarktbesucher, sowie die Auswertungen unseres Labors bezüglich des verwendeten Giftes.«

»Pah! Anschläge? Ist das nicht etwas übertrieben?«, warf Devaux schroff in den Raum, weil sie nicht nur die deutsche, sondern auch weibliche Konkurrenz ablehnte.

»Ganz und gar nicht, Madame Devaux«, antwortete die selbstbewusste Frau in ähnlich klingendem Ton. »Aber ich erkläre es Ihnen sehr gerne. Nachdem mich Hauptkommissar Dohmen gestern gebeten hatte, mich mit der Uniklinik in Verbindung zu setzen, habe ich dies getan und zudem die Glühweinproben, die seine Leute von den beiden Glühweinhütten auf dem Öcher Weihnachtsmarkt genommen hatten, ins Labor gebracht. Und die dort zuständige Kollegin hat mit ihrem Team superschnell gearbeitet. Denn ich habe hier schon das Untersuchungsergebnis.«

Ausgerechnet Angelika fällt mir in den Rücken, dachte Frederic im Stillen, sagte aber nichts, weil er im Grunde genommen stolz auf seine Partnerin war. Also ließ er sie gewähren:»In allen 13 Fällen handelt es sich um eine bewusst herbeigeführte Lebensmittelvergiftung. Die festgestellten Neurotoxine werden von verschiedenen Stämmen der Bakterienspezies Clostridium butyricum, Clostridium baratii, Clostridium argentinense sowie – und nun kommt es: Clostridium *botulinum* ausgeschieden und sind somit Exotoxine.«

Obwohl bis auf Le Maire keiner der Anwesenden verstanden hatte, auf was Frau Dr. Laefers hinauswollte, stellte niemand eine Zwischenfrage, weswegen sie unbeirrt weiterreden konnte:»Die Giftwirkung dieser Proteine beruht auf der Hemmung der Erregungsübertragung von Nervenzellen, was neben Störungen des vegetativen Nervensystems bei den 13 Opfern eine leichte Muskelschwäche gezeigt hat. Wäre das Gift nicht in miniminimalster Konzentration verabreicht worden, hätte dies mit an Sicherheit grenzender Wahrscheinlichkeit den Stillstand der Lungenfunktion zur Folge gehabt. Bei diesem Anschlag handelte es sich Gott sei Dank nur um eine wirklich extrem geringe Konzentrationsgabe, weswegen die Opfer überleben konnten. Denn Botulinumtoxin ist für Menschen das mit großem Abstand tödlichste aller Gifte.« Dr. Laefers nahm hastig einen Schluck Kaffee, bevor sie zum vorläufigen Schluss kam:»Nur ein Beispiel: Bei intravenöser Gabe reichen bis vier Nanogramm pro Kilogramm bei subkutaner Aufnahme, bei Inhalation sind bereits drei Nanogramm pro Kilogramm tödlich. Ähnlich hätte es sich – wie in unserem Fall – bei oraler Aufnahme verhalten.«

»Das soll heißen, dass unsere Opfer das Gift zu sich

genommen, also geschluckt haben?«, brachte Miller das Gehörte auf einen Nenner.

Dr. Laefers nickte. »Ja! Es wurde ihnen – sicherlich heimlich und unbemerkt – in die Glühweinbecher geträufelt. Wir haben auch die Pötte derjenigen Gäste unter die Lupe genommen, die nicht betroffen waren, und festgestellt, dass deren Glühweine in Ordnung waren und keinerlei gefährliche Substanzen beinhaltet haben.«

Da meldete sich Soquett zu Wort: »Ich habe – wie vermutlich auch alle anderen – zwar nichts von Ihrem Fachchinesisch verstanden, komme aber zu dem Schluss, dass die Opfer zwar leicht vergiftet wurden, aber nicht sterben sollten. Weshalb?«

Wieder nickte Dr. Laefers. »Das ist korrekt. Aber herauszufinden, weshalb der oder die Täter dies getan haben, ist eure Sache. Ging dies alles bewusst vonstatten und der Giftmischer hatte professionelle Kenntnis vom Umgang mit diesem Toxin? Oder hatte er diese nicht und sich deswegen lediglich mit der Dosis nur vertan?« Dr. Laefers zuckte unwissend mit den Schultern.

»Weil es sich laut Laboruntersuchung zweifelsfrei um Botulinum handelt, liegt eine Verbindung zum Mord auf dem ›Hexenhof‹ nicht nur nahe, sondern ist sogar mehr als wahrscheinlich«, bemerkte Le Maire und ergänzte: »Möglicherweise war dieser Mord nur ein erster Versuch, um die Dosierung zu testen. Dann wäre es also ein Versehen gewesen, bei dem der Mörder festgestellt hat, dass er Hubertus von Syrgenstein eine viel zu hohe Dosis verabreicht hat. Verzwickter geht es wohl kaum.«

Nachdem sie noch eine halbe Stunde darüber gesprochen, alles Mögliche hinterfragt und alle ihre Beiträge geleistet hatten, erinnerte Peter Dohmen daran, dass es in zehn Minuten 17 Uhr sei und ein gewisser Herr … Der deutsche Beamte kramte einen Spickzettel hervor, ah ja: Lennet Contzen von der »Öcher Delikatessenhütte« und Andi Maasen vom »Siebten Himmel« kommen würden.

»Sehr gut«, freute sich Le Maire. »Dann kann ich mir ja noch ein Zigarettchen gönnen.«

*

Nachdem sich der 64-jährige Inhaber der »Öcher Delikatessenhütte« und der 29-jährige Pächter des »Siebten Himmels« darüber einig gewesen waren, sich gemeinsam lautstark darüber aufregen zu müssen, weil sie anstatt ins naheliegende Kommissariat der Aachener Kriminalpolizei zur etwa 20 Kilometer entfernten Dienststelle der ostbelgischen Kollegen gemusst hatten, fuhr Le Maire dazwischen, indem er mit der flachen Hand auf den Tisch schlug und »Ruhe!« schrie. »Na also! *Sie* gehen mit den Kollegen mit, und *Sie* bleiben hier!«, gebot er den beiden schlecht gelaunten Männern mit Handbewegungen, als wolle er lästige Fliegen verscheuchen. Noch bevor die beiden in Eupen eingetroffen waren, hatten die Ermittler ausgemacht, dass die Zeugen getrennt angehört werden sollten, und dass sich die Beamten so aufteilen werden, dass bei beiden Zeugenanhörungen Beamte aus allen drei Dienststellen anwesend waren. So wollten sich Le Maire und Miller zusammen mit einer deutschen Kollegin den Jüngeren der beiden im Verhörzimmer vorknöpfen, während Dohmen in Begleitung der Rechtsmedizinerin, eines belgischen und eines holländischen Kollegen mit dem Besprechungsraum vorlieb nehmen musste. Die jeweiligen Stellvertreter und die anderen

Beamten machten sich einen Spaß daraus, Stäbchen zu ziehen, um zu ermitteln, wer sich welcher Gruppe anschloss.

Weil die beiden Glühweinverkäufer nicht in Verdacht geraten waren, hatten Dohmen und Miller das Ganze lediglich als Information für sich und ihre Kollegen angesetzt. Trotzdem wandelte sich die Zeugenvernehmung nach und nach zu einem Verhör. Denn die Polizisten hatten rasch bemerkt, dass beide Zeugen nervös waren und irgendetwas zu verbergen schienen. Letztlich konnten die Männer den taktisch klugen Fragen der erfahrenen Verhörspezialisten nicht mehr ausweichen und gaben unabhängig voneinander zu, schon seit Beginn des Öcher Weihnachtsmarktes erpresst zu werden, von wem, wollten sie natürlich nicht wissen. Kein Wunder also, dass es bei beiden Befragungen knisterte und die zuvor verhältnismäßig legere Stimmung so umschlug, als wenn die beiden keine Zeugen, sondern Beschuldigte wären. Aber die Beamten ärgerten sich einfach nur darüber, den Feiglingen die Wörter aus den Nasen ziehen zu müssen. Schließlich erfuhren sie dann doch noch, was sie wissen wollten.

»Warum hast du nicht gleich zu Beginn unseres Gespräches gesagt, dass du von einem Weinhändler erpresst wirst?«, schnauzte Le Maire den inzwischen weichgeklopften Pächter des »Siebten Himmels« an. Im Besprechungsraum nebenan erging es dem Inhaber der »Öcher Delikatessenhütte« auch nicht anders. Beide Vernehmungen verliefen ähnlich zäh, steuerten letztlich aber zielgerichtet auf die von den Verhörspezialisten gewünschten Resultate hin.

»Wie hat sich der Erpresser bei dir gemeldet?« – »Gab es persönliche Kontakte?« – »Bist du darauf eingegangen?«, waren nur einige der Fragen, die den beiden Glühweinverkäufern gestellt wurden. Die beiden Vernehmungen unterschieden sich lediglich darin, dass der eine von ihnen geduzt und etwas schroffer mit ihm umgegangen wurde, während der andere gesiezt und in jeder Hinsicht höflich behandelt wurde. Diese Ungleichbehandlung resultierte daraus, dass der erst 29-jährige Andi Maasen einen auf cool machte, während der 64 Jahre alte Lennet Contzen versuchte, sich kooperativ zu zeigen, was ihm anfangs allerdings nicht wirklich gelungen war.

Am Schluss mussten die beiden ihre Zeugenaussagen nur noch unterschreiben, um entlassen werden zu können. »Wir wissen ja, wo wir euch finden, wenn wir noch weitere Fragen haben sollten«, rief Le Maire ihnen nach, bevor er sich eine Zigarette anzündete.

*

Zwei Zigarettenlängen später saßen sie wieder am Besprechungstisch zusammen, den Locki in gewohnter Manier neu eingedeckt hatte. Und da es draußen längst dunkel geworden war, hatte sie auch noch das Kerzchen in dem von ihr kreierten Weihnachtsgesteck entzündet, weswegen ihr Chef genervt die Augen verdrehte.

Während beide Vernehmungsgruppen ihre Ergebnisse bündelten, stellte Le Maire die These auf, dass es sich mit an Sicherheit grenzender Wahrscheinlichkeit um zweierlei Probleme handelte, die allenfalls indirekt miteinander in Verbindung gebracht werden konnten. »Warum sollte ein Getränkeunternehmer, der Neukunden akquiriert, mehrere Morde begehen und dann auch noch Endverbrauchern Gift in die Becher mischen?«

»Da gehe ich ausnahmsweise einmal d'accord mit meinem Kollegen aus Eupen«, ergänzte Dohmen in einem Ton, der sich so anhörte, als wenn *er* darauf gekommen wäre.

»Wir fassen also zusammen«, sagte Le Maire eilfertig, um keinen Zweifel aufkommen zu lassen, von wem dieser Gedanke stammte. »Cedric Rothieu, der – wie Mademoiselle Loquie inzwischen recherchiert hatte – 63-jährige Inhaber der Firma ›IN VINO VERITAS‹, versucht mit zwar drastischen – unseres Wissens nach aber noch nicht illegalen – Methoden, Druck auf die Inhaber von Glühweinbuden auf Weihnachtsmärkten auszuüben, damit sie ihm künftig *seinen* Glühwein abkaufen. Wenn die Kunden nicht gleich anbeißen, lassen seine Außendienstmitarbeiter Sprüche ab wie zum Beispiel: ›… dann hoffe ich, dass der Glühwein Ihren Kunden bekommt‹!«

»Und um den Einschüchterungsversuchen mehr Ausdruck zu verleihen, statuiert er gezielt Exempel, indem er besonders störrische Glühweinverkäufer ganz einfach erschießt oder deren Mitarbeiter vergiftet«, ergänzte Dohmen.

»Oder erschießen lässt!«, konkretisierte Miller mit Blick auf den Toten von der Maas.

»Was wir beides nicht beweisen können!«, bemängelte Agnès Devaux.

»Aber der Student war doch nur ein Angestellter und kein Glühweinbudenbesitzer oder -pächter«, bemerkte einer der anwesenden Streifenpolizisten. »Weshalb also …«

Le Maire konnte die Frage des uniformierten Kollegen zwar nicht beantworten, nickte aber zustimmend, bevor er seine Meinung kundtat und Devaux recht gab, indem er sagte, dass die Morde nicht unbedingt auf Rothieus Kappe gehen mussten, weil auch die beiden Anschläge von gestern eine andere Handschrift zeigten.

»Und von wem stammen dann die Erpresserbriefe mit den wirren Inhalten?«, interessierte Dohmens Assistent.

Le Maire zuckte mit den Schultern und grummelte: »Vielleicht wissen wir mehr, wenn wir Fingerabdrücke darauf finden oder die Zeitschriften herausbekommen, aus denen die Buchstaben ausgeschnitten wurden. Gut, dass wenigstens einer der beiden den an ihn gerichteten Brief bei sich hatte.«

Weil Dohmen den Brief gleich Frau Dr. Laefers gegeben hatte, damit sie ihn direkt in die Kriminaltechnik bringen konnte, bat er sie, den Text noch einmal vorzulesen.

»Gerne! Einen Moment bitte.« Die Rechtsmedizinerin kramte in ihrer Tasche und strich die Plastiktüte glatt, in der sich das Papier befand. »Ich komme mir vor wie in einem schlechten Krimi; die Schreibmaschine wurde schon vor 150 Jahren erfunden und die Idioten machen sich immer noch die Mühe, einzelne Buchstaben aus Zeitschriften herauszuschneiden und zusammenzukleben.«

»Vom Computer ganz zu schweigen«, ergänzte Lassarde, worauf alle ungläubig die Köpfe schüttelten.

»Hört zu!«, unterbrach Dr. Laefers das allseitige Schmunzeln und sorgte gleich für die nächste Erheiterung: »W a R N u N G ! ! ! wenN sIE WeiteRs iHRren ScHlEchtEN gLÜhwein aUSscHEenKen *bEKOmmeN sIE so GRRrossen ärgeR Das NICht nur ihrEN GäSTEN sCHLecht wirt ! ! ! ÜbER Eine eNZSchäDiGung eRFaH-REn sIE bAld Mehr.*«

»Dem Deutsch nach zu urteilen, müsste der Verfasser dieses Pamphlets ein deutschsprachiger Belgier sein«, scherzte Dohmen, als er den Brief in Händen hielt, bevor er die Runde machte, und erntete dafür von Devaux einen bissigen Blick, während Le Maire und alle anderen beschämt ihre Blicke senkten. »Pardon!«

»Möglicherweise möchte uns der ›Buchstabenkleber‹ aber auch nur auf eine falsche Fährte bringen und ist klüger, als er vorgibt«, kombinierte Le Maire, bevor *er* – immerhin hatte er hier in Eupen das Hausrecht – das Meeting für beendet erklärte.

# KAPITEL 12

Nicht nur in der nordrhein-westfälischen Kaiserstadt Aachen, sondern auch in den belgischen Provinzhauptstädten Eupen und Lüttich hatten die zuständigen Ermittler die ganze Woche über auf Hochtouren an ihrem nunmehr gemeinsamen Fall gearbeitet und die Suche nach dem entweder toten oder einfach nur untergetauchten »Glühweinveredler« Gilbert Primat fortgesetzt. Wegen »Gefahr in Verzug« hatten sie ihre Suche sogar mit einem internationalen Haftbefehl ausgeweitet. Dabei waren die Ermittler wenigstens etwas näher zusammengerückt, hatten ihre Grabenkämpfe aufgegeben und eine Art Waffenstillstand vereinbart. Aber irgendwann musste es dann – Tote hin oder her – mit der Arbeit gut sein. Es war Freitagnachmittag, Grund genug für die Öcher Rechtsmedizinerin, ihrem aus dem Jemen stammenden Assistenzarzt Jussuf Abdalleyah aufzutragen, die Räume der Gerichtsmedizin von demjenigen Medizinstudenten säubern zu lassen, der dort gerade ein Praktikumssemester absolvierte. Denn erst dann konnte sie beruhigt das Wochenende einläuten und sich einen gleichsam erholsamen wie sinnvollen Zeitvertreib einfallen lassen. Weil die meisten Weihnachtsmärkte nur noch an zwei Wochenenden geöffnet waren, wollte sie mit Frederic ins limburgische Valkenburg aan de Geul fahren, um dort den Kerstmarkt in der Fluweelengrot zu besuchen.

»Und? Hast du Lust auf den Weihnachtsmarkt in der

Valkenburger Felsengrotte?«, wollte Angelika von Frederic wissen.

Obwohl ihm nicht schon wieder der Sinn nach einem Weihnachtsmarktbesuch stand, musste er zustimmen oder selbst etwas vorschlagen, was Angelika gefallen würde, denn sie hatte immer noch etwas gut bei ihm. »Merde!«, knurrte er, weil er wusste, dass er aus dieser Nummer nicht heil herauskommen würde.

»Was ist nun?«, drängte Angelika, während sie ihm den Putzeimer entgegenstreckte. »Die Wohnung wäre auch mal wieder dran.« Sie wusste, dass sie ihn damit aus dem Stall locken konnte wie einen störrischen Esel, dem man eine Möhre hinhielt.

»Sauber« Putzen oder schon wieder »schön« Essen gehen, dachte er sich, weil er wusste, dass es Angelika sicher nicht bei einem gewöhnlichen Weihnachtsmarktbesuch belassen würde. Also zog Frederic ernsthaft in Erwägung, die Putzarbeit dem Weihnachtsmarkt vorzuziehen und stattdessen seiner Partnerin bei der Hausarbeit zu helfen. Als er sich dann aber ein kühles Bierchen mit leckeren Fritten auf dem immerhin fast schon weltberühmten Weihnachtsmarkt in Valkenburgs märchenhaft dekorierten und illuminierten Höhlenlabyrinth vorstellte, fiel die Entscheidung: »Ach, weißt du Schatz, die Putzerei läuft dir ja nicht weg.«

»*Wie bitte?* Ich habe mich wohl verhört!«

Bevor Angelika sich weiter echauffieren konnte, setzte Frederic das fort, was er hatte sagen wollen: »Und die Adventszeit geht bald vorüber. Lass uns also deinem Vorschlag folgen!« Weil Frederic wusste, dass der Hausputz eben *nicht* »weglief« und er sicherlich morgen dran sein würde, entwich ihm ein Seufzer.

»Hast du noch etwas gesagt, Lemmi?«

Bevor er antworten konnte, schellte das Telefon, und in Frederic keimte schlagartig die Hoffnung, dass beide Kelche an ihm vorüberziehen würden, weil er zu einem neuen Tatort gerufen würde. Also eilte er zum Telefon.

Aber Angelika war schneller. »Ach, du bist es! Hallo, meine Liebe! Wurde auch höchste Zeit, dass du dich wieder einmal bei mir meldest. Wir wollten doch gemeinsam mit unseren Männern auf den Öcher Weihnachtsmarkt gehen und dort den ›Hexenhof‹ besuchen. Aber wir haben in der Kulthütte keine Plätze reserviert. – Was? Das macht nichts? – Wieso? – Ehrlich? – Das ist ja fantastisch und passt genau in unsere Wochenendplanung. – Ja, wirklich: Wir freuen uns riesig!« Als Angelika dies sagte, schaute sie zu Frederic, der ahnte, dass dies nichts Gutes zu bedeuten hatte. Sicher, eine Mordmeldung wäre auch nichts Gutes gewesen, hätte aber wenigstens den Vorteil gehabt, dass er sich wegen seiner Klamotten nicht schon wieder zum Lackaffen machen und nicht zum Essen, geschweige denn zum Shoppen mitgehen musste.

Je länger Angelika am Telefon hing, umso mehr überkam ihn die Gewissheit, dass es bei einem normalen Weihnachtsmarktbesuch nicht bleiben würde. Denn der erfahrene Ermittler war es gewohnt, einzelnen Wörtern und halben Sätzen Inhalt zu geben und ihnen deren Sinn zu entlocken. »Merde!«, fluchte er schon wieder und ging zur Beruhigung auf den Balkon, um eine Zigarette zu rauchen. Die Zeit dazu war ihm jetzt ja gegeben; denn er hatte – ohne dass Angelika deren Namen genannt hatte – mitbekommen, dass es sich um Eleonore Olbrich handelte, die am anderen Ende der Leitung war. Und dies hatte nun wirklich nichts Gutes zu bedeuten. Die 41-jährige Innenarchitektin war Angelikas beste Freundin. Im Grunde genommen mochte Frederic die lebensbejahende Frau, mit der man sich gut unterhalten konnte und die zudem recht trinkfest war, wenn es darauf ankam. Aber ihr Mann Bert, ein 43-jähriger Psychologieprofessor mit einem Lehrstuhl an der RWTH Aachen, nervte ihn, wann immer sie aufeinandertrafen.

Nun kommt es, dachte Frederic, nachdem Angelika etwa eine halbe Stunde später den Hörer aufgelegt hatte und mit einem breiten Lächeln auf ihn zulief, ihn küsste und umarmte. »Stell dir vor, wir fahren heute nicht nach Valkenburg!«

Während Angelika ihn in ihrer Adrenalinüberflutung immer noch umarmt hielt, schwante Frederic Fürchterliches. Der worst case wäre, wenn die beiden zum Kerstmarkt nach Valkenburg mitkommen mochten, malte er sich aus. Laut Angelikas Aussage würde dies zwar nicht der Fall sein, aber es sollte *noch* schlimmer kommen: »Stell dir vor, Schatz, Eleonore und Bert wollten mit Daria und Abdel zum Kerstmarkt nach Maastricht fahren und ...«

»Wer sind Daria und Abdel?«, wunderte sich Frederic, obwohl es ihn nicht wirklich interessierte, ihm aber weiteres Unheil schwante.

»Ach, die Al-Thanis sind ein nettes Paar. Die beiden stammen aus Sharm-el-Sheikh in Ägypten und sind nach Deutschland gekommen, um ihre Tochter Nashwa zu besuchen, die in Köln ein Tourismusstudium begonnen hat und über die Adventszeit hier auf dem ›Hexenhof‹ jobbt. Bei der Gelegenheit wollten sie auch ein paar Weihnachtsmärkte besuchen. Nashwa war vor ein paar Jahren als Au-pair-Mädchen bei den Olbrichs beschäftigt gewesen. Deswegen sind sie mit denen fast so gut befreundet wie wir. Immer, wenn wir uns zu sechst treffen wollten, hattest du etwas anderes zu tun, – also kannst du sie nicht kennen«, kam es fast etwas vorwurfsvoll aus Angelikas Mund, weswegen er nun ihr ein Küsschen gab.

»Alles gut, ich habe verstanden. Aber was ist nun mit dem Pharaonenpaar?«, witzelte er.

»Ach so, ja: Die beiden Paare wollten heute gemeinsam zum Kerstmarkt nach Maastricht fahren …«

Schon war es wieder da, dieses ungute Gefühl, das Frederic deutete, dass es nun ganz dick kommen würde.

»… aber Abdel hat sich den Fuß verknackst und kann nun nicht mehr …«

Also doch! Ich habe recht, dachte sich Frederic, ließ Angelika aber ungebremst zum Finale furioso kommen:

»… mitfahren. Also haben Eleonore und ich ausgemacht, dass wir vier nach Maastricht fahren. Na, was hältst du davon?«

Da Widerstand zwecklos wäre, willigte Frederic ein, ohne Protest zu erheben.

»Gut, sie holen uns in einer Stunde ab.«

»Sie holen uns ab? Und schon so schnell?« Frederic schaute an sich herunter. »Ich bin aber nicht darauf eingestellt.«

»Ja, denn mit meinem Zweisitzer kann ich wohl niemanden mitnehmen. Und dein alter Citroën? Na ja, du weißt schon.«

Kaum hatte Frederic den Seitenhieb auf seine geliebte »Göttin« verdaut und sich mental daran gewöhnt, mit den Olbrichs einen Nachmittag auf dem Kerstmarkt in Maastricht und vermutlich auch noch einen Abend in einem angesagten Maastrichter Szenerestaurant verbringen zu müssen, kam der nächste Hammer: »Reichst du mir bitte den Koffer vom Schrank herunter, Schatz?«

*

Eine Stunde später stand Frederic – von Angelika gestylt und mit von ihr gepacktem Koffer – am Rohnheider Berg vor der Haustür und wartete mit ihr auf die Olbrichs. Keine zwei Stunden später checkten sie im »Kruisherenhotel« in Maastricht ein, und keine weiteren fünf Minuten darauf saß Frederic allein in der »Rouge & Blanc-Weinbar« des Hotels und wunderte sich über den eigenwilligen Einbau und das hypermoderne Interieur, das kurioserweise sogar aus seiner Sicht hervorragend in den ehemals sakralen Kirchenbau passte, aus dem von einem begnadeten Architekten ein Hotel mit dazugehörender Gastronomie designt worden war.

Einer der aufmerksamen Ober dieses Fünfsternehotels hatte ihm ein Vier-Euro-Bier gebracht, das nun darauf wartete, angetrunken zu werden. Na, toll!, dachte er sich im Hinblick auf den Bierpreis, in dem – so hoffte er zumindest – die vor ihm stehende orientalisch anmutende Nüssevariation ebenso inkludiert war wie das Schälchen Oliven, in das er beherzt mit einem silbernen Spießchen stach, obwohl es aus seiner Sicht ein hölzerner Zahnstocher getan hätte.

Während er sich – und dies musste Frederic sich selbst eingestehen – vom einzigartig exklusiven Ambiente und von der gemütlichen Atmosphäre gefangen nehmen ließ, genoss er das wahrscheinlich viel zu kurze Alleinsein. Denn schon in wenigen Minuten würde er von Bert Olbrich so zugetextet werden, dass ihm, wie beim letzten Mal ihres

Zusammenseins, schwindelig wurde. Wenn er von Angelika nicht erfahren hätte, dass Daria und Abdel den Olbrichs das von ihnen gebuchte Zimmer ohne Ersatzleistung zum Weiterverschenken angeboten hatten und Eleonore die Nutzung dieses Zimmers an Angelika weitergegeben hatte, wäre er sicherlich nicht hier in diesem exklusiven Hotel abgestiegen, in dem es vor Schickimicki nur so wimmelte. Angesichts der vielen edel gekleideten Menschen aller Nationen war er nun doch froh, dass ihm Angelika das Tragen eines Trachtenjankers der Marke »Habsburg« auferlegt hatte, zu der er Jeans tragen »durfte«. So weit war er mit sich und seinem Outfit zufrieden. Lediglich das dünne Seidentüchlein mit dem alpenländischen Hirschgeweihmuster, das sie ihm um den Hals gebunden und unter dem Hemdkragen drapiert hatte, fand er zu snobig.

»Ach, da bist du ja!«, freute sich Bert, während Angelika Frederic gegenüber nur ein »Dachte ich es mir doch« herauspresste. Kaum, dass sich die anderen zu ihm in die hippe Lounge gesetzt hatten, erklärte Bert, dass es sich bei dieser Hotelanlage um ein gotisches Kloster handelte, das bis zur Eröffnung im Juni 2005 von einer international besetzten Expertengruppe so umgebaut wurde, dass die alte Substanz komplett erhalten bleiben konnte. »Seht ihr«, forderte er die Aufmerksamkeit aller ein, bevor er zu dozieren begann: »Die komplette Barlounge wurde wie ein eigenständiger Kubus in diese alte Kirche aus dem 15. Jahrhundert gesetzt. Es vereint die mittelalterliche Fassade mit einer Vielzahl von spektakulären Designermöbeln im Inneren. Verrückt, oder?« Bert zeigte nach oben. »Im Obergeschoss dieses zentralen Kirchenraums befindet sich ein nobles Restaurant, von dem aus die alten Wandfresken und die Steinmetzarbeiten ebenfalls gut zu sehen sind. Weil das Restaurant selbst keine Decke hat, kann man darüber die originale Deckengestaltung des ehemaligen Kirchenraumes auf sich wirken lassen. In Maastricht gibt es eine Buchhandlung, die ebenso wie diese Bar in eine alte Kirche eingebaut wurde, ohne deren Außenmauer zu tangieren. Dort hat Eleonore bei unserem letzten Maastricht-Besuch ›Das Teufelsweib‹, einen spannenden historischen Roman, der auf Sylt und in Marokko spielt, und in dem auch die Liebe nicht zu kurz kommt, gekauft. Stimmt's, Schatz?«

Eleonore nickte zwar bestätigend, bevor Bert aber auch noch auf dieses Objekt und das dortige Wahnsinns-Bücherangebot eingehen konnte, hob sie gut gelaunt ihr Glas und rief: »Zum Wohle! Auf ein schönes Wochenende!«

*

»Und hier ist der weltberühmte Vrijthof, auf dem André Rieu alljährlich sein ›Heimspiel‹ hat und seine berühmten Sommerkonzerte gibt, die auch im deutschen Fernsehen übertragen werden. Der ebenfalls weltberühmte Orchesterchef stammt aus Maastricht und bewohnt hier ein …«, verkündete Bert und wollte sein diesbezügliches Wissen schon wieder preisgeben, kaum, dass sie den größten Platz in Maastrichts Zentrum erreicht hatten. Zum Glück der anderen wurde der Klugscheißer von seiner Frau gekniffen, noch bevor er richtig loslegen konnte.

Vom Hotel aus hatten sie nur wenige Minuten gebraucht, um dorthin zu gelangen, weswegen sie nach Maastricht gekommen waren: Vor ihnen reihte sich eine Verkaufsbude an die andere, zudem roch es verführerisch nach gebrannten Mandeln, Zimt, Bratwurst und Fritten. Angelika hakte sich bei Frederic ein und tuschelte ihm ins Ohr: »Hoffentlich gibt es hier nicht auch noch einen ›Glühweinmord‹!«

Aber Frederic ging nicht darauf ein, er hatte siedendes Frittenfett in der Nase und deshalb keine Zeit für Nebensächlichkeiten. Zielstrebig zog er Angelika dorthin, wohin ihn seine Nase lenkte. Eleonore und Bert folgten ihnen ohne nachzufragen, wohin sie wollten. Weil sie sich bereits von der vorweihnachtlichen Atmosphäre hatten einfangen lassen, war ihnen einerlei, wohin Angelika und Frederic sie führten. Sie hatten ja alle Zeit der Welt, schließlich übernachteten sie in Maastricht.

»Hier, sieh mal, Angelika«, stieß Frederic erfreut aus und zeigte zu einem Verkaufswagen, der in den belgischen Farben schwarz, gelb, rot gehalten und über dem ein hell erleuchtetes Schild angebracht war, auf dem in großen Lettern »ORIGINAL BELGISCHE FRITTEN« zu lesen stand.

»Jetzt ist für Frederic die Welt in Ordnung«, tuschelte Angelika ihrer Freundin zu, die wie sie, keine Fritten – auch keine belgischen – mochte.

Als die beiden Männer prallvoll gefüllte Frittentüten in ihren Händen hielten, begann der belgische Kenner gebackener Kartoffelstäbchen über den Stellenwert von Fritten in Belgien zu philosophieren. Damit wollte er dem geschwätzigen Psychologen Paroli bieten und erreichte tatsächlich, dass Bert Olbrich so lange nichts sagte, bis dessen Tüte leer war.

Zwischenzeitlich hatten sich die Frauen für Austern und ein Gläschen Champagner am Stand gegenüber entschieden. Und nicht weit davon gab es Bier. Nach einer Stunde waren alle vier derart beschwingt, dass sie wie kleine Kinder herumalberten und sogar Riesenrad fuhren. Der Blick über die Lichter der Stadt bis zur Maas hinunter war so beeindruckend, dass Bert schon wieder etwas zu erzählen wusste.

»Wir hören einfach nicht zu, Schatz!«, tuschelte Frederic Angelika ins Ohr, bevor sie ihren Kopf auf seine Schulter legte und tief durchatmete, bevor sie sagte: »Ach, ist es nicht schön hier?«

»Ja, schon«, antwortete Frederic. »Dieser Kerstmarkt ist zwar ein überaus gelungener Mix aus Freizeitattraktionen und einem umfangreichen Gastronomieangebot, aus meiner Sicht aber wohl eher ein ›Wintermarkt‹ als ein Weihnachtsmarkt.«

»Wie meinst du das?«

»Na ja …«, sagte Frederic und beließ es dabei.

*

Während ihrer letzten Runde auf dem weitläufigen Festplatz hatten sie über den weiteren Verlauf des Abends gesprochen und waren übereingekommen, sich auf die Terrasse eines der Café-Restaurants zu setzen, die sich entlang des Platzes wie Perlen auf einer Schnur aneinanderreihten. Obwohl sie das Spalier der dort sitzenden Peoplewatcher ganz abgeschritten hatten, schien kein einziges Plätzchen frei zu sein. Erst als sie zum zweiten Mal fast am unteren Ende des Vrijthofs angekommen waren und gerade aufgeben wollten, wandte sich ihnen das Glück zu: »Hier werden gerade Plätze frei«, rief Eleonore erfreut und rannte auch schon an zwei Lokalen vorbei ganz bis zum Ende des Vrijthofes, um auf der Terrasse des Restaurant-Cafés »In Den Ouden Vogelstruys« einen der soeben frei gewordenen Stühle zu besetzen und somit den gesamten Tisch in Beschlag zu nehmen. Diese gemütliche Musikkneipe lag zwar – vom Vrijthof aus gesehen – fast am äußersten rechten Ende dieser Gastronomiezeile. Trotzdem hatten sie gleich zweifaches Glück; denn auch ohne Weihnachtsmarkt wären die Restaurants, Cafés und Kneipen am Vrijthof bis auf den letzten Platz besetzt, – zumal Wochenende war. Außerdem saßen sie direkt unter einem der Hitzestrahler, die der Wirt an der Jalousie hatte anbringen lassen. Also hatten sie es gemütlich warm und konnten dem Treiben vor ihnen zusehen, ohne frieren zu müssen. Und falls es wieder zu schneien beginnen sollte, würden sie im Trockenen sitzen.

Während die Männer darüber redeten, ob sie ein Brand-Pils oder doch besser ein Gulpener Bier bestellen sollten, entschlossen sich die Frauen dazu, sich an diesem schönen Abend etwas zu gönnen und beim Champagner zu bleiben.

»Hier!« Kaum hatte der Ober dies ausgesprochen, klatschte auch schon die Speisenkarte auf den Tisch.

»Der kann mich mal«, quittierte Angelika das unfreundliche Verhalten des offensichtlich saisonmüden Bedieners und schlug den anderen vor, in diesem »Saftladen« nichts zu essen.

»Richtig«, pflichtete ihr Bert bei und machte auch schon den Vorschlag, nach dem ersten Getränk gleich wieder zu gehen und dann das »Café Chic« zu besuchen, wo es ein leckeres Speisenangebot in exklusiver Atmosphäre geben würde.

Kaum, dass Bert ausgesprochen hatte, wurde er von Frederic korrigiert: »Das heißt auf Niederländisch ›Café Sjiek‹.«

Weil weder der gemaßregelte Psychologe noch die Frauen darauf eingingen, Angelika und Eleonore stattdessen ohne Wenn und Aber Berts Vorschlag annahmen, sah Frederic sich genötigt, ebenfalls einen Vorschlag zu unterbreiten, um dem Schwätzer zu zeigen, dass auch er sich in Maastricht bestens auskennen würde: »Nicht schlecht, Bert«, lobte er scheinheilig, bevor er auf den Punkt kam: »Und danach gehen wir noch auf einen Absacker ins Café »De Bobbel« in die Wolfstraat. Kennst du diese In-Kneipe, die für Maastricht-Besucher ein Muss ist?«

Weil Bert nur ein hilfloses »Äh« hervorbrachte, wusste Frederic, dass er ihn endlich gepackt hatte, ohne deswegen mit Angelika Stress zu bekommen. Dennoch stieß sie ihn unter dem Tisch. Dass Frederic – im Gegensatz zu Bert – auch noch die Straßenbezeichnung im Kopf gehabt hatte, ließ ihn hämisch grinsen, weswegen es schon wieder einen Fußtritt von Angelika gab. Aber dies war es ihm wert.

*

Weil es auch Frederic als äußerst angenehm empfand, bei einem Glas Bier im Freien zu sitzen und es trotz winterlicher Temperatur angenehm warm zu haben, hatte er vorübergehend das Kriegsbeil begraben, was nicht heißen sollte, dass er Bert nun lieber mochte als zuvor. Überhaupt konnte Frederic nicht sagen, wie nahe er dem siebengescheiten Herrn Professor stand. Er schätzte Berts Intelligenz und mochte dessen Hang zur Gemütlichkeit. Eigentlich nervten ihn an Eleonores Mann nur dessen Geschwätzigkeit und seine ständige Schulmeisterei. Ansonsten ... Na ja, dachte er sich und zündete sich in aller Seelenruhe eine Friedenszigarette an, was Angelika dazu ermunterte, ihn darauf hinzuweisen, dass er doch mit der Raucherei aufhören wollte.

Davon unbeeindruckt und mit sich und der Welt wieder einmal zufrieden, blies er den Rauch genüsslich in den mittlerweile stockdunklen Maastrichter Nachthimmel. Während sein Blick von den bunt illuminierten Fahrgeschäften und Verkaufsbuden nach links zur ebenfalls hell erleuchteten Einfahrt der Tiefgarage unter dem Vrijthof glitt, fiel ihm die Beschriftung eines Wagens auf, die ihn sogar mit dem Rauchen innehalten ließ. Aus seiner Wochenendruhe gerissen, blieben seine Augen an dem Auto haften wie die Saugnäpfe eines Geckos an einer Zimmerdecke. »Ich glaub' es nicht!«, rief er in seiner Begeisterung so laut, dass wie auf Befehl sämtliche Blicke der anderen Gäste des »Alten Straußes« auf ihm ruhten.

»Sag mal, spinnst du?«, rügte ihn Angelika, der dies äußerst unangenehm war. Außerdem fühlte auch sie sich in ihrer Wochenendruhe gestört, weil sie sich gerade mit Eleonore über ein immens wichtiges Frauenthema, über Schuhe, unterhalten hatte und dabei unterbrochen worden war.

»Das darf doch nicht wahr sein, ich hab's!«, sagte Frederic nun in moderater Lautstärke und kramte sein Handy aus der Hosentasche. »Merde!«, fluchte er.

»Was ist denn los?«, wollte seine völlig irritierte Lebensgefährtin wissen, bekam aber nur zur Antwort, dass der Akku seines Handys leer sei.

»Wieder einmal!«

»Ja, ja, schon gut. Schalt bei deinem Handy bitte die Kamerafunktion ein und gib es mir! Schnell!«

Inzwischen war Frederic nicht nur aufgestanden, sondern hatte sich auch zwischen den Stühlen heraus auf die Promenadenstraße gezwängt. Unruhig streckte er Angelika eine Hand entgegen. Für den Kriminalpolizisten dauerte es eine nervenaufreibend lange Zeit, bis die schon etwas beschwipste Rechtsmedizinerin ihre Tasche unter dem Tisch herausgefischt, diese geöffnet, das Handy unter all den Sachen herausgekramt und aus der Schutzhülle genommen hatte.

Frederic hieb enttäuscht mit der flachen Hand auf den Tisch. »Zu spät! Jetzt ist es weg.«

Die anderen drei schauten irritiert um sich, weil sie nicht wussten, was er gemeint und was ihn so aufgeregt hatte. »*Was* ist weg?«

»Ach, nichts!« Frederic zwängte sich wieder zu seinem Platz und trank sein Glas in einem Zug leer. Obwohl er das Gesehene nicht fotografisch hatte dokumentieren können, war er mehr als zufrieden. Denn mit einem solchen Glück hatte er weiß Gott nicht gerechnet. Gut gestimmt, ja fast schon übermütig, klatschte er in die Hände. »Also, was unternehmen wir jetzt noch?«

Da wollte sich Bert zu Wort melden, wurde aber von Eleonore davon abgehalten, weil sie zuvor noch erfahren mochte, um was es hier eigentlich gegangen war.

*

Der gestrige Abend hatte sich bis in die Nacht hinein gezogen: Wie Bert vorgeschlagen hatte, waren sie ins »Café Sjiek« gegangen und hatten dort wahrhaft fürstlich getafelt. Danach – es war bereits 23 Uhr – hatte Frederic darauf bestanden, *seinem* Vorschlag zu folgen und mit ihm auf einen Absacker ins »De Bobbel« zu gehen. Und weil sie dies getan und es dort allen gut gefallen hatte, war es nicht nur bei *einem* Absacker geblieben. Die vier hatten es im wahrsten Sinne des Wortes gut gehabt. Sie hatten die heimelige

Atmosphäre des urgemütlichen Lokals und das moderne Flair, das die allesamt netten Gäste versprüht hatten, in vollen Zügen genossen. So war es kein Wunder gewesen, dass sie mit den meist niederländischen Gästen viel Spaß gehabt hatten. Weil Frederic perfekt Nederlands taal sprach, hatte er sich Bert gegenüber im Vorteil gefühlt und dies auch so schamlos ausgenutzt, dass es fast schon an Respektlosigkeit gegrenzt hatte. Dabei war nur gut gewesen, dass der schon längst bierselig gewordene Herr Professor meist nicht verstanden hatte, weshalb Frederic und die um ihn herumstehenden Niederländer ständig gelacht hatten.

Der seit dem Vrijthof ganz besonders gut aufgelegte »Superbulle« aus dem ostbelgischen Eupen war nur für einen Moment ernst geworden, als ihm ein gewisser Jarne Vonderdaal seine Visitenkarte in die Hände gedrückt und ihm stolz erklärt hatte, dass *er* der Geschäftsführer von »EASY TERRA« hier in Maastricht sei. »Also, wenn du mal einen …«, hatte der freundliche Typ Frederic die Dienstleistung seiner Firma anbieten wollen, war aber von seiner neuen Thekenbekanntschaft ausgebremst worden, weil Le Maire die nächste Runde bestellt hatte.

Nachdem alle angestoßen, getrunken und sich wieder ihren Gesprächen gewidmet hatten, war Frederic mit Jarne nach draußen gegangen, um mit ihm eine Zigarette zu rauchen. Dabei hatte er Jarne *seine* Visitenkarte in die Hand gedrückt und ihn für den Rest dieser Nacht um Diskretion bezüglich seines Berufes gebeten. »Nur damit du dich an mich erinnern kannst, wenn ich mich in den nächsten Tagen bei dir melde, um dich zu verhaften.«

Weil Jarne nicht gewusst hatte, wie der belgische Kriminalhauptkommissar dies gemeint haben könnte, schaute er so dumm drein, als wenn ihm eine alte Frau soeben die Geldbörse geklaut hätte.

»Das war nur ein Scherz«, beruhigte Frederic den Maastrichter Unternehmer und klopfte ihm aufmunternd auf die Schulter. »Niemand sperrt hier jemanden ein. Dennoch werde ich mich bei dir melden. Komm, Jarne. Lass uns wieder zu den anderen reingehen.«

# KAPITEL 13

So frohgestimmt und so frühzeitig wie an diesem Montagmorgen war der ansonsten knorrige Leiter der kriminalpolizeilichen Dienststelle in Eupen nur selten zum Dienst erschienen. Und so schnell hatte seine Sekretärin gar nicht schauen können, wie er sich nach einem säuselnden »Guten Morgen, du schaust gut aus, Locki« selbst einen Kaffee eingeschenkt hatte.

Noch bevor die verdutzt dreinschauende Sekretärin sich über das Kompliment wundern konnte, wollte er von ihr wissen, ob schon alle da seien.

»Äh, nein, Chef! Wir haben erst zehn vor acht.«

»Auch gut. Dann kann ich noch schnell mit Miller telefonieren. Der ist ja immer überpünktlich in seinem Büro. Stellst du mich bitte durch? Und wenn alle hier sind, trommle sie gleich zur Dienstbesprechung zusammen.«

»Wie jeden Montagmorgen?«

»Nein, *nicht* wie jeden Montagmorgen.«

Was ist denn jetzt los?, fragte sich die nun gänzlich irritierte Sekretärin, während sie auch schon Pat Millers Durchwahlnummer in Lüttich drückte.

*

Kurze Zeit später hatten alle ihren Kaffee und den obligatorischen Croissantteller vor sich stehen und warteten gespannt darauf, was der Chef zu verkünden hatte. Der aber kaute erst einmal genüsslich auf einem der Blätterteighörnchen herum, bevor er die Zusammenkunft mit einem kleinen Small Talk eröffnete und die anderen fragte, wie denn deren Wochenende verlaufen sei. Obwohl sich alle über das ungewöhnliche Interesse ihres Chefs an ihrem Privatleben wunderten, berichteten sie davon: Kriminaloberkommissar Pierre Vonderbank war mit seiner Frau im deutschen Oberhausen gewesen, wo er seinen Geburtstagsgutschein für das Musical »Tarzan« eingelöst hatte. Der Streifenpolizist Herbert Demonty war – man höre und staune – auf einer Kunstmesse in Brüssel und Agnès Devaux war mit Malerarbeiten in ihrer Wohnung beschäftigt gewesen, während Fabienne Loquie die Eltern ihres Freundes Hennes zu Besuch gehabt hatte. Und Le Maire selbst? Er hatte dieses »Präludium« für die Dienstbesprechung bewusst so lanciert, dass auch er von seinem »arbeitsreichen« Wochenende erzählen konnte. Zuvor aber nahm er sich noch ein Croissant. Dann begann er zu berichten, dass ihn das vom Zeugen bei der niedergebrannten beschriebene Firmenlogo auf einem der von dort wegfahrenden Autos derart beschäftigt hatte, dass er zu Hause im Internet recherchieren »musste«.

»… und dann bin ich extra deswegen nach Maastricht gefahren, um nach dem Emblem zu suchen, das laut Aussage des Zeugen auf ›mittelhellblauem‹ Grund stand. Bei seiner Vernehmung direkt vor Ort hatte der Werksarbeiter unserem Kollegen Miller erklärt, dass rechts von zwei Kreisen mit etwas Gelbem darin weiße ausländisch aussehende Buchstaben gewesen sein sollen. Diese alles andere als detailgenaue Beschreibung hat die Kollegen in Lüttich weder im Verzeichnis der dortigen Gewerbetreibenden noch im Internet fündig werden lassen. Aber ich …« Anstatt den anderen wahrheitsgemäß zu sagen, dass er privat in Maastricht gewesen war und rein zufällig an der Einfahrt zur Tiefgarage unter dem Vrijthof einen weißen Kleintransporter mit einer Fahrzeugbeschriftung stehen gesehen hatte, die der Beschreibung des Zeugen absolut entsprach, erzählte er die Geschichte etwas anders weiter: »Ich bin dahintergekommen, welcher Firma dieses markante Logo gehört.«

»Dann bekommen wir auch heraus, wer in dem bewussten Transporter vom Brandherd davongeprescht ist, als wenn der Teufel hinter ihm her gewesen wäre«, folgerte Pierre Vonderbank.

Le Maire hatte die Lippen zusammengepresst und die Augen geschlossen, während er wissend nickte.

»Und?«, wollte nun seine Kollegin wissen. »Wer war es?«

»Doucement, Devaux! So weit sind wir noch nicht. Ich habe zwar herausgefunden, zu wem das Firmenlogo gehört, weiß aber noch nicht, wer den bewussten Transporter gefahren hat.«

»Aber dann ...«

»Was dann, Harry?«

»Ich dachte ja nur, dass wir dann ...«

»Schon gut, Harry«, unterbrach Le Maire in gnädig klingendem Tonfall den Streifenpolizisten, bevor er berichtete, dass das Logo der Maastrichter Leihwagenfirma »EASY TERRA« gehören würde.

»Die ›ausländisch aussehenden‹ Buchstaben«, schoss es aus Pierre Vonderbank heraus.

Über diese Beschreibung des Zeugen mussten nun alle lachen.

»Ja«, bestätigte Le Maire. »Und das Gelbe im rechten der beiden vom Zeugen geschilderten Kreise ist ein gelbes Auto. Im linken Kreis ist eine schwarz angedeutete Erdkugel zu erkennen. Na ja, und der Grund ist meines Erachtens nach ein stinknormales Himmelblau. Überzeugt euch selbst!« Er kramte in seiner Jackentasche und schob Jarne Vonderdaals Visitenkarte in die Tischmitte.

»Wo haben Sie die Visitenkarte her?« Wie Harry waren auch die anderen tief beeindruckt von ihrem »Kommissar Zufall«.

»Weiß Miller das schon?«, interessierte Devaux.

Dies war das Schlagwort für den Chef, sich seinen Leuten gegenüber nicht nur als »Superbulle« zu präsentieren, sondern sich auch als extrem kollegial und gönnerhaft zu zeigen: »Nein! Mein, respektive unser Wissensstand, ist so frisch, dass ich ihm noch nichts sagen wollte. Aber ich habe ihn hierher bestellt.« Le Maire schaute auf die Uhr, bevor er weitersprach: »In knapp eineinhalb Stunden werden er und die Kollegen aus Aachen hier sein. Dann werde ich sie von diesem Teil unserer Ermittlungen in Kenntnis setzen und wir werden gemeinsam mit ihnen Jagd auf den Fahrer des Kleintransporters machen. Zuvor aber muss ich noch mal mit Jarne Vonderdaal, dem Geschäftsführer von ›EASY TERRA‹, sprechen, um in Erfahrung zu bringen, wer den Wagen bei ihm gemietet hat. Mieter und Fahrer müssen ja nicht unbedingt identisch sein, oder?«

»Können wir – wenn Sie das auch noch herausgebracht haben – nicht selbst Jagd auf den Fahrer machen?«, mochte Devaux wissen, weil sie ihrem Chef nicht gerne abnahm, dass er so großzügig war, den Erfolg mit den Kollegen aus Lüttich und mit den Deutschen zu teilen.

»Lassen Sie uns doch kollegial bleiben, Devaux! Sie werden doch zugeben, dass dies Millers Sache ist«, konterte Le Maire und beendete das Gespräch.

*

Bis zu Millers und Dohmens Eintreffen hatte der »Super-bulle« die Zeit genutzt und auch noch herausbekommen, wer der Mieter des Kleintransporters und – was noch interessanter war – der schwarzen Limousine gewesen war. Dieses Wissen hatte er dann ebenfalls großzügig mit den anderen geteilt. Und die hatten nicht schlecht gestaunt, als sie erfahren hatten, dass Monsieur Cedric Rothieu, der Besitzer der niedergebrannten Werfthalle und einer der größten Weinhändler Belgiens, höchstpersönlich einen weißen Kleintransporter und einen PKW in Maastricht – also im Ausland – gemietet hatte und beide Fahrzeuge gleich am Morgen nach dem Brand zurückgegeben hatte. Die Limousine hatte eine Frau, deren Beschreibung akkurat auf Madame Dubois, Rothieus Vertraute und Sekretärin, passte, zurückgebracht. Den Kleintransporter hatte laut Jarne Vonderdaals zuständigem Mitarbeiter ein äußerst unangenehm aussehender Hüne mit Blumen- und Totenkopftätowierungen an beiden Unterarmen zurückgegeben. »An den konnte sich der dafür zuständige Sachbearbeiter von ›EASY TERRA‹ noch sehr gut erinnern, weil er sich mit ihm wegen einer auf dem Fußboden ausgedrückten Zigarettenkippe gestritten hatte. Wahrscheinlich war Rothieu mit seinem Mercedes hinterhergefahren, um die beiden nach der Wagenrückgabe nach Lüttich zurückzubringen«, hatte Le Maire sofort gemutmaßt, nachdem Jarne ihm dies erzählt hatte.

»Also bestellen wir Monsieur Rothieu und dessen Sekretärin zur Vernehmung in mein Kommissariat«, schlug Miller vor und bekam dafür allseitige Zustimmung. Lediglich Le Maire bemerkte etwas dazu: »Warte bitte damit noch so lange, bis die Spurensicherung die Reifen der beiden Mietwagen untersucht und die Bodenproben in den Reifenprofilen mit dem Boden vor der alten Werfthalle verglichen hat. Bis dahin liegt uns auch das Ergebnis der Untersuchung des Reagenzglases vor, das deine Leute dort gefunden haben.«

»Und Sie glauben, dass da noch was zu finden ist?«, bezweifelte Devaux.

»Selbstverständlich weiß auch ich, dass die Autovermietung ihre beiden Mietwagen gleich nach der Rücknahme gewaschen hat«, pflichtete Le Maire ihr sogar bei, konterte dennoch: »Aber wir wissen doch, werte Frau Kollegin, dass die Spurensicherer immer etwas finden.«

Noch bevor sich ein sinnloser Streit zwischen den beiden Eupener Ermittlern anbahnen konnte, ergriff Peter Dohmen das Schlusswort: »Gut. wir machen es so, wie Kollege Le Maire vorgeschlagen hat.«

\*

Schon am nächsten Tag war es so weit und die komplette Truppe hatte sich erneut getroffen, zu Lockis Leidwesen dieses Mal allerdings in Lüttich. Alle warteten gespannt auf die Untersuchungsergebnisse. Agnès Devaux hatte mit Pierre Vonderbank heimlich gewettet, dass die Spurensicherer in den Reifenprofilen nichts mehr gefunden hatten, weil die beiden Mietautos nicht nur gewaschen wurden, sondern gleich danach weitervermietet worden waren.

»Dann wollen wir mal«, begann der Hausherr und begrüßte zusammen mit Bribanté, Lassarde und Soquett die Kolleginnen und Kollegen aus Eupen und Aachen, insbesondere aber die Gerichtsmedizinerin Dr. Angelika Laefers und deren Begleiter Jussuf Abdalleyah, von denen nicht nur die Mordkommission Lüttich Interessantes zu erfahren erhoffte. Millers zufriedene Miene ließ gleich erahnen, dass er selbst Neuigkeiten haben würde. Und Le Maires absolut gesetzestreuer Nachfolger bei der Mordkommission Lüttich redete dann auch nicht um den Brei herum, sondern kam gleich zur Sache: »Unsere Spezialisten von der Spurensicherung konnten trotz der Wagenwäsche und der neuerlichen Vermietung tatsächlich Reste von Erde in den Profilen beider Mietwagen finden, die absolut identisch mit der Erde vor der alten Werfthalle sind.«

»Also schnappen wir uns den Kerl«, schoss es aus Pierre Vonderbank heraus, während er seiner Eupener Kollegin wegen der gewonnenen Wette fordernd eine geöffnete Handfläche entgegenstreckte.

»Doucement!«, bremste Le Maire seinen Oberkommissar und wollte ihn fragen, was das mit seiner Devaux entgegengestreckten Hand sollte, unterließ dies aber, weil es Wichtigeres zu tun gab. »Warten wir ab, was Frau Dr. Laefers zu berichten weiß.«

»Danke, Herr Hauptkommissar«, kam es mit einem vielsagenden Lächeln zurück. Dr. Laefers öffnete ihren Aktenkoffer und holte eine Plastiktüte heraus, in der sich das kaputte Reagenzglas befand, das die Chefin der Spurensicherer in der alten Werfthalle gefunden hatte. Während das Tütchen herumgereicht wurde, stellte die Rechtsmedizinerin ihren Begleiter vor: »Dies ist …«, sie zeigte zu dem kleinen Mann neben ihr, dessen viel zu große Brille allen in die Augen stach, »mein Assistent Jussuf Abdalleyah. Er ist Spezialist in Bezug auf toxische Gifte. Bevor er an der jemenitischen Universität in Sanaa Medizin studierte, hatte er dort ein Vollstudium Chemie belegt. Deswegen mussten wir nicht erst die Kollegen vom Labor bemühen, sondern konnten uns selbst der Sache annehmen«, verkündete sie mit unüberhörbarem Stolz in der Stimme und leitete zu ihm über: »Ich gebe das Wort nun an meinen hochgeschätzten Kollegen weiter: Herr Kollege …«

Bevor der chemisch gut ausgebildete Rechtsmediziner loslegte, entschuldigte er sich für sein aus seiner Sicht schlechtes Deutsch, obwohl er seine Gastsprache hervorragend beherrschte und lediglich eine Klangfärbung hatte, hinter der er sich in seiner Eigenschaft als Araber nicht verstecken konnte.

»Kein Problem«, beruhigte ihn Miller. »Wir verstehen Sie bestens, Dr. Abdalleyah.«

Der Arzt wehrte gleich ab: »Ich habe nicht promoviert, bin also kein Doktor. Ich hatte es seinerzeit vorgezogen, zwei Studien abzuschließen, und da ist dann die Promotion leider zu kurz gekommen.«

»Entschuldigen Sie bitte, das wusste ich nicht und das macht auch nichts. Fahren Sie bitte fort!«

»Danke! Also: Ich habe tatsächlich Rückstände im Reagenzglas gefunden, und zwar gleich mehrere Bestandteile von Botulinumtoxin A. Dies kann ein pfiffiger Ökotoxikologie-Student schon im zweiten Semester selbst herstellen. Es wird aus gezüchteten Kulturen von Clostridium botulinum gewonnen. Bei einem pH-Wert von 3,5 wird das Protein aus dem Kulturmedium ausgefällt und durch eine Abfolge von mehreren Zentrifugations-, Fällungs- und Absorptionsschritten – eine zeit- und kostensparende Messmethodik infolge simultaner Messung – wird das Toxin gereinigt. Die Gewinnung weiterer Botulinumtoxine erfolgt analog aus anderen Clostridiumarten und -stämmen. Wie die Herstellung ist auch die Lagerung kein Problem, denn das gereinigte Toxin kann jeder Laie bei minus 70 Grad Celsius für eine längere Zeit lagern und ohne Aktivitätsverlust jederzeit auftauen und einsatzfertig machen.«

Bevor sich der leidenschaftliche Forscher weiter in Fachchinesisch erging, unterbrach Miller: »Und was heißt das schlussendlich?«

»Dass es sich um dasselbe Gift handelt, mit dem Hubertus von Syrgenstein ermordet wurde und das in minimalster Konzentration 13 Gästen der Glühweinhütte ›Im Siebten Himmel‹ und der ›Öcher Delikatessenhütte‹ auf dem Aachener Weihnachtsmarkt in den Glühwein geträufelt wurde«, antwortete Dr. Laefers, die wusste, dass ihr Mitarbeiter nicht zu schwatzen aufhörte, so lange ihn niemand ausbremste.

Miller ließ den anderen genügend Zeit für einen Wortwechsel, bevor er resümierte: »Also liegen uns nun Beweise vor, dass unser sauberer Monsieur Rothieu am 14. Dezember zwischen 15 und 16 Uhr höchstpersönlich in seiner Werfthalle war und direkt nach dem Ausbruch des von Menschenhand verursachten Brandes mit einem Mietwagen der Firma ›EASY TERRA‹ davongerauscht ist. Des Weiteren können wir ihm beweisen, dass er etwas mit Botulinumtoxin, also auch mit den Morden und den Einschüchterungsversuchen zu tun hat.«

»Nicht ganz«, dämpfte Le Maire den Enthusiasmus seines Nachfolgers bei der Mordkommission Lüttich.

»Wie meinen Sie das?«, horchte Miller auf.

Le Maire steckte seine Zigarette hinters Ohr, die er während Jussuf Abdalleyahs schlussendlich doch noch länger gewordenem Vortrag unter dem Tisch gedreht hatte, und klärte die anderen auf, indem er darauf hinwies, dass die auf dem Reagenzglas gefundenen Fingerabdrücke nicht denen zuzuordnen sind, die auf dem Kugelschreiber waren, den Cedric Rothieu Miller gegeben hatte, als der bei ihm in der Firma gewesen war.

»Das habe ich von meinem alten Lehrmeister gelernt«, entschuldigte sich Miller mit einem verlegenen Blick zu Le Maire. Er wusste selbst, dass es illegal gewesen war, den Kugelschreiber einzustecken, um davon Rothieus Fingerabdrücke nehmen zu können.

»Auf jeden Fall reicht es aus, um einen Haftbefehl gegen Monsieur Cedric Rothieu zu erwirken«, erstickte Le Maire die nun aufkommende Diskussion im Keim, weil er nach draußen gehen wollte, um seine Zigarette zu rauchen, wenn es hier schon keine Croissants gab.

*

Obwohl der Eupener Kripochef der mit Abstand beste Verhörtaktiker unter allen anwesenden Polizisten war, mussten sie Rothieu in Lüttich und nicht in Eupen in die Untersuchungshaft schicken. Und die Vernehmungen würden ebenfalls in der wallonischen Stadt, in den Räumen der dortigen Mordkommission, stattfinden. Dennoch sollte Le Maire das Frage-Antwort-Spiel mit Cedric Rothieu leiten, während Bribanté und Lassarde sich dessen kratzbürstige Sekretärin vornehmen würden.

»Und ihr kümmert euch inzwischen um die Suche nach dem totenkopftätowierten Gorilla, der den weißen Transporter gefahren hat. Und fahndet weiter mit Hochdruck nach Gilbert Primat! Wir Belgier werden für den ebenfalls noch unbekannten Komplizen des Weinhändlers eine landesweit flächendeckende Großfahndung herausgeben«, hatte Miller den deutschen Ermittlern aufgedrückt, die daraufhin einen etwas brüskierten Eindruck auf ihn gemacht, die von ihm vorgeschlagene Arbeitseinteilung aber protestlos akzeptiert hatten.

*

»Sie schon wieder? Was ist das?«, schnarrte Madame Dubois den Kriminalpolizisten aus Lüttich an, der direkt vor ihr stand und ihr den Haftbefehl für ihren Chef unter die hexenähnliche Hakennase hielt. Als dessen wesentlich kleinerer neben ihm stehender Kollege aus Eupen zu der fast zwei Meter großen Sekretärin hochschaute, entfuhr ihm versehentlich ein erschrockenes »Heilige Mutter Gottes von Moresnet!«.

»Das ist zwar recht nett von Ihnen, aber ich bin nur Madame Dubois, die rechte Hand von Monsieur Rothieu. Was wollen Sie hier?«, kam es schnippisch zurück, weil die große Frau zum Rest des Körpers passende Ohren hatte, mit denen sie den leise herausgepressten Ausspruch Le Maires gehört hatte, obwohl dieser kaum zu hören gewesen war.

»Und dies hier ist ein Durchsuchungsbeschluss für alle Büroräume«, fuhr Miller dazwischen, während er die in weißer Schutzkleidung steckenden Durchsuchungsbeamten auch schon an sich vorbei durch die Tür winkte.

Nachdem der Einsatzleiter gesagt hatte, dass er Monsieur Rothieus Büro schon selber finden würde und sie hier auf Kollege Lassarde warten solle, blieb Madame Dubois nichts anderes übrig, als protestierend die Hände zu verschränken und den Polizisten zuzusehen, wie sie sich wie die Axt im Haus benahmen. Denn die erfahrenen Durchsuchungsbeamten gingen bei ihrer Suche nach brisanten Unterlagen nicht gerade zimperlich vor.

»Kriminalkommissar Lassarde. Bonjour Madame! Kommen Sie, wir gehen in Ihren Besprechungsraum, um uns dort zu unterhalten«, sagte Lassarde zu der störrischen Frau und hatte trotz Hilfe eines uniformierten Kollegen große Mühe, sie dazu zu bewegen, ihm voranzugehen. Damit wollte er lediglich erreichen, dass Rothieus völlig überrumpelte Sekretärin die Polizeiaktion nicht störte und sich nicht mehr mit ihrem Chef austauschen konnte. Auch wenn Lassarde die Zeit dazu nützen würde, sich ein wenig mit ihr zu unterhalten, sollte die eigentliche Vernehmung von Madame Dubois später im Kommissariat stattfinden.

Miller, Bribanté und Le Maire fragten sich indessen bei den anderen Büroangestellten zum Chefbüro durch und geboten ihnen gleichzeitig, nichts mehr anzufassen, ihre Plätze möglichst ruhig zu verlassen und sich im Besprechungsraum bei Kollege Soquett zu melden.

»Dort vorne ist sein Büro.« Bribanté zeigte zu einer Tür am Ende des Flurs und zog – wie Miller – seine Waffe, während Le Maire unbewaffnet hinter ihnen stand, weil er vergessen hatte, seine Pistole mitzunehmen. Nachdem Bribanté an der Tür gelauscht hatte, nickte er Miller aufmunternd zu und zählte mit den Fingern auf drei. Dann riss er die Tür auf und drang mit seinem Chef in den Raum, Le Maire schlurfte gemächlich hinterher.

»Das lassen wir nun ganz schön bleiben«, gebot Miller dem dicken Mann, den er von seinem ersten Besuch her kannte und der offensichtlich überhaupt nicht erschrocken war. Den drei Beamten war sofort klar, dass Monsieur Rothieu längst mitbekommen hatte, was in seinem Bürotrakt lief und er deswegen eifrig damit beschäftigt war, Unterlagen in den Reißwolf zu drücken. »Finger weg! Jetzt reicht es!«, schrie Miller den Mann in einer an ihm ungewohnten Lautstärke an, bevor er sich an Bribanté wandte: »Gefahr in Verzug! Leg ihm Handschellen an!«

Miller war erleichtert, als Monsieur Rothieu fixiert war und er seine Waffe herunternehmen konnte.

⁂

Keine zwei Stunden später war der Spuk in den Büroräumen der Firma »IN VINO VERITAS« vorüber. Monsieur Rothieu musste in seiner Zelle ausharren, bis sein Anwalt kam, und Madame Dubois wartete von einer Vollzugsbeamtin bewacht im Vernehmungsraum auf diejenigen Kriminalpolizisten, die sie gleich in die Zange nehmen würden.

Le Maire stand indessen allein auf dem Balkon seiner ehemaligen Dienststelle und überlegte, wie viele Zigaretten er im Laufe seines Berufslebens hier wohl schon geraucht hatte. »Angelika hat recht: Ich *muss* damit aufhören!« Als wenn dies jemand hätte hören können und der unverbesserliche Kettenraucher somit an diese Aussage gebunden wäre, schaute er sich um und zog dann genüsslich weiter an seiner Selbstgedrehten.

Weil er hier nicht mehr das Hausrecht hatte, überließ er seinem Nachfolger die Organisation der weiteren Vorgehensweise in Bezug auf die anstehenden Vernehmungen. Le Maires Gedanken kreisten um Guido Nieuwkerke und um Gilbert Primat, die es beide dringend zu finden galt. Denn schon längst hatte ihn das Gefühl beschlichen, dass hier irgendetwas ganz und gar nicht stimmte und nicht zusammenpasste. Deswegen wäre es ihm am liebsten, wenn Miller Monsieur Rothieu ohne ihn vernehmen würde und er sich um die Giftanschläge auf dem Aachener Weihnachtsmarkt kümmern konnte. Und da war auch noch der Mord an Madame Jilbour in Eupen, der nicht ins Bild passen mochte.

*

Rothieus Vernehmung gestaltete sich äußerst schwierig und zog sich dementsprechend in die Länge. Nicht nur, dass sich der Untersuchungshäftling störrisch wie ein Maultier zeigte, quatschte auch noch ständig dessen Anwalt dazwischen, bremste Le Maires Fragen aus oder gebot seinem Mandaten, von dessen Schweigerecht Gebrauch zu machen.

Le Maire fluchte leise in sich hinein. Obwohl er alles versuchte, war nichts Verwertbares aus dem Untersuchungshäftling herauszubringen.

»Außer dass sich mein Mandant zwei Autos ausgeliehen hat, haben Sie nichts in der Hand«, trumpfte der schmierige Anwalt auf und lachte den Ermittler provozierend an. Und er hatte recht: Le Maire musste sich eingestehen, dass er und Miller für eine weitere Festsetzung Rothieus keinen triftigen Grund hatten. Dennoch wollte der Hauptkommissar nichts unversucht lassen, um doch noch ans Ziel zu gelangen, und dies hieß zunächst Untersuchungshaft.

Als der Anwalt weiter ausholte und Le Maire vollmundig vor Augen führte, dass das Anmieten eines Autos im Ausland aus polizeilicher Sicht zwar verdächtig aussehen mochte, aber nicht strafbar sei, grinste auch noch der Weinhändler Le Maire unverhohlen ins Gesicht. Und als dann der Anwalt den Kriminalpolizisten auch noch fragte, ob er irgendeinen klitzekleinen Beweis dafür habe, dass sein Mandant etwas mit dem Brand oder mit dem »komischen Reagenzglas, das jeder in der seit Jahren unverschlossenen Werfthalle hätte liegen lassen können« zu tun habe, blieb Le

Maire mangels verwertbarer Fingerabdrücke nichts anderes übrig, als erneut still in sich hinein zu fluchen. »Oder können Sie beweisen, wer die beiden Mietwagen gefahren hat? Sie haben keinen einzigen Zeugen dafür, der belegen könnte, dass mein Mandant einer der Fahrer gewesen ist. Sie haben nichts. Außer vagen Vermutungen haben Sie rein gar nichts gegen Monsieur Rothieu in der Hand. Stimmt's?«

Während Le Maire darüber nachdachte, ob es sich lohnen würde, in den Mietautos Fingerabdrücke zu nehmen und es aus taktischen Gründen vielleicht sogar gut sein könnte, den Untersuchungshäftling vorübergehend wieder auf freien Fuß zu setzen, klingelte das Handy des Anwalts, es war eine seiner Sekretärinnen. »Ja? Hallo! – Ach, Sie sind es, Mademoiselle Petit! – Wann findet die Anhörung statt? – Was? Schon in drei Tagen? – Gut, sagen Sie der Richterin, dass ich pünktlich um 9 Uhr bei ihr sein werde. Au revoir, Mademoiselle! Ach, noch etwas: Ich komme heute nicht mehr in die Kanzlei.«

Bevor dem Anwalt in den Sinn kommen konnte, seinem Gegenüber eine Steilvorlage gegeben zu haben, hob Le Maire resignierend die Hände und pflichtete ihm bei: »Sie haben völlig recht.« Dann tat er so, als wenn der Brummton bei seinem Handy einen Anrufer ankündigen würde. »Ach, das ist der Anruf, auf den wir gewartet haben«, sagte er zum verdutzt dreinschauenden Miller und winkte ihn zu sich vor die Tür.

Während der Anwalt im Vernehmungszimmer unter Aufsicht eines Vollzugsbeamten triumphierte und seinem Mandanten versicherte, in wenigen Augenblicken wieder auf freiem Fuß zu sein, wollte Miller von Le Maire wissen, was dies sollte.

»Ich habe jetzt keine Zeit für lange Erklärungen. Hör zu: Monsieur Rothieu hat kein Sakko an. Er hat lediglich einen Mantel drübergezogen, als er aus seiner Zelle zur Vernehmung geholt wurde, oder?«

Miller nickte zustimmend mit dem Kopf. »Ja, aber ...«

»Als wir ihn festgenommen haben, hatte er ein dunkelgraues Jackett an und dazu den Mantel vom Haken genommen, den er jetzt anhat.«

»Ja, aber ...« Miller wusste immer noch nicht, auf was sein ehemaliger Chef hinauswollte.

»Kannst du es – während ich die beiden dort drin irgendwie festhalte – hinbekommen, ein sendeintegrales Mikrofon mit GPS so in seinem Sakko zu verstecken, dass er es nicht finden kann?«

Über Le Maires Pfiffigkeit schüttelte Miller den Kopf. Wie in alten Zeiten rutschte ihm sogar ein »Ja, Chef!« heraus. »Aber Sie wissen, dass wir dafür einen richterlichen Beschl...«

»Ach, was. Gefahr in Verzug, Miller! Außerdem müssen wir das, was wir möglicherweise erfahren werden, ja nicht gleich dem Staatsanwalt auf die Nase binden, oder?«

»Also gut«, willigte der ansonsten absolut gesetzestreue Spießer augenrollend ein, obwohl er solche Aktionen verabscheute. Aber er kannte seinen ehemaligen Chef und wusste, dass der auch ohne seine Hilfe alles tun würde, um sein Ziel zu erreichen. Und weil ihm dies in der Vergangenheit fast immer gelungen war, ergänzte Miller noch, dass er sofort mit dem zuständigen Kollegen der Technik klären würde, ob der ein passendes Gerät zur Verfügung habe. »Geben Sie mir eine Viertelstunde!«

Le Maire grinste und klopfte Miller auf die Schulter.

»Gut, ich versuche die beiden so lange hinzuhalten, bis du wieder hier bist.«

Im Vernehmungszimmer zurück tat Le Maire so, als wenn er es sich aufgrund neuer Erkenntnisse anders überlegt hatte und Monsieur Rothieu nun doch nicht gehen lassen mochte.

»Sind Sie verrückt geworden? Sie hatten mir doch beigepflichtet, bevor Sie nach draußen gegangen sind. Das ist reine Willkür, was Sie hier mit uns machen«, wetterte der Anwalt, während seinem Mandanten das vorherige Grinsen verging.

Aber Le Maire blieb in dem Wissen, was er vorhatte, ruhig und sagte nur: »Wenn Hauptkommissar Miller zurück ist, haben wir genügend Beweise dafür, Ihren Mandanten dingfest zu machen. Und bis dahin gehen wir das Ganze noch einmal Schritt für Schritt ganz von vorne durch. Also Monsieur Rothieu, obwohl Sie durch Ihre Sekretärin *noch* ein Alibi haben, bin ich sicher, dass *Sie* es waren, der mit der schwarzen Limousine direkt nach dem Ausbruch des Brandes davongerauscht sind.«

Nach 20 Minuten war Miller immer noch nicht zurück. Le Maire wurde unruhig, ließ sich dies aber nicht anmerken. Trotz des nervenaufreibenden Kampfes gegen die Uhr machte er sich auch nach einer halben Stunde immer noch einen Spaß daraus, derart verzwickte Fragen zu stellen, dass der Befragte zunehmend nervöser wurde und der Kopf des mafiös gestrickten Rechtsbeistandes rot anschwoll. Dieses Spiel trieb Le Maire unter heftigem Protest des Anwaltes so lange, bis Miller zurückkam und – wie zuvor abgesprochen – enttäuscht den Kopf schüttelte und als Zeichen dafür, dass alles geklappt hatte, in die Faust hüstelte.

»Merde!«, fluchte Le Maire und hieb mit einer Handfläche so fest auf die Tischplatte, dass seine beiden Kon-
trahenten erschrocken zusammenzuckten. Dann legte er
ebenfalls Enttäuschung in sein Gesicht und sagte in bissigem Ton zu Rothieu: »Sie haben Glück, dass der Zeuge
unbrauchbar ist, mit dem Hauptkommissar Miller soeben
gesprochen hat. Sie können gehen!« Protokollkonform
hätte Le Maire dem soeben Freigelassenen eigentlich auch
noch auf den Weg in die vorübergehende Freiheit mitge-
ben müssen, dass er Lüttich nicht verlassen und sich ständig zu seiner Verfügung halten müsse. Aber dies hatte er
wohlweislich vergessen.

*

»Bring den Wagen in einer Werkstatt auf die Hebebühne und
suche untenherum alles nach einer Wanze ab«, hörten Bribanté und Soquett eine Stimme zu einem Mann sagen, die
zweifelsfrei Cedric Rothieu gehörte. Zu ihrer Verwunderung
wurde der zwielichtige Weinhändler vom anderen allerdings
»Monsieur Rouge« genannt. Der Unbekannte, der die Zielperson ihrer Observation mit seiner Reibeisenstimme auf
diese Weise angesprochen hatte, war von ihrem Standpunkt
aus leider nicht zu sehen, da half auch das Fernglas nichts.

»Wenn ›Monsieur Rouge‹ doch endlich den Namen des
anderen nennen würde, wären wir ein ganzes Stück weiter«, grummelte Soquett, der zusammen mit Bribanté in
einem Zivilfahrzeug der Kriminalpolizei Lüttich saß und
den aus der U-Haft entlassenen Weinhändler beschattete,
während er mithören konnte, was Rothieu sprach. Denn die
Techniker der Kriminalpolizei Lüttich hatten ganze Arbeit
geleistet und nicht nur ein daumenkleines Abhörgerät mit

Peilsender in die Tasche seines Sakkos gesteckt. Vielmehr hatte die kurdische Putzfrau des Polizeipräsidiums auf die Schnelle eine Naht in der Brusttasche des Jacketts aufgetrennt und wieder zugenäht, nachdem Miller das winzige Teil hineingelegt hatte. So wussten sie stets, wo sich ihre Zielperson aufhielt und mit wem sie über was sprach.

Im Moment saßen sie in ihrem unauffälligen Observationsfahrzeug gegenüber der Straßenseite, wo sich der Haupteingang zur Weinfirma »IN VINO VERITAS« befand.

»Verdammt! Ich glaube, der hat Lunte gerochen«, stellte Bribanté mit Entsetzen fest, weil er wusste, dass der Chef Ärger bekommen würde, wenn die Sache aufflog und Cedric Rothieu die Wanze finden würde.

»Bleib gelassen«, beruhigte ihn sein Kollege. »Das mag schon sein, aber er lässt an der falschen Stelle nach einer Wanze suchen.«

»Dennoch müssen wir jetzt höllisch aufpassen«, mahnte der ansonsten draufgängerische Bribanté.

Aber sie konnten sich konzentrieren, wie sie wollten, außer Schlüsselgeklappere und das Schlagen einer Tür hörten sie nichts mehr. Erst wenige Minuten später bekamen sie mit, wie der Firmenchef mit einem Angestellten über ganz normale Betriebsabläufe sprach. Zwischendurch orderte er einen Kaffee und unterhielt sich dann mit einer weiblichen Mitarbeiterin, die er Mademoiselle Danglar nannte. So verging Minute um Minute, ohne dass etwas geschah, was die beiden Polizisten interessieren oder gar beunruhigen könnte.

»Weißt du was?«, störte Bribanté die Ruhe.

»Was ist?«

»Ich glaube, der andere Typ ist längst weg.«

»Du … Du meinst, dass er bereits auf dem Weg zu einer Werkstatt ist, um …«

»… nach einer Wanze unter dem Auto zu suchen.«

»Verdammt! Was sollen wir nun tun? Unser Auftrag lautet, Cedric Rothieu zu beschatten.«

»Ich rufe den Chef an und frage ihn, was zu tun ist«, glättete Bribanté die aufkommende Unruhe, erreichte damit aber nur, dass Miller sich furchtbar aufregte und die beiden sogar als Stümper anraunzte. Nachdem er sich beruhigt hatte, trug er den beiden auf, dass einer von ihnen aussteigen und das Zielobjekt zu Fuß weiterobservieren solle, während der andere die Autowerkstätten im Umfeld der Weinfirma abklapperte. »Dann wisst ihr wenigstens, wer der andere Typ ist.«

Während Bribanté sich auf die Suche nach dem Fahrer von Monsieur Rothieus Mercedes machte, musste der zurückgebliebene Soquett feststellen, dass der protzige Wagen des Firmenchefs vermutlich auf einem Parkplatz hinter dem Bürogebäude gestanden und der unbekannte Mann mit der rauen Stimme den Bürotrakt unbemerkt durch eine Hintertür verlassen hatte. Der Chef hat recht damit, wenn er uns als Stümper bezeichnet, dachte sich Soquett, weil er über seine eigene Unzulänglichkeit verärgert war. Hätte er gewusst, dass es sich bei Rothieus Gesprächspartner um Guido Nieuwkerke, Rothieus Mann fürs Grobe handelte, wäre er wohl noch strenger mit sich ins Gericht gegangen.

*

Was tut er denn jetzt?, fragte sich Bribanté, der auf Anhieb die Autowerkstatt gefunden hatte, in der Guido Nieuwkerke gerade damit beschäftigt gewesen war, den Mercedes seines Chefs nach einer Wanze abzusuchen. Um dies bewerkstelligen zu können, hatte er den Wagen von einem Mechaniker zu einer der Hebebühnen lenken und dann hochfahren lassen. Bribanté war es gelungen, die Zielperson ausfindig zu machen und nun schon eine ganze Weile zu beobachten. Als er aber gerade seinen Chef anrufen wollte, um ihm Guido Nieuwkerkes Personenbeschreibung durchzugeben, war der Mann verschwunden. Der Mercedes war inzwischen zwar von der Hebebühne genommen worden, stand aber noch da. Nur der Typ war weg. Unruhig blickte Bribanté sich nach allen Seiten um. Dann wagte er es, sich ein Stückchen näher heranzuschleichen. Weil all seine Sinne konzentriert nach vorne gerichtet waren, bemerkte er nicht, dass sich etliche Meter hinter ihm jemand für ihn zu interessieren schien. Irgendwie hatte ihn ein ungutes Gefühl beschlichen, er drehte sich um. Obwohl er ein freies Blickfeld bis zur anderen Seite der Straße hatte, wo sein Fahrzeug stand, konnte er niemanden sehen. Also glaubte er, sich geirrt zu haben. Kaum, dass er sich wieder der Autowerkstatt zugewandt hatte, sah er zu seiner Beruhigung die Person erneut, wegen der er hierhergekommen war. Guido Nieuwkerke war wieder da. Wahrscheinlich ist er nur schnell zur Toilette gegangen, dachte sich Bribanté, während er zusah, wie der Schlägertyp dem Mechaniker einen Geldschein in die Hand drückte und ins Fahrzeug stieg.

*

Bribanté wollte zwar endlich die Personenbeschreibung durchgeben, hatte aber genug damit zu tun, dem Wagen zu folgen, der kurioserweise direkt an ihm vorbeifuhr. Es hatte fast den Anschein, als wenn der Fahrer den Polizisten provozieren wollte. Da dies aber nicht sein konnte, dachte Bribanté sich nicht allzu viel dabei und fuhr ihm in einem solch großen Sicherheitsabstand hinterher, dass er sogar teilweise keinen Blickkontakt mehr hatte.

Dabei wunderte er sich schon wieder; denn der schwarze Mercedes vor ihm fuhr nicht in die Firma zurück, sondern in die entgegengesetzte Richtung. Weil Bribanté nun doch etwas unruhig wurde, wollte er endlich die Personenbeschreibung und seinen jetzigen Standort durchgeben.

Dass der Wagen vor ihm immer dann langsamer fuhr, wenn er ihn aus den Augen verloren hatte, fiel dem jungen Polizisten in seiner Anspannung nicht auf. Ausgerechnet in dem Moment, als er versuchen wollte, Miller anzurufen, holperte es plötzlich so heftig unter den Rädern, dass ihm das Smartphone aus der Hand fiel. »Verflucht! Wo fährt er denn *jetzt* hin?«, wunderte sich Bribanté, nachdem der schwarze Mercedes vor ihm weit außerhalb der Stadt in eine Kiesgrube eingebogen war. Dass Guido Nieuwkerke dabei die Kurve etwas zu eng genommen und einen Felsbrocken geschrammt hatte, bekam Bribanté nicht mit, weil der Verfolgte, ohne anzuhalten, bis zum anderen Ende der tief ausgehobenen Kiesgrube weitergefahren war.

Der Kriminalkommissar wusste, dass er jetzt äußerst vorsichtig sein musste. Also fuhr er im Schritttempo nur noch so weit an den mittlerweile stehen gebliebenen Mercedes heran, bis er ihn sehen konnte. Dann ließ er sein Auto stehen, um dem Mann, den er längst haarklein beschreiben konnte, zu Fuß zu folgen. Zuvor aber wollte er sein Handy aus dem Fußraum seines Wagens fischen.

Bribanté war gerade dabei, den Wagenboden danach abzutasten. Da spürte er etwas Kaltes in seinem Genick. Bevor er zum Nachdenken kam, hörte er auch schon die ihm mittlerweile bekannte Reibeisenstimme, die ihm gebot, »gaaanz langsam« seine Waffe aus dem Holster zu ziehen und sie dem Mann zu geben, der ihm zweifellos *seine* Waffe ins Genick drückte. »Nun komm heraus und nimm die Hände über den Kopf! ... Umdrehen!«

Nachdem Bribanté dies getan und sich umgedreht hatte, sah er einen an beiden Armen mit Blumen- und Totenkopfmotiven tätowierten Hünen, der offensichtlich ein paar Schritte von Bribantés Auto zurückgetreten war, was ihn für den zwar jungen, aber bereits mit einiger Erfahrung gesegneten Polizisten auf Anhieb als Profi auswies. Bribanté wusste jetzt, dass er diesem Typen auf den Leim gegangen war: denn *er* war es gewesen, der sich bei der Autowerkstatt hinter ihn geschlichen hatte, um sich darüber zu informieren, ob er beschattet wurde. Denn er hatte seinen Beschatter bereits bemerkt, als Rothieus Mercedes noch auf der Hebebühne gewesen war.

Bribanté hatte es tatsächlich mit einem solchen Vollprofi zu tun, der ihn zwar bemerkt gehabt hatte, sich aber nichts hatte anmerken lassen, geschweige denn, dass er ihm etwas angetan hätte. Mitten in der Stadt wäre dies auch viel zu riskant gewesen. Also hatte er seinen Beschatter hierher in diese einsame Kiesgrube gelockt, wo sie niemand hören und sehen konnte.

»Handy!«, schrie der Mann und streckte eine Hand aus. In der anderen hielt er eine Waffe, die auf Bribanté gerichtet war. Und daraus, dass er damit auch schießen würde, machte er keinen Hehl. »Was ist nun? Her mit deinem verdammten Handy!«

»Ich habe kein Handy«, entgegnete Bribanté, der innig hoffte, dass es nicht ausgerechnet jetzt klingeln würde.

»Das glaube ich dir nicht, Bulle! Du bist doch ein Bulle, oder?«

Weil Bribanté nicht nur eine Pistole, sondern auch noch seinen Dienstausweis mitsamt seiner Dienstmarke bei sich hatte, wusste er, dass leugnen zwecklos sein würde. Also nickte er.

»Umdrehen!«, bellte es dem momentan völlig hilflosen jungen Mann wieder entgegen. Und dann spürte er auch schon einen harten und festen Schlag auf seinem Hinterkopf. Bribanté sackte in sich zusammen.

Nachdem Guido Nieuwkerke sein Opfer mit dessen eigenen Handschellen fixiert hatte, untersuchte er Bribantés Jacken- und Hosentaschen. Dann zog er sich Handschuhe und eine Mütze über, bevor er auch das Observationsauto der Kripo Lüttich zu untersuchen begann. Aber er konnte fluchen, so laut er wollte; es war kein Handy da! Denn als Bribanté auf dem Türholm gekniet und die Pistole in seinem Genick gespürt hatte, war er wenigstens so geistesgegenwärtig gewesen, das Teil ganz unter den Sitz zu schieben, anstatt es an sich zu nehmen.

Als Soquett sich bei seinem Kollegen melden wollte und deswegen Bribantés Handy klingelte, lag der schon längst in einem Plastiksack im Kofferraum von Rothieus Mercedes, das von Guido Nieuwkerke in Richtung eines Schrottplatzes gelenkt wurde.

# KAPITEL 14

Weil Bribanté am Morgen des nächsten Tages immer noch nicht an sein Handy ging und er sich auch nicht in seiner Dienststelle gemeldet hatte, berief Miller eine Krisensitzung ein. Dementsprechend deprimiert war auch der Sitzungsverlauf. Denn alle Anwesenden konnten sich noch daran erinnern, wie sie sich im vergangenen Jahr um Kollege Soquett gesorgt hatten. Der war anlässlich einer ungenehmigten Observation im niederländischen Kerkrade in einer Frittenfett-Firma entführt und dann im letzten Augenblick in der englischen Küstenstadt Dover vom deutschen Kollegen Peter Dohmen gerettet worden.

Trotz dieses schrecklichen Ereignisses, das allen lange in den Kochen gesteckt hatte und nun wieder so hochkam, als wenn es erst gestern gewesen wäre, bemühten sich die Ermittler um Professionalität. Das Ergebnis der dennoch teilweise emotionalen Besprechung war, das Handy des verschwundenen Kriminaloberkommissars zu orten und gleichzeitig bei ihm zu Hause vorbeizuschauen. »Bei einem Anruf geht wahrscheinlich seine Frau dran und macht sich Sorgen, die wir am Telefon schlechter vom Tisch fegen können als in einem persönlichen Gespräch«, begründete Miller seinen Vorschlag für die von ihm favorisierte Vorgehensweise. »Deswegen spreche ich lieber persönlich mit ihr, das bin ich Bribanté schuldig.« Also trug der Leiter der Mordkommission Lüttich seiner Sekretärin auf, sämtliche Telefonnummern anzuwählen, die sie von Bribantés

Kollegen bekommen hatte, weil die am ehesten wussten, wo er sich aufhalten konnte. Er selbst wollte mit Lassarde zu Bribantés Wohnung ins 21 Kilometer entfernte Käsestädtchen Herve fahren, während Soquett nach wie vor an »Monsieur Rouge« dranbleiben sollte. »Um die Kollegen aus Eupen und Aachen kümmern wir uns später wieder«, sagte er noch, während er auch schon seinen Mantel vom Kleiderständer herunterholte.

*

Von Lüttich aus bis zu Bribantés Wohnort im limburgischen Herve würden sie nur etwa 20 Minuten benötigen. Also brauchten sie nicht allzu viel Geduld, um zu erfahren, ob ihr Kollege zu Hause war.

»In welcher Straße wohnt Bribanté?«, mochte Miller von Lassarde wissen, weil er sie ins Navigationsgerät eingeben wollte.

»In der Rue de Collège 19«, kam es knapp zur Antwort.

Nachdem Miller die Koordinaten eingegeben hatte, meldete sich eine sanfte Frauenstimme: »La route est calculé.«

Zwar nicht mit dem Grund ihres Ausflugs, aber dennoch im Moment zufrieden, begann Miller seinem jungen Kollegen das über Herve zu erzählen, was er darüber wusste: »Ist dir bekannt, dass dort ein Weichkäse hergestellt wird, der das Allgäu, einen Landstrich ganz im Süden Deutschlands, schon um 1850 herum reich gemacht hat?«

Zum Zeichen dafür, dass er es nicht wusste, schüttelte Lassarde den Kopf und zum Zeichen dafür, dass es ihn interessierte, fragte er seinen Chef, woher er dies wisse.

»Das stand doch in allen Zeitungen und kam auch im Radio, sogar im Fernsehen. Ein hier in Belgien lebender Typ aus dem Allgäu wurde von seinem Freund, einem Allgäuer Filmemacher und Autor, gebeten, in Herve und in Battice für ihn zu recherchieren. Der populäre Filmregisseur wollte einen Film über einen gewissen Carl Hirnbein drehen, der in der Mitte des 19. Jahrhunderts zum sogenannten ›Notwender‹ des Allgäus wurde, weil er dort wegen der Käseherstellung die Milchwirtschaft und somit den Tourismus eingeführt hat. Der in Belgien lebende Allgäuer ist dann zum damaligen Ministerpräsidenten Lambertz gegangen und hat ihm eine Art Jumelage vorgeschlagen.«

»Weshalb *das* denn?«, wunderte sich Lassarde, während er den Wagen auf Empfehlung der Frauenstimme hin zur A25/E25 lenkte, obwohl er lieber eine andere Strecke genommen hätte.

»Ganz einfach! Weil dieser Carl Hirnbein die Weichkäseherstellung im Limburgischen Land gelernt und sein hier erworbenes Wissen dann mit in seine Allgäuer Heimat, in ein Allgäuer Dorf namens Wilhams zurückgenommen hat.«

»Wahnsinn, was Sie alles darüber erzählen können. Aber woher wissen Sie so viel darüber?«

»Auch das kann ich dir sagen: Als vor drei Jahren auf Einladung der Deutschsprachigen Gemeinschaft Belgiens eine hochkarätige Delegation aus dem Allgäu in Eupen war, bin ich mit Le Maire zu einem der interessanten Vorträge gegangen, bei dem es um die Geschichte des ›Limburgers‹ ging. Le Maire wollte unbedingt dorthin, weil auch eine Käseverkostung angeboten wurde.«

Lassarde musste lachen. »Typisch für unseren alten Chef! Wenn's was zu Fressen und Saufen gibt …«

Jetzt musste Miller lachen, blieb aber beim Thema: »Ich liebe den Herver Käse, den man nicht nur im Allgäu und in ganz Bayern nach seinem Ursprungsort bezeichnet.«

»Limburger?«, mutmaßte Lassarde.

»Ja, so heißt der Käse dort. Kennst du ihn etwa auch?«

»Wenn der ›Limburger‹ ein Stinkkäse ist, habe ich den auch schon mal gegessen.«

Miller lachte nun so richtig auf. »Und *wie* der stinkt! Aber er schmeckt ausgezeichnet.«

Als sie die Beschilderung Herve/N3/Fiéron/Sumagne sahen, wussten sie, dass sie gleich an ihrem Ziel sein würden. Deswegen wollten sie keinen Käse mehr daherreden, sondern sich wieder auf den Grund dieser Fahrt konzentrieren.

Die längst vertraut klingende Stimme des Navigationsgerätes lenkte sie direkt zum Herver Rathaus, das in der Rue de Collège lag und die Hausnummer 26 hatte. Weil sie auf Anhieb einen freien Parkplatz gefunden hatten und es von dort aus bis zur Nummer 19 nicht weit sein konnte, beschlossen die beiden Ermittler, die paar Meter trotz der Kälte zu Fuß zu gehen. Sie waren gerade an dem Haus angekommen, in dem Bribanté mit seiner Frau wohnte, als sie hinter sich eine ihnen bekannte Frauenstimme hörten: »Bist du es?«

Muss das jetzt sein, dachten sich Lassarde und Miller wohl gleichzeitig, nachdem sie sich umgedreht und Madame Bribanté erkannt hatten.

»Du auch?« Die hübsche Frau stellte ihre Einkaufstaschen auf den Boden, um die beiden auf belgische Art zu begrüßen. »Was tut ihr hier? Wollt ihr hier Käse kaufen oder habt ihr im beschaulichen Herve einen Mord aufzuklären?«, scherzte sie noch, bevor ihr die Freude über das Wiedersehen mit dem Chef und dem Kollegen ihres Mannes genommen wurde. Denn weil es nun schon so war, dass sie auf Bribantés Frau getroffen sind, konnte Miller sie ja danach fragen, ob ihr Mann zu Hause sei. Die aber antwortete nur mit Verwunderung, dass der doch zu einer Spezialüberwachung eingeteilt worden sei und deswegen möglicherweise nicht nach Hause kommen würde. Aus diesem Grund habe sie sich auch nicht darüber gewundert, dass er gestern Abend nicht gekommen sei. Und dass er nicht angerufen hatte, war von Madame Bribanté mit seinem »Spezialauftrag« in Verbindung gebracht worden. »Ich rufe ihn grundsätzlich nicht an, wenn er im Dienst ist«, betonte sie noch, bevor ihr so richtig bewusst wurde, dass ihr Mann abgängig war.

»Kommen Sie, wir gehen ins Haus«, empfahl Miller, während er Lassarde deutete, Madame Bribantés Einkaufstaschen zu nehmen.

*

Noch am selben Tag hatten die Kollegen in der Kiesgrube den Dienstwagen gefunden, von dem aus Bribanté und Soquett den auf freien Fuß gesetzten Weinhändler observiert hatten. Bribantés Hoffnung war aufgegangen, denn die Kollegen hatten das Auto durch die Ortung seines Handys tatsächlich gefunden.

Auch wenn mir dies nicht direkt nützen wird, so wissen die Kollegen wenigstens, dass mir etwas zugestoßen ist, hatte sich Bribanté gedacht, als er das Handy im letzten Moment unter dem Fahrersitz hatte verschwinden lassen.

Und schon am Abend desselben Tages war Miller von der Spurensicherung die Hiobsbotschaft überbracht worden, dass sie weder verwertbare Fingerabdrücke noch interessante DNA-Proben zu Bribantés Entführer hatten. Es war nur klar geworden, dass sie das Blut, das sie auf der steinigen Erde gefunden hatten, Bribanté zuschreiben mussten.

*

Weil sie zwei weitere Tage später immer noch keine Spur ihres Kollegen hatten, war die schreckliche Vermutung näher gerückt, dass Bribanté tot sein könnte. Also ließ Miller die dem Steinbruch und Rothieus Firmengebäude zugewandte Seite der Maas von den Frauen und Männern der Tauchereinheit absuchen, während die Hundestaffel das Ufer abklopfte. Unabhängig davon wurde auch sonst überall nach Bribanté gesucht. Aufgrund der Umstände war die Vermisstenmeldung gleich nach Millers Gespräch mit Madame Bribanté an sämtliche Polizeidienststellen des Landes rausgegangen. Mehr konnte er im Moment nicht für seinen jungen Kollegen tun. Er konnte lediglich dafür sorgen, dass Cedric Rothieu von Le Maire nochmals – und dieses Mal richtig – in die Mangel genommen wird. Und weil es der Tag war, an dem Rothieus Anwalt seinen Termin bei einer Richterin hatte, war die Gelegenheit günstig, dessen Mandanten erneut festzunehmen. Er musste sich nur einen triftigen Grund hierzu einfallen lassen.

Darauf hatte Le Maire nur gewartet. Weil er, seine Leute und die Aachener Kollegen schon längst über Bribantés Verschwinden Bescheid wussten, hatte auch er eine Stinkwut im Bauch. Denn wenn es einen Polizisten betraf, dem von einem kriminellen Subjekt Leid zugefügt worden war, reagierten die Kolleginnen und Kollegen über die Landesgrenzen hinweg ganz besonders sensibel darauf.

»Was wollen *Sie* denn schon wieder! Ich habe meine Aussage bereits gemacht«, schimpfte Rothieus Sekretärin, als sie Miller und Soquett, der seine Observierung abgebrochen hatte, auf sich zukommen sah.

»Obwohl Sie meine Kollegen bezüglich des Alibis Ihres

Chefs angelogen haben, möchten wir im Moment nichts von Ihnen, sondern ...«

»Das können Sie mir nicht beweisen!«, schnarrte es zurück, noch bevor Miller ausgesprochen hatte und ihr den Grund seines Besuches mitteilen konnte.

»Noch nicht, Madame. Und jetzt führen Sie uns bitte zu Monsieur Rothieu!«

Nun baute sich die Matrone vor den beiden Kriminalpolizisten und deren uniformierten Kollegen auf, um ihnen keifend den Weg zu Rothieus Büro zu versperren.

»Aber Madame, das bringt doch nichts!«

Da schlug die Tür der Kaffeeküche auf und Rothieu schrie: »Was ist denn hier für ein Lärm?« Als er die Polizisten sah, drehte sich der dicke Mann so flink wie ein Wiesel um und eilte zu seinem Büro. Aber die beiden Streifenpolizisten reagierten blitzschnell und hielten ihn auf.

»Kommen Sie mit, Monsieur! Sie sind erneut festgenommen.«

Als der Weinhändler heftig protestierend nach dem Grund fragte und den Haftbefehl sehen wollte, grinste Miller nur: »Abführen!«

*

Nachdem Monsieur Rothieu sich beharrlich geweigert hatte mitzugehen, war Miller nichts anderes übrig geblieben, als ihn von den beiden uniformierten Kollegen in Handschellen abführen und ins Kommissariat bringen zu lassen.

Wie schon auf dem Weg dorthin bestand »Monsieur Rouge« immer noch auf das Beisein seines Anwalts, was ihm mit der Begründung, dass dieser wegen eines Gesprächs mit einer Richterin nicht erreichbar sei, verwehrt wurde.

»Da schau her! Wen haben wir denn hier wieder?«, floskelte der inzwischen eingetroffene Chefermittler aus Eupen, der auf Millers Wunsch hin wieder die Vernehmung leiten sollte. Und der hatte sich vorgenommen, alle Register zu ziehen, um den schwammigen Weinhändler weichzuklopfen.

Nach einem über dreistündigen Verhör hatte Le Maire zwar eine wichtige Schlacht, aber noch lange nicht den Krieg gewonnen. Mit viel Taktik und Erfahrung war es ihm zwar gelungen, »Monsieur Rouge« überhaupt zum Reden zu bewegen und so in die Enge zu treiben, dass ihm nichts anderes übrig geblieben war, als die Brandstiftung zuzugeben und darauf zu schieben, das Grundstück besser verkaufen zu können, wenn kein Gebäude darauf stehen würde. Den beiläufig geplanten Versicherungsbetrug hatte er geflissentlich verschwiegen. Und dass er mit dem Brand Beweismaterial hatte vernichten wollen, war von ihm zwar vehement, aber unglaubhaft bestritten worden.

»Und wer war dann der zweite Mann, der – wie Sie behaupten – den Brand gelegt und den Transporter zur Mietwagenfirma zurückgebracht hat?«, hatte Le Maire wissen wollen und zur Antwort bekommen, dass sein Gegenüber nur der Auftraggeber gewesen sei und den anderen Mann nicht näher kennen würde, weil er ihn lediglich für diese Aufgabe engagiert hatte. Rothieu wollte weder den Namen des Mannes gewusst haben, noch wo er zu erreichen war. Scheinbar kannte er nicht einmal dessen Nationalität. Und daran, wie er auf den Brandleger aufmerksam geworden war, um ihn für seine Dienste gewinnen zu können, wollte Rothieu sich nicht mehr erinnern, »… weil ich jeden Tag mit vielen Leuten zu tun habe und ich Personalmangel hatte, weswegen ich diesen Mann gebeten habe, meinen Leihwagen zurückzubringen. Ich selbst hatte leider keine Zeit dazu.« Selbst als ihm Miller vor Augen gehalten hatte, dass dieser Mann gesehen wurde, wie er sich mit ihm in seinem Büro unterhalten hatte, war Rothieu diesbezüglich stumm geblieben. Und auf die Frage, weshalb er überhaupt Leihwagen benötigt hatte, wo er doch einen Mercedes und einen beachtlichen Fuhrpark sein Eigen nennen konnte, hatte er nur auf seinen Anwalt verwiesen, ohne den er jetzt überhaupt nichts mehr sagen würde.

*

»Merde! Außer einer beschissenen Brandstiftung haben wir nichts in der Hand«, schimpfte Le Maire direkt nach der Vernehmung, die er hatte abbrechen müssen, bevor der richterliche Termin von Rothieus Anwalt beendet sein würde und der Wind davon bekommen hätte.

»Das ist doch schon eine ganze Menge, mein lieber Herr Kollege!«, lobte Miller, der bei dieser Vernehmung viel dazugelernt hatte. »Somit haben wir nun einen Grund, Monsieur Rothieu hier zu behalten.«

»Ich bin mir noch nicht sicher, ob das überhaupt gut ist?«, dämpfte Le Maire die Euphorie seines ehemaligen Mitarbeiters. »Sicher: Wir können ihn nochmals in die Mangel nehmen, um zu versuchen, etwas über Bribantés Verschwinden und über die Anteilsreste des Botulinumtoxins in dem Reagenzglas herauszufinden, das die Spurensicherung am Brandherd gefunden hat. Denn eine Anklage zur Brandstiftung oder zur Anstiftung dafür hat er nun am

Hals, da kann auch sein schmieriger Paragrafenverdreher nichts dagegen machen. Dies wäre im Moment die einzige Möglichkeit, um die Hintergründe für die Morde aufzuklären.« Le Maire drehte sich eine Zigarette und überlegte kurz, bevor er ergänzte: »Andererseits könnte es für uns dienlicher sein, wenn er wieder auf freiem Fuß wäre. Denn sicher begeht er über kurz oder lang einen Fehler.«

Weil er wieder einmal vergessen hatte, den Akku seines Handys aufzuladen, konnte Le Maire sich erst in seinem Kommissariat in Eupen von seinen Leuten berichten lassen, dass die Fahndungen immer noch nichts gebracht hatten.

»Nun suchen wir zu allem hin auch noch nach dem Lütticher Kollegen Bribanté und nach Rothieus Komplizen, einem Unbekannten. Ein bisschen viel, oder was meint ihr?«

Die ratlose Stille zeigte ihm, dass momentan wirklich alles hoffnungslos schien.

# KAPITEL 15

Als ob die bisherigen Geschehnisse und nun auch noch Bribantés Verschwinden nicht genug wären, hatte Peter Dohmen schon wieder eine schlechte Nachricht für seine belgischen Kollegen, die er deswegen auf schnellstem Weg zu sich nach Aachen bestellt hatte.

»Hier«, grummelte der Leiter der Aachener Mordkommission, während er seinen Kollegen das Original eines neuerlichen Erpresserschreibens hinhielt. Dieses Mal hatte er es von seinem Assistenten kopieren lassen. Somit konnte Kriminalkommissar Matthias Lehnen die kunterbunten Blätter an die anderen verteilen. Nachdem alle ein Exemplar in Händen hielten, schnaufte Peter Dohmen tief durch und offenbarte sein diesbezüglich mageres Wissen: »Als diejenigen Beschicker des Aachener Weihnachtsmarktes, die mit Glühwein zu tun haben, heute Morgen ihre Hütten oder Stände öffneten, hatten sie dieses Schreiben vorgefunden. Und zwar alle, … bis auf den ›Hexenhof‹.«

»Dann steckt möglicherweise die Leitung des ›Hexenhofes‹ dahinter«, mutmaßte Devaux etwas vorschnell, was Le Maire überhaupt nicht gefallen mochte. Deswegen konterte er damit, dass dies äußerst plump von den Herren Fiebus und Cleef wäre. »Bevor wir voreilige Schlüsse ziehen, sollten wir uns erst einmal mit dem Text und mit der Aufmachung befassen, meint ihr nicht auch?«

Nachdem alle genickt hatten, nahm sich Dr. Laefers das Wort, indem sie Dohmen darum bat, zum Vergleich das erste Schreiben danebenzulegen. Weil der erfahrene Ermittler dies sowieso vorgehabt hatte, brauchte er nur in eine Mappe zu greifen, um dies tun zu können.

»Dann kann uns Frau Dr. Laefers wie schon beim letzten Mal den Text vorlesen«, ermunterte Dohmen die Rechtsmedizinerin, die in ihrem dunkelgrauen Hosenanzug traumhaft aussah. Die runde Hornbrille und die hochgesteckten Haare ließen sie so richtig aristokratisch wirken und würden sie gut und gerne als Anwältin oder als Geschäftsfrau durchgehen lassen. Nachdem sie sich mühsam in dem zusammengeklebten Buchstabensalat zurechtgefunden und die beiden Briefe verglichen hatte, stimmte sie sich in ihrer Meinung selbst zu, indem sie ein paar Mal andeutungsweise nickte. Dann sagte sie: »Auch ohne die Hilfe unserer Kriminaltechnik kann ich erkennen, dass es die absolut gleiche Machart ist wie beim ersten Brief: Die Buchstaben scheinen mir aus denselben Zeitschriften und Zeitungen herausgeschnitten zu sein wie bei diesem Pamphlet hier.« Als Frau Dr. Laefers dies sagte, hielt sie den ersten Brief in die Höhe.

Diese kurze Pause nützte Dohmen aus, um sich bei den anderen dafür zu entschuldigen, dass er sie im allgemeinen Trubel noch nicht über das Ergebnis der Buchstabenanalysen informiert hatte. »Tut mir leid, aber ...«

»Schon gut, Peter«, unterbrach ihn Le Maire.

»Darf ich wieder ...« Dr. Laefers wollte mit ihrem Bericht fortfahren: »Die Buchstaben wurden einzeln aus insgesamt fünf verschiedenen Zeitschriften herausgeschnitten, aus drei Sportzeitschriften, dem ›Kicker‹, der ›Sportbild‹ und der ›MO‹, einer Zeitschrift für Motorradfreaks, sowie aus einer Zeitschrift, die sich ausschließlich mit der ›Formel I‹ befasst.«

»Aber das sind nur vier«, wollte Devaux schon wieder klugscheißen, wurde von der Rednerin aber sofort unterbrochen: »Ich war noch nicht fertig, Kollegin Devaux! Ich kann selbst rechnen! Es fehlt noch die ›Gay Krant‹, das ist eine Schwulenzeitschrift aus Holland.«

Nachdem die anderen Männer ausgeschmunzelt hatten, ergriff Peter Dohmen das Wort, um das von Frau Dr. Laefers bisher Gehörte zusammenzufassen: »Der Urheber dieser beiden Schreiben ist also ein absoluter Sportbegeisterter – insbesondere ein Fußball- und Motorsportfan – und er dürfte ein Mann im besten Alter sein, der sich stark für Männer zu interessieren scheint, was schon einmal ziemlich klar macht, dass er homosexuell sein könnte.«

Während Le Maire ein erfreutes »Aha!« entfuhr, hieb er mit der flachen Hand auf den Tisch. »Na, das ist doch schon etwas«, sagte er zu Dohmen. »Dann brauchen deine Leute ja ›nur‹ sämtliche Zeitschriftenläden und Kioske im Großraum Aachen danach abfragen, wer diese Blätter gekauft hat.«

Dohmen schüttelte einen Zeigefinger und entgegnete bezüglich der von Le Maire vorgeschlagenen Recherchen bei Zeitschriftenhändlern, dass dies nicht unbedingt sein müsse, weil all diese ›Blätter‹ auch auswärts oder bei Amazon gekauft werden oder abonniert sein konnten.

»Ja, gut«, musste Le Maire klein beigeben, bevor er sagte: »Jedenfalls wissen wir nun, dass es sich um einen schwulen Sportfreak handelt und nicht um einen Mann, dem Allgemeinbildung und regionale Informationen wichtig sind.«

»Wie meinen Sie das?«, wollte Miller wissen. »Sind sportbegeisterte und homosexuelle Männer ihrer Meinung nach etwa dumm?«

»Gott bewahre! Nein, natürlich nicht! Ich selbst bin doch ein bekennender Fußball- und Motorsportfan! Außerdem befand sich die ›Bildungszeitung‹ nicht darunter. Aber überleg mal, Pat!«, wollte Le Maire seinen ehemaligen Assistenten herausfordern, ließ dies wegen der Brisanz dieser Neuigkeiten aber sein und gab ihm die Antwort: »Dann würde er zu den Sportzeitschriften hin irgendeine seriöse Tageszeitung lesen und hätte auch daraus Buchstaben herausgeschnitten, oder etwa nicht?«

Weil sich Miller für die gedankenlose Frage schämte, nickte er nur.

»So, meine werte Dame und ihr, liebe Herren! Darf ich nun das Schreiben verlesen?«, unterbrach Dr. Angelika Laefers die Diskussion der beiden.

Da niemand etwas dagegen hatte, begann sie damit, ganz langsam Wort für Wort widerzugeben: »*DIeS isT nun KEIne WaRnUNg mer SonDeRn ErNst!! Eß wirt iMmer NocH schLEchter GLühwEiN AusgESchEnKt ! ! ! Alls ENtschÄdiGung Zahlt jedEr STAndBeSitzer Biß mORGen 5 TAuSend eUro ! ! ! Wenn nIcht Folgt DIe sTrafE ! ! !*«

Nachdem Dr. Laefers den aus verschieden großen und verschieden farbigen Lettern zusammengeschnipselten Text mühsam entziffert und vorgelesen hatte, war allen klar, dass der anonyme Absender vermutlich zwar keine Ahnung von modernen Kommunikationssystemen hatte, es aber dennoch Ernst zu meinen schien. Um dem Erpresser eine allzu hohe Intelligenz absprechen zu können, bedurfte es nicht gleich einer Rücksprache mit einem Psychologen. Aber allein schon diese Tatsache ließ die Ermittler Cedric Rothieu ausschließen, unabhängig davon, dass der Weinhändler immer noch in U-Haft saß. Und der immer noch gesuchte Gerald Primat war erst 53 Jahre alt, weswegen sie davon ausgehen mussten, dass *der* noch gelernt hatte, mit Computern umzugehen, zumal sie in Erfahrung gebracht hatten, dass er sich den ganzen lieben Tag lang mit seinem Handy beschäftigte und ständig mehr oder weniger witzige Apps in alle Himmelsrichtungen verschickte.

Diese Betrachtungsweise ließ nun auch Le Maire an dessen Schuld zweifeln, obwohl etliche Indizien für Gerald Primat sprachen. Stattdessen keimte in ihm wieder der Gedanke, dass der Gesuchte möglicherweise doch selbst ein Opfer des »Glühweinmörders« war. Bevor Le Maire seine diesbezüglichen Gedanken ausweiten konnte, wurde er von Peter Dohmen abgelenkt, als dieser sagte: »Das extrem altmodische Verfassen der beiden Briefe könnte darauf schließen lassen, dass es sich beim Erpresser um eine ältere Person handelt, die nicht mehr gelernt hat, sich moderner Computertechnik zu bedienen.«

Dementsprechend warfen die anwesenden Ermittler in die Waagschale, dass es sich, von dieser Betrachtungsweise ausgehend, bei dem oder der Gesuchten um eine mindestens 60-jährige Person handeln müsste.

»Aber 60-Jährige kennen sich doch noch mit Computern aus«, warf ausgerechnet Le Maire ein, der sich in seinem Kommissariat vor allem drückte, was mit moderner Kommunikation zu tun hatte, – dafür war schließlich Locki zuständig.

»Also könnte es sein, dass wir eine Person suchen müssen, die noch älter ist, möglicherweise sogar 70 oder darüber«, stellte Miller in den Raum.

Nachdem dies einmütig bejaht worden war, unterhielten sie sich noch lange darüber, kamen aber dennoch wieder auf Gilbert Primat zu sprechen und zu dem Schluss, dass

Le Maire recht hatte und viel dafür sprechen würde, dass trotz allem der zur Fahndung ausgeschriebene Verdächtige hinter der Sache stecken könnte. Denn Le Maire hatte die anderen daran erinnert, dass sich der Glühweinveredler und Liebhaber reifer, reicher Damen in »Bubis Bar« zusammen mit dem ermordeten Studenten Hubertus von Syrgenstein mit dem dort an der Wand hängenden Formel-I-Teller in einer Pose hatte fotografieren lassen, als wenn *er* ihn gewonnen hätte. Zudem war an der Wand auch noch ein Foto zu sehen gewesen, das ihn in angeberischer Haltung allein auf einem Motorrad zeigte. Um die Marke des Bikes nennen zu können, hätte Le Maire das Foto dabei haben müssen. Aber die Sache war auch so ziemlich klar. Also würden Le Maires Aachener Kollegen zuerst in den Zeitschriftenhandlungen Aachens versuchen, hinter den Käufer zu kommen, bevor sie ihre Suche auf die gesamte Städteregion Aachen und darüberhinaus erweitern würden.

»Und wer recherchiert, woher die ›Gay Krant‹ kommen könnte? Wäre das nichts für eine Frau?«, stellte Le Maire in den Raum, ohne Devaux anzuschauen.

»Klar mache ich das«, kam wider Erwarten die Antwort der Oberkommissarin. »Weil es diese Zeitschrift wohl kaum in Deutschland zu kaufen gibt, werde ich in Holland recherchieren müssen. Vaals und Kerkrade sind die ersten niederländischen Orte hinter der Grenze. Ich fahre gleich dorthin, ok, Chef?«

Wenn der fußballbegeisterte Kriminalhauptkommissar geglaubt hatte, mit seiner kleinen Stichelei ein Tor geschossen zu haben, sah er sich nun 0:1 im Rückstand – Agnès Devaux hatte ihrem Chef auf ihre Art Paroli geboten. Um seine Niederlage zu kaschieren, ging er nicht darauf ein, sondern nickte nur. Daraufhin erkundigte er sich beim Sitzungsleiter, wie es nun weitergehen solle. Denn das Merkwürdige an dem zweiten Schreiben war, dass es sich dabei zwar eindeutig um eine Gelderpressung handelte, doch auf welche Art und Weise das Geld bezahlt und wann es übergeben werden sollte, war ebenso offen geblieben wie die wichtige Frage des Übergabeortes. Trotzdem waren alle zufrieden, denn nun tat sich endlich etwas.

»Wenn nur nicht schon wieder Botolinumtoxin – beim zweiten Mal möglicherweise in höherer Konzentration – in die Glühweinbecher der Weihnachtsmarktgäste getröpfelt wird!«, sagte Le Maire in mahnendem Ton, weil er Peter Dohmen dazu ermuntern wollte, noch mehr Beamte in Zivil an die Glühweinhütten und -buden zu schicken.

*

Während sämtliche Polizisten des Dreiländerecks immer noch wie aufgescheuchte Hühner nach Gilbert Primat und nach dem ihnen ebenfalls immer noch unbekannten Guido Nieuwkerke fahndeten, war es oberstes Gebot, nun auch noch nach ihrem verschwundenen Kollegen zu suchen. Allein schon aufgrund dessen, was Soquett von der misslungenen Observierung berichtet hatte, mussten Miller und die anderen vermuten, dass es dieser Unbekannte war, der Bribanté entführt hatte. Allerdings hatten sie noch keinen blassen Schimmer, wie der hieß oder aussah. Letzteres konnte nur Bribanté wissen, falls der überhaupt noch leben sollte. Denn wegen des Blutes, das die Polizisten in der Kiesgrube entdeckt und das zwei Kolleginnen der Kriminaltechnik eindeutig als Bribantés Blut ausgemacht hatten, mussten sie nun mit dem Allerschlimmsten rechnen. Also ordnete Miller an, großräumig auch sämtliche Plätze abzusuchen, wo man eine Leiche verschwinden lassen konnte. Durch einen Zufall wurden sie auf einen Schrottplatz aufmerksam gemacht, wo der Besitzer Blut gefunden hatte. Obwohl sie dort alles auf den Kopf stellten, war von Bribanté selbst keine Spur zu finden.

»Aber er war hier!« Miller wusste nicht, ob dies positiv oder negativ zu bewerten war. »Entweder wurde er weggebracht oder er hat sich selbst irgendwohin gerettet und versteckt sich vor …«

»Vor was?«, zischte Le Maire, dem die Sache gewaltig stank, der sich aber auch keinen Rat wusste.

»Habt ihr diese Schrottpresse gestern oder heute benutzt?«, mochte Miller von einem Mitarbeiter des Schrottplatzes wissen, während er auf das Ungetüm zeigte, mit dem Autos zu Blechklumpen zusammengepresst wurden. Aber er bekam nur zu verstehen, dass der Mann offensichtlich ein Türke war und nichts verstanden hatte.

Seither waren fast alle Polizisten im Großraum Lüttich damit beschäftigt, ihren allseits beliebten Kollegen zu suchen. Frei nach dem umgedrehten Motto »Die Großen hängt man auf, die Kleinen lässt man laufen« ließen die Polizisten verhältnismäßig unwichtige Fälle schleifen, um sich voll und ganz auf die Suche nach Bribanté konzentrieren zu können. Sie mussten ihn schnellstens finden, und dies nach Möglichkeit lebend! Aber Gnade Gott dem Mörder, falls die schlimmste Vermutung zur bitteren Wahrheit werden sollte.

*

In Aachen kümmerten sich die deutschen Kollegen indessen um die Erpressung der Glühweinanbieter. Dabei dachte Peter Dohmen ernsthaft darüber nach, den gesamten Weihnachtsmarkt schließen zu lassen. Aber was wäre das für eine Katastrophe? Viele der Anbieter lebten ausschließlich von der Beschickung solcher Märkte. Die teils verderblichen Güter lagerten längst in deren Kühltruhen und konnten den Lieferanten wohl kaum noch zurückgegeben werden. Weil die Händler nicht mehr bei anderen Weihnachtsmärkten unterkommen konnten, wären in diesem Jahr keinerlei Umsätze mehr möglich. Demzufolge gingen auch viele Arbeitsplätze verloren. Wie es traurige Ereignisse immer wieder zeigten, war dies nicht nur für die betroffenen Städte selbst, sondern für die gesamte Weihnachtsmarktindustrie ein wirtschaftlicher Schaden, der in Aachen durch eine dementsprechende Presse ins Unermessliche führen würde, – von einer Prozesslawine gegen die Aachener Stadtverwaltung ganz zu schweigen.

Aber nicht nur die Marktbeschicker und die Einheimischen, sondern auch die dringend benötigten Bustouristen mitsamt der Busunternehmer wären ebenso völlig verärgert und verunsichert wie die Reiseveranstalter. Nicht zuletzt würde dies auch erheblich auf die gesamte vorweihnachtliche Stimmung drücken. Dies alles wollte Peter Dohmen natürlich nicht. Aber die Sicherheit und das Leben der Weihnachtsmarktbesucher gingen nun einmal vor Profit und Tradition. Dennoch galt es, beides zu schützen. Ein Dilemma, aus dem sich der Kriminalhauptkommissar nur sehr schwer würde herauswinden können. Als Staatsbeamter im Polizeidienst hatte er – wenn schon keinen kulturellen – schließlich aber einen sozialen Auftrag. Deswegen dachte er darüber nach, was er zu tun hatte. Aber Peter Dohmen brauchte nicht lange zu überlegen, um zu wissen, wie er die Kuh vom Eis bringen konnte: Er musste den Erpresser so schnell wie möglich fassen! Bis dies so weit sein würde, galt es allerdings auch noch, die Weihnachtsmarktbesucher zu schützen. Denn wenn auch nur ein Einziger von ihnen durch vergifteten Glühwein sterben würde, wäre dies eine noch größere Katastrophe, als den Weihnachtsmarkt durch das örtliche Ordnungsamt schließen zu lassen, was dann auf einen Schlag ebenso Arbeitgeber- und Arbeitnehmerverbände auf den Plan rufen würde wie Gewerkschaften und soziale Verbände.

Der erfahrene Kriminaler wusste, dass er eigentlich direkt nach dem Giftanschlag vor dem »Siebten Himmel« und in der »Öcher Delikatessenhütte« den Oberbürgermeister der Stadt darüber hätte informieren müssen. Er wusste aber auch, dass die Sache dann schlagartig so öffentlich gemacht würde, dass sich der Erpresser zurückziehen musste. Allerdings wäre damit das Problem noch lange nicht gelöst. Lösen konnte es der Aachener Ermittlungsleiter nur, wenn er die Chance bekommen würde, den Erpresser direkt vor Ort – quasi auf frischer Tat – zu erwischen. Und weil Oberstaatsanwalt Dr. Knopp für ein paar Tage nicht erreichbar war, konnte er ihm nach dessen Rückkehr ja erzählen, was er wollte. Mit diesem Wissen entschloss er sich schweren Herzens, wenigstens bei seinen belgischen Kollegen telefonisch deren Meinung und Rückendeckung einzuholen.

Bei den diesbezüglichen Telefonaten mit Le Maire und Miller kam schnell heraus, dass die beiden Kollegen genauso dachten wie er selbst. Danach stand für Dohmen fest, dass er es riskieren würde, den Weihnachtsmarkt noch nicht schließen zu lassen. Stattdessen würde er die Dienststellenleiter aus sämtlichen Orten, die der Städteregion Aachen angehörten, bitten, möglichst viele Polizisten in Zivil nach Aachen zu schicken.

*

Das Eupener Kriminalkollegium bemühte sich indessen weiter darum, den Mord an Marie-Kathrin Jilbour aufzuklären. Wenn Devaux zunächst vermutet hatte, dass die drei Sprösslinge der Glühweinbudenbetreiberin etwas damit zu tun gehabt haben könnten, hatte sie sich darin getäuscht. Denn alle drei hatten nicht nur wasserdichte Alibis, sondern schon vor Jahren geerbt, weswegen es ihnen finanziell gut ging. Das hieß, dass ihnen das Motiv für den Mord an ihrer Mutter fehlte, zudem nachbarschaftliche Zeugenaussagen in Eupen, in Malmedy und in Monschau unisono bestätigten, dass sich die beiden Töchter und der Sohn bestens mit ihrer Mutter vertragen und sogar ein inniges Verhältnis zu ihr gehabt hatten.

Weil Le Maire wusste, dass Madame Jilbours Mörder nicht in deren Umfeld zu suchen war und es sich dabei um denselben Killer handelte, der auch den Mann in Lüttich exekutiert hatte, interessierten ihn mehr die Geschehnisse in Aachen und in Lüttich. Um dafür frei zu werden, beauftragte er Agnès Devaux und Pierre Vonderbank damit, sich trotz der Alibis etwas genauer auf den Weihnachtsmärkten im deutschen Monschau und im belgischen Malmedy umzusehen, während Harry sich nochmals den Eupener Weihnachtsmarkt vornehmen sollte. »Und vergesst den Beerdigungstermin von Madame Jilbour nicht! Möglicherweise fällt euch dort etwas auf«, hatte Le Maire zu seinen Leuten gesagt, weil Angelika ihn davon in Kenntnis gesetzt hatte, dass deren Leiche freigegeben worden war. Denn er selbst wollte als Erstes – ohne das Wissen der anderen – Bribantés Spur aufnehmen und höchstpersönlich nach seinem ehemaligen Untergebenen suchen. Und dazu musste er nach Lüttich.

*

»Ich muss nachdenken und werde mich ein paar Tage nach Lüttich in meine Wohnung zurückziehen«, offenbarte Frederic seiner Partnerin zu Hause während des Abendessens und löste dadurch Verwirrung aus.

»Wieso? Zwischen uns ist doch alles wieder gut, oder etwa nicht?«, wunderte sie sich. Weil es Angelika so verstanden hatte, dass Frederic sich *vor ihr* zurückziehen wollte, dachte sie, dass ihr kleines zwischenmenschliches Problemchen immer noch nicht beseitigt worden sei, obwohl sie sich nach seiner Rückkehr aus dem Allgäu und ihrer Rückkehr aus Köln darüber ausgesprochen und die Sache für erledigt erklärt hatten. »Ist das nicht Millers Revier?«, klang es fast etwas vorwurfsvoll.

Aber Frederic ließ sich dadurch nicht von seinem Plan abbringen.

Und Angelika ließ sich nicht davon abhalten mitzufahren. »Meine Vorgesetzten sind froh, wenn ich noch ein paar weitere Urlaubstage abbaue.«

»Aber wir beide hatten doch erst Urlaub«, wollte Frederic seine Partnerin ausbremsen, was ihm allerdings nicht gelang.

»Ich weiß, aber ich habe immer noch so viele Überstunden, dass es kein Problem werden sollte, mich für ein paar weitere Tage zu beurlauben. Momentan liegt keine neue Leiche auf meinem Tisch, und ich kann ja in Rufbereitschaft bleiben. Jussuf freut sich, wenn er mich los ist und er sich ein paar Tage allein um unsere studentischen Praktikanten kümmern darf. Außerdem ...«

Zum Zeichen dafür, dass er etwas sagen mochte, hob Frederic die Hand, in der er sein Brötchen hielt, das er sich soeben dick mit Leberpaté bestrichen hatte. »Schon gut, ich habe verstanden.« Dann biss er hinein, kaute genüsslich darauf herum und murmelte: »Von mir aus.«

»Was hast du gesagt, mein Schatz?« Obwohl Angelika ganz genau gehört hatte, was Frederic ihr mit vollem Mund zugegrummelt hatte, wollte sie es nochmals hören. Denn sie hatte ihren Ohren nicht getraut; Frederic hatte ihr ohne jegliche Gegenwehr gestattet, ihn nach Lüttich zu begleiten. »Wow!«, entfuhr es ihr, nachdem er es relativ deutlich ausgesprochen und zudem gesagt hatte, dass sie gerne mit ihm in seine alte Heimat fahren dürfe, obwohl dies gefährlich werden könnte.

Nachdem Angelika fröhlich vor sich hin summend den Tisch abgedeckt hatte, telefonierte sie mit ihrem Assistenten Jussuf Abdalleyah, um ihn darüber zu informieren und ihm ein paar Anweisungen zu geben. Und während Frederic sich kurz darauf anschickte, ins Büro zu fahren, um seine Mitarbeiter ebenfalls zu instruieren, wollte sie den Koffer packen. »Nimm dein Handy mit!«, rief sie ihm noch nach. »Ich habe den Akku geladen.«

»Äh, ja! Merci!«

\*

Das Wegkommen hatte sich dann noch schwieriger gestaltet, als Frederic es sich gedacht hatte: Wegen des unsicheren Wetters hatte Angelika so viel zusammengepackt, dass zwei Koffer nötig gewesen waren, um alles unterzubringen. Da hatte auch eine dicke Winterkleidung nicht fehlen dürfen. »Wer weiß, ob wir die brauchen«, hatte sie augenzwinkernd gesagt, nachdem sie bemerkt hatte, dass Frederic genervt geseufzt hatte. Als er von seiner Dienststelle zurückgekommen war, hatte er nicht schlecht gestaunt, dass sie immer noch nicht fertig gewesen war. Und dann war da noch die Diskussion gewesen, mit welchem Auto sie fahren sollten. »Also *ich* schäme mich in Lüttich mit deiner alten Karre«, hatte sie mit einem gefährlichen Blitzen in den Augen gesagt und somit klargestellt, dass sie ihren Wagen nehmen würden.

»Wenn du dort beide Koffer und all deine Schuhe unterbringst«, hatte Frederic zwar gelästert, gleichzeitig aber auch klein beigegeben. Das Gute daran war, dass er seinen Oldtimer schonen konnte und nicht den wegen des Schnees gesalzenen Straßen aussetzen musste.

Irgendwann hatte es dann doch noch geklappt und sie waren losgefahren. Während dieser Zeit hatte Peter Dohmen sämtliche Dienststellenleiter der Städteregion Aachen mobilisiert und sie mit deren Beamten, die an der Überwachung des Öcher Weihnachtsmarktes mitwirken würden, zu sich ins Kommissariat bestellt. Noch bevor Le Maire in Lüttich angekommen war, hatten sich in der Kantine der Aachener Kriminalpolizei über 40 Kriminalbeamte und Streifenpolizisten in Zivil zusammengefunden. Als Peter Dohmen die Kolleginnen und Kollegen aus Alsdorf, Baesweiler, Eschweiler, Herzogenrath, Roetgen, Simmerath, Stolberg und Würselen begrüßte, war er sichtlich gerührt. Nachdem er ihnen haarklein erklärt hatte, weshalb sie sich zusammengefunden hatten, gab er allen seine Handynummer. »Und dies ist die Nummer von Kommissar Matthias Lehnen, meines Assistenten. Wenn etwas sein sollte, bitte keine Alleingänge! Ihr kontaktet dann entweder mich oder Kollege Lehnen. Fragen?«

»Ja«, meldet sich eine junge Beamtin aus dem Grenzstädtchen Roetgen. »Warum sind keine Kollegen aus Monschau hier? Monschau gehört doch ebenfalls zur Städteregion Aachen.«

»Da haben Sie recht! Aber die dortigen Beamten müssen sich derzeit um ihren eigenen Weihnachtsmarkt kümmern, weil dieser aus den zuvor genannten Gründen ebenfalls als gefährdet eingestuft werden kann. Mein Kollege aus Eupen hat sogar einen Mann nach Monschau beordert, der sich dort umsehen und gegebenenfalls die dortigen Kolleginnen und Kollegen unterstützen soll. Ihr alle seid zwar unglaublich zahlreich, dennoch aber nicht vollzählig hierher nach Aachen gekommen, weil nach wie vor in allen Dienststellen ein paar Einsatzkräfte weiter nach den Gesuchten fahnden und die normalen Dienstpläne wenigstens einigermaßen eingehalten werden müssen. War's das?« Wegen der Brisanz und dem diesbezüglichen Druck, der auf ihm lastete, hatte Dohmen keinen Nerv, sich mit Nebensächlichkeiten aufzuhalten. Also ließ er keine weiteren Fragen zu und teilte gleich die Trupps ein. »Dann also los! Und wie gesagt: Ihr verhaltet euch wie ganz normale Weihnachtsmarktbesucher.«

»Ich freu mich schon auf den Glühwein«, witzelte ein Kollege aus Eschweiler.

»Und die Spesenabrechnung bekommt dann der Stadtkämmerer«, ergänzte ein Kollege aus Stolberg nicht ernst gemeint, weil sich alle Beamten dazu bereit erklärt hatten, die Kosten für ihre Verpflegung aus eigener Tasche zu bezahlen. »Hauptsache, wir erwischen das Schwein!«

# KAPITEL 16

Sie waren erst vor wenigen Minuten in Lüttich angekommen. Und schon beschlich Frederic das Gefühl, dass es vielleicht doch besser gewesen wäre, allein hierhergekommen zu sein. Denn kaum, dass sie seine Wohnung im ersten Geschoss in der Rue de la Violette 120 betreten hatten, öffnete Angelika die Koffer und legte für Frederic eine schicke Kombination zurecht. »Das kannst du nach dem Duschen anziehen«, hatte sie ihm mehr beals empfohlen.

Auf das gewohnte »Merde!« von Frederic folgte das ebenfalls obligatorische »Was hast du gesagt, mein Schatz?« von Angelika. Allein schon dieses Wortritual avisierte Frederic, dass er einmal mehr keine Chance haben würde, sich ebenso wenig vor dem Tragen des karierten Sakkos und der weinroten Breitcordhose drücken zu können, wie er es nicht vermeiden konnte, sich die genauso farbige Krawatte und das dazu passende Hemd überzustreifen. All das täte es ja noch, aber die sträflich teuren Luxusschuhe, die er sich auf Angelikas Druck hin bei Rudolf Scheer & Söhne in Wien auf Maß hatte anfertigen lassen müssen? Angelika hatte schon gewusst, warum sie ihm die Schuhe zwar aufgeschwatzt, aber nicht spendiert hatte. Als Frederic die Rechnung für diese Extravaganz bekommen hatte, war der bis dahin weinselige Wientrip für ihn gelaufen gewesen und sie waren mit der nächsten Maschine vom Vienna International Airport zum Aéroport de Liège, also von Wien nach Lüttich, zurückgeflogen. An den tagelangen Ärger durfte Frederic nicht zurückdenken. Um nicht schon wieder Ungemach heraufzubeschwören, traute er sich nicht, Angelika zu sagen, dass die Maßschuhe drücken würden und er viel lieber seine Schuhe anziehen würde, die er sich selbst bei »Schuhmode Fischer« in Eupen gekauft hatte. Also zwängte er sich nicht nur widerwillig in die bereitliegenden Klamotten, sondern auch in die unbequemen Schuhe aus Österreich. »Mer...«

»Was wolltest du sagen, mein Schatz?«

Weshalb rege ich mich überhaupt auf, dachte er sich, nachdem sie schon eine halbe Stunde später das »L'Atelier du Selys« betreten hatten. Denn während die anwesenden Gäste Angelika mit bewundernden Blicken bedachten, wurde ihm keinerlei Aufmerksamkeit zuteil, Frederic fühlte sich gerade so, als wenn er Luft wäre. Aber dies war ihm egal, denn *seine* Begleiterin sah wirklich hinreißend aus. Und die Hauptsache war im Moment sowieso, dass es in diesem weit über die Stadtgrenzen von Lüttich hinaus bekannten Restaurant eine französisch-belgische Küche gab, was Frederic verhieß, dass hier keine kulinarischen Experimente auf ihn warten dürften.

Wenn er sich da nur nicht täuschte.

Als einer der Ober auf sie zukam und Angelika mit einem vertraut klingenden »Bonjour, Madame Docteur Laefers« begrüßte, wunderte Frederic sich darüber, wie es ihr unbemerkt hatte gelingen können, in diesem stets ausgebuchten Lokal einen Tisch zu bestellen. Was soll's, dachte er sich, während auch ihm ein Stuhl unter den Hintern geschoben wurde.

»Ein Bier!«

»Pardon, Monsieur?« Der Ober glaubte sich verhört zu haben.

*

Am nächsten Morgen konnte es der Mordermittler kaum erwarten, zur Kiesgrube zu fahren, um dort mit der Suche nach seinem ehemals ihm unterstellten Kollegen zu beginnen. Außerdem wollte er das kulinarische »Erlebnis« vom gestrigen Abend möglichst rasch vergessen. Von wegen »nicht experimentell«, hatte er sich in Erinnerung an die ungewöhnliche Kreation der Köche des Nobelrestaurants gedacht, in dem er gestern Abend mit Angelika diniert hatte. Frederic hatte geglaubt, aus einem typisch »französisch-belgischen« Speisenangebot wählen zu können, zu dem seiner Meinung nach auch belgische Fritten gehörten. Dummerweise hatte er übersehen, dass der Wirt an den Begriff »französisch-belgisch« ein »europäisch« gehängt hatte.

»Was soll denn das für ein Schwachsinn sein?«, hatte er Angelika gefragt, als er die in Leder gebundene Speisekarte in seinen Händen gehalten hatte. »Eine ›französisch-belgisch-europäische‹ Küche! Gehören denn Frankreich und Belgien nicht zu Europa? Wir sind hier doch nicht in England«, hatte er bissig gewitzelt. Um des lieben Friedens willen hatte er dann aber nichts mehr dazu bemerkt und – was er nicht hätte tun dürfen – Angelika für ihn bestellen lassen.

Als sie die Kiesgrube erreicht hatten, trat Angelika so fest auf die Bremse, dass es ihren Beifahrer in den Gurt drückte.

»Was ist?«, wollte Frederic irritiert wissen.

»Ja, glaubst du denn, dass ich meinen frisch gewaschenen Wagen in diesem staubigen Drecksloch verschmutzen lasse?«

Nachdem Frederic kurz überlegt hatte, nickte er und sagte: »Es ist zwar Winter, weswegen es kaum staubig sein dürfte. Aber es ist in Ordnung. Es ist sogar gut, wenn wir von hier ab zu Fuß gehen.«

Über Frederics sofortiges Verständnis zunächst etwas verwundert, verstand Angelika rasch, weshalb er sich so verhielt. »Ich kapiere. Vielleicht finden wir dabei einen Hinweis, den Millers Spurensicherer übersehen haben.«

Frederic nickte und fischte seinen Tabakbeutel aus der Jackentasche. Nachdem er sich eine Zigarette gedreht und angezündet hatte, ließ er seinen Blick lange über das unübersichtliche Gelände schweifen, in dem sich ein riesiger, von Maschinen geformter Krater an den anderen reihte. In Gedanken versuchte er, das Geschehen zu rekonstruieren.

Nachdem sie dort angekommen waren, wo Bribantés Wagen mit offenen Türen gestanden hatte, entdeckte Frederic Fußabdrücke, die vom unteren Teil des gewaltigen Schürfareals hierher führten. Also folgte er den Fußspuren dorthin, woher sie gekommen waren. Nachdem er auch noch Wagenspuren entdeckt hatte, untersuchte er das Areal weiträumig, fand aber nichts, weil die Spurensicherer offensichtlich gute Arbeit geleistet hatten. Obwohl er eigentlich keinen Grund dazu hatte, ging er ein ganzes Stück weiter bis zum Kraterende, wo er über einen Stein stolperte, der eine leere Zigarettenschachtel bedeckt hatte. »Das Glück ist auf unserer Seite, Angelika«, rief er seiner Partnerin so laut zu, dass es widerhallte. »Ich glaube, Bribantés Entführer hat in guter Entfernung des Geschehens etwas versteckt!«

Nachdem der auf alles gefasste Ermittler das Beweisstück eingetütet hatte, sammelte er beim Rückweg vier herumliegende Bretterteile zusammen, wovon er zwei davon zu beiden Seiten der Reifenspur auf den matschigen Boden legte, um dann darauf und auch noch ein Brett schützend über den Fußabdruck zu legen. »Wahrscheinlich hat die Spurensicherung bereits Abdrücke davon genommen, aber sicher ist sicher«, rief er Angelika zu, die sich aus einem gewissen Abstand heraus über sein Tun wunderte. Weil sie wegen ihres unpassenden Schuhwerks nicht mitgekommen war und zudem ihren sündhaft teuren Wagen nicht unbewacht hatte stehen lassen wollen, war sie oben geblieben. Dementsprechend konnte Frederic ihr nicht gleich erzählen, was er entdeckt hatte. Als er aber bei ihr war, sprudelte es aus dem ansonsten eher wortkargen Ermittler nur so heraus: »Bribantés Entführer ist dort vorne bis ganz hinuntergefahren.« Während er die vermutete Strecke mit dem Zeigefinger nachzeichnete, erklärte er ihr, dass der Entführer sich seiner Meinung nach hinter diesem Steinhaufen zu Bribanté zurückgeschlichen und ihn dann von hinten überwältigt hatte. »Dieses miese Schwein hat ihn hierher gelockt und ihm dann wahrscheinlich den Knauf seiner Pistole über den Schädel gezogen. Dann hat er …« Frederic durfte nicht daran denken, was weiter geschehen sein konnte.

*

Nachdem sie kurz darauf die Kiesgrube verlassen hatten, waren sie auf direktem Weg zur Wohnung zurückgefahren.

Eine gute Stunde später saßen sie in Frederics Lieblings-friterie im Herzen von Lüttich. »Die beste Friterie der gesamten Wallonie!«, wie der Genießer schwärmte, gehörte seinem alten Freund Fritten-Ralf, mit dem er in der Vergangenheit schon einiges erlebt hatte.

Mit dem Ergebnis seiner heutigen Recherchen zufrieden, genoss Frederic die köstlichen Fritten, die auch seiner kulinarisch verwöhnten Partnerin mundeten, weil sie großen Hunger hatte. Nachdem sie mitbekommen hatte, wie sich ihr Partner um seinen ehemaligen Kollegen sorgte, war sie ohne Gegenvorschlag auf seinen Wunsch eingegangen, sich an diesem Abend mit Fritten zu begnügen. Weil er wusste, dass sich dies schon am nächsten Tag ändern und sie wieder in einem dieser feinen Restaurants landen konnten, genoss Frederic jede einzelne Sekunde in der »Friterie du Perron«.

Aber irgendwann waren sie mit dem Essen fertig, Angelika mochte sich noch ein Gläschen Weißwein gönnen, während Frederic sich mit einer weiteren Dose Bier zufrieden geben würde. Bei ihrer Unterhaltung blieb es nicht aus, dass sie auch auf den eigentlichen Grund ihres Lüttichbesuches zu sprechen kamen: »Gleich morgen früh werde ich Miller anrufen und ihn fragen, ob seine Leute die Reifenspuren ganz unten im Kiesgrubenkrater ebenfalls entdeckt oder möglicherweise übersehen haben, weil sie sich allzu sehr auf Bribantés Wagen und dessen engerem Umfeld konzentriert hatten, anstatt das gesamte Kiesgrubenareal unter die Lupe zu nehmen.«

»Sicher haben sie auch schwarze Lackspuren gefunden«, vermutete Angelika und lächelte sie an.

Frederic nahm die Hand seiner Partnerin und lächelte sie dankbar an. »Ja, mein Schatz, das Gelände ist zwar riesig, ich denke aber, dass Millers unterbesetzte Spurensicherung dennoch ebenso fündig geworden ist, wie wir. Hauptsache, die Spuren wurden gefunden, egal von wem. Wenn die Reifen- und auch noch die Lackspuren zu Cedric Rothieus Mercedes oder zu einem anderen Wagen aus seinem Fuhrpark gehören, können wir ihn endlich festnageln.« Weil Frederic im wahrsten Sinne des Wortes noch einen Trumpf in der Tasche hatte, lehnte er sich zufrieden zurück. Behutsam zog er das Tütchen mit der Zigarettenschachtel aus der Jackentasche und legte es auf den Tisch.

»Was ist das?«, wollte Angelika wissen, bekam aber keine Antwort, weil ausgerechnet in diesem Augenblick Fritten-Ralf mit einem Glas Wein und zwei Dosen Jupiler an den Tisch kam. »So, ihr Lieben, nun ist der größte Ansturm vorbei und ich kann mich ein Weilchen zu euch setzen.« Es zischte zwei Mal und die Männer stießen mit Angelika an.

»Seit wann rauchst du ›Caballero‹? Bist du zu faul zum Selberdrehen geworden?«, wollte Ralf von seinem alten Freund wissen, nachdem er die vor ihm liegende und an ihm ungewohnte Zigarettenschachtel gesehen hatte.

Frederic räusperte sich und blickte sich diskret nach allen Seiten um, bevor er sich über den Tisch Ralf entgegenbeugte und ihm in verschwörerischem Ton zutuschelte, dass er eigentlich nicht darüber sprechen dürfte. »Aber dir kann ich es ja sagen.« Dabei tippte er mehrmals auf die Packung mit dem warnenden Spruch: »Roken kan dodelijk zijn!«

»Ja, und?« Ralf und auch Angelika waren neugierig geworden.

Wieder tippte Frederic mit einem Zeigefinger auf die Zigarettenpackung. Dann gab er sein Geheimnis preis: »Dies hier ist ein Beweisstück in einem Entführungsfall«,

Frederic schluckte, bevor er ergänzte, »... oder in einem Mordfall!« Damit verlieh er – ungeachtet der anderen Morde – seiner Sorge um Bribanté Ausdruck.

»Ah! Deshalb ist diese holländische Zigarettenschachtel eingetütet.«

»Woher hast du sie?«

»Aus dem Steinbruch, stimmt's?«, mutmaßte Angelika.

Aber Frederic ging nicht darauf ein, sondern wandte sich wieder an Ralf: »Du kennst diese Zigarettenmarke?«

Ralf nickte wie selbstverständlich.

»Das ist gut«, freute sich Frederic.

Nun legte Fritten-Ralf ein vielsagendes Grinsen in sein Gesicht. Dann erklärte er Frederic, dass dies seines Wissens mittlerweile die einzige Zigarettenmarke sei, die noch in den Niederlanden produziert wird. »Ich glaube, mich erinnern zu können, dass die Herstellerfirma ihren Sitz in Amstelveen hat und ...«

»Das liegt in der Provinz Nordholland«, überlegte Frederic laut und unterbrach dadurch seinen Freund, an den er sich aber gleich wieder wandte: »Wieso kennst du diese seltenen Zigaretten? Du bist doch Nichtraucher. *Ich* kenne sie ja kaum.«

»Thérèse, bringst du uns noch etwas zu trinken?«, rief Fritten-Ralf einer seiner Mitarbeiterinnen zu, bevor er sich nun verschwörerisch über den Tisch beugte und Frederic zuflüsterte: »Ich weiß etwas, was du nicht weißt.«

»Mon ami, lass dieses alberne Spielchen!«, mokierte sich Frederic, der Ralfs Erkenntnis absolut nichts Lustiges abgewinnen konnte.

»Mach es doch nicht so spannend, Ralf«, forderte ihn nun auch Angelika auf, endlich zu sagen, was er wusste.

Der Friteriebetreiber zog seinen leicht aus den Fugen

geratenen Oberkörper vom Tisch und lehnte sich mit verschränkten Armen zurück. Nachdem Ralf seinen ungeduldigen Freund *so* lange stumm angegrinst hatte, dass dieser auszurasten drohte, erzählte er ihm, dass er jemanden kennen würde, der diese Zigaretten raucht.

»Verdammt noch mal, Ralf.«

»Schon gut, ich sag's dir ja schon: Guido, ein Gast von mir.«

»Und?«, drängte Frederic, dem vor Aufregung die Wangen rot anliefen.

»Den Nachnamen kenne ich leider nicht. Ich weiß nur, dass es ein riesiger Kerl ist, der Blumen- und Totenkopftätowierungen an beiden Armen hat. Ein guter Gast!«

»Weiter! Wie sieht er sonst noch aus? Wie alt ist er?«, drängte Frederic, der wusste, das Ei des Columbus *vor* Miller und Dohmen gefunden zu haben.

Ralf legte seine Stirn in Falten, nahm einen kräftigen Schluck aus der Dose und ergänzte seine Aussagen: »Ich schätze, dass er so um die 35, 40 Jahre alt ist. Auf jeden Fall ist er Niederländer. Er hat dunkle, glatt nach hinten gegelte Haare, die sich im Nacken locken. Ach ja, er trägt immer zerrissene Jeans.«

Nachdem Ralf seinem Freund auch noch gesagt hatte, dass dieser Typ zeitweise überhaupt nicht, dann aber gleich drei bis vier Mal in der Woche zu ihm kommen würde, war Frederic mehr als zufrieden. »Dann kriegen wir ihn. Er wohnt vermutlich in Lüttich.«

»Das kann sein. Er hat mir mal erzählt, dass er aus …«

»… Amstelveen stammt«, ergänzte Frederic scharfsinnig.

»Woher …«

Und schon wieder wurde Ralf von Frederic – der in Gedanken bereits ganz woanders war – unterbrochen:

»Weil ich den Typen selber fassen möchte, werde ich Miller noch nichts davon erzählen, sondern immer einen *meiner* Leute in Bereitschaft halten, damit dieser Guido sofort observiert werden kann, wenn er sich bei dir blicken lässt. Ich kann dir doch abverlangen, dass du mir sofort Bescheid gibst, wenn er bei dir ist. Dein Job wird es dann sein, ihn so lange aufzuhalten, bis ich hier bin. Kann ich mich auf dich verlassen, mein Freund?«

Ralf salutierte spasseshalber. »Oui, mon Commissaire!«

Nachdem sie noch ein paar Bierchen getrunken und dabei die Sache eingehend erörtert hatten, verabschiedete sich Ralf mit der Begründung, die Kasse machen zu müssen.

»Und lass dir dann um Gottes willen ja nichts anmerken. Zu niemandem ein Wort!«, wurde er von Frederic eingeschworen.

Als Ralf weg war, fuhr Angelika, die sich kaum in das Gespräch gemischt hatte, hoch: »Sag mal, spinnst du, Lemmi? Das wäre doch wohl eindeutig Millers Sache, oder etwa nicht?«

Weil Frederic wusste, dass sie recht hatte, schluckte er sein schlechtes Gewissen hinunter, bevor er ihr erklärte, dass es sich schließlich um Bribanté handelte, der mit ziemlicher Wahrscheinlichkeit von diesem Guido entführt oder sogar von ihm ermordet worden war. »Und Bribanté war einer meiner Männer, bevor ich nach Eupen gewechselt habe. Verstehst du das, Angelika? Deswegen möchte ich ihn finden und diesen Guido zur Strecke bringen. *Wir* haben die Zigarettenschachtel gefunden, und nicht Miller, dessen Spurensicherer offensichtlich doch überlastet sind. Der hatte seine Chance. Ich möchte nicht, dass er noch etwas versaut.« Frederic drehte sich eine Zigarette und sagte kurz vor dem Rausgehen: »Der Hauptgrund für meine Entscheidung liegt in meiner Befürchtung, dass Miller die Pferde scheu macht und dadurch dieses Schwein aufschreckt. Wenn Guido gewarnt ist, dürfte Bribantés Leben keinen Pfifferling mehr wert sein, falls er überhaupt noch lebt.«

Weil er dies alles in einem ungewohnt harschen Ton gesagt und dabei mit eisiger Miene die Fäuste geballt hatte, wusste Angelika, dass sie ihren »Superbullen« nicht umstimmen konnte. Also fragte sie nur noch, wie es weitergehen würde.

»Miller kann froh sein, dass er durch die Reifen- und Lackspuren vermutlich direkt auf Rothieus Spur stoßen und er dann eine Handhabe gegen ihn haben wird, um ihn festnehmen zu können. Wir zwei heften uns an die Spur, die dieser Guido bereits für uns gelegt hat. Das Wichtigste ist im Moment, dass wir Bribanté so schnell wie möglich finden.«

Bevor Angelika schon wieder etwas einwerfen konnte, erklärte Frederic ihr auch noch, dass er um das Risiko wisse, nicht gleich die gesamte Kavallerie zu alarmieren. »Wenn etwas schiefläuft, habe ich die Arschkarte allein, übernehme dann aber die volle Verantwortung! Bevor aber die verhältnismäßig unerfahrenen Kollegen aus Lüttich Mist bauen, ermittle ich lieber selbst mit vollem Einsatz. Dabei geht es nicht darum, Miller und Dohmen unkollegial zu umgehen, ich möchte nur sicher sein, dass nichts schiefläuft. Außerdem werden die anderen nach meinem Anruf bei Miller genug damit zu tun haben, sich um Cedric Rothieus Auto zu kümmern. Und die Aachener dürften hinreichend damit beschäftigt sein, den Erpresser zu suchen.«

»Du meinst diesen Gilbert Primat vom ›Hexenhof‹?«

Frederic zuckte mit den Schultern und nickte. »Ich bin mir allerdings nicht sicher, ob er der Erpresser ist.«

Um zu verhindern, dass ihn Angelika von seinem Plan abbringen konnte, beendete Frederic das Gespräch, indem er nach draußen ging. Er mochte sich endlich seine Selbstgedrehte zwischen die Lippen stecken. Und er musste nachdenken. Was also lag da näher, als eine Zigarette zu rauchen?

Nachdem er zurückgekommen war, unterrichtete er Angelika darüber, dass er in Bezug auf Bribantés Suche die Füße so lange stillhalten werde, bis er etwas von Fritten-Ralf hören würde. »Sowie Ralf mir mitteilt, dass dieser Guido bei ihm ist, hefte ich mich an dessen Fersen!«

*

»Wir haben einen Vorschlag zur Geldübergabe«, verkündete Peter Dohmen zu Beginn des kurzfristig anberaumten Meetings, zu dem er auch die leitenden Kolleginnen und Kollegen aus allen Teilen der Städteregion Aachen sowie aus Eupen und Lüttich dazugebeten hatte.

Weil Frederic und Angelika in Lüttich so lange nichts tun konnten, bis Fritten-Ralf anrief, waren auch sie nach Aachen gefahren. Nach Ralfs Anruf würden sie schon 30 Minuten später in Lüttich zurück sein. Und so lange würde der clevere Friteriebetreiber diesen geheimnisvollen Guido sicherlich hinhalten können, ohne dass der etwas davon merken würde.

Nicht nur draußen war es kalt und ungemütlich. Weil im Besprechungszimmer des Aachener Kommissariats kurz zuvor noch geraucht worden war, hatte eine der Sekretärinnen sämtliche Fensterflügel aufgerissen. Deswegen waren sie in die zweite Etage hochbeordert worden, wo sie sich im Besprechungszimmer der Staatsanwaltschaft zusammengefunden hatten.

Auch wenn der erst 43-jährige Oberstaatsanwalt in großer Sorge darüber war, dass die Presse Wind davon bekommen könnte und er deswegen alles über den aktuellen Stand der Sache wissen mochte, hielt er sich nach einer knappen Begrüßung im Hintergrund und ließ seinen ranghöchsten Kriminalbeamten reden. Und der fühlte sich sichtlich unwohl. Denn Peter Dohmen musste berichten, dass Kopien des neuerlichen Erpresserschreibens mindestens 20 Glühweinverkäufern unbemerkt hatte zugeschoben werden können, obwohl »an die Hundert Mann« die größten Weihnachtsmärkte der Region überwachten, – eine Peinlichkeit, die Le Maire darin bestätigte, unabhängig von Millers Leuten selbst nach Bribanté zu suchen.

Als wenn er sich dadurch aufmuntern könnte, schwenkte Peter Dohmen das neue Schreiben den anderen wie eine Trophäe entgegen. Zur Verwunderung aller gab er bekannt, dass sich die jüdischen und die muslimischen Kollegen ebenso wenig wie die Atheisten unter ihnen an der direkten Geldübergabe beteiligen mussten, obwohl sie allesamt Beamte waren. Allein schon aufgrund dieser Aussage warteten nun alle gespannt darauf, weshalb er dies gesagt hatte. Aber anstatt die Sache gleich aufzuklären, drückte er einer neben ihm sitzenden Kollegin aus Stolberg das neue Erpresserschreiben in die Hand und flüsterte seinem Assistenten etwas zu.

Nachdem das Schreiben von dort aus die Runde gemacht hatte, war schnell klar, weshalb es der Einsatzleiter den nichtchristlichen Kolleginnen und Kollegen freigestellt hatte, sich an diesem Einsatz zu beteiligen oder nicht. Zudem war längst klar geworden, dass der Erpresserbrief eindeutig dieselbe »Handschrift« aufwies wie die beiden vorangegangenen Briefe, die ebenfalls so lustig aussahen, als wenn sie von Kindern zusammengebastelt worden wären. Allerdings war der Inhalt auch hier alles andere als zum Lachen.

Nachdem sie den Brief gelesen hatten, herrschte betretene Stille unter den Beamten. Denn der Erpresser verlangte, dass schon morgen Abend das Geld – von jedem der von ihm ausgewählten Glühweinhändler 5.000 Euro, von der »Öcher Delikatessenhütte« und vom »Siebten Himmel« jeweils sogar 10.000 Euro – dort deponiert werden sollte, wo er es laut Beschreibung und beigeheftetem Lageplan vorgab.

Als die schon tags darauf stattfindende Aktion mit den Führungskräften der Region über zwei Stunden hinweg durchgesprochen und geklärt war, dass sich sämtliche Beamte, gleich welcher Konfession, ausnahmslos daran beteiligen werden, wussten alle Einsatzkräfte, was sie zu tun hatten. Zwar immer noch sichtlich nervös, aber einigermaßen zufrieden verabschiedete Peter Dohmen die anderen mit einem knappen »Bis morgen früh!«

Zurück in seinem Büro ließ er sich von seiner Sekretärin erst einmal einen Beruhigungstee auf den Schreibtisch stellen. Dann ordnete er an, dass sein Assistent sämtliche betroffene Glühweinhändler anrufen solle, um sie auf die Geldübergabe einzuschwören und sie zu *be*schwören, sich nicht das Allergeringste anmerken zu lassen.

»Betreiben Sie Ihren Verkaufsstand wie immer!«, empfahl Kommissar Lehnen dann auch jedem Einzelnen und versicherte, dass sie ihr Geld zurückbekommen würden,

»sowie wir den Erpresser gefasst haben.« Allerdings hatte er dabei ein mulmiges Gefühl in der Magengegend.

Der Besprechungsraum hatte sich nach und nach geleert. Nur Miller und Dr. Laefers waren noch hier. Als Le Maire vom Rauchen zurückkam, um nach seiner Partnerin zu suchen, winkte Miller ihn zu sich, um seinem ehemaligen Chef etwas sagen zu können: »Schön, dass Sie mir darüber Bescheid gegeben haben, in der Kiesgrube brauchbare Reifenspuren gefunden zu haben. Auch die Lacksplitter dürften hochinteressant sein.«

Noch bevor Le Maire still triumphierend in sich hineingrinsen konnte, stellte Miller klar, dass seine Leute diese Spuren »selbstverständlich« ebenfalls gleich entdeckt hatten. »Aber sagen Sie, werter Herr Kollege aus Eupen, was hatten Sie eigentlich noch in der Kiesgrube zu tun gehabt?«

Da war er schon wieder: der ewige Revierstreit, der Le Maire unglaublich nervte, seit er sich nach Eupen hatte versetzen lassen, an dem er aber nicht unschuldig war. Weil ihm die Messerspitze, die Miller auf ihn gerichtet hatte, nicht entgangen war, zeigte er sich gereizt und ging gleich zum Gegenangriff über: »Dennoch sind deine Spurensicherer auch nicht mehr, was sie einmal unter meiner Regie waren, oder, werter Herr Kollege aus Lüttich?« Damit meinte er die von ihm gefundene Zigarettenschachtel, von deren Existenz er allerdings nichts preisgab.

Der Leiter der Mordkommission Lüttich zupfte nervös seine Fliege zurecht und schaute seinen ehemaligen Chef fragend an, bekam aber nur ein überheblich wirkendes Grinsen zur Antwort. Bevor der ansonsten ruhige Miller aufbrausen konnte, wurde er von Dr. Laefers beruhigt, indem sie ihn anlog.

»Was sagen Sie da, Madame Docteur?«, wunderte sich Miller. »Hauptkommissar Le Maire hat sein Handy in der Kiesgrube verloren, als wir gemeinsam dort waren und hat es dann später zusammen mit Ihnen gesucht?« Dann wandte *er* sich mit einem süffisanten Lächeln auf den Lippen wieder an seinen ehemaligen Chef: »Seit wann führen denn *Sie* ein Handy mit sich?«

Aber Le Maire ging nicht darauf ein. Stattdessen war er wieder sachlich geworden und erkundigte sich bei Miller, was in dieser Angelegenheit der aktuelle Stand der Dinge sei.

Auch Miller war wieder um Professionalität bemüht, als er sagte: »Na ja, von den Reifenspuren konnten wir gute Kautschukabdrücke machen, die wir morgen ebenso mit Cedric Rothieus Mercedes und bei Notwendigkeit auch mit seinen Lieferfahrzeugen vergleichen werden wie die Lackspuren ...«

»... die nur zu seinem schwarzen Mercedes gehören können, weil seine Lieferfahrzeuge hell lackiert sind«, ergänzte Le Maire.

»Deswegen könnte es sein, dass es nicht mehr nötig sein wird, auch die Lieferfahrzeuge auf Reifenabdrücke zu untersuchen! So weit waren wir auch schon!«, knurrte Miller, der trotz aller Professionalität immer noch gereizt war. »So oder so können wir jetzt schon davon ausgehen, dass wir zwei Treffer landen werden.«

»Na, das ist doch gut. Dann könnt ihr Rothieu ja festnageln.«

Weil Frau Dr. Laefers befürchtete, dass sich die Unterhaltung erneut hochschaukeln könnte, schaute sie auf die Uhr und sagte. »Ich muss jetzt gehen.«

*

Am nächsten Morgen waren nicht nur die polizeilichen Führungskräfte aus der gesamten Städteregion Aachen, aus Eupen und Lüttich im Aachener Kommissariat versammelt. Um die Leute gleich noch an Ort und Stelle einteilen zu können, waren zudem sämtliche zur Verfügung stehende Kriminalbeamten und Streifenpolizisten dazu gerufen worden. So harrte eine Hundertschaft der Dinge, die nun auf sie zukommen werden.

Wie schon tags zuvor, hatte Peter Dohmen die Leitung der Besprechung übernommen und erklärte nun, wie die Geldübergabe ablaufen würde: »Weil sich einige der Glühweinanbieter geweigert hatten, die geforderten 5.000 Euro zur Verfügung zu stellen, hatte mein Stellvertreter gestern große Probleme, das Geld zusammenzubringen. Schlussendlich aber ist es ihm gelungen, auch den letzten von ihnen davon zu überzeugen, dass er sein Geld zurückbekommen würde.« Er zeigte auf die schwarze Sporttasche vor sich und sagte, dass sich darin ziemlich genau 100.000 Euro befinden würden.

»Nur wegen des Scheißgeldes bringt dieser Typ Menschenleben in Gefahr und riskiert, für mindestens zehn Jahre ins Gefängnis zu wandern?«, ärgerte sich Devaux über die Dreistigkeit des Erpressers.

»Das ist richtig, werte Frau Kollegin«, antwortete Dohmen. »Das zeigt uns, dass der Erpresser möglicherweise kein Profi ist, was ihn umso unberechenbarer macht. Also müssen wir besonders achtsam sein. Nun aber lasst uns über den Ablauf der Geldübergabe sprechen.«

\*

18.53 Uhr: Die Vesper im Aachener Dom war schon seit über einer Dreiviertelstunde in vollem Gang und es tat sich immer noch nichts. Auf den Hymnus waren endlos erscheinende Psalmen, eine ermüdende Kapitellesung und das gänzlich einschläfernde Responsorium gefolgt, dessen monotoner Singsang das abendliche Stundengebet zu einer harten Prüfung insbesondere für die Atheisten unter den Polizisten werden ließ, die sich zusammen mit ihren gläubigen Kollegen im gesamten Kirchenraum verteilt hatten, während etliche Polizisten draußen Position bezogen hatten. Selbst so mancher der katholischen Beamten hoffte, dass sie den Erpresser schnappen werden, bevor sie auch noch die Fürbitten und das Oratorium über sich ergehen lassen mussten. Den am Schluss kommenden Segen Gottes würden sie zwar gut gebrauchen können, um den Verbrecher fassen zu können. Aber die unauffällig aussehende Geldtasche befand sich nach wie vor dort, wo sie nach genauer Vorgabe des Erpressers vom Inhaber der »Öcher Spezialitäten« hatte abgestellt werden müssen. Es war eine für die Kirchenbesucher ebenso uneinsehbare Stelle wie für die etwa 40 Kriminal- und Streifenpolizisten in Zivil, die sich im gesamten Oktogon sowie in den Seitenhallen des Aachener Doms verteilt und unter die Gottesdienstbesucher gemischt hatten.

Lediglich Kriminalkommissar Matthias Lehnen war es möglich, die Tasche ständig im Auge zu behalten. Denn Peter Dohmens verhältnismäßig jung aussehender Assistent hatte sich nach vorheriger Absprache mit denjenigen, die für die Gestaltung und die Organisation dieser abendlichen Gebetsstunde im Aachener Dom zuständig waren, so unter die Messdiener gemischt, dass er nicht auffiel. Und dazu gehörte, dass er eine Arbeit verrichten musste, bei der er aus liturgischer Sicht nichts falsch machen konnte. Also hatte ihn der Küster kurzerhand zu denjenigen Kirchendienern gesteckt, die außer Kerzen in ihren Händen zu halten und sich möglichst wenig zu bewegen, nichts zu tun hatten. Von dieser Position aus konnte Lehnen die Geldtasche während der gesamten Zelebration gut im Blick behalten.

Wenn der Erpresser die Tasche an sich nehmen würde, brauchte Lehnen nichts anderes zu tun, als sich umzudrehen und seinen Chef per Funk darüber zu informieren. Und der musste dann nur noch den richtigen Zeitpunkt abwarten, bevor er für den Zugriff aufstehen und nach draußen gehen würde. Weil er in einer der vordersten Reihen saß, würden dies die hinter ihm sitzenden oder stehenden Kolleginnen und Kollegen ohne Worte mitbekommen und die Vesper ebenfalls verlassen können, ohne die anderen Kirchenbesucher allzu sehr zu stören. Allerdings würden Miller und ein paar zuvor ausgewählte Kollegen im Kirchenraum bleiben und den Erpresser nicht aus den Augen lassen. Um aber der Gefahr einer Geiselnahme oder einer anderen unbedachten Handlung vonseiten des Erpressers vorzubeugen, wollten sie ihn nicht gleich im Dom stellen, sondern erst festnehmen, wenn er von den anderen Kirchenbesuchern getrennt war. Dementsprechend sollte sich alles Weitere draußen abspielen. Deswegen mussten die meisten Beamten, die sich vom oberen Katschhof aus um den gesamten Dom herum bis zur Körbergasse hinüber und zum Münsterplatz hinunter verteilt hatten, dort auf ihn lauern. Sie hofften, nur noch darauf warten zu müssen, bis der Erpresser mit der Geldtasche das 1.200 Jahre alte Gotteshaus verlassen würde. Und über kurz oder lang musste er es verlassen. So zumindest hatte es sich der Einsatzleiter gedacht. Alles schien perfekt durchorganisiert. Aber es tat sich immer noch nichts! Obwohl inzwischen bereits die Oration, die vor dem Schlusssegen kam, gebetet wurde, blieb die Geldtasche unberührt.

»Verdammt!«, entfuhr es dem sichtlich unruhig gewordenen Einsatzleiter versehentlich *so* laut, dass er von der alten Frau neben ihm mit einem aggressiven Zischlaut und einem Rempler zur Ruhe gemahnt wurde.

Peter Dohmen wusste nicht, wie er mit der Situation umgehen sollte, er wusste nur, dass er und seine Leute bis zum Schluss ausharren mussten, wenn sie nicht doch noch auffallen mochten.

Von alledem bekam der Leiter der belgischen Truppe nichts mit. Frederic Le Maire hatte es sich auf einem Bänkchen im Hof vor dem Eingangsportal zwischen zwei türkischstämmigen Kollegen gemütlich gemacht und zog genüsslich an seiner Zigarette, während die anderen beiden auf Knoblauchzehen herumkauten, was für Le Maire so unerträglich wurde, dass er sich woanders hinsetzte und dadurch Stress mit den beiden Kollegen heraufbeschwor. »Was ist, Mann? Magst du keine Türken?«, wurde er provozierend gefragt.

Als er spasseshalber mit einem »Muss man die mögen?« konterte, wäre es fast zu einem Eklat gekommen.

Nur gut, dass in diesem Augenblick die abendliche Vesper im Aachener Dom beendet war und sich die ersten Gläubigen nach draußen drückten.

In dem Moment konzentrierten sich die draußen postierten Einsatzkräfte voll und ganz auf die herausströmenden Menschen. Während etliche von denjenigen, die sich im inneren des ehrwürdigen Gotteshauses befanden, auf ihren Plätzen blieben, liefen andere wie aufgescheuchte Hühner durch das unüberschaubare Gebäude. Und Peter Dohmen drückte sich gegen den Menschenstrom nach vorne zu seinem Assistenten, der die Tasche bereits an sich genommen hatte. »Gott sei Dank!«, entfuhr es ihm mit einem Blick nach oben. »Ist alles noch drin?«

»Klar«, antwortete Matthias Lehnen, während er seinem Chef die Tasche übergab, um sich das Messdienergewand abstreifen zu können. »Ich habe sie keine Sekunde aus den Augen gelassen. Aber was ist passiert, dass das Geld nicht abgeholt wurde?«

Sein Chef zuckte mit den Schultern und öffnete das Behältnis, um sich zu vergewissern, dass das Geld wirklich noch da war.

*

Von alledem scheinbar unberührt, schlich ein nicht gerade groß gewachsener schlanker Mann von einer der Verkaufsbuden des »Hexenhofes« zu anderen. Dabei schien er sich für etwas Spezielles zu interessieren. Jedenfalls fiel dies der aufmerksamen Standleiterin des »Towers« auf, nachdem der etwa 70-jährige Mann bei ihr einen Schokopunsch bestellt hatte und seit über einer Stunde die »Glühweinveredelungsbude« nicht aus den Augen ließ, ohne zu trinken und ohne sich mit einem der anderen Gäste zu unterhalten. Er stand einfach nur da und starrte in Richtung Hütteneingang.

Als er nach einer weiteren halben Stunde des Schweigens doch noch den Mund aufmachte, indem er die neugierig gewordene Standleiterin mit davor gehaltener Hand annuschelte um zu erfahren, wo der Leiter der Verkaufsbude »... dort drüben« sei, wurde die Frau erst recht stutzig. Denn aufgrund ihrer Führungsposition hatten ihr die

Chefs von den Erpressungsversuchen erzählt. Außerdem hatte es in der vom Fremden gemeinten Bude bereits einen Toten gegeben.

»Wen meinen Sie? ... Gerald?«, mochte die mit allen Wassern gewaschene Verkäuferin allein schon deswegen von ihm wissen. Damit erreichte sie aber nur, dass der Gast seine Kapuze tiefer ins Gesicht zog, hastig einen Fünfeuroschein auf die Theke legte und ohne ein weiteres Wort zu verlieren in der Menge Richtung des oberen Weihnachtsmarktes verschwand.

Weil ihr dieses Verhalten nun erst recht merkwürdig vorgekommen war, wollte die Standleiterin zur »Kulthütte« hinüber gehen, um Alwin Fiebus und Ralph Cleef von dem undurchsichtigen Typen zu berichten. Weil aber das Abendgeschäft langsam seinem Ende zuging und dementsprechend bald Feierabend sein würde, versuchten gerade die angesäuselten Gäste an ihrem Verkaufsstand, weiter an alkoholische Getränke zu kommen. Und solange die Glocke vom »Turm« herüber nicht zur letzten Runde läutete, hatten die Standchefin und ihre studentischen Mitarbeiter alle Hände voll zu tun, weswegen sie die Begegnung mit dem älteren Herrn rasch so weit in den Hintergrund rückte, dass sie die Sache ganz vergaß.

*

Kriminalhauptkommissar Peter Dohmen konnte sich indessen keinen Reim darauf machen, weshalb die Geldübergabe schiefgelaufen war und weswegen sich der Erpresser nicht hatte blicken lassen, obwohl dessen Vorgaben strikt eingehalten worden waren. Allerdings hatte dazu auch gehört: »Keine Polizei! Sonst ...«

Bei der deprimierenden Manöverkritik beteuerte jeder einzelne Polizeibeamte, sich absolut unauffällig verhalten zu haben. Die Stimmung unter den Beamten war nun ebenso mies wie sie unter den Glühweinanbietern schon seit Eingang des ersten Erpresserschreibens war. Obwohl sie ihr Geld zurückbekommen hatten, begannen sie nun offen auf die Aachener Polizei und auf die Bullen im Allgemeinen zu schimpfen. Deswegen bemühte sich Dr. Knopp höchstpersönlich um Deeskalation. Zusammen mit dem Leiter seiner Mordkommission und dessen Assistenten ging er von Glühweinstand zu Glühweinstand, um deren Inhaber einzeln zu beschwichtigen und auf Kurs zu halten. Um einen öffentlichen Skandal zu verhindern, gab sich der ansonsten meist schroff klingende Oberstaatsanwalt ungewöhnlich verständnisvoll. So redete er mit Engelszungen auf die Budenbetreiber ein und beschwor sie, Ruhe zu bewahren. Dabei wies er sie rein vorsorglich schon einmal darauf hin, dass es seiner Vermutung nach eine neuerliche Geldübergabe geben würde. Aber die Glühweinanbieter waren mittlerweile derart sauer, dass sie ihm teilweise überhaupt nicht zuhören mochten. Erst als er sanft damit drohte, aus Sicherheitsgründen den gesamten Weihnachtsmarkt schließen zu lassen, lenkten auch die Störrischsten unter ihnen ein und versprachen, weiterhin Stillschweigen zu bewahren und mit der Polizei zu kooperieren.

Während die drei Beamten vor der traumhaft illuminierten und bezaubernd dekorierten Verkaufshütte »Im Siebten Himmel« mehr oder weniger geduldig darauf warteten, dass sich deren geschäftiger Pächter Andreas Maasen Zeit für sie nehmen würde, wurden sie von einer Gruppe heraneilender Japaner umlagert, die sich wie schnatternde

Gänse darum bemühten, an die Theke zu kommen, um an den gerade bei asiatischen Gästen beliebten Glühwein zu gelangen. »Solly: time is money!«, entschuldigte sich einer der älteren Japaner scherzend bei Peter Dohmen, nachdem er sich in seinem Eifer an ihm vorbeigezwängt und ihn dabei ungewollt angerempelt hatte.

»Drei Mal Glühwein?«, rief eine freundliche junge Bedienung den Beamten von der Theke aus zu. Trotz des charmanten Lächelns wirkte auch sie innerlich aufgewühlt.

Die beiden Kriminaler schauten ihren Chef fragend an. Der aber winkte streng ab. »Nein, danke! Wir sind im Dienst.« Obwohl ihm Letzteres versehentlich herausgerutscht war, wurde dem Juristen nicht gleich bewusst, dass er sich dadurch verraten haben könnte, zur Polizei zu gehören. Deswegen dachte er sich auch nichts dabei, als er von einem nicht gerade groß gewachsenen schlanken Mann für den Bruchteil einer Sekunde erschrocken angeschaut wurde und ein anderer Mann ähnlicher Statur ebenfalls zusammenzuckte. Bevor Dr. Knopp sich Gedanken darüber machen konnte, waren beide Männer im Getümmel verschwunden.

An diesem Spätnachmittag war nicht nur im »Hexenhof« unten, sondern auch auf allen anderen Teilen des Aachener Weihnachtsmarktes extrem viel los, so auch auf dem Katschhof und auf dem weitläufigen Marktplatz, den lückenlos zu überwachen für die Polizei trotz ihres Großaufgebotes schier unmöglich war. Dem Gedränge und dem Sprachengewirr nach zu urteilen, genossen außer den japanischen Touristen auch noch Busgruppen aus Frankreich, Italien und aus anderen Teilen Europas die heimelige adventliche Atmosphäre des Aachener Weihnachtsmarktes, der von den

Besuchern völlig zu Recht schon mehrmals zum schönsten seiner Art gekürt worden war, europaweit! Umsäumt von einer zauberhaften historischen Häuservedute und dem gotischen Rathaus, reihten sich die hier ganz besonders schön dekorierten und beleuchteten Verkaufsbuden dicht an dicht aneinander. Dazwischen standen kleine Tannenbäume, die geschickt zu verdecken suchten, dass diese Flächen von den Standbetreibern und deren Personal gerne als Abfall- oder Lagerflächen benutzt wurden. So bot sich den Besuchern ein durchweg sauberes und gepflegtes Bild, das sie zusammen mit den typischen Wohlgerüchen und dezenter weihnachtlicher Musik in ihren Bann zog.

Trotzdem waren die drei Beamten nicht in einer solch guten Stimmung wie die Japaner, die mittlerweile alle ihre Glühweinbecher in Händen hielten und sich darüber zu freuen schienen, als wenn sie bei drei Euro für dieses Heißgetränk ein Schnäppchen gemacht hätten. Aber dies bekamen die drei leitenden Beamten der Mordkommission Aachen nicht mit, weil sie sich einer Gruppe Österreicher erwehren mussten, die sich grölend an ihnen vorbei ins Innere der Hütte drückte.

»Die haben offensichtlich schon zu viel Glühwein intus«, stellte der Oberstaatsanwalt mürrisch fest, weil Andreas Maasen sich immer noch nicht Zeit für sie genommen hatte. Er wollte gerade einen neuerlichen Versuch unternehmen, um endlich mit dem vielbeschäftigten Pächter des »Siebten Himmels« sprechen zu können, als direkt vor ihm mehrere Menschen entsetzt aufschrien und sich schlagartig Unruhe breitmachte.

# KAPITEL 17

Der Eupener Chefermittler hasste nichts mehr als Gruppenobservierungen. Deswegen hatte er sich direkt nach der gescheiterten Geldübergabe im Aachener Dom klammheimlich verdrückt und mit dem Handy einer Aachener Kollegin seine Partnerin angerufen. Denn der Akku seines Handys war wieder einmal leer gewesen.

Obwohl Peter Dohmen eine Schlappe erlitten hatte, war beim Fußballfan Frederic Le Maire kein 1:0-für-ihn-Gefühl aufgekommen. Im Gegenteil: Sein Aachener Kollege tat ihm sogar leid.

Weil er Gruppenbesprechungen jeder Art noch mehr hasste als die langweilige Beschattung von Menschen, hatte er bei der am darauffolgenden Morgen anberaumten Manöverkritik durch Abwesenheit geglänzt. Über deren Verlauf hatte er sich mittags von Devaux und Pierre berichten lassen. Während der Chef selbst im Büro geblieben war, hatten seine beiden Oberkommissare diesen Termin wahrgenommen. Und um in Ruhe nachdenken zu können, schickte Le Maire nun auch noch den einzigen ihm direkt unterstellten uniformierten Kollegen bis in den Nachmittag hinein auf Streife. »Muss ja auch mal wieder sein, oder Herbert?«

»Ich mache aber keine Alkoholkontrollen! Die verderben die adventliche Stimmung«, stellte der sympathische Streifenpolizist mit einem schelmischen Grinsen klar. Er wusste, dass auch sein Chef kein Freund davon war, seinen Landsleuten ausgerechnet während Weihnachts- und

Kirmeszeiten, beim heiligen Karneval oder sogar bei einer Fußball-WM mit Beteiligung der »Roten Teufel« die Führerscheine abzunehmen. Denn im Osten Belgiens wurde diesbezüglich schon mal gerne gerade den deutschstämmigen Mitmenschen das Leben schwergemacht. Wenn auch Herbert nichts dagegen hatte, den einen oder anderen Zugereisten ins Röhrchen pusten zu lassen, hatte er an diesem Tag keine Lust darauf, den aus seiner Sicht viel zu vielen zugezogenen Deutschen zu zeigen, dass sie hier nicht allzu willkommen waren.

Am späten Nachmittag – es hatte soeben zu schneien begonnen – gingen alle wieder Beschäftigungen nach, die mit den »Glühweinmorden« zu tun hatten: Devaux und Vonderbank waren zum Weihnachtsmarkt nach Monschau gefahren. Über das belgische Naturinformationszentrum Ternell am Rande des Hohen Venns waren es nur gute 22 Kilometer gewesen. In Monschau wollten sie bei Madame Jilbours Sohn Bernard nach dem Rechten sehen. Außerdem mochten sie sich von ihren Kollegen vom dortigen Bezirksdienst darüber informieren lassen, was sich inzwischen auf dem mittelalterlich anmutenden Weihnachtsmarkt in dem schmucken deutschen Eifelstädtchen getan hatte. Denn auch dort war ein Erpresserbrief eingegangen, allerdings hatte sich der Urheber danach nicht mehr gemeldet.

Und weil Streifenpolizist Herbert Demonty aus demselben Grund in Zivil auf den Eupener Weihnachtsmarkt gegangen war, befand der Chef sich nur noch mit seiner Sekretärin im Büro. Während er gelangweilt seinen Kugelschreiber durch die Finger einer Hand gleiten ließ, wartete die andere Hand unruhig darauf, den Telefonhörer abnehmen zu dürfen. Aber das Miststück wollte einfach nicht klingeln. Da blieb dem belgischen Beamten nichts anderes übrig, als dem munteren Schneetreiben draußen zuzusehen, auf Schreibtischarbeit hatte er jedenfalls keine Lust.

Zwischendurch nervte seine Sekretärin, weil sie eine Unterschrift von ihm benötigte, ein paar Fragen hatte, ihm einen Stapel Akten auf den Schreibtisch legte oder einfach nur etwas Konversation mit ihm betreiben wollte: »Käffchen?«

Zu Lockis Erstaunen schüttelte Le Maire lustlos den Kopf.

»Fehlt Ihnen etwas? Sind Sie krank?«, mochte die sogleich besorgte Sekretärin wissen und nervte ihren Chef dadurch schon wieder.

»*Nein!*«, kam es patzig zurück.

»Ich meinte ja nur …«

»Schon gut, Locki! Alles ist in Ordnung.« Und wieder schaute er gelangweilt aus dem Fenster.

Weil Fabienne Loquie neugierig geworden war und wissen mochte, was ihren Chef gerade umtrieb, wollte sie in dessen Büro bleiben. Um dies tun und begründen zu können, tat sie so, als wenn sie in einem der Ordner etwas suchen würde. Dabei nutzte sie lediglich die unverhoffte Gelegenheit, das Durcheinander im Aktenschrank ihres Chefs wenigstens etwas zu sortieren. Dabei schaute er ihr misstrauisch zu.

»Na, endlich«, rief Le Maire erfreut, als das Telefon klingelte. Aber es war nicht der ersehnte Anruf von Fritten-Ralf. Er hatte Angelika an der Strippe, was seine Miene schon wieder ernst werden ließ. »Es tut mir leid! Ich weiß selbst, dass ich mein Handy zu Hause liegen gelassen habe. – Ja, ja, schon gut! – Und jetzt sag mir bitte endlich, weshalb du hier anrufst.«

Dass sich seine Miene nun schon wieder änderte und er sogar ein zufriedenes Grinsen in's Gesicht legte, verstand Locki nun überhaupt nicht mehr. Deswegen wartete sie so lange, bis ihr an diesem Tag offensichtlich ganz besonders launischer Chef aufgelegt hatte. Dann fragte sie ihn forsch, ob es etwas Neues in puncto »Glühweinmorde« geben würde.

»Und ob, Locki!«, verkündete der Kriminalhauptkommissar in einem Ton, als wenn er in der Lotterie etwas gewonnen hätte.

»Nun sagen Sie schon!«

Aber anstatt seiner Sekretärin die verdiente Antwort zu geben, säuselte er nur, dass er sich sofort auf den Weg nach Lüttich machen müsse.

So schnell konnte sie gar nicht schauen, wie er seinen Mantel vom Haken genommen und das Büro verlassen hatte.

»Ach, noch was«, sagte er, nachdem er beim Gehen innegehalten und sich ihr erneut zugewandt hatte. »Ich versuche, Bribanté zu finden! Aber zu niemandem ein Wort!«

Mit einer solch brisanten Information versorgt, war die gute Seele des Eupener Kommissariats wieder zufrieden.

*

»Wir müssen uns beeilen! Dein Freund Ralf hat mehrmals erfolglos versucht, dich auf dem Handy anzurufen, bis er dann endlich mich erreichen konnte«, drängte Angelika.

»Ralf hätte ja in meinem Büro anrufen können«, lenkte Frederic davon ab, dass er sein Handy schon wieder einmal zu Hause hatte liegen lassen.

»Wenn du ihm endlich deine neue Büronummer gegeben

hättest. Er hat dich schon Hundert Mal danach gefragt«, konterte Angelika, während sie ihm sein Handy gab, das sie extra aus der Wohnung geholt hatte.

Weil sie Zeit sparen wollte, war die Rechtsmedizinerin auf direktem Weg nach Eupen gefahren, um ihn abzuholen und gleich von dort aus nach Lüttich fahren zu können.

»Dann wartet der Caballeroraucher vermutlich schon eine halbe Stunde in der ›Friterie du Perron‹ darauf, von mir in die Mangel genommen zu werden«, scherzte Le Maire übermütig. »Umso mehr müssen wir uns beeilen.«

»Meine Worte«, grummelte Angelika, rollte genervt mit den Augen und stieß dabei so die Luft aus, als wenn sie damit andeuten wollte, es gut zu finden, dass er dies kapiert hatte.

Frederic konnte es kaum erwarten, auf Bribantés mutmaßlichen Entführer oder auf dessen Mörder zu stoßen und ihn unbemerkt zu verfolgen. Im besten Fall würde er ihn direkt zu seinem noch lebenden ehemaligen Kollegen führen. Den worst case mochte er sich nicht ausmalen. Obwohl er kein allzu gutes Gefühl in seiner Magengegend hatte, tat er mental alles dafür, um positiv gestimmt zu bleiben. Von seinen inneren Gefühlen hin- und hergerissen, hämmerte er sich ein, dass er immerhin eine heiße Spur hatte, die ihn möglicherweise zu Bribanté führen würde. Daran, dass er bei dieser Gelegenheit den »Glühweinmörder« fassen konnte, dachte er aus Sorge um seinen ehemaligen Kollegen im Moment nur hintergründig. Seine diesbezüglich gesammelten Erkenntnisse ließen ihn trotz der Gedanken an Bribanté fröhlich vor sich hin pfeifen.

Aber die gute Laune sollte ihm schnell vergehen. Denn Angelika konnte es sich nicht verkneifen, ihn nochmals wegen seines fortwährend ungeladenen Handyakkus zu rügen und ihm dann auch noch wegen seiner schlampigen Kleidung Vorhaltungen zu machen.

Anstatt etwas zu seiner Verteidigung zu sagen, schluckte Frederic nur ein »Merde« hinunter.

So konnte sich das Gespräch nach einer künstlich herbeigeführten Schweigeminute neu entfalten: »Sag mal, Lemmi, weshalb sollte der Typ deinen ehemaligen Kollegen am Leben gelassen haben? Immerhin hat er ihn ganz offensichtlich bewusst in diese Kiesgrube gelockt.«

»Es gibt viele Menschen, die blindwütig und hemmungslos aus niederen Beweggründen heraus morden. Und es gibt noch mehr Gründe, weshalb sie dies tun«, antwortete Frederic, bevor er ergänzte, dass er dennoch Hoffnung habe, Bribanté lebend zu finden.

»Aber das viele Blut in der Kiesgrube ...«

Frederic nickte zwar zustimmend, verlieh Angelikas Erkenntnis gegenüber aber ebenfalls Hoffnung, indem er ihr sagte, dass eine Blutlache nicht unbedingt eine Leiche ausmachen musste.

Weil seine feinnervige Partnerin spürte, dass Frederic sich an jeden Strohhalm klammerte, wollte sie ihm die Illusion nicht nehmen, dass sein ehemaliger Untergebener vielleicht doch noch am Leben sein könnte. Also beließ sie es dabei und konzentrierte sich aufs Fahren, was wegen des zunehmenden Schneefalls anstrengend geworden war.

Eine Viertelstunde später stand Angelikas CLK auf Frederics Parkplatz und sie gingen die wenigen Schritte hoch zur Rue de Rex/Rue de la Violette, wo sich die »Friterie du Perron« befand.

»Warte!«, zischte Frederic und hielt Angelika so fest an

der Hand, dass sie stehen blieb. »Ich schau erst mal durch ein Fenster, um mich bei Ralf bemerkbar zu machen.

Dies klappte dann auch recht gut, denn Ralf konnte seinen Freund sichten, bevor der sich möglicherweise zu auffällig bemerkbar machte. Mit einer Kopfbewegung deutete er Frederic, zum Lieferanteneingang zu gehen.

Nach einer knappen, aber herzlichen Begrüßung kam Ralf zur Sache und berichtete Frederic, dass er den Caballeroraucher mit der verzögerten Lieferung seiner Bestellung hatte hinhalten können. »Er sitzt dort drüben.«

Das hatte Frederic genügt. »Tu weiterhin so, als wenn nichts wäre. Ich setze mich mit Angelika an den Tisch dort drüben. Bis gleich.«

Ralf hatte sich schon zum Gehen abgewandt, als Frederic ihm nachrief: »Ach, noch etwas.«

»Ja?«, Ralf schaute seinen Freund gleichsam verwundert wie interessiert an.

»Ich danke dir!«

Nachdem Frederic seine Partnerin instruiert hatte, saßen die beiden an dem Tischchen, das Frederic kurz zuvor ausgewählt hatte. Während Angelika mit dem Rücken zu dem Hünen mit den ekelhaft speckig glänzenden Schmalzlocken saß, um ihm den direkten Blick auf Frederic zu versperren, hatte der Ermittler seine Zielperson gut im Auge. Während der zwielichtige Typ damit beschäftigt war, einen Riesenberg Fritten zu vertilgen, prägte Frederic sich zwar jedes einzelne Detail des Mannes ein, obwohl er sich im Moment mehr für das interessierte, was vor dem Mann auf dem Tisch lag: eine Schachtel Caballeros!

»Kein Zweifel, das ist der Mann, den ich suche«, flüsterte er Angelika zu.

»… den *wir* suchen!«, korrigierte seine Partnerin.

Frederic lächelte Angelika an und formte mit seinen Lippen ein Küsschen.

Im weiteren Verlauf unterhielten sie sich zwar ausschließlich darüber, wie es nun weitergehen würde, lachten dazwischen aber, um möglichst unauffällig zu bleiben. Bei diesem Gespräch kam auf, dass Angelika ihrem Partner zwar das Handy mitgebracht, aber nicht darauf geachtet hatte, ob der Akku geladen war.

Das vorwurfsvolle »Merde!« stieß Frederic versehentlich so laut aus, dass der Typ hoch und ihm sogar in die Augen schaute. Sein Blick war glasklar gewesen und hatte es nicht an Intensität mangeln lassen, während Frederics Blick wie versteinert auf den fiesen Typen gewirkt haben musste. Dass der sich aber gleich darauf wieder seinen Fritten widmete, wertete Frederic so, dass seiner Zielperson nichts aufgefallen war und sie keinerlei Interesse an ihm hatte.

»Dennoch«, grübelte Frederic, »er hat mich jetzt gesehen, also muss ich bei der weiteren Observierung noch vorsichtiger sein, als ich dies ohnehin schon bin.«

»Na ja«, spottete Angelika, die wegen Frederics unverhohlener Vorhaltung sauer war, im Flüsterton. »So vorsichtig war der Herr Kriminalhauptkommissar eben nicht gerade, oder?«

Aber Frederic war viel zu angespannt, um darauf einzugehen. All seine Sinne waren voll und ganz auf den Caballeroraucher fokussiert.

Um jederzeit aufstehen und gehen zu können, hatten sich die beiden nur ein Mineralwasser und eine kleine Portion Fritten bestellt, die Frederic gleich bezahlt hatte. Nun saßen sie schon über eine Viertelstunde in Ralfs Friterie und warteten darauf, dass der schräge Vogel aufstand und ging. Frederic hoffte nach wie vor inständig, dass er ihn ohne Umwege zu Bribanté führen würde, fürwahr ein frommer Wunsch! Von Minute zu Minute wurden die Nerven des Mordermittlers angespannter. Als der Mann dann endlich aufstand, stellte Frederic sich innerlich darauf ein, ihm folgen zu können. »Was macht er denn jetzt?«, fragte er Angelika, die nicht sehen konnte, dass der Typ sich lediglich eine Caballero aus der Schachtel genommen hatte und zum Rauchen nach draußen ging, ohne seine Lederkjacke mitgenommen zu haben.

»Das ist *die* Gelegenheit, sich mit ihm unauffällig unterhalten zu können«, empfahl Angelika und tippte zur Unterstreichung ihres Vorschlages auf Frederics Tabakbeutel, der zwischen ihnen auf dem Tisch lag, weil Frederic in seiner Anspannung eine Zigarette nach der anderen gedreht hatte.

Aber Frederic, der natürlich sofort begriffen hatte, was Angelika nun von ihm erwarten würde, schüttelte nur den Kopf.

»Warum nicht? Er hat dich doch schon gesehen, also hast du nichts zu verlieren.«

»Ich dachte, du wolltest mir das Rauchen abgewöhnen«, lenkte Frederic nervös ab, weil er sich in diesem Moment nicht zum Rauchen in die Kälte rausschicken lassen wollte.

»Nun geh schon, Lemmi und mach deinen Job! Sei ein cooler Cop! … Und lass dein Feuerzeug hier!«

Angelika ist schon eine clevere Frau, dachte er sich stolz. Kurz darauf bat er den Caballeroraucher um Feuer. Dadurch war das Gespräch unauffällig und zwanglos eröffnet.

*

»Verdammt und zugenäht: Ich glaube Ihnen kein Wort!«, schimpfte Miller, der tags darauf Cedric Rothieu zu sich ins Kommissariat hatte einbestellen lassen.

Während seine beiden Kommissare Lassarde und Soquett die Suche nach Bribanté und somit auch die landesweite Fahndung nach dessen Entführer leiteten, verhörte er den Weinhändler, der immer wieder darauf bestand, seinen Anwalt bei sich zu haben.

Aber Miller war derart geladen, dass er Rothieus Wunsch einfach ignorierte, immerhin ging es um einen vermissten Kollegen, mit dem der trotz seiner an den Tag gelegten Coolness arg schwitzende Weinhändler in direkten Zusammenhang gebracht werden konnte.

»Also noch mal von vorne«, schrie der ansonsten besonnene Kriminalhauptkommissar und hieb dabei mit einer flachen Hand so fest auf den Vernehmungstisch, dass der neben der Tür stehende Sicherheitsbeamte erschrocken zusammenzuckte.

»Monsieur Rouge« hingegen zuckte nicht einmal mit einer Wimper.

»Die Reifenspuren, die wir in der Kiesgrube gefunden haben, gehören eindeutig zu Ihrem Mercedes! Und nun möchten Sie mir tatsächlich erzählen, dass Ihnen ausgerechnet jetzt das Auto gestohlen wurde?«

»Ja! Ich habe es schon gestern bei Ihren Kollegen von der lokalen Polizei als gestohlen gemeldet«, sagte Rothieu mit einem unverhohlenen Grinsen in seinem aufgedunsenen Gesicht.

Somit konnte von der Kriminaltechnik ermittelt werden, dass die Farbe an Rothieus Auto zwar die gleiche war wie die Lackspuren an einem Felsen der Kiesgrube. Wegen des fehlenden Corpus Delicti konnte aber kein

Abgleich gemacht werden, der aus Millers Sicht zweifelsfrei beweisen würde, dass auch die Lackspuren von Rothieus Mercedes stammten. Und weil vom ebenfalls in der Kiesgrube gefundenen Zigarettenstummel der Marke »Caballero« zwar eine DNA genommen, die aber niemandem zuzuordnen war, hatte Miller nichts Greifbares gegen Cedric Rothieu in der Hand, rein gar nichts. Ob er wollte oder nicht – er musste dieses Schwein wieder laufen lassen!

Kaum, dass der fettleibige Weinhändler weg war und Miller missmutig an seinem Schreibtisch saß, avisierte ihm dessen Sekretärin ein Telefongespräch.

»Wer ist dran?«, wollte Miller wissen. Er war im Moment noch so gefrustet, dass er eigentlich mit niemandem reden mochte.

»Ihr Kollege aus Eupen«, klärte Annabell De Vries ihren Chef auf.

Miller stutzte. »Wer? Le Maire? Nun stellen Sie doch endlich durch!«

Derart angeschnauzt, wollte die junge Frau sich empören, ließ dies dann aber doch sein und verband die beiden.

»Werter Herr Kollege, was verschafft mir die Ehre?«, legte Miller in der Hoffnung los, von seinem ehemaligen Chef Neuigkeiten zu erfahren.

Und er sollte tatsächlich etwas Neues zu hören bekommen, allerdings nicht, was sein Kollege aus Eupen gerade trieb und wo er sich aufhielt. Stattdessen beschrieb ihm Le Maire eine Stelle, an der er einen Zigarettenstummel zur Abholung deponiert hatte. »Lass davon den daran haftenden genetischen Fingerabdruck nehmen und du wirst feststellen, dass es sich um dieselbe DNA handelt, die ihr von dem Zigarettenstummel genommen habt, den ich in der Kiesgrube gefunden habe.«

Noch bevor Miller etwas fragen oder sagen konnte, hatte Le Maire das Telefonat beendet und Angelika ihr Handy zurückgegeben. Wegen seines Eigensinns hatte er nicht erfahren, was Miller von Dohmen vom gestrigen Vorfall auf dem Aachener Weihnachtsmarkt gehört hatte. Während dort unbeschreiblich schlimme Dinge vor sich gegangen waren, hatte Frederic sich in der »Friterie du Perron« von Angelika doch noch breitschlagen lassen und war kurz hinter dem zwielichtigen Typen her zum Rauchen nach draußen gegangen.

Nachdem er um Feuer gebeten hatte, war es Frederic tatsächlich gelungen, mit dem Mann ins Gespräch zu kommen. Bei dem Small Talk war außer einem einseitigen Beschnuppern allerdings nicht viel herausgekommen, weil sie dabei nur über die letzte Fußball-WM und Belgiens respektablen dritten Platz gesprochen hatten. Als Le Maire orakelte, dass seine »Roten Teufel« die nächste EM gewinnen würden, protestierte der Niederländer, der sich somit als solcher geoutet hatte. Dennoch war dem aufmerksamen Ermittler aufgefallen, dass sein Gegenüber ein Standard-Lüttich-Fan war, woraus er schließen konnte, dass der Niederländer in der wallonischen Bezirkshauptstadt wohnte und möglicherweise nur ein Flame war, der fußballtechnisch zwischen allen Stühlen saß. So oder so passte sein unüberhörbar niederländischer Zungenschlag zur Zigarettenmarke, die er rauchte.

Nachdem der andere wegen der winterlichen Kälte schnell wieder in die gemütlich warme Friterie zurückgegangen war, hatte Frederic – der so besonnen gewesen war, sich seinen Mantel überzuziehen, noch unbemerkt dessen

Zigarettenstummel geschnappt, bevor auch er wieder hineingegangen war.

Frederic und Angelika hatten den Typen von der »Friterie du Perron« aus die ganze Nacht über quer durch die Stadt hindurch verfolgt und beschattet. Dabei hatten sie auch den Teil des Rotlichtbezirkes und der Nachtbars kennengelernt, den Frederic von seiner aktiven Zeit als Leiter der Mordkommission Lüttich her noch nicht gekannt hatte. Es war eine zermürbende Nacht gewesen, in der sie trotz zunehmender Müdigkeit hatten konzentriert bleiben müssen. Denn auch ihre Zielperson war hellwach geblieben und hatte trotz der vielen Kneipenbesuche und des damit verbundenen Alkoholgenusses nicht im Geringsten geschwächelt.

In der Hoffnung, dass es ihnen die ganze Nacht über gelungen war, sich absolut unauffällig zu verhalten, saßen sie nun im »Casa Ponton Café« in der Rue de la Cité.

Trotz der frostigen Temperatur herrschte am Ufer der Maas schon um die verhältnismäßig frühe Zeit ein munteres Markttreiben. Im Café selbst und davor ging es recht locker zu. Im Gegensatz zum Grund ihres Hierseins schien in diesem Straßenviertel alles recht unkompliziert zu sein. Und weil an den Tischen augenscheinlich alle Alters- und Berufsgruppen durcheinander saßen und ihre Zielperson mehrmals telefonierte, fielen ihm die beiden nicht mehr ganz so jungen Beschatter nicht auf. Die Bedienung hatte zwar alle Hände voll zu tun, nahm sich dennoch die Zeit, um mit den meist jungen Gästen ein wenig zu quatschen. Wie auch der Caballeroraucher hatten sich Angelika und Frederic etwas auf dem Markt zum Essen gekauft, das sie nun hier im Café verzehren konnten, ohne dabei von der Bedienung missliebig beäugt zu werden. »Eine sehr angenehme Frühstückskneipe«, stellte Angelika fest, die sich trotz deren Beliebtheit und der tollen Lage über die günstigen Preise wunderte.

Kurz darauf wunderten sich beide darüber, dass ein Taxi vorfuhr, das der Typ zielsicher ansteuerte, nachdem er hastig bei der Bedienung bezahlt hatte. Dies alles war derart unverhofft schnell gekommen, dass die beiden nicht die geringste Chance hatten, ihn unauffällig weiter zu verfolgen.

»Merde! Merde! Merde!«, fluchte Frederic so laut, dass sich ihm alle Blicke zuwandten.

Die beiden standen nun ratlos vor dem Lokal und hielten nach einem fahrbaren Untersatz Ausschau.

»Jetzt hat er uns doch noch abgehängt«, zog Angelika enttäuscht Bilanz und handelte sich damit den Missmut ihres Partners ein, der krampfhaft überlegte, was nun zu tun sei. »Gib mir dein Handy!«, grummelte er, während er Angelika auch schon eine Hand entgegenstreckte.

»Kriminalhauptkommissar Le Maire von der Mordkommission Liège«, log Frederic in Angelikas Handy hinein, bevor er von der Taxizentrale wissen mochte, wohin deren Taxi mit dem amtlichen Kennzeichen T-XBL-1909 soeben hingefahren sei.

»Warten Sie, ich …«

»Stopp! Funken Sie das betreffende Taxi um Gottes willen ja nicht an!«, bremste Le Maire die Mitarbeiterin der Taxizentrale gerade noch rechtzeitig aus.

»Von mir aus«, kam es fast etwas gelangweilt klingend zurück. »Dann müssen Sie eben so lange warten, bis der Kollege seinen neuen Standort der Zentrale meldet.«

Darüber erleichtert stieß der selbsternannte Kriminalhauptkommissar der Mordkommission Lüttich einen Seufzer aus. »Gut, ich warte.«

»Das kann aber dauern.«

»Ich warte trotzdem. Bleiben Sie bitte in der Leitung! Es geht um Leben und Tod«, log Le Maire schon wieder.

»Mit meinem Handy kannst du dies ja machen, oder?«, grummelte nun Angelika, die sogleich Sorgen um die anfallenden Gebühren drückten, immerhin hatte sie einen deutschen Netzanbieter, was Gespräche im Ausland immens verteuerte.

»Im Vergleich zu den hohen Spesen, die wir heute Nacht provoziert haben, ist dies ein Klacks«, bemerkte Frederic dazu, brachte Angelika damit aber nicht zum Lachen.

Eine ganze Zeit lang später – der Undercover-Polizist mochte schon nicht mehr daran glauben – meldete sich wieder die immer noch gelangweilt klingende Stimme der Taxizentrale: »Hören Sie …«

»Ja, ja, ich höre. Sprechen Sie, Madame!«

»Mademoiselle!«, korrigierte die nun energisch klingende Stimme. Dann hörte Le Maire Papier rascheln, bevor ihm das nicht gerade freundliche, scheinbar aber auskunftsfreudige Fräulein endlich die ersehnte Antwort gab: »Das von Ihnen genannte Taxi hat einen Fahrgast in die …«

Zu Le Maires Verärgerung raschelte schon wieder Papier.

»… Rue de la Liberté 59 gebracht. War's das?«, sagte die Frau noch, bevor sie in das Croissant biss, das ein Kollege mitgebracht und ihr soeben in die Hand gedrückt hatte.

»Nein, nicht ganz«, entgegnete Le Maire, bevor er sich für die Auskunft bedankte und mit Angelikas Handy selbst ein Taxi zum »Casa Ponto Café« bestellte. Während er

Angelika das Handy zurückgab, sagte er in triumphierendem Ton: »Wir haben ihn wieder!«

»Noch nicht ganz!«, dämpfte sie Frederics Hoffnung.

Sie saßen noch keine fünf Minuten im Taxi, als sie auch schon über die Pont de Arches, eine der größten Brücken, die Lüttich zu beiden Seiten der Maas verband, fuhren.

»Jetzt bin ich aber gespannt«, sagte Frederic, während sie die Rue Puits-en-Sock hinunterfuhren, um gleich darauf links abzubiegen.

Weil der indischstämmige Taxifahrer merkte, dass seine Fahrgäste sich ungewöhnlich nervös verhielten, wollte er sie beruhigen, indem er sagte, dass sie das Ziel gleich erreicht haben werden.

»Ich weiß«, entgegnete der ortskundige männliche Passagier und bat den Fahrer, sie ein Stück vor dem Ziel aussteigen zu lassen.

Zu Angelikas Verwunderung war es tatsächlich nicht mehr weit gewesen und die beiden standen am Beginn der Rue de la Liberté, keine 100 Meter von der Zieladresse entfernt.

»Da er dich in der ›Friterie du Perron‹ nicht wahrgenommen hat, mich aber von dort her kennt, wird es das Beste sein, wenn du zum Haus mit der Nummer 59 gehst und die Namen auf den Klingelschildern notierst«, schlug Frederic Angelika vor. »Hast du etwas zum Schreiben?«

Angelika verneinte dies zwar, zog aber dennoch gleich los.

»Aber ...«

»Schon gut, Lemmi, ich weiß, was ich zu tun habe.«

Noch bevor Frederic seine Partnerin weiter instruieren und zu äußerster Vorsicht mahnen konnte, hatte sie ihm ein Küsschen gegeben und war auch schon auf dem Weg zum Zielobjekt.

Zunächst wollte Angelika sich ein Bild vom Umfeld des bewussten Hauses machen. Dabei stellte sie fest, dass es sich um eine äußerst gepflegte Wohngegend handelte. Auch das Haus mit der Nummer 59 schien in sehr gutem Zustand zu sein, so gut sogar, dass sie sich darüber wunderte, hier den Namen des gesuchten Kriminellen finden zu sollen. Aber schließlich war sie ja deswegen hier. Also wagte sie sich näher an das Gebäude heran, um die Namen auf den Klingelschildern abfotografieren zu können. Kaum, dass sie das Grundstück betreten und an der Eingangstür angekommen war, wollte sie ganz nah herantreten, um die Namen der Hausbewohner möglichst groß vor die Linse ihres Handys zu bekommen. Da durchzuckte sie es wie der Blitz, denn die Haustür wurde so heftig von innen aufgerissen, dass sie mit einem lauten Schlag an die Wand krachte.

Indessen begann Frederic, sich Sorgen um Angelika zu machen. Er wusste, dass das, was sie hier taten, illegal war und sie mit keinerlei Rückendeckung von oben rechnen konnten, falls etwas schieflaufen sollte. Im Gegenteil, nicht nur er, sondern auch Angelika würde wohl ihres Postens enthoben werden und nicht nur ihre Arbeit, sondern auch sämtliche Pensionsansprüche verlieren.

Wieso auch habe ich Trottel Angelika mit in die Sache hineingezogen, fragte er sich selbstkritisch, während er die Rue de la Liberté mehr entlangschlich, als dass er ging. »51, 53, 55, 57«, zählte er leise mit, während er sich Schritt für Schritt der gesuchten Hausnummer näherte. Als er vor der

Nummer 59 stand, sah er ein kleines Schlösschen. Gleichzeitig stellte er fest, dass das altherrschaftlich anmutende Gemäuer seine besten Zeiten längst hinter sich hatte und völlig heruntergekommen war. Den total verwahrlosten Garten, in dem überall verdrecktes Kinderspielzeug aus der dünnen Schneedecke hervorlugte, umgab ein fast gänzlich in sich zusammengefallener Mauerring. Das dazugehörende schmiedeeiserne Tor lag verrostet und verbogen neben dem Zugang zu diesem irgendwie angsteinflößenden Grundstück. Frederic blickte sich zu beiden Seiten dieses Geländes um. Im Gegensatz zu all den anderen gepflegten Häusern, die eindrucksvoll auf eine schicke Wohngegend hinwiesen, erweckte dieses alte Gemäuer den Eindruck eines angriffslustigen schwarzen Schafes inmitten friedlich grasender weißer Lämmer. Auf den sensibilisierten Ermittler wirkte es sogar wie ein Faustschlag, der ihn soeben mitten ins besorgte Gesicht getroffen hatte. Wo war Angelika? Um dies herauszubekommen, musste er sich wohl oder übel näher an das bewusste Objekt heranwagen, ohne offizielle Legitimation, ohne Waffe und mit einem Handy, dessen Akku leer war. »Merde!«

Angelika lachte erleichtert auf. Der Mann, der die Haustür von innen aufgerissen und ihr gleich darauf einen Werkzeugkasten vor die Füße geknallt hatte, war der Hausmeister. Er erklärte ihr, dass er aus der auf dem Kopf stehenden Hausnummer wieder eine »6« machen würde, indem er die vermeintliche »9« wieder so anschrauben würde, wie es sein musste. Und weil er bemerkt hatte, dass die Frau irritiert war, zeigte er lachend die Straße hinauf und erklärte ihr, dass sie dort die Hausnummer 59 auf der gegenüberliegenden Straßenseite finden würde. »Das alte Spukschloss können Sie nicht verfehlen! In einer Minute ist dies hier wieder die Nummer 56.«

Trotz der angespannten Situation musste Angelika über die Verwechslung der Hausnummern lachen und zog mit einem Schmunzeln auf den Lippen ab.

Aus Sorge um Angelika hatte Frederic sämtliche Bedenken beiseitegeschoben und war um das Gebäude herumgeschlichen. Als er durch einige Fenster geschaut hatte, war ihm klar geworden, dass die immer noch namenlose Zielperson im Erdgeschoss wohnte, während darüber Ausländer zu hausen schienen wie die Vandalen, zumindest hatte er wegen des Durcheinanders auf den Balkonen und der orientalisch anmutenden Vorhänge und Fensterstores diesen Eindruck gewonnen. Aber diese marginale Feststellung nützte ihm nichts, vielmehr interessierte ihn, was seine Zielperson trieb. Deswegen versuchte er, möglichst viele Informationen zu sammeln. Er schaute durch das Fenster des jeweiligen Raumes, in dem sich der Mann gerade aufhielt.

Weil der mit allen Wassern gewaschene »Superbulle« Observierungen hasste, war er darin nicht ganz so geübt, wie es Bribanté oder seine anderen ehemaligen Untergebenen waren. Auch von seiner neuen Dienststelle aus hatte er selbst noch niemanden observiert, weil dies eine Arbeit war, die er bisher immer an seine dortigen Untergebenen delegiert hatte. Dennoch wusste Le Maire, dass Beschattungen jeder Art gefährliche Unterfangen waren. Und diese Observierung war jetzt ganz besonders heikel geworden, immerhin war noch heller Tag, was die Sicht ins Innere der Wohnung erschwerte, den Blick nach draußen aber erleichterte, eine kleine Unachtsamkeit und der Typ würde ihn bemerken. Le Maire durfte nicht daran denken, was dann los sein würde. Erschwerend kam hinzu, dass er von anderen »Schlossbewohnern« oder von Passanten entdeckt werden könnte, die dann nichts Besseres zu tun haben würden, als die Polizei zu rufen. Und verräterische Spuren im matschigen Schnee hatte er ja bereits genügend hinterlassen. Während Le Maire zusah, wie sich der Typ in seinem Schlafzimmer umzog, hörte er über sich ein Geräusch, das vom Öffnen einer Balkontür herrühren könnte. Gleich darauf vernahm er Stimmen. Ein Blick nach oben genügte Le Maire, um festzustellen, dass er vom Balkon, auf dem nun zwei Männer standen und sich Zigaretten anzündeten, gesehen werden konnte. Was sollte er tun? Wenn er sich bewegte, riskierte er entdeckt zu werden. Wenn er weiterhin an Ort und Stelle verharrte, riskierte er ebenfalls entdeckt zu werden. Er entschied sich dazu, seine Position zu verändern und hierzu einen günstigen Moment abzuwarten, an dem er unbemerkt unter den Balkon huschen konnte. Um dabei nicht von seiner Zielperson entdeckt zu werden, musste dies zu allem auch noch in geduckter Haltung geschehen. Wenn mich jemand so sieht, bin ich fällig, dachte er sich, bevor er sein Vorhaben in die Tat umsetzte. Aber er hatte Glück, alles ging gut.

Nun klebte der Ermittler an der Hauswand und hörte den beiden Männern zu, die sich seiner Wahrnehmung nach auf Russisch unterhielten. Er musste nur darauf warten, bis die beiden fertig geraucht hatten und wieder in der Wohnung verschwunden waren. Als sich zwei Zigarettenkippen vor ihm in den Schnee gruben, wusste Le Maire, dass er sich wieder um den Grund seines Hierseins kümmern konnte. Aber er konnte noch so oft ums Haus herumschleichen und durch die Fenster der Erdgeschosswohnung schauen wie er wollte, der Typ war nicht mehr da. »Merde!«

Weil er glaubte aufgeflogen zu sein, blickte er sich erschrocken nach allen Seiten um. Dabei hörte er unvermittelt ein »Pssst! Pssst!«

Frederic fühlte sich erleichtert: Es war Angelika, die ihn schon ein ganzes Weilchen beobachtet und auf eine günstige Gelegenheit gewartet hatte, sich unbemerkt bemerkbar machen zu können. Sie deutete ihm, zu ihr zu kommen.

Wenige Sekunden später war Frederic bei ihr und umarmte sie überglücklich. Dann sprudelte es nur so aus ihm heraus. Angelika hatte nicht die geringste Chance, ihrem Partner zu berichten, was *ihr* passiert war.

»… und dann war der Typ plötzlich weg«, beendete Frederic seine Ausführungen. »Hast du ihn herauskommen sehen?«

Aber Angelika schüttelte nur den Kopf und sagte, dass sie jetzt zur Haustür gehen würde, um die Klingelschilder abzufotografieren.

»Ah, deswegen brauchtest du keinen Notizblock und keinen Stift. Nicht schlecht!«, lobte Frederic und erklärte stolz, dass dies ebenso unnötig gewesen wäre wie ein Handyfoto.

»Wieso das denn? Ich dachte, du wolltest die Namen der Leute, die da drin wohnen.«

Frederic legte ein gespielt überhebliches Lächeln auf sein Gesicht und tippte sich mit einem Zeigefinger an die Stirn. »Hast du vergessen, dass ich ein Superbulle bin?«

»Angeber!«

Aber Frederic begründete seine spaßig gemeinte Überheblichkeit, indem er Angelika die Namen der Hausbewohner herunterleierte: »M. Petrofka – D. Soskowizc – I. Üztürk – M. Lejeune – U. Kakmakli – Ö. Özrahil und G. Nieuwkerke.«

»Respekt!«

Obwohl ihn das Lob freute, hielt er sich nicht damit auf. »Spaß beiseite: In diesem Haus wohnt allenfalls eine einzige belgische Familie, der Rest besteht aus Russen, Türken und einem Niederländer, der dem Klingelschild nach zu urteilen ganz unten, also im Erdgeschoss wohnt. Kein Zweifel, unser Phantom hat nun einen Namen.«

»G. Nieuwkerke!«, repetierte Angelika den kurz zuvor gehörten Namen.

»Ja, aber lass uns dort hinübergehen, da sind wir geschützter und ich kann das Haus immer noch gut im Blick haben«, empfahl Frederic zu ihrer eigenen Sicherheit und zog Angelika auf die andere Straßenseite hinüber. »Ich schlage vor, dass ich hier die Stellung halte, während du nach Hause gehst und das Auto holst.«

Bevor Angelika dagegen votieren konnte, erklärte ihr Frederic, dass es bis zur Rue de la Violette nicht allzu weit war und sie in spätestens einer halben Stunde wieder hier sein müsste. »Vielleicht triffst du ja auch auf ein Taxi.«

»Weshalb ich? Hast du wegen deiner Raucherei vielleicht zu wenig Luft, um selbst zu gehen?«, schimpfte Angelika ernst gemeint.

Aber Frederic ging nicht darauf ein und erklärte ihr stattdessen, dass es gefährlich werden könnte, allein hier zu bleiben. »Ich kann mir keinen Reim darauf machen, wohin dieser Nieuwkerke verschwunden sein könnte. Verdammt: Ich habe in sämtliche Zimmer geschaut. Er ist einfach wie vom Erdboden verschwunden, obwohl noch Licht in seiner Wohnung brennt. Das heißt, dass wir im Moment sowieso nichts anderes tun können, als hierzubleiben und gleichzeitig aufzurüsten. Möglicherweise haben wir ihn – wie auch immer – schon wieder verloren und müssen von vorne beginnen.«

»Schon gut«, lenkte Angelika ein. »Aber nimm wenigstens mein Handy! Deines kann ich dann ja im Auto laden.« Im Grunde genommen wusste sie, dass Frederic recht hatte und Mobilität die einzige Möglichkeit war, auch weiterhin an Guido Nieuwkerke dranbleiben zu können.

Als Le Maire allein war, nützte er die Gelegenheit, um seine Sekretärin darüber zu informieren, dass er an diesem Tag nicht mehr ins Büro kommen würde.

»Endlich, Chef! Ich konnte Sie nicht erreichen. Wo sind Sie?«, kam es ihm gleichsam erfreut und besorgt klingend entgegen.

»Ich bin immer noch dabei, Bribanté zu suchen. Frau Dr. Laefers und ich haben bereits eine brandheiße Spur. Aber erzähl mal, was es bei euch Neues gibt.«

Nun kam Lockis große Stunde. Endlich konnte sie sich mit ihrem Chef unterhalten und ihm vielleicht sogar eine Neuigkeit mitteilen: »Einer Mitarbeiterin des ›Hexenhofes‹ ist ein etwa 70-jähriger Mann mit einem dichten Vollbart aufgefallen, der sich merkwürdig verhalten und sich auf ungewöhnliche Art und Weise für die ›Kulthütte‹, insbesondere aber für eine spezielle Glühweinbude, interessiert hat! Dies hat die Glühweinverkäuferin heute Morgen ihren Chefs gemeldet, die dies dann direkt an die Aachener Kripo weitergeleitet haben.«

»Und?«, drängte Le Maire.

»Nichts weiter! Mehr habe ich von Herrn Dohmen nicht erfahren, aber …«

Was sagst du da, Locki?«, unterbrach Le Maire. »Peter Dohmen hat Devaux und Pierre zu einer Besprechung nach Aachen eingeladen.«

»Ja, Chef! Pat Miller ist ebenfalls dabei. Und Herr Dohmen hätte erwartet, dass auch Sie gekommen wären«, schallte es nun fast etwas vorwurfsvoll aus Angelikas Handy.

Le Maire überlegte kurz, dann bat er Fabienne Loquie, bei Kollege Dohmen anzurufen und ihn ebenso zu entschuldigen wie Frau Dr. Laefers. »Alles Weitere erkläre ich ihm dann selber.«

»Wann?«

»Irgendwann, Locki. Irgendwann. Au revoir!«

# KAPITEL 18

»Der Tote heißt Nakatani Takinosuke, 72 Jahre alt, japanischer Bustourist. Vom mittelfränkischen Rothenburg ob der Tauber kommend, war er mit einer Reisegruppe etwa viereinhalb Stunden am Stück unterwegs gewesen, bevor er auf dem Aachener Weihnachtsmarkt vor dem ›Siebten Himmel‹ mit Botulinumtoxin vergiftet wurde«, fasste Peter Dohmen den Sachstand knapp zusammen, bevor er konkreter wurde: »Oberstaatsanwalt Dr. Knopp, mein Assistent Matthias Lehnen und ich waren direkt vor Ort und haben auf Andreas Maasen gewartet, den Pächter des ›Siebten Himmels‹. Wir wollten mit ihm über die weitere Vorgehensweise bezüglich der Erpressungen sprechen ...«

»Aber diese arrogante Krämerseele hat uns so lange warten lassen, bis wir zuerst von einer Gruppe betrunkener Österreicher und dann auch noch von einem Heer schnatternder Japaner umlagert waren«, unterbrach Dr. Knopp, der wegen der ganzen Sache immer noch sehr aufgebracht war.

Auch Peter Dohmen befand sich nicht gerade in einer guten Gemütsverfassung. Dennoch fuhr er ruhig fort: »Die Ironie war, dass mich ausgerechnet *der* Japaner angerempelt hat, der sich mit dem tödlichen Getränk an mir vorbeigezwängt hat. ›Sorry: Time is Money!‹ hat er noch mit seinem typisch asiatischen Zungenschlag gesagt, bevor er seinen ersten Schluck aus dem Glühweinbecher genommen hat und gleich darauf gestorben ist.«

Als dies die anwesenden Polizisten hörten, ging ein Raunen durch den Saal. »Schon wieder ein ›Glühweinmord‹?«

Peter Dohmen ließ die in Diensten des deutschen, belgischen oder niederländischen Gesetzes stehenden Frauen und Männer ein Weilchen gewähren, bevor er in fast schon gewohnter Manier ein eingetütetes Schreiben in die Höhe hielt und sagte, dass dies in der Jackentasche des Toten gefunden wurde. Die darauf befindlichen Fingerabdrücke würden bestätigen, dass es der Japaner selbst eingesteckt hatte.

»Wie ist das möglich?«, wollte eine Kollegin aus dem ostbelgischen Töpferdorf Raeren wissen.

Nun meldete sich wieder der Oberstaatsanwalt zu Wort: »Als wir eingezwängt zwischen den krakeelenden Österreichern und den hibbeligen Japanern standen, wollte uns eine Bedienung des ›Siebten Himmels‹ Glühwein anbieten, was ich mit den Worten ›Wir sind im Dienst!‹ dankend abgelehnt hatte. In dem ganzen Trubel ist mir nicht so richtig aufgefallen, dass mich – direkt nachdem ich dies gesagt hatte – ein Mann für den Bruchteil einer Sekunde erschrocken angeschaut und ein anderer sogar leicht angerempelt hat, – beide hatten in etwa die gleiche Statur: nicht gerade groß gewachsen und schlank! Bevor ich mir Gedanken darüber machen konnte, waren beide in der Menschenmenge verschwunden, – jeder in einer anderen Richtung. Aber wer macht sich in diesem Getümmel schon Gedanken über so was?«

»Sie glauben, dass einer der beiden der Mörder gewesen sein könnte?«, hakte die Raerener Streifenbeamtin nach.

Der Oberstaatsanwalt nickte betroffen, bevor er gestand, eines der beiden Gesichter schon einmal bei einer Besprechung kurz auf einem Foto gesehen zu haben. »Da ich selbst kein Ermittler bin, hat sich das Bild nicht so bei mir eingeprägt, dass ich ihn gleich wiedererkennen konnte. Zudem hatte er einen Schal hoch- und eine Schildmütze nach unten gezogen. Also konnte ich das Gesicht nicht ganz sehen. Den anderen, vermutlich wegen seines Bartes, wesentlich älter aussehenden der beiden, hatte ich noch nie zuvor gesehen. Außerdem …«

»… war die gesamte Lage einfach zu unübersichtlich«, half Peter Dohmen seinem Chef aus der misslichen Situation heraus. »Die Österreicher, die Japaner, das allgemeine Gedränge, der Lärm – man hätte verrückt werden können! Aber die gute Nachricht ist, dass sich der Herr Oberstaatsanwalt nach dem ganzen Hickhack auf dem Weihnachtsmarkt an einen der beiden Typen doch noch erinnert und ihn anhand des bereits genannten Fotos zumindest »ziemlich sicher« als Gilbert Primat identifiziert hat. Da es ein schier unglaublicher Zufall wäre, dass ausgerechnet dieser Primat genau dann vor Ort ist, wo jemand mit Glühwein ermordet wird, können wir davon ausgehen, dass *er* unser Mann ist! Zudem können wir nun davon ausgehen, dass Gilbert Primat weder tot noch verschwunden ist. Er ist mit an Sicherheit grenzender Wahrscheinlichkeit der Erpresser und einer unserer beiden gesuchten ›Glühweinmörder‹!«

Nachdem er dies gesagt hatte, ging ein Raunen durch den Saal.

»Und wer war der ältere oder alte Mann, der den Herrn Oberstaatsanwalt angerempelt hat?«, wollte ein junger Öcher Kollege wissen.

Peter Dohmen zuckte die Schultern, bevor er antwortete: »Das wissen wir noch nicht! Wir wissen ja nicht einmal, ob er etwas mit dem anderen zu tun hatte oder ob es purer Zufall war, dass der Alte fast gleichzeitig mit unserem Chef in Berührung gekommen war. Solange wir dessen Identität nicht geklärt haben, müssen wir aber davon ausgehen, dass auch er unser Mann sein könnte. Möglicherweise aber hat der mit nichts was zu tun und war lediglich zur falschen Zeit am falschen Ort. Aber wir bleiben auch da dran. Unser Zeichner wird gleich mit Hilfe unseres Herrn Oberstaatsanwaltes ein Phantombild erstellen. Und bis dahin bleiben wir an Gilbert Primat dran! ... War's das?«

Bevor Peter Dohmen wieder auf die Geschehnisse vor dem »Siebten Himmel« zu sprechen kam, wollte der Aachener Einsatzleiter den anderen die Möglichkeit geben, das soeben Gehörte sacken zu lassen. Außerdem musste er sich wegen der Phantomzeichnung kurz mit Oberstaatsanwalt Knopp austauschen, bevor er wieder das Wort ergriff: »Das heißt im Klartext, dass derjenige, der ...« Er hielt wieder das aktuelle Erpresserschreiben hoch, »dieses Pamphlet hier verfasste, für uns nun ein Gesicht hat. Das heißt auch, dass wir uns so lange, bis wir Erkenntnisse zum anderen Mann gewonnen haben, voll und ganz auf die Suche nach Gilbert Primat konzentrieren! ... Um die Frage der Kollegin aus Raeren ganz zu beantworten, möchte ich noch kurz auf den weiteren Verlauf des Mordes im ›Siebten Himmel‹ zu sprechen kommen: Es muss alles ganz schnell gegangen sein. Der Mörder hat den Japaner vermutlich rein zufällig ausgewählt, weil er ihm unbemerkt Gift in den Becher schütten konnte. Wir müssen auch in Betracht ziehen, dass der Mörder Unterstützung des anderen Mannes hatte, der den Japaner abgelenkt hatte, während ... Na ja, jedenfalls hat ihm einer von ihnen eiskalt das Schreiben in die Hände gedrückt und ist dann abgehauen. Dies alles muss justament genau in dem Augenblick geschehen sein, als unser Herr Staatsanwalt die Getränke abgelehnt hat. Weil der überdrehte Japaner nichts mit dem Schreiben anfangen konnte, hat der sich vermutlich auch nichts dabei gedacht. Wahrscheinlich hat er es für einen Werbeprospekt gehalten, weswegen er das Papier zusammengefaltet und in seine Jackentasche gesteckt hat. Aber das ist noch nicht alles; der Mörder hat dem Japaner auch noch ein Walkie-Talkie überlassen, das wir neben der Leiche mit den Fingerabdrücken des Japaners gefunden haben. Wie dies vonstatten gegangen ist, weiß der Geier.«

»Makaber«, hörte Peter Dohmen aus den Reihen der Kollegen.

»Ja, das ist wirklich krass«, gab er demjenigen recht, der dies gesagt hatte. Dann fuhr der Einsatzleiter fort: »Das Schlimme war dann die allgemeine Aufregung, als der Japaner röchelnd auf dem Boden lag, wo er gleich verstorben ist. Da er mit 72 Jahren ein gewisses Alter hatte, konnten wir es unter Absprache mit dem Notarzt nach außen hin als Herzinfarkt hinstellen. Dies hat dazu beigetragen, dass sich die Stimmung unter den Weihnachtsmarktbesuchern verhältnismäßig rasch beruhigt hatte, nachdem der Japaner weggebracht worden war. Nur die Glühweinbudenbetreiber glaubten nicht an einen Herzinfarkt. Und der Pächter des ›Siebten Himmels‹ war sowieso out of order, weil wir seinen Stand schließen mussten. Uns ist nur geblieben zu versuchen, einen nach dem anderen zu beruhigen und ihnen zu sagen, dass es zu einer neuerlichen Geldübergabe kommen würde. Um die Allgemeinheit nicht auf ein Verbrechen aufmerksam zu machen, hat die SpuSi erst nach Schließung des Weihnachtsmarktes um 21 Uhr das abgesperrte Areal um den ›Siebten Himmel‹ herum und die

Hütte selbst untersucht. Bis dahin haben Kollegen in Zivil darauf geachtet, dass niemand hinter die Absperrung zu treten kam.«

»Stimmt das auch mit der neuerlichen Geldübergabe? Oder woher wissen Sie das?«, interessierte eine Kollegin aus Heinzberg, während ein Kollege aus dem niederländischen Grenzort Kerkrade wissen mochte, wann und wo die neuerliche Geldübergabe dieses Mal stattfinden würde.

Peter Dohmen nickte, während er routiniert zum dritten Mal den aktuellen Brief des Erpressers hoch hielt. »Ich lese Ihnen nun das Schreiben vor: *DiEs Ist KeiNE warNung Mehr!! ich Habe EUc iM DOM gEseHen! nOch so Ein bETRug und Es gibT widEr Einen TOTen! AusErDem MüßEn deSWegEn Alle Das doPpeltE beZaHlen!! Wenn Ihr keine weitEreN toteN Möchtet, BEreitHaltUng zur GEldübergABe MoRgen Um 22 uhr! WEitEre anWeiSungen Über Wokitoki!!!«*

Der deprimierte Kriminalbeamte schüttelte den Kopf, bevor er das Schreiben seinem Assistenten gab, damit der es rundreichen konnte. »Mehr gibt es nicht! Das Wann wäre also geklärt, nur das Wo ist noch offen. Vermutlich werden wir dies über das Funksprechgerät erfahren, das der Mörder dem Japaner für uns gegeben hat. Ihr könnt jetzt gehen. Die leitenden Beamten aller Dienststellen bitte ich allerdings darum, noch etwas hier zu bleiben. Ich danke euch allen!«

»Was gibt es denn noch Wichtiges?«, wollte Devaux wissen, weil bald Feierabend war und sie an diesem Abend etwas vor hatte.

»Einen Moment noch, Madame!«, bat der Einsatzleiter, den die Belgierin von Haus aus ablehnte, weil er Deutscher war und weil er rangmäßig über ihr stand, was sie allerdings niemals laut würde bekunden dürfen. Aber Dienst war nun einmal Dienst! Also fiel ihr nichts anderes ein, als sich damit herauszureden, dass sie nicht die Leiterin des Eupener Kommissariats sei, weswegen sie hier nichts mehr zu suchen habe.

»Das ist mir egal«, wurde sie von Peter Dohmen, für das, dass sie nicht *seine* Mitarbeiterin war, fast ein bisschen zu heftig angeraunzt. »Es geht hier um mehrere Morde und Sie haben nichts anderes zu tun, als an Ihren Feierabend zu denken? Ist das bei euch in Belgien so? Ich fasse es nicht!« Wieder schüttelte Peter Dohmen den Kopf, dieses Mal allerdings ungläubig. Dann gab er seiner belgischen Kollegin unumwunden die Marschrichtung vor: »Weil Ihr Chef abwesend ist, werden Sie wohl einsehen, dass zumindest einer von Ihnen beiden hier bleiben muss, oder etwa nicht?«

Weil Agnès Devaux kein Gegenargument parat hatte und es Pierre Vonderbank egal war, blieb ihr nichts anderes übrig, als mit ihrem Kollegen darauf zu warten, was es denn noch Wichtiges geben würde. Dabei sollten ihre Nerven auf eine harte Probe gestellt werden. Denn Peter Dohmen war zum Telefonieren in sein Büro gegangen. Er hatte gehofft, Le Maire an dessen Schreibtisch zu erreichen, um ihn für die kommende Zusammenkunft einladen zu können. Nachdem ihm Mademoiselle Loquie gesagt hatte, dass ihr Chef derzeit nicht erreichbar war, wählte er dessen Handynummer.

»Apparat Frederic Le Maire. Hier spricht Angelika Laefers«, kam es zu seiner völligen Überraschung zurück.

Nachdem er seine Verwunderung abgestreift hatte, wollte er von seiner Rechtsmedizinerin wissen, weshalb sie an Le Maires Handy gegangen war und wo sich die beiden herumtrieben, während in Aachen die Luft brannte. »Wir hatten bis eben eine Zusammenkunft und …«

»Ich weiß: wegen des toten Japaners!«, unterbrach Dr. Laefers, der es äußerst unangenehm war, an Frederics Handy gegangen zu sein und deswegen ausgerechnet Peter Dohmen im Ohr zu haben. Sie hatte jetzt keine Lust darauf, sich Vorhaltungen machen zu lassen. Der Leiter der Aachener Mordkommission war zwar nicht ihr Chef, hatte aber die Möglichkeit, sie zurechtzustutzen, wenn ihm etwas an ihr nicht passte. Und Grund genug hatte er allemal, denn die Untersuchung des Giftes, an dem Nakatani Takinosuke gestorben war, hätte eigentlich sie vornehmen müssen. Weil sie aber nicht in der Rechtsmedizin gewesen war, hatte Peter Dohmen ihren Assistenten Jussuf Abdalleyah damit beauftragen müssen.

Um diesbezügliche Vorwürfe erst gar nicht aufkommen zu lassen, trat Dr. Laefers die Flucht nach vorne an und erklärte dem Kriminalhauptkommissar in aller Offenheit, wo sie sich gerade befand und was sie zusammen mit Kriminalhauptkommissar Le Maire tat.

»Was? Sie wissen wirklich, wer der mutmaßliche Mörder von Madame Jilbour ist, der wahrscheinlich auch Hubertus von Syrgenstein umgebracht hat? Dann … dann haben wir ja innerhalb von zwei Tagen alle beide ›Glühweinmörder‹ gefasst! Na ja, nicht ganz, aber immerhin.«

Peter Dohmen berichtete ihr von der vermuteten Wahrscheinlichkeit, dass Gilbert Primat den Mord vor dem »Siebten Himmel« begangen haben könnte. Dabei schoss er ein wenig über's Ziel hinaus, was Dr. Laefers mit Schmunzeln feststellte. Aber von dem zweiten Mann, den sie nun ebenfalls suchten, hatte er Dr. Laefers überhaupt nichts gesagt. Trotzdem hatte sie, was sie wollte: Peter Dohmen war aus dem Häuschen! Um Verständnis für ihr Tun zu heischen, erzählte sie ihm in etwa die ganze wahre Geschichte, nur den Namen des zweiten »Glühweinmörders« wollte sie nicht preisgeben. Nachdem Peter Dohmen allerdings sämtliche Register gezogen hatte, um den Namen zu erfahren, schlug sie ihm einen Deal vor: »Gut! Erstens: Sie sagen so lange niemandem etwas davon, bis Sie dafür von Frederic grünes Licht bekommen! Zweitens: Sie lassen mich zusammen mit Ihrem Eupener Kollegen ungestört das tun, was wir tun müssen, um den verschwundenen belgischen Kollegen Bribanté zu finden, denn sollte er noch nicht tot sein, dürfte er sich zumindest in akuter Lebensgefahr befinden!«

»Aber weshalb wurde er entführt und nicht *gleich* umgebracht? Unser belgischer Kollege ist doch nur ein lästiger Zeuge, oder etwa nicht?«, interessierte den Aachener Leiter der Mordkommission, obwohl er in Lüttich keinerlei Befugnisse hatte.

»Wir wissen nicht, ob man ihn bereits in der Kiesgrube ermordet hat und die Leiche nur zur Beseitigung mitgenommen wurde. Wir hoffen lediglich, dass er ›nur‹ entführt wurde und noch lebt, weil er dem Entführer noch dienlich sein könnte.«

»Inwieweit?«

»Auch das wissen wir nicht! Möglicherweise stellt er für seinen Entführer und dessen Auftraggeber eine Art Lebensversicherung dar und wird für einen Austausch benötigt.« Weil es auch nicht Dr. Laefers Sache war und sie zu wenig darüber wusste, hörte sie sich genervt an, als sie sagte: »Die Hoffnung stirbt bekanntermaßen zuletzt.«

Um den wegen seines Versagens vor ein paar Tagen immer noch arg lädierten Leiter der Aachener Mordkommission ein wenig aufzubauen, lenkte die intelligente Frau vom Thema ab und fügte raffiniert einen dritten Punkt hinzu: »Wissen Sie was? Ich nenne Ihnen gegenüber doch noch den Namen und die Wohnadresse des Kerls, den *wir* gerade beschatten, aber nur, wenn Sie für uns bei Interpol Informationen über ihn einholen. Und wie gesagt: zu niemandem auch nur ein Sterbenswörtchen! ... Hallo? Hallo, Herr Dohmen?« Bevor Angelika auflegte, hatte sie so getan, als wenn es Probleme mit dem Netz geben und sie ihn nicht mehr verstehen konnte. Denn im letzten Moment hatte sie sich doch noch besonnen und weder den Namen noch die Adresse des Mörders preisgegeben. Sie wusste, dass auch Frederics Sekretärin Informationen über G. Nieuwkerke einholen konnte. Sie wusste aber auch, dass Peter Dohmen trotz des Netzproblems nun das Gefühl haben würde, in diese konspirative Sache zumindest teilweise eingeweiht worden zu sein. Kaum war das Gespräch unvermittelt und von Frau Dr. Laefers »unverschuldet« beendet worden, rief sie bei Fabienne Loquie an. »Ich hätte da eine Aufgabe für Sie ...«

Devaux und die anderen hatten sich eine geschlagene halbe Stunde gedulden müssen, bis ein zufrieden wirkender Peter Dohmen zurück war.

»Meine Damen und Herren! Entschuldigen Sie bitte, aber ich musste noch rasch in unserer gemeinsamen Angelegenheit telefonieren. Ich mache es kurz: Wir versammeln uns heute Abend um 22.30 Uhr wieder hier. Ich habe sämtliche betroffene Glühweinhändler aus der Region eingeladen, damit wir das Handling in Bezug auf die Geldübergabe gemeinsam besprechen können. Sie haben vorhin ja selbst gehört, dass der Erpresser nun die doppelte Summe möchte und die Übergabe bereits morgen stattfinden soll. Deswegen können dieses Geld auf die Schnelle nur die Glühweinbesitzer selbst bereitstellen. Das war es auch schon«, sagte er zur Verwunderung aller frohgestimmt. »Wir sehen uns wieder in …« Er schaute auf die Uhr, »… in sechs Stunden. Ich danke Ihnen, meine Damen und Herren!«

*

Angelika hatte doch länger dazu benötigt, ihr Auto zu holen, als sie ohnehin schon befürchtet hatte. Denn wie es der Teufel gewollt hatte, war ihr kein einziges Taxi unter die Augen gekommen, in das sie hätte steigen können, um zu Frederics Wohnung zu gelangen. Außerdem war sie auch noch in Frederics Wohnung hineingegangen, um zur Tarnung andere Jacken, Schals und Kopfbedeckungen zu holen und um sich auf die Schnelle aufzuhübschen. So viel Zeit muss sein, hatte sie gedacht, während sie den Lidstrich nachgezogen hatte.

Als Angelika endlich zurückkam und in die Rue de la Liberté einbog, war es bereits kurz nach halb fünf und es begann nicht nur zu dunkeln, sondern auch noch heftig zu schneien. Nachdem sie in einem sicheren Abstand von der Hausnummer 59 entfernt einen geeigneten Parkplatz gefunden hatte, wo sie unbemerkt den Motor noch ein Weilchen laufen lassen konnte, um Frederics Handy weiterzuladen, machte sie sich auf die Suche nach ihrem Partner. Sie brauchte nur der Qualmwolke seiner Zigarette zu folgen, um ihn zu finden.

»Da bist du ja endlich«, raunzte er sie missgestimmt an. »Ich friere mir hier den Hintern ab, während Madame sich wahrscheinlich …« Er schaute an ihr herunter und korrigierte sich, »… ganz sicher umgestylt hat!«

»Halte hier keine Volksreden, sondern setz diesen Hut auf und zieh dir den Mantel mitsamt des Schals über! Erstens ist der wärmer als deine Jacke und zweitens eine gut tarnende Abwechslung, damit mein großer Meister weiterhin undercover bleiben kann«, lästerte sie spasseshalber zurück, bevor sie ihm ein Küsschen auf die Nase drückte. »Gibt es etwas Neues?«

Frederic – weil es ihn nun nicht mehr so fror und weil Angelika zurück war, nun doch etwas besser gestimmt – berichtete ihr, dass sich da drin noch nichts getan hatte. »Obwohl ich ihn seither nicht mehr gesehen habe, brennt in seiner Wohnung immer noch Licht. Also *muss* er noch im Haus sein.«

»Weil im Hausflur ebenfalls Licht brennt, ist er sicher in einer der anderen Wohnungen und hält dort ein Schwätzchen auf Russisch oder auf Türkisch«, bemerkte Angelika wieder nicht ganz ernst gemeint.

»Es gibt keine andere Erklärung«, pflichtete Frederic seiner Partnerin bei. »Es sei denn, er hat mich bemerkt und ist durch ein Hinterfenster abgehauen.«

»Ich glaube nicht, dass *dir* jemand entkommen kann!« Trotz der angespannten Situation war Angelika offensichtlich heiter gestimmt.

Aber Frederic ging wieder nicht auf die kleine Frotzelei ein und schlug stattdessen vor, noch eine Viertelstunde zu warten, bevor Angelika unter irgendeinem Vorwand bei Nieuwkerke klingeln sollte. »Dich hat er ja noch nicht gesehen!«

»Und wenn ich ihm bei Fritten-Ralf doch aufgefallen bin«, koketierte Angelika, »was dann?«

Frederic ging nicht auf Angelikas Aussehen ein, auf das sie angespielt hatte. Stattdessen empfahl er ihr: »Sag einfach, dass du ihn mit einem alten Schulfreund verwechselt hast oder so.«

15 Minuten später stand Angelika mit leicht zitternden Knien vor der Tür und klingelte. Aber es rührte sich nichts. Nachdem die Haustür auch auf mehrmaliges Drücken des Klingelknopfes hin verschlossen blieb, ging sie wieder zu Frederic zurück, der hinter einer Garagenecke auf sie wartete. »Setz dich ins warme Auto oder such dir ein Taxi, um nach Hause zu fahren. Ich bleibe so lange hier, bis der Typ herauskommt oder wieder hineingeht. Irgendwann muss er sich ja wieder blicken lassen. Und ich möchte ihn keinesfalls nochmals aus den Augen verlieren«, schlug Frederic gut gemeint vor, während er sich eine Zigarette drehte. Derart abgelenkt, bemerkte er nicht gleich, dass in Nieuwkerkes Wohnung die Lichter ausgingen. Erst als ein Taxi an ihnen vorbeifuhr und direkt vor dem Haus hielt, kam Bewegung ins Spiel. Denn wenige Sekunden später eilte die Zielperson aus dem Haus und stieg in das Taxi ein.

»Merde! Wo kommt der denn jetzt plötzlich her?«, grummelte Le Maire, der seine soeben angezündete Zigarette wegschnippte, weil er in Angelikas Auto nicht rauchen durfte.

Obwohl Frederic sich darüber wunderte, dass der Typ die ganze Zeit über nach wie vor im Haus gewesen sein musste, freute er sich darüber, ihn nun wieder vor sich zu haben und ihm folgen zu können. Ein paar weitere Sekunden später saßen sie in Angelikas gemütlich warmem Auto und fuhren dem Taxi hinterher. »Hier ist dein frisch geladenes Handy«, sagte Angelika und gebot Frederic in strengem Ton, nun *ihr* Handy am Zigarettenanzünder zu laden. »Und im Handschuhfach ist die Pistole, die du vor einem Jahr einem in Brüssel lebenden afghanischen Minderjährigen abgenommen hast, damit der sich damit nicht noch mehr in die Scheiße reiten konnte.«

»Die Walther PPK ist zwar eine Polizeipistole, aber doch nicht meine offizielle Dienstwaffe, sondern eine illegale Waffe, die ich nur in der Wohnung versteckt habe, weil sie ... ja, weil sie eben illegal ist.«

»Und dort dient sie – im Gegensatz zu deiner Dienstwaffe, die vermutlich in deiner Schreibtischschublade liegt – zu deiner und meiner Sicherheit, oder?«, konterte Angelika kompromisslos, während sie auch schon das Handschuhfach öffnete.

Nachdem sie am Anfang einen fast schon riskant großen Sicherheitsabstand zum Taxi gehalten hatten, fuhren sie nun dichter hinter ihm her. »Ich glaube, der fährt nach Maastricht«, stellte Angelika irgendwann mit großer Verwunderung fest.

»Ja, mein Schatz«, vermutete auch Frederic. »Mir gibt lediglich zu denken, dass er immer nur mit dem Taxi unterwegs ist. Denn von der alten Werfthalle in Herstal hat er sich mit einem Mietwagen entfernt, als diese abgebrannt ist.«

»Du meinst, dass *er* dies war?«

»Wer sonst? Die neuen Erkenntnisse lassen nur diesen einen Schluss zu.«

»Dann ist er auch der Mörder des Mannes, den Miller aus der Maas gefischt hat?«

Weil ihm Angelikas Feststellung fast ein bisschen naiv vorkam, nickte Frederic mit einem milden Lächeln auf den Lippen. »Einen Führerschein muss er haben, ansonsten hätte er mit dem Mercedes seines Chefs nicht zur Kiesgrube fahren können. Wahrscheinlich ist er nur nicht im Besitz eines eigenen Autos«, resümierte Frederic, während sie in gewissem Abstand darauf warteten, dass der Mann ausstieg. Denn das Taxi war tatsächlich bis nach Maastricht gefahren und hatte in der Nähe des Vrijthofs angehalten. Jetzt galt es für Frederic, schnell zu entscheiden, was zu tun war: »Weißt du was, Angelika? Weil die hier in Maastricht gnadenlos abschleppen und dies zudem extrem teuer ist, wird es wohl das Beste sein, wenn du den Wagen in die Tiefgarage fährst, während ich den Typen weiter beschatte.« Als wenn es sein Verdienst wäre, bemerkte er noch, dass sie nun ja beide ein Handy hätten und er sie somit jederzeit zu sich manövrieren könnte.

»Nimm aber die Pistole mit!«, willigte Angelika ein und zeigte zum geöffneten Handschuhfach.

Schon kurz darauf wollte Frederic seine fürsorgliche Partnerin darüber informieren, dass es so aussah, als wenn Nieuwkerke zum Kerstmarkt gehen würde. Aber es meldete sich nur ihre Mailbox. Wahrscheinlich hat sie keine Verbindung, weil sie noch in der Tiefgarage ist, dachte sich Frederic, dem soeben der verführerische Duft von Frittenfett in die Nase stieg.

✳

Etwa vier Stunden später in Aachen: Heftig maulend fuchtelte der Inhaber der »Öcher Spezialitäten« mit seinen beiden Händen in Richtung Alwin Fiebus und Ralph Cleef.

»Wieso möchten uns diese beiden sauberen Herren die vom Erpresser geforderte Summe zur Verfügung stellen? Können Sie mir das sagen, Herr Kommissar? Da stimmt doch etwas nicht«, mochte Lennet Contzen vom Versammlungsleiter wissen und vergiftete damit die sowieso schon brennende Luft im Speisesaal der Kriminalpolizei Aachen noch mehr. Bei seinen unverhohlenen Anschuldigungen wurde er insbesondere von seinem jungen Kollegen Andreas Maasen wortreich unterstützt. Denn der Pächter des »Siebten Himmels« war wegen der Schließung seiner Glühweinhütte sowieso schon angefressen zur Besprechung gekommen und deswegen auf Krawall aus.

»Hauptkommissar! Ich bin Kriminalhauptkommissar!«, stellte der ebenfalls längst verärgerte Versammlungsleiter klar, bevor er auf die Frage des Weihnachtshütteninhabers eingehen wollte.

Aber Alwin Fiebus fuhr dazwischen: »Ralph und ich haben nicht gesagt, dass wir euch die gesamte Summe zur Verfügung stellen! Wir haben euch lediglich angeboten, uns mit derselben Summe zu beteiligen, die jeder Einzelne von euch bezahlen muss.«

Das Einzige, was man bei der Zusammenkunft der betroffenen Glühweinanbieter und der beteiligten Polizisten bisher als normal bezeichnen konnte, war der pünktliche Sitzungsbeginn um 22.30 Uhr. Ansonsten herrschte von Anfang an das reine Chaos, weswegen von einem einigermaßen geordneten Sitzungsverlauf keine Rede sein konnte. Anstatt sich in aller gebotenen Konzentration über den Sachstand informieren zu lassen und vernünftig über die neuerliche Geldübergabe zu sprechen, griffen sich die Glühweinanbieter des Aachener Weihnachtsmarktes gegenseitig an. Auch wenn sich die auswärtigen Kollegen, die sogar aus Lüttich und Maastricht gekommen waren, weil inzwischen auch dort Erpresserschreiben eingegangen waren, weitestgehend aus dem Streit heraushielten, gelang es Peter Dohmen nicht, Ruhe in den Saal zu bringen. Da nützte es auch nichts, dass er zu Beginn der Besprechung erklärt hatte, um was es überhaupt ging, und dass die Polizei nicht nur mit Worten auf Seiten der Erpressungsopfer stünde, sondern bisher schon aktiv alles dafür getan hatte, um den Erpresser dingfest zu machen. »Aber er ist einfach zu raffiniert und uns immer einen Schritt voraus«, hatte er sich dann doch eingestehen müssen und sich dadurch gänzlich den Unmut der anwesenden Geschäftsleute zugezogen.

»Ja, Lennet hat recht. Da stimmt etwas nicht!«, hakte Andreas Maasen nach und wurde konkret: »Alwin und Ralph müssen einen Grund dafür haben, dass sie sich so generös zeigen. Hat es vielleicht etwas damit zu tun, dass ihr ›Hexenhof‹ von den Erpressungen verschont wurde?«

Nun ging es richtig zur Sache, denn Alwin Fiebus schoss hoch wie eine Rakete. »Sag mal, spinnst du, Andi? Wie lange kennen wir uns? Und wie lange kennen *wir* uns, mein lieber Lennet? Wir beide gehören seit Jahrzehnten zu den größten Getränke- und Speisenanbieter auf dem Öcher Weihnachtsmarkt und haben schon gut zusammengearbeitet, als es den ›Siebten Himmel‹ überhaupt noch nicht gab!«

»Ich weiß, dass ich euch allen nicht in den Kram passe, weil ich einen guten Teil des Glühweinumsatzes abschöpfe, den ihr gerne hättet«, wehrte sich Andi, der sich von Alwin angegriffen fühlte.

»Das ist doch lachhaft!«, fuhr nun Ralph, Alwins Teilhaber, dazwischen.

Bevor sich der ansonsten als ruhig bekannte Geschäftsmann weiter echauffieren konnte, übernahm sein Partner wieder das Wort und lenkte auf das eigentliche Streit-
thema zurück: »Darf ich um Ruhe bitten, meine Damen
und Herren? Ich möchte lediglich auf Lennet Contzens
versteckte Anschuldigung eingehen.« Dann wandte er sich
in ruhigem Ton direkt an den Besitzer der »Öcher Spezialitäten«: »Lieber Lennet! Du glaubst doch nicht im Ernst,
dass Ralph und ich etwas mit eurer Erpressung zu tun
haben, oder?«

Direkt so angesprochen, wurde Lennet Contzen nervös. Er wusste zunächst nicht, was er sagen sollte. Weil
aber alle Blicke auf ihn gerichtet waren, musste er etwas
von sich geben. Zudem war *er* es gewesen, der das Streitge-
spräch provoziert hatte. Also polterte er los und verlieh seiner Verärgerung Ausdruck, indem er den beiden Betreibern
des »Hexenhofes« schonungslos vorwarf, mit dem Erpresser unter einer Decke zu stecken, weil bei ihnen kurioserweise kein einziges Erpresserschreiben eingegangen war.
»Das ist doch eigenartig oder nicht?«, zischte er, ironisch
gemeint. Während Lennet Contzen einen wahren Hagel an
Vorwürfen auf die beiden »Hexenhof«-Betreiber herunter-
prasseln ließ, bei dem er vom Hundertsten ins Tausendste
rutschte, bekamen alle anderen das Gefühl, dass ihr Kollege
die Gelegenheit für eine Art »Generalabrechnung« nutzte.

Als der aufgebrachte Spezialitätenhändler seinen Kollegen Alwin und Ralph auch noch vorwarf, mit der Stadtverwaltung unter einer Decke zu stecken, reichte es Ralph.
Er stand auf und schrie seine beiden Kollegen von den
»Öcher Spezialitäten« und vom »Siebten Himmel« an: »Ihr
seid doch nur neidisch, dass wir den besten Glühwein in
Aachen haben!«

Mittlerweile war der Versammlungsleiter derart sauer, dass er am liebsten für Ruhe sorgen würde, indem er einen Schuss aus seiner Pistole in die Decke abgab. Da dies natürlich nicht gestattet war und er sich im Griff hatte, versuchte er es mit einem lauten »Ruhe, verdammt noch mal, seid endlich still!« Nach etlichen erfolglosen Anläufen klappte dies dann auch.

Schon dieser kurze Schlagabtausch hatte den anwesenden Polizeibeamten gezeigt, dass unter den Glühweinanbietern Neid und Missgunst herrschte und insbesondere den »Hexenhof«-Betreibern der Erfolg nicht gegönnt wurde. Aber die haben zumindest in diesem Jahr nun einmal die beste Rezeptur für einen Glühwein auf dem Aachener Weihnachtsmarkt, dachte sich wohl nicht nur Peter Dohmen, bevor er wieder Alwin Fiebus das Wort erteilte: »Bleiben Sie aber bitte sachlich!«

Alwin schaute Ralph an. Als der nickte, zog Alwin zwei zusammengefaltete DIN-A4-Blätter aus seiner Tasche und reichte sie Peter Dohmen weiter.

Während der leitende Kriminalbeamte fassungslos darauf schaute, war es zum ersten Mal richtig still im Saal. Dann blickte er die beiden »Hexenhof«-Betreiber vorwurfsvoll an und schüttelte verständnislos den Kopf.

»Was ist?«, rief einer der neugierig gewordenen Beamten dem Leiter der Aachener Mordkommission zu, dem im Moment noch die Worte fehlten.

»Wir haben ebenfalls ›Liebesbriefe‹ bekommen! Allerdings mit ganz anderen Inhalten«, sprang Alwin Fiebus in die Bresche und klärte dadurch die Sache auf. »Wir haben zwar keine Erpresserbriefe erhalten wie ihr, werden aber dahingehend erpresst, dass wir die Rezeptur unseres Glühweins preisgeben sollen; falls nicht, würden – nicht wie bei euch, *einzelne* Gäste an Gift sterben. Dafür aber soll der Glühwein in unseren Vorratscontainern vergiftet werden, weswegen es auf einen Schlag gleich mehrere oder möglicherweise sogar *viele* Gäste auf einmal treffen könnte! Deswegen haben wir speziell ausgebildete Securities eingestellt, die unsere gut versteckten Glühweinvorräte Tag und Nacht bewachen! Wir haben es vorgezogen, uns und unsere Gäste selbst zu beschützen und nicht zur Polizei zu gehen, die – wie wir nun ja alle wissen – zumindest in dieser Sache nichts auf die Reihe bekommt. Weil auf dem Gelände des ›Hexenhofes‹ bereits einer unserer jungen Mitarbeiter vergiftet wurde, mochten wir nicht weiter auffallen! Wir wollten einfach nur Ruhe in die Sache bringen und haben deswegen die Erpressungsversuche nach außen hin ignoriert und der Polizei nichts davon erzählt. Wir sind davon ausgegangen, dass es genügt, wenn die Polizei dem Erpresser aufgrund derjenigen Briefe nachgeht, die bei unseren Kolleginnen und Kollegen auf anderen Teilen des Öcher Weihnachtsmarktes eingegangen sind«, kam es Alwin Fiebus – was bei ihm selten war – fast etwas kleinlaut über die Lippen, bevor er noch ergänzte, nicht gewusst zu haben, dass es sich möglicherweise sogar um zwei Erpresser handeln könnte.

»Aber Ihnen ist schon klar, dass dies ein Nachspiel haben wird!«, drohte Peter Dohmen den beiden mit vor Zorn rot gewordenem Kopf, weil er sich in höchstem Maße blamiert sah. Trotz der öffentlichen Demütigung war er im Grunde genommen aber froh, dies nun erfahren zu haben. Deswegen ging er nicht weiter darauf ein. Stattdessen versuchte er Haltung zu bewahren, indem er sich an die anderen wandte und zum eigentlichen Thema zurückkehrte:

»Meine Damen und Herren! Dies dürfte genügen, um die haltlosen Vorwürfe von Herrn Contzen und Herrn Maasen ad absurdum zu führen. Das heißt, dass Sie alle im selben Boot sitzen und wir nun gemeinsam nach einer Lösung suchen müssen. Ich denke, dass wir das Angebot Ihrer beiden Kollegen vom ›Hexenhof‹ annehmen sollten. Sie werden es ohnehin nicht leicht haben, die geforderte Summe aufzutreiben. Und weil Sie verhindern möchten, dass die Stadtverwaltung davon erfährt und möglicherweise den gesamten Weihnachtsmarkt schließt, müssen Sie wohl oder übel darauf verzichten, das Lösegeld von dort zu erbetteln, – immerhin sind es nun satte 200.000 Euro, die gefordert werden. Weil rein zufällig frisches Geld in unserer Asservatenkammer lagert, kann die Kripo Aachen mit Erlaubnis des Oberstaatsanwaltes Knopp die Hälfte dieser Summe beisteuern. Sie sehen also, meine Damen und Herren, dass auch uns extrem daran gelegen ist, den Erpresser zu fassen.«

Insbesondere die im Saal versammelten Glühweinanbieter, die ihre Verkaufsstände auf dem Aachener Marktplatz und auf dem Katschhof hatten, wussten, dass ihnen nichts anderes übrig bleiben würde, als anteilsmäßig die Hälfte des Geldes vorzustrecken. Deswegen erschien es ihnen nun doch vernünftig, wenn sie das überaus großzügige Angebot ihrer an dieser Erpressung unbeteiligten Kollegen vom »Hexenhof« annehmen würden. Deswegen begannen sie an den Tischen zu tuscheln und einer nach dem anderen zustimmend mit dem Kopf zu nicken. Alwins und Ralphs Kollegen hatten kapiert, dass ihnen die beiden nichts Böses, sondern sich einfach nur kollegial zeigen wollten.

»Was ist nun?«, mochte Peter Dohmen sichtlich nervös wissen, nachdem sich die Geschäftsleute ein Weilchen ausgetauscht hatten.

»Weil er das große Wort geführt und deswegen nun ein schlechtes Gewissen hatte, stand Lennet Contzen auf und wandte sich an seine beiden Kollegen vom »Hexenhof«: »Entschuldigt, war nicht so gemeint. Aber meine Nerven liegen blank.«

Mit den knappen Worten: »Schon gut, Lennet! Unser *aller* Nerven sind nicht mehr die besten«, nahm Alwin auch in Ralphs Namen die Entschuldigung an.

»Und wir würden gerne euer …«, Lennet Contzen räusperte sich verlegen, »Angebot annehmen.«

»Na, dann wäre die Kuh ja vom Eis«, beendete Peter Dohmen erleichtert den bisher ausschließlich kontraproduktiven Teil der Besprechung, nachdem Alwin und Ralph zustimmend genickt hatten. »Nun können wir ja zur weiteren Vorgehensweise kommen und uns über die vom Erpresser angekündigte Geldübergabe unterhalten.«

# KAPITEL 19

Frederic und Angelika waren hundemüde. Am Vorabend hatten sie Guido Nieuwkerke so lange beschattet, bis er sich mit einem Taxi von Maastricht nach Lüttich hatte zurückbringen lassen. Um an ihm dranzubleiben, waren sie ihm dort wieder in etliche zwielichtige Etablissements gefolgt, bevor sie in den Morgen hinein erneut Stellung vor der Hausnummer 59 bezogen und abwechselnd in Angelikas unbequemem Zweisitzer wenigstens ein bisschen Schlaf gesucht hatten. Frederic wusste, dass die Gefahr aufzufliegen mit der Dauer einer Beschattung stieg. Während er allein an der Ecke der Garage stand und darüber sinnierte, ob es richtig war, was er und Angelika taten, ging ihm durch den Kopf, dass es gestern Abend auf dem Maastrichter Kerstmarkt noch richtig spannend geworden war; so spannend sogar, dass Frederic nicht nur an die Grenzen seiner Kompetenzen gestoßen war, sondern diese sogar weit überschritten hatte.

Denn spätestens, als sie heimlich beobachtet hatten, dass ihre Zielperson einen der augenscheinlich größten Glühweinanbieter des Maastrichter Kerstmarktes krankenhausreif geschlagen hatte, wäre es am belgischen Staatsbeamten gewesen einzugreifen, auch wenn er in Holland nicht die geringsten Befugnisse gehabt hatte. Allerdings hätte er sich dann sämtliche weitere Wege verbaut, die ihn zu seinem verschleppten ehemaligen Kollegen führen könnten. Und dies hatte er beim besten Willen nicht riskieren dürfen. Da hatte er es sogar zulassen müssen, dass der Glühweinanbieter brutal zusammengeschlagen wurde. Allerdings wäre Frederic eingeschritten, wenn er sich Sorgen um das Leben des Mannes gemacht hätte. Da es Nieuwkerke aber offensichtlich nicht darauf angelegt hatte, den zahlungskräftigen Mann zu töten, sondern lediglich einzuschüchtern und damit zu einem Lieferantenwechsel zu bewegen, hatte der in Kampfsportarten schon längst nicht mehr geübte Kriminalpolizist nicht eingreifen müssen. Hätte er dies tun müssen, wäre dies wegen seiner körperlichen Unterlegenheit sowieso nur mit einer Waffe möglich gewesen. Und weil er die Walther PPK illegal in seinem Besitz hatte, wäre das Risiko, allein dafür vom Dienst suspendiert zu werden, viel zu groß gewesen.

Dennoch wäre es am Eupener Kommissariatsleiter gewesen, wenigstens seinen Maastrichter Kollegen über dies und bei der Gelegenheit zudem auch Miller über seinen ungenehmigten Alleingang zu informieren. Denn darüber hinaus waren er und Angelika auch noch Zeugen geworden, wie Nieuwkerke einen der Glühweinanbieter nach dem anderen unverhohlen bedroht und dabei stets warnend auf deren Kollegen verwiesen hatte, den der Notarzt kurz zuvor auf schnellstem Weg in die Notaufnahme des »Academisch Ziekenhuis Maastricht« gebracht hatte. Nieuwkerke hatte den zwar lädierten, aus Frederics Sicht aller Wahrscheinlichkeit nach aber nicht schwer- und schon gar nicht lebensbedrohlich verletzten Glühweinhüttenbesitzer so drapiert, dass alle den blutüberströmten Mann liegen sehen konnten. Und weil zudem sämtliche Maastrichter Marktbeschicker die ganze damit zusammenhängende Aufregung mitbekommen hatten und es sich auch unter den Maastrichter Glühweinanbietern längst rumgesprochen hatte, dass in einem der Glühweinstände auf dem »Hexenhof«-Weihnachtsmarkt in Aachen ein junger Mitarbeiter vergiftet worden war, breitete sich nun auch hier eine mit Angst gepaarte depressive Wut aus wie in der deutschen Kaiserstadt. Hätten die Maastrichter Glühweinanbieter auch schon etwas von der Ermordung eines japanischen Weihnachtsmarktgastes gewusst, wären sie wohl allesamt in Panik ausgebrochen. So aber waren sie einigermaßen besonnen geblieben und hatten die Botschaft von Glühweinstand zu Glühweinstand weitergegeben, sich nach Feierabend zu treffen, um darüber sprechen zu können, was zu tun sei.

*

Die Sonne war längst aufgegangen. Frederic stand immer noch an der Garagenecke in der Rue de la Liberté, während Angelika in ihrem Auto ein wenig Schlaf gefunden hatte. Weil ihre Zielperson den Rest der vergangenen Nacht durchgezecht und -gehurt hatte, rührte sich auch zur Mittagszeit noch nichts. Während Frederic eine Zigarette nach der anderen rauchte, schlief Nieuwkerke seinen Rausch aus. Da klingelte Le Maires Handy. »Bonjour, Chef!« An der säuselnden Stimme erkannte er seine Sekretärin.

»Bonjour, Locki! Was gibt es?«

»Ich habe von Kollegin Devaux und von Kollege Vonderbank erfahren, dass die gestrige Zusammenkunft einen katastrophalen Verlauf genommen hat und …« Nachdem sie ihrem Chef in groben Zügen erzählt hatte, was ihr berichtet worden war, sagte sie ihm auch noch, dass der

Erpresser Hauptkommissar Dohmen über das Walkie-Talkie erreicht hatte, das er dem alten Japaner zugeschoben oder in die Hand gedrückt hatte.

»Ja, und? Weiter?«, drängte Le Maire, der das Haus mit der Nummer 59 trotz Übermüdung nicht aus den Augen ließ.

Vom rüden Ton ihres Chefs enttäuscht, berichtete Fabienne Loquie, dass die neue Geldübergabe in Aachen auf den heutigen Abend gelegt wurde und der Erpresser verlangt, dass Herr Contzen, der Besitzer der …«

»Ja, ja, schon gut, Locki! Lennet Contzen ist der Besitzer der ›Öcher Spezialitäten‹ auf dem Aachener Weihnachtsmarkt. Weiter!«

»Herr Contzen soll nach Ende des Weihnachtsmarktes vor seiner Hütte bereitstehen. Dort würde er dann erfahren, wann genau, wo und wie die Geldübergabe vonstattengehen solle. Wenn der Erpresser – wie bereits bei der ersten Geldübergabe im Aachener Dom – auch nur einen einzigen Polizisten sichten würde, hieße dies für ihn, dass die Polizei die Geldübergabe zum zweiten Mal vereitelt hätte und er deswegen zwei Menschen vergiften würde, gerne …« Nachdem sich Locki unsicher geräuspert hatte, wollte ihr Chef wissen, weshalb sie innehielt.

»Na ja, der Erpresser soll gesagt haben, dass es anstatt eines Japaners ›gerne‹ auch zwei Einheimische, zwei Holländer … oder zwei Belgier sein dürfen.«

»Das ist gut«, bemerkte Le Maire, ohne auf das zuletzt Gesagte einzugehen. »Wenn keine Polizei dabei sein darf, kann mein Kollege aus Aachen ja gut auf mich verzichten. Sonst noch etwas?«

»Ja, Chef, ich konnte von Interpol einiges über diesen G. Nieuwkerke erfahren: Sein Vorname lautet Guido! Er ist als drogenkonsumierender und saufender Schläger bekannt, der erst vor Kurzem, genau gesagt am 10. Dezember, im ›Café des Artistes‹ in La Calamine einem harmlosen Gast hinterrücks so oft einen Barhocker über den Kopf und über den Rücken gezogen hat, dass der Gast sofort bewusstlos war und in die Notaufnahme des Sankt Nikolaus-Hospitals nach Eupen gebracht werden musste. Nach einigen weiteren brutalen Tritten des offensichtlich primitiven Schlägers mit dem Fuß hat er sogar die Bauchdecke des wehrlosen Opfers so verletzt, dass dieses später mehrmals operiert werden musste. Dazu zwei Rippenbrüche, über 60 Hämatome am Rücken, ein offener Schädel. Und dabei wollte der Gast nur zwei Damen und einem Mann mutig zur Seite stehen, die von dem Gauner und dessen ebenfalls gewalttätigen Freundin beraubt werden sollten und teilweise sogar schon wurden. Übrigens: Die Frau des Schlägers stand ebenfalls unter Drogen und Alkohol und hat das bewusstlose Opfer so fest in einen Finger gebissen, dass es später etliche Spritzen ertragen musste, um eine Ansteckung durch HIV, Hepatitis B und andere gefährliche Erreger zu vermeiden. Das mutige Opfer müsste meines Erachtens nach für einen Preis vorgeschlagen werden!«

»Schon gut, Locki!«, bremste Le Maire die Gerechtigkeitsfanatikerin aus, die es nur gut meinte. »Das Lokal in Kelmis kenne ich von den ›Frittenmorden‹ im vergangenen Jahr her«, fügte er noch emotionslos hinzu, weil er das Prügelopfer nicht persönlich kannte. »War der ›heldenhafte Retter‹ Belgier?«, lästerte er noch.

»Nein, Deutscher«, antwortete seine Sekretärin über diese Frage etwas verwundert.

»Ach so.«

Locki hätte ihrem Chef eigentlich gar nicht mehr erzählen müssen, was Guido Nieuwkerke sonst noch alles auf dem Kerbholz hatte. Denn dem Kriminaler genügte, was er allein anhand des aktuellen Falles von ihr gehört und was er gestern Abend mit eigenen Augen in Maastricht gesehen hatte. Er hatte bestätigt bekommen, dass es sich bei Guido Nieuwkerke um einen erkennungsdienstlich mehrfach erfassten Gewalttäter handelte, der keinerlei Hemmschwelle kannte und immer noch zu allem fähig war, obwohl er schon öfters eingesessen hatte, ein gefährlicher Primitivling höchster Güte. Am meisten freute Le Maire sich darüber, dass das ehemalige Phantom nun auch noch einen Vornamen hatte, dessen Herkunft jetzt ebenfalls bestätigt worden war. Lediglich die aktuelle Adresse hatte Locki nicht herausbekommen. Dies deutete Le Maire, dass Nieuwkerke zuletzt im niederländischen Rotterdam gemeldet war und nun illegal in Lüttich wohnte. Nachdem er sich von Locki auch noch Pierre hatte geben lassen, um ihn zu instruieren, dass er zusammen mit Devaux seinem Aachener Kollegen vorbehaltlos zur Verfügung stehen solle, fühlte er sich einigermaßen gut: Was Nieuwkerke anbelangte, hatte er den richtigen Riecher gehabt und befand sich zusammen mit Angelika auf der richtigen Spur. Und was die Sache in Aachen betraf, lief dies auch ohne ihn. Dass er zwei seiner Leute dorthin abgestellt hatte, gab ihm das sichere Gefühl, Peter Dohmen hinreichend geholfen zu haben. Gleichzeitig würde dies dem schlechten Gewissen des eigenwilligen Eupener Ermittlers wegen seines Alleingangs schmeicheln. Schlussendlich war auch noch das Eupener Kommissariat mit seiner erfahrenen Sekretärin Fabienne Loquie und mit dem zuverlässigen Streifenpolizisten Herbert Demonty einigermaßen gut besetzt.

Weil sich bis zum späten Nachmittag nichts getan hatte, bat er Angelika, die Zielperson mit dem Auto zu verfolgen, wenn sie erneut das Haus verlassen und mit einem Taxi fortfahren würde. Er selbst wollte dann in Guido Nieuwkerkes Wohnung eindringen, um dort nach Hinweisen auf Bribanté zu suchen. Während er sich Gedanken darüber machte, musste er sich eingestehen, dass es doch gut war, ein aufgeladenes Handy bei sich zu haben. Denn nur deswegen konnte er Angelika dazu überreden, sein Spiel mitzuspielen. Frederic hoffte lediglich, dass es noch vor Einbruch der Dunkelheit dazu kommen würde, damit er in Guido Nieuwkerkes Wohnung kein verräterisches Licht anzuschalten brauchte oder die Taschenlampe benutzen musste.

*

Obwohl der immer noch unbekannte Erpresser sich in der Wahl seines bisherigen Erpresser-Equipments nicht gerade als einen modern denkenden Technikfreak gezeigt hatte, sollte sich nach einem nervenaufreibenden Warten am darauffolgenden Tag zeigen, dass er wesentlich raffinierter war, als dies Kriminalhauptkommissar Dohmen eingeschätzt hatte, allerdings erst zu mitternächtlicher Stunde. Allein wegen seines altmodischen Kommunikationsmittels und wegen seiner noch altmodischer verfertigten Erpresserbriefe, war er von Peter Dohmen bisher immer etwas unterschätzt worden. Aber dies durfte sich nicht wiederholen. Um keinen neuerlichen Fehler zu provozieren und dadurch zwei weitere Menschenleben zu gefährden, hatten sich der Einsatzleiter und diejenigen Beamten, von denen noch am Vortag die beiden momentan am höchsten gefährdeten Glühweinhütten beschattet worden waren, den ganzen Tag über nicht auf dem weitläufigen Gelände des Weihnachtsmarktes blicken lassen. Dies hatten sie so auf dem Münsterplatz, auf dem Katschhof und auf dem Marktplatz gehalten, wo sich die »Öcher Spezialitätenhütte« und der inzwischen wieder zum Geschäftsbetrieb freigegebene »Siebte Himmel« befanden.

Auch die kleineren Bereiche dieses im gesamten Stadtkern verstreuten Weihnachtsmarktes beim Kugelbrunnen unten und am Holzgraben, wo erst im letzten Jahr ein überdachter Eisstockplatz installiert worden war, befanden sich an diesem Tag kaum unter polizeilicher Aufsicht.

Seit dem merkwürdigen Zusammentreffen vor dem »Siebten Himmel« mussten Oberstaatsanwalt Dr. Knopp und Einsatzleiter Dohmen davon ausgehen, dass es – unabhängig des »Hexenhof«-Erpressers – gleich *zwei* weitere Erpresser gab, die zwar getrennt marschierten, aber gemeinsam zuschlagen würden. Es konnte aber auch sein, dass die beiden nichts miteinander zu tun hatten, oder dass es den zweiten, beziehungsweise den dritten, überhaupt nicht gab und der Oberstaatsanwalt rein zufällig von einer völlig unbeteiligten zweiten Person angerempelt worden war. Allerdings hatten die diesbezüglichen Recherchen bisher nicht das Geringste ergeben. Und dies, obwohl Peter Dohmens Mitarbeiter seither so »ganz nebenbei« über 20 irgendwie auffällige Männer kleinerer Statur aus den Menschenmassen des Öcher Weihnachtsmarktes herausgefischt und vernommen hatten. Bis auf einen verdächtigen Typen, an dem vielleicht etwas dran sein könnte, hatten sie die anderen wieder laufen lassen müssen. Und so wie es aussah, würden sie wohl auch noch den letzten nach Hause schicken müssen.

Trotzdem oder gerade deswegen war das Risiko, von dem oder den sicherlich bis zur Unkenntlichkeit getarnten Erpressern wiedererkannt zu werden, so groß wie die Gefahr, die davon ausgehen würde, wenn sämtliche Glühweinhändler wüssten, wie die Geldübergabe ablaufen würde. »Mindestens einer von euch baut dann Scheiße, weil er meint, der Polizei nicht vertrauen zu können und seinem Geld selbst hinterherhecheln zu müssen. Dadurch würde er die ganze Aktion erneut gefährden«, hatte Peter Dohmen bei der gestrigen Zusammenkunft unverhohlen seine Meinung kundgetan und war damit wider Erwarten auf Verständnis gestoßen. Also hatten die anwesenden Glühweinhändler beschlossen, dass der stets als besonnen bekannte Inhaber der »Öcher Spezialitäten« das altmodische Walkie-Talkie des Erpressers an sich nehmen und die Geldübergabe im Namen aller um ihr Geld zitternden Kolleginnen und Kollegen übernehmen sollte. Seinen kleinen Ausraster Alwin Fiebus und Ralph Cleef gegenüber hatte ihm offensichtlich niemand ernsthaft übel genommen, auch die beiden nicht. Im Gegenteil: Sie boten sogar an, das Geld so lange in ihrem Safe zu deponieren, bis es für die Übergabe benötigt wurde.

Nachdem Lennet Contzen den Polizisten hoch und heilig versprochen hatte, in jeder Situation cool zu bleiben und sich strikt an die Anweisungen des Erpressers, aber auch an die der exekutiven Einsatzleitung zu halten, stand die Sache. Der einzige Unsicherheitsfaktor dabei war nur noch der Erpresser selbst, der sich ja erst noch ebenfalls damit einverstanden zeigen musste.

Ungeachtet dessen hatte Peter Dohmen auf die Schnelle eine Bankauskunft über den Glühweinhüttenbesitzer eingeholt, immerhin sollten dem 64-Jährigen in wenigen Stunden 190.000 Euro Fremdgelder anvertraut werden.

Nachdem geklärt war, dass Lennet Contzen nicht die geringsten finanziellen Probleme hatte, waren vom Einsatzleiter am Morgen dieses Tages zwei als Elektromonteure verkleidete Polizeitechniker zu dessen Villa am Preußweg geschickt worden, damit sie ihn dort unbemerkt verkabeln konnten.

Was dann folgte, konnte wohl kaum nervenaufreibender sein. Während Peter Dohmen und dessen Assistent Matthias Lehnen mit einer Handvoll Leuten dazu verdonnert waren, im Kommissariat auszuharren und darauf zu warten, bis sich der oder die Erpresser per Walkie-Talkie bei Lennet Contzen melden würden, verteilten sich ab 10 Uhr morgens sämtliche zur Verfügung stehenden Kräfte auf allen Bereichen des weitläufigen Weihnachtsmarktes und zudem auch noch im gesamten Zentrum von Aachen, vom Ponttor bis zum Bahnhof hinunter und von der Schanz bis zum Ostfriedhof hinüber. Während diejenigen Polizeibeamten, die auf den drei größten Weihnachtsmarktplätzen Aachens ihren Dienst verrichteten, mit den üblichen kitschigen Weihnachtsmützen, -kappen und -schals ausgestattet worden waren, erweckten diejenigen, die um öffentliche Gebäude herum postiert waren, den Eindruck, Stadtstreicher zu sein. Und diejenigen, die sich auf Aachens Straßen und Plätzen verteilt hatten, sahen wie harmlose Bürgerinnen und Bürger der Stadt aus oder wie mit Rucksäcken, Orientierungsplänen und Fotoapparaten ausgerüstete Touristen. Durch Peter Dohmens taktische gedachte Order hatte er unter allen Umständen vermeiden wollen, erneut aufzufallen. Aus diesem Grund waren diejenigen Polizisten und deren Kolleginnen, die bei der ersten Geldübergabe im Dom gewesen waren, in die Randbezirke verbannt worden. Und alle hatten hochmoderne Funkgeräte mit einer Frequenz, die Lennet Contzens Walkie-Talkie nicht stören konnte. Es schien so, als wenn Peter Dohmen an diesem besonderen Tag an alles gedacht und nichts übersehen hatte.

Allerdings zog sich der kalte Wintertag dann so zäh in die Länge wie Kaugummi: Während alle auf ihren Posten waren, kam sich Devaux mit ihrem leuchtenden Rentiergeweih auf dem Kopf so albern vor, wie sich der eine oder andere überflüssig fühlte. Denn außer, dass sich alle einen abfroren, rührte sich rein gar nichts!

Der Einsatzleiter hatte mit Lennet Contzen ausgemacht, ihn bis zum Start der Geldübergabe im Viertelstundentakt anzufunken, falls er nichts von ihm hören sollte. Um später auch mithören zu können, was der Erpresser sagte, ohne dabei auf sich aufmerksam zu machen, war von der Kriminaltechnik nicht nur ein spezielles Mikrofon ans Walkie-Talkie angebracht worden, sondern auch noch ein Störmodul, das ein Gespräch zwischen Dohmen und Contzen schlagartig unterbrechen würde, sowie sich der Erpresser melden würde. Um dies hinzubekommen, musste der Einsatzleiter in Kauf nehmen, Lennet Contzen später nicht mehr über Funk erreichen zu können. Also hatten sie besprochen, dass Peter Dohmen ihn dann ausschließlich über dessen Handy kontaktieren würde, wenn es die Situation erfordern würde und es absolut unabdingbar sei. Somit würde der Einsatzleiter zwar alles mithören können, was die beiden redeten, konnte sich selbst aber nicht einmischen, ohne dass es der Erpresser mitbekommen würde. »Na ja, Jungs, alles geht eben nicht! Hauptsache, ich kann mit meinen Leuten kommunizieren«, hatte er zum Leiter der KTU, wie die Kriminaltechnik in Deutschland bezeichnet wurde, gesagt und sich bei ihm für dessen gute Arbeit bedankt.

Inzwischen war es weit nach 22 Uhr und eiskalt geworden. Während die meisten kleineren Verkaufsstände längst dichtgemacht und sich die feierfreudigen unter den Gästen in den vielen schnuckeligen Kneipen Aachens verteilten, befanden sich andere auf dem Heimweg. Zur selben Zeit waren die Mitarbeiter des »Hexenhofes« und der beiden großen Glühweinhütten auf dem Rathausplatz noch damit beschäftigt, alles für den nächsten Tag vorzubereiten. So war es zwischen den Glühweinanbietern und der Polizei ausgemacht worden. Denn die ganze Szenerie sollte sich laut Dohmen so gestalten wie an all den anderen Tagen, an denen der weit über die Grenzen Nordrhein-Westfalens hinaus beliebte Öcher Weihnachtsmarkt geöffnet hatte. Um dies zu gewährleisten, mimten ein paar Polizisten Betrunkene, ansonsten war außer dem einen oder anderen Nachtschwärmer, die teilweise ebenfalls aus sich abwechselnden Polizisten bestanden, niemand mehr zu sehen. Nachdem auch die »Betrunkenen« auf Dohmens Anordnung hin hatten verschwinden müssen, war es in Aachens Altstadt still geworden, beängstigend still sogar. Lediglich aus dem gegenüber des historischen Rathauses gelegenen »Schwanen« und aus dem »Einhorn« drangen ebenso typische Gastronomiegeräusche wie aus dem am

Rathaus klebenden »Postwagen«. Zwischendurch wehte der eiskalt gewordene Wind sanfte Weihnachtsmelodien über den Platz.

Kurz vor 23 Uhr schloss auch der »Siebte Himmel« seine Pforte. Andreas Maasen tat so, als wenn er nach Hause gehen würde. Weil er wegen der ganzen Sache aber zu aufgekratzt war und deswegen keinen Schlaf finden würde, ging er den Büchel hinunter an zwei Buchhandlungen und anderen Ladengeschäften vorbei ins »KöPi«. In dieser die ganze Nacht geöffneten Kneipe läuteten etliche Mitarbeiter des Weihnachtsmarktes allabendlich den Feierabend ein. Und weil sich dort auch Mitarbeiter des »Hexenhofes« und anderer Glühweinanbieter einfanden, um den knochenharten Tagesstress hinter sich zu lassen, dauerte es nicht lange, bis die Erpressungen thematisiert wurden, zunächst noch unter vorgehaltener Hand, mit zunehmendem Alkoholgenuss dann immer lauter.

Von alledem bekam Lennet Contzen nichts mit. Der todmüde Mann war inzwischen ebenfalls damit beschäftigt, die Lichter auszuknipsen und seine Spezialitätenhütte abzuschließen. Wegen des extrem hektischen Geschäftsganges an diesem Tag fühlte er sich derart erschlagen, dass er sich nichts *mehr* wünschte, als sich auf sein Bett fallen zu lassen. Obwohl er die Geldübergabe gerne hinter sich gebracht hätte, hoffte er inständig, dass sie erst am darauffolgenden Tag stattfinden würde. Dabei spielte wohl auch die Angst eine gewisse Rolle. Aber sein Wunsch sollte nicht in Erfüllung gehen, denn kaum, dass er seine Hütte abgeschlossen hatte, meldete sich der Entführer: »Ich weiß, dass Sie es sind, Herr Contzen! Schön, dass Sie den Geldboten spielen. Solange ich keine Polizei sehe, ist Ihr Leben auch nicht in Gefahr. Haben Sie das verstanden?«

»Ja«, kam es kleinlaut zurück. Während sich der hellwach gewordene Gastronom erschrocken nach allen Seiten umblickte und gleichzeitig von der Aachener Einsatzleitung aus Alarm geschlagen wurde, mochte der Erpresser von ihm wissen, ob das Geld bereitliegen würde.

»Ja«, schoss es nun fast erleichtert aus dem 64-Jährigen heraus. »Die gesamte Summe in gebrauchten Scheinen. Wir Glühweinanbieter haben es mühsam zusammengekratzt und ...«

»Halten Sie keine Volksreden! Wo ist das Geld?«

»Im Safe der ›Kulthütte‹ auf dem ›Hexenhof‹. Die haben den sichersten Safe von uns allen«, antwortete Contzen wahrheitsgemäß. Nachdem er eingehend darauf hingewiesen worden war, was geschehen würde, wenn der Erpresser auch nur einen einzigen Polizisten bemerken würde, wurde er dahingehend eingeschworen, von nun an über Funk zur Geldübergabestelle geleitet zu werden, weswegen er das Walkie-Talkie keine Sekunde ausschalten dürfe. »Also los: Holen Sie das Geld!«


»Halt! Wo möchten Sie hin?«, wurde der Geldbote von einem Securitymann gleich zu Beginn seines heiklen Auftrages ausgebremst und rüde am Arm festgehalten. »Der ›Hexenhof‹ ist Privatgelände und darf um diese Uhrzeit von Unbefugten nicht mehr betreten werden!«

Das geht ja gut los, dachte sich Contzen und beantwortete die Frage des bulligen Glatzkopfes wortlos, indem er zur »Kulthütte« zeigte, wo ausgerechnet an diesem Abend das beliebte »Hexenhof«-Krimidinner angeboten wurde.

Weil der geschulte Wachmann allein schon an Contzens Outfit erkennen konnte, dass der von ihm Festgehaltene nicht zu dieser Gesellschaft passte, die sich heute in der »Kulthütte« zusammengefunden hatte, fragte er ihn, ob er denn eine Tischreservierung für das Krimidinner habe.

Lennet Contzen glaubte, sich verhört zu haben. »*Was läuft da drin gerade ab? Ein Krimidinner? Möchten Sie mich verhöhnen oder nur verarschen?*«

»Verdammt! Was ist denn da los?«, fluchte Peter Dohmen, der dies über Funk so mitbekommen hatte, wie er auch im weiteren Verlauf alles mitzubekommen hoffte. »Ruf sofort Alwin Fiebus an und sag ihm, dass er unverzüglich rauskommen und die Sache klären soll«, gebot er nervös seinem Assistenten. »Dann sprach er aus, was sich Lennet Contzen nur im Stillen gedacht hatte. Er wusste, dass die Geldübergabe dieses Mal keine 30 Meter von der ersten Geldübergabe entfernt scheitern konnte, noch bevor sie überhaupt begonnen hatte. Er hatte große Sorge, dass der Erpresser dieses Desaster beobachten und sich deswegen sofort zurückziehen würde. An das, was dann am darauffolgenden Tag geschehen würde, mochte er nicht denken. Und Lennet Contzen selbst fürchtete nun um sein Leben.

Weil sämtliche eingesetzte Kräfte mithören konnten, waren die Nerven aller so angespannt wie die Sehnen englischer Langbogen. Obwohl niemand von ihnen auch nur im Entferntesten ahnen konnte, dass bei dieser Geldübergabe der richtige Umgang mit der Zeit die größte, im Grunde genommen sogar *die einzige* Rolle spielen würde, hatten sie das Gefühl, als wenn aus Sekunden Minuten und aus Minuten Stunden würden.

Eine gefühlte Ewigkeit später schien alles wieder seine gewollte Ordnung zu haben: Anstatt Alwin Fiebus, der das extra auf den »Hexenhof« zugeschnittene Krimidinner leitete, hatte Ralph Cleef seinen Kollegen vom Rathausplatz in die »Kulthütte« geholt, ihm das in einem Rucksack verstaute Geld übergeben und ihn wieder nach draußen geleitet. »Pass gut darauf auf!«, gab er seinem nervös auf ihn wirkenden Kollegen von der »Öcher Spezialtätenhütte« noch mit auf den Weg, bevor er wieder in seine »Spezialitätenhütte« ging, ohne dem Geldboten nachzuschauen.

Zur Freude aller hatte sich der Erpresser nicht gemeldet, um die Sache abzublasen. Oder war dessen Schweigen ein schlechtes Zeichen? So oder so, die Ermittler hofften, dass nun – inzwischen war es 23.15 Uhr geworden – die eigentliche Geldübergabe stattfinden konnte.

Also nahm Lennet Contzen allen Mut zusammen und drückte die Sprechtaste seines Walkie-Talkies. »Ich habe das Geld! Wo soll ich es hinbringen und für Sie deponieren?«

Und schon wieder dauerte es nervenzerreißend lang, bis sich der Erpresser meldete: »Gehen Sie links zur Kleinmarschierstraße und nehmen Sie den Zettel an sich, der dort auf dem Boden vor der Sparkasse unter einem Stein liegt! Und dann gehen Sie die Straße bis zur Kreuzung hinunter!«

Nachdem er dies getan und keine weiteren Anweisungen bekommen hatte, stand Contzen verunsichert an der Kreuzung einer der Aachener Hauptverkehrsadern und schaute suchend immer wieder nach links und rechts. »Wohin jetzt?«

Die darauf folgende Funkstille nutzte Peter Dohmen, um sich der aktuellen Situation anzupassen und einen

Großteil seiner Leute in Aachens Süden zusammenzuziehen. »Ihr wisst, wie ihr euch verhalten müsst!«, gab er ihnen noch mit auf den Weg.

Kaum hatte er dies ausgesprochen, hörte er, wie er den Rucksackträger nach links den Kapuzinergraben entlang leitete.

»Der geht sicher die Hartmannstraße hoch wieder dorthin, von wo er gekommen ist. Entweder zum ›Hexenhof‹ oder zum Marktplatz zurück«, mutmaßte Dohmen und beorderte einen Großteil seiner Leute, die er kurz zuvor noch nach unten gezogen hatte, wieder zurück. Aber er sollte sich getäuscht haben, denn die nächste Anweisung des Erpressers sah vor, dass der Geldbote den Kapuzinergraben überqueren und das Theater rechts liegen lassen sollte, wenn er die Theaterstraße hochging.

»Verdammter Mist!« Der Einsatzleiter wurde zunehmend nervöser, insbesondere, als ihn ein Beamter darüber informierte, dass der Geldbote auf das Blatt Papier geschaut hatte und etwa drei Minuten vor der »Aachener Bank« stehen geblieben war.

»Was hat er da getan?«

»Das konnte ich nicht sehen, ich war zu weit von ihm entfernt«, kam es enttäuschend zurück.

Da rauschte auch schon wieder das Walkie-Talkie: »Und nun bei der ›Aachener Münchener Versicherung‹ rechts in die Aureliusstraße einbiegen!«

Nun reichte es Peter Dohmen. »Der narrt uns doch! Warum hat er Contzen nicht gleich den kürzeren Weg rechts des Theaters hochgehen lassen?«

»Er wechselt die Straßenseite«, unterbrach ein Beamter den Chef, »und biegt bei der ›Caritas‹ links auf den Marienplatz.«

»Das habe ich schon mitbekommen«, schnauzte Dohmen zurück, den es zunehmend ärgerte, dass seine Leute fortwährend dazwischenquasselten. Zu seinem Assistenten sagte er, dass Lennet Contzen mit dem Zettel wohl dazu angehalten wurde, dem Erpresser gegenüber seinen genauen Standpunkt ständig zu beschreiben. Und er hatte recht damit: »Ich bin jetzt am ›Caritas‹-Gebäude vorbei«, hörte er Lennet Contzen sagen.

Und schon wieder vernahmen alle die Stimme des Erpressers: »Gut! Dann wissen Sie ja, was Sie zu tun haben!«

»Kennt jemand von euch diese Stimme?«, fragte der Einsatzleiter seine Leute zum nunmehr dritten Mal, weil er hoffte, dadurch doch noch in Erfahrung zu bringen, ob der Erpresser nun Gilbert Primat oder ein anderer war. Zu seinem Bedauern bekam er aber wieder keine einzige zufriedenstellende Antwort.

Dafür plärrte nun eine Beamtin aufgeregt »Chef, Chef!« ins Funkgerät. »Er hat an der Hausnummer 13 geklingelt und scheint in die Gegensprechanlage hineinzusprechen.«

»Meine Nerven«, kam es anstatt eines »Gut, ich habe verstanden!« zurück.

Nachdem der Geldbote etwa zwei Minuten lang vor dem Haus gestanden und augenscheinlich mit jemandem gesprochen hatte, ging er weiter und bog rechts in die Wallstraße ein, bevor er gleich darauf zur Leydelstraße hinüberwechselte.

»Der narrt uns doch nur«, knurrte Dohmen und gab die Anweisung, dass sich zwei Leute die Hausnummer 13 vornehmen und herausbringen sollten, mit wem Contzen gesprochen hatte. Später sollte der Einsatzleiter erfahren, dass der Geldbote mit niemandem gesprochen und nur so getan hatte, als wenn er sich mit einem der Hausbewohner unterhalten würde.

Nun sollten sich die Ereignisse zum ersten Mal überschlagen. Denn während der Einsatzleiter seine Leute darum bat, nicht ständig durcheinanderzureden, fuhr ein Zeigefinger von ihm den etwa vier mal drei Meter großen, beleuchteten Stadtplan ab. »Ich hab's!«, rief er erfreut. »Unser Geldbote wird zum Bahnhof gelotst! Alle verfügbaren Leute im Umkreis von 500 Metern sofort dorthin!«

»War das nicht etwas voreilig, Chef?«, meinte sein Stellvertreter, der mit einem Folienstift den Wegverlauf auf dem Stadtplan nachzeichnete. Und er sollte recht behalten. Denn Lennet Contzen ging zwar tatsächlich bis zur Römerstraße hoch, überquerte sie aber nicht, um zum gegenüberliegenden Bahnhof zu gelangen. Stattdessen hielt er sich, wie auf dem Zettel vorgegeben, links.

»Was ist denn das für ein Zickzackkurs?«, schimpfte der Einsatzleiter, mit dem die Nerven so langsam durchzugehen drohten. »Alle wieder verteilen!«, schrie er ins Funkgerät.

»Der ist ja noch durchgeknallter als Le Maire«, stellte Devaux ihrem Partner gegenüber fest.

»Du wirst doch nicht plötzlich mit unserem Chef zufrieden sein?«, lästerte Pierre, als schon die nächste Anweisung des Erpressers kam: »Nach rechts!«

»Er geht *doch* zum Bahnhof! Er nimmt nur den Weg über die Vereinsstraße zum Taxistand. Scheiße! Er wird doch nicht mit dem Taxi ...« Aber noch bevor Dohmen dies ausgesprochen hatte und seine Leute wieder hatte verrückt machen können, tönte es aus Contzens Walkie-Talkie: »Nach links, die Hackländerstraße runter!«

»Dieses Schwein möchte uns in die Irre führen«, wiederholte Dohmen seine Einschätzung der Lage.

»Aber der Geldbote kann doch nichts dafür«, nahm ihn Matthias Lehnen in Schutz.

»Du Idiot! Ich meine doch nicht Contzen, sondern den Erpresser«, stellte Peter Dohmen in einem Ton klar, den man normalerweise nicht an ihm kannte. »Auf dem Zettel steht sicherlich, dass der Geldbote seinen Weg ständig kommentieren muss und wie er sich verhalten soll. Zum Beispiel Stehenbleiben und Straßenseitenwechsel. Oder so tun, als wenn er sprechen würde und so weiter. Weshalb?«

Aber Peter Dohmen hatte nicht die Zeit, sich weitere Gedanken zu machen, denn nun kam etwas auf ihn zu, auf das er einerseits sehnlichst gewartet, das er andererseits aber gefürchtet hatte: Er würde innerhalb weniger Sekunden eine finale Entscheidung treffen müssen. Denn Contzen ging die Hackländerstraße – und nicht, wie vom Einsatzleiter gedacht – in Richtung des Burtscheider Kurviertels weiter, sondern verschwand blitzartig rechts in einem dunklen Gewölbetunnel.

Nachdem Peter Dohmen dies mitbekommen hatte, schrie er: »Die Bahnunterführung!« Aufgeregt fuchtelte er mit einem Zeigefinger auf der Karte herum. Dann klatschte er sich an die Stirn und brüllte noch lauter als zuvor: »*Das ist es!* Der Tunnel eignet sich ideal für die Geldübergabe! Contzen geht vorne mit dem Geld rein und der Erpresser kommt dann hinten mit dem Rucksack über eine Treppe ein Stück oberhalb raus. Ich kenne den Tunnel aus meiner Kindheit!«

So aufgeregt wie in diesem Moment hatte Matthias Lehnen seinen Chef noch nie gesehen. Er und die anderen

Beamten warteten irritiert darauf, wie es nun weitergehen würde.

»Zugriff!«, plärrte Peter Dohmen in sein Handfunkgerät, ohne dies zuvor mit seiner um ihn versammelten Mannschaft abgesprochen zu haben. »Alle Kräfte sofort auf beide Seiten der Bahnunterführung! Macht den Tunnel beidseitig dicht, geht aber nicht hinein, weil ihr dort ungeschützt seid!«

»Chef …« Dohmens Stellvertreter wollte etwas sagen, kam aber nicht mehr zu Wort, weil Peter Dohmen auch schon den Mantel vom Haken riss und allen gebot, mit ihm zum bewussten Unterführungstunnel zu fahren. Der Einsatzleiter war sich verdammt sicher, dass seine Leute den Erpresser bereits geschnappt hatten, wenn er am Tunnel angekommen sein würde. Dementsprechend ließ er keinen anderen Gedanken mehr zu, er war schon wie im Siegesrausch.

Weil der Kriminalhauptkommissar im nahe gelegenen Marienhospital geboren und im Aachener Stadtteil Burtscheid aufgewachsen war, kannte er sich hier auch heute noch einigermaßen aus. Deswegen fiel ihm nun siedendheiß ein, dass diese 70 Meter lange Bahnunterführung mit seinen 39 Stufen in weitem Umkreis die beste Möglichkeit für eine Geldübergabe bieten könnte. Und er hatte Recht, es war sogar die einzige Möglichkeit, bei der es quasi nur einen Zugang und einen Ausgang zur Flucht gab. »Jetzt haben wir ihn!«, freute er sich, während er die Rundumkennleuchte auf dem Autodach anbrachte.

Aber der Einsatzleiter hatte sich zu früh gefreut. Denn als er mit Blaulicht und Martinshorn am Einsatzort anrauschte, war die Sache bereits gelaufen, allerdings nicht wie gewünscht. Denn als seine Leute den Tunnel von beiden Seiten dichtgemacht und den vermeintlichen Erpresser dazu aufgefordert hatten, mit erhobenen Händen herauszukommen, war außer dem Geldboten zwar eine andere Person erschienen, es war aber lediglich ein Stadtstreicher, der in dem feuchten und nach Urin stinkenden Tunnel sein Nachtlager aufgeschlagen hatte.

Peter Dohmen schaute sich verdutzt um, bevor er fragte: »Seid ihr alle? Und wo ist das Geld?«

Ein Arm ging hoch und Devaux meldete sich zu Wort: »Da alles sehr schnell gehen musste, nachdem wir festgestellt hatten, dass der Zugriff erfolglos war, wollten wir keine unnötige Zeit verstreichen lassen. Weil sich außer Lennet Contzen nur noch ein Clochard im Tunnel befunden hatte, haben sich unsere Leute vom Acker gemacht und sich möglichst unauffällig wieder so verteilt, wie sie es zuvor gewesen waren. Damit die Aktion nicht gefährdet wird, haben wir den Geldboten weitergeschickt, ... selbstverständlich mit denjenigen unserer Kolleginnen und Kollegen hinter ihm, die ihn schon zuvor beschattet hatten. Ob Herr Contzen allerdings noch die Nerven dazu hat, weiterhin so zu tun, als wenn nichts gewesen wäre, wissen wir ebenso wenig, wie wir wissen, ob Ihr großer Auftritt den Erpresser verscheucht hat.«

Das saß! Dem konnte der momentan total verzweifelte Einsatzleiter nichts entgegensetzen. Um sich insbesondere vor Le Maires Oberkommissarin nicht noch mehr zu blamieren, entfernte er sich und tat so, als wenn er den Tunnel inspizieren mochte. Aber Devaux hatte dieses Spiel ebenso schnell durchschaut wie ihr Kollege Pierre und all die anderen. Noch bevor sie über das übertriebene Auftreten des Einsatzleiters tuscheln konnten, kam der zurück und schnarrte sie an. »Wo ist der Penner? Ihr habt ihn doch nicht einfach so gehen lassen, oder?« Als Peter Dohmen am Verhalten der anderen merkte, dass dies tatsächlich der Fall gewesen war, spürte er wieder Oberwasser, was sein Selbstbewusstsein schlagartig mehr als nötig zurückkehren ließ.

Eine der Beamtinnen zeigte zur anderen Straßenseite und sagte kleinlaut, dass der Mann mitsamt Sack und Pack in diese Richtung getrottet sei.

»Dann holen Sie ihn zurück!«, pfiff Dohmen in nunmehr harschem Ton. »Das darf doch nicht wahr sein!«, setzte er sicherheitshalber nach und brachte damit gleich mehrere seiner Leute dazu, dem Tippelbruder nachzurennen.

*

Der verärgerte Einsatzleiter konnte es nicht erwarten, mit demjenigen zu reden, der etwas mitbekommen haben könnte – immerhin hatte sich der Stadtstreicher zu *der* Zeit im Tunnel befunden, als der Erpresser an ihm vorbeigegangen war. Vielleicht habe ich Glück, dachte er, während er sich nebenbei darüber zu informieren versuchte, wo sich der Erpresser gerade aufhielt und ob ihn seine Leute trotz der Ablenkung immer noch im Blick hatten. Dabei ging es ihm natürlich auch um das Lösegeld, für das er die alleinige Verantwortung hatte. Aber das Walkie-Talkie war ebenso stumm wie diejenigen, die ihn observierten. Peter Dohmen malte sich schon wieder das Schlimmste aus.

Nervenaufreibende fünf Minuten später kamen seine anderen Kollegen mit dem vermeintlichen Obdachlosen zurück, der fortwährend beteuerte, *kein* Penner zu sein.

»Kapuze runter«, gebot Dohmen streng, ... bevor er schalweiß im Gesicht wurde.

»Was ist, Chef?«, mochte sein Assistent wissen, weil er bemerkt hatte, dass etwas nicht zu stimmen schien.

Aber Peter Dohmen musste sich erst fangen, bevor er auf den Mann zeigte und stotternd herauspresste, dass »er« es sei.

»Was meinen Sie?« Matthias Lehnen war irritiert.

»Das ... das ... das ist er! *Sofort festnehmen!*«

Ohne die Gründe dafür erfahren zu haben, legte ihm Dohmens Stellvertreter Handschellen an. Dann schaute er seinem Chef fragend ins Gesicht. Aber der sagte zunächst nichts. Stattdessen wischte er sich den kalten Schweiß von der Stirn und schneuzte in sein Taschentuch, bevor er die Wangen blähte und erleichtert Luft ausstieß. In nunmehr ruhigem Ton berichtete er seinen Männern, dass der Obdachlose derjenige sei, der ihn vor dem »Siebten Himmel« kurz davor angerempelt hatte, als der Japaner ermordet worden war. »Das ist unser Mann!«, schrie er erfreut aus und ergänzte, dass dies der Erpresser sein muss, weil es wohl ein allzu großer Zufall wäre, ausgerechnet *in dem* Tunnel zu pennen, durch den der Geldbote vom Entführer gelotst worden war.

»Aber ...« Matthias Lehnen wurde von seinem Chef ausgebremst, noch bevor er etwas fragen konnte.

»Kein Aber! Das Walkie-Talkie ist verstummt! ... Warum wohl? ... Weil *er* der Entführer ist!«, argumentierte Peter Dohmen, der sich in einem wahren Siegesrausch zu befinden schien.

»Und wo ist dann das Walkie-Talkie, und wo ist das erpresste Geld?«, mochte Devaux wissen und setzte nach: »Ich hatte Ihnen doch schon gesagt, dass wir Herrn Contzen mitsamt des Geldes weitergechickt haben!«

Diese Aussage brachte den Einsatzleiter zum Grübeln. Nun traute sich niemand mehr, etwas zu sagen. Alle warteten auf Peter Dohmens Antwort.

*

Noch bevor der Einsatzleiter dazu in der Lage war, Antworten und weitere Anweisungen geben zu können, rauschte sein Funkgerät und ein Kollege meldete sich: »Herr Contzen steht jetzt vor dem Gebäude, in dem sich der ›Bundesverband Herzkranke Kinder‹ befindet, und zündet sich eine Zigarette an.«

»Sehr sinnig! So ein Ignorant«, kommentierte Peter Dohmen das soeben Gehörte. Bevor er das ganze Durcheinander sortieren konnte, kam auch schon eine weitere Anweisung durch die bekannte Stimme: »Gehen Sie weiter die Kasinostraße entlang!«

Nachdem sie dies gehört hatten, waren alle erleichtert. »Offensichtlich hat der Erpresser nichts von unserem ›Zugriff‹ mitbekommen«, freute sich Devaux mit einem süffisanten Grinsen im Gesicht. Mit ihrer schnellen Entscheidung, den Geldboten sofort weiterzuschicken, hatte sie sich den Respekt aller Kolleginnen und Kollegen verdient, die dies mitbekommen hatten. Lediglich der Einsatzleiter selbst war wegen seiner überhasteten Fehlentscheidung und der noch ungeklärten Sache mit dem Stadtstreicher noch nicht dazu in der Lage, etwas zu sagen. Dass ausgerechnet eine belgische Kollegin in höchster Not das Zepter in die Hand genommen und mutig die richtige Entscheidung getroffen hatte, wurmte ihn ganz besonders. Sein Hauptproblem aber war, dass er sich bis auf die Knochen blamiert hatte. Und weil er nun allein schon deswegen eine *gelungene* Festnahme umso dringender brauchte, entschied er sich dazu, mit seinem Assistenten hier zu bleiben und die Operation direkt vor Ort zu leiten. Da rauschte sein Funkgerät. »Er wechselt die Straßenseite«, teilte der Kollege von vorhin mit.

Obwohl er sich im Moment kaum traute, weitere Prognosen zu stellen, mutmaßte der Einsatzleiter, dass Lennet Contzen »von wem auch immer« doch ins Burtscheider Kurviertel geleitet wird. Denn er war sich sicher, dass derjenige, der ihn beim »Siebten Himmel« angerempelt hatte, der Erpresser sein musste. »Der Mann am Walkie-Talkie ist sicher nur ein Komplize unseres Gefangenen«, mutmaßte er. Aber dies hätte er besser nicht von sich gegeben, denn der trotz der Kälte in Schweiß gebadete Geldbote blieb ohne erkennbaren Grund vor dem Eingang zu »Glas Olbrich« stehen und schaute eine ganze Weile nach oben.

»Verdammt, was tut er denn jetzt?«, fluchte der dünnhäutig gewordene Einsatzleiter, der inzwischen überhaupt nichts mehr verstand.

»Ich … Ich glaube, er liest den Spruch über der Tür.«

»Was steht da?«, mochte der Einsatzleiter wissen, um entscheiden zu können, ob dies etwas mit der Geldübergabe zu tun haben könnte.

»Warten Sie, Chef! Ich muss erst näher ran«, kam es zur Antwort. »Chef?«

»Nun sagen Sie schon!«

»Jetzt kann ich es lesen: ›Wir geben Gas für Ihr Glas‹, steht dort in Orange auf schwarzem Grund.«

Nun reichte es dem Einsatzleiter. »So genau wollte ich es nicht wissen. Der Trottel soll lieber selber Gas geben, anstatt sich hier gemütlich niederzulassen.«

Wie auf dieses Stichwort hin ging Lennet Contzen wei-

ter, allerdings anstatt links runter ins Kurviertel, gerade-
aus über die Kreuzung und dann rechts die Burtscheider
Straße in entgegengesetzter Richtung runter.

»Es sieht so aus, als wenn er zum Marschiertor gehen
möchte.«

Mittlerweile war fast eine Stunde äußerster psychischer
und physischer Anspannung vergangen, ohne dass eine
Geldübergabe in Sicht wäre. Die Dunkelheit strengte die
Augen in besonderem Maße an und schlug zudem gnadenlos aufs Gemüt. Und die eisige Kälte nagte ebenso am Poli-
zeiaufgebot wie die innere Unruhe, die sich längst nicht
mehr verstecken ließ. Die Nervosität zeigte sich teilweise
sogar derart offenkundig, dass die Gefahr bestand, weitere,
möglicherweise folgenschwere Fehler zu begehen. Denn
in der Summe dieser Dinge war es nicht zu verhindern
gewesen, dass auch die Konzentration nachgelassen hatte.
Schließlich beschäftigte auch der »Zugriff« und die damit
möglicherweise erlittene Schlappe an den meist erfolgs-
verwöhnten Einsatzkräften.

Da meldete sich wieder der Erpresser: »Und nun über
die Brücke!«

Also ging Lennet Contzen auf der linken Straßenseite weiter über die Brücke bis zum »Alten Zollhaus«
hinunter, aber nur, um gleich darauf zur anderen Seite
der Brücke und zurückbeordert zu werden. Dadurch
kamen diejenigen Beamten, die sich hinter dem Geldboten befanden, in Bedrängnis. »Zurück! Schnell! Verschwindet!«, gebot der Einsatzleiter, der sich unter ihnen
befand. Weil er sich auf diese merkwürdige Aktion ad
hoc keinen Reim machen konnte, vermutete er, dass seine
vorhergehende Theorie möglicherweise doch stimmen

könnte: »Er wird zurück und ins Burtscheider Kurviertel gelotst.«

Während die Polizisten für einen Moment mehr damit
beschäftigt waren, sich unauffällig zurückzuziehen als
zu observieren, erreichte Lennet Contzen um genau
23.49 Uhr die Brückenmitte.

Dann ging alles ganz schnell: »Stehen bleiben!«, don-
nerte die altbekannte Stimme ins Funkgerät und ließ
dadurch nicht nur den Geldboten erstarren. »Schmeißen
Sie den Rucksack sofort genau an dieser Stelle über das
Brückengeländer!«

# KAPITEL 20

Die Aachener Gerichtsmedizinerin Dr. Angelika Laefers und der Eupener Kriminalhauptkommissar Frederic Le Maire waren so mit sich selbst und mit ihrer Observierung beschäftigt gewesen, dass sie von den Ereignissen in Aachen nichts mitbekommen hatten. Lockis Anrufe auf seinem Handy hatte Le Maire einfach weggedrückt. Und weil Peter Dohmen sich auch bei der zweiten Geldübergabe nicht gerade mit Ruhm bekleckert hatte, wollte er es tunlichst umgangen haben, seine Rechtsmedizinerin oder deren Assistenten Jussuf Abdalleyah anzurufen, um sie über den Ausgang der Geldübergabe zu informieren. Die beiden werden es noch früh genug in der Zeitung lesen, hatte er sich gedacht, weil er gewusst hatte, dass es solche Schlagzeilen über die Polizei in Windeseile in sämtliche Blätter, sogar weit über die Region hinaus, schafften.

Guido Nieuwkerke hatte sich nicht nur für den Rest des Tages in seiner Wohnung von der Außenwelt abgeschottet, an dem Frederic Le Maire gehofft hatte, dort eindringen zu können. Auch am darauffolgenden Tag war es dem Ermittler nicht gelungen, an Informationen über Bribantés Verbleib in Nieuwkerkes Wohnung zu gelangen. Denn die rund um die Uhr observierte Person hatte das zunehmend gruselig auf die Beschatter wirkende Schlösschen den ganzen Tag und die ganze Nacht über nicht verlassen. Zwischendurch war Nieuwkerke zwar nicht zu sehen gewesen, bald darauf aber wieder wie aus dem Nichts ins Blickfeld seiner Beobachter geraten. Dies ließ den schlauen Schnüffler zunehmend zu der Meinung gelangen, dass im Inneren des alten Gemäuers irgendetwas nicht stimmen würde.

Weil die bisher schon anstrengende Observierung nicht nur seine, sondern auch Angelikas Geduld auf eine harte psychische und physische Probe gestellt hatte, waren beide inzwischen mehrmals fast eingeschlafen. Trotzdem war Aufgeben keine Option gewesen. Denn je länger sie an der Sache dran gewesen waren, umso mehr hatte sich in Frederics Kopf manifestiert, dass Bribanté noch am Leben war.

Erst tags darauf – als morgens um 10 Uhr ein Taxi in die Rue de la Liberté einbog und direkt vor dem Gebäude stehen blieb – kam endlich wieder Bewegung in die Sache. Und als kurz darauf Guido Nieuwkerke wie von einer Tarantel gestochen aus der Haustür heraus in Richtung Taxi stürmte, ahnte sein Beschatter, dass etwas Unvorhergesehenes geschehen sein musste. Also eilte Frederic zum Auto, in dem sich Angelika auf dem Beifahrersitz ausruhte. Als er den Motor startete, um hinter dem Taxi herfahren zu können, schlief seine völlig übermüdete Partnerin immer noch so fest, dass sie dies nicht mitbekam.

Weil der Marché de Noël de Liège direkt vor dem »Ål Pilori« begann und sich von dort aus über den gesamten davor liegenden Place Saint Lambert zum direkt daneben liegenden Place des Justice zog, waren die beiden Observierer schon eine Viertelstunde später dort gewesen, wohin das Taxi sie gelockt hatte, bei einem der schönsten belgischen Weihnachtsmärkte.

Während Nieuwkerke seine Fahrt bezahlte und mit dem Taxifahrer sprach, hielt Frederic nach einem einigermaßen geeigneten Parkplatz Ausschau. Obwohl es ihm leidtat, musste er Angelika jetzt wecken. Dabei ging er trotz der inneren Anspannung so sanft vor, wie es nur ein liebender Mann vermochte, auch wenn dieser ansonsten nicht gerade als feinfühlig bekannt war. »Guten Morgen, mein Schatz!«, flüsterte er und streichelte Angelika sanft über die Wange.

»Was … Was ist? … Wir sind ja beim Lütticher Weihnachtsmarkt«, stellte sie fast etwas erschrocken fest, nachdem sie sich im Beifahrersitz hochgezogen und herzhaft gegähnt hatte. »Und was tust du da?«, fragte sie gleich darauf verwundert.

Die immer noch gähnende Frau bekam von ihrem Partner zur Antwort, dass er nur noch schnell auf einen Zettel schreiben würde, sich im Einsatz zu befinden und dass Gefahr in Verzug sei, weswegen er deswegen keine Chance gehabt habe, einen adäquaten Parkplatz zu finden. »Und zu diesem Zettel lege ich meinen alten Dienstausweis aus meiner Zeit in Lüttich. Den habe ich nicht abgegeben, nachdem ich mich nach Eupen versetzen ließ«, ergänzte er mit einem breiten Grinsen.

»Dann kann ich nur hoffen, dass mein schönes Auto nicht abgeschleppt wird. Immerhin hat es ein deutsches Kennzeichen«, seufzte Angelika, die sich auf dem Weihnachtsmarkt einen starken Kaffee und ein belegtes Brötchen erhoffte. »Aber nun sag schon, Frederic? Was tun wir hier eigentlich?«

Schon eine Minute später wusste Angelika, weshalb sie hier waren. Denn Frederic hatte sie an die Hand genommen und zog sie nun hinter Nieuwkerke her, weil er ihn im Gewirr der Weihnachtsmarktbesucher nicht verlieren mochte.

Als wenn Bribantés mutmaßlicher Entführer ahnen würde, verfolgt zu werden und seine Verfolger abhängen zu müssen, schlug er einen undurchschaubaren Zickzackkurs ein. Dennoch erweckte er bei Frederic den Eindruck, nicht planlos über den Weihnachtsmarkt zu gehen. Entweder hat er eine Order bekommen oder ist berufsbedingt einfach nur vorsichtig, dachte sich der erfahrene Kriminaler, während auch er darauf achtete, nicht gesehen zu werden.

Nachdem Nieuwkerke den gesamten Weihnachtsmarkt überquert hatte, schaute er sich nach allen Seiten um, bevor er zielgerichtet auf den Place de la Cathedrale wechselte. Dort befand sich in fast lückenlosem Übergang zum Weihnachtsmarkt die Terrasse des Café-Restaurants »La Brasserie«.

»Er geht dort rein«, stellte Frederic fest, während er überlegte, was zu tun sei. »Folge ihm, Angelika! Ich warte hier so lange auf dich, bis du herauskommst.«

»Und was soll ich dort drin tun?«

Frederic zuckte mit den Schultern. »Na, was wohl? Ihn beobachten natürlich! Nun geh schon!« Während er direkt neben dem Eingang stand und seine klammen Finger eine der vorgefertigten Zigaretten zwischen die Lippen steckte, glaubte er seinen Augen nicht zu trauen. Kaum, dass er sich die Zigarette der Marke Eigenbau angesteckt hatte, sah er einen alten Bekannten direkt auf sich zukommen. »Merde!«, knurrte er, während er sich hastig umdrehte und wegging, um sich vor Cedric Rothieu zu verstecken. Frederic konnte sich gerade noch hinter die Hausecke verziehen, bevor der Weinhändler das Restaurant betrat. Nun bin ich aber gespannt, dachte er, während er sich freute, die Nerven behalten und seine Selbstgedrehte nicht gleich weggeschmissen zu haben. Aber es sollte ihm lediglich ein einziger Zug gegönnt sein, denn Angelika kam heraus und suchte den Platz vor der Brasserie nach ihrem Partner ab. Nachdem Frederic sie zu sich gewinkt hatte, berichtete sie ihm, dass sie an einem idealen Tisch, direkt hinter Nieuwkerke und dem Mann, der sich soeben zu ihm gesetzt hatte, saß. »Dort können sie uns nicht sehen, wir sie aber gut hören«, verkündete Angelika stolz und ermunterte Frederic, ihr in die geheizte Gaststube zu folgen.

Angelika hatte recht: Der Platz erwies sich tatsächlich als ideal, denn sie konnten von Rothieu und Nieuwkerke nicht gesehen werden. Und obwohl die beiden leise sprachen, konnten sie das meiste von dem mithören, was gesprochen wurde: »Wegen des ganzen Ärgers mit der Polizei haben wir schon den Weihnachtsmarkt in Eupen vergeigt und trotz des Mordes an Madame Jilbour kein Kapital herausgeschlagen. Ihre Kinder haben den Liefervertrag mit meiner Firma immer noch nicht unterschrieben«, schimpfte der neu hinzugekommene Mann, der von Nieuwkerke in ehrfurchtsvoll klingendem Ton als »Monsieur Rouge« angesprochen wurde.

»Ich hatte dir doch gesagt, keine Namen«, wurde er angezischt.

Nieuwkerke nickte. »Ich weiß«, gab er dann in Bezug auf das zuvor Gesagte seines Chefs zu. »Aber dieser beschissene Weihnachtsmarkt in Eupen hatte ja nur an einem Adventswochenende geöffnet, weswegen …«

»Halt's Maul, Idiot!«, zischte »Monsieur Rouge« und brachte damit sein bulliges Gegenüber zum Schweigen. »Hör mir zu: Wir haben in Aachen einen Trittbrettfahrer, den ich bisher nicht für voll genommen habe. Nun aber hat der uns gezeigt, wie es laufen muss, wenn man an Geld kommen möchte.« Noch während er dies sagte, klatschte er die »La Libre Belgique« auf den Tisch.

Aber bevor Nieuwkerke die Zeitung zu sich ziehen und selbst lesen konnte, was diese Zeitung titelte, begann sein Chef, ihm die Überschrift vorzulesen: »›GLÜHWEIN-MÖRDER FLIEHT MIT 200.000 EURO!‹ Und darunter steht ...« Wütend tippte er auf die zwar ebenfalls in Versalien, aber nicht rot gehaltene Subline. »AACHE-NER POLIZEI HAT SICH VON EINEM POLIZEIBE-KANNTEN ERPRESSER NARREN LASSEN!«

Als sie dies hörten, schauten sich Angelika und Frederic gleichsam entsetzt wie fragend an. Bevor sie weiter mithö-ren konnten, was genau in Aachen abgelaufen war, störte der Ober, der aussah, als wenn er einem adeligen Haus-halt entsprungen wäre. Denn nicht nur, dass er ausgerech-net in diesem spannenden Moment das kleine Frühstück brachte, das Angelika sich bestellt hatte, zelebrierte er das Verteilen der kleinen Köstlichkeiten auf dem Tisch in der Manier eines herrschaftlichen Butlers.

Frederic – der wohlweislich nur einen Kaffee bestellt und auch gleich das Geld hierfür auf den Tisch gezählt hatte – ärgerte sich so darüber, dass ihm ein leiser Fluch herausrutschte.

»Pardon?«

»Ich meinte nicht Sie«, entschuldigte sich der Polizei-beamte in ebenfalls bewusst leisem Ton beim distinguiert dreinschauenden Ober, der sich angesprochen gefühlt hatte.

So bekamen sie nicht mehr mit, was »Monsieur Rouge« seinem Handlanger alles darüber zu berichten wusste. Und der Ober benötigte so lange mit dem Drapieren des Früh-stücks auf dem Tisch, dass sie auch nicht mitbekamen, was der Weinhändler sonst noch alles erzählte. Dies brachte Frederic schier auf die Palme. Unruhig rutschte er auf seinem Platz hin und her. Aber es half nichts, außer dass er sich einen neuerlich verständnislosen Blick des Obers einhandelte, konnte er nichts dagegen unternehmen, ohne aufzufallen. »Na, endlich!«, grummelte er, als der Ober fertig war.

Dessen tötenden Blick ignorierte Frederic geflissentlich.

Während Angelika sich mit Heißhunger über ihr Frühstück hermachte, versuchte Frederic, jedes weitere Wort der beiden zu erhaschen. Aber auch dies sollte ihm nicht gelingen, weil sich an der langen Tafel neben ihm eine Gruppe wild durcheinander redender Holländerinnen niederließ, um sich in der Brasserie bei einem Gläschen Crémant auf einen schönen Tag auf dem Marché de Noël de Liège einzustimmen.

Frederic knurrte schon wieder und lehnte missgestimmt Angelikas Angebot ab, von ihrem »Croque Madame« zu kosten. Banause, dachte sie sich und ließ sich den gleich mit zwei Spiegeleiern belegten Schinken-Käse-Toast selber schmecken.

Irgendwann reichte es Frederic und er zischte dem munteren Frauensextett zu, doch bitte etwas leiser zu sein. Aber dadurch ließen sich die Damen reiferen Alters nicht beeindrucken und schnatterten ungeniert weiter.

Aufgrund dieses nervigen Durcheinanders bekam Frederic zwischendurch nur noch ein paar Wortfetzen mit: »Der Wirt des Glühweinstandes …« und »In der großen Hütte am Eisplatz …« oder »Heute noch!«. Und dann schnappte er noch deutlich das Wort »Hexenhof« auf, allerdings ohne jeglichen Zusammenhang. Über Bribanté aber fiel entweder kein einziges Wort oder er hatte es wegen dieser verdammten Weiber überhört. Außerdem hatten Rothieu und

Nieuwkerke mit der zunehmenden Unruhe um sie herum begonnen, *noch* leiser zu sprechen, als sie dies ohnehin schon getan hatten.

*

Zur selben Zeit gab es in Aachen im wahrsten Sinne des Wortes einen großen Bahnhof, – allerdings anders als üblich. Es ist kein prominenter Gast angekommen, der von der örtlichen Obrigkeit herzlich empfangen wurde. Stattdessen ist vor zwei Nächten aller Wahrscheinlichkeit nach jemand abgefahren, den man gerne hierbehalten hätte, obwohl man ihn nicht mochte. Deswegen hatte Hauptkommissar Peter Dohmen gegen den heftigen Protest der Bahnhofsleitung die Gleise acht und neun schließen lassen. Der damit verbundene Riesenärger mit der Bahn und mit den Fahrgästen hatte ihn nicht mehr erschrecken können, dazu hatte er bei diesem ganz speziellen Kriminalfall bereits zu viel mitgemacht. Und in der Presse konnte er nicht weiter runtergezogen werden, als dies ohnehin schon der Fall war. Denn das, was Cedric Rothieu in der »La Libre Belgique« gelesen hatte, war auch in anderen belgischen und in den niederländischen Zeitungen gestanden. Und weil sich das Unglaubliche in Aachen, also mitten in Deutschland, abgespielt hatte, waren die Zeitungen vom »Fehmarnschen Tagblatt« und den »Sylter Nachrichten« in Deutschlands Norden bis zum »Allgäuer Anzeigeblatt« und zur »Lindauer Zeitung« in Deutschlands Süden voll mit Berichten über die gescheiterte Geldübergabe in der nordrhein-westfälischen Kaiserstadt Aachen. Die Deutsche Presseagentur hatte wohl ganze Arbeit geleistet. Um Aachen nicht noch mehr in aller Welt zu blamieren, waren die »Aachener Zeitung« und die

»Aachener Nachrichten« relativ moderat mit dem Thema umgegangen. Auch die einzige deutschsprachige Zeitung in Belgien hatte nicht unnötig Benzin ins Feuer geschüttet. So hatte das »Grenz-Echo« getitelt: »GLÜHWEINERPRESSER IN AACHEN ENTWISCHT!« – »DIE POLIZEI UNSERES NACHBARLANDES HAT GETAN, WAS SIE TUN KONNTE!« Ansonsten war die internationale Presse nicht gerade sanft mit Peter Dohmen und seinen Einsatzkräften umgegangen. Aber dem leitenden Kriminalhauptkommissar saß nicht nur die Presse, sondern auch Oberstaatsanwalt Dr. Knopp im Genick. Und als wenn dies nicht genug wäre, droschen auch noch die Aachener Glühweinverkäufer auf ihn ein, denen nicht in die Köpfe gehen mochte, dass ihr mühsam verdientes Geld auf eine solch raffinierte Art und Weise verschwunden war. Unter ihnen befanden sich auch Alwin Fiebus und Ralph Cleef vom »Hexenhof«.

*

Trotz aller Mühen hatte der ganze gestrige Tag keinerlei verwertbare Ergebnisse gebracht. Deswegen war der bärtige und übel riechende Obdachlose von Peter Dohmen höchstpersönlich in die Zange genommen worden. Und dies zum wiederholten Male. Zu Dohmens Verwunderung war der noch in der Nacht in der Nähe des Tunnels Festgenommene nicht aktenkundig gewesen. So hatte sich unter anderem auch aus diesem Grund bereits bei der ersten Anhörung glaubwürdig herausgestellt, dass der kleine Mann sein Nachtlager rein zufällig ausgerechnet in *dem* Bahntunnel aufgeschlagen hatte, durch den der Erpresser den Geldboten gelotst hatte. Lennet Contzen hatte den

Schlafenden denn auch registriert, ihn aber im wahrsten Sinne des Wortes links liegen lassen. Wegen eines Penners hatte er seine Mission nicht gefährden wollen.

Dennoch war bei den Vernehmungen offenkundig geworden, dass der fast zahnlose Mann tatsächlich etwas mit dem gesuchten Gilbert Primat zu tun hatte, – nur leider nicht das, was sich Peter Dohmen erhofft hatte. Denn der heimatlose Stadtstreicher war schlicht und ergreifend Gilbert Primats verstoßener Vater gewesen, den es bei seiner Herumtippelei durch die Eifel und durch Nordrhein-Westfalen wie in jedem Jahr zur Adventszeit nach Aachen und auf den dortigen Weihnachtsmarkt verschlagen hatte, wo er sich nicht nur Nahrungsabfälle erhofft hatte. Während er auf dem Gelände des »Hexenhofes« nach Essbarem, und wegen des Pfandes nach verwaisten Glühweinbechern gesucht hatte, war er nicht ganz zufällig auf einen Mann in einer Glühweinbude aufmerksam geworden, den er bestens gekannt hatte: Es war sein leiblicher Sohn Gilbert gewesen, von dem er gewusst hatte, dass der schon seit vielen Jahren auf Märkten der verschiedensten Art herumtingelte, weil er nichts Vernünftiges gelernt hatte. Und weil das schnöselige Produkt einer einzigen Nacht mit einer freischaffenden Straßennutte sich schon immer für seine Eltern geschämt hatte und deswegen nichts mehr von ihnen wissen mochte, seit er dies realisiert hatte, war von ihm jeder Kontakt abgeblockt worden.

Also hatte der heruntergekommene Säufer nicht gewusst, wie er sich seinem Sohn hätte nähern können, ohne dessen Unmut hervorzurufen. Denn mit solchen mehr oder weniger zufälligen Zusammentreffen immer wieder Mal in all den Jahren hatte er äußerst schlechte Erfahrungen gemacht. Dennoch mochte er sich mit zunehmendem Alter seinem Sohn wenigstens etwas annähern, auch wenn der sich vermutlich weiterhin dagegen sträuben würde, sich mit ihm zu versöhnen.

Weil er sich nicht gleich getraut hatte, sich ihm zu erkennen zu geben und einen Glühwein oder etwas Geld von ihm zu erbetteln, war dem obdachlosen Mann nichts anderes übrig geblieben, als seinen Sohn aus einer gewissen Distanz heraus zu beobachten und eine günstige Gelegenheit abzuwarten, sich ihm gegenüber – wie zum letzten Mal vor genau einem Jahr – erkennen zu geben. Deswegen war er ihm unauffällig auf Schritt und Tritt gefolgt, so auch bis zum »Siebten Himmel« hoch. Und weil er voll und ganz auf seinen Sohn fokussiert gewesen war, hatte der ungeliebte Vater versehentlich den Einsatzleiter angerempelt, worauf er das Festgelände fluchtartig verlassen hatte. »Ich rieche einen Bullen aus drei Kilometer Entfernung«, hatte er dies bei der ersten Anhörung durch Peter Dohmen begründet und damit seinen Befrager die Nase rümpfen lassen.

Obwohl der Kriminalpolizist bereits nach der ersten Anhörung und weiteren, nervenaufreibenden Vernehmungen nicht an der Ehrlichkeit des Penners zweifelte, stellte er ihm immer wieder die Frage, ob er denn wirklich überhaupt nichts mitbekommen habe, was sein Sohn am bewussten Tag getrieben hatte. Die Antworten waren immer darauf hinausgelaufen, dass Gilberts Vater nichts bemerkt haben wollte, was auch nur im Entferntesten mit den Morden und mit den Erpressungen in Zusammenhang hätte gebracht werden können.

»Wer's glaubt, wird selig«, hatte Dohmen geseufzt, als er den Vernehmungsreigen genervt abgebrochen hatte. Sicherheitshalber hatte er den Mann allerdings noch nicht auf freien Fuß gesetzt. Dadurch hatte der ein paar warme Mahlzeiten und wenigstens vorübergehend ein Dach über den Kopf bekommen. »Danke! Und fröhliche Weihnachten!«, hatte er Peter Dohmen deswegen zugerufen, bevor er in die Duschräume der JVA Aachen gebracht wurde. Dort konnte er sich im Warmen Gedanken darüber machen, wie er das, was er vor dem »Siebten Himmel« mitbekommen, dem Herrn Kommissar aber nicht gesagt hatte, gewinnbringend für sich nutzen konnte. Um sich Gilberts Zuwendung erkaufen zu können, würde sein neuerworbenes Wissen allemal ausreichen.

*

Nun sollte die gescheiterte Geldübergabe weiter analysiert werden, indem sie nachgestellt wurde. Als Peter Dohmen einen Kollegen damit beauftragte, den Erpresser zu mimen und einen anderen bat, den Geldboten zu spielen, hätte er sich übergeben können. Lennet Contzen hatte er trotz aller Überredungskunst nicht mehr dazu bringen können, noch einmal in diese Rolle zu schlüpfen. Der Einsatzleiter hatte froh sein müssen, dass ihm der Chef der »Öcher Spezialitäten« nicht mit dessen Hintern ins Gesicht gesprungen war.

Während der niedergeschlagene Einsatzleiter alles noch einmal genau durchging, musste er das eine oder andere Grinsen vonseiten der ausländischen Kolleginnen und Kollegen ignorieren. So schwer es ihm auch fiel, bemühte er sich um eine feste Stimme: »Der Geldbote hat also die Tasche von der Brücke auf den Bahnsteig zwischen den Gleisen acht und neun geschmissen.« Er zeigte nach vorne und erklärte, dass der Bahnsteig von der Treppe zur Unterführung bis zur Brücke etwa 300 Meter lang sei. Dann zeigte er direkt über sich nach oben und erklärte, dass die Brücke etwa 25 Meter breit sei, was es den darauf stehenden Einsatzkräften unmöglich gemacht hatte zu sehen, was darunter vor sich ging. Dann zeigte er nach hinten. »Der Bahnsteig zieht sich ab der Brücke noch knappe 30 Meter weiter. An dessen Ende befindet sich eine dreistufige Treppe, die bis zum Niveau der Gleise hinunterführt. Dort muss Gilbert Primat ein altes Fahrrad versteckt gehabt haben, bevor er es hervorgeholt und unter die Brücke gebracht hat. Außerdem gibt es hinter Gleis neun ideale Möglichkeiten, ein Fahrrad oder sich selbst zu verstecken.«

»Heißt das, dass der Erpresser dem Geldboten überhaupt nicht gefolgt ist und die ganze Zeit über unter der Brücke darauf gewartet hat, bis das Geld zu ihm hinuntergeworfen wird?«, wollte ein Kollege aus Stolberg wissen.

»Das wissen wir nicht so genau«, musste Peter Dohmen zugeben, »aber allein schon die Anweisungen des Erpressers an den Geldboten, ständig seine genaue Lage durchzugeben, lässt darauf schließen. Wir nehmen an, dass ihm klar war, dass der Bahnhof überwacht wird. Um nicht aufzufallen und als normaler Fahrgast durchzugehen, wird er gegen 23 Uhr oder sogar schon früher seine Position unter der Brücke eingenommen haben.«

Als der Stolberger Kollege erneut die Hand hochhob, um nachhaken zu können, erklärte der Einsatzleiter noch, dass man den Fehler begangen habe, zwar die beiden Eingänge zum Bahnhof, nicht aber die Gleise zu überwachen. »Und die Überwachungskameras haben ihn auch nicht richtig erfasst.«

»Was heißt das: ›nicht richtig‹?«, mochte der lästig werdende Stolberger wissen.

»Ganz einfach, in dem Bereich gibt es nur eine einzige Kamera. Und zwar genau dort, wo die Gleisüberdachung beginnt. Und die muss er irgendwie umgangen haben. Dies hatte er sicher – wie alles andere – schon vorher recherchiert. Jedenfalls war trotz der 15 Doppellaternen, die sich von der Brücke aus zwischen den Gleisen acht und neun bis dorthin im 15-Meter-Abstand ziehen, nichts Verwertbares zu erkennen.«

»Konnte der Erpresser nicht an den Gleisen entlang auf das Bahnhofsgelände gekommen sein, ohne durch die Bahnhofshalle zu müssen?«, warf Devaux in den Raum.

»Selbstverständlich könnte dies möglich gewesen sein«, gab Dohmen ihr recht. Nachdem das allgemeine Geraune aufgehört hatte, fuhr er fort: »Die Sache war vom Erpresser perfekt getimt; weil unser Geldbote etwas zu früh dran war, hat er ihn zuerst bei ›Glas Olbrich‹ Zeit gewinnen und dann über die Brücke bis zum ›Alten Zollhaus‹ laufen lassen, bevor er ihn dann minutiös so zur Brückenmitte zurückgelotst hat, dass er den Rucksack um genau 23.49 Uhr hatte runterwerfen können. Dann hat sich der Erpresser auf das verrostete Fahrrad geschwungen und ist in aller Eile die 300 Meter bis zum Unterführungstunnel geradelt. Dort ist er die 30 Stufen zur Unterführung runtergerannt, bei Gleis zwei die 30 Stufen wieder hoch und …«, Peter Dohmen musste schlucken und sich erst den Schweiß von der Stirn wischen, bevor er weiterreden konnte, »in den RE 10147 gestiegen. Er muss es gerade noch geschafft haben, in den letzten Regionalzug dieser Nacht zu steigen, bevor dieser abfuhr. Da war es genau 23.51 Uhr.« Als der Einsatzleiter dies sagte, war es um ihn so lange herum totenstill, bis ein Kollege aus Kerkrade wissen wollte, weshalb der Erpresser nicht gleich auf dem Bahnsteig zu Gleis zwei auf den Zug gewartet hatte.

»Ganz einfach, weil dieser Bahnsteig nicht bis unter die Brücke führt und sogar ein ganzes Stück davor aufhört. Also hätte Gilbert Primat sich von der Brücke aus zu Fuß über Schotter und andere Hindernisse mühen müssen. Alles klar?«

Nachdem sich wohl alle mit dieser Antwort zufriedengaben, konnte der Einsatzleiter ungehindert weitersprechen: »In diesen beiden Minuten – vom Runterschmeißen des Geldrucksackes bis zur Abfahrt des Zuges – war die Sache gelaufen. Allein schon wegen der Dunkelheit – zwischen Gleis acht und neun gibt es lediglich zwei Beleuchtungskörper – haben wir nicht sofort gemerkt, was hier läuft. Und weil jede einzelne Sekunde gezählt hat, war es uns nicht gelungen, diejenigen Kollegen, die sich vor dem Bahnhofsgebäude befunden hatten, rechtzeitig zum Gleis zwei zu beordern. Als die Kollegen das Gleis erreicht hatten, war der Regionalzug bereits dabei, im Dunkel der Nacht zu verschwinden. Sie haben nur noch die Rücklichter gesehen und das Fahrrad des Erpressers vorgefunden. Wir werden gleich zur Brücke hochgehen und auf Wunsch des Herrn Oberstaatsanwaltes die Geldübergabe nachstellen. Dann werden Sie selbst feststellen, dass es bei Dunkelheit unmöglich ist, auf Anhieb zu erkennen, dass es sich um einen Radfahrer handelt, der unter Ihnen im Eiltempo in Richtung Bahnhofsgebäude unterwegs ist. Außerdem war der sicher schon weg, als die ersten von uns am Brückengeländer angekommen waren.«

»Und was ist dann geschehen?«, mochte nun eine Kollegin aus dem belgischen Raeren wissen.

»Es tut mir leid, dass wir gestern keine Zeit hatten, um die von außerhalb Aachens kommenden Einsatzkräfte zu unserer ersten Analyse der Lage einzuladen«, entschuldigte sich der Einsatzleiter, bevor er der an diesem Tag versammelten Mannschaft erklärte, dass der gestrige Tag ganz der Suche nach dem Erpresser gegolten hatte und somit keine Zeit für lange Erklärungen gewesen war. »Aber dies wissen die meisten von euch ja.«

Nachdem die belgische Polizeibeamtin verständnisvoll genickt hatte, beantwortete Dohmen deren Frage: »Weil die Anzeigetafel ausgerechnet an diesem Tag defekt gewesen war, die Counter im Bahnhof um diese nächtliche Zeit nicht besetzt waren, hat es zwar nur Minuten, dennoch aber viel zu viel Zeit in Anspruch genommen, bis wir über die Bahn-App unserer Smartphones ›DB-Navigator für Nah- und Fernverkehr‹ herausbekommen haben, um welchen Zug es sich gehandelt hat, der um 23.51 Uhr den Aachener Bahnhof in Richtung Köln verlassen hat. Es war – wie gesagt – der Regionalzug 10147, der auf dem Weg zum Kölner Hauptbahnhof sieben Mal hält.«

Nachdem er dies gesagt hatte, war allen klar, dass dann keine Chance mehr bestanden haben konnte, den Erpresser zu erwischen. Und genau dies bestätigte der Einsatzleiter: »Den ersten Halt gab es schon um 23.55 Uhr, also bereits vier Minuten später bei der Station ›Rothe Erde‹. Um Mitternacht, also weitere fünf Minuten später, hat der Zug in Stolberg gehalten. Dann fuhr er …«, Peter Dohmen musste den Fahrplan zu Hilfe nehmen, »nach Eschweiler, Langerwehe, Düren, Horrem und Köln-Ehrenfeld, bevor er um 0.44 Uhr am Kölner Hauptbahnhof angekommen ist. Es dürfte also müßig sein zu fragen, wo der Erpresser ausgestiegen ist«, baute er nervtötenden Fragen vor, bevor er weitersprach: »Unsere bisherigen Recherchen haben nichts Diesbezügliches ergeben. Die beiden Fahrgäste, die wir gestern mit viel Glück ausfindig machen konnten, haben ebenso wenig gesehen wie die Dienststellenleiter. Das Schlimmste daran ist, dass der Zugbegleiter in Aachen lediglich eine ältere Frau gesehen hat, die in seinen Zug gestiegen ist, von einem Mann war scheinbar keine Spur.«

»Und wo die Frau ausgestiegen ist, hat der Schaffner auch nicht gesehen«, orakelte Vonderbank.

»Möglich«, sagte Peter Dohmen schulterzuckend.

»Vielleicht hat sich der Erpresser ja als Frau getarnt. Oder er ist überhaupt nicht in den Zug gestiegen«, warf ein Kollege aus Düren ein.

»Beides wäre möglich. Aber an die zweite Möglichkeit glaube ich nicht! Weshalb sollte er die Geldübergabe perfekt auf die Sekunde genau getimt und uns durch halb Aachen gescheucht haben, wenn er nicht in genau in diesen Zug steigen wollte? Wie gesagt, es war der letzte Zug in dieser Nacht«, konterte Dohmen gereizt. Obwohl er mit einem Frage-Antwort-Spiel gerechnet hatte, war ihm nicht danach.

Aber der Dürener Streifenpolizist gab nicht auf: »Vielleicht, weil er Sie damit einmal mehr austricksen konnte?«

Peter Dohmen musste sich zusammenreißen, um nicht auszurasten. Und dies gelang ihm auch. Also klärte er den weiteren Verlauf auf: »Wir vermuten, dass er gleich bei der ersten Station ausgestiegen ist, vielleicht auch bei der zweiten. Dies wäre allerdings schon zu riskant gewesen. Bei der dritten Station in Eschweiler muss er jedenfalls schon weg gewesen sein, denn dort sind zwei Kolleginnen und vier Kollegen in den ersten, in zwei mittlere und in den letzten Zugwaggon gestiegen. Nichts!«

Nach einem kurzen Schweigen beendete Peter Dohmen seine Ausführungen mit den Worten: »Er kann in ein bereitstehendes Auto gestiegen und sich damit weiß Gott wohin abgesetzt haben. Ich habe noch in der Nacht sämtliche Ausfallstraßen mit unseren Leuten besetzt und eine Großfahndung herausgegeben, die wir gestern den ganzen Tag über ausgeweitet haben. Mehr können wir im Moment nicht tun. Und nun lasst uns zur Brücke hochgehen und die Szene nachstellen!«

*

Cedric Rothieu hatte sich indessen maßlos darüber geärgert, dass jemand anderer als er die Glühweinhändler auf Weihnachtsmärkten erfolgreich erpresst und in Aachen ausgerechnet mit Botulinumtoxin einen Japaner vergiftet hatte, mit *seinem* Botulinumtoxin! Weil es sich bei diesem speziellen Gift nur um *das* Gift hatte handeln können, das Hubertus von Syrgenstein in seinem Auftrag für ihn hergestellt hatte, war er in der Brasserie so in Rage geraten, dass er und Nieuwkerke fast unangenehm aufgefallen wären. Um genau dies zu verhindern, hatte Rothieu seinem Handlanger aufgetragen, nicht auf direktem Weg in die stets gut besuchte Brasserie zu kommen, sondern ein paar Haken zu schlagen. Ein anderer Erpresser, der auch noch viel Geld mit Hilfe seines Giftes gemacht hatte, war für den narzisstisch veranlagten Weinhändler einfach zu viel gewesen, um ruhig zu bleiben. Aber anstatt sich zu besinnen und vernünftig zu überlegen, wie dieser Erpresser an das Gift gekommen war, hatte er den Entschluss gefasst, nun ebenfalls nicht mehr zu zaudern, sondern zuerst hier in der Wallonie und dann auch noch in Deutschland seine

Reviere zu markieren, indem er dort wenigstens für das kommende Geschäftsjahr Exempel statuierte. In seinem Auftrag sollte Nieuwkerke zuerst einen Gast des größten Glühweinanbieters auf dem Marché de Noël de Liège und unmittelbar darauf auch noch einen Gast des »Hexenhofes« in Aachen vergiften. Wie dies unbemerkt vonstattengehen konnte, hatte Cedric Rothieu ja der »La Libre Belgique« entnehmen können. Und weil der skrupellose Weinhändler zu seiner kriminellen Energie hin auch noch mit reichlich Sarkasmus gesegnet war, forderte er Nieuwkerke dazu auf, in beiden Fällen einen Japaner auszuwählen. Dass er dabei dem gedungenen Mörder zwei zu einem Viertel mit reinem Botulinumtoxin gefüllte Injektionsspritzen ohne Nadeln übergab, bekam keiner der Gäste oder der Bediensteten mit. Als er seinem Handlanger dann auch noch zwei in einer Plastikfolie steckende Schreiben zuschob, fiel das niemandem auf. »Nimm diese beiden Blätter aus der Sichthülle heraus, ohne deine Fingerabdrücke darauf zu hinterlassen, und lass sie jeweils direkt bei den Japanern liegen! Das sind dann die letzten Warnungen für dieses Jahr. Trotz aller Bemühungen ist es uns nicht gelungen, auch nur einen einzigen dieser sturen Glühweinhändler dazu zu bringen, mit mir ins Geschäft zu kommen. Das Durcheinander mit den Bullen hat alles aus dem Ruder laufen lassen«, schnaubte der wütende Mann. Dann lachte er hämisch auf und ergänzte, dass es in den nächsten Jahren auch noch Weihnachtsmärkte geben würde, an denen die Glühweinhändler *seinen* Glühwein verkaufen konnten. Und weil er seinen Geschäftsbetrieb auf Spirituosen zu erweitern gedachte, erhoffte er sich zusätzliche Umsätze mit den einschlägigen Weihnachtsmarktbeschickern. »Diese letzten beiden Warnungen helfen zwar in diesem Jahr nichts mehr, werden aber meine Akquise für die nächste Weihnachtsmarktsaison immens erleichtern«, hoffte die zentnerschwere Qualle. Dann griff Rothieu in die Innentasche seines Sakkos und zog ein Couvert heraus. »Da drin sind 2.500 Euro und ein Flugticket und Taschengeld. Du fliegst noch heute Abend um 23.17 Uhr von Frankfurt-Hahn aus nach Barcelona. Ich habe bewusst keinen belgischen Flughafen und keine französisch sprechende Zieldestination ausgewählt, compris?«

Nachdem Nieuwkerke erfreut genickt hatte, beendete der Weinhändler seine Anweisungen: »Nach deinen beiden Jobs tauchst du so lange dort ab, bis ich dich zurückbeordere.« Während er dies sagte, schob er seinem Handlanger einen kleinen Zettel zu, auf dem die Adresse einer am Stadtrand gelegenen kleinen Pension stand. »Es ist besser, wenn du eine Weile von der Bildfläche verschwindest.«

Weil auch der hinter einem paraventartigen Raumteiler mit dem Rücken zu den beiden sitzende Kriminalbeamte wegen des störenden Altweibergeplapperes von alledem nichts mitbekommen hatte, war er stinksauer geworden. Um für Ruhe zu sorgen, ging er – nachdem er sich versichert hatte, von Rothieu und Nieuwkerke nicht gesehen werden zu können – mit einem Zeigefinger auf den Lippen zum Tisch der immer lauter durcheinander quasselnden Damen hinüber. Bevor er ihnen diskret seine Dienstmarke unter die Nasen hielt, schaute er sich ängstlich wirkend nach allen Seiten um. Dann beugte er sich verschwörerisch über ihren Tisch und tischte ihnen mit geheimnisvoll leise wirkender Stimme eine kurze Räuberpistole auf. Dabei bat er um Verständnis, dass er absolute Ruhe bräuchte, um »den Verbrecher dort drüben« – dabei zeigte er wahllos auf einen Mann, der allein an einem kleinen Rundtisch auf der anderen Seite des Restaurants saß und dessen Gesicht von einer Zeitung verdeckt war – festnehmen zu können.

Dies hatte natürlich geholfen; von diesem Moment an hielt das holländische Sextett die Luft an und harrte neugierig der Dinge, die da kommen mochten oder auch nicht. Dadurch hatten Frederic und Angelika – die ihr Frühstück mittlerweile beendet hatte und in Erwägung zog, sich ebenfalls einen Crémant zu bestellen, endlich die Ruhe, um »Monsieur Rouge« und Guido Nieuwkerke ungestört zuhören zu können.

Aber er hörte den Weinhändler nur noch »Garçon! L'addition s'il vous plaît!« sagen.

»Merde! Der möchte bezahlen«, zischte Frederic, während er ebenfalls einen Geldschein auf den Tisch legte, um Angelikas Frühstück zu begleichen. Das Kleingeld, das er zuvor für seinen Kaffee auf den Tisch gelegt hatte, ließ er liegen. Gleich darauf huschte »Monsieur Rothieu« in Richtung Ausgang. Nieuwkerke hingegen blieb noch sitzen. Deswegen musste Frederic eine schnelle Entscheidung treffen. »Wir bleiben an unserer Zielperson dran«, beschloss er. »Dieser fette Weinhändler läuft uns nicht davon.«

Nieuwkerke war noch etwa fünf Minuten sitzen geblieben, bis auch er die Brasserie verlassen hatte. Mit Angelika im Schlepptau folgte Frederic ihm zum Weihnachtsmarkt hinüber. Aber anstatt erneut ein Ablenkungsmanöver zu starten, strebte die Zielperson auf direktem Weg der großen Gastronomiehütte zu. Dort stürzte er sich zielgerichtet ins um diese mittägliche Zeit schon beachtliche Getümmel. Das Gedränge war sogar derart groß, dass ihm Frederic und Angelika nicht so schnell folgen konnten, um das zu verhindern, was Nieuwkerke nun in der hinteren Ecke der zauberhaft weihnachtlich geschmückten Hütte tat: Ohne lange zu fackeln, zwängte er sich zwischen etlichen Stehtischen hindurch mitten in eine Gruppe Japaner und spritzte in einem günstigen Moment einem von ihnen eiskalt und völlig unbemerkt den Inhalt einer der beiden Injektionsspritzen in den heißen Glühwein. Noch bevor Frederic und Angelika bei ihm sein konnten, schob Nieuwkerke sich zwischen den mit schwarzen Hussen überzogenen und mit Adventsgestecken dekorierten Stehtischen in Richtung Ausgang zurück. Also blieb den beiden nichts anderes übrig, als die Zielperson an sich vorbeizulassen und ihr weiter zu folgen. Das, was der gedungene Mörder für seinen Auftraggeber in Sekundenschnelle erledigt hatte, war ihnen somit gänzlich verborgen geblieben. Dementsprechend konnten sie sich keinen Reim darauf machen, was Nieuwkerke in der Gastronomiehütte gewollt hatte. »Wahrscheinlich nur wieder eines seiner Katz-und-Maus-Spiele«, vermutete Angelika, während Frederic dies nicht glaubte.

Und dann ging schon wieder alles ganz schnell: Nachdem die drei den Weihnachtsmarkt verlassen hatten, stieg Guido Nieuwkerke in ein Taxi, das sofort losfuhr.

Frederic fluchte, weil er ein ganzes Stück weiterrennen musste, um zu der Straße zu gelangen, in der er Angelikas Mercedes abgestellt hatte. Dort angekommen, wartete eine handfeste Überraschung auf den heftig schnaufenden »Superbullen« aus Eupen. Als Sekunden später Angelika bei ihm ankam, zeigte sie sich allerdings verärgert, aber wenig überrascht darüber, dass ihr Auto weg war. Frederics Zettel und dessen Dienstausweis hatten die für dieses

Viertel zuständige Politesse offensichtlich nicht überzeugen können, das Auto war abgeschleppt worden.

»Merde! Merde! Merde! Verdammte …!«

Wenn Angelika seinen Wutanfall nicht unterbrochen hätte, würde Frederic wohl noch ein Weilchen *so laut* hustend vor sich hin fluchen, dass sich ihm sämtliche Köpfe der Passanten zuwandten. Aber er besann sich und kam zu der traurigen Feststellung, dass ihm Guido Nieuwkerke nun doch noch entwischt war. Um sich weiter beruhigen und in Ruhe nachdenken zu können, brauchte er jetzt Nervennahrung. Und was lag da näher, als eine Zigarette zu rauchen? Während Frederic überlegte, was nun zu tun sei, nutzte Angelika die Zeit, um ihren Assistenten Jussuf Abdalleyah anzurufen. »Was sagst du da? – Nein! Ich bin immer noch in Lüttich und habe hier keine Zeitung gelesen. Erzähl weiter!«, hörte Frederic seine Partnerin sagen.

»Was ist denn passiert?«, wollte er wissen, bekam aber nur Angelikas Zeigefinger auf seinen Lippen zur Antwort.

Während des fünfminütigen Gesprächs hatte Angelika in groben Zügen erfahren, was während ihrer Abwesenheit in Aachen alles geschehen war. »Jetzt brauche *ich* etwas für meine Nerven«, sagte sie, bevor sie Frederic alles über die verpatzte Geldübergabe erzählte, was sie von ihrem Assistenzarzt erfahren hatte.

»Oh, je!«, grummelte Frederic. »Peter tut mir leid!«

Während sie sich kurz darüber unterhielten, bekamen sie mit, wie eine Frau zu einem Mann sagte, dass in der großen Gastronomiehütte dort drüben ein Japaner zusammengebrochen sei.

»Mir schwant Übles«, entfuhr es Frederic in entsetzt klingendem Ton, als er sich auch schon Angelikas Hand schnappte und sich mit ihr in Bewegung setzte.

Bereits auf dem Weg am Eisplatz vorbei zur Gastronomiehütte sah Frederic die Polizeiabsperrung, vor der ein Pulk neugieriger Menschen stand. Als Frederic sich an der Menschenmenge vorbeidrücken wollte, wurde er mehrmals angeraunzt. Erst als er seine Dienstmarke in die Höhe hielt und »Polizei!« rief, bildeten die Gaffer eine Gasse und ließen ihn ebenso durch wie gleich darauf die zur Absperrung abgestellten Streifenbeamten, die ihn noch von seiner Zeit in der Mordkommission Lüttich her kannten.

Als Frederic Le Maire bemerkte, dass sich alles auf die Ecke der Halle konzentrierte, in die sich etwa eine halbe Stunde zuvor Guido Nieuwkerke gedrückt hatte, war für den Eupener Ermittler schnell klar, dass der etwas damit zu tun haben musste. Und tatsächlich, kaum angekommen, wurde er nach der Frage »Was tun Sie denn hier?«, von Kriminalhauptkommissar Pat Miller beiseite genommen und mit der Situation konfrontiert. So erfuhr der ehemalige Leiter der Mordkommission Lüttich, dass der auf dem Boden liegende Japaner vergiftet worden sein könnte.

»Schon wieder!«, schoss es aus Le Maire heraus, der sich im Stillen Vorwürfe machte, dies nicht verhindert zu haben.

»Wie dies Kollege Dohmen bei dem vergifteten Japaner auf dem Rathausplatz in Aachen getan hat, stellen wir es auch hier den vielen Gaffern gegenüber als Herzinfarkt dar«, sagte Miller und begründete diese Entscheidung gleich damit, diesen wunderbaren Marché de Noël nicht sofort schließen und dies gerne ganz vermeiden zu wollen. »Stellen Sie sich dies wenige Tage vor Heiligabend vor! Das wäre nicht nur für die Organisatoren und die Händler, sondern für die ganze Stadt eine Katastrophe.«

»Und was würde erst das Christuskind dazu sagen«, lästerte Le Maire.

»Sie brauchen gar nicht so blöde daherzureden. Sie wissen genau, dass dies nur hier vor Ort und auch nur für den Moment nach außen hin so dargestellt wird.« Dann konterte Le Maires verärgerter Lütticher Kollege noch: »Im Gegensatz zu manch anderem Kollegen werden meine Fälle *immer* akribisch genau nach den Buchstaben des Gesetzes untersucht!«

Damit hatte Miller es seinem ehemaligen Chef derart gegeben, dass dem im Moment nichts mehr einfiel.

Weil die beiden Mordermittler aber Profis waren, beruhigten sie sich schnell wieder und kamen zur Sache. Bei dieser Gelegenheit erfuhr Le Maire *noch mehr* über den »Glühweinmord« auf dem Aachener Rathausplatz als kurz zuvor schon von seiner Partnerin.

Als Miller sich damit entschuldigte, sich wieder um diesen Mord hier kümmern zu müssen, wollte Frederic die Zeit nutzen, um bei Angelika Rat einzuholen: »Soll ich Miller sagen, dass wir den Mörder und sogar dessen Wohnadresse kennen, oder nicht? Wenn ich es ihm sage, lässt er das Schlösschen in der Rue de la Liberté observieren und nimmt Nieuwkerke bei der ersten sich bietenden Gelegenheit fest. Dann könnte es sein, dass wir Bribanté nicht mehr finden und dessen Leben keinen Pfifferling mehr wert ist.«

Angelika überlegte nicht lange und gab Frederic den guten Rat, es Miller unbedingt zu sagen. »Du riskierst sonst deinen Job und deine Pensionsansprüche, wenn es später rauskommt. Und es wird herauskommen! Du kannst keinen Mörder schützen, von dem du nicht weißt, wo und ob er Bribanté überhaupt gefangen hält. Außerdem: Weshalb sollte Nieuwkerke deinen ehemaligen Kollegen am Leben gelassen haben?«

Weil Frederic keine Antwort darauf hatte, nickte er nur stumm. »Gut, aber ich benötige noch etwas Zeit.«

»Wofür denn?«, wollte Angelika wissen.

»Das sage ich dir gerne: Ich kann mir nicht vorstellen, dass Nieuwkerke gleich nach diesem Mord mit dem Taxi nach Hause gefahren ist und es sich dort auf dem Sofa gemütlich gemacht hat. Wenn ich recht haben sollte und er nicht zu Hause ist, habe ich nun die Gelegenheit, in seine Wohnung einzudringen und sie ungehindert nach Spuren zu durchsuchen, die mich vielleicht zu Bribanté führen.«

»Kannst du das nicht mit Miller zusammen tun?«

»Natürlich könnte ich dies. Wenn ich Miller aber über alles aufkläre, vergeht zu viel Zeit und Nieuwkerke könnte bis dahin tatsächlich in seine Wohnung zurückgekehrt sein. Außerdem hat er hier noch zu tun.«

»Aber du kannst doch nicht sicher sein, ob Nieuwkerke nicht doch schon in seiner Wohnung ist«, schimpfte Angelika, die sich nun ernsthafte Sorgen um ihrer beider Zukunft machte.

Frederic strich ihr beruhigend über die Wange und sagte: »Gut, wir fahren jetzt sofort dorthin. Wenn Nieuwkerke zu Hause ist, informiere ich Miller per Handy darüber und lasse ihn den Zugriff vornehmen. Wenn der mutmaßliche Mörder dieses Japaners aber nicht zu Hause ist, dringe ich in seine Wohnung ein. Einverstanden?«

Angelika blähte zwar verständnislos die Wangen und stieß Luft aus, nickte aber.

# KAPITEL 21

Weil die Analyse der Geldübergabe mit der damit verbundenen Rekonstruktion der Situation am frühen Nachmittag beendet war, hatten die beiden Oberkommissare Agnès Devaux und Pierre Vonderbank in ihre Eupener Dienststelle zurückkehren können. Dort hatten sie Locki gebeten, ihnen Kaffee zu machen und sich mit ihrem uniformierten Kollegen Herbert Demonty zu ihnen zu setzen. Weil Devaux und Pierre wussten, dass die neugierige Sekretärin sowieso keine Ruhe geben würde, konnten sie nicht nur dem Streifenpolizisten, sondern auch gleich ihr alles erzählen, was genau in Aachen vorgefallen war und noch nicht in der Zeitung gestanden hatte.

Mit einem erstaunt gehauchten »Wahnsinn!« kommentierte Locki dann das soeben Gehörte. Da schellte das Telefon im Sekretariat. »Ausgerechnet jetzt«, knurrte sie verstimmt, eilte dennoch pflichtbewusst in ihr Büro, um den Hörer abzunehmen. Gleich darauf kam sie zurück und verkündete, dass es auf dem »Hexenhof« in Aachen schon wieder eine Leiche gab und »wir« uns hier in der Eupener Gegend um die Suche nach Gilbert Primat kümmern sollen. Herr Dohmens Assistent meinte, dass der Erpresser quasi überall, also auch in Belgien, untergetaucht sein könnte. Außerdem hat er im Auftrag seines Chefs nach unserem Chef gefragt.«

»Belgien? So ein Blödsinn! … Und, was hast du ihm geantwortet?«, interessierte Devaux, die schon wieder »irgendetwas« roch, das mit Le Maire nicht stimmte.

Locki zuckte mit den Schultern. »Nichts! Was hätte ich ihm sagen sollen?«

»Wo ist der eigentlich?«, fiel Devaux daraufhin ein. Als die zwar nicht unbedingt sympathische, aber ausgebuffte Ermittlerin merkte, dass Fabienne Loquie sich um eine Antwort herumzuwinden suchte, sah sie sich in ihrer Einschätzung gestärkt. Also hakte sie nach: »Du weißt doch, wo Le Maire sich herumtreibt, Locki! Gib es zu und du bekommst ein halbes Jahr weniger«, versuchte sie mit einem Scherz die Wahrheit aus der Sekretärin herauszukitzeln.

Nachdem Devaux keine Ruhe gab, musste Locki wohl oder übel preisgeben, dass der Chef in Lüttich eine heiße Spur verfolgte.

»Die heißen Spuren sind wohl eher in Aachen oder in Köln zu finden«, scherzte Devaux schon wieder, weil sie noch nicht wissen konnte, was sich in Lüttich alles getan hatte und noch tun würde.

*

Kaum, dass die Einsatzkräfte aus allen Teilen des Dreiländerecks wieder in ihren angestammten Dienststellen zurück oder mit der Suche nach dem Erpresser beschäftigt waren, hatte sich der anfängliche Funke vor dem »Siebten Himmel« zu einem vorweihnachtlichen Flächenbrand bis zum »Hexenhof« hinunter ausgeweitet, in Aachen war tatsächlich wieder die Hölle los! Denn Guido Nieuwkerke hatte sich auf Cedric Rothieus Geheiß hin direkt nach seinem Anschlag auf dem Marché de Noël de Liège unverzüglich von einem Taxi nach Aachen bringen lassen, um dort mit der zweiten Portion Botulinumtoxin ebenso wahllos einen

weiteren Japaner zu vergiften, wie er dies in Sekundenschnelle kalten Blutes in Lüttich getan hatte.

Peter Dohmen stand das Entsetzen ins Gesicht geschrieben.
Während seiner ganzen bisherigen Dienstzeit war ihm nicht
annähernd so viel Ärger widerfahren wie während dieser
Weihnachtsmarktsaison. Von der viel zitierten »Stillen Zeit«
hatte er in diesem Jahr nur wenig mitbekommen. Mit Stress
konnte der Kriminalbeamte verhältnismäßig gut umgehen,
aber hinterlistige Ungereimtheiten, die auch noch an seiner
Reputation als souveräner Leiter einer nordrhein-westfälischen Mordkommission nagten, gingen ihm gewaltig auf
die Nerven. Obwohl der ansonsten gänzlich durchstruk-
turierte Kriminalpolizist nicht mehr wusste, wo ihm der
Kopf stand, musste er sich schleunigst etwas einfallen lassen, um seinen ramponierten Ruf wiederherzustellen. Denn
Peter Dohmen wusste, dass Oberstaatsanwalt Dr. Knopp
über kurz oder lang Konsequenzen aus dem Versagen seiner Leute ziehen musste, insbesondere, weil ihm nun die
Presse noch mehr im Genick saß, als dies bisher schon der
Fall war. Also brauchte er dringend Ergebnisse, egal, wie
diese zustande kamen.

Einerseits war der *noch* als Einsatzleiter bestätigte Kriminalhauptkommissar Peter Dohmen voll und ganz damit
beschäftigt, die über die deutsche Landesgrenze hinaus aus-
geweitete Suche nach Gilbert Primat zu koordinieren und
sich Neues einfallen zu lassen, um den Erpresser doch noch
schnappen zu können. Andererseits hatte er nun schon
wieder eine Giftleiche, um die er sich kümmern musste.
Ausgerechnet wieder ein Japaner, dachte sich der Aachener
Mordermittler, während er verwundert den Brief las, der
neben dem Toten auf dem Boden gelegen hatte. Aber es war

nicht der Inhalt des Schreibens, der Peter Dohmen stutzen ließ, vielmehr war es die Tatsache, dass es sich – im Gegensatz zu den bisherigen Erpresserbriefen – um ein ganz normal ausgedrucktes Schreiben handelte, das schon auf den ersten Blick nichts mit der bisherigen Erpressung zu tun zu haben schien. Weil nun aber schon wieder ein Japaner ermordet worden war, könnte dennoch der Verdacht naheliegen, dass es sich um denselben Mörder mit demselben Motiv handelte. Aber der Mörder des Japaners vom Rathausplatz war schließlich polizeibekannt und befand sich auf der Flucht, … oder war Gilbert Primat gar nicht der gesuchte Mörder, sondern ein anderer? Aber wer in Gottes Namen hatte außer dem Erpresser Interesse daran, die japanische Bevölkerung zu dezimieren, die viel Geld nach Europa brachte, weil sie den Kitsch der deutschen Weihnachtsmärkte liebte und deswegen fast 10.000 Kilometer von Asien nach Europa auf sich nahm? Ein Trittbrettfahrer? Und was hatte der Text auf dem Zettel zu bedeuten: »NUR WENN DER GLÜHWEIN GUT IST, IST DER GAST ZUFRIEDEN!« Dieser Text liest sich wie eine Werbebotschaft oder passt eher zu einem Bekennerschreiben als zu einem Erpressungsversuch, dachte sich Dohmen irritiert.

Später wird die Kriminaltechnik noch herausbekommen, dass es sich bei der Schrift um die »Times«, eine Barock-Antiqua-Schrift, handelte, die heute zu den bekanntesten und meistverbreitetsten Schriften gehörte, die in diesem Fall mittels eines aus Japan stammenden Tintenstrahldruckers auf ein Papier der Firma VPK Paper aus dem belgischen Oudegem übertragen wurde. Somit besteht eine Verbindung zwischen England, Japan und Belgien, dachte sich Dohmen, der sich aber gleich einen Narren schalt, weil ihm nichts Besseres dazu eingefallen war. Er war einfach zu erschöpft, um auch nur einen klaren Gedanken fassen zu können. Und der Druck, der auf ihm lastete, war mittlerweile derart stark, dass er am liebsten alles hinschmeißen und sich krankschreiben lassen würde.

Nun war es doch noch so weit gekommen und Peter Dohmen hatte nicht nur den Tatort, eine als »Baum« bezeichnete Glühweinbude, räumen lassen, sondern den gesamten »Hexenhof« für die Öffentlichkeit geschlossen. Dabei waren die beiden Besitzer trotz ihrer Verärgerung so kollegial gewesen und hatten ihre teils verwirrten und teils verängstigten Gäste zum Katschhof und zum Marktplatz hochgeschickt. Als kleines Trostpflaster hatten alle einen »Hexenhof«-Pin bekommen. Lediglich die auf dem Areal des »Hexenhofes« vom Tatort am weitesten entfernte »Kulthütte« hatten sie unter Absprache mit der Polizei öffentlich zugänglich lassen dürfen, weil an diesem Mittwoch das voll ausgebuchte »Hexenhof«-Krimidinner angesagt war.

Die Leiterin des »Baums« war ein kleines zierliches Persönchen, deren blonde Haare aussahen, als wenn sie explodiert wären, weil die junge Frau auf eine Tellermine getreten war. Kein angenehmes Weib, dachte sich Matthias Lehnen. Und er sollte recht behalten; denn bei der routinemäßigen Befragung ging die arrogante und kratzbürstige Frau sofort in Abwehrhaltung und gab nur patzige Antworten. Dies ließ den noch jungen, aber pfiffigen Kriminalkommissar zwar kalt, aber rasch zu der Meinung gelangen, dass mit ihr etwas nicht stimmen könnte. Auf jeden Fall hatte die unangenehme Furie seiner Wahrnehmung nach etwas vor ihm zu verbergen. Also biss er sich zunächst einmal an ihr fest: »Vielleicht sollten wir uns bei Ihnen zu Hause umsehen«, drohte er und setzte naserümpfend mit einer Frage nach: »Haben Sie Schnaps getrunken?« Keine Antwort! Nomen est omen, dachte sich der Mordermittler, als er sich den mit etlichen Hexen gestalteten Verkaufsstand genauer besah, während er sich mit der überheblich auf ihn wirkenden Standchefin auf einer vernünftigen Ebene zu unterhalten versuchte. Erfolglos.

»Das macht nichts«, bemerkte Matthias Lehnen in ruhigem Tonfall, bevor er der uneinsichtigen Frau in noch weiter heruntergefahrener Lautstärke mitteilte, dass sie gerne im Kommissariat weiterreden konnten. Als er merkte, dass dies wenigstens ein wenig geholfen zu haben schien, stützte er eine Hand in die Hüfte. Dabei drückte er »versehentlich« sein Jackett so weit nach hinten, dass die Frau die zur Hälfte in seiner Hose steckenden Handschellen sehen musste. Und dies wirkte: Denn plötzlich schien dieses hinterlistige Luder Kreide gefressen zu haben. Sie stimmte mit fast säuselnder Stimme zu, nun sämtliche Fragen des »Herrn Kommissars« zu beantworten, wenn sie nur nicht mit ins Kommissariat mitgehen müsse.

Na also, geht doch, schmunzelte der schlaue Ermittler still in sich hinein. Denn durch die erschrockene Reaktion hatte die gebürtige Russin unversehens bestätigt, Dreck am Stecken zu haben. Nur welchen? Aber dies würde Kommissar Lehnen herausbekommen, war er sich sicher.

Während sich die ungepflegt wirkende Frau dann auch wirklich unangenehme Fragen gefallen lassen musste, taten die »Hexenhof«-Betreiber alles dafür, um die Ermittlungen der Aachener Mordkommission zu unterstützen. Alwin Fiebus und Ralph Cleef waren zwar über das Versagen der Polizei bei der Geldübergabe ebenso enttäuscht und sauer auf den aus ihrer Sicht inkompetenten Einsatzleiter wie ihre Kollegen, zeigten aber trotzdem Verständnis. Hauptsache, der Mord des Japaners auf ihrem Areal würde schnell aufgeklärt. Immerhin war es der zweite Tote auf dem »Hexenhof«, und dies konnte dem guten Ruf der beiden Unternehmer gewaltig schaden. Auch wenn der erste Mord für so viel Neugierde gesorgt hatte, dass zusätzliche Gäste zu verzeichnen gewesen waren, mochten sie gerne darauf verzichten, auch nach dem zweiten Mord ihre Umsätze auf diese Art steigern zu können.

Natürlich kam es auch Peter Dohmen etwas merkwürdig vor, dass auf dem »Hexenhof« zwei Tage vor Heiligabend bereits der zweite Tote »verbucht« werden musste, aber er fand keine schlüssigen Zusammenhänge. Nur aufgrund dessen, was er von seinem Kollegen aus Lüttich über einen gewissen Cedric Rothieu erfahren hatte, ließ sich ein Motiv stricken. Um darüber nachdenken zu können, hatte er Alwin Fiebus tags darauf gebeten, sich an einen ruhigen Tisch in der »Kulthütte« zurückziehen zu dürfen.

Nun saß Peter Dohmen allein am etwas abseits gelegenen Cheftisch und kippte einen Schnaps hinunter, obwohl er im Dienst war. Er fühlte sich ausgelaugt, hilflos und einsam. Denn er wusste, dass der Erfolg viele Väter hatte, er bei Misserfolg aber allein dastehen würde. Und momentan sah es nicht gerade gut für ihn aus.

Während er dem munteren Treiben der Hüttengäste zusah, formte er sich in Gedanken zurecht, dass der Spruch auf dem Brief eine gut versteckte Drohung für die Betreiber des »Hexenhofes« sein könnte. Also ließ er die beiden zu sich kommen. Nach einem kurzen Small Talk kam er zur Sache: »So viel kann ich Ihnen ja verraten: Es gibt offensichtlich zwei verschiedene Erpresser. Der eine wollte Geld von Ihren Kollegen auf dem Marktplatz und bei anderen Weihnachtsmärkten in der Region erpressen. Weil dieser Brief …«, Peter Dohmen schob den beiden das eingetütete Schreiben zu, »… hier nicht von ihm sein kann, müssen wir davon ausgehen, dass es einen Trittbrettfahrer gibt und …«

Da ergriff einer der Hausherren das Wort: »Verzeihen Sie, wenn ich Sie unterbreche, Herr Hauptkommissar! Aber wir beide glauben nicht an einen Trittbrettfahrer. Sie wissen ja, dass Gilbert Primat bei uns beschäftigt und für den Glühwein auf unserem gesamten Gelände zuständig ist. Ebenso war der an Gilberts Stand ermordete Student …«

»Hubertus von Syrgenstein«, half sein Partner aus.

»Ja, er war einer unserer studentischen Mitarbeiter.« Alwin Fiebus unterbrach sich nun selbst, um zu überlegen, wie er Peter Dohmen seine Theorie am besten näherbringen konnte.

»Ja, und?«, drängte der Chefermittler, ganz Ohr.

Alwin Fiebus schaute seinen Partner Ralph an. Dann fuhr er fort: »Als ich im vergangenen November in Lüttich war, habe ich rein zufällig gesehen, dass Gilbert und Hubertus auch dort gewesen sind und sich intensiv mit einem Mann unterhalten haben.«

Während Peter Dohmen sein Handy aus der Tasche zog, stellte er die Frage, ob Alwin Fiebus den Mann auf dem Display damals schon gekannt hatte.

»Nein«, dementierte Alwin Fiebus. »Ich hatte mir nichts dabei gedacht. Erst als wir Ende November dabei waren, unseren ›Hexenhof‹ aufzubauen, habe ich Gilbert ganz nebenbei gefragt, wer der Mann gewesen sei, mit dem er und Hubertus sich in Lüttich unterhalten hatten. Aber – und dies ist mir dann aufgefallen – er hat sich um eine Antwort gewunden und irgendetwas davon gefaselt, dass es sich um einen alten Bekannten gehandelt hatte, den er zufällig getroffen hatte. Als ich noch wissen wollte, was er mit Hubertus von Syrgenstein in Lüttich zu tun gehabt hatte, war keine Antwort gekommen.«

»Und haben es darauf beruhen lassen«, mutmaßte Peter Dohmen.

Alwin Fiebus zuckte bestätigend mit den Schultern. »Ja, wir waren mit dem Aufbau beschäftigt.«

»Ist das die Person?«, wollte der Ermittler wissen, während er Alwin Fiebus sein Handy entgegenstreckte.

»Ja, ja! Das ist er! Eindeutig! Das ist der Mann!«, schoss es aus dem »Hexenhof«-Betreiber heraus. »Wer ist das?«

Aber anstatt die Frage zu beantworten, wollte Peter Dohmen wissen, ob ihm die beiden wirklich alles über ihre Erpressung erzählt hatten.

Wieder schauten sich Alwin Fiebus und Ralph Cleef an. Nachdem Ralph kaum merklich genickt hatte, sagte Alwin: »Also gut: Die Firma ›IN VINO VERITAS‹ aus Lüttich versucht mit aller Macht, an die Rezeptur unseres Glühweins zu kommen und gleichzeitig, uns seinen Glühwein aufzuschwatzen.«

»Aber nicht mit uns«, rief Ralph Cleef so laut, während er die Fäuste ballte, dass sich ihnen die Köpfe sämtlicher Gäste zuwandten.

Nachdem Alwin dem Ermittler in allen Details berichtet hatte, dass zunehmend starker Druck auf ihn und Ralph ausgeübt worden sei und der Inhaber dieser Weinfirma dabei nicht zimperlich mit ihnen umgegangen war, bekamen die beiden von Peter Dohmen eine Rüge, die sie wohl lange nicht vergessen würden. »Warum haben Sie das nicht gleich gesagt, als wir Sie direkt nach Hubertus von Syrgensteins Tod befragt hatten?«, schimpfte der Mordermittler, obwohl er zumindest der Aufklärung der Morde auf dem »Hexenhof« gewaltig näher gekommen war. Denn nachdem Alwin Fiebus bestätigt hatte, dass derjenige, mit dem sich Gilbert Primat und Hubertus von Syrgenstein offensichtlich konspirativ in Lüttich getroffen hatten, Cedric Rothieu gewesen war, konnte Peter Dohmen etliche Puzzlesteine zusammensetzen.

»Aber wir hatten Ihnen doch die beiden Erpresserbriefe gegeben, die bei uns eingegangen sind. Wir dachten, dass dies genügen würde«, stellte Alwin Fiebus klar.

»Und was ist jetzt?«, mochte Ralph Cleef wissen.

»Was, und?«, konterte der Ermittler so, als wenn er irritiert wäre. Dabei wusste er genau, was sein nervös auf ihn wirkender Gesprächspartner von ihm wissen wollte. Aber anstatt ihm zu sagen, wer der Mann auf dem Handyfoto war, hielt sich Peter Dohmen bedeckt: »Das kann ich Ihnen während der laufenden Ermittlungen leider nicht sagen.« Im Stillen dachte er, dass dies die Strafe dafür sei, dass die beiden ihm nicht gleich bei der ersten Anhörung erzählt hatten, wegen der Rezeptur ihres weit über die Grenzen Aachens hinaus gerühmten Glühweins von der Firma »IN VINO VERITAS« unter Druck gesetzt worden zu sein. Für Peter Dohmen war nun endgültig klar, dass der vor ihm liegende Brief von Cedric Rothieu stammte. Und weil Belgiens skrupellosester Weinhändler vorsichtig war, hatte er sorgsam auf die Wahl seiner Worte geachtet.

»Nur wenn der Glühwein gut ist, ist der Gast zufrieden!« heißt nichts anderes als »Verkauft uns eure Rezeptur und nehmt dann künftig unseren Glühwein ab!«, dachte sich Peter Dohmen zufrieden, während er beschloss, noch heute nach Lüttich zu fahren, um seinen dortigen Kollegen Pat Miller über den neuen Sachstand zu informieren und

Cedric Rothieu erneut festzusetzen, um ihn wieder in die Mangel nehmen zu können. Dabei – so hoffte er zumindest – würden sie aus ihm herausquetschen können, wer für ihn die Drecksarbeit gemacht und sowohl Hubertus von Syrgenstein, als auch den zweiten Japaner in Aachen ermordet hatte.

Mit den Worten »Wir sind fertig« entließ Peter Dohmen die beiden etwas betrübt dreinschauenden »Hexenhof«-Betreiber. »Ich darf doch noch kurz hier sitzen bleiben. Ich muss noch telefonieren.«

»Klar, möchten Sie etwas trinken? Einen Glühwein vielleicht?«, stichelte Alwin Fiebus, dem es gewaltig stank, von einem Kriminalbeamten zusammengestaucht worden zu sein und zudem nicht erfahren zu haben, wer der Mann auf dem Handyfoto gewesen war.

»Ah, Madame Loquie! Hier spricht Hauptkommissar Dohmen aus Aachen.«

»Bonjour, Monsieur Dohmen! Hauptkommissar Le Maire ist nicht da. Er …« Locki hüstelte verlegen, bevor sie ihm sagte, dass ihr Chef in geheimer Mission unterwegs sei.

»Immer noch?«

Locki wunderte sich, dass Le Maires Kollege aus Aachen davon wusste.

»Frau Dr. Laefers hat mich darüber informiert«, klärte Dohmen die Sekretärin auf, bevor er sie bat, ihrem Chef auszurichten, dass er ihn dringend zurückrufen solle. »Auf Wiederhören!«

»Au revoir!«

»Madame De Vries! Hier Hauptkommissar Dohmen aus Aachen. Ist Ihr Chef zu sprechen?«

»Ja! Monsieur Miller ist in seinem Büro«, entgegnete die wegen des knappen Gesprächsintros etwas brüskierte Chefsekretärin. »Ich verbinde.«

»Das darf doch nicht wahr sein!«, entfuhr es Peter Dohmen nach ein paar gewechselten Worten so laut, dass sich schon wieder etliche Köpfe in Richtung des Cheftisches wandten. »Auf dem Lütticher Weihnachtsmarkt?«

Nachdem der Leiter der Aachener Mordkommission einigermaßen verdaut hatte, was er soeben von Pat Miller gehört hatte, berichtete er seinem gleichrangigen Kollegen aus Lüttich, dass er soeben von einem der Betreiber des »Hexenhofes« erfahren hatte, dass sich Gilbert Primat und Hubertus von Syrgenstein kurz vor dem Tod des Studenten mit Cedric Rothieu getroffen hatten. »Das kann doch kein Zufall sein!«

»Wo hat dieses konspirative Treffen stattgefunden?«, wollte Miller wissen.

»In Lüttich.« Nachdem der Aachener Mordermittler seinen belgischen Kollegen an seiner Theorie bezüglich der Briefe, die beim »Hexenhof« eingegangen waren, hatte teilhaben lassen, war für die beiden Hauptkommissare klar, dass Gefahr in Verzug war und Cedric Rothieu *sofort* festgenommen werden musste.

»Wissen Sie was, Herr Kollege?«, fragte Miller rein rhetorisch, bevor er Dohmen ein fast schon kameradschaftliches Angebot machte, das der gepeinigten Seele des Aachener Polizisten guttat: »Aufgrund der Vorkommnisse auf dem Aachener Weihnachtsmarkt stehen Sie unter Druck und könnten sicher einen Erfolg brauchen.«

»Ja, aber …«

»Was halten Sie davon, wenn wir Rothieu gemeinsam hochnehmen?«

Nach einer kurzen Stille im Telefon mochte Dohmen wissen, wie Miller dies meinte.

»Na ja, irgendwie ist es doch unser gemeinsamer Fall. Und da steht es Ihnen zu, bei Rothieus Verhaftung dabei zu sein. Was halten Sie davon?«

*

Nach dem zweiten gelungenen Mord hatte ein unbeschreibliches Glücksgefühl vom inzwischen vierfachen Mörder Besitz ergriffen. Guido Nieuwkerke war total relaxt, während er auf die Uhr schaute. Meinen alten Kameraden Jupp in Herstal erschossen, eine »Glühweinbudentante« in Eupen erschossen und nun auch noch innerhalb von guten zwei Stunden einen »Japsen« in Maastricht und einen in Aachen vergiftet! Keine schlechte Bilanz! Das muss mir erst einmal jemand nachmachen, dachte er sich menschenverachtend, während er – als wenn nichts gewesen wäre – im Restaurant »Living Room« saß und sich sein zweites Bier bringen ließ.

Während er der bildhübschen türkischen Bedienung ungeniert in den Ausschnitt starrte, fasste er den verhängnisvollen Entschluss, sich für seine vier »Ruhmestaten« selbst zu belohnen, indem er sich in einem Aachener Bordell verwöhnen lassen wollte, das Geld dazu hatte er ja von »Monsieur Rouge« erhalten. Also trank er in aller Seelenruhe aus, bevor er zum Bahkauvbrunnen hinüberging, um den etwa 20 Menschen herumstanden. »Entschuldigen Sie«, fragte er, während er einem Mann von hinten auf die Schulter tippte. »Wissen Sie, wo ich hier einen Puff finde?«

Der Mann – ausgerechnet ein Japaner – drehte sich um

und grinste Guido Nieuwkerke ins Gesicht, während er nickte, obwohl er kein Wort verstanden hatte.

Kann ich Ihnen helfen, wurde er von einer Frau aus der Mitte der Gruppe heraus gefragt, die einen bunten Regenschirm über sich hielt, obwohl es nicht schneite.

Verunsichert, ausgerechnet in eine Gruppe Japaner geraten und von einer Frau angesprochen worden zu sein, eilte der sexhungrige Mann wortlos davon. Nachdem er sich kurz darauf in einer Ecke des Parkareals hinter dem Parkhaus beim Büchel erleichtert hatte, wartete er auf einen Geschlechtsgenossen, den er ansprechen konnte. Als von oben herunter ein älterer Mann mit eingezogenem Kopf an ihm vorbeieilen wollte, hielt er ihn an. Nach Beantwortung seiner Frage wusste Nieuwkerke, weshalb der Mann sich erschrocken und den Kopf immer noch gesenkt gehalten hatte, als er von ihm angesprochen wurde. Der Einheimische war direkt aus dem Bordell gekommen, das sich nur wenige Meter weiter oben in einer Querstraße befand. Wäre Nieuwkerke noch zu diesem Zeitpunkt mit einem Taxi nach Lüttich zurückgefahren, hätte schnell gepackt und wäre dann mit einem anderen Taxi zum Flughafen Frankfurt-Hahn gefahren, wäre er Frederic Le Maire mit Sicherheit entwischt. Allerdings wusste Nieuwkerke, dass er sich vor dem Untertauchen noch um etwas kümmern musste. Aber dazu würde noch Zeit sein, wenn er nach Hause käme. Sein Flug nach Barcelona ging ja erst um 23.17 Uhr. Jetzt wollte er in die berüchtigte Antoniusstraße, um sich von zwei Nutten verwöhnen zu lassen. Obwohl er diesbezüglich exotische Neigungen hatte, würde er dieses Mal auf eine Asiatin verzichten und sich stattdessen mit zwei Schwarzen vergnügen.

Würde »Monsieur Rouge« dies wissen und würde er auch nur im Entferntesten erahnen können, dass ihm der Aachener Leiter der Mordkommission auf den Fersen war, hätte wohl auch er sich mit dem nächstbesten Flugzeug ins Ausland abgesetzt. So aber wog er sich in Sicherheit und war am späten Nachmittag mit seiner Frau auf den Marché de Noël de Liège gegangen, eine gute Gelegenheit, um sich unauffällig bezüglich des Mordes an einem Japaner umhören zu können. Den übermütig gewordenen Weinhändler hatte es gereizt, sich in der Höhle des Löwen blicken zu lassen.

*

Weil etliche Handwerker auf dem Gelände der Rue de la Liberté 59 stundenlang Baumaterial abgelegt hatten und deswegen ständig ein paar der durchweg asozialen Bewohner des Schlösschens um sie herumgestanden hatten, war Frederic Le Maire bis in den späten Nachmittag hinein vorsichtig geblieben und hatte mit Angelika abgewartet. Dabei hätte er genügend Zeit gehabt, um nach Lockis Anruf bei seinem deutschen Kollegen zurückzurufen. Aber Frederic verfolgte – nachdem er vom Desaster bei der Geldübergabe gehört hatte – eigene Pläne in Bezug auf Peter Dohmen. Deswegen hatte er sich ganz bewusst noch nicht bei ihm gemeldet.

Wenigstens hatten sie die Zeit nützen können, um ausfindig zu machen, wohin Angelikas Wagen abgeschleppt worden war und wo das gute Stück stand. Dabei hatte der Name »Le Maire« geholfen, die Sache zu beschleunigen und zu vereinfachen. Während Angelika zur nächsten Polizeidienststelle gegangen war, um sich von Frederics

ehemaligen Kollegen in Uniform zum bewachten Parkplatz des Abschleppunternehmens fahren zu lassen, war
er beim bröckelnden Schlösschen geblieben, um auf eine
günstige Gelegenheit für seinen Wohnungseinbruch zu
warten. Aber sein Wunsch, noch bei Tageslicht in Nieuwkerkes Wohnung eindringen zu können, zerschlug sich.
Denn die Handwerker holten eine zweite Fuhre mit Baumaterial und hatten dabei vier ihrer Kollegen vor Ort gelassen, die das Material an die vom Wetter am besten ver-
schonte südliche Hauswand stapelten.

»Na endlich«, plusterte es etwa zwei Stunden später aus
Frederic heraus, der jetzt sogar freiwillig eine frisch angezündete Zigarette wegschnippte, weil die Materiallieferan-
ten ebenso abzogen, wie sich die Hausbewohner in ihre
renovierungsbedürftigen Wohnungen zurückzogen. Endlich konnte er ungesehen in Nieuwkerkes Wohnung eindringen und sich dort umsehen.

»Sei vorsichtig, Schatz! Wenn ich dich anrufe, musst du
wie besprochen auf schnellstem Weg aus dem Haus verschwinden. Dann kommt Nieuwkerke zurück oder eine
andere Gefahr ist im Anmarsch«, gab Angelika ihm mit
einem Kuss auf den Weg und schaute ihm tief in die Augen.
»Versprochen?«

Nachdem Frederic lächelnd genickt hatte, war Angelika
einigermaßen beruhigt. So konnte sie sich zwar getrost,
aber alles andere als beruhigt, an den gewohnten Platz hinter der Garage zurückziehen.

Weil außer Angelika niemand mehr in der Nähe und
die Haustür versehentlich unverschlossen geblieben war,
hatte der erfahrene Kriminalbeamte, dessen Karriere beim
Einbruchsdezernat begonnen hatte, keine Probleme damit

gehabt, ungesehen ins Haus zu gelangen. Es gelang ihm auch, sich von den Bewohnern unbemerkt an der Treppe vorbei bis zu Nieuwkerkes Wohnung zu schleichen. Nachdem er mit einem Dietrich gekonnt die Wohnungstür geöffnet und sie leise hinter sich zugedrückt hatte, fand er sich in einem schmutzigen Durcheinander wieder. Hier sieht es ja noch schlimmer aus als in meiner alten Junggesellenwohnung, dachte er sich, während er sich im Wohnungsflur zu orientieren versuchte. Weil es draußen zunehmend dunkel wurde, tat er sich schwer damit, etwas zu sehen. Also blieb ihm – was er hatte vermeiden wollen – nichts anderes übrig, als die kleine Taschenlampe, die er stets konsequenter bei sich trug als sein Handy, zu benutzen. Um möglichst zu vermeiden, dass der Lichtkegel von außen gesehen werden konnte, hielt er die Taschenlampe so schräg nach unten, dass sich der Lichtstrahl unterhalb der Fenstersimse befand. Keine Sicherheitsgarantie, aber was soll's, dachte er sich, während ihm gleich nach Betreten der Wohnung neben der Tür ein an der Wand hängendes Schlüsselkästchen aufgefallen war, in dem hinter einem Glastürchen einige normal aussehende Schlüssel verschiedener Machart hingen. Als er das Kästchen und dessen Inhalt etwas genauer inspizierte, entdeckte er, unter einem Lappen hervorlugend, einen weiteren, einen augenscheinlich auffallend großen Schlüssel. Als er sich den offensichtlich verrosteten Eisenschlüssel etwas genauer betrachten wollte, musste er feststellen, dass der Schlüsselkasten verschlossen war. Also ging er weiter, um etwas zu finden, was auf Bribanté hinweisen könnte.

Nieuwkerke scheint in jeder Hinsicht ein Schwein zu sein, dachte sich Le Maire angewidert, als er die ebenso überall herumstehenden, mit Zigarettenstummeln überquellenden

Aschenbecher und die leeren Bier- und Schnapsflaschen sah, in denen sich teilweise ebenfalls Kippen befanden. An den Wänden hingen, anstatt gerahmter Bilder, mit Klebestreifen befestige Poster von Playmates, Bodybuildern und Rennwagen. Im Schlafzimmer roch es muffelig, das Bett war nicht gemacht, überall hingen oder lagen Klamotten herum, zwischen denen sich auch ein zitronengelber BH und ein knallroter Stringtanga befanden. Geschmacklos, dachte sich Le Maire, als er dies sah. Und in der Küche sah es so aus wie es stank, dies wiederholte sich im Bad und in der gänzlich versifften Toilette.

Nachdem Le Maire sich einen ersten Überblick verschafft und bei dieser Gelegenheit Ausschau nach Versteck- oder Fluchtmöglichkeiten für sich gehalten hatte, durchsuchte er konsequent einen Raum nach dem anderen. Dabei ging er systematisch und zielgerichtet vor: Zuerst öffnete er die Schubladen im Wohnzimmer, in denen er Unterlagen vermutete, die ihm weiterhelfen konnten. Dann öffnete er einen Schrank nach dem anderen, fand dort aber außer verschiedenen portionsgerecht verpackten Drogen, die in ausgetretenen Sneakers steckten, nur noch ein paar Stichwaffen und Schlagringe unter einem Stapel muffiger T-Shirts. So schlampig, wie Nieuwkerke illegale Dinge versteckt, muss er sich hier sehr sicher fühlen, dachte Le Maire, als er auch noch einen Baseballschläger unter dem Bett hervorholte, an dem eingetrocknetes Blut klebte. Angewidert schob er das Holz wieder dorthin, wo es zuvor gelegen hatte.

Die Spürnase konnte so angestrengt schnüffeln wie sie wollte; sie fand zwar viel Unrat, aber nichts, was auch nur im Geringsten auf Bribanté hinwies. Dass Nieuwkerke die Drogen und die Waffen zwar in einem Schrank verwahrt, aber nicht sonderlich gut versteckt hatte, gab

Le Maire dennoch die Zuversicht, etwas zu finden, falls es überhaupt etwas zu finden gab. Also suchte er unverdrossen weiter, mit Erfolg: In einer der Küchenschubladen entdeckte er Bribantés Dienstmarke. »Also doch!«, grummelte er wegen des brisanten Fundes aufgekratzt vor sich hin und suchte mit Hochdruck weiter. Dabei musste er sich zusammenreißen, um ruhig bleiben zu können. Und seine Beharrlichkeit sollte erneut belohnt werden; denn als er sich den überquellenden Wäschekorb näher zog, um ihn sich genauer ansehen zu können, fiel ihm auf, dass das Plastikteil unverhältnismäßig schwer war. Also kippte er die Wäsche auf den Boden und siehe da: Unter den ekelerregend stinkenden Klamotten hatte Nieuwkerke einen Schuhkarton deponiert, in dem sich neben allerlei Munition und drei Handfeuerwaffen verschiedener Hersteller auch eine Selbstladepistole FN Five-seven mit aufgesetzter Taschenlampe befand, die wegen des ungewöhnlich durchschlagkräftigen Kalibers 5,7 x 28 mm und der leichten Bauweise von vielen belgischen Polizeieinheiten benutzt wurde. Das kann nur Bribantés Waffe sein, schoss es ihm durch den Kopf, während er auch schon die Munition untersuchte. Und dass für die anderen drei Pistolen jeweils gleich mehrere Patronenschachteln da waren, er aber für die Polizeiwaffe außerhalb des Magazins keine Munition finden konnte, bestätigte seine Vermutung, dass es sich um Bribantés Pistole handelte. Als er sich dann die belgische Waffe der »Fabrique Nationale Herstal« genauer ansehen wollte, brummte das Handy in seiner Jackentasche. »Merde! Ausgerechnet jetzt!«, fluchte er und ging ran.

»Raus! Schnell! Er steigt gerade aus einem Taxi«, zischte Angelika ihn an.

Mehr hatte sie nicht zu sagen brauchen, um Frederic zu warnen. Wie auf Befehl hatte er die Taschenlampe ausgeknipst und in seiner Hosentasche verschwinden lassen. Weil er wie meistens keine Gummihandschuhe dabei hatte, blieb dem in solchen Dingen selbst schlampigen Ermittler nichts anderes übrig, als den Karton in den Korb zurückzustellen und die schmutzigen Klamotten mit bloßen Händen darüber zu stopfen.

In der Hoffnung, im Dunkeln alles genau so hinterlassen zu haben, wie er es vorgefunden hatte, tastete er sich zur Wohnungstür zurück. Weil dies mehr Zeit in Anspruch genommen hatte, als wenn er etwas gesehen hätte, war er nicht schnell genug gewesen, um aus der Wohnung rauszukommen und über den Flur ins Freie zu gelangen. Als er schlurfende Schritte auf die Haustür zukommen hörte, musste er blitzartig entscheiden, was zu tun war. Da die Wohnungstür bereits wieder zu war und es im Flur zwar viel Gerümpel, aber keine einzige Versteckmöglichkeit gab, blieb ihm nichts anderes übrig, als sich am Handlauf die Kellertreppe hinunterzuziehen. Nach oben konnte er ja nicht, dort wohnten – seinen bisherigen Erkenntnissen nach asoziale und vermutlich auch kriminelle – Russen und Türken, die es sicher nicht gut mit ihm meinen würden, wenn sie ihn entdecken und zudem erfahren würden, dass er Polizist war.

In der Ruhe liegt die Kraft, dachte sich Le Maire, obwohl er es nicht ganz bis in den Keller hinunter geschafft hatte, als über ihm das Licht anging und Nieuwkerke durch den Flur schlurfte. Als der Kriminalpolizist mitbekam, dass der Mieter dieser Erdgeschosswohnung Schwierigkeiten hatte, das Schlüsselloch zu finden und zudem eindeutig zuzuordnende Geräusche von sich gab, war schnell klar, dass er betrunken, zumindest aber angetrunken sein musste.

»Ah, ja, Bier holen«, drang es lallend zum Keller hinunter, als sich Nieuwkerke auch schon geräuschvoll der Treppe näherte.

»Merde!«

*

Angelika war inzwischen mehr als nur unruhig geworden; Nieuwkerke war schon vor etlichen Minuten im Haus verschwunden und Frederic immer noch nicht herausgekommen. »Wo bleibst du nur?«, schickte sie flehentlich in Richtung des Schlösschens, das bei Dunkelheit und nun im Schein der Straßenlaternen fast etwas Romantisches an sich hatte. Allerdings war Angelika überhaupt nicht warm ums Herz. Vielmehr sorgte sie sich ernsthaft um Frederic und überlegte, ob sie ebenfalls versuchen sollte, ins Haus einzudringen. Sicher benötigt er meine Hilfe, dachte sie, beschloss aber dennoch, ein wenig zu warten, bevor sie ihn suchen würde. Die Pistole aus dem Handschuhfach nahm Angelika schon einmal heraus, um zu prüfen, ob sie schussbereit war.

*

Frederic Le Maire hatte das Glück, dass das Licht angegangen war, bevor Nieuwkerke zu ihm in den Keller heruntergekommen war. Dadurch hatte er gerade noch die Zeit gehabt, sich unter all dem Gerümpel ein Versteck zu suchen. Auf die Schnelle hatte er sich für einen Besenschrank entschieden, dessen Tür etwas offen gestanden und ihm deswegen ausreichend Einblick gewährt hatte. So hatte er innerhalb weniger Augenaufschläge entscheiden können, dass sich der Blechschrank in der Höhe als Versteck eignen würde, er war sich nur nicht sicher, ob dies auch in der Breite der Fall war. Auch wenn es äußerst knapp gewesen war, hatte er sich erfolgreich hineingezwängt.

Weil er durch den Türspalt fast ungehindert zusehen konnte, was Nieuwkerke trieb, bekam Le Maire mit, wie der zweifellos völlig besoffene Mann mühsam versuchte, mit einem der Schlüssel von seinem Schlüsselbund das Vorhängeschloss an einem der insgesamt vier Holzverschläge zu öffnen, ein schier hoffnungsloses Unterfangen. Aber schließlich gelang dies doch und Nieuwkerke konnte den Stapel Bierkisten ansteuern, von denen lediglich noch in der obersten ein paar volle Flaschen steckten. Frederic war aufgefallen, dass der Schlüsselbund mit einem Karabiner am Gürtel von Nieuwkerkes Jeans hing. Aber dies schien ihm im Moment nicht so interessant zu sein wie das, was Nieuwkerke im Suff vor sich hin lallte. Zu Le Maires Bedauern waren es aber leider nur durchweg unzusammenhängende Wortfetzen: »Kommt zu Papa!« Damit meinte er wohl die zwei Bierflaschen, die er versuchte, mit kunstvollen Verrenkungen aus der obersten Kiste zu fischen. Nachdem ihm dies tatsächlich gelungen war, stolperte Nieuwkerke über schmutziges Geschirr und etliche auf dem Boden herumliegende leere Mineralwasserflaschen zu einem schwer wirkenden alten Eichenschrank, auf den er mit der flachen Hand schlug, während er kaum verständlich brabbelte, dass heute noch alles vorbei sein würde. Dann schnappte er sich das Geschirr und verließ damit und mit den Bierflaschen den Verschlag, den er zu Le Maires weiterem Bedauern absperrte, bevor er laut rülpsend die Treppe hochstolperte.

Der wegen der Enge heftig schnaufende Ermittler wartete noch so lange im Besenschrank ab, bis er eine Tür ins Schloss fallen hörte und kurz darauf das Licht ausging. Nachdem er sich nach einer weiteren Minute des stillen Wartens geräuschvoll aus dem Schrank gedrückt hatte, hörte er andere Geräusche, die er als das Quietschen von Türscharnieren auszumachen glaubte. Dann hörte er leise Schritte, zwar kaum hörbar, aber zweifellos Schritte, die das Quietschen auf der Kellertreppe zu verursachen und zu ihm herunterzukommen schienen. Vielleicht hat mich Nieuwkerke doch bemerkt und kommt bewaffnet zurück? Oder spielt mir die Wahrnehmung einen Streich?, fragte er sich, während er versuchte, sich im Dunkeln zum Besenschrank zurückzutasten.

# KAPITEL 22

Peter Dohmen mochte sich die Beteiligung an der Festnahme des mutmaßlichen Drahtziehers des »Botulinumtoxin-Skandals« – so hatte er es in einer Radiomitteilung von 100,5 gehört – und des mutmaßlichen Auftraggebers der beiden »Hexenhof-Morde« keinesfalls entgehen lassen. Also hatte er seinen Stellvertreter Matthias Lehnen damit beauftragt, die Fahndung nach Gilbert Primat bis auf Weiteres allein zu leiten. Für den jungen Kriminalbeamten bedeutete dies eine großartige Chance, sich zu profilieren und auf der Karriereleiter eine weitere Sprosse zu erklimmen. Kriminaloberkommissar – das wäre schon was, dachte er sich hoffnungsvoll, obwohl er im Grunde genommen wusste, dass er noch zu jung für die nächste Beförderung war und die Planstelle in Aachen immer noch von seinem Chef besetzt war. Und der wusste, dass sein Stuhl gewaltig zu wackeln begonnen hatte. Deswegen bedeutete Peter Dohmen die Beteiligung an Cedric Rothieus Festnahme alles! Nach den beiden Schlappen in Aachen erschien ihm dies im Moment die einzige Möglichkeit, sich vor Oberstaatsanwalt Knopp, vor seinen Kollegen, vor der Öffentlichkeit und vor der Presse wenigstens etwas zu rehabilitieren und sich vielleicht sogar ein bisschen profilieren zu können. Zudem – so hoffte er weiter – würde ihm etwas Abstand von Aachen ganz guttun. Deswegen war er auf Millers Angebot hin auf schnellstem Weg nach Lüttich gefahren.

Weil Pat Miller sich nach wie vor um den Toten aus der Maas, vordringlich aber um »seinen« aktuellen Mord auf dem Marché de Noël de Liège kümmern musste, hatte er Kommissar Lassarde dazu abgestellt, Rothieu zusammen mit dem deutschen Kollegen hopszunehmen. Über Soquett konnte er nicht verfügen, weil der immer noch mit der fieberhaften Suche nach Bribanté beschäftigt war, obwohl die Hoffnung, den Kollegen lebend zu finden, mittlerweile auf null gesunken war.

Um sicherzugehen, dass Cedric Rothieu greifbar war, hatte Miller zuerst in der Firma und dann auch noch in dessen Wohnung fingierte Anrufe lanciert. Dabei hatte seine Kollegin, die sich als Finanzbeamtin ausgegeben hatte, in Erfahrung gebracht, dass der Weinhändler mit seiner Frau weggefahren sei, wohin, wollte weder Rothieus Sekretärin noch die Haushälterin gewusst haben. Also war den Einsatzkräften nichts anderes übrig geblieben, als sich aufzuteilen, um sowohl das Firmengebäude, als auch die private Villa der Rothieus so lange überwachen zu können, bis sich die beiden blicken ließen.

In Lüttich ging es derzeit zu wie in Aachen; sämtliche Polizeikräfte waren direkt oder indirekt mit »Glühweinmorden« beschäftigt. Während Frederic Le Maire sich im Keller eines baufälligen Schlösschens auf alles gefasst machte, weil er Schritte gehört hatte, überstürzten sich auch in anderen Teilen der Stadt die Ereignisse: »Er kommt!«, vernahm Lassarde von einer Kollegin über Funk. Er hatte sich mit seinem Aachener Kollegen Peter Dohmen und zwei Handvoll Uniformierter um Rothieus Firmengebäude herum postiert, während ebenso viele seiner Leute vor der Villa des Weinhändlers so Stellung bezogen hatten, dass sie nicht gesehen werden konnten. Dummerweise hatten sich Lassarde und Dohmen den falschen Ort ausgesucht, an dem sie Rothieu festnehmen wollten. Fälschlicherweise hatten sie auch nach Einbruch der Dunkelheit immer noch gedacht, dass Rothieu in die Firma zurückkehren würde. Denn obwohl es mittlerweile 21 Uhr geworden war, brannte im Vorzimmer zu dessen Büro immer noch Licht. Nun war der Weinhändler also bei sich zu Hause angekommen, wo er laut Information der Kollegin gerade seine Frau aus dem Auto steigen ließ, während das automatische Garagentor aufging.

»Ihr tut nichts! Hört ihr? Wir sind sofort bei euch«, polterte Lassarde nervös ins Funkgerät seines Einsatzwagens, es war immerhin die erste größere Aktion, die der junge Kriminalkommissar allein leiten durfte. Also wollte er es sich nicht selbst verderben, die Verhaftung perfekt über die Bühne zu bringen. Außerdem hatte sein Chef dem »Gast« aus Aachen versprochen, etwas für dessen Reputation tun zu können: Während die belgischen Zeitungen nach Rothieus Verhaftung darüber berichten werden, dass er, der leitende Mordermittler aus Lüttich, den Verbrecher festgenommen hatte, konnten die deutschen Medien verlauten lassen, dass es hauptsächlich der leitende Mordermittler aus Aachen gewesen war, der »Monsieur Rouge« dingfest gemacht hatte. So zumindest stellte es sich Miller vor. Von diesem Vorhaben wusste Lassarde natürlich nichts. Und er hätte – wenn er die Gedanken seines Chefs lesen könnte – auch keine Zeit, darüber nachzusinnen. Denn die Lage spitzte sich zu. »Abbruch!«, rief er ins Funkgerät. »Wir fahren zu Rothieus Villa in die Rue de La Poule.«


Und schon waren die drei Einsatzwagen auf dem Weg ins historische Stadtzentrum. Dabei passierte ein Missgeschick, und ausgerechnet Peter Dohmen war daran beteiligt. Auch wenn er selbst nichts dafür konnte, war es doch der Fahrer des Einsatzwagens, in dem Dohmen saß, der in seinem Diensteifer das Martinshorn und das Blaulicht zu schnell eingeschaltet hatte. Und zwar noch so nah an Rothieus Firmengebäude, dass es Madame Dubois von ihrem Bürofenster aus hatte sehen und hören können. Ohne lange zu überlegen, griff Rothieus 63-jährige Sekretärin zum Telefonhörer, um ihren Chef auf dem Handy anzurufen. Ohne Rothieu zu Wort kommen zu lassen, berichtete sie ihm, dass vor der Firma ein Polizeiauto gestanden haben musste, das soeben mit Karacho davongebraust sei. Bevor sie noch etwas sagen konnte, hatte ihr Chef verstanden und das Gespräch weggedrückt, während er seinen massigen Körper auch schon in die Villa schleppte, um einen prall mit Geld und mit verschiedenen Papieren gefüllten Alukoffer aus dem Safe und seinen stets mit dem Nötigsten gefüllten Reisekoffer zu holen. Cedric Rothieu hatte immer schon geahnt, dass es eines Tages so weit sein und seine kriminellen Machenschaften auffliegen würden. Also hatte er auch damit gerechnet, irgendwann und rasch von der Bildfläche verschwinden zu müssen. Dass er seine kriminelle Karriere ausgerechnet mit der aus seiner Sicht perfekt durchorganisierten »Glühweinsache« würde beenden müssen, hatte er allerdings nicht gedacht. Diesbezüglich hätte er in den kommenden Weihnachtsmarktsaisonen gerne noch ein paar zusätzliche Tausender abgeschöpft. Weil er die Villa aus steuerlichen Gründen schon vor vielen Jahren seiner Frau überschrieben hatte und mit ihr seit geraumer Zeit alles andere als eine gute Ehe führte, hinderte ihn nichts daran, mit seinem in zwei Jahrzehnten teils ehrlich verdienten, größtenteils aber ergaunerten Geld nach Südafrika abzuhauen, wo er sich schon längst in aller Stille ein neues Domizil errichtet und mit dortigen Weinbauern Kontakte geschlossen hatte. Ein Konto unter dem Namen, der auf den gefälschten Dokumenten in seinem Koffer stand, hatte er dort ebenfalls bereits eröffnet. Einem neuen Leben und einem neuen Geschäftsbeginn würde also nichts mehr im Wege stehen, zumal er auch ein bruchsicheres Gefäß mit Botulinumtoxin im Koffer verstaut hatte.

An Ort und Stelle angekommen, koordinierte Lassarde den Einsatz genau so, wie er es gelernt hatte: »Die Villa umstellen! Schnell!« Dann zeigte er mit dem Zeigefinger nacheinander auf seinen deutschen »Gast« und auf zwei weitere Männer. »Und ihr kommt mit mir!«

Sekunden später stand er vor dem videoüberwachten Gartentor und hielt seinen Dienstausweis ins Objektiv. »Mordkommission Lüttich. Öffnen Sie unverzüglich das Tor!«

Aber es rührte sich nichts. Während sich die anderen um die etwa zwei Hektar große, mit einem Elektrozaun geschützte Parkanlage verteilten, klingelte Lassarde weiterhin Sturm. »Na, endlich!«, knurrte er, nachdem ihm die Haushälterin zugesagt hatte, das Tor zu öffnen, falls Madame Rothieu dies gestatten würde. »Dann fragen Sie Ihre Chefin, aber schnell, sonst …«, hob Lassarde an, ließ dies aber gleich wieder sein, weil er wusste, dass eine Drohung die Sache auch nicht beschleunigen würde. Also hieß es, sich weiter in Geduld zu üben.

Irgendwann war es dann so weit und die vier konnten durch das automatisch aufgegangene schmiedeeiserne Tor die etwa 100 Meter durch eine gepflegte Parkanlage mit altem Baumbestand und einem großen Springbrunnen bis zum Villeneingang fahren. Dort angekommen, schien sich das Spiel zu wiederholen. Denn es dauerte schon wieder eine gefühlte Ewigkeit, bis Lassarde Sprechkontakt mit der Haushälterin hatte, die erst noch ihre Chefin fragen musste, ob sie nach dem Gartentor auch noch die Haustür öffnen durfte.

Als Lassarde, Dohmen und die anderen beiden Beamten endlich ins Haus gelassen wurden, mussten sie sich erst die Frage nach einem Durchsuchungsbeschluss gefallen lassen, um dabei festzustellen, dass sie überhaupt keine Handhabe dazu hatten, das Haus nach »Monsieur Rouge« abzusuchen.

»Gefahr in Verzug!«, bellte Lassarde und winkte seine Kollegen an sich und an Madame Rothieu vorbei ins Haus. Mit ihren Waffen im Anschlag stürmten die vier Beamten von einem Zimmer ins andere. Nachdem sie das Durcheinander auf Cedric Rothieus Bett gesehen hatten, konnten sie eins und eins zusammenzählen, was sie dazu veranlasste, wieder aus dem Haus zu rennen, um das Grundstück abzusuchen.

Als die vier Beamten merkten, dass nicht nur Madame Rothieu ihrem Mann geholfen hatte, Zeit zu gewinnen, um mit einem Elektrowagen über den kleinen hauseigenen Golfplatz hinter der Villa zu entkommen, war es zu spät. Weil das Grundstück zu groß war, hatten die anderen Kollegen zu viel Zeit benötigt, um es zu umrunden. Somit war es dem Hausherrn unbemerkt gelungen, sein Grundstück über ein kleines Tor zu verlassen, das normalerweise nur von seinen Gärtnern und Lieferanten benutzt wurde.

»Sein Mercedes steht in der Garage. Und mit dem ›Club Car‹ kann er ja nicht weit gekommen sein, vermutete Lassarde, wie Rothieu selbst leidenschaftlicher Golfer. Nachdem er sämtliche Ausfallstraßen hatte sperren lassen, die Taxiunternehmen informiert und jeweils ein paar Leute zum Flughafen und zum Bahnhof geschickt hatte, ging er zu Peter Dohmen, der mit hängendem Kopf auf einer Parkbank saß. Lassarde klopfte ihm auf die Schulter und sagte in betrübtem Ton: »Tut mir echt leid, Kollege! Wenn ich Miller gleich Bescheid gebe, erwartet mich auch nichts Gutes.«

\*

In der Rue de la Liberté 59 hatte Le Maire seine Schrecksekunde längst hinter sich. Als er Schritte die Kellertreppe herunter auf sich hatte zukommen hören, war es ihm nicht mehr gelungen, sich in den Schrank zurückzuzwängen. Also hatte er die Flucht nach vorne antreten wollen, indem er den vermutlich bewaffneten Guido Nieuwkerke überwältigte, bevor der ihn erwischte. Aber noch bevor er irgendetwas hatte unternehmen können, spürte er ein kaltes Eisen an seinem Hinterkopf.

Nachdem ihm deswegen ein »Merde!« entwichen war, hatte er ein leises »Lemmi? Bist du das?« vernommen.

Zu seinem Glück war es nicht Guido Nieuwkerke gewesen, der trotz seines Suffes mitbekommen hatte, dass jemand im Besenschrank gewesen war und sich deswegen bewaffnet hatte, um im Keller nachzusehen, wer sich dort versteckt hatte.

Nachdem Frederic und Angelika sich beruhigt und ein Weilchen ins Dunkel gelauscht hatten, waren sie sich um den Hals gefallen. Erst als sie das sichere Gefühl gehabt hatten, zwar keine gute, dennoch aber irgendwie reine Luft zu schnuppern, hatte Frederic seine erleichterte Partnerin im bescheidenen Licht ihrer beider Taschenlampen über das informiert, was er gesehen hatte. Während Angelika hörte, dass Frederic wegen seiner Körperfülle fast im Besenschrank stecken geblieben wäre, musste sie sich zusammenreißen, um nicht laut aufzulachen.

Nachdem sie sich beruhigt hatte, erklärte Frederic ihr seinen riskanten Plan: »Als Nieuwkerke auf die schwere Schranktür geklopft und gesagt hatte ›Es ist heute noch vorbei!‹, habe ich mir darüber Gedanken gemacht. Denn so betrunken kann doch keiner sein, um mit einem Schrank zu sprechen, oder?«

Angelika zuckte unwissend mit den Schultern, bemerkte aber nichts dazu, stattdessen ließ sie Frederic weiterreden: »Als ich dann auch noch das schmutzige Geschirr und die vielen leeren Mineralwasserflaschen gesehen habe, ist mir der große rostige Schlüssel eingefallen, von dem ich dir vorhin erzählt hatte.« Bevor er das Unaussprechliche von sich gab, musste Frederic schlucken. »Halte mich bitte nicht für verrückt, mein Schatz, aber ich glaube, dass sich im Schrank etwas befindet, das ... das mit Bribanté zu tun hat.«

»Du meinst? ...«

Frederic zog die Augenbrauen hoch und gleichzeitig die Mundwinkel nach unten, bevor er antwortete, dass er es nicht wisse und dazu nur der passende Schlüssel die Antwort geben konnte.

»Was hast du vor?«, mochte Angelika wissen, die ahnte, dass Frederic etwas Gefährliches im Schilde führte.

»Wir warten noch ein Weilchen, bis diese Schnapsnase eingeschlafen ist. Dann begeben wir uns leise nach oben. Während du wieder nach draußen gehst und dich hinter der Garage in Sicherheit bringst, schleiche ich mich wieder zu Nieuwkerkes Wohnungstür, lausche daran und öffne sie in gewohnter Manier, selbstverständlich erst, nachdem ich entweder keine oder einschlägige Geräusche gehört habe und sicher bin, dass er schläft«, fügte er Angelika zuliebe schnell hinzu. Dadurch wollte er vermeiden, dass sie ihm sein Vorhaben auszureden versuchte.

»Und dann?«

»Versichere ich mich in der Wohnung, dass er schläft, gehe ins Schlafzimmer, suche seine Jeans und nehme ihm den Schlüsselbund vom Hosengürtel! Dann kann ich nur hoffen, dass einer der Schlüssel zum Schlüsselkasten passt und ich den großen Schlüssel herausnehmen kann. Dann …«

»Du bist verrückt!«, unterbrach Angelika die fantastischen Ausführungen ihres Partners. »Ich glaube wirklich, dass du jetzt völlig übergeschnappt bist.«

Bevor Angelika sich weiter echauffieren konnte, gab er ihr einen Kuss und flüsterte ihr ins Ohr, dass er sie liebe und dass diese ganze Aktion für Bribanté sei.

»Von mir aus«, sagte Angelika zu Frederics Verwunderung. Weil sie wusste, dass er verdammt gut war, vertraute sie ihm. »Aber ich warte hier im Keller auf dich. Und du nimmst diese Pistole mit! Wenn irgend jemand herunterkommen sollte, kann *ich* mich ja im Besenschrank verstecken, ich bin schließlich schlanker als du.«

»Also gut«, willigte Angelikas Partner widerwillig ein. Ihm war zwar nicht wohl dabei, aber er wusste, dass er Angelikas mutige Entscheidung akzeptieren musste, wenn er sein Vorhaben in die Tat umsetzen mochte. Auf was habe ich mich da eingelassen, dachte er sich, als er die Kellertreppe allein nach oben schlich.

*

Lassarde hatte seinen Chef unverzüglich über die missglückte Verhaftung informiert und dafür tatsächlich eine Standpauke über sich ergehen lassen müssen, wie er sie in früherer Zeit weder von Le Maire, noch bisher von dessen Nachfolger zu hören bekommen hatte. Aber Miller hatte sich rasch beruhigt und ihn gefragt, wie es denn »dem Deutschen« gehen würde. Nachdem er von seinem Kommissar erfahren hatte, dass Peter Dohmen sehr geknickt sei, hatte er Lassarde klar gesagt, was er nun zu tun hatte. »Keine Sorge, den krummstiefeligen Weinhändler kriegst du schneller zu fassen, als ihm lieb ist. Wegen der Absperrungen an den Ausfallstraßen kommt keine Maus mit dem Auto aus Lüttich heraus, der Bahnhof ist gänzlich abgeriegelt und es gehen heute nur noch zwei Flugzeuge vom Aéroport de Liège ab.«

\*

Nachdem Le Maire schon durch die geschlossene Wohnungstür hindurch gehört hatte, dass Nieuwkerke wie ein Wildschwein grunzte, war es ein Leichtes gewesen, sich ungehört Zugang zu dessen Wohnung zu verschaffen. Wegen der grässlichen Schnarcherei traute er sich sogar, seine Taschenlampe zu benutzen, um Nieuwkerkes Hose oder den irgendwo in der zugerümpelten Wohnung herumliegenden Schlüsselbund zu finden. Dabei näherte er sich Schritt für Schritt dem Schlafzimmer.

»Ekelhaft!«, entfuhr es ihm leise, als er sah, dass dieses Schwein nicht einmal seine Jeans ausgezogen hatte, bevor es sich sturzbetrunken aufs Bett geschmissen hatte. Dass Nieuwkerke sich lediglich ein wenig hatte ausruhen wollen, bis er ein Taxi rufen wollte, das ihn in Richtung Flughafen Frankfurt-Hahn bringen würde, konnte Le Maire nicht wissen.

Als Nieuwkerke bei seinem zweiten Bierchen im »Living Room« gesessen und noch einen klaren Verstand gehabt hatte, war er zu dem Entschluss gekommen, so knapp wie möglich beim Flughafen anzukommen, um dort nicht unnötig lange herumlungern zu müssen. Aber die beiden schwarzen Schönheiten, die er sich in Aachens Bordell ausgesucht hatte, waren so durchtriebene Huren gewesen, dass es ihnen nicht schwergefallen war, ihn nach Strich und Faden auszunehmen. So war die Zeit um Nieuwkerke herum wie im Flug verstrichen und der unersättliche Romeo hatte schon bald vergessen, um 23.17 Uhr in einem Flugzeug Richtung Barcelona sitzen zu müssen. Und dass das Taxi von Lüttich aus zum Flughafen etwa zweieinhalb Stunden benötigen würde, war ihm sowieso nicht mehr in den Sinn gekommen. Außerdem hätte er auch noch mindestens eine Stunde vorher einchecken müssen. Zu allem hin hätte er vor seiner Abreise etwas Dringendes zu erledigen gehabt, wenn er seinen bisherigen Morden nicht noch einen weiteren, völlig sinnlosen Tod eines Menschen hätte hinzufügen wollen. Aber all dies war im Suff in seinem Hirn weggeschmolzen wie das Geld im Bordell, das er von »Monsieur Rouge« für sein Untertauchen bekommen hatte.

Der Klassiker, dachte sich Le Maire, als er sich nach einer Feder oder etwas Ähnlichem umsah, mit der er Nieuwkerke an der Nase kitzeln konnte. Denn dieser Idiot hatte den Schlüsselbund zwar noch an seinem Gürtel hängen, lag aber halb darauf. Also musste es der Polizist hinbekommen, dass sich die Schnarchnase ein wenig drehte. Nachdem er keine Feder gefunden hatte, wollte er es mit seinem Taschentuch versuchen. Egal wie, Nieuwkerke musste sich ein Stückchen zur Seite drehen. Le Maire wusste, dass er einen Spagat machen musste und es zudem brandgefährlich werden konnte, wenn er an den Schlüsselbund gelangen mochte; einerseits musste Nieuwkerke ein solches Kitzeln verspüren, dass er sich bewegte, andererseits durfte er dabei nicht aufwachen. Also bereitete sich der Störenfried mental auf das Schlimmste vor und nahm seinen ganzen Mut zusammen. Um beide Hände für sein Vorhaben freizubekommen, steckte er die Pistole locker unter seinen Hosengürtel.

Obwohl er – in einer Hand die Taschenlampe – mit dem Taschentuch über Nieuwkerkes Gesicht herumfuchtelte und dabei der Nase immer näher kam, waren seine Muskeln und Sehnen so angespannt wie schon lange nicht mehr. Im schalen Licht seiner in Richtung Boden leuchtenden Taschenlampe sah er, dass sein Taschentuch Nieuwkerkes Nase erreicht hatte. Nun wurde es erst so richtig spannend, denn Nieuwkerke rümpfte zuerst mehrmals die Nase, bevor er niesen musste. Dann schlug er nach der Schmeißfliege, die ihn im Schlaf störte. Hastig zog Le Maire das Taschentuch und sich selbst zurück, gleichzeitig drückte er die Vorderseite seiner Taschenlampe an seine Hose. Während Le Maire noch die Luft anhielt, drehte sich Nieuwkerke wunschgemäß genau so hin, dass der Karabinerhaken mit dem Schlüsselbund gänzlich frei war und Le Maire wie auf einem Silbertablett serviert wurde.

Nachdem auch der letzte heikle Part geklappt und Nieuwkerke nichts davon mitbekommen hatte, schlich Le Maire sich über das Wohnzimmer in den Wohnungsflur zurück, um dort den Schlüsselkasten zu öffnen, aber wie es aufgrund all der Aufregung kommen musste, passte der erste Schlüssel nicht, den er mit leicht zitternder Hand ins Schloss stecken wollte. Er musste erst einen Schlüssel nach dem anderen ausprobieren, bis er den richtigen gefunden hatte.

Dies verursachte Geräusche. Nachdem er endlich mit dem richtigen Schlüssel das Türchen geöffnet und ihn wieder herausgezogen hatte, fiel dem bisher cool agierenden Mordermittler der Schlüsselbund aus der Hand. Und dies hatte Nieuwkerke endgültig aus dem Schlaf geschreckt. Hastig suchte sich Frederic ein Versteck. Und da kam auch schon der Wohnungsinhaber angeschlurft. »Ich habe doch was gehört«, grummelte er, während er von einem Zimmer zum anderen wackelte, um nachzusehen, was los war. Weil seine Sinneswahrnehmung vom Alkohol getrübt war, entgingen ihm die Schuhspitzen, die unter einem Vorhang hervorlugten. Dass sich dahinter eine menschliche Form abzeichnete, sah er ebenfalls nicht, weil er nur eine Deckenlampe eingeschaltet hatte, in der sich anstatt zwei starke, nur noch eine schwache Birne befand. Dafür entdeckte er auf seinem Weg zur Wohnungstür an anderer Stelle seinen auf dem Boden liegenden Schlüsselbund. »Was tust du denn hier?«, lallte er nun und wollte ihn aufheben. Weil wegen der Sauferei auch seine Motorik eingeschränkt war, stürzte er beim Bücken nach vorne und schlug mit dem Kopf so fest an die Wand, dass er sich nicht gleich wieder aufrappeln konnte.

Merde!, dachte sich Le Maire, der dies wegen der Gardine nur verschleiert sehen konnte und nun Sorge hatte, dass Nieuwkerke den Schlüsselkasten verschließen könnte. Zudem befürchtete er, hinter dem dünnen Stoff doch noch entdeckt zu werden. Also zog er mit vorsichtigen Bewegungen seine immer noch unter dem Gürtel steckende Pistole. Mit der nach vorne gerichteten Waffe wartete er darauf, was nun passieren würde. Aber es geschah nichts, im Gegenteil, der auf dem Boden liegende Mann war offensichtlich wieder eingeschlafen. Jedenfalls wies sein erneutes Schnarchen darauf hin. Le Maire schnaufte erleichtert durch. Er wartete noch ein paar Minuten, bis er den Vorhangstore beiseiteschob. Dieser Verrückte ist tatsächlich eingepennt, freute sich Le Maire, als er sich auf Zehenspitzen in Richtung Schlüsselkasten tastete. Obwohl er sogar über den Wohnungsinhaber hatte drübersteigen müssen, war es ihm gelungen, den rostigen Schlüssel unbemerkt aus dem Kästchen und den Schlüsselbund wieder an sich zu nehmen. Nun hatte er nur noch das Problem, dass ein Arm des auf dem Bauch liegenden Mannes so hinderlich vor der Wohnungstür lag, dass Frederic sie nicht öffnen konnte. Also blieb ihm nichts anderes übrig, als die Sache mit dem Taschentuch zu wiederholen, und dies, obwohl er hier nicht die geringste Möglichkeit haben würde, sich wegzuducken, falls der unangenehme Typ aufwachen sollte. Frederic trat so weit zurück, dass sein ausgestreckter Arm mit dem Taschentuch gerade noch an Nieuwkerkes seitlich von ihm abgewandten Kopf und somit auch an dessen Nase gelangen konnte, während er mit der anderen Hand die Pistole auf den Schlafenden richtete.

\*

Um sich abzulenken und sich nicht vorstellen zu müssen, was Frederic ein Stockwerk über ihr trieb, schaute Angelika sich im Keller um. Meine Güte, was ist das denn für ein Dreck, dachte sie sich, während sie mit ihrer Taschenlampe in einen Lattenverschlag nach dem anderen leuchtete, an deren Rückseiten zwischen all dem Gerümpel das alte Gestein hervorlugte, das die ehemalige Grundmauer einer spätmittelalterlichen Burg war, auf die dann zu Zeiten des Historismus das heutige Neobarockschlösschen errichtet worden war.

Als sie ihre Nase durch zwei Bretter von Nieuwkerkes Lattenverschlag drückte, nahm sie den beißenden Gestank erst so richtig wahr, den Frederic und sie unabhängig voneinander von Anfang an in ihren Nasen gehabt hatten, nachdem sie in den Keller heruntergestiegen waren. Weil es in muffigen Kellern immer streng roch, hatten sich beide nichts dabei gedacht und deswegen auch nicht darüber gesprochen. Wahrscheinlich hat sich eines der verwahrlosten Russen- oder Türkenkinder von oben in einer der Kellerecken erleichtert, hatte Frederic gemutmaßt, als er den Gestank zum ersten Mal wahrgenommen hatte.

*

»Na, endlich!« Angelika presste erleichtert Luft durch ihre geblähten Wangen, nachdem sie im Schein ihrer Taschenlampe sah, was sie kurz zuvor die Treppe herunterkommen gehört hatte.

Obwohl Frederic lediglich erleichtert über den Ausgang seiner Diebestour war, wirkte er, als wenn er stolz darauf wäre, Angelika nun seine Beute entgegenstrecken zu können. »Und jetzt komm!«, bat er sie nach einer kurzen Umarmung und eilte auch schon zu Nieuwkerkes Bretterverschlag, den er gleich beim ersten Versuch öffnen konnte.

Ohne zu zögern ging er auf den massiv wirkenden Schrank zu, um auch ihn zu öffnen. »Der rostige Schlüssel gehört sicher zu diesem alten Möbelstück«, flüsterte er Angelika triumphierend zu, während er ihr die Pistole in die Hand drückte und auch schon nach dem großen Schlüssel in seiner Hosentasche kramte.

Noch bevor er das alte Eisenteil herausgeholt hatte, hörte er von Angelika ein triumphierend klingendes »Voilà!«. Irritiert schaute er hoch und wunderte sich. »Die ist ja überhaupt nicht abgeschlossen.«

Nachdenklich schaute er den Schlüssel an. »Wofür ist der dann?«, wunderte er sich, während er sich innerlich ärgerte, für dieses unnütze Teil sein Leben aufs Spiel gesetzt zu haben. »Merde!« Nachdem er im Schrank nichts gefunden hatte, das auf Bribanté hinwies oder ihm sogar gehörte, entwich ihm ein enttäuschtes »Nichts! Meine ganze Aktion war völlig umsonst gewesen. Ich muss mich wohl geirrt haben.«

»Vielleicht doch nicht«, triumphierte nun Angelika und zeigte auf den Boden, wo der Schein ihrer Taschenlampe mehrmals hintereinander eine halbkreisrunde Bewegung machte.

Nun sah auch Frederic die Kratzspur, die sich von der linken Schrankseite aus wie von einem Stechzirkel gezogen kreisförmig nach vorne zog. Sein Herz fing zu pochen an. Auf einem Bein kniend untersuchte er den vermeintlichen Kratzer, der sich als eine sauber eingedrückte Vertiefung im festgestampften Lehmboden entpuppte. Als er sich auch noch auf den kalten Boden legte, um unter den Schrank schauen zu können, entdeckte er Rollen, die ihm stehend nicht aufgefallen wären. Dies veranlasste ihn, am Schrank zu rütteln. Aber das klobige Teil bewegte sich nicht. Aufgeregt untersuchte er den Schrank und entdeckte schließlich auf der rechten hinteren Seite drei kräftige Scharniere, mit denen der Schrank an der Rückwand befestigt war. Weil nun klar war, dass sich der Schrank einseitig von der Wand rollen ließ, entfernte er auch auf der linken Seite das dort künstlich hindrapiert wirkende Gerümpel und entdeckte ein ähnliches Vorhängeschloss, wie er es soeben am Bretterverschlag geöffnet hatte.

Nun konnte ihn nichts mehr halten. Mit zitternden Händen versuchte er, einen Schlüssel nach dem anderen im Schloss zu drehen. Und tatsächlich passte auch hier einer von Nieuwkerkes Schlüssel.

»Hilf mir mal!«, bat er Angelika, deren Unterstützung er aber nicht benötigte, weil sich der schwer aussehende Schrank nun wie geschmiert allein nach vorne ziehen ließ.

Nun sagte keiner der beiden etwas. Die Gefühle in ihrem Inneren überschlugen sich, beiden lag dieselbe Frage auf den Lippen: Bribanté?

Erst nachdem Fredric für einen Moment in sich gegangen war, sah er sich in der Lage, den großen Schlüssel ins Loch des zwar ebenfalls verrosteten, aber kunstvoll geschmiedeten Schlosses der augenscheinlich jahrhundertealten Eisentür zu stecken. »Passt!«, sagte er, während der Schlüssel im Loch steckte und er sich die verschwitzten Hände an seiner Hose abwischte.

»Nun mach schon!«, drängte Angelika, die einen Schritt zurückgetreten war und mit der inzwischen entsicherten Pistole genau auf die Tür zielte.

Frederic drückte ein Ohr ans schwitzwassernasse Eisen und schüttelte den Kopf. Dann drehte er den Schlüssel langsam zwei Mal nach rechts und zog die schwere Tür auf. »Pfui Teufel!«, entwich es ihm, als ihm ein ätzender Gestank ins Gesicht schlug. »Was ist denn das?« Nun sollte ihm sein Taschentuch, das ihm in dieser Nacht schon zwei Mal gute Dienste geleistet hatte, ein weiteres Mal helfen. Um den Gestank einigermaßen zu ertragen, drückte er sich das Tuch fest auf Mund und Nase, bevor er sich im Schein der Arbeitsleuchte, die er im Schrank gefunden hatte, in den dunklen Raum vortastete. Frederic leuchtete in einen etwa vier Meter breiten Raum mit einer runden Gewölbedecke, dessen Ende er aber nicht erkennen konnte. Dem Hall des Tropfwassers entnahm er allerdings, dass es sich um einen langgzogenen Raum handeln musste. Während er das unheimlich auf ihn wirkende Kellergewölbe ausleuchtete, glaubte er, einen Windzug zu spüren.

Weil Angelika ihn nicht mehr sehen konnte, hallte ihm mit zitternder Stimme ein »Alles in Ordnung?« hinterher.

»Da ist was«, kam es zögerlich klingend zurück, bevor es Frederic, wie vom Blitz getroffen, durchfuhr. »Da liegt jemand. Bribanté, bist du das?«

Aber die Person, die nur wenige Meter vor ihm auf einer Matratze lag, antwortete nicht.

»Bribanté! Ich bin es, Le Maire!« Immer noch keine Antwort. Also traute sich Frederic, näherzutreten und sich etwas zu bücken, um der Person ins Gesicht leuchten zu können.

»Oh Gott! Schnell, Angelika! Ruf den Notarzt! Es ist Bribanté!«, rief er ihr geistesgegenwärtig zu, während er sich – trotz des kaum zu ertragenden Gestanks – direkt über seinen ehemaligen Untergebenen beugte, ihm zuerst eine Hand auf die Stirn legte und ihm die Wangen tätschelte, bevor er versuchte, den Puls an Bribantés Unterarm zu spüren. Weil Frederic keinerlei Reaktion bemerkte, eilte er zu Angelika zurück, die bereits damit beschäftigt war, den Rettungsdienst der hiesigen Feuerwehr zu erreichen.

»Kein Netz!« Angelika rannte aus dem Keller, die Treppe hoch ins Freie. »Was tust du hier?«, wunderte sie sich, weil Frederic ihr nachgeeilt war.

»Ich weiß nicht, ob Bribanté lebt. Jedenfalls kann *ich* nichts für ihn tun. Wir brauchen den Notarzt. Gib mir die Pistole zurück!«

»Was hast du vor?«, wunderte sie sich erneut und bekam von ihm zur Antwort, dass er nun ja – nachdem sie Bribanté gefunden hatten – Nieuwkerke in Verwahrung nehmen konnte. »Bevor der merkt, was hier läuft und auf dumme Gedanken kommt, möchte ich ihn mit Handschellen an einem Heizkörper fixiert haben.«

»Wie ich dich kenne, hast du doch keine Handschellen dabei, oder?«, lästerte Angelika trotz der angespannten Situation.

»Merde! Dann muss es eben ohne gehen«, knurrte er und wollte schon wieder losrennen.

Aber Angelika bremste ihn aus, indem sie ihm mitteilte, in Nieuwkerkes Lattenverschlag auf einer Ablage gegenüber des Schrankes lange Kabelbinder gesehen zu haben.

»Super! Kümmere du dich um den Notarzt!« Kaum hatte er dies gesagt, war Frederic auch schon wieder im Haus verschwunden. Dort öffnete er mit dem passenden Schlüssel die Tür zu Nieuwkerkes Wohnung, setzte sich ohne lange zu fackeln auf den immer noch im Flur schlafenden Mann und drehte ihm beide Arme nach hinten.

Bis der schlaftrunkene Mann realisierte, was mit ihm geschah, waren seine beiden Arme an den Knöcheln zusammengebunden. Als Le Maire dasselbe mit den Beinen machen wollte, versuchte Nieuwkerke, sich heftig zu wehren. Aber trotz des Gerangels hatte er nicht die geringste Chance gegen den schweren Brocken, der auf ihm saß. Es bedurfte nur eines einzigen gezielten Faustschlages des Mordermittlers, um Nieuwkerke wieder ruhig zu stellen und ihm auch noch Kabelbinder um die Fußgelenke zu legen. Dann zog er Nieuwkerke zu einem der alten gusseisernen Heizkörper und steckte in aller Seelenruhe ein paar Kabelbinder zusammen, mit denen er den vor sich hin fluchenden Mann am Heizkörper fixierte.

»So, mein Freund! Das war's dann wohl! Jetzt kannst du nicht mehr abhauen«, triumphierte Le Maire.

Als dann ein Hausbewohner nach dem anderen unter dem Türrahmen auftauchte, brauchte Le Maire nur seine Dienstmarke herzuzeigen und den verdutzt dreinschauenden Russen und Türken »Police« entgegenzurufen und ihnen mit Gesten anzudeuten, dass sie nicht in den Keller gehen durften. Weil die ungepflegten und auf Le Maire zudem gefährlich wirkenden Ausländer auch noch die Pistole sahen, die Le Maire leger vorne in die Hose gesteckt hatte, bedurfte es keiner weiteren Worte mehr. Also blieb den Hausbewohnern nichts anderes übrig, als sich zu wundern und sich vor dem Schlösschen zusammenzurotten, um abzuwarten, was nun geschehen würde.

»Hier stinkt es aber gewaltig!«, bemerkte die Frau eines Türken, der kurz zuvor noch unter dem Türrahmen zu Nieuwkerkes Wohnung gestanden hatte.

»Meinst du nicht, dass jetzt der richtige Zeitpunkt wäre, um Miller anzurufen?«, drängte Angelika und drückte Frederic ihr Mobiltelefon in die Hand.

Keine zehn Minuten später wimmelte es in der Rue de la Liberté nur so vor Feuerwehrleuten, Sanitätern und Polizisten. Auf Frederics Anruf hin war auch Pat Miller herbeigeeilt, der sich über das Ganze wunderte. »Bisher dachte ich, dass *ich* in Lüttich der zuständige Mordermittler bin«, blaffte er seinen ehemaligen Chef in einem solch scharfen Ton an, der Le Maire zwar kalt, Peter Dohmen aber zusammenzucken ließ. Weil Cedric Rothieu in derselben Nacht entwischt war und die Suche nach ihm anderntags weitergehen sollte, hatte sich der Aachener Polizist kurzentschlossen ein Hotelzimmer genommen, um in Millers Nähe bleiben zu können. Er hatte die Hoffnung noch nicht aufgegeben, wenigstens hier in Lüttich ein paar Fleißpunkte sammeln zu können, die seiner Reputation gut taten. Denn immerhin hatte Miller ihm zugesichert, ihn an seinem Erfolg teilhaben zu lassen, wenn er »Monsieur Rouge« verhaften würde.

Weil Le Maire inzwischen mitbekommen hatte, was seinen Aachener Kollegen drückte, hatte er einen Vorschlag parat, den er gleich mit den beiden besprechen wollte. Zuvor aber mochte er wissen, wie es um Bribantés Gesundheitszustand bestellt war. Und weil dies natürlich auch Miller brennend interessierte, hatten sie vereinbart, dass Le Maire sein für Miller unverständliches Tun erst im Anschluss rechtfertigen sollte.

Inzwischen war das gesamte Gelände rund um das Schlösschen herum durch große Scheinwerfer ausgeleuchtet und vor allzu neugierigen Gaffern abgeriegelt. Die offensichtlich gut ausgerüstete Feuerwehr hatte ein zusätzliches Stromaggregat in den Keller gebracht und auch dort ein paar Scheinwerfer platziert. So konnten die Einsatzkräfte den Gewölbekeller komplett ausleuchten. Allerdings wäre es dem einen oder anderen lieber gewesen, nicht dort hinein zu müssen, um das sehen zu müssen, was sich ihren

Augen bot und das zu riechen, was unweigerlich in ihre Nasen dringen musste; ein ekelhaftes Gemisch aus Körperausdünstung, Urin und Exkrementen, das nur leidlich vom Modergeruch überdeckt wurde.

Der Notarzt und die Rettungssanitäter hatten alle Hände voll zu tun, um wenigstens zu versuchen, ihren Patienten einigermaßen zu stabilisieren. Auf Le Maires Frage, ob Bribanté überhaupt noch am Leben sei und durchkommen würde, antwortete der Notarzt nur, dass sein Patient zwar »mehr oder weniger« leben, er aber nicht wisse, ob er überleben werde. Dann erklärte er Le Maire in knappen Worten, dass sein Patient übel misshandelt wurde, was unschwer an den vielen Schnitt- und Schürfwunden im Gesicht und an den vielen Hämatomen auf der gesamten Körperoberfläche und an den Extremitäten zu erkennen sei. »Aber dies ist nicht das größte Problem«, bemerkte der Notarzt, bevor er dem Kriminalhauptkommissar erklärte, dass sein Patient seit Tagen viel zu wenig und vermutlich seit gestern oder sogar schon seit vorgestern überhaupt nichts mehr zu Trinken bekommen hatte. Und dies habe neben seiner sowieso schon desolaten körperlichen und seelischen Verfassung hin zu einer Isotonen-Dehydration geführt, die bewirkt habe, dass sein Patient eine Menge Körperflüssigkeit und Natriumchlorid verloren hatte. »Dies führte dann dazu, dass er irgendwann nichts mehr bei sich behalten konnte, obwohl sein Körper es dringend gebraucht hätte. So, und nun lassen Sie mich wieder meine Arbeit tun!«

»Schon gut«, zeigte Le Maire mit erhobenen Händen Verständnis. »Ich wollte nur wissen, wie es aussieht. Ach, eine Frage noch: Wo bringen Sie ihn hin?«

Der Notarzt hob noch einmal seinen Kopf, antwortete nun aber gereizt, dass er seinen Patienten ins »Hôpital de

Jour Universitaire La Clé« bringen wird. »Falls wir ihn so stabilisieren können, dass er transportfähig ist.«

»Merci, Monsieur Docteur!«

Nachdem Le Maire diese sicherlich kompetente, aber mehr als unbefriedigende Einschätzung des Notarztes erhalten hatte, ging er mit der niederschmetternden Neuigkeit nach draußen, um Miller und Dohmen über Bribantés Gesundheitszustand zu informieren und sie zu ihm zu führen.

»Und was ist mit mir, Lemmi? Darf ich etwa nicht mit?«, begehrte Angelika auf. »Immerhin ...«

»Schon gut, schon gut«, bremste Le Maire die aufkommende Erregung seiner Partnerin aus. »Selbstverständlich sollst du mit uns kommen. Tränke aber zuerst ein Tuch mit deinem Parfüm, das du dir vor Mund und Nase halten kannst.« Dann wandte er sich an seine beiden Kollegen: »Dies gilt auch für euch!«

Kurz darauf standen die zwei Chefermittler aus Lüttich und aus Aachen mit dem »Superbullen« aus Eupen und mit der charmanten Rechtsmedizinerin im mittelalterlichen Teil des Kellers und sahen sich um. Als sie in der Mitte des beängstigend auf sie wirkenden Gewölbes ihren ausgemergelten Kollegen entdeckten und realisierten, dass er dem Tod näher war als dem Leben, erschraken bis auf Le Maire alle. Peter Dohmen bekreuzigte sich sogar. Aber auch Dr. Laefers, die berufsbedingt einiges gewohnt sein musste, war fassungslos.

»Lass es!«, flüsterte Frederic ihr zu und hielt Angelika sanft am Armgelenk fest, nachdem er gemerkt hatte, was in ihr vorging und was sie vorhatte. »Du kannst nichts für ihn tun. Der Notarzt und die Sanitäter machen das schon. Wir können nur für ihn beten.«

Weil sich bis auf die beiden am Eingang stehenden Wachbeamten alle anderen konzentriert um Bribanté kümmerten, nahmen die meisten von ihnen nicht richtig wahr, dass sie sich in einem mittelalterlichen Folterkeller befanden, der die Zeiten unbeschadet überstanden hatte, weil er dem Augenschein nach von heute auf morgen nicht mehr genutzt und vielleicht sogar fluchtartig verlassen worden sein musste. Denn in den beiden großen Feuerpfannen lag verkokelte Kohle, in der verschiedene Zangen steckten, – genau so, als wenn sie bis in alle Ewigkeit darauf warten würden, ihren begonnenen Einsatz beenden zu können. Und auf der Streckbank lag gut erkennbar die mumifizierte Leiche einer augenscheinlich unbekleideten Frau, deren leibliche Hülle kurioserweise nicht von den Ratten gefressen worden war, während ein Stück davon entfernt ein Skelett an einer von der Decke herunterhängenden Kette hing, dessen Knochen nur noch von den vertrockneten Sehnen zusammengehalten wurden. Auf einem schmalen Verhörtisch, an dem möglicherweise sechs Männer während der europaweiten »Hexenpogrome« die sogenannte »Peinliche Befragung« durchgeführt hatten, standen eine Weinkaraffe und vier Weinbecher, zwei der Zinnbecher waren umgestürzt und die eingetrockneten Rotweinflecken immer noch zu erkennen. Dies könnte ebenfalls darauf hinweisen, dass die letzten Menschen, die hier gewesen waren, diese Folterkammer überstürzt verlassen haben mussten. Weshalb, werden wohl nur diejenigen Historiker ergründen können, die von diesem ungewöhnlichen Gewölbekeller erfahren und sich für die Geschichte der alten Burg unter dem Schlösschen interessieren würden.

»Unglaublich!«, schoss es gleichsam fasziniert wie ange-widert aus Angelika. Denn vor sich sah sie gleich mehrere Daumenschrauben, eine Kopfpresse und eine Schädelklam-mer auf dem Tisch liegen. In diesem Kabinett des Grauens gab es sogar eine Garotte, ein ganz besonders grausames Foltergerät. Auch das im Mittelalter berüchtigte Rad durfte ebenso wenig fehlen wie diverse Körperkäfige mit spitzen Stacheln und andere Gerätschaften, um aus den bedau-ernswerten Delinquentinnen, die in der Wahrnehmung der Inquisition mit dem Teufel im Bunde waren, Geständnisse herauszupressen. Da muteten die an den Wänden hängen-den Zangen und Peitschen geradezu wie Streichelinstru-mente an.

Und mittendrin stand ein kleiner Eisentisch mit etli-chen niedergebrannten Kerzenstummeln darauf und einem Haufen Wegwerfgeschirr, das vor verklebten Essensres-ten nur so starrte, wodurch eine Vielzahl von Ratten angelockt worden war, die Bribantés Ende nicht erwar-ten konnten. Daneben lag eine versiffte Matratze auf dem fast schon kunstvoll mit Pflastersteinen belegten Boden. Darauf musste sich der völlig eingenässte und mit Kot ver-schmierte Kriminalkommissar von der Mordkommission Lüttich vor Schmerzen gebogen haben, bevor er endgül-tig dehydriert und in eine tiefe Bewusstlosigkeit gefallen war. Auf der anderen Seite der Matratze lag neben mehre-ren leeren Mineralwasserkisten ein Dutzend zerdrückter Plastikflaschen herum. Und überall bedeckten Zigaretten-stummel der Marke »Caballero« den feuchtkalten Boden.

Die schaurige Szenerie in der Mitte dieses Gewölbekel-lers war zwar real, gab aber dennoch ein Bild des Schre-ckens ab, wie es ins finsterste Mittelalter gepasst hätte.

Nachdem sie dies alles gesehen und dabei auch den

eigentlichen Grund ihres Hierseins nicht vergessen hatten, ging Miller nach oben, um nachzufragen, wo denn die Spurensicherung bliebe. Danach erklärte Le Maire in allen Einzelheiten, wie es dazu gekommen war, diesen Alleingang zu starten und nur mit Angelika durchzuziehen, »der zu Ihrem Glück ein gutes Ende genommen hat«, wie Miller es Le Maire gegenüber mit bissigem Ton bezeichnete.

»Möglicherweise auch zu Bribantés Glück«, verbesserte Le Maire die Aussage seines ehemaligen Stellvertreters bei der Mordkommission Lüttich.

Als sie gleich darauf in Nieuwkerkes Bretterverschlag standen und Le Maire den ganzen Öffnungsmechanismus erklärte, musste Miller seinem ehemaligen Chef trotz dessen unorthodoxen Umgangs mit der ganzen Sache und seinem Unmut ihm gegenüber Respekt zollen. Als Le Maire mit ihnen in Nieuwkerkes Wohnung hochging und sie Bribantés offensichtlich perversen Peiniger wie ein Paket verpackt auf dem Boden liegen sahen, musste Miller und sogar Dohmen lachen. »Du bist wirklich ein Teufelskerl!«, lobte Le Maires Aachener Kollege.

»Aber dir geht es momentan nicht besonders gut, wie man hört«, nahm Le Maire den Ball auf, um ihm und Miller einen Vorschlag zu unterbreiten.

»Wir sind ganz Ohr!«, bemerkte Miller, der allerdings darum bat, zuerst die Spurensicherer einzulassen und zwei Beamte dafür abzustellen, dass niemand in Nieuwkerkes Wohnung rein oder raus konnte.

Eine Viertelstunde später saßen die vier auf der Eingangstreppe.

»So, Le Maire, ich bin so weit. Dann erzählen Sie mal!«, drängte Miller.

Le Maire zündete sich in aller Ruhe eine Zigarette an und unterbreitete nach ein paar Zügen den beiden den Vorschlag, dass nicht er, sondern sie diesen »Glühweinmörder« gefasst hatten.

»Wieso das denn?«, mochte Miller wissen, obwohl er sich schon denken konnte, weshalb Le Maire sich so bescheiden gab.

Dr. Laefers und Peter Dohmen schauten sich indessen irritiert an, als Le Maire sein Vorhaben zu erklären begann: »Ich muss mich nicht profilieren. Und weil ich hier in Lüttich nicht mehr der Platzhirsch bin, überlasse ich das Lob der Obrigkeiten und der Öffentlichkeit sehr gerne dir, mein lieber Miller! Denn ich denke, dass deine bisherige Erfolgsbilanz in Bezug auf die ›Glühweinmorde‹ recht dürftig aussieht.«

Bevor Miller aufbegehren konnte, hob Le Maire eine Hand zum Zeichen, weitersprechen zu wollen, was er denn auch tat: »Ich habe nur die eine Bitte an dich, dass du deinen Ruhm mit Peter Dohmen teilst.« Dann wandte er sich an seinen Aachener Kollegen: »Ich weiß, dass du in den vergangenen Tagen viel mitgemacht hast und du wegen der beiden verpatzten Geldübergaben in Aachen dringend einen Fahndungserfolg benötigst, um keine ernsthaften Probleme zu bekommen. Deswegen tut es dir sicher gut, wenn du nach außen hin im Zusammenhang mit deinen Glühweinmordermittlungen Guido Nieuwkerke zusammen mit Hauptkommissar Patrick Miller überführt und festgenommen hast. Ihr habt dann beide eure magere Erfolgsbilanz etwas aufpoliert und so ganz nebenbei auch noch vorbildlich eine grenzüberschreitende Zusammenarbeit – sozusagen ohne jegliches Kirchturmdenken – praktiziert! Allein schon deswegen wird euch die Presse aufs Podest heben und euch eine professionelle Arbeit attestieren.«

Nachdem er dies gesagt und einen weiteren Zug aus seiner Zigarette genommen hatte, war es still auf der Treppe.

Als Peter Dohmen seine medizinische Kollegin aus Aachen fragend ansah, wusste Dr. Laefers sofort, was ihn innerlich umtrieb. Sie lächelte den Leiter der Mordkommission Aachen an und beruhigte ihn, indem sie mit einem Daumen und einem Zeigefinger über ihre geschlossenen Lippen fuhr, bevor sie sagte: »Keine Sorge, Peter! Meine Lippen bleiben verschlossen. Ich würde mir nichts sehnlicher wünschen, als auch künftig mit dir zusammenarbeiten zu können. Ich möchte mir nicht vorstellen, mich an einen anderen Leiter unserer Mordkommission gewöhnen zu müssen, nur weil dir dieser Gilbert Primat entwischt ist und unser Herr Oberstaatsanwalt deswegen vielleicht sogar eine falsche Personalentscheidung treffen muss. Ich stehe voll und ganz hinter dir.«

Nicht nur zu Frederics Verwunderung drückte sie ihren Kollegen kurz an sich.

»Und hier in Belgien werde ich es sein, dessen Lippen sich nur so weit öffnen, dass eine Zigarette hineinpasst«, witzelte Le Maire in Richtung Miller. Dabei hoffte er, dass auch sein in jeder Hinsicht überkorrekter Nachfolger in Lüttich mitziehen würde. Denn der Chefermittler aus Eupen wusste, dass er sich selbst aus der Schusslinie nehmen musste, weil er hier in Lüttich über sämtliche Ziele hinausgeschossen war. Zudem sah der gerissene Polizeibeamte für die Zukunft viele Vorteile darin, wenn er und Angelika wieder einmal unkonventionell über die Grenzen hinaus kriminalisieren und somit in fremden Revieren wildern würden. Denn ab sofort würden Peter Dohmen und auch Miller dies dann noch mehr dulden müssen, als sie dies bisher schon notgedrungen getan hatten. Für Le Maire hieße dies dann, dass sich seine Arbeit in der ostbelgischen Provinz leichter ertragen ließe.

»Also …«, sagte Miller und machte es dadurch so lange spannend, bis er seinem Kollegen aus Aachen zuliebe lachend verkündete: »Ich bin auch dabei!« Dann streckte er den anderen – was er noch nie getan hatte – eine Hand zum Give-me-five-Schlag entgegen.

Um das Ganze perfekt zu machen, zückte Miller sein Handy und wählte eine Nummer. »Rainer? Bonjour! Ich bin dir doch noch einen Gefallen schuldig, oder? Komm schnell in die Rue de la Liberté 59! – Ja, zum alten ›Spukschloss‹!« Somit hatte er den Spieß umgedreht und dem Zeitungsreporter scheinbar einen Gefallen getan. Dabei hatte Rainer nicht gemerkt, dass eigentlich er dem Kriminalpolizisten einen Gefallen würde tun müssen.

Eine weitere Viertelstunde später war der Journalist vor Ort, wo er von Miller sofort beiseite gezogen wurde. »Bonjour, Rainer! Schön, dass ich dir einen Gefallen tun kann. Du bekommst jetzt exklusiv die Verhaftung von einem der beiden mutmaßlichen ›Glühweinmörder‹ mit, die das Dreiländereck mehrere Wochen lang bis nach Maastricht hoch in Atem gehalten haben. Versprich mir, dass du dein Wissen und die Fotos, die du machen wirst, auch anderen Zeitungen zur Verfügung stellst, insbesondere der ›Aachener Zeitung‹ und den ›Aachener Nachrichten‹, gerne auch dem ›Grenz-Echo‹.«

Obwohl sich der pfiffige Fotoreporter über diese exklusive Berichterstattung freute und im Grunde genommen wusste, dass er ein Riesenglück hatte, über Miller auf diese

Weise an die unbezahlbare Erstinformation zum Finale eines äußerst brisanten Kriminalfalles zu kommen, stellte er eine Bedingung: »Gut, aber erst nachdem mein Artikel in der ›La Meuse‹ erschienen ist.«

»Hand drauf!«, antwortete Miller. »Dann schlage ich vor, dass du vor dem Interview mit dem Aachener Kriminalhauptkommissar Peter Dohmen und mit mir, dem Leiter der Lütticher Mordkommission, Fotos von der Verhaftung machst.«

Schon wenige Minuten später machte Rainer Fotos davon, wie die beiden Kriminalhauptkommissare Patrick Miller und Peter Dohmen den soeben verhafteten mutmaßlichen »Glühweinmörder« Guido Nieuwkerke in Handschellen aus dem alten Gemäuer herausführten. Dabei geschah etwas, das Miller unter normalen Umständen niemals zugelassen hätte: Um ein möglichst gutes Foto zu bekommen, ließ der Journalist der Lütticher Tageszeitung »La Meuse« die spektakuläre Festnahme einmal von seinen drei »Hauptdarstellern« nachstellen.

»Es fehlte nur noch, dass er eine Maskenbildnerin zum ›Set‹ beordert«, flüsterte Frederic Angelika zu, nachdem sie dies mitbekommen hatten. Daraufhin mussten beide herzhaft lachen.

»Ich bin stolz auf dich«, sagte Angelika und drückte Frederic einen dicken Kuss auf den Mund. Dann aber überzog ein trauriger Schleier ihr Gesicht. »Und wie geht es jetzt weiter? Meinst du, Bribanté kommt durch?«

# KAPITEL 23

Nun überschlugen sich die Ereignisse erst so richtig: Rainers Chefredakteur bei der »La Meuse« hatte die grandiose Pressemitteilung als Leitartikel aufgemacht und den Beginn des Artikels auf der ersten Seite abdrucken lassen. Im weiteren Verlauf war dann höchstes Lob über die beiden erfolgreichen Kriminalhauptkommissare aus Lüttich und aus Aachen geschüttet worden. Dabei war Le Maires Rechnung voll und ganz aufgegangen, denn Patrick Miller, der »einheimische« Ermittler, war in der »La Meuse« tatsächlich etwas besser davongekommen, wie auch tags darauf im ostbelgischen »Grenz-Echo« und in sämtlichen anderen belgischen Tageszeitungen, während in den beiden wichtigsten Aachener Zeitungen anstatt Patrick Miller dessen deutscher Amtskollege Peter Dohmen als der etwas bessere Ermittler der beiden hingestellt wurde. Und von dort aus hatte sich die Nachricht der erfolgreichen Festnahme eines der hinterhältigsten Mörder der heutigen Zeit mithilfe der Presse europaweit wie ein Lauffeuer verbreitet.

Peter Dohmens Reputation hatte dies derart gutgetan, dass er sich an der Festnahme des Drahtziehers nicht mehr hatte beteiligen müssen. Dennoch stand er nach wie vor unter Druck. Deswegen war er nach Nieuwkerkes medienwirksamer Verhaftung gleich wieder nach Aachen zurückgefahren, aber nicht, um sich nun als eine Art heldenhafter Phoenix aus der Asche feiern zu lassen, sondern um dort mit Hochdruck an der Suche nach dem mutmaßlich zweiten »Glühweinmörder« weiterzusuchen. Wenn es ihm gelingen würde, Gilbert Primat aufzustöbern und festzunehmen, bräuchte er sich überhaupt keine Sorgen mehr um seine berufliche Zukunft zu machen und könnte sogar einer weiteren Beförderung entgegensehen. Denn Oberstaatsanwalt Dr. Knopp hatte er mit seiner vermeintlichen Aktion in Lüttich wieder auf seine Seite gezogen.

Als der Leiter der Aachener Mordkommission tags darauf in sein Büro kam, hatte ihm seine Sekretärin wie immer eine der dortigen Tageszeitungen auf den Schreibtisch gelegt. »ZWEITER FAHNDUNGSERFOLG FÜR LÜTTICHER POLIZEI – WEINHÄNDLER FESTGENOMMEN«, stand dort in großen Lettern zu lesen.

»Miller hat es tatsächlich geschafft, auch noch Cedric Rothieu zu erwischen«, murmelte er mehr in sich hinein, als dies laut auszusprechen.

»Was ist los?«, mochte sein Stellvertreter wissen, der nicht zugehört hatte, was sein Chef gesagt hatte.

Er bekam von ihm zur Antwort, dass es dem Kollegen aus Lüttich nun auch noch gelungen war, den mutmaßlichen Drahtzieher der »Glühweinmorde« in dessen Ferienhaus im limburgischen Masseik aufzustöbern und festzunehmen. Denn dort hatte sich der kriminelle Weinhändler laut Pressemeldung so lange verschanzen wollen, bis Gras über die Sache gewachsen war. Dann hätte er sich mit einem geeigneten Flug unter anderem Namen nach Südafrika abgesetzt, um dort mit seinem Schwarzgeld und dem zusätzlich ergaunerten Geld einen neuen Weinhandel aufzuziehen.

»Das war dann wohl nichts«, bemerkte Matthias Lehnen lakonisch.

Obwohl Peter Dohmen sich für seinen belgischen Kollegen freute, konnte er sich die Bemerkung nicht verkneifen, dass es »Monsieur Rouge« zuvor immerhin gelungen war, trotz sofort eingeleiteter Großfahndung und Straßensperren aus Lüttich zu verschwinden und sich unerkannt bis ins immerhin 70 Kilometer entfernte Touristenstädtchen Masseik zu entfernen.

Wie gerne hätte der Aachener Kriminalpolizist noch vor Heiligabend einen eigenen Fahndungserfolg gehabt, der ihm nicht nur von einem wohlwollenden belgischen Kollegen übertragen worden wäre.

Obwohl dem äußeren Anschein nach Dohmen und Miller einen der mutmaßlichen »Glühweinmörder« und sogar dessen Boss gefasst hatten, wäre auch genau diesem wohlwollenden belgischen Kollegen nichts lieber, als vor dem Heiligen Abend auch noch die »Akte Gilbert Primat« schließen zu können. Dennoch war der Leiter des Eupener Kommissariats zufrieden: Der Mörder des einzigen Opfers in seinem ostbelgischen Wirkungskreis war gefasst. Und nur das zählte! Also konnte er sich selbstzufrieden zurücklehnen und sich schon mal Gedanken darüber machen, wie er Angelikas gefürchteten Plänen entgehen konnte, die sie alljährlich für die Feiertage schmiedete: Am Heiligen Abend kochte sie in der Regel selbst, falls sie tagsüber nicht in irgendeiner Öcher Kneipe versumpft waren. Und obwohl es dann stets eine ganz besonders feine Küche ohne Fritten gab, war Frederic dies immer noch am liebsten. Denn am ersten Feiertag würden sie irgendwohin zum Essen gehen, wahrscheinlich wieder zu Luigi, einem Italiener. Und am zweiten Feiertag würde erfahrungsgemäß wohl wieder ein asiatisches Lokal dran sein, möglicherweise auch ein »Grieche«. Traditionell, nannte sie dies, wie sie traditionell wieder vergessen würde, einen Frittenabend dazwischenzuschieben. »Merde!«

Und weil der Heilige Abend schon morgen anstand, musste Frederic sich schleunigst etwas einfallen lassen.

*

Allerorten war es ruhiger geworden. Die meisten Weihnachtseinkäufe waren getätigt und die Menschen bereiteten sich innerlich auf das Fest der Feste vor, jeder auf seine Weise, verstand sich. Nur auf dem Aachener Weihnachtsmarkt herrschte eine hektische Betriebsamkeit, die überhaupt nicht zu innerer Einkehr einlud. Denn wie alle Jahre wurden an diesem Tag nach Ende des Weihnachtsmarktes die Verkaufsbuden ausgeräumt, Material weggefahren und die Buden teilweise sogar abgebaut. So würde auch der »Hexenhof« in wenigen Stunden über die Weihnachtsfeiertage hinweg einer Geisterstadt gleichen, die nicht im Entferntesten erahnen ließe, wie viele Hektoliter Glühwein innerhalb von knapp vier Wochen verkauft wurden, wie viel Freude die Besucher gerade wegen dieses göttlichen Getränks gehabt hatten, und dass hier zwei Morde geschehen waren. Denn die Jalousien der noch nicht abgebauten Verkaufsstände werden dann heruntergezogen sein, auch bei derjenigen Bude, von der aus Gilbert Primat den »Hexenhof«-Glühwein veredelt und wo es den ersten »Glühweinmord« gegeben hatte.

*

Den untergetauchten »Glühweinmörder« mochte Peter Dohmen im Sinn haben, Frederic Le Maire tat es – im Moment jedenfalls – nicht. Angesichts des Kerzchens, das ihm seine Sekretärin auf dem Schreibtisch entzündet hatte, waren andere Gedanken aufgekommen. Er musste an Bribanté denken. »Wie spät ist es, Locki?«

»Wir haben noch nicht ganz Feierabend. Warum fragen Sie?«, kam es verunsichert zurück, weil die sensible junge Frau glaubte, die Frage ihres Chefs könne darauf abzielen, nicht bis zur kleinen Weihnachtsfeier bleiben zu wollen, die sie kurzfristig initiiert hatte, weil wegen der Hektik der vergangenen Tage keine Zeit für eine nette Zusammenkunft auf zwischenmenschlicher Ebene gewesen war. Und der vom Chef versprochene gemeinsame Weihnachtsmarkt-Besuch hatte leider auch nicht stattgefunden.

Aber Le Maire mochte lediglich wissen, ob er noch im Krankenhaus anrufen und sich nach Bribantés Gesundheitszustand erkundigen konnte.

»Gleich 16.30 Uhr«, kam es fast etwas schnippisch zur Antwort.

»Gut, dann verbinde mich mit dem Hôpital de Jour Universitaire La Clé!«

»Meinen Sie, das geht noch?«

»Weshalb nicht?«, knurrte Le Maire zurück, weil er tatsächlich keine Lust auf organisierte Weihnachtsfröhlichkeit hatte.

Nachdem er vom zuständigen Arzt auch noch erfahren hatte, dass Bribanté nach wie vor auf der Intensivstation liegen und bei Weitem nicht über den Berg sein würde, hatte er erst recht keine Lust auf einen geselligen Abend im Kreise des verhältnismäßig neuen Kollegiums. Erst als Locki ihm anbot, sich auch über die Weihnachtsfeiertage hinweg um Informationen aus dem Hospital zu kümmern und ihm Neuigkeiten über Bribantés Gesundheitszustand sofort mitzuteilen, erklärte er sich bereit, an dem kleinen Feierabendumtrunk teilzuhaben, obwohl er Bowle nicht ausstehen konnte. Nach einem weiteren kurzen Telefonat mit Miller musste er es sich zu allem hin auch noch gefallen lassen, sich von Locki eine der albernen Weihnachtsmannmützen aufsetzen zu lassen. Na ja, dachte er sich, Devaux schaut mit ihrem Haarreif, dessen Sternchen nervend hin und her wackeln, auch nicht besser aus. Die beiden verband nur eines: das gleiche mürrische Dreingeschaue. Von Le Maires Leuten schienen nur Kriminaloberkommissar Pierre Vonderbank und Streifenpolizist Herbert Demonthy in weihnachtlicher Stimmung zu sein, und natürlich seine Sekretärin Fabienne Loquie, die noch mit ein paar Überraschungen aufwarten würde. Während Le Maire darüber nachdachte, mit welcher Ausrede er wohl am besten verschwinden konnte, drohte sie, zur Hochform aufzulaufen. Deswegen sollte ihm dies nicht so leicht gelingen, zudem seine vollzählig anwesenden Mitarbeiter nach ein paar bestens zum Anlass und zur Jahreszeit passenden Gläsern »Tropical-Bowle« von ihm forderten, ein paar Worte an sie zu richten. Weil er sich auch davor nicht drücken konnte, wollte er die Gelegenheit nützen, um die vergangenen Wochen Revue passieren zu lassen und allen für ihre aufopferungsvolle Arbeit im Dienste der Bevölkerung Belgiens zu danken.

»Meint er dies ernst?«, wunderte sich Devaux.

Zur Verwunderung aller hob er dabei deren kluge Entscheidung bei der Bahnunterführung in Burtscheid hervor, wegen der die Geldübergabe ungehindert hatte weiterlaufen können. »Und dafür, dass die Geldübergabe am

Bahnhof von Aachen gescheitert ist und Gilbert Primat mitsamt der 200.000 Euro abhauen konnte, kannst du ja nichts«, fügte er noch süffisant an, bevor er wieder ernst wurde und gezielt auf Bribanté zu sprechen kam. Damit wollte er das Aufkommen einer allzu guten Stimmung verhindern. Er hoffte innig, dass sich Lockis improvisierte Weihnachtsfeier möglichst rasch auflösen würde und er bald nach Hause fahren konnte. Ungeachtet seiner miesen Laune war der Leiter dieses Kommissariats todmüde. Die vergangenen schlaflosen Nächte und die nervenraubenden Tage forderten nun ihren Tribut.

# KAPITEL 24

Am nächsten Tag war es dann so weit: das von Frederic gefürchtete Christfest brach mit all seinen Schattenseiten über ihn herein. Wie gerne würde er die Geburt Christi um ein paar Tage verschieben, um zu sich selbst kommen zu können. Dies würde die christliche Zeitrechnung sicherlich nicht durcheinander-, ihn aber endlich zur Ruhe bringen. Stattdessen aber warf dieser Tag bereits zu früher Morgenstunde seine unheilvollen Schatten voraus. Denn schon beim Frühstück musste Frederic mit Angelika darüber diskutieren, ob er noch einen Weihnachtsbaum besorgen solle oder ob er den praktischen Plastikbaum aufstellen dürfe, den er von seiner Wohnung in Lüttich mitgebracht hatte.

»Dieses hässliche Teil baust du hier in meiner Wohnung nicht auf«, stellte Angelika unmissverständlich klar, nachdem die heftige Diskussion wie das Hornberger Schießen geendet hatte.

Weil ihm das betont ausgesprochene »meine Wohnung« sauer aufgestoßen war, machte Frederic den Vorschlag, mit *seinem* zusammenklappbaren Weihnachtsbaum in *seiner* Lütticher Wohnung Weihnachten allein zu verbringen, während Angelika sich »selbstverständlich gerne« einen echten Baum besorgen konnte, der sicher schon in ein paar Tagen zu nadeln beginnen und Dreck machen würde.

»Ein guter Vorschlag«, konterte Angelika, die wegen ihrer eigenen Übermüdung ebenfalls gereizt war. Um Frederic die Ernsthaftigkeit ihrer Aussage zu demonstrieren, knallte sie ihr Marmeladenbrötchen auf den Teller, stand wortlos auf und ging ins Bad, wo sie sich dafür bereit machen wollte, ihre Drohung in die Tat umzusetzen.

Dies war Frederic nun doch nicht recht. Deswegen wollte er einlenken. Weil aber das Telefon klingelte, kam er nicht dazu. Noch bevor er sich hochmühte, um ranzugehen, hatte Angelika den Hörer in der Hand. »Wer ist dort? – Ich verstehe Sie nicht! – Wie bitte?«

»Was ist?«, mochte Frederic wissen, bekam aber keine Antwort, weil sich Angelika darauf konzentrieren musste, das zu verstehen, was ihr der Anrufer klarzumachen versuchte.

»Wer sind Sie und was wollen Sie?«, plärrte sie angenervt in die Muschel.

Frederic hörte ihr dabei interessiert zu. Dann mochte er endlich wissen, um was es ginge. Aber er bekam von Angelika nur zur Antwort, dass am anderen Ende der Leitung wohl ein Betrunkener oder ein Gestörter sein musste und im Hintergrund alpenländische Weihnachtsklänge zu hören waren.

»Ich verstehe Sie nicht! Wer sind Sie? Guschtl! Ich kenne Sie nicht! – Was? – Frederic? Ach so. Ja, der ist hier.«

Nachdem Frederic den Namen seines Freundes aus dem fernen Oberstaufen gehört hatte, hellte sich seine Miene merkbar auf. Wieder gut gestimmt, sprang er vom Stuhl hoch und nahm von Angelika den Hörer entgegen. »Ja? Hier ist Frederic. – Bonjour, Gustl! Das ist aber nett von dir, mir ein frohes Weihnachtsfest zu wünschen.« Mit einem Grinsen in Richtung Angelika bemerkte er noch gut hörbar, dass er das brauchen könne.

Dann wurde es lange still, Angelika hörte gar nichts mehr und Frederic hörte nur noch zu, was der Oberstaufener Hotelier ihm zu erzählen wusste. Dabei schienen seine Gesichtszüge zunehmend zu versteinern, während gleichzeitig seine Augen zu blitzen begannen. Dann hörte Angelika – die neugierig unter dem Türrahmen stehen geblieben war – ein »Heute noch?«.

Wieder schwieg Frederic. Dann sagte er: »Weißt du was, Gustl? Heute geht es beim besten Willen nicht, weil ich noch einen Weihnachtsbaum besorgen muss und meine Angelika heute Abend etwas Leckeres kochen wird.«

Als sie dies hörte, hellte sich auch Angelikas Miene auf. Diese Information hatte ihr genügt, um nunmehr besser gelaunt im Bad zu verschwinden.

Frederic wartete noch einen Moment, um sicherzugehen, dass sie im Bad war, dann sagte er leise: »So, nun können wir ungestört reden.«

\*

Um seine Partnerin milde zu stimmen, hatte Frederic sich über den ganzen Christtag hinweg genau so benommen, wie sie es sich gewünscht hatte: Zuerst hatten sie in Aachen gemeinsam einen Weihnachtsbaum gekauft. Dass es wegen des letzten Verkaufstages nur noch eine dürftige Auswahl gegeben hatte, war Angelika plötzlich so einerlei gewesen, wie es ihr egal gewesen war, dass sie nur noch eine schief gewachsene Blautanne mit einseitigem Bewuchs hatten erwerben können.

Mit dem Weihnachtsbaum auf dem Dach von Frederics Citroën waren sie ins Büchel-Parkhaus gefahren, um von dort aus eine gemütliche Kneipenrunde zu drehen. Und weil sie überall alte Bekannte und Freunde getroffen hatten, war es nicht ausgeblieben, dass sie elend versumpft waren. »Am Knipp«, »Einhorn« und »Schwanen« waren nur einige der Öcher Traditionskneipen gewesen, die sie aufgesucht hatten. Zu guter Letzt hatten sie dann im »Domkeller« Angelikas Freundin Eleonore Olbrich und deren ständig nervenden Mann Bert getroffen. Weil Frederic noch etwas von Angelika wollte, hatte er gute Miene zum bösen Spiel gemacht und sich mit dem Schwätzer unterhalten, ohne ihn anzumachen oder hochzunehmen.

Kein Wunder also, dass sie erst gegen Abend beschwingt nach Hause gefahren waren, wo Angelika hatte feststellen müssen, dass die Gans, die sie auf kleinster Flamme im Rohr gehabt hatte, total verbrannt war. Gut für mich, hatte Frederic sich gedacht und davon unberührt die hässliche Blautanne aufgestellt, die er dann zusammen mit Angelika geschmückt hatte.

Um weitere Pluspunkte zu sammeln, hatte Frederic ihr schon bei der Heimfahrt zum Ronheider Berg mehrmals ganz nebenbei untergejubelt, dass er ihr zuliebe ausgerechnet am Heiligen Abend seinen Führerschein riskieren würde. Mit dem versauten Weihnachtsbraten hatte er nun endgültig so viel Oberwasser, um ihr mitteilen zu können, dass er morgen – also am ersten Weihnachtsfeiertag – mit Peter Dohmen verreisen müsse, rein beruflich, verstand sich.

Zu Frederics Verwunderung hatte Angelika diese Mitteilung tapfer aufgenommen und nicht einmal Fragen dazu gestellt. Sie hatte nur gesagt »Wenn du meinst«. Dann war sie mit ihrem Handy im Schlafzimmer verschwunden. Möglicherweise war dies – Frederic hatte mit seiner Mitteilung fast bis Mitternacht gewartet – Angelikas Müdigkeit und dem Alkoholkonsum geschuldet gewesen. Aber

Frederic war dies einerlei; Hauptsache, er hatte heimlich mit Peter Dohmen telefonieren können, während Angelika dabei gewesen war, ein Ersatzessen zu zaubern. So hatte er mit seinem deutschen Kollegen ausgemacht, ihn am ersten Weihnachtsfeiertag in aller Früh bei ihm zu Hause abzuholen, um dann mit seinem mintfarbenen Citroën DS, Baujahr 1979, ins Allgäu zu fahren. Wenn doch nur Angelika mehr Verständnis für meine »Göttin« hätte, dachte er sich wehmütig, weil er wusste, dass sie seinen – wie sie es bezeichnete – »alten Blechhaufen« verabscheute.

*

Am nächsten Morgen wartete auf Frederic eine böse Überraschung. Denn gleich beim Aufstehen hörte er Geräusche, die seiner verschlafenen Wahrnehmung nach aus der Küche kamen. Außerdem roch es so, als wenn schon wieder etwas angebrannt wäre. Vorsichtig schlurfte er den Flur entlang bis zum Reich seiner Partnerin, wo er glaubte, von einem Kamel getreten zu werden. »Was machst du denn schon hier? Weißt du nicht, wie früh es noch ist?«

»Natürlich weiß, ich dass es erst sechs ist. Schau mal!«, sagte Angelika fröhlich und zeigte auf einen Berg mit Wurst und Käse belegter Brötchen, die sie auch noch mit Gurkenscheibchen garniert hatte. »Die habe ich frisch aufgebacken und …«

»Kannst du mir sagen, was hier los ist?«, wurde sie rüde unterbrochen. Obwohl Frederic noch nicht wusste, was er davon halten sollte, schwante ihm bereits Übles.

»Ich fahre mit nach Oberstaufen«, kam es keck zurück.

Das saß. »Wie bitte?« Frederic glaubte, sich verhört zu haben.

Als wenn dies nicht genug wäre, drängte Angelika den verdutzt vor ihr stehenden Mann im altmodisch karierten Frotteebademantel, sich zu beeilen. »Geh du schon mal ins Bad, ich habe bereits geduscht. In einer guten halben Stunde holen uns die Dohmens ab.«

Spätestens jetzt war Frederic hellwach. Aber noch bevor er etwas sagen konnte, klärte Angelika ihn auf: »Ja, glaubst du denn, dass ich so blöd bin und über die Weihnachtsfeiertage allein zu Hause bleibe? Wo das Allgäu doch so schön ist, dass ich dort leben könnte.«

»Wie …«

»Nachdem du gestern Abend mit Peter gesprochen hast und im Bad gewesen bist, habe ich Gina angerufen.«

»Du hast mit Peters Frau gesprochen?«

»Ja, und?«, zischte Angelika zurück, die in ihrem Seidenmorgenmantel im Asiastyle schon zu dieser frühen Morgenstunde verführerisch toll aussah. »Als wenn ich es gerochen hätte, habe ich von Gina erfahren, dass du mit Peter ins verschneite Allgäu fährst. Und weil Weihnachten ist, haben Gina und ich beschlossen, euch zu begleiten. Im Gegensatz zu mir kennt Gina das Allgäu noch nicht. Du musst mir nur noch die Skier und die Skischuhe aus dem Keller holen. Endlich kann ich meinen todschicken Skianzug von Bogner ausführen.«

Frederic hatte keine Idee, was er Angelika entgegensetzen könnte, er war total baff.

»Nun geh schon! Und beeil dich, Lemmi!«

Frederic stand da wie ein begossener Pudel. Er wusste nicht, wie er sich verhalten sollte. Außer einem leisen »Merde!« fiel ihm nichts ein.

*

Keine fünf Stunden später hatten sie die Hälfte der Strecke hinter sich gebracht. Ein klein wenig übermüdet, aber gut gestimmt, fuhren sie bei der Autobahnraststätte am Hockenheimring raus, um zu tanken und in die dort vorbildlich gepflegten Toiletten zu gehen.

Weil Peter Dohmen einen großen »Japaner« mit Heckklappe hatte, in dem auch die zwei Paar Skier der Frauen Platz gefunden hatten, waren sie mit seinem Wagen gefahren. Obwohl auch in Frederics »Franzosen« genügend Raum für vier Personen, zwei Paar Skier und platzraubende Winterklamotten gewesen wäre, hatte Angelika ihm strikt untersagt, seine »Göttin« zu nehmen. »Ja, glaubst du denn, dass ich mich in dem mondänen Skiort wegen deiner alten Kiste zu Tode blamiere«, hatte sie ihm zu Hause klargemacht und ergänzt, dass ihr Mercedes ja wohl nicht infrage käme, weil es schließlich nur ein Zweisitzer sei.

Nachdem die beiden Frauen hoch und heilig versprochen hatten, sich nicht in die Arbeit der Männer einzumischen und ihre Freizeit selbst zu gestalten, war Frederic einigermaßen zufrieden gewesen. Dennoch passte es ihm immer noch nicht, die beiden im Schlepptau zu haben. Aber Hauptsache, er und Peter konnten ungestört ihrer Arbeit nachgehen.

»Hast du Gustl erreicht?«, fragte Angelika, nachdem sie wieder im Auto saßen und weiter die A6 in Richtung Süden fuhren.

»Selbstverständlich«, verkündete Frederic. »Aber er hat gesagt, dass es schwierig werden wird, zwei Doppelzimmer zu bekommen. Der Ort sei voll, hat er gemeint.«

»Und was heißt das jetzt?« Angelika war nervös geworden.

»Na, was schon? Wir werden wohl in einer Scheune mit einem Esel und einem Ochsen übernachten müssen – wie Jesus und Maria«, witzelte Frederic, dem es gefiel, dass Angelika wenigstens in puncto Unterkunft ein schlechtes Gewissen hatte. Die aber konterte damit, indem sie sagte, dass Esel und Ochse bereits vor ihnen sitzen würden.

Aber weitere dreieinhalb Stunden später war klar, dass sie sich umsonst gesorgt hatte. Denn dem aus Österreich stammenden Gastgeber war es tatsächlich gelungen, in seinem »Hotel Tyrol« ein paar Stammgäste so umzuquartieren, dass er dem belgischen »Polizeiquartett« trotz des knallvollen Hauses zwei Doppelzimmer zur Verfügung stellen konnte.

»Und?«, fragte Frederic nach einer solch herzlichen Begrüßung mit Gustl und dessen Familie, dass sich die anderen wunderten.

»Alles klar. Du und dein Aachener Kollege …«

»Ich heiße Peter«, unterbrach Dohmen den Hotelier und reichte ihm die Hand zum »Du«.

»Und i bin da Guschtl. Jetzt kimmts eini, auf a Schnapserl!«

Während Gustls Schwiegersohn Michi die Koffer in die Zimmer brachte und Mimi, die Tochter des Hauses, in der Hotelbar fünf edle Branntweine vom Bodensee einschenkte, interessierten sich die Frauen für das Wellnessangebot des Hotels, das in der Lobby aushing. Diese Gelegenheit nützte Gustl, um seinen alten Freund Frederic beiseite zu nehmen und ihm zu sagen, dass alles im grünen Bereich sei und Heini Bescheid wisse. »Er hat seine alten Berufskollegen mobilisiert, die an der Sache und an ›ihm‹ dran sind. Es kann also nichts mehr passieren.«

»Dann können wir es uns heute an deiner Hotelbar gemütlich machen und bis morgen warten?«

»Klar«, bestätigte Gustl. »Dea kimmt eis nimma außi!«

*

Am darauffolgenden Vormittag kam es, wie es kommen musste: Nach dem Frühstück waren die Damen auf Gustls Empfehlung hin zur »Hündlebahn« gefahren, um dort auf der ehemaligen Weltcupstrecke ihre Bögen zu ziehen. Obwohl Angelika hervorragend und Gina recht ordentlich Skifahren konnten, hatte der Hotelier – früher einmal selbst ein hervorragender Skifahrer und sogar erfolgreicher Rennläufer – davon abgeraten, gleich am ersten Tag mit der Gondel den 1.834 Meter hoch gelegenen und steilen Hochgrat zu erklimmen.

»Hauptsache, auf dem Hündleberg gibt es neben einer guten Piste auch eine Skihütte mit zünftiger Musik«, hatte Angelika augenzwinkernd gesagt. In ihrem tollen Skianzug hatte sie ein prachtvolles Bild abgegeben, das sie auch gerne beim Après-Ski zeigen mochte.

Kaum waren die Damen außer Sichtweite, hatte es die Männer an den Tatort vom gestrigen Abend zurückgezogen. Und an der Theke war auch schon einiges los: Rainer, der ehemalige Wirt der »Königlich Bayerischen Enzianhütte«, schien in Hochform zu sein, er erzählte einen Witz nach dem anderen. Als er Frederic sah, den er noch von dessen letztem Besuch her kannte, hob er an: »Kennst du den? Ein holländischer Busfahrer und ein belgischer Priester möchten in den Himmel. Petrus lässt den Busfahrer eintreten, der Pfarrer muss draußen warten. ›Wieso wird der Fahrer bevorzugt?‹, fragt der Pfarrer. Daraufhin erklärt Petrus, dass die Leute bei seinen Predigten immer eingeschlafen sind, bei den Fahrten des Holländers im Bus aber immer gebetet haben.«

So dauerte es nicht lange und die beiden hochrangigen Kriminalbeamten saßen einträchtig mit zwölf Einheimischen beim Frühschoppen in Gustls »Ausrutscher«, der gemütlichen Hotelbar. Aber Frederic wäre nicht der »Superbulle«, wenn er die Gelegenheit nicht nützen würde, um unauffällig Informationen darüber einzuholen, was ihn hierher nach Oberstaufen geführt hatte.

»Du meinst sicher den schönen Schilbeeer, oder? Der hockt jeden Tag in ›Bubis Bar‹«, orakelte Rainer, nachdem Frederic sich über einige Umwege nach Gilbert Primat erkundigt und – um seine Frage zu vertuschen – eine Runde bestellt hatte. Die Informationen, die Frederic vom ehemaligen »Enzianwirt« erhalten hatte, wären zwar nicht nötig gewesen, weil Gustl bereits bestätigt hatte, dass der gesuchte »Glühweinmörder« tatsächlich plötzlich in Oberstaufen aufgetaucht war. Dabei hatte er allerdings nicht wissen können, dass sich der Erpresser von dort aus über die Schweiz nach Liechtenstein absetzen wollte. Weil der Angeber nun aber über viel Geld verfügte, hatte er sich leichtsinnigerweise dazu entschlossen, in Oberstaufen einen Zwischenstopp einzulegen und bis über Neujahr dort zu bleiben, wo er früher sein Unwesen mit dem Ausnehmen reicher älterer Damen getrieben hatte.

»Heute Abend schnappen wir ihn uns«, flüsterte Frederic seinem Kollegen zu. »Und jetzt gehen wir noch ins ›Café Blaulicht‹. Du weißt schon, das ist die Kneipe von Heini, dem hiesigen Exkollegen von der Streife, von dem ich dir erzählt hatte. Dessen ehemalige Kollegen beschatten unsere Zielperson auch in ihrer Freizeit auf Schritt und Tritt, und dies, seit Gustl sie zum ersten Mal gesehen und mich sofort angerufen hat.«

Peter Dohmen nickte anerkennend mit dem Kopf, bevor er bemerkte, dass dies nur auf dem Land möglich sei. »Ohne einen speziellen Auftrag von oben könnten wir uns dies niemals erlauben.

Als er dies hörte, musste Frederic laut lachen. »Santé, mein werter Herr Kollege!«

»Prost, Frederic!«

Nachdem die beiden angestoßen hatten, wandte Frederic sich Gustl zu: »Nach diesem Bier gehen wir noch ins ›Blaulicht‹. Begleitest du uns?«

Als er dies hörte, wurde Gustl neugierig: »Wieso? Geht's schon los?«

Frederic schüttelte den Kopf. »Jetzt noch nicht, aber heute Abend.«

»Da möchte ich dabei sein. Das muss ich sehen.«

Um die Sache vor den »Zwölf Aposteln«, als was Gustl seine einheimischen Stammgäste an diesem Tag spasseshalber bezeichnete, geheim zu halten, zwinkerte Frederic ihm zu und sagte leise, dass er ihm nach seiner Rückkehr vom »Blaulicht« berichten würde, was er mit Heini besprochen hatte. »Aber du bleibst dann schön hier in deinem Hotel! Die Sache könnte gefährlich werden.« Da klingelte sein Handy. Aber Frederic hörte nur kurz zu, dann stieß er Luft durch die geblähten Wangen aus.

»Was ist, schlechte Nachrichten?«, wollte Peter wissen.

»Es war meine Sekretärin, die mich über Bribantés aktuellen Zustand informiert hat«, antwortete Frederic, bevor er bei Gustl einen Schnaps bestellte.

# KAPITEL 25

Während die beiden Frauen einen traumhaften Skitag mit einem grandiosen musikalischen Après-Ski in der »Hündle-Alpe« genossen hatten, waren ihre Männer ins »Blaulicht« gegangen, um sich mit dem Betreiber des beliebten Cafés zu unterhalten. Von ihm hatten sie dann erfahren, dass er bereits von Gustl über Gerald Primat informiert worden sei. Und weil Gustl wiederum von Frederic gehört hatte, dass dieser Typ ein mutmaßlicher Mörder und Erpresser sei, der mit 200.000 Euro von Aachen geflohen war, hatte Heini auch darüber Bescheid gewusst. So war der pensionierte Dorfgendarm zu seiner alten Dienststelle in die Blumenstraße hinuntergefahren, um seine ehemaligen Kollegen über die Sache zu informieren und in Peter Dohmens Namen um Amtshilfe zu bitten. Denn dessen belgischer Kollege hatte hier in Deutschland keinerlei Befugnisse, jemanden festzunehmen, zumindest nicht offiziell.

Und der Leiter der Oberstaufener Grenzpolizei hatte dann auch nicht gezögert und sich sofort dazu bereit erklärt, Gilbert Primat so lange von seinen Leuten beschatten zu lassen, bis die von Heini avisierten Kriminalhauptkommissare aus Aachen und aus Lüttich in Oberstaufen eintreffen würden. So hatten sie zwischenzeitlich in Erfahrung gebracht, was Gustl schon gewusst und Frederic mitgeteilt hatte; den Gesuchten würde man wohl am ehesten in »Bubis Bar« aufstöbern. Darüberhinaus hatten sie auch noch herausbekommen, in welchem Hotel der Ganove abgestiegen sein könnte, ganz sicher waren sie sich allerdings noch nicht. Denn Schilbeeer dürfte sich vermutlich unter falschem Namen eingeschrieben haben.

*

Peter Dohmen konnte es immer noch nicht glauben, dass ihn sein belgischer Kollege hierher mitgenommen hatte, um mit ihm zusammen den zweiten »Glühweinmörder« dingfest zu machen. »Wenn dies gelingt, war ich bei beiden Verhaftungen dabei«, sagte er zu seiner Frau, während die sich für den abendlichen Ausgang schminkte.

»Ja, mein Liebling! Dann brauchst du dir keine Gedanken mehr um eine frühzeitige Pensionierung oder gar um eine Versetzung in die tiefste Eifel zu machen«, antwortete Gina augenzwinkernd mit sichtlichem Stolz auf ihren Mann.

»Und im Allgäu brauchen sie keinen Kripobeamten aus Aachen, weil die Jungs hier offensichtlich besser sind als wir«, scherzte Peter Dohmen übermütig.

Auch im Zimmer nebenan waren die Gäste gut gestimmt. Während Frederic die Funktionstüchtigkeit seiner Waffe prüfte, die Angelika wohlweislich für ihn mitgenommen hatte, überlegte sie, was sie für diesen denkwürdigen Abend anziehen sollte. »Ich glaube, dass ich meine weißen Jeans mit der weißen Steppweste, die ich vorhin im ›Bienenkorb‹ erworben habe, zusammen mit den weißen Fellstiefeln aus St. Moritz tragen werde.«

»Ganz in Weiß, mit einem Blumenstrauß …«, sang er das erste Stück eines Schlagers. Damit wollte Frederic seiner geliebten Angelika dokumentieren zugehört zu haben, obwohl er mit seiner Waffe beschäftigt gewesen war, weil er sie schon ewig nicht mehr in seiner Hand gehabt hatte.

Aber Angelika ging nicht auf seinen schrecklichen Singsang ein. Stattdessen wollte sie seine ernste Meinung dazu hören: »Was meinst du, Lemmi? Weiß im Winter?«

Noch bevor der mit seiner Waffe beschäftigte Polizist antworten konnte, offenbarte sie ihm, dass es ihr im Allgäu so gut gefallen würde, dass sie sich vorstellen könne, hier Arbeit zu suchen. »Oder am Bodensee.«

»Das hast du schon öfter gesagt«, antwortete Frederic gut gelaunt. »Mir gefällt es hier auch sehr gut.«

Weil Angelika die Antwort nicht genügte, bohrte sie weiter: »Könntest du dir ebenfalls vorstellen, hier zu leben?«

Nun stutzte Frederic. »Du würdest ernsthaft von Aachen wegziehen?« Dann überlegte er kurz und sagte: »Na ja, so schön wie bei uns ist es hier allemal.« Aber er mochte sich nicht weiter über eine imaginäre Lebensumstellung unterhalten. Und nach Mode stand ihm der Sinn im Moment noch weniger als sonst. Stattdessen dachte er darüber nach, wie er es am leichtesten hinbekommen würde, die beiden Frauen nicht in »Bubis Bar« mitnehmen zu müssen. Denn weil es sich immerhin um die Festnahme eines skrupellosen Mörders handelte, stufte er diesen Einsatz als äußerst gefährlich ein. Also unternahm er vorsichtig den Versuch, Angelika beizubringen, doch so lange in die »Altstaufner Einkehr« zu gehen und dort mit Gina darauf zu warten, bis seiner und Peters Einsatz in »Bubis Bar« beendet sein würde. »Wir können uns dann dort treffen und später noch gemeinsam ins ›Goißgässle‹ oder in den ›Weinbauer‹ gehen.« Er räusperte sich, »… um zu tanzen.«

Obwohl Angelika das äußerst seltene Angebot ihres Partners eigentlich annehmen müsste, weil Frederic sie eher nie als selten zum Tanzen ausführte, blieb sie stur: »Nein, Lemmi! Gina und ich passen schon auf uns auf. Und vielleicht können wir euch sogar dabei helfen, den Typen festzunageln?«

»Merde!«

»Was hast du gesagt, mein Schatz?«

*

Nachdem Angelika sich einmal mehr durchgesetzt hatte, sollte es nach einem hervorragenden Essen in Gustls »Staufner Stube« endlich so weit sein und die Festnahme des zweiten »Glühweinmörders« kurz bevorstehen. Um zu verhindern, dass Gilbert Primat einen derjenigen Polizisten in Zivil von früheren Zeiten her wiedererkennen würde, hatten diese sogar den Dienst ihrer jungen Kollegen übernommen, die er von seiner Zeit in Oberstaufen nicht kennen konnte. Während die beiden Uniformierten in ihrem Dienstwagen bereitstanden, hatten sich eine Kollegin und ein Kollege in Zivil in »Bubis Bar« eingefunden, wo sich der Gesuchte laut Gustl und Rainer zu später Stunde gerne herumtreiben würde. Um ganz sicher vor der Zielperson dort zu sein, waren sie schon um 20 Uhr in die angesagte Bar gegangen, obwohl sie von Gustl gehört hatten, dass dort erst später etwas los sein würde. Aber sie hatten die Gelegenheit nützen wollen, den Betreiber und dessen Personal einzuweihen und insofern zu instruieren, dass er sie keinesfalls als Polizisten ansprechen und sich unauffällig verhalten solle. Denn in einem kleinen Kurort wie Oberstaufen kannte natürlich jeder jeden.

Kaum, dass sich die Polizistin an den runden Tisch rechts des Einganges und ihr Kollege an den vorderen der beiden kleinen Tische links des Einganges gesetzt hatten, kamen Frederic und Peter mit ihren total aufgebrezelten Frauen die Treppe ins Lokal herunter.

Als der Wirt den belgischen Kriminalhauptkommissar sah, gab es nach einer herzlichen Begrüßung erst einmal einen »Schumi« aufs Haus, einen von Bubi selbst kreierten Cocktail, den er nach dem siebenfachen Formel-I-Weltmeister benannt hatte. Peter und den Frauen bot er gleich das »Du« an.

Während Frederic sich mit Angelika unterhielt, informierte Peter den Wirt und dessen Serviererin über ihr Vorhaben. »Keine Sorge, Bubi, wir bekommen das so hin, dass keiner deiner Gäste Schaden erleiden wird. Vielleicht können wir die Verhaftung vor dem Lokal vornehmen, wenn der Typ rausgeht, um eine zu rauchen.«

»Apropos«, unterbrach Frederic seinen Kollegen, während er auch schon seinen Tabakbeutel herauskramte. »Ich schau mir mal kurz die Situation vor dem Lokal an.«

Während Frederic nach draußen ging, beschwor Peter Dohmen den Wirt und seine Bedienung, sich unter keinen Umständen etwas anmerken zu lassen.

»Wir machen das schon«, meinte Gina ihren Mann zu unterstützen und den Wirt ebenfalls beruhigen zu müssen. Dass sie sich dadurch allseits verwunderte Blicke zuzog und sich von Angelika ein »Sag mal, spinnst du?« einhandelte, störte die gut aufgelegte Frau nicht. Gina war einfach froh, dass ihr Mann endlich die Möglichkeit bekommen würde, sich gänzlich zu rehabilitieren. Und so wie es aussah, könnte ihm dies nun gelingen. »Cheers!«

So nach und nach füllte sich das Lokal, nur Gerald Primat ließ sich nicht blicken. Weil Frederic keinen Alkohol trinken durfte, kam ihm die Zeit ewig lang vor. Da nützte es auch nichts, dass ihm Bubi gebetsmühlenartig versicherte: »Der kommt schon noch!«

Als dann aber eine aufgestylte, mit Schmuck behangene Dame reiferen Alters die Treppe herunterstolzierte und sich danach erkundigte, ob Schilbeeer schon dagewesen sei, war allen klar, dass es nicht mehr lange dauern konnte, bis es so weit sein würde.

Und tatsächlich: Kaum hatte die Primadonna, die Frederic Angelika gegenüber sinnigerweise als »Botoxtante« bezeichnete, einen Kühlkübel mit einer Flasche »Moët & Chandon« vor sich stehen, ging wieder die Tür auf. Wie jedes Mal, wenn sich die Tür öffnete, mussten sich die beiden Paare und die zwei Polizisten in Zivil zusammenreißen, nicht allzu auffällig dorthin zu schauen.

»Bonjour zusammen!«, tönte es schon kurz darauf von der Treppe herunter. Zur Unterstreichung seines Auftritts hatte Schilbeer sich einen leichten französisch klingenden Akzent zugelegt. Und der schien zumindest bei der »Botoxtante« Eindruck zu machen; denn kaum, dass sie den Gigolo gesehen hatte, winkte sie ihm aufgeregt zu.

»Die beiden kennen sich«, tuschelte Peter dem neben ihm sitzenden Frederic zu, der sich über diese Erkenntnis wunderte, weil sich die Dame schon beim Betreten der Bar nach Schilbeeer erkundigt hatte.

Nun waren die Nerven aller, die Bescheid wussten, bis zur Unerträglichkeit angespannt. Wie zuvor besprochen, standen die beiden Polizisten in Zivil auf und verließen nacheinander das Lokal, um den uniformierten Kollegen Bescheid zu geben, dass sie mit ihrem Einsatzfahrzeug anrücken konnten. Zusammen mit ihnen wollten sie sich in den Arkaden vor dem Eingang zur Bar in Position bringen, um den Fluchtweg abschneiden und bei Notwendigkeit eingreifen zu können. Gleichzeitig würden die beiden Hauptkommissare im Inneren der Bar ihre Zielperson nicht mehr aus den Augen lassen und kurzfristig über das Wann und Wie der Festnahme entscheiden.

»Das ist ja ekelhaft«, flüsterte Angelika ihrer Freundin zu, nachdem sie den schleimigen Handkuss gesehen hatte, den Schilbeeer der Dame seines Herzens, oder besser gesagt deren Geldbörse, gegeben hatte.

»Und den schmalzig klingenden Französischslang hat er wohl in Ostbelgien gelernt«, lästerte Gina, während ihr Mann unauffällig prüfte, ob seine Pistole griffbereit war.

Da klingelte Frederics Handy. Weil dies die Dame von Welt an Schilbeeers Seite offensichtlich nervte, schaute sie an ihrem Verehrer vorbei und bat den Störenfried in arrogant klingendem Ton, sein Gespräch doch bitte draußen zu führen.

Um kein Aufsehen zu erregen, stand Frederic auf und verließ nach einem kurzen Blickwechsel mit Peter das Lokal. Frederic war froh darüber, dass Gilbert Primat ihn nicht von Aachen her wiedererkannt hatte, was unter anderem auch daran liegen mochte, dass er nur Augen für den Schmuck der Frau an seiner Seite und ihm zudem den Rücken zugewandt hatte. Außerdem würde er niemals damit rechnen, hier, im 700 Kilometer entfernten Oberstaufen, auf Polizisten aus Aachen und Ostbelgien zu treffen, – zu absurd wäre dieser Gedanke.

»Chef, sind Sie es?«, dröhnte es aufgeregt aus Frederics Handy.

»Wer sonst? Was gibt es denn schon wieder?«, knurrte

Le Maire, weil er Lockis Stimme erkannt hatte, ohne dass die sich korrekt gemeldet hatte. Aber die Sekretärin war zu nervös, um sich an die Grundregeln des Telefonierens halten zu können. Da war es ihr auch egal, dass sie ihren Chef während der Weihnachtsfeiertage bereits zum zweiten Mal störte.

»Und? Was ist nun? Ich habe keine Zeit, weil ich mitten in einer Amtshandlung stecke!«

Obwohl sie sich von Le Maire zu unrecht angeschnauzt fühlte, berichtete Locki, soeben erfahren zu haben, dass Bribanté aus dem Koma erwacht und über den Berg sei.

Nachdem es in der Leitung ruhig war, schob sie noch hinterher: »Ja, es stimmt schon, Chef: Bribanté geht es gut, er wird überleben. Wo sind Sie? Frohe …«

Aber Le Maire hatte das Gespräch abrupt beendet, ohne sich von seiner manchmal nervenden Sekretärin zum hundertsten Mal ein frohes Weihnachtsfest wünschen zu lassen. Denn Angelika war nach draußen gekommen, um ihm in Peters Auftrag mitzuteilen, dass Gilbert Primat sich der älteren Frau gegenüber gebrüstet hatte, im Hotel »Bergkristall«, dem exklusivsten und dementsprechend auch teuersten Hotel des Ortes, zu logieren, während sie nur in der »Allgäu-Sonne« abgestiegen sei, einem Hotel, dessen Besitzer sich immer noch einbildete, die Nummer 1 in dieser Allgäuer Tourismusdestination zu sein.

»Gut, dass er dies nun selbst bestätigt hat! Wenn wir sicher wissen, wo er sich eingenistet hat, wissen wir auch, wo er seine Beute versteckt hat«, triumphierte der belgische Ermittler, der sich kurz vor seinem Ziel wähnte. »Dann können wir ihn jetzt ja festnehmen«, freute er sich und berichtete Angelika noch kurz, dass es Bribanté geschafft hatte. »Und nun geh zu Peter rein und sag ihm, dass wir gleich zugreifen werden. Ich informiere nur noch rasch die Kollegen hier draußen.«

*

Wenige Worte und Züge an seiner Zigarette später ging auch Frederic ins Lokal zurück. Dort stellte er fest, dass sich Bubi und die Bedienung in die Küche zurückgezogen hatten, um sich in Sicherheit zu bringen.

»Merde! Wenn die beiden sich weiter so auffällig verhalten, merkt der Typ noch etwas«, schimpfte Frederic leise in Richtung seines Kollegen, dem er sagte, dass sie zugreifen sollten, weil die Zielperson gänzlich abgelenkt sei.

»Jetzt?«

»Ja, jetzt sofort! Ich überlasse dir den Vortritt«, zischte Frederic leise.

Peter Dohmen konnte es nicht fassen, den derzeit meistgesuchten Verbrecher im deutschsprachigen Raum tatsächlich festnehmen zu können. Im Geiste sah er schon die nächsten Schlagzeilen seiner Heimatzeitungen vor sich: AACHENER CHEFERMITTLER BIS INS FERNE ALLGÄU GEREIST, UM GESUCHTEN »GLÜHWEINMÖRDER« ZU FASSEN, oder so ähnlich.

Bevor es sich sein belgischer Kollege doch noch überlegte – immerhin hatte der Gilbert Primat hier in Oberstaufen aufgespürt –, stand der Leiter der Aachener Mordkommission auf und brachte sich nach einem beruhigenden Blick zu seiner Frau in Position. Nachdem sie ihm aufmunternd ihre beiden Hände mit den gedrückten Daumen gezeigt hatte, stand er langsam auf, öffnete das Pistolenholster und ging zur Zielperson, hinter der er sich aufbaute. Wie ein Boxer vor dem Fight lockerte er seine Schultermuskulatur. Dann klopfte er dem kleinen Mann salopp auf den Rücken. »Gilbert Primat?«

Ohne etwas zu ahnen, drehte sich der soeben Angesprochene um und sagte nur: »Kommt darauf an, wer das wissen möchte?«

»Die Kriminalpolizei Aachen und Lüttich! Das hier ist mein belgischer Kollege Le Maire. Sie sind festgenommen!«, verkündete Peter Dohmen, während er Schilbeeer lässig seinen Dienstausweis entgegenstreckte und mit der anderen Hand unübersehbar auf das Holster seiner Pistole klopfte.

Weil im selben Augenblick zwei uniformierte Polizisten das Lokal betraten und es hinter Gilbert Primat keinen Fluchtweg gab, wusste er im Moment nicht, was er tun sollte. Aber der gerissene Gauner hatte noch einen Trumpf im Ärmel; während er dem schräg links hinter ihm stehenden Kriminaler eiskalt in die Augen schaute und in ein Gespräch verwickelte, fuhr seine rechte Hand unauffällig in seine Hosentasche, aus der er das Spickmesser hervorholte, das er stets bei sich trug. Ein Knopfdruck und das Messer hatte eine feststehende Klinge. Noch bevor Peter Dohmen das Klicken der herausschießenden Klinge hörte, hatte Gilbert Primat das Messer an den Hals der »Botoxtante« gesetzt. »Denk nicht dran!«, schrie er den Polizisten an, als er dessen Hand zur Waffe greifen sah. »Ich steche sie ab! Und nun raus mit euch allen!«

»Ja! Raus mit euch!«, rief Le Maire den anderen Gästen zu, während er Bubi zuwinkte, sich mit der Bedienung ganz in der Küche zu verkrümeln.

»Kein Problem«, sagte indessen Peter Dohmen in sanftem Ton zum Geiselnehmer, um ihn zu beruhigen und deeskalieren zu können. »Noch ist nichts passiert! Lassen Sie die Dame los! Mein Kollege und ich gehen nach hinten und Sie können das Lokal ungehindert verlassen.«

Obwohl Gilbert Primat nicht wusste, ob ihm dies etwas nützen würde, schrie er: »Gute Idee! Ihr Bullen geht jetzt nach hinten und ich gehe mit der alten Schabracke raus. Auf geht's! Bewegung!«

Nachdem sich vor der Theke nur ein schmaler Gang befand, würden sich die Polizisten eng an Gilbert Primat und seinem Opfer vorbeidrücken müssen. Wenn Le Maire aber gedacht hatte, den Geiselnehmer bei dieser Gelegenheit packen zu können, hatte er sich getäuscht. Denn Gilbert Primat war zwar primitiv, aber gerissen. »Dort oben am runden Tisch vorbei«, ordnete er an und zerschlug damit Le Maires Hoffnung auf einen raschen Ausgang der Geiselnahme.

Kurz darauf standen die vier Polizisten hinter Gilbert Primat und dessen vor Angst erstarrtem Opfer am Ende der Theke, wo es zur Küche ging. Als Le Maire Bubi und die Bedienung sah, glaubte er, seinen Augen nicht zu trauen: Die beiden hatten ein Glas Champagner in der Hand und prosteten ihm verkrampft zu. »Vielleicht unser letztes Glas«, scherzte die Bedienung mit einem gequälten Lächeln auf den Lippen. Aber Le Maire ging nicht darauf ein und deutete ihnen nur, sich vom Kücheneingang zu entfernen.

Der Geiselnehmer konnte nicht wissen, dass draußen zwei weitere Beamte Position bezogen hatten. Und weil nur noch zwei Frauen an der Theke saßen, die er wegen deren äußerem Erscheinungsbild als ungefährliche Tussen einschätzte, die auf Männerfang waren, wähnte er sich momentan als Sieger. Ich muss jetzt nur noch nach draußen gelangen und auf schnellstem Weg ins Hotel kommen, um meine Sachen zu holen. Und dann nichts wie ab nach Liechtenstein, dachte er sich, während er sein Opfer dazu aufforderte aufzustehen und ohne falsche Bewegungen mit ihm zu gehen.

Während er sich seinen Fluchtweg zum Hotel im außerhalb gelegenen Ortsteil Willis zurechtlegte, schob er seine am ganzen Körper zitternde Eroberung vor sich her in Richtung Ausgang.

Als er an den beiden »Tussen« vorbeigehen wollte und gerade auf Angelikas Höhe war, schauten sich die beiden Frauen an und handelten: Während Angelika dem Geiselnehmer ihr Getränk ins Gesicht schüttete, zog Gina ihn gleichzeitig von hinten an dem Arm, in dessen Hand er das Messer hielt, von seinem Opfer weg. Dies alles ging so schnell, dass der total überrumpelte Geiselnehmer keine Chance hatte, etwas dagegen zu unternehmen. Und den Bruchteil einer Sekunde später war sowieso alles vorbei; Frederic und Peter hatten ihn gepackt und zu Boden geworfen, wo er nun lag und gar nichts mehr machen konnte. Angesichts von vier auf ihn gerichtete Waffen leistete der gefürchtete »Glühweinmörder« keinerlei Gegenwehr mehr. Er war sogar derart platt, dass er auf Le Maires Nachfrage sofort einräumte, die Beute in seinem Hotelzimmer im Hotel »Bergkristall« versteckt zu haben.

»Bubi! Es ist vorbei, ihr könnt rauskommen! Gib mir bitte ein Bier«, hörte Peter seinen belgischen Kollegen in Richtung Küche rufen, während er Gilbert Primat die Handschellen anlegte. Als der Aachener Chefermittler dem ungläubig dreinschauenden »Glühweinmörder« dessen Rechte übermittelte, kamen auch schon die Kollegin und der Kollege in Zivil herein, um ihn zusammen mit den anderen beiden Oberstaufener Streifenpolizisten abzuführen.

»Keine Sorge: Wir achten gut auf ihn. Und *wir* sehen uns morgen bei uns auf der Wache«, sagte die uniformierte Oberstaufener Kollegin zu Hauptkommissar Dohmen.

»Dann können wir besprechen, wie ihr den Vogel nach Aachen transportieren wollt«, schlug der andere der beiden Uniformierten vor, während er den Gefangenen von hinten schubste. »Nun geh schon! Ich möchte Feierabend machen.«

Aber Gilbert Primat riss sich frei, um stehen bleiben zu können. Bevor er abgeführt werden würde, mochte er von den beiden Ermittlern noch wissen, wie sie ihn hier im tiefsten Süden Deutschlands aufgestöbert hatten.

Weil Peter Dohmen wegen dessen Flucht viel hatte mitmachen müssen, zogen sich trotz seiner Freude über die Festnahme schlagartig Furchen über seine Stirn: »Das wüsstest du wohl gerne! Und nun ab mit dir!«

Frederic hatte indessen den ersten Schluck Bier hinuntergestürzt und bemerkte nichts dazu. Stattdessen rief er dem Verbrecher nach: »Wir sehen uns! ... JOYEUX NOËL!«

# UND WIE GING ES WEITER?

Nachdem Frederic seine Lebensgefährtin und Peter seine Frau wegen ihres leichtsinnigen und gefährlichen Eingreifens gerügt hatten, waren Angelika und Gina erleichtert an deren Herzen gedrückt worden.

Bubi und seine Bedienung hatten sich aus der Küche herausgewagt und buchstäblich ein Fass aufgemacht. Klar, dass Frederic seinen alten Freund Gustl und seinen neuen Freund Heini angerufen und sie zur »Siegesfeier« dazugebeten hatte. Zusammen hatten sie so lange gezecht, bis es zu spät gewesen war, um noch Tanzen gehen zu können. Aber Angelika war in ihrer guten Laune nicht böse darum. »Das können wir ja zu Hause nachholen.«

»Merde!«

»Was hast du gesagt, Schatz?«

Obwohl sie dicke Köpfe gehabt hatten, waren die beiden Ermittler gleich am nächsten Morgen zum Hotel »Bergkristall« gefahren, um die Beute aus Gilbert Primats Zimmer zu holen. Weil in der Bar niemand mitbekommen hatte, dass Frederic den Erpresser nach der Beute gefragt hatte und somit niemand etwas darüber wissen konnte, hatte er es nicht für notwendig befunden, sich noch in der Nacht darum kümmern zu müssen.

Nachdem sie der freundlichen Dame an der Rezeption erklärt hatten, um was es ging, hatte es ein Weilchen gedauert, bis sie dahintergekommen war, dass es sich bei dem ihr beschriebenen Gast nur um einen gewissen »Francois Mercier« handeln konnte.

»Viel kann nicht fehlen«, hatte Le Maire kopfschüttelnd geschätzt, nachdem er den prallvoll gefüllten Rucksack unter dem Bett hervorgezogen hatte.

Um noch ein paar Tage im zauberhaft verschneiten Oberstaufen verbringen zu können und die Sache ausklingen zu lassen, hatte sich der Leiter der Oberstaufener Grenzpolizei dazu bereit erklärt, Gilbert Primat noch bis zum kommenden Wochenende zu »beherbergen«. Danach hatten sie ihn kurzerhand in Peter Dohmens »Franzosen« gepackt, wo er, mit einer Handschelle an der Tür fixiert, auf der Rückbank neben Frederic Le Maire gesessen und sieben Stunden lang kein einziges Wort gesagt hatte.

In Aachen war Peter Dohmen tags darauf tatsächlich wie ein Held gefeiert worden und hatte *die* Presse bekommen, wie er sie sich gewünscht hatte. Während Oberstaatsanwalt Dr. Knopp mehr als zufrieden mit dem Leiter seiner Mordkommission war, zeigten sich die Glühweinanbieter wegen des zurückgebrachten Geldes überglücklich. Die vom »Glühweinmörder« für Benzin verwendeten und in Oberstaufen ausgegebenen knapp 400 Euro konnten sie verschmerzen.

Und Frederic Le Maire? Er hatte mit Peter Dohmen vereinbart, den Mantel des Schweigens darüber zu werfen, wie es zur Festnahme des »Glühweinmörders« gekommen und wie diese abgelaufen war. Er hatte ihm großzügig den Vortritt gelassen. Weil er aber für seinen deutschen Kollegen immerhin erfolgreich Amtshilfe geleistet hatte, war auch er dementsprechend gewürdigt worden. Die beiden waren froh gewesen, dass die Sache mit der Geiselnahme in »Bubis Bar« im Protokoll der Oberstaufener Kollegen nicht aufgetaucht war. »Ja, so sind sie, die Allgäuer …«, hatte Le Maire zu Dohmen gesagt, »… korrekt, liebenswert und menschlich!«

Zuvor aber hatte ihn sein erster Weg ins Hospital geführt, wo er sich selbst davon hatte überzeugen wollen, dass es Bribanté gutging. Danach war er in sein Eupener Kommissariat gegangen und hatte seinen Leuten – bei Kaffee und Croissants – seine Version der Festnahme erzählt.

Als er abends gut gelaunt die Wohnungstür aufgesperrt hatte, war seine Stimmung allerdings arg getrübt worden, denn Angelika hatte scheinbar ausgehfertig im Flur gestanden und ihn daran erinnert, dass er mit ihr Tanzen gehen wollte.

»Merde!«

»Du müsstest dein Gesicht sehen«, hatte sie gesagt, nachdem sie ausgiebig gelacht hatte.

Frederic hatte nicht gewusst, was los gewesen war.

»Das war nur Spaß, Lemmi! Was das Tanzen anbelangt, hast du noch eine Galgenfrist. Aber heute bleiben wir hier. Ich bin auch erst gerade nach Hause gekommen, weil ich in der »Friterie Central« in Kelmis extra für dich original belgische Fritten geholt habe.«

Wenn sie mich so verwöhnt, führt sie etwas im Schilde, dachte sich Frederic, während er dem herrlichen Geruch frisch frittierter Kartoffelstäbchen nachging und sich ein Jupiler aus dem Kühlschrank holte. Was wird wohl mein nächster Mordfall bringen und wohin wird er mich überall führen, kam ihm kurz in den Sinn, bevor er sich zufrieden an den Tisch setzte und den Glanz des Weihnachtsbaumes auf sich wirken ließ.

# NAMEN UND BIOGRAFIEN
# DER HAUPTFIGUREN

Weil die meisten Locations – wie beispielsweise der »Hexenhof«, ein eigenständiges Weihnachtsdorf auf dem Aachener Weihnachtsmarkt – real sind, werden auch dessen beide Betreiber ebenso mit deren ausdrücklicher Genehmigung bei ihren richtigen Namen genannt, wie die Akteure im allgäuerischen Schrothheilbad Oberstaufen. Ansonsten sind die Namen und Biografien sämtlicher Protagonisten sowie deren Verhalten und Tun – wie auch die Handlungsstränge selbst – völlig frei erfunden. Ähnlichkeiten, gleich welcher Art, mit bereits verstorbenen oder lebenden Personen wurden dem Autor entweder ausdrücklich gestattet oder sind ebenso rein zufällig wie die Nennung von Firmen und Institutionen außerhalb des »Hexenhofes«.

*

### Die Ermittler aus Eupen, Ostbelgien

*Frederic Le Maire (48)* Ausgesprochen: »Le Mär«. Commissaire de la criminelle (auch »inspecteur principal«) aus der wallonischen Provinzhauptstadt Lüttich (Liège). Meistens wird er in Kurzform als »Monsieur Commissaire« (auf Deutsch: »Herr Kommissar«) angesprochen.

Der in Deutschland mit dem Rang eines Kriminal-

hauptkommissars zu vergleichende belgische Polizeibeamte ist die Hauptperson. Seine Dienststelle ist seit
Kurzem Eupen, der Sitz der sogenannten »Deutschsprachigen Gemeinschaft Belgiens«, wohin er sich wegen seiner Aachener Lebensgefährtin von seiner alten Dienststelle Lüttich hatte versetzen lassen. Allerdings fühlt er
sich dort nicht besonders wohl, weswegen er eine Rückkehr nach Lüttich nicht ausschließen mochte. Aber auch
ein Umzug ins Allgäu oder in die Gegend rund um den
Bodensee könnte ihm und Angelika gefallen. Aufgrund
eines »Vierländerabkommens« der Belgier mit den deutschen, niederländischen und luxemburgischen Behörden
kann er im Bedarfsfall grenzüberschreitend tätig sein. Der
beruflich zwar absolut abgebrüht und zwischendurch
sarkastische, privat aber sehr sympathisch »menschelnde«
Mordermittler bedient sich meist eigenwilliger Methoden,
die oftmals nicht nur unorthodox, sondern aus gesetz-
licher Sicht auch grenzwertig sind. Der nur 1,65 Meter
große Mann hat durch seine Leidenschaften – original
belgische Fritten und belgisches Bier – eine gewisse Körperfülle, die seine Lebensgefährtin Dr. Angelika Laefers
ebenso stört wie seine schlampige Kleidung, die ihm –
im Gegensatz zu ihr – völlig egal ist. Das größte Laster
des verschrobenen, zuweilen fast schon skurrilen Polizisten mit dem leichten Überbiss, der ihn stets aussehen
lässt, als wenn er weinen oder lächeln würde, ist aber
die Vorliebe für seine »Selbstgedrehten«. Außer seinem
Beruf gibt es noch ein paar Dinge, die er liebt: den von
ihm gegründeten Verein »Die Königstreuen«, die For-
mel-I und natürlich Fußball. Er ist Fan der AS Eupen,
des Erstligisten Standard Lüttich und von den »Roten
Teufeln«, der belgischen Nationalmannschaft. Im Gegen-

satz zu seiner Lebensgefährtin, der Aachener Rechtsmedizinerin Dr. Angelika Laefers, hat er mit Karneval nicht viel am Hut, was bedeutet, dass er die Leidenschaft des »Öcher Mädsche« toleriert, solange *er* sich nicht verkleiden muss. Apropos Angelika: Zwischen seinem Beruf und seinen anderen Leidenschaften ist sie es, die den meisten Platz in seinem Leben einnimmt und wegen der er auch seinen Posten in Lüttich aufgab und von dort aus nach Eupen gezogen ist, wo er die verwaiste Stelle des gesamten Kriminalkommissariats angenommen hat. Und dies, obwohl sie ihn immer »Lemmi« nennt, was zwar ein liebevoll gemeintes Kürzel für »Le Maire« ist, Frederic aber gerade in der Öffentlichkeit ebenso nervt wie die Tatsache, dass sie ihm ständig Manieren beibringen, mit ihm »schön« Essen und Shoppen gehen möchte.

Agnès *Devaux (32)* Ausgesprochen: »Devoo«. Die in Eupen am ältesten gediente Kriminaloberkommissarin hatte gehofft, im Eupener Kommissariat die Dienststellenleitung übertragen zu bekommen. Die etwas spröde Ermittlerin mit einem amerikanischen Soldaten als Vater hasst alle Deutschen, weil ihr Großvater zusammen mit über 80 weiteren kriegsgefangenen US-amerikanischen Soldaten am 17. Dezember 1944 beim »Malmedy-Massaker im Zuge der »Ardennenoffensive« im Zweiten Weltkrieg von Angehörigen der Waffen-SS exekutiert wurde. Sie kann sich nur sehr schwer daran gewöhnen, dass nun ein Lütticher den Ermittlungsdienst der lokalen Polizei der Zone Weser/Göhl leitet.

Pierre *Vonderbank (29)* Kriminaloberkommissar. Der stets gut gelaunte Belgier mit niederländischen Wurzeln ist aus ähnlichem Holz geschnitzt wie sein neuer Chef Frederic Le Maire. Deswegen verstehen sich die beiden auf Anhieb.

*Herbert Demonty (44)* Der einzige Uniformierte im Eupener Kommissariat, der dem Ermittlungsdienst auch nur zugeteilt wurde, weil es zu wenig Planstellen für den gehobenen Kommissardienst gibt. Bevor die Ermittler am jeweiligen Tatort erscheinen, hat der sympathische und umtriebige Streifenpolizist meist schon mit seiner Arbeit begonnen.

*Fabienne Loquie, Spitzname »Locki« (29).* Die treue Seele war schon Le Maires Sekretärin in dessen alter Dienststelle. Weil sie anlässlich einer Gala in Brüssel den Aachener Busfahrer Hennes kennen- und liebengelernt hat und zudem für das Eupener Kommissariat der Posten einer Sekretärin ausgeschrieben war, ist sie ihrem Chef kurzerhand gefolgt.

Wegen Hennes himmelt das kleine Pummelchen ihren Chef nicht mehr so an, wie es früher der Fall gewesen war. Wäre dies heute noch so, hätte Le Maire sie nicht mitgenommen.

Wohl als eine Adaption seines eigenen Spitznamens, den er von seiner Angelika erhielt, nennt Le Maire seine alte und neue Mitarbeiterin wegen ihrer roten Kurzhaarlocken stets »Locki«, was sich die Kollegen in Eupen rasch aneigneten. Wie schon im alten Kommissariat in Lüttich sieht sie sich auch im Eupener Kommissariat als unersetzlich und ist auch hier für alles zu gebrauchen.

*

## Die Ermittler aus Lüttich (Liège)

*Patrick »Pat« Miller (26)* Weil sein ehemaliger Chef Le Maire das Kommissariat in Lüttich verlassen und seinen Stellvertreter bei Docteur Baguette, dem Chef einer der drei Generaldirektionen mit Sitz in Lüttich und Oberstaatsanwalt Soivaire als seinen Nachfolger empfohlen hat, anstatt ihn zur verwaisten Dienststelle nach Eupen zu schicken, wurde er zum Kriminalhauptkommissar und zum Chef der Mordkommission Lüttich befördert. Das umso bessere Verhältnis der beiden zueinander erleichtert die Zusammenarbeit auch in heiklen Situationen, obwohl Le Maires ehemaliger Assistent im Gegensatz zu ihm ein typisch spießiger Beamter ist, der stets mit Anzug und Fliege zum Dienst erscheint und nur selten Alkohol trinkt (was natürlich nichts mit »Spießigkeit« zu tun hat). Millers ständig an den Tag gelegte Korrektheit mag auch daher rühren, dass sein Vater aus London stammt, wo der Brite ein ranghoher Offizier war und in Belgien »kleben« geblieben ist, weil er eine Belgierin kennengelernt hat. Die Verlobte des 1,91 Meter großen Kriminalers ist die blonde Akademikerin Cloé.

*Bribanté, Lassarde und Soquett* Die drei zu Kriminalkommissaren avancierten ehemaligen Mitarbeiter Le Maires in Lüttich pflegen auch nach dessen Weggang ein gutes Verhältnis mit ihrem ehemaligen Chef. Gerade Bribanté fühlt sich Le Maire gegenüber eng verbunden, was auf Gegenseitigkeit beruht.

*Dr. med. René Dutileux (31)* Der junge Rechtsmediziner leitet erst seit einem halben Jahr die Pathologische Abteilung der Kriminalpolizei Lüttich (Liège) des in Ruhestand gegangenen Rechtsmediziners Dr. Pierre Brülée.

*Annabell De Vries (23)* Sekretärin des Leiters der Mordkommission Lüttich (Liège). Zum Leidwesen ihres neuen Chefs Patrick Miller arbeitet die Sekretärin nicht selbstständig, sondern nur auf Anordnung. Und zum Leidwesen aller verwöhnt sie die Herren der Mordkommission nicht mit Kaffee und Croissants.

✳

## Die Ermittler aus der deutschen Kaiserstadt Aachen

*Dr. med. Angelika Laefers (40)* Ausgesprochen: »Läfers« *(40)*. Rechtsmedizinerin aus der deutschen Kaiserstadt Aachen.

Aufgrund eines »Vierländerabkommens« zwischen den deutschen, belgischen, niederländischen und luxemburgischen Behörden kann die taffe Todesermittlerin im Bedarfsfall auch grenzüberschreitend tätig werden.

Die aparte und gut aussehende Frau ist seit zwei Jahren an der Seite Le Maires, an dem sie trotz oder wegen ihrer Liebe zu ihm gerne mal herumnörgelt. Allein schon durch ihr Äußeres – die sportliche, schlanke Frau mit den langen schwarzen Haaren ist acht Zentimeter größer als ihr Lebensgefährte, mit dem sie seit seines Umzugs von Lüttich ins Grenzstädtchen Eupen eine feste Beziehung führt. Allgemein werden die beiden als »nicht zusammenpassend« wahrgenommen. Dennoch liebt sie ihren »Lemmi«, wie sie ihren Geliebten zu dessen Verärgerung auch in der Öffentlichkeit nennt, über alles. Die in verschiedenen Kampfsporttechniken geübte Frau hilft ihrem Partner schon mal aus einer misslichen Lage heraus.

*Peter Dohmen (40)* Leitender Kriminalhauptkommissar der Mordkommission Aachen.

Der deutsche Kriminalbeamte mochte den belgischen »Superbullen«, wie Frederic Le Maire oft genannt wird, ursprünglich nicht besonders. Kein Wunder also, dass die beiden sich immer gekabbelt haben, wenn sie beruflich aufeinandergestoßen sind. Seit einem einschneidenden Erlebnis im englischen Dover, wo sie gemeinsam einen Menschenhändlerring auffliegen ließen, verstehen sich die beiden prächtig und arbeiten seither – nicht ganz frei von Befindlichkeiten und Platzhirschgehabe – auch über die deutsch-belgische Grenze hinweg zusammen. Seine Frau Gina (49) spielt nur im letzten Kapitel eine Rolle.

*Matthias Lehnen (25)* Kriminalkommissar. Zu Peter Dohmens Leidwesen ist seine rechte Hand ein ruhiger Zeitgenosse, der sich stets im Hintergrund hält, weil er nichts falsch machen möchte.

*Dr. Rudi Knopp (43)* Oberstaatsanwalt in Aachen. Seit der gemeinsamen Lösung der »Frittenmorde« im vergangenen Jahr hält der oberste Jurist Aachens viel vom belgischen Ermittler Frederic Le Maire, weswegen der immer zu ihm kommen kann, wenn er etwas von ihm braucht.

*Jussuf Abdalleyah (52)* Assistenzarzt. Der klein gewachsene Jemenite mit der viel zu großen Brille bezeichnet sich selbst gerne als »persönlichen Assistenten« der Aachener Rechtsmedizinerin Dr. Angelika Laefers. Der Zaidit studierte an der jemenitischen Universität Sanaa Medizin, hat aber nicht promoviert, dafür aber zusätzlich ein Chemiestudium absolviert.

*

## Die »Glühweinmordopfer«

*Hubertus von Syrgenstein (23)* Der Student der Ökotoxikologie an der RWTH Aachen im zweiten Semester stirbt in einer Glühweinbude des Aachener »Hexenhofes« an Gift. Der Adelsspross stammt aus dem Allgäu und wohnt während seines Studiums im belgischen Grenzort Kelmis (La Calamine), wo ihn allerdings niemand kennt.

*Jupp Erklenz (38)* Der aus Österreich stammende Kleinganove wird in einer etwa neun Kilometer von Lüttich (Liège) stehenden Lagerhalle in Herstal an der Maas erschossen und in den Fluss geworfen.

*Marie-Kathrin Jilbour (53)* Ausgesprochen: »Schilbuur«. Die Inhaberin einer Frittenbude im belgischen Eupen wird hinter ihrem Glühwein-Verkaufsstand auf dem Eupener Weihnachtsmarkt erschossen aufgefunden. Sie hat noch eine im belgischen Malmedy sowie im deutschen Eifelstädtchen Monschau. Während ihre Töchter Lucienne Margó (29) und Adrienne Blüsett (26) die beiden belgischen Frittenbuden betreiben und ihr Sohn Bernard (32) die Frittenbude im deutschen Tourismusort Monschau, zieht die geschäftstüchtige Witwe mit ihrer fahrbaren Glühweinbude in Ostbelgien von Markt zu Markt.

*Nakatani Takinosuke (72)* Japanischer Weihnachtsmarkt-besucher, der mit einer Busgruppe den Aachener Weihnachtsmarkt besucht. Er wird in der Glühweinhütte »Im Siebten Himmel« auf dem Marktplatz mit Botulinumtoxin vergiftet.

*Jokosutshi Nasito (42)* Japanischer Weihnachtsmarktbesucher, der mit einer Busgruppe den Marche de Noël de Liège besucht. Er wird in der großen Gastronomiehütte am Eisplatz des Lütticher Weihnachtsmarktes mit Botulinumtoxin vergiftet.

*Kotosuki Kita (54)* Japanischer Weihnachtsmarktbesucher, der mit einer Busgruppe den Aachener Weihnachtsmarkt besucht. Er wird im »Hexenhof« auf dem Münsterplatz mit Botulinumtoxin vergiftet.

✻

**Leitung und Mitarbeiter des »Hexenhofes«**

*Alwin Fiebus (61)* Chef des »Hexenhofes«. Der umtriebige Unternehmer bestückt zusammen mit seinem Freund und Geschäftspartner Ralph Cleef nicht nur den »Hexenhof« während der Weihnachtszeit, sondern im Frühjahr auch noch den »Öcher Bend«, einen Rummelplatz, im Sommer den »CHIO«, das weltgrößte Reiterfest und einige andere große Events in der Städteregion Aachen und sogar weit darüber hinaus. Zudem hat er ein eigenes Lokal im Herzen der Altstadt. Aber dies gefällt offensichtlich nicht jedem; weil er seit Jahrzehnten erfolgreich ist, bleibt es auch nicht aus, dass es viele missgünstige Mitmenschen gibt, die ihm zwar ins Gesicht lachen, ihm seinen Erfolg aber neiden, sogar so, dass sie nicht einmal vor Mord zurückschrecken.

*Ralph Cleef (44)* Der umtriebige Geschäftsmann ist Inhaber der Großgärtnerei »Waldfeucht« in Heinsberg. Ralph ist Alwins Geschäftspartner, seit sie vor 25 Jahren gemeinsam die »Kulthütte« gekauft hatten.

*Gilbert Primat (53)* Er ist einer der wenigen fest angestellten Mitarbeiter bei den Events seines Chefs. Ansonsten arbeiten dort fast nur Studenten der RWTH Aachen. Der arrogante und undurchsichtige Sohn eines obdachlosen Trinkers und einer Straßenhure hat in seinem verkorksten Leben schon viel Mist gebaut und einiges auf dem Kerbholz, von dem sein Chef nichts weiß. Weil es sich Französisch anhört und er damit von seiner unrühmlichen Abstammung ablenken möchte, hat er aus seinem Vornamen Gilbert ein seiner Ansicht nach wohlklingenderes »Schilbeer« gemacht. Dies sollte wohl auch seinen etwas zu klein geratenen Körperbau und sein widerliches Matschgesicht kompensieren.

*Hubertus von Syrgenstein* Siehe zuvor unter »Die Glühweinmordopfer«.

Weitere Glühweinanbieter auf dem Aachener Weihnachtsmarkt

*Lennet Contzen (64)* Inhaber der Glühweinhütte »Öcher Delikatessen« auf dem Marktplatz beim Aachener Weihnachtsmarkt.

*Andreas »Andi« Maasen (29)* Pächter der Glühweinhütte
»Im Siebten Himmel« auf dem Marktplatz beim Aachener Weihnachtsmarkt.

*

## Die Hauptverdächtigen

*Cedric Rothieu (63)* Genannt »Monsieur Rouge«. Größter Glühweinproduzent Belgiens. Seine Firma »IN VINO VERITAS« mit seiner Glühweinherstellung hat ihren Sitz in Lüttich (Liège). Der schwergewichtige und dubiose Geschäftsmann versucht schon seit Jahren, an die Rezeptur des Glühweins zu kommen, der auf dem »Hexenhof«, einem Teil des Aachener Weihnachtsmarktes, ausgeschenkt wird. Weil ihm dies nicht gelingt, greift er zu drastischen Mitteln.

*Guido Nieuwkerke (37)* Ausgesprochen: »Njuwkerke«. Der brutale, drogen- und alkoholsüchtige Niederländer mit den auffälligen Blumen- und Totenkopftätowierungen an beiden Armen erledigt für seinen Chef Cedric Rothieu das Grobe.

*Madame Dubois (63)* Ausgesprochen: »Dubua«. Persönliche Vertraute und Sekretärin von Cedric Rothieu, einem der größten Weinhändler Belgiens mit Firmensitz in Lüttich »(Liège). Die widerliche Frau schützt ihren Chef mit allen Mitteln.

und ...

# BIOGRAFIEN DER NEBENFIGUREN

*Ralf Perron (58)* Genannt »Fritten-Ralf«. Der Friteriebe-treiber ist ein Freund von Frederic Le Maire. Seine weit über Lüttich (Liége) hinaus bekannte »Friterie du Perron« liegt im Zentrum von Lüttich (Liège) in der Nähe von Frederic Le Maires Wohnung, an der Ecke Rue de Rex/Rue de la Violette.

*Eleonore Olbrich (41)* Die preisgekrönte Aachener Innen-architektin ist die beste Freundin der Gerichtsmedizinerin Dr. Angelika Laefers.

*Bert Olbrich (46)* Eleonores Mann ist Professor für Psychologie an der RWTH Aachen. Der »Alleswisser« nervt Frederic Le Maire *immer*, wenn die beiden Paare zusammentreffen.

*Jarne Vonderdaal (29)* Geschäftsführer der Maastrichter Autovermietung »EASY TERRA«.

*Ein mysteriöser Obdachloser.*

# ÖFTER VORKOMMENDE ODER WICHTIGE ORTE UND PLÄTZE

*Aachener Weihnachtsmarkt* Der größte Teil des mehrmals von den internationalen Besuchern zu »Europas schönstem Weihnachtsmarkt« gekürten »Öcher« Weihnachtsmarktes breitet sich auf dem Marktplatz vor dem historischen Rathaus und auf dem dahinter liegenden Katschhof bis zum Münsterplatz hinunter aus. Die stimmungsvolle Kulisse und das grandiose Ambiente dazu bilden das historische Rathaus und der Kaiserdom sowie die umliegenden Gassen, die bis zum Münsterplatz hinunterführen, wo sich der Weihnachtsmarkt bis zum »Hexenhof«, einem separaten kleinen »Weihnachtsdorf«, und bis zu den Weihnachtsständen am Holzgraben ausdehnt, wo sich seit 2018 auch ein Eisstockplatz befindet. Außer dem allgemein üblichen Angebot der Weihnachtsmärkte gibt es hier natürlich die weltberühmten »Aachener Printen«, ein leckeres Lebkuchengebäck. Der Aachener Weihnachtsmarkt gilt als einer der beliebtesten Weihnachtsmärkte überhaupt.

*Aachen* eigentlich *Bad Aachen* Hier wird das sogenannte »Öcher Platt« gesprochen. Die kreisfreie Kaiserstadt gehört zum nordrhein-westfälischen Regierungsbezirk Köln und zählt etwa 246.000 Einwohner. Die unter anderem vom Tourismus geprägte Universitätsstadt (RWTH – Rheinisch-Westfälische Technische Hochschule) war Residenz von Karl dem Großen und diente vom Mittelalter bis zur Reformation als Krönungsort der römisch-deutschen Könige und Kaiser. In diesem Zusammenhang kann Aachen nicht nur mit dem Kaiserdom und dem Rathaus, sondern mit unzähligen weiteren historischen Gebäuden, archäologischen Ausgrabungen und Museen punkten. Die Stadt ist unter anderem auch bekannt für den Karneval. Zur Städteregion Aachen gehören die Kleinstädte Eschweiler, Herzogenrath, Roetgen, Stolberg und Würselen. Aachen ist neben dem direkt daneben liegenden ostbelgischen Kelmis (*La Calamine*) und den ebenfalls an der Grenze liegenden niederländischen Gemeinden Kerkrade und Vaals, einige der Hauptorte der Handlung. Weitere Hauptorte der Handlung sind neben dem belgischen Lüttich *(Liège)* und dem niederländischen *Maastricht* das ostbelgische *Eupen* und das deutsche *Monschau*. Aber auch das weltbekannte Schrothheilbad *Oberstaufen* im Allgäu fließt in die Handlung mit ein.

*Aix-la-Chapelle* Allgemein gebräuchliche französische Bezeichnung für die nordrhein-westfälische Kaiserstadt Aachen. Auf Niederländisch heißt die Stadt *Aken*.

*À Pilori* Das beliebte Café-Restaurant am Place du Marché in Lüttich *(Liège)* ist das Stammlokal des von Frederic Le Maire gegründeten Vereins »Die Königstreuen«.

*Eupen* Kleinstadt in Ostbelgien mit ca. 19.000 Einwohnern, von denen die meisten Deutsch und Französisch sprechen. Die alte Tuchstadt ist Sitz der »Deutschsprachigen Gemeinschaft Belgiens« (DG) und Verwaltungssitz der »Euregio Maas-Rhein«. Etwa 16 Kilometer südlich von Aachen, 45 Kilometer von Lüttich *(Liège)* und dem niederländischen Maastricht entfernt. Die Innenstadt ist von zahlreichen Patrizierhäusern aus dem 18. Jahrhundert geprägt. Besonders erwähnenswert sind das Kulturzentrum »Alter Schlachthof« und das zum Seminar- und Eventzentrum umgebaute »Kloster Heidberg« aus dem 18. Jahrhundert.

*Friterie du Perron* Frederic Le Maires »Lieblingsfriterie« liegt an der Ecke Rue de Rey/Rue de la Violette im Herzen von Lüttich *(Liège)*, gegenüber des Place du Lambert und Place du Marché, nur etwa 200 Meter von Le Maires derzeit meist ungenutzter Wohnung entfernt. Sie gehört seinem Freund Ralf Perron (»Fritten-Ralf«), der schon im Vorgängerband »Frittenmafia« (Gmeiner-Verlag, 2018) eine Rolle gespielt hat.

*Hexenhof* Um diesen Teil des Aachener Weihnachtsmarktes dreht sich viel in diesem Roman. Um authentisch schreiben zu können, hat sich der Autor 2017 auf das arbeitsintensive Abenteuer eingelassen, vier Wochen lang in einem der dortigen Glühweinstände mitzuarbeiten. Aber die knochenharte Recherche hat sich gelohnt; herausgekommen ist ein total authentischer Kriminalroman, dessen Herstellung die volle Unterstützung der beiden »Hexenhof«-Betreiber Alwin Fiebus und Ralph Cleef erfahren durfte. Das Thema »Hexenhof« in Verbindung mit einem christlichen Weihnachtsmarkt hat den Autor zum Schreiben dieses Weihnachtsmarkt-Krimis inspiriert. Während seiner Arbeit konnte er denn auch erfahren, dass zumindest eine »Hexe« tatsächlich etwas damit zu tun hat. Nun aber zum »Hexenhof« selbst: Zu diesem mehrere Getränke- und Essstände umfassenden »Weihnachtsdorf« auf dem Aachener Münsterplatz gehört auch die weit über Aachens Grenzen hinaus bekannte »Kulthütte«. Wer dort einen der begehrten Plätze ergattern möchte, muss rechtzeitig daran denken, diese reservieren zu lassen. »Draußen« gibt es außer Glühwein, verschiedenen Punscharten, Bier und etlichen anderen alkoholhaltigen Getränken auch Alkoholfreies wie heiße Schokolade, Kaffee und Kinderpunsch. Dazu Würstchen, Reibekuchen, Pommes und ein paar weitere Kleinigkeiten zum Schnabulieren. »Drinnen« sieht dies schon anders aus: Während es zusätzlich ein exzellentes Weinangebot und Champagner gibt, werden köstliche Speisen angeboten, die in der hauseigenen Küche frisch zubereitet werden. Seit 2019 findet hier an allen Mittwochen des Weihnachtsmarktes auch das vom Autor verfasste und zum Roman passende Krimidinner statt (Reservierung unbedingt erforderlich).

*Kerstmarkt Maastricht* Dieser Weihnachtsmarkt ist allein schon etwas ganz Besonderes, weil er auf dem weltbekannten Vrijthof stattfindet, auf dem André Rieu mit seinem Orchester alljährlich seine Sommerkonzerte gibt. Während der Advents- und Weihnachtszeit heißt es hier zu Recht »Magisches Maastricht«. Denn vom Riesenrad über unzählige Verkaufsbuden, Essens- und Getränkestände und einem großen Eisplatz ist hier alles geboten, was das Herz begehrt. Auch die grandiose Illumination zieht alljährlich Tausende Besucher von nah und fern an. Aber Achtung: Parken ist in Maastricht nicht ganz billig und Falschparken sehr teuer!

*La Calamine* auf Deutsch *Kelmis*. Eine der neun Gemeinden der sogenannten Ostkantone in der Provinz Lüttich (*Liège*) mit knapp 11.000 Einwohnern, von denen die meisten Deutsch und Französisch sprechen. An der Grenze zur deutschen Kaiserstadt Aachen gelegen, hat der Autor bisher 15 Jahre lang in dieser auf seine Art einzigartig geschichtsträchtigen Region (Altenberg, Neutral-Moresnet / Neutrales Gebiet, heute Kelmis / La Calamine) gelebt und all seine bisherigen historischen Romane, Gegenwartkrimis, Reiseführer und Geschichtsaufsätze geschrieben. Diese wunderschöne Gemeinde zählt zur Euregio Maas-Rhein. Zum Gemeindegebiet gehören die Ortsteile Neu-Moresnet und das höher gelegene Hergenrath mit der Eyneburg, wegen der der Autor in Belgien »kleben« geblieben war. Sein erster Gegenwartskrimi »Am Abgrund zur Hölle« (Grenz-Echo-Verlag, Eupen/Ostbelgien) spielt in weiten Teilen dort, wo der Autor als Burgmanager tätig war.

*Liège* auf Deutsch *Lüttich*. Das kulturelle Zentrum der französisch sprechenden Region. Mit etwa 197.000 Einwohnern die zweitgrößte Stadt der wallonischen Region Belgiens. Hauptstadt der Provinz Lüttich, alter Bistumssitz und moderne Universitätsstadt. Etwa 25 Kilometer südlich des niederländischen *Maastricht* und 39 Kilometer südwestlich des deutschen *Aachen*. Viele Sehenswürdigkeiten, nette Cafés und Restaurants lohnen ebenso einen Ausflug wie der weltbekannte *Marché de Noël* (Weihnachtsmarkt) und der sonntägliche Straßenmarkt.

*Lüttich* Siehe zuvor unter *Liège*.

*Maastricht* Die Stadt liegt im äußersten Südosten der Niederlande zwischen Belgien und Deutschland, an beiden Seiten der Maas. Maastricht grenzt sowohl an das gleichsprachige Flandern als auch an die französisch sprechende belgische Wallonie. Die Hauptstadt der niederländischen Provinz Limburg ist eine der ältesten Städte der Niederlande. Sie zählt etwa 121.500 Einwohner. Die Universitätsstadt wird als »bevorzugter Ort für Bildung, Kultur, Erholung und Einkaufen« bezeichnet.

*Marche de Noël de Liège* auf Deutsch: Weihnachtsmarkt in Lüttich. Mehr als eine Million Besucher lockt es alljährlich in das sogenannte »Village de Noël«, das beliebte »Weihnachtsdorf« im Herzen von Lüttich *(Liège)*. An den Ständen werden unzählige Köstlichkeiten angeboten. Das Besondere an diesem belgischen Weihnachtsmarkt ist die gesellige und einladende Atmosphäre, die auch auf die Kinder übergeht, die sich auf die »Naschecke« freuen können. Auf der Saint Lambert, am Fuße einer riesigen Schlittenpiste wurde 2018 eine große »Skihütte« eingeweiht, in der »Berggastronomie« angeboten wird, was immer das auch heißen mag.

*Monschau* Gute 12.000 Einwohner und unzählige Besucher zählt das historische Eifelstädtchen, das zur Städteregion Aachen gehört. Es liegt zwischen den Berghängen des Naturparks Hohes Venn in der Rureifel. Der Monschauer Ortsteil Mützenich liegt direkt an der deutsch-belgischen Grenze. Ins belgische Eupen sind es nur wenige Kilometer. Außer dem vorbildlich erhaltenen und restaurierten historischen Ortskern mit dem »Roten Haus« ist die aus dem 13. Jahrhundert stammende Monschauer Burg, die hoch über dem Stadtkern thront, sehenswert. Wenn früher die Textilindustrie den Ort bekannt gemacht hat, dürften dies heute unter anderem die Produkte der 1882 begründeten »Monschauer Senfmühle« sein: edle Senfsorten der verschiedensten Art.

*Oberstaufen* Eigentlich *Bad Oberstaufen*. Wie in all seinen Romanen baut der Autor seinen Allgäuer Heimatort immer irgendwie mit ein, selbst wenn die eigentliche Handlung mehrere Tausend Kilometer entfernt spielt, wie zum Beispiel in seinem historischen Roman »Das Teufelsweib« (Gmeiner-Verlag, 2018), der hauptsächlich auf Sylt, auf hoher See und in Marokko spielt. Über Oberstaufen hat er den Kultur- und Reiseführer »Tradition trifft Trend in Oberstaufen« (ebenfalls Gmeiner-Verlag, 2013) verfasst, in dem er das international bekannte »Schrothheilbad« auf touristischer Ebene vorstellt, das mitten im wunderschönen Allgäu, zwischen dem Schloss Neuschwanstein und dem Bodensee liegt. Oberstaufen mit seinen Ortsteilen Steibis, Aach und Thalkirchdorf verzeichnet alljährlich weit über eine Million Übernachtungen, ohne ein Massentourismusort geworden zu sein. Bezaubernd grüne Hügel vor einem beeindruckenden Alpenpanorama, ausgedehnte Wälder sowie Hochmoore, Riedflächen, idyllische Seen, Wasserfälle und stille Weiher, – Oberstaufen mit seiner Umgebung hat viel zu bieten. Da sind noch bäuerliche Traditionen und Bräuche lebendig, obwohl der moderne Pulsschlag unüberhörbar ist. Und dort gibt es auch den »Fasnatziestag«, einen in seiner Art wohl einmaligen alten Brauch, der auf die Pest im Jahre 1635 zurückgeht und den der Autor in seinem historischen Roman »Die Säulen des Zorns« (Gmeiner-Verlag, 2014) spannend und hervorragend recherchiert beschreibt. Kaum ein Sport-, Freizeit- oder Wellnessangebot, das es hier nicht gibt. Hervorzuheben sind das riesige zusammenhängende Wandernetz und die gepflegten Ski- und Langlaufpisten rund um den Ort.

*Vrijthof* Einer der berühmtesten Plätze in den Niederlanden, genauer gesagt in *Maastricht*. Umsäumt von Cafés, Kneipen und Restaurants finden dort ganzjährig großartige Open-Air-Events wie zum Beispiel die Sommerkonzerte von André Rieu und seinem Orchester statt.

# ERLÄUTERUNG DER BEGRIFFE, NAMEN UND ZITATE

*À la bonne heure* Französisch aus der Küchensprache: Ausgezeichnet! – Vortrefflich! – Vorzüglich!

*Au revoir* Französisch für: Auf Wiedersehen!

*Agenda* Lateinisch für: Das Tuende – Was getan werden muss.

*Blanc de boeuf:* Weißes Rindfleisch, aus dem in Belgien hochwertiges Frittenfett hergestellt wird.

*Bonne soirèe* Französich für: Guten Abend!

*Bonjour* Französisch für: Guten Tag! – Grüß Gott!

*Boulangerie* Französische Bezeichnung für eine Bäckerei.

*Crémant* Damit werden in der EU Schaumweine in Abgrenzung zu Champagner und Sekt bezeichnet.

*Dea kimmt eis nimma außi!* Dies müsste hier eigentlich aus dem Tirolerischen übersetzt werden. Aus Gründen der Spannung wird dies aber nicht getan. Wer selber dahinterkommt, was der Hotelier Gustl sagt, kann sich spätestens an dieser Stelle denken, weshalb die beiden Kriminalhauptkommissare nach Oberstaufen gekommen sind.

*Destination arriver* Französisch für: Ziel erreichen.

*Doucement* Französische für: Moment! Ganz ruhig. Bleib gelassen!

*Du hosch doch Urlaub, od'r?* Aus dem Allgäuer Dialekt wörtlich übersetzt: Du hast doch Urlaub, oder?

*Eis* Tirolerisch und teilweise auch Allgäuisch für: uns.

*En vogue* Französisch für: in Mode.

*Fritten* Belgische und niederländische Bezeichnung für »Pommes frites«. Fritten sind in Belgien Kult, Lebensgefühl und Werbeträger zugleich. Fritten sind dort nicht nur das beliebteste Nahrungsmittel, ihr Genuss ist wohl auch die einzige, das ganze Land verbindende Philosophie. »Pommesbuden« werden in Ostbelgien, insbesondere im Gebiet der sogenannten »Deutschsprachigen Gemeinschaft Belgiens« als »Friterie/Fritterie« bezeichnet. Im wallonischen, also französischsprachigen Teil Belgiens, sagt man dazu »Fritüre/Frittüre/Fruture/Fritture«, ausgesprochen »Fritüür«.

*Garçon! L'addition s'il vous plaît!* Französisch für: Herr Ober! Die Rechnung, bitte!

*Hockt* Tirolerisch und Allgäuisch für (Er) sitzt – sich hocken = sich setzen.

*In vino veritas* Lateinisch für: Im Wein liegt Wahrheit! Der allseits bekannte Spruch stammt aus der Antike vom griechischen Lyriker Alkaios von Lesbos.

*Hafenvedute* Hafenansicht. Lateinisch veduta = Ansicht – Aussicht. So viel wie die wirklichkeitsgetreue Darstellung eines Stadtbildes oder eines Landschaftsbildes.

*Je suis d'accord avec!* Französisch für: Ich bin damit einverstanden!

*Joyeux Noël* Französisch für: Frohe Weihnachten.

*Casus knacksus* Deutsch-lateinische Mixform für: Der springende Punkt – Knackpunkt.

*Kimm eini! S is koid!* Aus dem Tirolerischen wörtlich übersetzt: Komm herein! Es ist kalt! Ähnelt auch dem bayerischen Dialekt.

*Kimmst eh wieder!* Aus dem Tirolerischen übersetzt: Du kommst sowieso wieder!

*KTU* Abkürzung für: *Kriminaltechnische Untersuchung.* Eine auf naturwissenschaftliche Verfahren basierende Analyse sachlicher Beweismittel oder Indizien im Rahmen eines Strafprozesses durch Experten der Kriminalpolizei.

*La route est calculer* Französisch für: Die Route ist berechnet!

*(À) l'avenir* Französisch für: Fürderhin – In der Zukunft – Künftig – Weiterhin und so weiter.

*Leberpaté* Leberpastete.

*Leffe* Belgisches Abteibier der Anheuser-Busch-inBev-Gruppe, das in Belgien von »Stella Artois« gebraut wird. Dieses Bier gibt es dunkel (bruin) und hell (blanche).

*Lotte de Mer* Ausgesprochen: »Luu de Meer«. Verkürzt auch »Lotte« genannt. Der »Seeteufel« ist einer der teuersten Speisefische.

*Mademoiselle / Madame* Französische Anrede für ein »Fräulein« und für eine »Frau«.

*Maison Antoine* Belgiens wohl bekannteste Frittenbude im EU-Viertel in Brüssel, die von der »New York Times« sogar zur besten der Welt gekürt wurde. Seit dem Neubau der Frittenbude 2018 stehen die Menschen hier noch mehr Schlange, um an die heiß begehrten Kartoffelstäbchen zu gelangen.

*Marché de Noël de Liège* Französich für: Weihnachtsmarkt in Lüttich. Das größte und mit über 30 Jahren auch das älteste »Weihnachtsdorf« in Belgien.

*Modus Operandi* In der Kriminaltechnik die Bezeichnung für die Verhaltensweisen von Tätern, insbesondere, welcher Methoden sie sich zur erfolgreichen Verwirklichung des Tatbestandes oder zur Verdunkelung ihrer Tat bedienen (Täterprofil).

*Mon ami* französisch für: mein Freund

*Numerus clausus* Lateinisch für: Zulassungsbeschränkung. Darunter versteht man Einschränkungen der Zulassungen an Schulen, Hochschulen und Universitäten.

*Öcher* Bezeichnung für Aachener Bürger im »Öcher« Platt. »Oche« steht im Platt für Aachen. Im Karneval rufen die Aachener »Oche Alaaf!«.

*Paisleymuster* Bezeichnung für ein abstraktes, dekoratives Stoffmuster, das dem persischen Boteh-Muster ähnelt. In der Grundform stellt es ein Blatt mit einem spitz zulaufenden, gebogenen Ende dar, das wie ein rundgeformtes Komma aussieht.

*RWTH* Abkürzung für *Rheinisch-Westfälische Technische Hochschule*. Die sich ständig ausdehnende Aachener Uni ist mit derzeit mehr als 44.000 Studierenden die größte Universität für technische Studiengänge in Deutschland.

*SpuSi* Abkürzung für *Spurensicherung*. Damit ist eine Tätigkeit innerhalb der Forensik gemeint, relevante Spuren an Tatorten zu sichern, zu dokumentieren und sicherzustellen (Kriminaltechnik). Sie dient dem Sachbeweis für Tat und Täterschaft. Im Gegensatz zu Deutschland gibt es diese Abkürzung in Belgien nicht, weswegen sie im Roman von den dortigen Ermittlern auch nicht verwendet wird.

*Stanzmarke* Fachbegriff aus der Forensik. Für erfahrene Kriminaler und Leichenbeschauer ein sichtbares äußeres Zeichen dafür, dass eine Schusswaffe beim Schuss auf den Körper des Opfers aufgesetzt und sogar stark aufgedrückt wurde. In solchen Fällen geht das Projektil nicht nur durch die Haut, sondern auch durch Knochen (zum Beispiel Schädel). Zum »absoluten Nahschuss« gibt es auch noch den »relativen Nahschuss« und den »Fernschuss«.

*Subline* Typografischer Fachbegriff für die zweite Überschrift, zum Beispiel in der Zeitung. *Headline* ist die fachliche Bezeichnung für die Hauptüberschrift.

*Synapsen* Kommt aus dem Griechischen: syn = zusammen, haptein = fassen. Ein biologischer Begriff. Sie befinden sich im gesamten Körper, zum Beispiel im Gehirn. Bezeichnung für die Verbindungsteile zwischen den Nervenzellen oder zwischen einer Nervenzelle und einer anderen Zelle, zum Beispiel einer Muskelzelle. Synapsen sind für die neuronale Funktion eines jeden Organismus unverzichtbar: Neuronen sind auf Übertragung spezialisierte Zellen und die Synapsen sorgen für die Übertragung zwischen den einzelnen Zellen.

*»Und i bin da Guschtl! Jetzt kimmts eini, auf a Schnapserl!«* Aus dem Tirolerischen übersetzt: Und ich bin der Gustl! Jetzt kommt herein, auf einen Schnaps!

*Über die Vorspring eindampfen* Dabei handelt es sich um das sicherste Manöver für das Längsseitsgehen eines Schiffes. Es wird als Standardmanöver gelehrt, das beim Längsseitsgehen grundsätzlich immer gefahren werden kann, nicht nur explizit in anderen Situationen.

*Versal* Typografischer Fachbegriff für Großbuchstaben.

*Was glabst'n, wer die g'weckt hot?* Aus dem Tirolerischen wörtlich übersetzt: Was glaubst du denn, wer dich geweckt hat?

*Worst case* Englisch für: Schlechtester, schlimmster oder ungünstigster (anzunehmender) Fall. Das Gegenteil ist *best case*.

# DANKE – MERCI – BEDANKT

… in etwa allen, denen ich im Vorgängerband »Frittenma-fia« – Le Maires erster Fall (Gmeiner-Verlag, 2018) von ganzem Herzen gedankt habe.

Dazu kommen diejenigen lieben und hilfsbereiten Menschen, die mich auch dabei unterstützt haben, als ich »Glühweinmord im Hexenhof« – Le Maires zweiter Fall (Gmeiner-Verlag, 2019) schrieb; in erster Linie meine Part-nerin Eleonore Brux und die beiden »Hexenhof«-Betrei-ber Alwin Fiebus und Ralph Cleef.

Meiner Lektorin Claudia Senghaas gilt trotz meiner kurz gehaltenen Dankesworte ein ebenso herzliches »Ver-gelt's Gott« wie dem Verleger Armin Gmeiner und seinem gesamten Team! Mit ihnen kann ich Le Maires dritten Fall »Goldmadonna« getrost angehen.

*Weitere Titel finden Sie auf den folgenden Seiten und im Internet:*

**WWW.GMEINER-VERLAG.DE**

# Alle Bücher von Bernhard Wucherer:

**- Trilogie um die Kastellansfamilie -**

**Band 1: Die Pestspur**
ISBN 978-3-8392-1264-6

**Band 2: Der Peststurm**
ISBN 978-3-8392-1350-6

**Band 3: Die Säulen des Zorns**
ISBN 978-3-8392-1579-1

**- Die Teufelsweib-Trilogie -**

**Band 1: Das Teufelsweib**
ISBN 978-3-8392-2198-3

**Band 2: Die Herrin von Syld**
ISBN 978-3-8392-2554-7

**Der Geheimbund der 45**
ISBN 978-3-8392-2697-1

**- Kommissar Frederic Le Maire ermittelt -**

**Frittenmafia**
ISBN 978-3-8392-2313-0

**Glühweinmord im Hexenhof**
ISBN 978-3-8392-2541-7

SPANNUNG

GMEINER

Jutta Weber-Bock
**Das Mündel des Hofmedicus**
Historischer Roman
448 Seiten
13,5 x 21 cm, Klappenbroschur
ISBN 978-3-8392-2695-7
**€ 15,00 [D] / € 15,50**

Stuttgart 1804. Das heimlich in einem Gasthof
geborene Mädchen Christiane wird seiner adeligen
Mutter weggenommen. Durch Herzensbildung oder
durch Strenge und Zwang, wie gedeiht ein Kind
am besten? Ein Erziehungsexperiment, bei dem die
Spielkarten Herzsieben und Ecksteinsieben eine
geheimnisvolle Rolle spielen. Christiane wird wie ein
Spielball hin- und hergeworfen. Mit siebzehn tanzt
sie auf einem Maskenball in den Himmel der Liebe.
Sie isst eine Chocoladentorte, doch diese ist vergiftet.
Zufall oder Mordversuch?

GMEINER SPANNUNG

WWW.GMEINER-VERLAG.DE
*Wir machen's spannend*

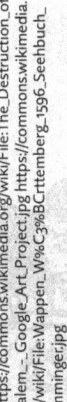

Johanna von Wild
**Der Getreue des Herzogs**
Historischer Roman
480 Seiten
13,5 x 21 cm, Klappenbroschur
ISBN 978-3-8392-2699-5
**€ 16,00 [D] / € 16,50**

Tübingen 1498. Der erst elfjährige Ulrich wird zum
Herzog von Württemberg ernannt, Küchenjunge
Johannes steht ihm als treuer Freund zur Seite. In
den Folgejahren muss Johannes, inzwischen Arzt,
miterleben, wie der verschwenderische Herzog
das Land in den Ruin treibt und seine große Liebe,
Sophie Breuning, den eiskalten Volland heiratet.
Während Ulrich immer zügelloser handelt und es
zum Bauernaufstand kommt, verschwindet Sophie
spurlos. Als Johannes von ihrem Geheimnis erfährt,
beginnt für ihn eine Odyssee …

**GMEINER SPANNUNG**

WWW.GMEINER-VERLAG.DE
*Wir machen's spannend*